# 剑之书

［美］加德纳·多佐伊斯/编

屈畅 王隽 等/译

THE BOOK OF SWORDS
Copyright © 2017 Gardner Dozois
This translation published by arrangement with Bantam Books, an imprint of Random House, a division of Penguin Random House LLC
Simplified Chinese Translation Copyright © 2020 by Chongqing Publishing House Co.,Ltd.
All right reserved.

版贸核渝字(2018)第109号

## 图书在版编目(CIP)数据

剑之书 / (美)加德纳·多佐伊斯编;屈畅 王隽等译. —重庆:重庆出版社,2020.7
书名原文:The Book of Swords
ISBN 978-7-229-15025-9

Ⅰ.①剑… Ⅱ.①加… ②屈… Ⅲ.①幻想小说—小说集—美国—现代 Ⅳ.①I712.45

中国版本图书馆CIP数据核字(2020)第068552号

## 剑之书
JIAN ZHI SHU
[美] 加德纳·多佐伊斯 编
屈 畅 王 隽 等译

责任编辑:邹 禾 唐弋淄 陈 垦
装帧设计:谢颖设计工作室
封面图案设计:陈越林
责任校对:刘 艳 刘小燕

重庆出版集团 出版
重庆出版社

重庆市南岸区南滨路162号1幢 邮政编码:400061 http://www.cqph.com
重庆出版社艺术设计有限公司 制版
重庆市国丰印务有限责任公司 印刷
重庆出版集团图书发行有限公司 发行
E-MAIL:fxchu@cqph.com 邮购电话:023-61520646
全国新华书店经销

开本:890mm×1230mm 1/32 印张:17.5 字数:470千
2020年7月第1版 2020年7月第1次印刷
ISBN 978-7-229-15025-9
**定价:78.00元**

如有印装质量问题,请向本集团图书发行有限公司调换:023-61520678

版权所有 侵权必究

# 目录 Contents

前　言 … 1

最优者胜　　K.J.帕克/著　陆小夜/译 … 2

父亲之剑　　罗宾·荷布/著　李懿/译 … 35

隐娘　　刘宇昆/著　王隽/译 … 62

命运之剑　　马修·休斯/著　王隽/译 … 90

"我乃美男。"阿波罗·克劳如是说。　　凯特·艾略特/著　喵子狸/译 … 122

美德制胜　　瓦尔特·乔恩·威廉姆斯/著　段九溪/译 … 155

嘲讽之塔　　丹尼尔·亚伯拉罕/著　常叶/译 … 187

赫伦丁　　C.J.彻里/著　常叶/译 … 215

冰冷长迹　　加斯·尼克斯/著　小龙/译 … 247

我做绿林好汉之时　　艾伦·库什纳/著　陆小夜/译 … 280

| | | |
|---|---|---|
| 黄金之烟是荣耀 | 斯科特·林奇/著　于洋/译 | 307 |
| 考尔格里德之谜 | 里奇·拉森/著　金国/译 | 356 |
| 帝王之灾 | 伊丽莎白·拜尔/著　陆小夜/译 | 397 |
| 落瀑城 | 拉维·蒂达尔/著　陆小夜/译 | 435 |
| 提拉斯特之剑 | 塞西莉亚·霍兰德/著　金国/译 | 473 |
| 龙王的儿子们 | 乔治·R.R.马丁/著　屈畅/译 | 501 |

## 致

乔治·R.R.马丁、弗里兹·雷伯、杰克·万斯、罗伯特·E.霍华德、C.L.穆尔、李·布拉肯特、L.斯普拉德·德·坎普、罗杰·泽拉兹尼,以及所有挥舞过幻想之剑的作者。致凯·麦考利、安妮·格罗尔,还有肖恩·斯旺维克,借他们相助,我将此书奉献给你。

# 前　言

1963年的某天，我从学校放学回家，在一家杂货铺前停下脚步（那时，杂货铺中有着放着市场上琳琅满目的书籍的旋转货架，那是小镇上为数不多的有书的地方。彼时镇上还没有真正的书店）。我在货架上看见了一本由D. R. 本森编辑、名为《未解之谜》①的文选集。我拿了书，把它买下，立刻就被它迷住了。这是我买的第一本文选，而这件事对我日后的职业生涯也产生了深远的影响——当然，彼时我无法未卜先知。这本书由D. R. 本森从传奇（但短命）的科幻杂志《未解之谜》中摘选而来。那时，杂志《未解之谜》是由同样富有传奇色彩的约翰·W. 坎贝尔编辑的刊物。坎贝尔也是杂志《惊奇》的编辑，作为《惊奇》的编辑，他对科幻作品做出了革命性的突破。1939年到1943年，整个报刊行业都被战时纸品供应短缺所影响，正是此时，《惊奇》的姊妹杂志《未解之谜》对科幻小说产生了翻天覆地的影响。20世纪60年代早期，出版业依旧笼罩着二战后严酷的社会现实主义阴云，对口袋空空的高中生来说，几乎没有什么能买得起的科幻、奇幻出版物（除了《奇幻与科幻》等类型杂志中的奇幻、科幻故事，不过那会我还不知道这些）。因此，包含了诸多科幻故事的文选《未解之谜》，对我产生了莫大的启示。

对我影响最大的是弗里兹·雷伯的作品《荒凉海岸》。这个故事荒诞不经，但大气磅礴，讲述了两位看似完全不合的同伴的冒险故

---

① 《未解之谜》于1963年出版，由D. R. 本森编辑，是一本来自20世纪30年代到40年代美国《未解之谜》杂志的文选集，里面选录了11位作家的不同故事。

事。故事里，其中一人名为法德，是一位来自冰封北境的高大剑士；另一人则名为灰猫，他来自南方，是个聪明伶俐、身手敏捷的小个子。二人被卷进一场注定失败的任务，命运似乎想置他们于死地（当然，他们机灵地逃脱了必死的命运）。这个故事和我以往读过的所有故事都不一样，而我立刻就想读更多与之相似的作品。

　　幸运的是，没过多久，我就在旋转货架上发现了另一本文集。这本文集是由L.斯普拉德·德·坎普所编的《刀剑与魔法》。书里不仅有另一篇法德和灰猫的故事，而且整部文集都是同样类型的奇幻故事。我这才知道，弗里兹·雷伯本人把这种类型的故事叫做"刀剑与魔法"。在这部文集中，我第一次读到罗伯特·E. 霍华德所作的"野蛮人柯南"的冒险，以及C.L. 穆尔所写的"乔伊瑞的洁儿"的故事，还有普·安德森、邓萨尼勋爵以及克拉克·阿什顿·史密斯等人的作品。我着了迷，此后便成了"刀剑与魔法"系列的忠实书迷，并很快就在如今位于波士顿斯科雷广场的二手书店里开始搜寻（这地方现在已深藏在政府中心庞大的地基之下），在一堆堆发黄腐朽的老杂志里找《未解之谜》和《奇闻怪谈》的过期刊物，以期望能找到野蛮人柯南、法德和灰猫，还有其他活灵活现的英雄的冒险故事。

　　让我误入奇幻之路的正是"刀剑与魔法"系列的第一次大规模复兴，这一奇幻流派经历了数十年的沉寂。如今，"刀剑与魔法"系列正带着那些文选，还有三四十年代甚至更久远的街头杂志中的内容卷土重来。这个系列里，故事都发生在遥远的奇幻国度，而不是17世纪的法国，或者架空的中欧。这些故事从其他更宏大、更古老的作品中沉淀出来，有着很多挥舞刀剑、活灵活现的冒险者的影子，而这些冒险者，正是来自诸如亚历山大·杜马斯、拉斐尔·萨巴蒂尼、塔尔博特·蒙迪和哈罗德·兰姆等作家的作品。在埃德加·莱斯·伯勒斯所作的《火星公主》及众多续集里，冒险家约翰·卡特被送往作家笔下的火星上，以"巴索姆"之名为世人所知。在《火星公主》

前　言

中，约翰·卡特要去拯救公主，要挥着刀剑和有着四只臂膀的巨人沙克斯作战。这种与"刀剑与魔法"形式相似的故事也被称为"行星浪漫主义"或者"刀剑与行星"，随之茁壮成长，大多在1933年至1955年的街头刊物《行星故事》中脱颖而出。"刀剑与魔法"和"行星浪漫主义"两种题材交相辉映，相互影响，甚至有许多作家同时创作这两种类型的作品，如C.L.穆尔和李·布拉肯特，两人在这两种类别的作品中都有着深远的影响。杰克·万斯的经典之作《濒死地球》中，那些浓墨重彩的故事同样也是在同一时代出版发行。从学术上说，《濒死地球》是科幻之作，但那些异次元侵略、奇异生物，还有挥舞着可以被看成魔法或是最高科学技术结晶的法师们，同样可以看作是奇幻元素。

或许，"刀剑与魔法"系列在50年代消退，继而在60年代复兴，并非巧合。20世纪60年代，随着（美国的）水手号探测器、（苏联的）金星号探测器等太空探索装置的升空，对人们来说，太阳系的其他地方显然无法支持我们所熟知的生命形态——那里没有勇猛的战士挥着宝剑，没有美丽的公主穿着精致的礼服带来浪漫情缘。太空荒芜一片，那些星球上没有空气，只有贫瘠的石块。

因此，从那时起，如果你想要讲那种幻想故事，你就得把故事放在奇幻的背景之下。

20世纪60年代早期，"刀剑与魔法"系列如雨后春笋般大量涌现，D.R.本森、L.斯普拉德·德·坎普，与利奥·马格利耶斯携手，在《未解之谜》和《奇闻怪谈》的丰富素材中探寻其他能编成文选的作品（本森是现代奇幻文学发展历程中的重要人物——可悲的是，如今他却几乎不为人知——他是"金字塔"系列丛书的编辑，也在《未解之谜》中发掘了诸如日后收入文集《残缺法师》和《钢铁城堡》的L.斯普拉德·德·坎普和弗莱彻·普拉特两位作家的故事，并将其再次出版）。现有的"野蛮人柯南"系列不断再版，新的

"野蛮人柯南"的故事同时也在不断发行。迈克·摩考克推出了让他大受欢迎的"蒙里布的艾力克"系列小说(时至今日,这一系列仍在延续),当然,还有对"野蛮人柯南"系列的模仿之作,如约翰·杰克斯的"野蛮人布拉克"等,也公之于世。(与此同时,《惊奇》和《幻想》杂志的编辑西里·戈尔德史密斯三顾茅庐,请到已经处于半退休状态的弗里兹·雷伯重出江湖,让他为《幻想》杂志撰写"法德与灰猫"的新故事——而我一发现这个,立刻就开始时不时从报摊上买奇幻杂志——我以前可从不这样,这一举动反过来又让我开始买诸如《惊奇》《银河》《如果世界》等科幻杂志——讽刺的是,这意味着,虽然我因此在日后与科幻结缘,成为科幻杂志编辑,但一开始我只是想在奇幻杂志里找更多"法德与灰猫"的故事看罢了……不过,客观地说,与此同时我也在读诸如罗伯特·A.海因莱因和安德烈·诺顿所做的"青少年文学",还有哈尔·克莱门特的《火之环》——这本书同样在出版的"金字塔"系列丛书中——以及《引力使命》。)

接着 J. R. R. 托尔金粉墨登场。

如今,人们常引用 J. R. R. 托尔金的《魔戒》三部曲,将其作为只手创造现代奇幻流派的一桩案例。然而,虽然这种说法并未过誉托尔金对后世的影响之大——在他之后,几乎所有的奇幻作家都受到了托尔金的巨大影响,甚至连那些厌恶或者反对他的作者也不例外。不过,如今人们有时会遗忘,正是唐·沃尔海姆最先将不为人知的《护戒使者》(《指环王》三部曲的开篇)"私自"编辑,继而作为"王牌书库"①的平装书出版。其中原因,正是他不顾一切地想找什么——或者说任何故事——来满足日益增长的"刀剑与魔法"系列粉

---

① 王牌书库为1952年由美国亚伦·A.韦恩(Aaron A. Wyn)于纽约创建的"伯克利丛书"(Berkley Books)中所出版的奇幻、科幻系列丛书。

丝强烈的阅读渴望。

王牌书库所出版的《护戒使者》封面由杰克·加恩绘制。封面上，一名挥着宝剑和法杖的巫师站在高山之巅，这一画面清晰地表明在沃尔海姆心中，这就是一本关于"刀剑与魔法"的书，而在他签字的内部副本则明确夸赞托尔金的作品是"一本人人可以从中得到阅读乐趣的、有关刀剑与魔法的书"。换而言之，起码在美国，奇幻书系的读者群体远在托尔金之前出现，而不是如现代神话所言的那样，因托尔金的作品而诞生。奇幻作品早已有了读者群体，这一事实唐·沃尔海姆心知肚明。他们嗷嗷待哺，渴求更多新作——虽然我怀疑他可能根本没料到，自己即将"投喂"一点点美味的"刀剑与魔法"，将在读者中一石激起千层浪。托尔金的小说已经在英国以昂贵的精装书的形式面世，但王牌书库这种平装书——以及随后百龄坛图书所出版的"授权"平装本——第一次让我这样的孩子，与成百上千的其他读者能买得起托尔金的书。

托尔金后，一切都变了。虽然奇幻书籍的读者远出现在托尔金之前，但毫无疑问，托尔金的作品极大地拓展了这一读者群体。托尔金作品所取得的巨大商业成功，同样让其他出版商认识到读者对奇幻作品有多么强烈的渴望——他们也开始四处搜罗，来找能满足这种阅读渴望的作品。凭借托尔金作品成功的力量，林·卡特创造了第一个面向广大市场的奇幻平装书类别，即"百龄坛成人奇幻"。这一类别，让长久以来被人遗忘或难以获得的诸如克拉克·阿什顿·史密斯、E. R. 艾迪森、詹姆斯·布兰池、卡贝尔、默文·皮克以及邓萨尼勋爵等作家的作品重见天日。几年后，莱斯特·德尔·雷伊接过了林·卡特的接力棒，开始寻找更商业、更通俗的作品，从而尽可能更加直接地来迎合渴求与托尔金作品相似的读者。1974年，他推出特里·布鲁克斯的作品《沙娜拉之剑》。虽然这部作品被很多评论家认为是对托尔金作品的拙劣模仿，但事实证明这部作品取得了巨大的商业成功，其续作延续了这一成功。1977年，德尔·雷伊同样以《邪恶爵士的祸根》一书大获成功——此书正是斯蒂芬·R. 唐纳森所作的，更为离奇、更为原创的三部曲《异教徒托马斯·契约的编年史》的开篇，此后，这一系列的续作同样大获成功。

奇怪的是，虽然奇幻书籍比任何时候都畅销，人们对"刀剑与魔法"系列的热情却开始衰退。长久以来，"刀剑与魔法"系列总是以短篇故事的形式出现，但在托尔金的影响下，新的奇幻小说越来越长，有了越来越多的续集，并开始愈发被人们看成一个独特的文学类别：史诗奇幻。有时，我很难在"史诗奇幻"和"刀剑与魔法"中画出一道清晰的界限——二者的故事都发生在虚构的奇幻世界之中，都有着盗贼和挥着宝剑的冒险者，所在的世界都有魔法与能力不同的魔法师，此外，诸如龙、巨人、怪物等奇幻生物也在二者的作品中粉墨登场——虽然有些评论家声称，自己能以某种标准而不是作品的长短来区分这两种文学派别。即便如此，被归为"史诗奇幻"的书籍愈发夺人眼球，而人们对"刀剑与魔法"的谈论日益稀少。但"刀剑与魔法"从未彻底消失——1971年至1981年，林·卡特编辑了五卷的《闪光之剑》文选；1977年至1979年，小安德鲁·J. 奥夫特编辑了五卷的《抵御黑暗之剑》文选；1978年，罗伯特·林恩·阿斯普林开启了"共同世界"文选中《盗贼世界》长篇系列；20世纪80年代，罗伯特·乔丹在转而创作其多卷史诗奇幻作品《时光之轮》前，也写下一长串的"野蛮人柯南"系列小说；与此同时，格伦·库克创作了极易辨识的"刀剑与魔法"作品（尤其是他笔下关于"暗黑佣兵团"的故事），正如C. J. 切瑞、罗宾·荷布、弗雷德·萨贝哈根、塔尼斯·李、卡尔·爱德华·瓦格纳等作家也在这一时期创作了"刀剑与魔法"的作品；整个20世纪70年代，马里昂·齐默·布拉德利编辑了长篇系列《刀剑与女巫》文集，着重突出了女性的冒险；1979年至1982年，杰西卡·阿曼达·萨蒙森分别推出了与之类似的女性向奇幻文选《亚马逊人》和《亚马逊人（二）》，尽管如此，随着时间从20世纪80年代步入90年代，"刀剑与魔法"这一类别继续褪去光环，直到鲜有人问津，甚至有被完全遗忘的风险。

然而，在20世纪90年代末，情况开始反转。

"刀剑与魔法"为何会出现转机，其中原因很难确定。或许是因为乔治·R. R. 马丁于1996年出版的《冰与火之歌：权力的游戏》取得了巨大的商业成功，而它的续集，通过展示一种更逼真、更现实、更边缘的史诗奇幻，通过描写在道德上模棱两可、善恶难辨的人物，进而影响了新的作者。或许，这正是新生代作家登上历史舞台的时刻，这些新生代作者，受到如弗里兹·雷伯、罗伯特·E. 霍华德以及迈克·摩考克等作家的经典作品的影响，并写出了属于自己的"刀剑与魔法"的变奏新作。

无论是何原因，冰雪开始消融。很快，人们就开始谈论"新刀剑与魔法"，而在20世纪末与21世纪初，乔·阿克罗比、K. J. 帕克、斯科特·林奇、伊丽莎白·拜尔、史蒂芬·埃里克森、加斯·尼克斯、帕特里克·罗斯菲斯、凯特·艾略特、丹尼尔·亚伯拉罕、布兰登·桑德森，还有詹姆斯·恩格等作家，开始初露头角。与此同时，除现存的《奇幻与科幻》为"刀剑与魔法"提供了创作市场外，在线杂志《无尽苍穹之下》、纸质杂志《黑门》，还有新的文选等奇幻文学的新兴市场都开始出现。比如我自己在1997年编辑的《现代奇幻经典》文选一书，就收录了弗里兹·雷伯和杰克·万斯的经典"刀剑与魔法"作品；大卫·G. 哈特威尔与雅各布·韦斯曼编辑的《刀剑与魔法文集》，回顾了一些最棒的"刀剑与魔法"的老故事；还有约翰·约瑟夫·亚当斯编辑的《史诗：奇幻传说》，这一文集则重新再版了一些新人作家的作品。最重要的是，新的短篇作品开始出现，并收录于如罗伯特·西尔弗伯格编辑的《传说》《传说（二）》这样的文选中，此后还有如安·范德米尔与杰夫·范德米尔编辑的

《快船黑帆》，以及乔纳森·斯特拉恩与卢·安德斯编辑的《新刀剑与魔法——刀剑与黑魔法》文选——这一文选是专注于"新刀剑与魔法"文选系列的开篇之作。

如此一来，我们正处于"刀剑与魔法"的又一次伟大复兴之中，随着我们步入21世纪的第二个十年，这一系列也没有再次消亡。诸如刘宇昆、瑞驰·拉尔森、卡丽·沃恩、阿利特·代·博达德、拉维·蒂达尔等新生代作家已经兴起，接过了这一文学类型的大旗，有时甚至会将其往意想不到的方向发展——在他们之后，还会有更多新生代作家不断涌现。

因此，无论把它叫做"刀剑与魔法"也好，叫做"史诗奇幻"也好，看起来，这种类型的故事将陪伴我们好一会儿，博诸位一乐。

我曾在编辑的其他文选中，收入"新刀剑与魔法"的故事，比如杰克·万斯的三部曲文选集《濒死地球之歌》，比如《战士》，比如《危险的女人》，还有《法外之徒》（所有这些文选，都有另一位举足轻重的"刀剑与魔法"的粉丝，乔治·R. R. 马丁参与其中），但我总是想编辑另一个只有这种类型作品的文选，也就是我们在《剑之书》这本文选中所做的，将今日"刀剑与魔法"类型里最佳作者的最佳作品收录其中，同时也囊括不同文学时代的作者的作品。

我希望你能享受这本书的阅读。我也希望，在某个地方会有个孩子，会同样体会到1963年《未解之谜》和《刀剑与魔法》带给我的魔力和启迪——甚至，有些新刀剑与魔法的粉丝将由此诞生，带着这份对栩栩如生的奇幻传说的热爱，步入遥远的未来。

加德纳·多佐伊斯

# K. J. 帕克

作为当代奇幻领域最具创造性和想象力的作者之一，K. J. 帕克是畅销书《工程师》三部曲（《装置与欲望》《以恶报恶》《擒纵机》）、《剑士》三部曲（《钢之色》《弓之腹》《证之屋》）、《清道夫》三部曲（《阴影》《图案》《记忆》）的作者。他的短篇小说收录于《学术练习》，并以《借人以图》和《鸣唱的小代价》两篇作品两次获得世界奇幻奖的最佳中短篇小说奖。他的小说作品包括《碎片》《同伴》《折叠刀》，还有《锤子》。他最新创作的小说是《野蛮人》和《双剑》。K. J. 帕克同样用真名即汤姆·霍尔特进行写作。他以汤姆·霍尔特署名的出版作品有：《等待高人》《谁害怕贝奥武夫》《天啊!》等其他小说作品。

在本书中，他给我们带来一篇引人注目的故事：一位意志坚定的学子寻求一位大师指点，而结果却有些出人意料。

# 最优者胜

他站在我的灯下，我没有抬头。

"你想要什么？"我问。

"叨扰了，但你就是铸剑师？"

有些时候，你不得不全神贯注，这就是其中的情况之一。"正是。走吧，过会儿再回来。"

"我还没告诉你我要什么——"

"走吧，过会儿再回来。"

他转身离去。我完成了手上的工作，过了一会儿，他再度归来。在此期间，我完成了第三道交褶工序。

焊接锻造是一项可怕的工作，我恨极了它。事实上，我痛恨铸造完成之前的所有工作：它们有的艰难烦闷，有的耗尽心神，有的则非常、非常无聊，而更多的工序三者皆有之。这正是人类努力的完美缩影。我所爱的是当我完成所有工作时的感觉，这种感觉是对的。放眼世界，没什么能与之媲美。

第三道交褶——好吧，这是铸造剑刃的工序之一，即你第三次将原料对折。第一次交褶只是把很多细杆——有些是铁，有些是钢，扭在一起，加热至白热化，锻成一根厚厚的长条。然后你将这根长条扭曲，折叠，然后如此反复。接着你将长条扭曲，折叠，如此反复。第三次交褶往往是最容易的：原料中的大部分垃圾都被打掉了，熔化的金属通常静静地待在那里，任由锤子毫不费力地锤打着，这道工序也在其中悄然流逝。但这依旧是一种可怕的工作。看起来，这道工序没完没了，永无止境，而你可以用一秒钟的疏忽毁掉此前完成的一切：如果你灼烧原料，或是让原料温度过低，或是锤子把一点点水垢或是矿渣锤到了原料之上，那之前的辛苦就统统付之东流。你应当仔细聆听，仔细观察，因为那种独一无二的嘶嘶声将告诉你这块钢铁刚刚开始完蛋，但目前还没被毁掉——这就是一根钢条即将熔入另一根钢条，然后合二为一的唯一时刻，因此，当你在进行这道工序时，绝不可交谈。由于我工作的大部分时间都在进行焊接锻造，因此落得个不善交际的名声。我不在乎。如果我是个农民，我照样不善交际。

当我铲木炭时，他回来了。我可以一边说话一边铲木炭，所以这会儿聊天没关系。

他很年轻，我猜大概只有二十三四岁，是一个高个子的浑蛋（我只有五尺二寸[①]，所有长得高的人都是浑蛋），卷卷的金发如同湿漉漉的羊毛，他脸庞扁平，有一双淡蓝色的眼睛，和一张娘里娘气的嘴。我第一眼就不喜欢他，因为我不喜欢高大英俊的男人。我非常相信第一印象，而我的第一印象几乎都是错的。

"你想要什么？"我问。

"我想买一把剑，谢谢。"

我也不喜欢他的声音。在初次见面举足轻重的五秒还是几秒内，对我而言，声音甚至比相貌更为重要。如果你询问我的意见，我觉得这完全合理。有些王子看起来像捕鼠人，有些捕鼠人看起来像王子——虽然通常牙齿会暴露他们的身份。但只消开口说上几个词，你就能准确地说出这个人来自何方，其父母又处于何种地位；只消察言观色，这些真实的信息便一目了然。这个男孩就有点身份：是个小贵族，从野心勃勃的农夫到公爵的年轻幼弟，都在小贵族之列。只要听

---

[①] 五尺二寸，这里是五英尺二英寸，即 158 厘米左右。

他们怎么念元音,就能立刻将贵族从旁人中分辨出来。他们就像面包里的沙子,总让我紧张兮兮。我不是很喜欢贵族。虽然我的大部分主顾都是贵族,而我所遇见的大部分人都是主顾。

"当然啦。"我答道。我伸直了背,把铲子放在熔炉边,"你想用来做什么?"

他盯着我,好像我刚刚调戏了他的姐妹:"呃,用来战斗。"

我点点头:"你要去打仗了,对么?"

"或许哪天会。对,去打仗。"

"如果我是你,我就不去。"我回答。我故意不慌不忙、从上至下地打量着他,"那种生活很可怕,而且危险。如果我是你,我宁愿待在家里。让自己有点用。"

我喜欢看他们对此作何反应。你可以把这称之为匠人的本能。举个例子:想试试这是不是一把真正的好剑,应该把它弯成一个圈——用虎头钳固定住剑柄,接着将其弯成一圈,直到剑尖触碰到肩膀,继而放手,如果这是把好剑,它就会弹回去,再度变得笔直。大部分完美的好剑不应当遭受这种折磨,只有剑中极品才能受得起这样严酷的考验。对铸造之器来说,这是一项极为可怕残酷,却又能证明其品质是否坚韧的唯一可靠的法子。

说到品质,他正盯着我,然后耸耸肩:"我很抱歉。"他开口:"你很忙,我还是去其他地方再找找吧。"

我笑了:"让我看看火,然后就回来找你。"

火焰控制着我的生命,火焰就像我的孩子,我就好比火焰的母亲。我必须为它的生命提供养料,不然它就会熄灭。我必须为它提供水分——用长柄勺舀水,浇在锻造台的边上——否则火焰就会将熔炉的锻造台焚烧殆尽。每次加热后都必须抽水,因此,我需要帮它呼吸,在此期间连两分钟都不能离去。从今早日出前的一小时我点燃炉子起,直到我让它在黑夜中慢慢死亡冷却置之不理,在此期间,我的心神一直没有离开剑炉，它就像你余光里的某种东西，或者犯了罪后的良心，你不会总瞧着它，但你总在意着它。哪怕只大意一小会儿，它就会背叛你。有时，我觉得自己仿佛和这该死的炉子结了婚。

确实。我根本没有时间去娶一位妻子。有不少人上门请求，不过提亲的都不是女人，而是她们的父亲和兄弟——他必须值一两个先令，他们告诉自己，而我们的多瑞亚也不再年轻。但一个拥有炉火的男人无法在他的日常生活里再加一个妻子。我用炉子的余火烤面包，把奶酪放在面包上面，每天热两壶水来清洗身体，然后把衬衫放在炉子边烘干。有些晚上，我实在精疲力竭，连挣扎着走十码回到床上都没力气，我就坐在地上，背靠炉子，沉入梦乡，第二天起来头昏脖子疼。我和炉子从不吵架，因为它没法开口，也不需要讲话。

自我从战场归来算起，我和火焰相濡以沫有二十年了。二十年，按某些地方的律法算，连谋杀都不会判二十年。

"一把剑。"我用袖子拂去桌上的烟尘和炭灰，"可以是很多不同的东西。我需要你说得具体一些。坐吧。"

他小心翼翼地在长凳上坐下。我把苹果酒倒进两个木碗，把其中一个木碗推到他面前。酒上浮着灰，酒上总是浮着灰。我生活里的每一件东西，火焰都好心地给它蒙上如砂砾般深灰的烟尘。祝他好运。他尽了最大的努力假装酒上没有灰，像姑娘一样啜饮了一小口。

"这是给你骑马用的短剑。"我开口，"还有长三十英寸的用来挥砍的长剑，这是和盾牌一起配套使用的盾剑——这两种剑的剑刃都有着一块扁平连续的菱形花纹，军队称其为十五式，若剑上有一半铸了放血槽，则称为十四式。这是穿甲剑，这是弯刀剑，这是梅瑟剑，这是佩刀、佩剑，这是长剑、巨剑、手半剑——十八式，正儿八经的浑蛋，这是你用来参战的五式剑，还有真正的双手巨剑——但这种剑对专业训练的要求极高，因此你不会想买它。而这些只不过是刀剑最主要的类别。这就是为什么我要问你，你买剑，是要做什么。"

剑之书

他看着我，不慌不忙地咽下一口我那可怕的漂着灰的苹果酒。"用来战斗。"他回答，"抱歉，我对这知之甚少。"

"你有钱么？"

他点点头，把手伸进衬衫，掏出一个小小的亚麻袋。袋子脏兮兮的，浸满汗水。他打开袋子，五枚金币滚落在我的桌上。

有多少种剑，就有多少种钱。这是拜占庭金币①，由皇帝担保，金子的成色为百分之九十二。我拾起一枚金币。拜占庭金币做工粗糙，样式丑陋，艺术水平简直可怕。这是因为六百年来它的设计者根本没有进行任何变革，总是让无知愚昧的文盲，一遍又一遍地刻模，一遍又一遍地进行复制。不过，拜占庭金币之所以毫无变革，正是因为其品质值得信赖。金币上的字母是倒模的，但他们根本不知道这些字母写了什么，所以你只能认出它们的形状。这是一条普遍的法则，事实上，金币越漂亮，含金量就越少。相反，金币越丑，它的成色就越好。我曾经认识一个造假币的，他被人抓住，吊死，就是因为他造的假币做工太好了。

我把杯子放在一枚金币上，将剩下四枚还给他："这样如何？"

他耸耸肩："我想要最好的剑。"

"对你来说，那是浪费。"

"即便如此。我亦坚持。"

"好吧。你会得到一把最好的剑。毕竟，只要你死了，这把剑就会落入他人之手，或早或晚，它会遇上某位配得上的使用者。"我朝他咧嘴一笑，"此人很可能是你之敌。"

他笑了："你的意思是，如此一来，他杀了我，我还会奖赏他。"

"您请的工匠值得这个价位，"我回道，"好吧，既然你对自己的需求一无所知，那我将为你做出决定。看在你付的金币的分上，你将

---

① 拜占庭金币的纯度可以达到24K。

得到一把长剑。你知道——?"

"不,抱歉,我不知道。"

我挠了挠耳朵。"剑刃长三英尺,"我开口,"剑柄为两英寸半宽,尖端逐渐收窄,变成针尖大小。剑柄和你的小臂一样长,即从你的手肘到中指尖那么长。整把剑的重量绝对不会超过三磅,而且拿起来会比实际更轻盈,因为我能完美地掌握刀剑的平衡。它不仅仅是一把用来挥砍的剑,更是一柄尖刺,因为它将用尖端而不是剑刃来赢得胜利。我强烈建议增加一个放血槽——你知不知道放血槽是什么?"

"不知道。"

"好吧,反正你的剑上会有。你觉得这样如何?"

他久久地盯着我,好像我是天边那轮月亮。"我要有史以来最好的一把剑。"他说,"如有必要,我还能付更多钱。"

有史以来最好的剑。最蠢的是,如果我乐意,我还真能造。又或者,我只要给他铸一把普通的剑,然后告诉他这是有史以来最好的剑,他又怎么能知道究竟?整个世上,能评出最佳好剑的或许只有十个人,我,还有剩下的九个。

但换句话说,我热爱我的手艺。有个年轻的傻瓜曾说过:放纵一下,我来付钱。而眼下这份工作,当然我是指这把剑本身,它将流传千年,被崇拜,被尊敬,而我的名字将刻在剑柄之上。有史以来最好的剑,如果我不造,也有人会造,那时,剑上就没有我的名字了。

我思忖一会儿,倾身向前,指尖按上另外两枚金币,如犁地的犁耙般把金币朝我这儿移:"如何?"

他耸耸肩:"你是懂行的。"

我点点头。"事实上,"我开口,接着拿过第四枚金币,他没有动,仿佛对此毫无兴趣,"这个是剑本身的价钱。"我补充,"我不会抛光,不会雕琢,不会浮刻,不会琢磨,更不会镶嵌什么。我不会把宝石镶嵌在剑柄上,因为它们会擦伤你的手掌然后脱落。我甚至不会做剑鞘。如果你想,你可以之后再装饰它,但这都取决于你。"

"一把朴素的剑对我就够了。"他回答。

这让我感到困惑。

我很有和贵族打交道的经验。这一个——他的声音绝对没错,所以我可以担保,他绝非出身平民——就像我认识他一辈子这样肯定。他穿着朴素,但衣服的料子很好,是旧衣服,保养得很不错。他穿着一双好靴子,虽然我敢说它们的尺寸有些大,因此这靴子可能另有前主。五枚拜占庭金币是一笔令人震惊的巨款,但我大概能察觉出,这是他所拥有的全部财产了。

"让我猜猜,"我说,"你的父亲死了,你的长兄得到了房产和土地,而你只得到了五枚金币。你接受了这个事实,并做出了选择,但你非常痛苦。你想:我会倾尽一切去得到一把有史以来最好的剑,然后就像狡狐罗伯特或是伯蒙一样,拿着剑离开此地,用它劈出属于我自己的财富。诸如此类?"

他轻轻点了点头:"就像这样。"

"好吧,"我回答,"有一种人,可以千金散尽还复来。如果你活得够久,有所顿悟,你会用这把剑得到远远不止四枚金币的财富,然后你就可以买一处漂亮的农场。"

他微笑起来:"那就好。"

我喜欢那些毫不在意我对他们无礼的人。

"我能看看么?"他问道。

这才是真正让你陷入麻烦的问题,尤其是如果你结合了前后语境来看。就像你刚刚所想到的那对男女,一般来说,我对这个问题的回答都是"不"。"如果你乐意的话,"我回道,"好啊,为什么不呢?你可以做一个见证。"

他皱了皱眉:"你的用词非常奇怪。"

"就像经文中的先知,"我回答,"当他把水变成红酒,或者将死者复活，或者从燃烧的书中获得律法并将其背诵。总得有人在边上做个见证，不然又有什么好处呢？"

（我后来才想起来我说了这话。）

他这才点点头："一个奇迹。"

"戏里都这么说。但奇迹指的是某种意料之外的事情发生了。"

去打仗。我们谈论"战争"，仿佛那只是某个地方。只要把佩里马蒂亚扔在大路的北边，朝南走，一直走到十字路口，左转，下一个路口向右转，路过老旧的破磨坊——它显眼得很，绝不会错过。直到最后，你会走到一个有着自己语言、服饰、习俗、独特的民族服饰，以及特色美食的国度。但理论上说，每一场战争都是不同的，就像每一个人类都是独一无二的个体，每一场战争都有其爆发的根源，但当战争扩大，它就会遵循本性，开枝散叶。可是，当我们谈起战争，我们把这些民族的人——伊良人、梅泽汀人、罗森赫莱人——放在一处，就像把一百万个完全不同的独立存在合为一体，就像我用锤子把拧在一起的一捆铁棒铸成一根长条一样。这时，当你再看他们，战争就成了这副模样：一群人聚在一处。当你置身他们中间，他们每个人都不一样。可是，一旦你退后三百码，举目望去，就只能见到一个形体：比如说，一支军队正朝你前进。我们把这种形体称之为"敌人"，这就是我们要杀死的恶龙，杀死恶龙，赢得胜利，成为英雄。当它与我们会在一处，它又会散开，成为一个个独立的个体，成为一个个人。他们挥着长矛向我们冲来，每个人都处在绝对的恐惧之中，他们想要伤害我们，正如我们想伤害他们。

我们说"战争"，但这儿有一个秘密。世上只有一场战争，一场永不停止的战争。它就像锤子下烧得发白的金属液体一样四散流动，将上一场战争和下一场战争连在一起，把一处处争斗连成一片。我父亲打过仗，我也打过仗，我的儿子也会去打仗，而且去的地方都一模一样。就像伯克波赫克。那时他们还没有推倒白庙，那时佛里盖特还

## 剑之书

是一片可以耕作的开阔田地,我父亲那时就去过那里。当佛里盖特成了一片集市,我去了那里。当我儿子再去时,他们就会在佛里盖特上盖房子,但那地方依然是伯克波赫克,而战争还是战争。同样的地点,同样的语言,同样的当地服饰——不过因时尚流行做了些或英勇或悲惨的细微调整,循环往复,如此这般。在我打仗时,剑柄是弯的,剑柄的头部做成圆形或者水滴形。如今,我做的剑柄几乎个个笔直,而剑柄的头变成了香水瓶的形状——这大概还是一百年前流行的时尚。任何东西都有流行可言。大海潮涨潮落,可大海终归还是大海。

我的战争发生在奥特玛,这不是一个地名,它不过是伊良人对"海的那边"的称呼。我们为之而战的奥特玛,不是一块土地,不是一处地理实体。它是一个理念,代表了神灵在地球的国度。你无法在地图上找到它——起码现在不能,这是肯定的。我们败了,因此,那些我们熟知的地方如今换了新的名字,被一种我们从来不会费心学习的语言所称呼。当然,虽然这是一个很好的理念,我们却不是为了理念上战场。我们上战场,只不过是为了给我们自己抢一些财富,然后衣锦还乡。

有些地方不会在地图上留下标记,但人人都知道该怎么找。只要跟着其他人,你就到了。

"现在这个时候没什么好看的。"我告诉他,"你或许想出去转转再来。"

"没关系。"他坐在备用的铁砧上,咬了一口我并没有给他的苹果,"你要用这堆垃圾做什么?我以为你要开始铸剑了。"

我告诉自己,他付了一大笔钱,付了他在这个世上仅有的一切。如果他想,他就是个彻头彻尾的蠢蛋。"这个,"我告诉他,"不是什么垃圾,是你的剑。"

他从我的肩膀上望过去,盯着它们:"不,这不是。这不过是一堆旧马蹄铁，还有一些破破烂烂的东西。"

"如今，它就是你的剑。你看着就好。"

我不知道旧马蹄铁怎么了：没人知道。大部分人只觉得这是某种不断敲击着石头地面的东西。但马蹄铁能铸最好的剑。我把它们加热到呈现出樱桃般的红色，接着放到铁砧上，用大锤子不断重重击打，把它们敲平，让它们耷拉下来。铁锈和污垢在店里溅得到处都是，这是一项混乱的工序，也需要在铁冷却变成灰色前尽快完成。当我完成这项工序，它们就变成了长长的、方方的铁条，每根约有四分之一英寸厚。接着，我就把它们放在一旁，继续用同样的工序对付那堆东西。那些都是钢，都是某种你可以用来把剑变硬的东西。马蹄铁则是铁，能够让剑保持柔软的状态。剑是钢和铁的结合，将坚硬的钢和柔软的铁熔在一起，方能铸一把好剑。

"那它们应该是什么？串肉杆？"

我都忘了他还在那儿。有点耐心。我会对他这么说。"我会这么干上几个小时，"我告诉他，"为什么你不先离开，然后早上再回来？在那之前，这没什么好看的。"

他打了个哈欠。"我也没什么地方可去。"他言道，"我没打扰到你吧？"

"没有。"我说了个谎。

"我还是看不出来，这些棍子和我的剑有什么关系。"

什么玩意。我应当休息。当你劳累之时，继续工作不是个好主意，你会捅娄子的。我把一斗木炭弄湿，倒在火上，这才在一边的石模具上坐下。"你觉得钢应该从哪儿来？"

他挠挠头："佩米亚？"

没这么无知的答案。佩米亚出产天然钢。只要碾碎铁矿，就能闻到钢的味道。真正的、坚硬的钢材从矿石里渗出，蓄势待发，可以直接使用。但是，由于我们和佩米亚正在打仗，这种钢难以获得，且价比黄金。再说了,我觉得这种钢太脆,除非你能精确地用适当的温度处理它才好用。"钢,"我对他说,"是用铁一遍遍在炭火中锻造出来的。没有人知道其中的原理,但事实就是如此。得让两个强壮的男人花上整整一天,才能从中得到足够的钢材,来做一个小东西。"

他耸耸肩:"它贵。那又怎样?"

"而且过于坚硬。"我告诉他,"只要砸在地上,它就会像玻璃一样变得粉碎。所以你要让它变得柔和,让它能够弯曲,然后弹回来。但钢是一种阴沉的东西,适合做凿子,适合做锉刀,不适合做刀剑,也不适合做镰刀,因为刀剑和镰刀需要一些弹性。因此,我们要将钢和铁编在一起,而铁是柔软的,包容的。钢和铁能抵消彼此的弱点,而你也得到了你想要的剑。"

他看着我:"把它们编在一起。"

我点点头:"瞧好了。"

你把五根金属杆肩并肩并排放在一块:一根钢、一根铁,一根钢、一根铁,再加一根钢,就像搭木筏一样把它们紧紧捆在一起。接着,再把它们放入火中,记得要向下倾斜,不能平放。当它们被火焰灼得发白,开始像蛇一样嘶嘶作响,你就把它们取出,用锤子用力捶打。如果做得对,你会溅一身白色的火星,然后就能亲眼目睹金属是怎样熔在一起——就像黑色阴影在闪着光的白色表面下如液体一样融汇流淌。这到底是怎么回事,我不知道。我不喜欢神秘主义,因此我宁愿不去揣测。

接着,你要把刚刚铸成的扁平金属板加热成黄色,将一段夹在虎头钳中,将金属板拧成麻花,然后再度锻平。加热、扭曲、锻平,重复五次不算多。如果做得没错,你将得到一块笔直、扁平,约有一英寸宽、四分之一英寸厚、毫无接缝、毫无分层、由五根金属熔成的一个整体。接着,你将其加热,取出,折叠并再次焊接。现在你明白我为什么说是把它们"编"在一起了?如今,它再也不是铁,也再也不是钢,整个地球上,再也没有什么力量能把它们分开。不过,钢依旧坚硬,铁依旧柔软,这就是为什么铸成的刀剑能在被虎头钳夹住时弯成圆形——如果你愿意担上风险,如此检测你的成果的话。

我锻造时总是忘了时间。只有什么都干完了,我才会停下,一点都不会提前,也只有到了这个时候,我才会发现自己已经多么口干舌燥、汗流浃背、筋疲力尽,我才会发现有多少滚烫的杂质和焦渣一路灼烧穿过衣服,在我的皮肤上烫出水泡。这种愉悦并非在锻造的过程中产生,而是发生在锻造完成之时。你在近乎黑暗的环境中焊接金属,因此你能看见火焰之中与滚烫的金属都发生了什么样的变化。我朝门的方向往外瞧去——起码是我心里门的方向,可惜,在橙色的火光外,什么东西都漆黑一片。幸好我没有邻居,否则这么吵,他们根本没法睡觉。

不过,虽然噪声不断,他却睡着了。我轻轻碰了碰他的脚,他立马坐直身体:"我是不是错过了什么?"

"对。"

"噢。"

"但没关系。"我开口,"我们还没怎么开始呢。"

从逻辑上说,在去奥特玛打仗前,我应该有自己的生活。一定有。我去奥特玛的时候才十九岁,归来已经二十有六。在去那儿前,我依稀记起一间坐落在山谷中的大房子,有狗、有鹰还有马。有一位父亲,两位长兄。据我所知,他们可能还在那里。我却再也没有回去。

我在奥特玛待了七年。我们中的大部分人连头六个月都没撑过去。只有极少数极为坚韧、几乎杀不死的那种人,才撑过了三年。到那时,你几乎可以在他们的脸颊上看到风雨留下的痕迹,风雨在他们脸上凿出基岩,刻出河床,堆成石钟乳,让他们看上去显得都非常苍老。可这些撑过三年的孩子,实际上却没有一个超过了二十五岁。

我撑过了头三年，然后立刻又签了三年的协议，接着又是一个三年——不过在这个三年我只服役了一年。接着，我被遣送回家，颜面无存。从来没有人会被从奥特玛遣返，要知道，只有当你杀了谁，而绞刑不足以惩戒罪行，法官才会送你去奥特玛。奥特玛需要每一个能用上的人，而他们以一种愚蠢的速度消耗人力，就和农夫在荒年消耗他过冬的存粮一样。他们说，敌人会从战场上收集我们的骨头，再把骨头碾成粉末，撒到地里，这就是为什么他们小麦的收成如此之好。在奥特玛，通常对难以饶恕的罪行的惩罚，是派你上前线，你必须证明自己确实情有可原，并表现出深深的悔过之意，才能得到一条绞索。而我，他们却把我颜面无存地送了回来，因为哪怕只是看我一眼，都没人能够忍受。而且，平心而论，我不能责备他们。

我不怎么睡觉。村子里的人们说，这是我做噩梦的缘故，但事实上我只是找不到睡觉的时间。一旦开始锻造，你就不会停下。一旦锻成了中心，你就想继续下去，完成边缘，接着又会想着把核心和边缘部分锻在一起，再然后，当工作完成，又会有新的讨厌的家伙在你耳边嘟嘟嚷嚷，要你开始做下一个。一般只有太累时，我才会去睡觉，也就是说，我大概每四天睡一回。

不过，你的心用不着为我滴血，一旦我做完活计拿到报酬，我就会把钱扔到从战场上带回来的旧桶里。我猜，这个桶最初是用来装箭头的。不管怎样，我一直不知道里面已经装了多少钱，但桶都半满了。我做得还不赖。

就像我告诉你的那样，我工作时会忘记时间。我也会忘记一些事情，比如人。整整一天，我完全忘了男孩的事，但当我想起他时，他还在那儿，坐在空余的铁砧上，脸上被灰烬和烟尘蒙上黑色。他在嘴巴和鼻子上系了一块破布，对我来说这挺好，因为让他闭了嘴。

"你就没点更好的事情做么？"我问道。

"没，没什么好做的。"他打了个哈欠，伸了个懒腰，"我想，我开始明白这是怎么回事了。基本的原理，就是多股绳子编在一起要远远强于一股绳。就像政治共同体。"

"在偷吃了我的苹果后，你还有没有吃东西？"

他摇摇头："我不饿。"

"你有没有钱买东西吃？"

他露出微笑："我有一整枚拜占庭金币，能买一座农场。"

"但在这附近不行。"

"嗯，是的。这是顶好的耕地。要是在我来的地方，这枚金币能买下一整座山谷。"

我叹了口气。"屋里有面包和奶酪，"我说，"还有半截培根。"

起码这能让我摆脱他一会儿。我合上炉子，决定歇一歇，盯着烧得发白的金属太久，几乎快看不清所有漂亮耀眼的颜色了。

他拿着半块面包，还有我所有的奶酪，回来了。"你也吃点。"他开口，好像他才是这里的主人。

我嘴里塞满东西的时候不讲话，嘴里有食物，讲话不礼貌，因此，直到嚼完嘴里的东西，我才开口："那么，你从哪儿来？"

"芬默克。听过么？"

"非常漂亮的小镇。"

"准确说，就在芬地北边十里。"

"我以前认识一个从芬地来的人。"

"在奥特玛认识的？"

我皱了皱眉："谁告诉你的？"

"村子里的人说的。"

我点点头："默克谷，那是个漂亮的地方。"

"如果你是只羊，或许会觉得那儿漂亮。而且我们不住在山谷里，住在荒野上，只有那儿才有灌木和花岗岩露在外头。"

我去过那儿。"所以，"我言道，"你背井离乡，找寻财富。"

"不仅如此，"他吐出什么东西，可能是一点点培根皮。那玩意硬得能把你的牙都硌掉。"如果那儿有什么是留给我的，我会像离弦之箭一样飞回去。你在奥特玛，具体待在什么地方？"

"噢，任何地方。"我回答，"那么，既然你这么喜欢默克，为何要离开呢？"

"为了到这儿来，为了见你，为了买一把剑。"他挤出一个笑容，"不然还能怎样？"

"你为什么会在默克的山丘里需要一把剑？"

"我不打算在那儿用它。"

这些话就像酒吧里洒了啤酒，有些蠢蛋使劲挤你胳膊时说的话那样，从他嘴里脱口而出。他深吸一口气，接着说："起码，我想不到自己会在那里用上剑。"

"真的？"

他点点头："我要用这把剑去杀了那个杀死我父亲的人，而我不觉得凶手住在那附近。"

我干这行纯属意外。那时，当我从奥特玛回来下了船，码头外五十码就是个铁匠铺。我口袋里还有一枚塔勒银币，五枚斯图尔铜币，甲胄下是前两年一直穿着的衣服，还有一把值二十金天使币的剑，但无论何时，这把剑我都不卖。我走向铁匠铺，告诉铁匠，如果他愿意把他的手艺教我，我就把这枚银币给他。

"你没了方向。"他说。

人们可不会这样同我说话。所以我花了这枚银币，换来一个转手三回的铁砧、一堆不称手的锤子、一把锉刀、一把腿钳，还有一个水桶。我拖着那个该死的铁砧——那玩意足足有三百磅重，直到在一家制革厂后面找到一间半废弃的小屋。我给了制革工人三枚铜币当房租，买了一堆值一铜币的生锈的东西，还有两块大麦面包。我自己琢磨出这行的门道，想花上一年让另一个铁匠关门歇业。

最后，这只花了我六个月。我向你保证，比起先前说的，我对这行的了解要多得多。在家时，我就会在寒冷的清晨坐在铁匠铺里，看着我们的男子汉在那儿忙活，而我学东西很快。此外，你在奥特玛会学着做所有活计，尤其要学那些修补器械或者是临时替代的小技巧，因为我们从敌人手里缴获的东西总是千疮百孔。当我决心专攻某项时，我抛了个硬币——要么做铸剑师，要么当盔甲匠。真的，我真抛了个硬币。我赌输了，然后，就学了铸剑。

我有没有说过，我有自己的水车？那是我自己造的，而且非常荒唐的是，我对此特别自豪。这台水车是我按之前在奥特玛看到的一台水车做的（我看见了那台水车，仔细观察后，就把它烧出来了）。它由水自上方驱动，有一个十二英尺的落差。小溪自山中翻滚跳跃，一路淌过切断山坡的陡峭悬崖，为我的砂轮和冲床提供能量——那可是沃森以北唯一的一台冲床，而且是我自己做的。我真是个机灵鬼。

你不能用冲床来煅打金属，煅打金属时，你得能瞧见你自己在做什么，你得能感受金属是如何流动，从而成为其本身。起码我不看不行，我不是完人。但冲床是能让已经处理好的金属变成最终形态的最理想的工具。这一过程需要费尽全力，尽管按神的说法是要全神贯注。你只需要轻轻碰那么一下。冲床的锤头有半吨重，我练习了无数次，如今已经可以用它来敲熟鸡蛋的壳。

我还造了些有弹性的模具，用来铸放血槽或是用来卡剑刃边缘的轮廓。乐意的话，你可以管这个叫作弊，但我更喜欢将其称之为精密和完美。在冲床和模具的帮助下，我铸成了笔直、均匀、平坦、末端逐渐收窄成尖的剑刃，在加固和淬火时都不会如启瓶器那样弯曲——这是因为冲床的每一下力度都和前一下的力度一模一样，而模具没有给诸如用肉眼观察等不可避免的人为失误留下一丝一毫的余地。

如果我要信神，我想我大概会把冲床供起来，虽然这冲床还是出自我的双手。理由如下：首先，它比我自己，或是任何活着的人都要

## 剑之书

强壮数倍,而且不知疲倦,这都是神灵必要的品质。它发出的声响听起来像神,它的声音会淹没一切,让你甚至都听不见自己思考的声响。其次,它是一个创造者,它赋予物体形状,将原材料的纹路变成可以被识别的东西,赋予它们自己的生命和用场。再然后,也是最重要的一点,它不知疲倦、势不可当,如天降骤雨般落下阵阵重锤,一次锤两下,这立刻让我心动不已。它是个拳头硬的狠角色,而神灵们都这样,不是么?他们锤着,锤着,一直锤着,直到你被塑成某种形态,或是变成一摊血浆。

"就这样?"他开口。我能听出,这些一点都没打动他。

"我还没讲完。必须从头说起。"

我的砂轮和我一般高,那是一块扁圆形砂岩,就像块奶酪。河流让砂轮转起来,这挺好,因为光凭我自己就做不到。你碰它时得非常小心,非常轻柔,仿佛它一碰就要碎掉似的。砂轮打磨着金属,也加热着金属,因此若不小心神游天外,哪怕仅是短短的一瞬,你就会让金属变软,那把剑就会像铅条一样弯掉。但我可是使砂轮的艺术家。我把一条围巾绕过口鼻三次,以防烟尘窒息,接着戴上厚厚的手套——如果在砂轮全速运转时碰到它,在你弹开前,它就能将你从皮磨到骨。当你用砂轮打磨时,你置身在白色和金色的火花风暴之中。它们将灼烧你的皮肤,让你的衣服着火,但你可不能让这些小玩意分了心。

我做的所有事情都需要百分之百地专注,或许这就是我干了这份活的原因。

我不做花里胡哨的装饰。我说,如果你想要面镜子,就去买面镜子。但我做的刀剑锋利得可以拿来刮胡子,而且可以弯成圆再弹回去,还不断。

"这道工序绝对不能少?"我把剑尖夹在虎头钳里,他问道。

"不是这样。"我回答,伸手去够扳手。

"不过，如果把剑弄断了，你就得重头再来，而我还想看你继续。"

"有史以来最好的剑。"我提醒他，他心不甘情不愿地点点头。

我会用一个涡形的东西来做那道工序。如果你想物尽其用，丰富生活，你会觉得这有点像个用来弯出涡形花纹的大叉子。它会耗尽我最后一丝力气（而我一点都不脆弱），只为做一个可能会毁掉我过去十年日日夜夜的生计与灵魂的测试，而这个测试主顾一点都不喜欢，还让我胃疼。可是，我必须这样做。将刀刃掰弯，直到刀尖碰到钳口，再轻轻让它弹回去。从钳子里把刀剑取下后，再将它完美笔直地平放在铁砧的平面上。你在铁砧前跪下，在铁砧和刀剑之间寻找一根头发丝那么细的光亮，如果你找到了，那这把剑就废了。

"过来。"我开口，"过来自己瞧瞧。"

他在我身边跪下："我到底要瞧什么？"

"什么都没有。它不在那儿，要的就是这个效果。"

"请问我能起来了么？"

"完美的"直线。这把剑如此笔直，连光都不能从缝隙中挤过来。我痛恨走向完美路上的每一步，痛恨那些努力、噪声、热力和尘土，但当你做到了完美，你将为自己还活着感到高兴。

我将剑柄、手柄和鞍头滑过装剑柄的地方固定，将剑刃固定在虎头钳中，用锤子将装剑柄的开刃的尾部锤成一个干净利落的小扣。接着，我把剑从虎头钳中取出，手柄朝外递给他。"做完了。"我告诉他。

"都好了？"

"都好了。这把剑是你的了。"

我还记得一个孩子，我给他也铸了柄剑。他是个伯爵的儿子，身长七尺，壮得像头公牛。我把铸好的剑递给他，他仔细瞧了瞧剑柄，然后把剑绕过头顶挥成一个圆，全力向铁砧的角砍去。铁砧的角被砍

**剑之书**

下一大块，铁块在空中弹了一尺，而剑锋完好无损。因此，我把他揍到半屋子开外。跳梁小丑，我说，瞧瞧你对我的铁砧都做了什么。他起来时眼里噙着泪花，但多年后，我原谅了他。当你第一次拿到一把好剑，会有一种强烈的冲动。这把好剑就像等着你带去遛的狗一样，用力扯着你的双手。你会想挥舞或是用它劈点什么。最起码，你会以检查平衡和剑柄为借口，劈几下，再挡几下。

而他只是从我手中接过剑，好像我刚刚只是给了他一个购物清单。"谢谢。"他说。

"不客气。"我回答，"好了，再见。你可以走了。"当他纹丝不动，我又补充道："我很忙。"

"还有些其他事情。"他开口。

我早就转过身，不去看他："还有什么事？"

"我不知道怎么使剑。"

他告诉我，他出生在一个旷野上的干草棚里，那里能俯瞰他父亲的房子。他出生时正值夏日的午时。他的母亲本应该早有准备，却坚持要和女仆一同乘着狗车去猎鹰宴会上吃午餐。她感到一阵阵痛，而返回房屋已经来不及了，不过那儿有个棚子，里面装满干净的干草，附近还有一条小溪。他的父亲则带着手腕上的猎鹰回了家，他沿着小路看见她正躺在干草里，膝上抱着一个婴儿。他告诉她，自己今天过得很不错，他们猎到了四只鸽子和一只苍鹭。

他的父亲不想去奥特玛，但他受制于公爵，而公爵要去，因此他的父亲别无选择。后来，在他们到达奥特玛的一周后，公爵在营地死于高烧。男孩的父亲于九个月后被人杀害。凶手是他最好的朋友，死因则是酒馆里一场毫无意义的争吵。他的父亲终年二十二岁。"一样大。"男孩说，"和我现在一样大。"

"那是个悲伤的故事。"我告诉他，"也是一个愚蠢的故事。提醒一下，如果你问我，我会说，从奥特玛传过来的所有故事，都很愚蠢。"

他朝我皱了皱眉。"或许这个世上，愚蠢之事太多，愚蠢之人也太多。"他言道，"或许，我想为此做点什么。"

我点点头："我想，你可以通过死亡来减少其数量。但这个代价太高了。"

他的双眼变得冰冷又明亮。"那个杀死我父亲的凶手还活着。"他说，"他安居乐业，丰饶富足，还过得很快乐。他得到了他想要的一切。他走出了奥特玛的噩梦，如今，这个世界重新让他找到了人生的意义，而他现在成了对社会有用且高效的一分子。他的同辈敬佩他，比他更好的人尊重他。"

"所以，你准备割了他的喉咙。"

他摇摇头。"不是这样。"他说，"那是谋杀。不，我会和他打一架，长剑对长剑。我会打败他，证明自己才是更好的人，然后，再杀了他。"

我沉默一会儿——这是策略——方才开口："而你对使剑一无所知。"

"对。我父亲本该教我，父亲都会这么做。但我两岁时，他就死了。我连使剑的第一步都不会。"

"而你准备去挑战一位老兵，证明自己是更好的人，我明白了。"

他直直地盯着我的眼睛，人们这么做时，我会不自在，即使我花了一辈子来盯着烧得发白的金属。"我打听过你，"他说，"他们说你是一位伟大的剑士。"

我叹了口气："谁告诉你的？"

"你以前是不是？"

"'以前'意味着那已经不复存在。"我答道，"谁和你说的我？"

他耸耸肩："我父亲的朋友。显然，你在奥特玛是一个传奇。人人都知晓你的大名。"

剑之书

"而决定传奇的特质就是，它不是真的。"我言道，"我能打，能打一点点。这有什么关系？"

"你得教我。"

我记得有一回在奥特玛，我们正在一个村庄扫荡。这种事情我们干了不少。他们管这叫"釜底抽薪"，但实际上这只不过是骑士对焚烧窝棚、践踏鸡群的说法，其目的是削弱敌人的战斗意志。然而，令人好奇的是，这往往只会产生完全相反的效果。不管怎么说，我那会儿正在农家的院子里，手持火把，像你一样，正准备将干草付之一炬。那儿有只狗，愚蠢的小东西，就是那种只比老鼠大一点点，养来捉老鼠的狗。它朝我扑过来，拼命狂吠，张嘴咬住我的腿，还死不松口。而我没法用刀在不伤到自己的情况下捅它。我丢掉火炬，在农场里兜圈，试图把狗往墙上砸，但此计不通。这小东西简直不可理喻。我跌跌撞撞地走到小巷里，它这才松口，落回地上，转身飞快地朝农场跑去。我的警卫不得不用火箭烧了干草垛，而此事我也永远不能释怀。

我看着他。我认出了他那张愚蠢的粉红脸上的表情。"是这样么？"我问。

"对，没错。我要有史以来最好的剑，还有最好的老师。我会付你钱。你可以把第五枚金币拿走。"

一枚拜占庭金币。事实上，拜占庭金币恰当的名字应该是"超纯度金币"，它的意思是"极好的金币"。在奥特玛，敌人把太多的人派到我们这里，而他们将拜占庭金币纳入了自己的货币体系。这就是战争给你的东西：你的敌人变成了你，而你变成了你的敌人，就像钢和铁在重锤下融合一样。在这儿，你所能见的唯一的拜占庭金币就是那些被带回来的金币，但无论在哪，它们都是钱。"我对钱不感兴趣。"我回答。

"我知道。我也不感兴趣。但如果你付钱雇人干活，而他收了钱，那他就有了义务。"

"我是个差劲的老师。"我告诉他。

"没关系，我是个没指望的学生。我们就像谷仓和火焰一样一拍即合。"

如果我有条狗，它会是一条捕鼠犬。或许我就是喜欢富有侵略性的生物，我不知道。"你可以把金币拿走，塞到太阳照不到的地方。"我告诉他，"这把剑你已经多付钱了。教你算找零。"

剑不是什么好武器。大多数样式的铠甲都能防剑，填充得当的猎装也能防剑。剑太长，混战时不够灵巧，而若想打出真正的重击，剑又太轻，太脆。激战中，长矛或斧子什么时候都管用，事实上，十次有九次，你还不如拿着平日里干农活的工具上——长钩、豆钩、草叉，它们都取材自很好的金属，柔韧性很不错。不过，最好能给我一把弓，再弄一个一身铠甲的人，好让我藏在后面。战士在战场上的最佳视角，是从长矛兵的胳肢窝下伸出箭镞，朝下看去。而若是面对拦路打劫不得不使出的正当防卫，我更喜欢拿铁头木棒；若是巷战或是在屋里等活动空间狭小的地方打斗，你切面包、削苹果的刀比什么都好用。原因之一是用着顺手，而且你看都不用看，就知道它拴在腰带的什么地方。

对剑来说，唯一的好用场就是比剑——现实中，这要么意味着决斗，很愚蠢，还违背法律；要么就是模拟战斗的击剑，很有意思，没人受伤，但对我来说这主意实在算不得什么娱乐——要么就用来炫耀。不用说，这就是为什么，我们都腰里佩着剑跑去奥特玛。我们有的人有着漂亮崭新的宝剑，最富有的则佩着非常古老的剑，那是他们的传家宝，能买千亩良田，连带着上面的房屋、谷仓还有农户。问题是——不要说这是我告诉你的——那些传世宝剑不一定是最好的。两百年前，好的钢铁比现在少得多，而且那会儿的人更加强壮。因此，旧剑往往更沉、更难使。旧剑更宽，剑尖是圆的，因为旧剑是用来劈砍，而不是用来刺击。不过这不重要。大部分年轻勇士都死于有毒的粪便，甚至连沙漠毒辣的太阳都还没来得及照到他们的衣服。他们的剑被卖掉，用来偿还他们乱七八糟欠下的债务。因此，那时在奥特玛，你能捡不少漏，用很便宜的价格买到好剑。

"我不知道怎么教你，"我说，"我从来没教过谁。因此，我会按我父亲教我的法子教你，因为我只会这个。可以么？"

他没发现我拾起了耙子。"可以。"他回答。因此，我拉下耙子的耙头——耙头总是松的，用把手打了他。

我对我的第一节课记忆犹新。最主要的不同是，我父亲拿的是扫帚。他先用一端狠狠地刺我的肚子，当我弓着腰不住喘气，他又打了我的膝盖，因此我摔倒了。接着，他用扫帚把手的末端抵着我的喉咙，有所保留地施以压力。

我只能堪堪呼吸。"你没有躲开。"他解释道。

我上第一堂课时只有五岁。教小孩比教成年人容易。我得踢着他的膝盖窝才能让他摔倒在地。当他终于喘过气，我发现他在哭，满眼泪水。"你没躲开。"我解释道。

他抬头看我，用手背擦了擦鼻子。"我明白了。"他说。

"你不会再犯这个错误了。"我告诉他，"从现在起，只要有人靠近能攻击到你的范围之内，你就要假设他要打你。你要保持距离，要么就要时刻准备，瞬间躲开攻击。明白了么？"

"我想我明白了。"

"没有例外。"我说，"没有任何例外。你的兄弟，你最好的朋友，你的妻子，你六岁大的女儿，没有例外。不然，你永远都不能成为一名战士。"

他盯着我看了一会儿，我猜他明白了。这就像老戏里的情景，恶魔向学者提出契约，而学者在契约上签下了名字。

"起来。"

他还没站稳,我又打了他。这回我只是轻轻敲了敲他的锁骨,足以让他剧痛无比,却又不会打坏什么。

"这都是为我好,我理解。"

"噢没错。这是迄今为止你学会的最重要的一课。"

接下来,我们花了四个小时来学习步法:纵步,即前进和后退;横步,即左右移动的步法。每回我打他,都会比上次打得要重些。最后,他总算学会了。

我父亲不是坏人。他深深地、全心全意地爱着他的家人,对他来说,没有什么比家人更重要。但他的天性中有一种轻微的,让我们称之为怪癖的东西——就像你焊接金属时偶尔出现的杂质或冰点——有的地方金属就是不够热,又或是像一些被砸入接缝的砂砾和垃圾。他喜欢伤害别人,这会让他感到兴奋。不是伤害动物,而是伤人。他是一名很好的畜牧工,也是一位仁慈又勤勤恳恳的猎人,但他非常喜欢打人,喜欢让他们尖叫。

我能理解这个,原因之一是我也和他一样,虽然我的程度要比我父亲轻得多,而且我能更好地控制自己。或许这就是血脉中流淌的东西,又或许这是奥特玛给我留下的纪念,或许两者都有。我用锻造焊接的关系来理解它。你可以把金属加热到白热化,但你不能把一块金属放到另一块上,指望它们就这么熔在一起。你得不断敲打,才能让他们熔合。敲打时要小心,要谨慎,力气不能太大,也不能太小,要刚刚能让金属哭泣溅出火星。虽然人们开始哭鼻子,我就会痛恨不已。这让我鄙视他们,而我不得不努力压住自己的脾气。不管怎样,你现在应该明白我为什么喜欢离其他人远远的。我知道我哪儿出了毛病,了解自己的缺陷正是走向智慧的开始。我是那种后发制人的剑士。我喜欢和对手保持距离,一部分是因为这样人们就打不到我,更主要的是这样我也没法去打他们。

一旦你学会了步法,余下的就相对容易些。我教他劈砍的八种方

剑之书

法，格挡的七种方法（我坚持认为是七种格挡方法，另外的四种不过是对这七种的详细阐述）。他学得很快，如今他终于明白了剑术的本质——不要让他伤到你，下一句是，要保证他的安全。

"让人安全的最好法子，"我告诉他，"就是伤害他。疼痛能打断他的行动，而杀戮却不总是能够奏效。你可以捅个人，让他断了活下去的希望，但在他气绝倒地之前，他还能狠狠伤到你。但如果你废了他，让他瘫痪，那他就不再是威胁。这时候，杀了他，或是放了他，都随你高兴。"

我向他示范。我轻快地绕过他的防卫，用我耙子的把手刺中他的肚子，这一刺的力道是致命的，可他依旧站在那里。接着，我打中他的膝盖，他这才倒了下去。"杀戮无关紧要。"我告诉他，"赢得打斗的是疼痛。除非你下定决心要把他开膛破肚，而那不过是戏里才有的情节，只会让你送命。在战场上，你应当打伤他，再去解决下一个威胁。在决斗中，你应当取胜，然后放他一条生路，这样才不会官司缠身。"

就像你猜的那样，我还挺享受当老师。我传授了宝贵的知识和技巧，这本身就是有益的。我正在炫耀，正在打一个讨人厌的小贵族，我还是为他好。我有什么不喜欢的？

当你精疲力竭、失去希望、苦痛缠身，这才是你学得最好的时候。奥特玛教会了我这个。从黎明到黄昏，我一直这么教他。太阳落下，我……开始教他理论。我教他怎么直线作战，怎么转圈作……攻，退后防守，格挡、刺击、……应该绕着圈进攻，朝侧……要局限于防守，要……么就得让对方无法动弹。你手上每动一下，你的脚也……瞧，我刚刚把剑士全部的谜团和秘密告诉了你，而我都还没打……呢。

26

"大部分战斗，"我一边告诉他，一边给他个机会擦去眼睛上的鲜血，这才继续说下去，"在起码有一方有足够的实力时，只会持续一至四秒。任何超过四秒的战斗都是适合写进史诗的题材。"我看出他还没准备好，于是迅速从右往左给他头侧来了一下。他朝后退了几步，不假思索地让开，我欣喜若狂。因此，我一个侧步，恰好拦下他的格挡回刺，并借着他的第三式格挡关上门。六小时了，到现在他都没能打到我，这有点令人失望，但第四回他有些接近了。他是个好苗子，只是缺少杀手的本能。

"第五式格挡。"我没有停，而他猛地一刺，我几乎没有察觉。他装作要用铁门式格挡，但出手却是野猪牙式①，我能做的就是沿着路迅速后撤，把他手上的木棍打掉。接着，我朝他重重一击，作为他打断我说话的惩罚。他差点就能摆脱困境，但我想打他，因此他逃不了。

之后，他得从地上爬起来。我朝后撤了一大步，以示休战。"我想，是汇报进展的时候了。"我说，"目前看来，你确实非常出色。不是世界上最好的，但也能在一百个人里打败九十九个人。你想不想就此打住，免于进一步的羞辱和痛苦？"

他慢慢站起身，轻轻抹着受伤的眼睛："我想成为最好的剑士。"他说："如有必要，我继续。"

我耸耸肩。"我不觉得你能成为最好的剑士。"我告诉他，"若想成为最好的剑士，你要失去太多太多，这不值得。想成为最好的，会让你成为一个怪物。如果只做到普通程度的优秀，你会过得开心很多。"

他一身伤痕，满身瘀青，看起来非常可怜。但是，在这些鲜血和青一块紫一块的伤痕下，他还是一个很有希望的漂亮小伙。"如果你

---

① 铁门式格挡和野猪牙式格挡是中世纪剑术中 12 式格挡中的两种格挡方式。

不介意，我还想再坚持一会儿。"

"如你所愿。"我答道，让他拿起木棍。

实际上，他让我想起了和他一般大时的自己，让我想起了种种往事。

去奥特玛时，我还是个既自以为是又讨人嫌的毛头小子。我早就明白，有那么多身体健康的兄长，我根本不可能活着抵达那片土地。或许我一直为此怀恨在心。我想我会是个很好的农夫。我是那种不怕干重活，也能发现事情背后的必要性的人——不等明天，也不是我们在抵达的五分钟后，也不等雨停，就是现在，就是当下，在屋梁折断、谷仓倒塌之前，在篱笆裂开、羊群跑去沼泽之前，在燕麦烂在麦秆上之前，在肉冷掉之前，在一切还能挽回之前，我就会发现其中奥秘。可是，我看见这片土地渐渐消逝——衰落和腐败是如此缓慢平静，草叶需要那么久才能从鹅卵石间长出来。这种败迹如此之小，因此毫无威胁可言。但我的父亲和我的兄长们却不同意我的观点。我是如此想离开他们。我想拿着剑，狠狠地在这个世界分一杯肥羹。他们告诉我，奥特玛有好土地，你只需要干点苦活，它就能成为世界上最好的地方。

世界上最好的。这一想法在我脑中挥之不去，可我这一辈子总是够不到。当然，如今，我已经在特定手艺的一个小角落里成为了最好的铸剑师。我陷在了这里，被我自己的脱颖而出的优势困在里面，就像一只在燃烧的屋子里死死咬着你腿不放的捕鼠犬。

但没关系。我去奥特玛，是想当个农民。可是，当我到了奥特玛，我只发现连续七十年互相"釜底抽薪"的产物。我一下就认出来了——这就是后来在我家乡、在我父亲土地上会发生的事情，不过在奥特玛，这种扫荡的规模要大得多，而且相互关联。所有的谷仓都塌了，所有的篱笆都裂了，所有的谷子都烂了，所有漂亮的牧场里，荆棘和荨麻长到人脖子那么高，在和平和懒惰的影响下，战争机器只不过一手促成、一手催熟了这一切（就像你把早谷物盖在稻草下催熟一样）。"分一杯肥羹"，我告诉自己，我他妈为什么要管这些？所以，我转而去伤害其他人。

而事实是，如果你在战争中伤害他人，他们还会给你晋升。这很奇怪，但却千真万确。

战争中，机遇非常之多，你可以慢慢挑，慢慢捡。你可以让自己专注于伤害敌人，而敌人有足够的东西给你拿，一旦你喝完了自己这杯羹，敌人那里还有你手上的两倍多的东西。我能在奥特玛活下来，就是因为有好一阵我都慢慢来。

对农夫来说，奇怪的是，他们热爱自己的土地、牲畜、房屋、篱笆还有树木，但如果给他们机会，让他们去破坏别人的土地，杀死别人的牲畜，烧掉别人的房子，砸烂别人的篱笆，砍坏别人的树木，他们只会不情愿一小会儿，接着就会欣然前往。我想这就是最基本的报复，这就是农耕，记着，你会学到点东西的。谁想去"釜底抽薪"？我还没想什么，我的手就已经举起来了。

然后，我做了件坏事，被遣送回家。他们宣布判决时我哭了。我鄙视哭鼻子的男人。他们告诉我，看在我多年英勇光荣地服役的分上，他们不吊死我。我才不这么想。我想，他们只不过非常、非常地居心叵测。

然后又一瞬，非常突然，出人意料，当这一瞬结束，我成功了。我去打他——一高一低，高的是假动作，接下来的一低才是真正的出击——而他居然不在那儿。接着，我的耳朵被刺得厉害，当我正因疼痛感到困惑分神之时，他用扫帚把子深深戳中了我的肚子。

他不像我。他后退一大步，让我恢复。"我很抱歉。"他说。

我花了好一阵子平复呼吸，告诉他："不，不管你做了什么，都不用道歉。"接着，我直起身，摆出第一式，"再来。"

"当真？"

剑之书

"别他妈这么蠢。再来。"

我让他朝我攻来,因为进攻比防守更难。我像翻一本书一样看着他,轻而易举地转身横步,继而是毁灭性的转身一击,这是我擅长的招,我蹒跚着从他身边过去,他一手肘击中了我,又给了我尾椎一击,我失去平衡,摔倒在地。

他扶我起来。"我想,我开始明白怎么使这东西了。"他说。

我朝他扑去。我想揍他,这种渴望比任何时候都要强烈。但我根本无法近身,而他不断地击中我。他的攻击很轻,点到为止。如此十余次,我跪倒在地。我浑身无力,仿佛他某个点到而止的轻刺戳穿了我的心脏。"我投降。"我说,"你赢了。"

他俯视着我,眉毛迷惑地皱在一起:"我不明白。"

"你打败了我。"我说,"如今,你更胜一筹。"

"当真?"

"你想要什么?一个该死的证书?对,你更胜一筹。"

他慢慢点了点头。"这让你成为了最好的老师。"他说,"谢谢你。"

我把耙子的把手丢到一边。"不客气。"我回答,"现在,走吧。我们两清了。"

他还在看着我。"所以,我真的是世界上最好的剑士?"

我大笑起来:"我不知道,"我回答,"但你比我好。这意味着你已经很不错。我希望你满意,因为在我看来,这是一个非常没有意义的练习。"

"不,我不满意。"他说,他的声调让我看着他,"记住,这都是为了一个目的。"

其实,长话短说,我都把这茬忘了。"噢没错,"我说,"所以,你就能杀掉杀害你父亲的凶手。"我摇摇头,"你还想这么干。"

"噢没错。"

我叹了口气。"我真希望我往你脑子里砸了什么东西，"我说，"拜托，你一定学到了什么。好好想想。杀了凶手，又能怎样？"

"会让我感觉好些。"他回答。

"好吧，我可不这么想。只有上帝知道我杀了多少人。所有被我杀的都是敌人，相信我，这绝不会让你感觉好些，这就像锻造剑刃，杀人只会让你的心肠硬起来。"

他咧嘴一笑："而硬的东西很脆弱，是啊，我知道。我猜，你这个比喻的后话我还听得懂。"

那时，这话听起来还没有那么伤人，而我的呼吸几乎和平时没什么两样。"好吧，"我说，"我猜，你有某种能让你摆脱这一切的东西，然后你就能继续生活。那你继续，祝你好运。"

他别扭地朝我微笑："所以，我得到了你的祝福？"

"哪有用这么蠢的法子来祝该死的福？但如果你想要，行，孩子，我给你祝福。好了，这就是你想要的？"

他大笑起来："你确实当了一会儿我的父亲。"这好像是什么里面的话，但我想不起来了。"你觉得我能打败他？"

"我看不出你为什么不能打败他。"

"我也这么想。"他说，"第二次总会容易得多。"

如今，要我听出弦外之音用不了多久，起码通常如此。但我承认，那时这花了我一点时间。这时，他再度开口："你从没问过我的名字。"

"然后？"

"我叫埃梅里克·德·佩吉尔汗，"他说，"我的父亲是本恩哈特·德·佩吉尔汗。你在奥特玛的一家酒馆里杀了他。当他转过身去，你用一个石头瓶子砸碎了他的头骨。"他扔掉扫帚把手。"等着。"他说，"我拿了剑就回来。"

如今讲故事的是我，所以你知道发生了什么。

## 剑之书

他拿的是有史以来最好的剑,我又把自己的剑术倾囊相授,最后他还比我更胜一筹。他总是比我更胜一筹,就和他的父亲一样。从大多数角度看,几乎人人都比我好。而他比我更好的一点是,他没有杀手的直觉。

但我承认,他打得很好。我希望我能目睹这场战斗,而不是置身其中。没什么比这更好的娱乐,但我们一个观众都没有,全浪费了。自然,你失去时间流逝的所有痕迹,但我的最佳猜测是,我们打了起码有五分钟,这就是永恒,而我们之间连一根头发丝的差异都没有。这就像和你自己的影子,或是镜中的倒影打斗。我看出他的想法,他读出我的心思。若是将这个乏味的比喻再度延伸,这就是水平最好的锻焊。好吧,当我回头看这些比喻,我发现我就像看着自己最好的作品那样,当一切尘埃落定,我会非常愉悦,但我痛恨铸造过程里的每一分钟。

当我一身汗水一身污泥地在半夜惊醒,我告诉自己,我赢,是因为他踩到一块石头扭了脚,这一点点小小的优势足矣。但事实并非如此。要说我正大光明地取得胜利,我会惭愧,因为我是靠着耐力、对胜利的简单渴望以及杀手的直觉取胜。我卖了个破绽,从而得到一个小小的机会。他没看出来,上了当。这只是一个小小的机会,没有任何选择的余地。当他的咽喉暴露,我只有不到一秒的时间拿剑尖划开,我们管这招叫"挑斩"。我割开他的喉咙,朝后跳去,以防溅自己一身血。接着,我把他埋进粪坑,与猪骨头和家中屎尿待在一处。

他本该赢的。当然,本该赢的是他。大体上说,他是个好孩子,而且如果他还活着,可能会过得很好。大概吧,起码无论用什么评价标准看,他都会比我的父亲过得好,毫无疑问,还一定会过得比我好。就像我告诉自己的一样,他死得很快,快到他永远都不知道自己输了。

但是,就在那天,我证明了自己更胜一筹,这就是比剑的全部意义。这是个简单又绝对可靠的测试，他失败了，我通过了。最优之人总能赢，因为最优的定义就是，活到最后。你有不同意的自由，但你错了。我很恨这个，但这是唯一一个能说得通的定义。

每天早上我都会咳出黑煤灰和灰杂泥，这是火焰和磨刀石的馈赠。铁匠都活不长。干得越辛苦，变得越优秀，吸入的有毒的脏东西就越多。死亡总在上头等着我，总有一天，我会到它那儿去。

我把他的剑卖给了索克纳公爵，我忘了卖了多少钱，不管用什么标准看，那都是很大一笔巨款，但公爵说他要最好的剑，于是他拿到了配得上这个价钱的东西。我那装金子的旧桶如今几乎都要满了。我不知道，当金币满到桶口，我会拿它怎么办，大概会干些蠢事吧。

这世上，我或许有着其他所有毛病，但你得承认，我起码诚实。

# 罗宾·荷布

《纽约时报》畅销榜作家罗宾·荷布是当今奇幻界炙手可热的作家之一,其作品平装版销量逾百万册。她最负盛名的代表作当属史诗奇幻《刺客正传》系列,即《刺客学徒》《皇家刺客》《刺客任务》三部曲,及其外传及后传奇幻系列:一为《魔法活船》三部曲——《魔法之船》《疯狂之船》《命运之船》,一为《刺客后传》三部曲——《弄臣任务》《黄金弄臣》《弄臣命运》。她还著有《士兵之子》系列,即《萨满桥》《森林魔法师》《叛徒的魔法》三部曲;以及《雨野原传奇》,分为《饲龙者》《育龙所》《龙之城》《龙之血》四卷。最近,她已着手为刺客系列撰写新的《斐兹与弄臣》三部曲,包含《弄臣刺客》《弄臣远征》,以及于2017年面世的《刺客命运》。荷布同样也以真名梅根·林德霍姆写作,她署真名的作品包括奇幻小说《鸽子巫师》《鸟妖的飞翔》《风吟者》《林布莱斯之门》《幸运狼群》《驯鹿一族》《狼兄》《分趾蹄》等等,此外还有科幻小说《陌异地球》以及与史蒂芬·布拉斯特合著的小说《吉卜赛人》。林德霍姆的最新作品是与罗宾·荷布"携手"奉献的短篇集《传承》。

在接下来这篇令人胆寒的故事里,斐兹骏骑·瞻远来到一座遭受红船劫掠的村庄,一系列无比艰难的抉择摆在困窘的村民面前,这些悲惨的选项一个比一个糟。

# 父亲之剑

岗哨瞭望台上的桃拉换了个姿势。寒气使她肌肉僵硬,而要把绑在一簇伸展的树枝上的两根细木头称作"岗哨瞭望台",实在太给面子了。哪怕表面平整一点,也能对屁股和后背温柔一些。她换成蹲姿,又看了眼月亮的位置。等它运行到绝地小丘的上方,她的值岗就将结束,由克里来接班。理论上如此。

她被安排在遇敌指数最低的入口。这棵树俯瞰着通往内陆鱼市"高地市场"的小径,被冶炼的人不大可能从这个方向攻来。人质们已被赶离家园,前往海滩。遭绑架的村民走过烧毁的渔船,走过被洗劫一空的熏鱼棚,然后消失不见。有个大胆的男孩曾悄悄跟着被绑的母亲去过海边,他说劫匪把村民逼上小船,划向泊在近岸的一艘红色大船。他们被海浪送走,也将被浪涛遣回。

他们出村时,桃拉就藏身在港口边的一棵大柳树上,目睹了整个经过。袭击者似乎是逮到谁就抓走谁。她看到了格林比老伯和怀抱乳婴的莎拉尔·格林奥克,还有博得比家的双胞胎小孩,以及柯里亚、路丹、蔻普。还有她父亲,脚步蹒跚,一路狂吼着,脸侧鲜血直流。她基本上能叫出每个人质的名字。熏鱼村不大,仅有约六百村民。

唔,曾有约六百村民。在遇袭之前。

遇袭之后,桃拉和其他幸存者一道扑灭了火,把尸体搬到一起。默默数到四十之后,她停止了计数——这还只是堆在村子东头的尸体数量,此外另有一处火堆,搭在摇摇晃晃的码头附近——不,码头已

剑之书

经不再摇晃了，它成了一堆半浸在水里的焦炭，陪着旁边沉没的小渔船队。她父亲的船也在其中。剧变发生得如此迅速，令人回忆不清细节。今晚早些时候，她本想跑回家取一条暖和些的斗篷，接着又记起来，家里只剩浇湿的灰烬和焦黑的木板。并非她家独遭厄运，被烧毁的还有相邻的五座房子和村里另外十几户人家，就连科尔普尚未竣工的两层大楼房如今也成了一堆冒烟的木料。

瞭望台上的她再换回坐姿，屁股被什么东西硌了一下，原来是用长绳挂在脖子上的口哨。村议会给她发了根短棒，还有只哨子，如果见到可疑人员接近，吹上两声，就能唤来壮丁手持"武器"出现，例如长杆、斧头、鱼钩什么的。杰林也会身佩桃拉父亲的剑赶来。万一哨声没叫来人怎么办？她还有短棒呢——说得好像她真得爬到树下，真忍心揍那些自打出生就认识的人①似的。

耳边传来一阵富有节奏的"嗒嗒"声。来了一匹马？太阳已经落山了，熏鱼村平时少有旅人经过，除了在夏末的红鲑鱼丰收季会有买主前来讨价还价。而现在是冬天，况且天色已晚，谁会从这条路来？她凝神望向黑暗中狭窄的小径，那条踩得硬实的泥土路穿过丛林茂密的山岗，通往高地市场。

一名骑手驾马进入视野。单人匹马，鞍前载着个形状不规则的布捆，鞍后是两个鼓鼓囊囊的驮袋。正细看间，布捆突然扭动起来，发出一声长长的呜咽，然后爆发出扯着喉咙的大吼，像是生气的孩子在发泄怒火。

她拿起口哨吹了个单音，表示"可能有危险"的信号。骑手勒住马，朝她所在的树上望望，没有伸手取弓。说实在的，要稳住身前的孩子就够他两只手忙活了。她站起身，扭扭背，缓和缓和冻得僵硬

---

① 指前文所提到的"被冶炼的人"。红船劫匪会抓走人质进行冶炼，遭受冶炼的人没有人性，没有正面情感。

的肌群，慢慢爬下树干。抵达地面时，玛瓦和卡博已经到了。还有克里，这个早该来替班的家伙。三人手握长杆堵在马道上质问来人，而那孩子的哭声一阵接着一阵。借着火炬的光芒，她看清对方是个黑发黑眼的年轻人，身披厚实的亮蓝色的斗篷。她好奇那两只驮袋里装着什么。

外乡人忍无可忍，终于大声喊道："谁来把这娃领走好吗？他说他叫皮维，他妈叫柯里亚！又说他住在熏鱼村，指了这个方向。他是这儿的人吗？"

"柯里亚的儿子！"玛瓦惊呼一声，上前细看那双腿乱蹬、身子扭个不停的孩子。"皮维！皮维，是我，玛瓦表姨。上我这儿来，快！到我这儿来。"

坐在高头黑马背上的外乡人弯腰递下男孩，男孩却转身打他，一边大叫着："我恨你！我恨你！放开我！"

玛瓦蓦地退后一步。"他被冶炼了，是吗？啊，仁慈的艾达神啊，这可怎么办？他才四岁，是柯里亚的独子。劫匪肯定是把他连同他母亲一块儿掳走了。我还以为他被大火烧死了！"

"他没受冶炼。"骑手有些不耐烦地说，"他生气是因为我没有吃的给他。拜托，领走他吧。"男孩用脚跟跺着马肩，号叫一阵，叫两声妈妈，又接着号叫。玛瓦再次上前，不顾皮维双脚乱踢，将他一把抱在怀里。"皮维，皮维，是我呀，没事了！啊，乖宝贝，已经没事了。你身子这么冰！冷静一点好吗？"

"我冷得很啊！"男孩大叫道，"还很饿。浑身都是蚊子包，手也被藤壶划伤了，妈妈还把我从船上丢了下去！她把我扔下船，扔进黑咕隆咚的水里，根本不管我死活！不管我怎么喊叫，船都没有掉头回来救我。我就泡在水里，被波浪冲到岸边，最后我爬上岩石滩，又在森林里迷路了！"他稚气的声音尖叫着，尽情发泄委屈。

桃拉凑到克里边上。"现在轮到你值岗了。"她提醒他。

"我知道。"他不屑地说,凶巴巴地瞪着她。她耸耸肩。总之提醒过他了。她可没有监督他值岗的义务,反正她的任务已经完成了。

陌生人下了鞍,牵马进村,好像确定这样做没有问题似的。桃拉留意到大伙儿纷纷围了上去,完全忘了还没盘问完他。唔,他没受冶炼;被冶炼的人绝不可能帮助一个孩子。他怜悯地看了一眼玛瓦怀里的男孩。"一看他我就明白了八九分。"他的视线跳向稍远的卡博,"这孩子从森林里冲出来,直直拦住我的马,哭喊着救命。我很高兴他还有亲戚活着,能够收留他。我也很同情诸位被劫的遭遇。你们并非唯一的受害者,前头滨海的伯劳村上周也遇袭了,那里正是我要去的地方。"

"你是谁?"卡博怀疑地询问。

"黠谋国王接到伯劳村信使鸟送来的消息,便立即派我启程。我叫斐兹骏骑·瞻远。我本是被派去协助伯劳村的;你们遭袭之事,我并不知情。我不能在此久留,但可以将必要的应对方法告知大家。"他抬高音量,好让那些应桃拉的哨声而涌出门外的村民听见,"我能教你们如何对付被冶炼的人,把目前所了解的一切如数告知。"他环视周围那一圈目瞪口呆的脸,语气更加坚定:"国王正是派我来帮助尔等民众。除值岗人员之外,叫全村人过来集合,我需要向大家集体说明。被冶炼的村民随时可能回来。"

"就你一个人?"卡博忿忿地问,"我们将村子遇袭、村民被红船劫匪掳走的消息奏呈了国王,结果他就只派一个人来?"

"骏骑王子的野种。"有人说道。听声音像是赫德利,桃拉在黄昏中看不真切。陆续有村民从依然屹立的房舍里出来,在牵马的信使跟前排成长长的一溜。来人装作没听见这句恶言。

"国王并非派我来这里,而是命我去伯劳村。我是专程过来,好把这孩子送回家。劫匪没烧你们的旅店吧?假使能让我吃上一餐饭,再给我的马一处地方歇脚,我将不胜感激——昨晚我们只得冒雨露宿。此外，旅店也便于召集大家来听我发言。"

"熏鱼村从来就没有旅馆，也不需要。路到这里的海湾就是尽头，我们村的人夜里都睡自家床上。"卡博的语气有些恼羞成怒，国王派来的人竟然幻想熏鱼村会有旅馆。

"那也只是以前。"桃拉低声说，"现在村里很多人也没床可睡了。"今晚她该到哪里过夜呢？大概是去邻居家吧。杰林把壁炉边的地板腾给她，又给了她一条毯子。邻里之间嘛，他母亲说，好心帮忙是应该的。她弟弟革夫一字不漏地学会了这句话。但杰林还索要桃拉父亲的剑，母子俩便双手奉上，好像为这点人之常情倒还亏欠了他似的。那柄剑是他们在劫匪放火烧房后抢救出来的少数几件家当之一。"你弟弟还太小，你身子又弱，使不动的，不如给杰林吧。"他们干的好事被桃拉发现后，母亲如此作答，并搬出父亲的教训堵她的嘴，"记得你父亲常常说的：该保命时别犹豫，切莫瞻前顾后。"

桃拉清楚记得他说出那话时的情形：他和两名船员将大部分渔获弃入大海，终于驾船冲出了突如其来的暴风雨。桃拉认为，舍财保命是一码事，将最后一件传家宝送给爱夸大其词的屁话精，则完全是另一码事。母亲说桃拉柔弱女子身，绝不可能使得动剑，那是她不知道桃拉已经有举剑的力气。好几个傍晚，父亲取出宝剑擦拭上油时，就是让她拿着的。虽然总得动用双手，但最后那次，她已经能高举起它，笨拙地挥舞两下。而父亲对此报以粗哑的大笑。"有心无力，太可惜了。要是我有个人高马大的儿子，配上你这份心该多好。"他用余光瞟了眼革夫，"高不高也无所谓了，只要儿子有这份心就成。"他喃喃地补充道。

可惜她不是儿子，而且未能继承父亲的体格与力量，身单力薄如同母亲。她已经到了可以给父亲帮船的年龄，但他从没带她去过。"占着一个人的位置，却只能干半个人的活儿，这可不行。"话题便就此打住。然而，当月月末，他又让她试举了出鞘的剑。她挥舞两

剑之书

下，剑身毕竟太沉，剑尖又刺进了泥地。

父亲则对她微笑。

而今父亲已离去，被红船劫匪带走。她却未能拥有一件他的物品。

桃拉是家中长女，那把剑理应归她所有，不论她能否挥动。然而，决定宝剑最终去留的时分，她却没有真正的发言权。那天她搬完尸体，从柴堆边回杰林家来，只见鞘中宝剑竖倚在墙角，像一把笤帚！他们母子三人来杰林家睡地板，杰林便可换得她家中仅剩的值钱宝贝，而她母亲认为这桩交易很公平。这是哪门子的公平呢？他们睡地板又犯不着他什么开销。母亲显然对何为"保命"毫无概念。

别去想那些了。

"……熏鱼棚吧，"卡博正说着，"那儿基本上已经空了。咱们可以生明火取暖，再把大伙儿都叫过去。"

"那敢情好啊。"陌生人说。

玛瓦扬头冲他微笑。皮维已经停止挣扎，两手环抱着表姨的脖子，小脸紧贴着她的斗篷。"我家有地方给你过夜，先生。现在羊圈也很空，足够你歇马了。"她微笑的嘴角苦涩地抽动一下，"劫匪没有留多少牲畜给我们照料，带不走的都给杀死了。"

"抱歉提起你的伤心事。"他疲惫地应道。桃拉觉得这种故事他早就听说过无数遍，可能每次都是这么回答的。

卡博派人去村里传话，召集村民来熏鱼棚下集合。他又命令克里去值岗，桃拉不禁感觉到一种孩子气的满足。她跟着人群前往棚子，发现那里已经住着几户人家，生起了火堆。也有不具亲缘关系的村民临时搭伙，散居棚下。

她母亲可曾想过来这里？尽管支离破碎，至少他们仍是一个家庭，而且能保住父亲的剑。

卡博翻倒一个板条箱，以便让信使站上去。村民们陆续来到这个形如仓房、总是弥漫着桉木烟味与鱼腥味的棚子下集合。他们的动作拖拖拉拉，桃拉看得出，陌生人的不耐烦与时俱增。终于，他登上小讲台，请大家安静。"我们再也等不起了，现在，被冶炼的人随时会回村来。我们知道，自从红船劫匪首次攻击冶炼镇，并将半数镇民变作行尸走肉遣回镇上以来，这就是他们一直惯用的模式。"他低头看着周围那一张张困惑的脸，转用更简单的语言讲解。

"红船来了以后，劫匪烧杀抢掠，但真正的毁灭却始于他们离开之后。他们劫走你们所爱的人，用世人无法理解的手段对其进行改造，再关押一段时间之后，遣回你们身边。你们曾经的家人回来时，又累又饿，又湿又冷。他们外表看来还是你们的亲属，甚至会叫你们的名字，但灵魂早已和离开时完全两样。"

他的视线扫过聚集的村民，不禁摇了摇头。他们完全不信，而且这番话反倒激起了他们的希望。桃拉望着他努力解释的模样。"他们能记起你们的长相和名字，做父亲的知道孩子的名字，面包师也记得煎锅和炉子的用法。他们会找回家里去，但是，千万不能让他们进村或者回家，因为他们对别人根本没有感情，心里只有自己。他们偷盗、斗殴、杀人、强奸，无恶不作。"

桃拉仰头瞪着他。他的话简直不可理喻。周围的各张脸上也反映出同样的困惑，他悲哀地摇了摇头。"很难向大家解释——做父亲的竟然会从小儿子嘴边抢食。只要你们手里有他们想要的东西，他们用尽暴力手段也会抢过去。他们饿了，会把吃的抢光；他们看上了哪栋房子，会把那家人全部赶走。"他继续说着，声音突然沉了下去，"他们有了冲动，就会强奸。"他扫视一遍听众，最后补上一句，"逮着谁强奸谁。"

听众们满脸怀疑。他摇摇头，又道："各位，请听我一言！你们所听说的，有关被冶炼的人的一切，每一条传闻，都是真的。大家赶紧回去加固房子，关死护窗板，确保门闩牢靠。组织有能力保卫村子的民众，集合成队，武装起来。你们已经设立了岗哨，这个做法很好。"

他停下来喘口气，桃拉趁机发问："可是，他们来了以后，我们该怎么办？"

他直直向她看来。要不是又冷又累，他大概挺英俊的吧；但他现在颧骨冻红了，黑发扭成一股股的，不知是因为雨还是汗。他的棕色眼眸里充满痛苦。"被劫走的人质并非因为你们而回来，被冶炼的人绝不会变回从前的样子。"余下的话语忽然变得严厉，"你们必须做好杀死他们的准备，在他们动手杀人之前。"

桃拉心头猛然涌起一股恨意。英不英俊姑且不提，他现在说起的可是她父亲。那天，她的生父，虎背熊腰的伯克，打了一天鱼回来，手无寸铁，猝不及防间被一记闷棍打晕拖走。母亲连忙叫她跑远躲起来，她照办了。她原本相当肯定，她那虎背熊腰的父亲能干掉劫匪回家来，因此没有出手救他，只是躲在柳树丛中，眼睁睁看着他被拖走。

第二天清晨，她和母亲不约而同地回到屋基跟前。十三岁的革夫站在烧毁的房子外面号啕大哭，像个五岁的小孩。桃拉和母亲没有理会他，她们知道这傻小子缺心眼。天下起了毛毛雨，冰凉冰凉的，母女俩扒拉开烧焦的木料和倒塌的茅草顶烧成的灰。家没有了，也没什么能捡回的东西。两人继续在斜支的屋梁底下翻找，而革夫只知道站在旁边哭。找到几口煮饭锅，另有个厚实的壁橱竟然没烧穿，里面有三条羊毛毯。又找到一个碗和三个盘子。随后，她发现了父亲的剑，它安然躺在一根倒塌的木梁下，剑鞘依旧完好，没有遭受火焰的损伤。要是他当时带着这把剑，也不至于落得被劫走的下场。

如今，这剑被那不中用的杰林霸占，虽然它理应属于她。她很清楚，母亲用剑换住处的做法要是传到父亲耳朵里，他会有怎样的反应。想到父亲，她不禁紧抿起嘴唇。伯克算不上人们心目中最慈祥温柔的父亲；说起来，他倒和国王的信使所描述的被冶炼的人差不多。吃饭他要第一个上桌，挑最好的吃，不管什么事都要孩子百依百顺。他抽起耳光不假思索，夸句好话则要三思而行。他年轻时曾是一名战士，需要什么东西总能想方设法得到。她心中燃起一点希望的火苗。也许，即使遭受冶炼，他的为父之道依然不会有多少改变。他也许会回家，唔，回到曾经拥有过家的村子。他也许仍然会天不亮就起床，摇着小船出海……

啊。那艘船现在已沉到海底，只剩巴掌长的一截桅杆探出海面。

她了解父亲，他一定能想到办法打捞出小船，一定有办法重建老屋。也许还有机会重温以前的生活，一家四口傍晚坐在火边，桌上盛着食物，床铺整洁……

而且，他也能夺回他的剑。

国王的信使演说不太顺利，他说服不了村民将回家的亲属挡在村外，更别提谋杀他们了。桃拉也怀疑他在胡言乱语：一位母亲如果记得孩子的名字和面容，就必然会记得自己对孩子的感情！怎么可能不记得呢？

很快，他发现听众们并没有跟上他的思路。他的声音沉了下去。"今晚我将在这里过夜，照料马匹。如果你们需要帮忙加固房子或这间棚子，尽管找我；但首先你们自己得做好准备，否则我也爱莫能助。遭受冶炼的并不止你们一个村。国王本来派我去伯劳村，只是机缘巧合来了这里。"

老哈林开口了。"我们知道怎么自保。基林只要回来，就还是我的儿子。凭什么不能给他东西吃，给他地方住？"

"你认为我会因为父亲做几件自私自利的事，就杀死他吗？你怕是疯了吧，伙计！假如黠谋国王就派你这种货色来支援，我们宁可不要。"

"血浓于水！"有人喊了一声，于是在场的每个人顿时都对国王的信使怒目相向。他脸上的皱纹更深了，愈显疲惫。

"随你们便吧。"他有气无力地说道。

"莫非还随你便吗?!"卡博高声应道，"你以为没人检查过你那匹马的驮袋?! 里面装满了面包！见我们这么困窘潦倒，你也只字不提，不肯分一点给我们！你说，到底是谁冷漠自私，斐兹骏骑·瞻远？"卡博高高挥起双手，向人群呼喊："我们请求點谋国王派人帮助，他就只派了一个人，而且还是个野种！这人藏起面包，不愿填饱我们孩子的肚腹，还叫我们残忍杀亲。我们不需要这样的帮助！"

"希望你们没碰那批面包。"陌生人答道，此前无比真挚的眼神已经变得漠然而黯淡，"它们有毒，是用来对付伯劳村被冶炼的人的。为了杀死他们，结束那里的杀戮和奸淫。"

卡博满脸震惊，随即大喊道："出去！马上离开村子，今晚就滚！你的话我们听够了，你的'帮助'我们也消受不起！快滚！"

瞻远不为所动。他扫视一圈聚集的村民，从容走下板条箱。"随你们便吧。"声音波澜不惊，却传遍了熏鱼棚，"唯自助者得他助。我这就上路。等我完成在伯劳村的任务，会再回这里一趟。也许到那时，你们已做好听从建议的准备。"

"不大可能。"卡博对着他讥笑道。

国王的信使缓步走向门口。他的手没有握在剑柄上，但人群却纷纷给他让出一条道。少数几个人跟在他身后，桃拉也是其中之一。他的马仍然拴在外面，一只驮袋的盖子被掀开了。那人停下来，盖好它，又拍拍马脖子，解开缰绳翻身骑上，驱马进入黑暗之中，没有回头看一眼。他沿来路离开，马蹄声逐渐远去。

到早晨，雨还在下，艰难的一天又开始了。没有一个被劫走的村民回来，停泊在海湾边缘的红船已经离去。杰林开始管教桃拉一家，叫她母亲帮忙烧火做饭，革夫则出门捡木头，拿来修缮房子或者用作柴火。桃拉值完岗回来，杰林便命令她照顾他的臭小子，好让妻子达尔达休息休息。科德尔今年两岁，早被宠坏了，鼻涕兮兮地东窜西跑，撞倒这个打翻那个，一挨骂就扯起嗓子尖叫。他的衣服随时都很脏，杰林两口子还想让桃拉给他洗尿布，挂到壁炉上方的绳子上烘干。遇袭之后，日子一直阴冷潮湿，不知道有什么东西真能烘得干。桃拉抱怨了一声，她母亲便匆忙提醒她，有些人只能在破损的船帆下躲风避雨，或者在熏鱼棚的泥地上过夜。她说话时声音压得很低，好像害怕杰林听到她抱怨，会把他们赶出去似的。她告诫桃拉心怀感恩，多给这户收留她的人家帮忙。

　　桃拉心里没有一丝感恩。看到寄人篱下的母亲像个佣人一样做饭打扫，她感到备受折磨。更烦心的是看到革夫跟在杰林屁股后面，像个狗崽子似的对他摇尾示好。但杰林并不待见他，把他到处使唤，又是嘲笑又是讥讽，革夫却不以为意，只是紧张地干笑两声。杰林把他当驴使，带他去打捞沉没的渔船，两人回家时，全身都湿透了，疲惫不堪，但革夫毫无怨言，反而还有说有笑地去讨好杰林。他对父亲可从没这样过。他们的亲生父亲对待子女总是冷漠又暴躁，或许是有些不够慈爱，但革夫就算再蠢，这么快就忘了父亲总归不对吧。父亲很可能还活着。桃拉默默忍着一肚子火。

　　更过分的还在第二天晚上。她母亲炖了鱼，但把汤调得很稀，以便喂饱每一张嘴。汤色有些泛灰，汤料除了海边捞上来的小鱼以外，还有悬崖上生长的棕百合球根、海草，以及沙滩上捡来的小贝壳，吃起来一股退潮时的海腥味。碗不够，他们得先后上桌，桃拉母女俩排在最后。桃拉只分得一小份，她母亲则把锅底刮了个一干二净。桃拉慢慢舀起清汤里的鱼肉渣和百合碎，杰林"咚"地一屁股在她对面坐下。"不能再这样下去了。"他突然开口，桃拉的母亲惊得张大了嘴，却不敢出声。

剑之书

桃拉面无表情地看他一眼。他说话时盯着的是她，不是她母亲。

"显而易见，家计已经操持不下去了。食物不够，床不够，房间也不够。所以。要么得想办法增加这三样资源，要么就得请一些人搬出去。"

桃拉的母亲缄默不语，两手紧攥着桌子边缘。桃拉斜瞟她一眼，只见她目光焦灼，紧抿的嘴唇像一根绷紧的拉绳。压根指望不上她。父亲被劫走还不到五天，母亲就快要不认这个女儿了。桃拉傲然与杰林对视，回应道："你在说我。"声音没有丝毫颤抖，她为此感到骄傲。

他点了个头。"显而易见，你照顾不了小科德尔，他也不习惯被你照顾。你虽然给村里值岗放哨，但那并不能让家里添一点食物，也不能让柴架上多一根柴火。该干的家务活你老是偷懒不干，我们让你做，你就牢骚满腹，每天光知道烤火生闷气。"

他一五一十地细数着她的缺点，她感到一阵凉意窜上脊背，耳朵里嗡嗡作响。母亲以沉默表达指责，弟弟则站得离桌子远远的，低眉垂眼，为她感到羞愧，也可能是害怕。他们都觉得杰林占理，在奉上父亲宝剑的那一刻，也把杰林奉作了一家之主。杰林滔滔不绝，叫她跟着那些拾荒者趁低潮时去海滩上捡小贝壳，或者到四小时里程外的剪子屯找工作，每天挣几个铜币回来给家里买吃的。她面不改色地听着他大放厥词，没有答话，等他终于闭嘴之后才开口。

"依我说，我们早已预付了这里的食宿费用，而且绰绰有余。你不是拿走了我父亲的剑吗？那精美的皮鞘上镌刻着我们的家训，是为'追随强者'！那把剑锻造精良，出自公鹿堡。我父亲在血气方刚的青年时代，曾佩带它在黠谋国王的亲卫队中效力。它本该由我继承，现在却被你夺走了！"

"桃拉！"她母亲倒吸一口凉气，话语中却只有责备，并非因为意识到自己拱手送出了传家宝而心痛。

"忘恩负义的贱人!"杰林高声呵斥,他妻子也气得直哆嗦,"你的剑是能吃,能挡雨,还是能在下雪的时候给你暖脚,蠢妮子?!"

她张嘴正要回答,这时,不远处突然传来尖叫。有人从屋旁疾步跑过,上气不接下气地叫喊着。桃拉率先起身,开门查看雨夜中的动静,杰林和达尔达便齐声高喊:"快关门,上好门闩!"两个不长记性的,忘了劫匪放火时有多少人被活活烧死在了自家房子里。

"他们来了!"有人大喊着,"他们从海滩上,从海上来了!他们来了!"

弟弟凑到桃拉身后,挤在她胳膊底下向门外张望。"他们来了!"他傻乎乎地跟腔。片刻之后,哨声响起,短促的双音,一遍又一遍。

"你他妈的,快把那该死的门关上!"杰林怒声大吼。前一秒还被他贬得一文不值的剑此时已然出鞘,紧握在他手中。此情此景,再加上被随意丢在地上的剑鞘,气得桃拉七窍生烟。她推开弟弟,一把拉着门框"砰"地摔门而出。她立刻后悔没带斗篷,但也不想回头去取,免得破坏了出门时的昂扬气势。

外面雨不大,雨点虽细却密,寒冷刺骨。村民们纷纷现身门口,向着夜色张望。一些人拿起了可怜的武器,短棒、鱼刀、鱼钩之类,他们只有这些营生的工具,不带什么进攻或防御的功能。一声长长的尖叫划破夜空,又寂然淡去。

多数村民都躲在门内,只有少数胆大的或是悲观绝望的人出了门。他们三三两两地走过黑暗的街道,前往哨声响起的方向。其中一人打着灯笼,在桃拉眼前映出破损的房屋,有的烧成了灰烬,有的只剩熏黑的梁架。她看到街上有条死狗没人收尸,也许它的主人已不在世间。有些房子相对完好,依然伫立着,紧闭的窗缝里透出灯光。细雨从烧毁的屋基中激起的气味让她很不舒服,劫匪抢走又丢弃在街上的物品全被雨水泡成一团焦糊。尖叫声再未响起,对桃拉而言,这反倒比持续不断的叫喊更令人揪心。

掌灯的人高举起手中灯笼，摇曳的光芒下，桃拉看见几个人影正朝他们走来。身边一名男子突然向对面的女人跑去，边跑边喊着："哈蒂尔德！你还活着！"对方却没有回应他的呼唤，只是蓦然停住脚步，盯着一座房子的瓦砾出神。桃拉和其他人慢慢接近他们。男子站在哈蒂尔德身边，脸上带着困惑不解的神情。她的头发扭成一股股的，湿衣服都贴在身上。他温柔地对她说道："劫匪烧了你的房子，我很同情你，哈蒂尔德。"

　　她一言不发地转身离开他。瓦砾旁边那座房子没被摧毁，她径直走过去，推推门，然后抡起拳头使劲砸。一位老妇慢慢开了门。"哈蒂尔德！你还活着！"她惊叫道，小心翼翼的微笑逐渐爬上她的脸。

　　然而，被冶炼的女人一言不发。她推开老妇进了屋，老妇跌跌撞撞追在她身后。桃拉听见里头传来气愤的叫喊："请不要吃那个！我给孙儿留的就这么一点了！"

　　桃拉还来不及细想，街上又有一个女人朝他们跑了过来。她经过两个艰难行进的人影身边，发出恐惧的尖叫，再看到桃拉一行人，随即哭出了声："救命啊！救命啊！他强暴我！我亲哥哥强暴我！"

　　"啊，迪丽！"桃拉身边的一个男子叫道，立即脱下斗篷披到她褴褛的衣衫上。她接受了他的好意，但一碰到他就缩起身子躲开了。

　　黑暗中，一名高个子朝他们大步走来。"罗夫，是你吗？"提灯笼的人问道。来人袒胸赤脚，皮肤冻得通红。他没有回答，却突然对人群中的一个小伙子大打出手，揍得对方跌跪在地，随即从那年轻人肩上硬拽下斗篷，拉扯中差点把对方勒死。他把自己裹好，瞪了一眼瞠目结舌的旁人，转身朝一座房子大摇大摆地走去。

　　"那儿不是你家，罗夫！"打灯笼的人大叫道。其他人扶起那个瑟瑟发抖的小伙子，紧紧地扎堆在一起，活像被狼群包围的绵羊。

　　罗夫没有止步。他推推门，发现门上了闩。于是他后退两步，大喝一声，冲上前去用力一踢。门猛然打开。屋内传来愤怒的叫喊和一声尖叫。桃拉目瞪口呆地看着罗夫走了进去。"罗夫?"一个男人的声音问道,过了一会儿,夜空里便充斥着打斗的声音。几个村民见势不妙,想去门前一探究竟,这时一名妇女抱着小孩跑了出来,对他们哭喊道:"救命,救命!他快把我丈夫打死了!救命啊!"

两个男人跑进屋内帮忙,桃拉静静地站在黑暗的街上。"这就是他那番话的意思。"她暗暗告诉自己。他说得对。她曾以为国王的信使神经不太正常,谁料想他的话都是对的。

哈蒂尔德与老妇也扭打着到了街上。双方互不相让,站在门口的小孩则害怕得号啕大哭。几个村民上前拉架,另有几人跑去拖开罗夫。四下里吵嚷与打斗混成一片。桃拉顺着街道望去,敞开的门口透出的灯光映照出更多被冶炼的人正在返回。村民们打开门看一眼外面,又立刻把门关紧。桃拉心中恐惧与希望交织,她是否能在他们中间找到父亲的身影呢?可他始终没有出现。

村民们把罗夫拽出屋子,被抢走斗篷的小伙子跳到他背上,伸出手臂横箍住他的脖子,大叫道:"把斗篷还给我!"另外一人想把小伙子拉下来,其他三人用力按住罗夫,只听得有人喊道:"罗夫!快住手,罗夫!我们可以帮你!罗夫!别再打我们了!"

可罗夫并未住手,尽管对方只是想遏制他的攻势,他却全力出击,即便杀死对方也在所不惜,拼命要摆脱他们。桃拉亲眼看到了村民们全数被他挣脱的瞬间。接着,罗夫被其他人用身体压倒在地。先前那人仍在求罗夫住手,但别的人无不骂骂咧咧,拳打脚踢。他拒不投降。最后,暴力的一脚踢中他的脑袋,结束了这场混战。桃拉看见罗夫脖子断了,耳朵耷拉到肩膀上,不禁惊叫出声。罗夫顿时安静下来。另有两人各补了一脚,随即又像被斥责的狗一样,突然夹起尾巴默默后退几步,离开罗夫的尸体。

街上,率先招呼哈蒂尔德的那个男人仍然从背后紧抱着她,将她的手臂压在身侧。老妇直挺挺坐在地上,又哭又号。哈蒂尔德仰头向后撞,牙齿疯狂地咬合,抬起赤裸的脚后跟猛踢那男人的腿。桃拉恍然大悟。劫匪故意把又冷又饿、灵魂空洞的他们遣回来,好让他们有迫切的理由攻击家人和邻居。这就是他们只烧掉半个村子的原因吗?好让那些幸免于难的人了解同胞的愤怒?

但眼下形势危急,容不得她细细思索。

"仁慈的艾达神啊!"不远处有人惊呼道,罗夫的朋友也大声控诉,"你们把他杀死了!罗夫!罗夫!他死了!他死了!"

"哈蒂尔德!住手!住手!"

罗夫瘫倒在地,舌头耷拉在鲜血淋漓的嘴唇外面,哈蒂尔德也不答话,仍然又咬又扭又踢。在那无声胜有声的震惊一刻,桃拉听到村子别处传来哭喊、撞击、尖叫、怒吼的声音。有人绝望地吹着口哨,一遍又一遍。他们的同胞回来了,却是被冶炼过,正如黠谋国王的信使曾警告的那样。此刻,桃拉完全明白了他的意思。的确,他们会不顾一切抢夺自己的所欲所需,而有些人,譬如罗夫,不见棺材不会放弃。

桃拉突然意识到,村民们会杀死她父亲。父亲强壮而固执,是她所知的最强壮的人。他不得到需要的东西绝不善罢甘休。唯一能阻止他攫取所需的办法,就是杀了他。

爸爸。

他会在哪里?他将从哪条路来?四面八方都传来了哨声和尖叫。被冶炼的人正在返回,而比起劫匪闯进村子放火、偷盗、奸淫、杀戮的那一夜,今晚的情形还要更糟。前一场袭击打得他们措手不及,而同胞的返回,他们早有预料,在恐惧与希望的起起落落中度日至今。就在村民们正要开始回归正常生活,计划重建房舍,把沉船捞上岸来修补之际,劫匪再度发动攻击,却是利用村民的同胞作为武器,她父亲也将是袭击者之一。

他会在哪儿?

她知道。他会回家。

桃拉跑过黑暗的街道,连续两次躲开被冶炼的人。尽管紧闭的窗缝中洒出的灯光无比昏暗,她仍能分辨出他们。他们的步伐中透着僵冷,好像被硬塞回朋友与家人的生活中,很是摸不着头脑似的。她跑过桢德·格林奥克身边,他跪在街上啜泣着:"可是孩子呢?咱们的孩子哪儿去了?"

桃拉不由自主地慢下脚步,朝那边望去。桢德的妻子莎拉尔站在街上,衣服仍然滴着海水,曾经抱孩子上红船的臂弯如今空空如也。她盯着烧得只剩残垣断壁的家,机械地说道:"我又冷又饿。孩子就知道哭,一点用都没有。"这番话不带情感,既不后悔也不愤怒,只是陈述事实。桢德跪在原地,浑身颤抖,她则起身走开,抱起手臂抵御寒冷,大步走向街上一座亮灯的屋舍。桃拉知道接下来会发生什么。

不过,从屋子里出来的女人手握一根短棒,回头吩咐道:"把门闩好,除了我,谁叫也不许开!"

她没有等到莎拉尔上门,而是挥舞着短棒,大步迎了上去。莎拉尔没有退却,发出非人的尖啸表达遭到阻挠的愤怒,同时举起手爪冲向对面的女人。

"不!"桢德大叫着,匆忙起身跑去护住妻子。这便是真相,桃拉突然明白,有的人会站在爱人一边,不论对方是否被冶炼;也有人会不惜一切代价保卫家庭。桢德肚子挨了重重一棒,倒在街上,莎拉尔则仍在打斗,不顾下巴已经变形脱臼。护家的女人嘴里胡乱喊叫着,变得像她迎击的被冶炼的人一样凶暴野蛮。打死罗夫的那几人站在一旁,互相高声指责。恐怖与惧怕驱使着桃拉从他们身边跑过,今晚她不想再见证第二个人的死亡了。

"一家人要团结。"父亲总是这样教她。她还清楚地记得那一天,革夫被头顶飞过的一群野雁吓慌了神,在大街上东跑西窜,遭到了别人的辱骂。

"把你家那个蠢小子好好拴在院子里头！"赶车的人当时大声叫骂。他猛地一勒缰绳，那批滑溜溜的鲜鱼差点从马车上翻倒出去。父亲把他从车座上拽下来，当街狠揍了一番。不管父亲在自家门内怎样无视他头脑简单的儿子，到了外面，却总是无条件地护着他。那一天，父亲鼻青脸肿地回来，指节上血迹斑斑，母亲曾附和过他的话："咱们自家的血脉，要永远团结一致。"她这样对桃拉说。那时，桃拉毫不怀疑她说的是真心话。也许今晚，母亲能记起她应该向着谁。

桃拉气喘吁吁。她放慢了步速，小步慢跑着，而思绪早已远远飞到了目的地。她即将顺利回到从前的生活。她将找到父亲，他将认出她来。她会警告他，并在不理解的村民面前袒护他。即使他不再对家人表露关爱，也仍然是父亲，是家庭团聚所必不可少的一员。她情愿与家人一起睡在冰冷的泥地上，也不愿睡杰林家壁炉旁的地板。

她跑过杰林的房子，继续往前，远离那些透着微弱灯光的窗户，跑过烧得半塌的居住区。这一片村子死气沉沉，弥漫着木头与皮肉烧焦的臭味。虽说从小就住在这里，但满目疮痍之中，她一下子竟认不出哪块灰烬是她家烧成的了。淡淡的月光投下来，在淋湿的木头与石料上闪耀着微光。她小步跑过这段陌生的风景，感觉好像从未来过这里一样，曾经熟悉的一切皆已消失不见。

夜色太黑，她没看到父亲，险些一头撞到他身上。他一动不动地站着，盯着老家的旧址。她连忙退开，静静地站住。他缓缓转身面对她，月光曾短暂地在他眼中闪耀，然后黑暗又笼罩了他的脸。他一言不发。

"爸爸？"她叫道。

他不应声。

她连珠炮般地讲起话来。"劫匪烧了房子，我们看见他们把你带走了，你满头是血。妈妈叫我赶紧逃跑，躲起来，她自己去找革夫。

我躲在港口边那棵高高的老柳树上。劫匪把你带上了船。他们对你做了什么？有没有伤害你呀？"

他一动不动。然后，他快速地摇了摇头，动作轻微，好像耳边有只蚊子在嗡嗡似的。他走过她身边，走向村里仍然屹立的那片亮着昏暗灯光的房屋。她犹豫一下，快步跟了上去。"爸爸，村里其他人也知道你被带走了。有个国王派来的信使教村民们保卫自己，抵抗被冶炼的人，必要的话把你们都杀死。"

父亲脚步不停。

"你被冶炼了吗，爸爸？他们有没有对你使坏呀？"

他继续往前走。

"爸爸，你认得我吗？"

他的脚步慢了下来。"你是桃拉。你这个话痨。"说完，他又恢复了先前的步速。

她费了好大劲才按捺住在他身后手舞足蹈的冲动。他认得她，而且像往常一样，取笑她是个话痨！他语调平淡，可毕竟他又冷又饿又累，浑身还湿透了。总之，他认得她。她在寒风中抱紧双臂，快步跟着他。"爸爸，你得听我说。我亲眼看到村民们杀了一些被绑架的人质。咱们得小心。另外，你需要武器，需要你的剑。"

他原速前行了五步，然后说道："我需要我的剑。"

"它在杰林家里。妈妈跟革夫还有我寄住在那儿，睡他家的地板。妈妈把你的剑给他换了住宿，他说他可能需要那把剑来保护妻儿。"她跑起来时，衣服侧腰有些漏风，尽管紧抱着手臂，仍挡不住寒意刺骨；她嘴巴也很干，但她把这些感受统统抛诸脑后。只要父亲进了杰林家，拿到他的剑，他就安全了，他们一家也将重新获得庇护。

父亲转身走向第一座亮灯的屋子。

"不！不是那儿！他们会想方设法杀了你的！首先，咱们要拿回你的剑；然后，你可以暖暖身子，吃点东西，喝口热茶什么的。"她这下想到,也许杰林家已经不剩什么吃的了。但茶叶还有一点,可能还有少量面包。聊胜于无嘛,她告诉自己。父亲继续向前走着,她连忙冲到他前面,对他说道:"跟我来!"

一声刺耳的尖叫响彻夜空,但离得不近,很远。她没有理会,一如她无视了之前此起彼伏的怒吼。她没有慢下来等他,而是快退几步,挥手示意他跟上。他老老实实地跟在后面。

两人来到杰林家,她跑过去拉了拉门,发现它闩紧了,于是握起拳头捶打门板,一边叫道:"让我进去!开门呀!"

屋内传出母亲高扬的音调。"啊,感谢艾达神!是她,她回来了。杰林,请让她进来,拜托了!"

一段沉默。然后,她听见门闩从闩口抽出的声音,便一把拽住门把拉开门,此时父亲正巧赶到。"妈妈,我找到爸爸了!我带他回家来了!"她大声说道。

母亲站在门口,看看桃拉,又看看丈夫,眼中亮起浓浓的希望。"伯克?"母亲说出他的名字,声音竟有些沙哑。

"爸爸!"革夫不敢相认,声音里充满害怕。

杰林把母子俩推到一边。桃拉父亲的剑已出鞘,平举在他手中,剑尖指向它的原主。"回去。"他低声威胁道,视线转向桃拉,"你这个愚蠢的小贱人,赶快进来,到我身后去。"

"不!"不仅仅因为杰林骂她贱人,更主要的是杰林毫不客气地对她父亲剑刃相向,根本不给他一个机会。"让我们进去!让我爸进去,暖暖身子,吃点东西。他需要这些。这是所有被冶炼的人的需要,我认为只要让他们吃饱穿暖,他们就没有理由伤害我们。"杰林的目光显然不为所动,她慌得四处求情,"妈妈,让他放我俩进去吧,咱们一家人好不容易有机会团圆。"

这番话滔滔不绝地从她嘴里涌出。她退了一步,虽没有挡在父亲正前方,但靠得更近,以行动告诉杰林,除非先捅死她,不然休想动父亲一根寒毛。她没被冶炼,他没有借口杀她。

身后的父亲发话了。"那把剑是我的。"说到最后一个词时,他的怒气陡然提升。

"进来,桃拉,赶紧的。"杰林转头盯着她父亲,严厉地说道,"伯克,我不想伤害你,你走吧。"

此时,屋内的科德尔哭了起来,杰林的妻子也开始呜呜嘤嘤。"让他走开,杰林。赶他走,连同桃拉一起,她净会惹麻烦。啊,仁慈的艾达神啊,可怜可怜我和孩子吧!赶他走!杀了他!"

达尔达歇斯底里地尖叫着,桃拉从杰林的眼神里看出,他动摇了。也许他真会一剑捅死她。桃拉也顾不得许多,扯着嗓子大喊:"妈妈!你就任由他杀了我俩吗?用爸爸自己的剑?"

"桃拉,快进屋来,他已经不是你以前的爸爸了。"母亲声音颤抖,抱紧了身边的革夫。革夫又哭又喘,这表示他下一步即将陷入完全的恐慌。很快,他就要边哭边叫,在屋子里绕圈圈。

"妈妈,求求你了!"桃拉乞求道。

很快,父亲提着她的后颈和衣领,把她往屋里一丢。她撞到杰林身上,摔在他脚边。杰林一时站不稳,两手乱晃之间,父亲已伸过手来,避过剑尖捏住了他的手腕。桃拉见识过那夹钳一般的握力,亲眼见过他两手紧握绳索,将大比目鱼从海底拖上岸来。接下来的事态发展如她所料,只听杰林惨叫一声,利剑从他动弹不得的手中掉到她身边。她抓住剑柄,匆忙爬回屋内。

"爸爸,我拿到了!我帮你拿到剑了!"

父亲没有应声,也没有松开杰林的手腕。杰林连声叫骂,拼命去掰对方的手,好像挣脱出来就能打赢似的。桃拉的父亲眼神空洞,他嘴角一咧,露出紧咬的牙关。杰林用尽所有力气想抽出手,但桃拉的父亲人高马大,把他拉到跟前,另一只手扼上他的喉咙,大手紧箍在他下巴根部位置,用力钳紧,然后猛地放开他的手腕,双手同时扼住他的脖子，将他提至脚跟离地。父亲眼神专注，嘴唇紧抿，就那样死死扼住他，饶有兴致地歪起头打量杰林涨得青紫的脸。

"不要！"达尔达厉声号叫，却什么也不敢做，只是抱紧孩子退到角落。革夫两手紧攥着头发，一边摇头一边大声号哭。挺身而出的反而是桃拉的母亲，她抓住丈夫粗壮的臂膀用力往下拽，就像吊在树枝上一样。

"伯克！不，别这样，放开他！伯克，不要杀他！他对我们很好，给了我们住的地方！伯克！住手！"

但她丈夫没有住手。杰林的瞳孔张大了，嘴唇耷拉下来，先前紧抓着对方的双手现在也已松开，随着桃拉父亲摇晃的动作，在身侧荡来荡去。桃拉低头看看手中的剑，双手并用将它举了起来，不知道该怎么做才好。剑身沉重，而她浑身发抖。她稳住双脚，抬起肩膀，把剑刃拿稳。这时，父亲把软绵绵的杰林丢到地上，又看了眼仍然吊在他胳膊上的妻子，手臂一挥，她被扔到一边，仰身倒了过去。

眼看就要被剑刺穿。

见母亲倒过来，桃拉赶紧丢掉了剑。剑尖扎进地板，被母亲撞倒。父亲向前跨了两步，反手给了革夫一巴掌，扇得他跌坐到地上。"别吵了！"父亲怒斥这傻儿子。革夫竟然奇迹般地听话了，把膝盖拢到胸前，两手捂着流血的嘴，惊恐地抬头看着父亲。这句命令也让达尔达安静了不少，她一手蒙着自己的嘴，另一只手将科德尔紧抱在身边，掩住他的哭叫。

"我要吃的！"父亲命令道，走向壁炉，伸手烤火。杰林一动不动。桃拉的母亲坐起来，捧着肋部叫疼。桃拉垂头看着地板上的剑。

"吃的！"父亲又说道。他怒视着屋内所有人，从血流不止的妻子到杰林家畏畏缩缩的婆娘，眼神毫无波澜。两个女人都没有说话，也不敢动，而革夫就和平时一样不顶用。

桃拉缓过神来。"爸爸，请坐，我去看看能找到些什么。"她对他说着,走向达尔达的餐柜。劫匪没有烧杰林的家,但能找到的食物全给洗劫一空了,她怀疑橱架上也找不到多少吃的。她在一只木盒里找到半块面包。就这些了。然而,就在取下盒子拿面包的时候,她看见架子深处藏着什么东西。一块干净的布,包着几片鱼干和一大块奶酪。再把这东西拨开,她看到里面还藏着一袋土豆、一罐蜂蜜和一罐熬制猪油,一把无名业火顿时蹿上心头。架子最里头还有苹果干和一串大蒜!达尔达把这么多食物全藏起来,逼着他们天天喝清汤度日!

"原来你一直把好东西藏起来不给我们!"她低声对着餐柜指责达尔达,一边掰下一片奶酪塞进嘴里。身后的父亲怒吼道:"快拿来!我现在就要吃的!"

桃拉扭头望去,只见父亲细眯起眼睛,咬牙切齿,喉咙里发出威胁的吼声。她带着面包、蜂蜜和奶酪来到桌边。他等不及让她摆桌,两只脏手一把将面包夺了过去。

桃拉放下奶酪和蜂蜜,从桌边退开,斜眼瞟了一眼达尔达,低声道:"妈妈,他们一直在骗我们。杰林说日子很紧巴,其实是达尔达把吃的全藏起来了!"

达尔达怒不可遏,却又难掩害怕,颤抖着声音答道:"那是我们在灾祸以前就储存的食物,不欠你们的!那些食物是给我儿子藏的,他还需要长身体!杰林和我都没吃!那是给科德尔吃的!"

桃拉的父亲对此充耳不闻。他把面包举到嘴边,考虑着该如何下口。咬完一大口,他立马叫道:"喝的!给我喝的,我渴了!"

只有白水。桃拉倒了一杯端给他。她母亲已经起身,蹒跚两步,弯腰抱住革夫。这傻儿子前后摇晃着身子,母亲尽力宽慰着他,顾不上处理自己的伤口。桃拉拿起裹面包的布条向她走去。"让我看看你的伤势吧。"她说着,在母亲身旁蹲下。

母亲眼神里闪耀着阴郁的怒火。"别碰我!"她大叫道,一把将桃拉推倒在地,然后抓起布条缠上肋部。布条微微被血染红了。桃拉猜测剑刃的划伤并不深,但她依然惊魂未定。

"对不起!"她表情僵硬,"我没想伤着你!我也不知道该怎么办!"

"你心里明白得很,只是不想那么做而已。向来都是这样!"

"家庭第一!"她高声答道,"你和爸爸总是那么说:家庭第一!"

"看他这副样子,像是会考虑家庭吗?"她母亲反问道。桃拉望向父亲。奶酪已经快吃完了,他手拿一片面包塞进蜂蜜罐,擦干净罐壁上挂的蜜,在她的注视下塞进嘴里。被丢弃的蜜罐滚到桌子边缘,"哗啦"一声掉到地上。

母亲撑着革夫的肩膀站起身。"起来,孩子。"她低声说着,把他拽起来。她牵着他的手,带他回到抱作一团的达尔达母子身边。"待这儿别乱跑。"她警告道,他便一屁股坐到两人旁边。她捂住侧腰,用身体挡在他们和丈夫之间。桃拉也缓缓起身,背靠着墙,观察父母的动向。

炉火毕毕剥剥响着,父亲吭哧吭哧地吃着,张开大嘴撕咬面包。风雨从敞开的门口灌进来,远处的人们仍旧喊叫个不停。达尔达紧抱着科德尔抽泣,革夫同情地低哼着哄那婴孩。杰林毫无反应。他死了。桃拉爬向桌子,叫了一声:"爸爸?"

他的视线转向她,然后回到面包上,张嘴又撕下一片。

"家庭第一,爸爸,是那样没错吧?我们一家不是应该齐心协力,重建房屋、打捞渔船吗?"

他的视线在房间里游移,她不免又期待起他会说什么。"还要吃的。"这便是他的反应。他眼中出现一种她从未见过的闪光,眼神似乎变浅了,就像水洼反射着阳光,内里却空无一物。

"没有了。"她谎称。

他朝她眯起眼睛,咬牙切齿。她喉咙口有些发紧。父亲把最后一点面包全塞进嘴里,又塞进满满一口奶酪。他在椅子上扭来扭去,大口咀嚼,最后站起身来。她退避开去。他拿起杯子,喝光最后一点水,往地上一丢。"爸爸?"桃拉恳求道。

他看看她身后,走到男女主人的床前,从墙上的挂钩上取下杰林的干净上衣穿上。衣服太小了,但杰林的羊毛帽大小则刚刚好。他扫视屋内,见杰林的冬斗篷挂在门边的钩子上,便也取下来,往身后一甩裹上肩膀。做完这些,他走近桃拉,用责备的神色看着她。

"好了吗,爸爸?"他变不回从前的模样了吗?哪怕就一次?即使那个私生子说得对,他不在乎其他人的死活,但至少变回从前那个总会想办法讨生活的人,也不行吗?

"还要吃的。"他挠挠脸,眼神呆滞,粗钝的指甲在短髭上磨得嚓嚓响。

他只知道要吃的。他现在只考虑眼前的需求,不顾明天会出现什么,不管自己被带去了哪里、遭受了什么虐待,也不关心村子的遭遇。"已经被你吃光了。"桃拉小声说道,不由自主地撒着谎。父亲闷哼一声,用脚尖推了两下杰林的尸体,见对方毫不动弹,便一脚跨了过去,站在敞开的门口,缓缓转头看看左右,向门外跨出一步,又停下了。

他的剑仍在地板上,距它不远处躺着剑鞘。桃拉听见母亲在低声祈祷:"仁慈的艾达神啊,快让他走吧。"

他迈进门外的夜色。

别的村民会杀了他;不仅会杀他,还会因为桃拉没有杀他而永远憎恨她,因为她没有阻止他杀死杰林。达尔达决不会吃哑巴亏,她会向每一个人讲述实情。

桃拉扭头看向母亲。她从厨具架子上取下了一口沉重的单柄铁锅,握着锅把,像拿武器一样护在身前,直直瞪着桃拉。没错,即使亲生母亲也会恨她。

她俯身拾剑,剑身于她而言仍然太过沉重。她再伸手去够剑鞘,拖动剑尖划过地板。"追随强者"，精雕的字句这样教导她。

她摇摇头。她知道自己应该怎么做。她应该把父亲关在门外，把门闩好。她应该道歉一百次，一千次，包扎母亲的伤口，帮助达尔达料理她丈夫的尸体。她应该拿起父亲的剑，守在门口，保卫他们所有人。被冶炼的人在街上游荡，而妇孺几人无力抵挡，只剩下她可以依赖。

她知道自己该怎么做。

可母亲说的话，她无法反驳。

她回头扫视他们一眼，从挂钩上取下达尔达的斗篷穿上，拉起厚实的羊毛兜帽盖住淋湿的头发。她一手抡起剑，像扛铁锹一样扛在肩上，弯腰用另一只手拾起精美的剑鞘。

"你在干什么？"母亲气愤地喝问。

她对着母亲亮出剑鞘，答道："追随强者。"

她步入门外的风雨，反脚把门踢上，在破落屋檐的遮蔽下稍站了一会儿。身后传来门闩被用力插入闩口的声音，随之立即响起达尔达呼天抢地的吼叫，用激烈的言词表达着愤怒与痛苦。

桃拉踏进门外的夜色中。父亲还未走远，他在雨中悄悄接近猎物，那耸起的肩膀和不动声色的步态让她联想到觅食的熊。她暗自做了决定，将空剑鞘插进腰带，两手紧握剑柄，考虑再三。如果她杀了父亲，母亲会原谅她吗？达尔达呢？

不大可能。

她追在父亲身后，出鞘的沉重利剑随着她的步伐晃动摇摆。

"爸爸！等等！你需要带上剑呀！"她冲着他的背影呼喊道。他回头瞟她一眼，没有答话，但停下了脚步等她，待她赶上才继续往前走。

她跟随他深入暗夜。

# 刘宇昆

　　刘宇昆，科幻小说家、科幻小说翻译家、律师、程序员。其作品发表于《幻想小说杂志》《阿西莫夫科幻杂志》《模拟科幻与现实》《克拉克的世界》《光速》《奇异地平线》及其他书刊杂志。曾获星云奖、两次雨果奖、世界幻想文学奖及幻想小说翻译奖，并获西奥多·斯特金纪念奖及卢卡斯奖提名。2015 年，他出版了第一部长篇小说《蒲公英王朝》。最近的作品有《蒲公英王朝》的续集《风暴之墙》、短篇小说集《心中爱、手中纸》。他也是中国当代科幻小说选集《看不见的星球》的编辑和译者。现与家人定居于美国马萨诸塞州的波士顿市附近。

　　接下来，您将看到一个少女，正经受成为刺客的终极考验，她，能否功成愿遂呢？

# 隐娘

公元8世纪初，唐王朝对节度使的依赖倚重日益加深。节度使是地方军政长官，起初负责镇守边关，后逐渐掌控征税、民政及其他政治大权，实际上已演变为独立封建军阀，仅在名义上效忠皇帝。

节度使之间的争夺混战残暴可怖，血腥之极。

我十岁生日的那天早晨，春日的阳光透过繁茂的槐树枝叶，在门前的石板路上洒下一地斑驳。槐树粗壮的树枝伸向西方，像仙人的手臂。我钻出房门，爬了上去，伸长手去摘一串黄色的槐花，想尝尝泛着一丝苦味儿的甜槐花。

"女施主，贫尼向你化缘。"

我低下头，看到下面站着一个尼姑。说不上她究竟多大了，因为她脸庞光洁，但漆黑眼眸里透出的一抹坚毅，又让我想到了祖母。她剃过的头顶上有一层细细的绒毛，在暖洋洋的阳光下闪着光晕，灰色的袈裟边缘有些磨损，却十分整洁。她左手托着一只木钵盂，正充满期待地看着我。

"给你点槐花可好？"我问道。

她笑了："我还是小女孩时也没尝过呢，我想是很好吃的。"

"站到下面，我丢一点到你碗里。"我边说着，边去取背上的丝绸小袋。

她摇了摇头："别人碰过的花，我不能吃，上面沾染了太多俗世烦忧。"

"那你自己爬上来好了。"我嚷道，随即感到一阵羞愧，我太粗鲁了。

"如果我自己摘的话，就不是化缘了，不是么？"她的声音里隐约有一丝笑意。

我想起爹爹经常教导我，要对和尚尼姑以礼相待。我们或许不会遵从佛家教义，但不管是道士、和尚、尼姑还是其他不知名教派弟子，都没必要冒犯他们。于是我说道："好吧，你想要哪串花儿，我帮你取下来，保证不用手碰它。"

她指了指我攀住的树枝下方，那儿有一缕纤细的枝丫，顶端缀着些花儿，颜色尤为浅淡，这说明它们的味道更甜。但那根枝丫太细了，我要是爬上去的话，肯定会断掉。

于是我蜷起膝盖，钩住树枝，往后斜倒，像只蝙蝠似的倒挂着，此时我眼中颠倒的世界有趣极了。我并不在乎衣服下摆翻过来搭在脸上，不过爹爹要是看到了，准会冲我喊大叫，好在他从来不会生我太久的气，因为我还是个婴儿时，娘亲就去世了。

我把手裹在宽松的衣袖里，去摘那串槐花，可还是够不着，那些白色的花儿诱人地晃啊晃，可我就是摘不到。

"太麻烦了，"尼姑喊道，"不要摘了，别把衣裳弄破了。"

我咬了咬下唇，不去理会她，绷紧了肚子和大腿的肌肉，开始前后摆动，晃到最高点时，我松开了树枝。

我穿过了浓密的枝叶，她想要的那串花刮过了我的脸庞，于是我赶紧咬住了枝丫底端，同时立即抓住它下方一根粗大的树枝。树枝因我的重量猛地下沉，缓住了我头朝下的下坠势头。有那么一瞬间，我以为抓牢了，但很快就听到了一声断裂的脆响，然后我感觉自己失去了重量。

我努力蜷起膝盖，试图毫发无伤地落到槐树的树荫里，但刚一落地就滚到了外边，紧接着，那根花朵累累的断枝掉了下来，恰好砸在我滚开的地上。

我面无表情地站起来,走向尼姑,松开嘴,让咬着的花枝落在她的化缘钵盂里。"没有沾灰尘,而且你只说不能用手。"

我们像庙里的佛祖那样,盘腿坐在槐树的树荫里。她把花从枝上摘下,一串自己吃,一串给我。槐花没有爹爹买给我的糖人儿那么甜,也没有那么腻。

"你很有天赋,"她说,"会是一个很棒的飞贼。"

我恼怒地看着她:"我可是好人家的女儿。"

"是么?"她说,"但你已经是个小偷了。"

"你在胡说什么?"

"我走过很多地方。"她说。我看了看她光着的两只脚,脚底结了厚厚的老茧,皮革般坚硬。她接着道:"我看到农民在田里忍饥挨饿,可那些节度使还一心盘算着屯更多士兵。我看过将军尚书端着象牙杯喝酒,在一捆捆丝绸上任意小便,而孤儿寡母在饿死前的最后五天,还要上缴一斛米。"

"我们不贫穷并不意味着我们就是小偷。我爹爹在他的长官,也就是魏博节度使手下当差,他正直诚实,尽职尽责。"

"在这个苦难重重的世界里,我们都是小偷,"尼姑说,"诚信并非美德,不过是幌子,想窃取更多罢了。"

"那你去当贼好了,"我怒道,涨红了脸,"你靠化缘过活,自己却不劳动。"

她点点头:"我确实是。佛曰,世事皆幻象,勘不破红尘,只能在苦海沉沦。如果我们命中注定都是贼,不如真当个贼,坚守超凡脱俗的信条。"

"那你的信条又是什么?"

"蔑视道德败坏的伪君子,言出必行,有诺必践,完成我答应的事，分毫不差。运用我的天赋，让它成为一盏明灯，照亮这个日益黑暗的世界。"

我大笑："那你的天赋又是什么呢，贼娘娘？"

"我偷人命。"

密室里幽暗温暖，散发着樟脑的清香。借着门缝里透进来的微光，我用毯子把自己裹成了一团。

密室外的过道里，回荡着士兵巡逻的脚步声。每当他们转过角落时，盔甲和佩剑都会哐啷作响，仿佛在宣告时间又流逝了一点，把我的睡意一点点赶跑。

我的脑海里浮现出那个尼姑和爹爹的对话。

"把她交给我，我要让她成为我的弟子。"

"承蒙佛门青睐，好意心领，恕难从命。小女当居己家，伴我左右。"

"希望你能自愿把她交给我。不然我不会征求你的意见，直接带走她。"

"你胆敢威胁我，要劫走我的女儿？我堂堂武将，过的是刀头舐血的日子，况且敝舍上下，有五十精兵把守，他们个个都会为了保护他们的小姐拿命相搏。"

"我从不威胁人，只是告诉你罢了。就算你把她藏在铁柜里，用铜链锁死，沉于海底，我照样可以毫不费力地带走她，就像我用这把匕首剃下你的胡须那样简单。"

寒光一闪，爹爹拔出了剑。剑鞘相撞发出了尖利锐响，我的心一阵紧缩，狂跳起来。

但尼姑已经消失了，只有几缕灰色的胡须，飘落在斜射进来的阳光里。爹爹大惊失色，摸了摸脸侧，尼姑的匕首刚刚刮过了那里的

### 剑之书

肌肤。

胡须落到地上,爹爹移开了手。脸颊上一块胡须剃去了,露出了皮肤,苍白得像是晨光照射下的石板路,但并没有血迹。

"孩子,别怕,今晚我将增加三倍兵力把守,你娘亲的在天之灵也会保佑你的。"

但是我很害怕,很害怕。我想起了阳光照在尼姑头上闪现的光晕。我喜欢我又长又密的头发,侍女们总说我的头发很像娘亲,据说娘亲每晚睡觉前都会梳好几百下头。我不希望我的头发被剃掉。

我想起了尼姑手中一闪即逝的寒光,快得根本无法看清。

我想起了爹爹的胡须,缓慢地,飘到了地上。

油灯飘忽的微光,摇曳在密室门外。我爬到角落里,紧紧闭上双眼。

没有声音,只有气流拂在我的脸上,轻柔得好似飞蛾扑扇的翅膀。

我睁开眼,刹那间完全没反应过来我看到了什么。

我脸庞上方不到一尺的地方,悬挂着一件长方形的物事,约莫我小臂般大,形状像只蚕茧,发出月亮般的银光,但毫无温度,也没有投下任何影子。我不由得大为好奇,于是爬近了观察它。

称它为"物事"并不确切,它散发的冷光像融化的冰,气流沿着它的形状吹出,撩动了我的发丝。它更像是一个缺口,把这间密室阴暗的空间撕开了一道口子,抑或是把这小块地方的黑暗转变成了亮光。

我感到喉咙发干,艰难地吞了吞口水。我伸出颤抖的手指,想要触摸这道亮光。只犹豫了一瞬,我就碰到了它。

但我什么也没摸到,既不是炙烤皮肤的灼热,也不是沁入骨髓的寒冷,这越发让我觉得,它是一块虚无。而我的手指也没有在另一端出现,只是陷入这片亮光里,仿佛我把手伸进了一个浮在空中的洞里。

我猛地一下抽回手,仔细看了看我的手指,甩动几下,目前看来并未受伤。

突然,一只手从这道裂口里伸出来,抓住了我的手臂。还没来得及呼喊,我眼前就只剩下刺目的亮光,随即被坠落的感觉淹没,我像是从高入云端的槐树顶上往下掉,永无止境地掉落。

山飘浮在云层之间,看起来像是一座孤岛。

我试着找寻下山的路,可总迷失在云雾缭绕的树林里。我告诉自己,往下,往下,不断往下。但是云雾越来越浓,最后凝聚成云墙,我怎么用力也撼动不了分毫。我只好徒劳地坐下来,抖动身体,甩掉粘在头发上湿乎乎的云墙碎屑,还有我的眼泪,只是我不愿承认。

尼姑从云雾间突然显现,不发一言,示意我跟着她回到山顶,我只得照办。

"你不是很懂得藏匿。"她说。

我不答话。既然她能在铜墙铁壁般层层把守的士兵手下,把我从一个将军的密室里偷走,我想无论躲到哪儿,都无济于事。

我们从密林里回到阳光普照的山顶,一阵山风刮过,卷起落叶,形成一道金红交织的落叶风柱。

"饿吗?"她问道,声音还是很慈和。

我点点头,她声音里有种东西让我卸下了防备。爹爹从不过问我饿不饿,不过有时我会梦到娘亲为我烤胡饼和豆粥当早点。她已经把我带到这儿三天了,除了在树林里摘的一些酸果子,和地下挖出的苦涩菜根,我什么也没吃。

"来吧。"她唤道。

她领我爬上一条紧贴悬崖的小道,弯曲回环,狭窄无比,我不敢往下看，只能一点点地往前挪。我像一只壁虎那样，把脸和身子贴在岩石上，双手张开，紧紧抓住摇晃的藤蔓。尼姑在我身旁大步走着，仿佛走在长安宽阔的大街中央，每到一处拐角，都停下来耐心地等我。

我听见上方隐约传来金属相击的声音，于是我牢牢地站稳在小道上，扯了扯藤蔓，确信它深深扎根在山里，这才仰头望去。

两个约莫十四岁的少女，正在空中比剑。不，与其说是比剑，不如说在舞蹈。

其中一个身着白袍的少女，左手抓着一根藤蔓，双足在悬崖上一点，远远地飞了出去，划出一道巨大的弧线。她双腿舒展，姿态曼妙，我不禁想到寺庙卷轴上画的飞天，她们是飞翔的仙女，住在云中。白袍少女右手握着的剑在阳光下金光闪闪，犹如天界遗下的宝石碎片。

眼看剑尖就要触到另一个少女，但后者松开手里的藤蔓，笔直地向上空腾跃，身上的黑袍翩然翻滚，好似巨大的蝴蝶翅膀。当腾跃之势减缓，她俯身向下疾冲，像只猎食的鹰，扑向白袍少女，举剑的手就是老鹰的尖喙。

锵！

双剑互击，火花烟花般在空中绽开。黑袍少女的剑弯成了一轮半圆，她下落之势顿减，仅借着剑尖相交那一点力道，她整个人完全倒竖了起来。

紧接着，她俩都张开没有握剑的手，发掌击向对方。

砰！

一声巨响，空气也随之扭曲。黑袍少女迅即地将藤蔓绕在脚踝上，借此重新贴到悬崖上。白袍少女飞身后退，稳稳地立在岩石上，像一只蜻蜓张开双翅，尾端扎进静止的池塘，蓄势待发，酝酿下一次的进攻。

在这山巅之上，云海在下方好几千尺的地方蒸腾翻滚。她俩就在这悬崖峭壁上，交错缠绕的藤蔓间，出招、腾挪、佯攻、击打、劈刺、踢蹬、闪避，仿佛没有重量，也丝毫不在乎会不会坠落，轻盈如飞鸟掠过风中轻摆的竹林，迅捷如螳螂跃过露珠点点的蛛网。我的目光追随着她俩的身姿，直看得目眩神驰，以为自己看到了茶馆里嗓音粗哑的说书先生描述的传说中的仙人。

我也注意到，她俩都有一头浓密如瀑的秀发，我不禁松了口气，当尼姑的弟子可能用不着剃发。

"过来。"尼姑唤道，我顺从地走过去，站到一方小石台上，石台从小道弯曲处向外延伸，悬空而建。她注视着我，似在强忍笑意："我看你真的饿了。"我有些发窘，闭上了因惊叹而大张的嘴，但想到那两个比剑少女，还是不由自主地微张了唇。

云海远远地在脚下变幻，山风呼啸着在身周刮过，我生出恍惚之感，我曾熟知的那个世界似乎离我已经很远很远。

"这儿。"尼姑指了指石台尽头，那儿堆了许多饱满鲜亮的桃子，每一个都有我拳头大小。"这是山里活了上百年的神猴从云层深处采来的，那儿的桃树吸天地日月之精华而生。吃了它们，整整十天无须再吃任何东西。若你口渴，就喝藤蔓上的露珠，或者我们下榻洞穴外的山泉水。"

那两个比剑少女从悬崖上跃下，落到石台上，站在我们身后，一人拿起了一个桃子。

"我来告诉你我们睡哪儿吧，小师妹，"白袍少女说，"我叫精精儿，如果晚上害怕狼叫，就来跟我一起睡吧。"

"这桃子肯定是你吃过的最甜的东西，"黑袍少女说，"我叫空空儿，我拜师学艺时日最长，对这山里所有的果子都了如指掌。"

"你们吃过槐花吗？"我问道。

"没有，"她答道，"将来你带我去吃吧。"

我咬了一口桃子，味道出奇的鲜美，果肉如纯雪般入口即化。我只吃了一口，肚里就变得暖洋洋的，瞬间就饱了。我开始相信，吃一个桃子十天都不会饥饿，也开始相信我师父说的所有话。

"您为什么要收我为徒呢？"我问。

"因为你天赋惊人，隐娘。"她答道。

我想这就是我的名字，隐娘，隐匿的少女。

"但天赋必须得到进一步的栽培，"她接着说道，"你这颗明珠，是愿意湮灭在浩瀚东海的泥土里，还是愿意大放异彩，唤醒昏昧的世人，照亮这庸俗人间？"

"请教我像她们那样的武艺吧。"我说着，舔了舔手上甜美的桃汁。我会成为一个了不起的飞贼，我在心里默念：我要从你的手里，重新夺回我的人生。

她颔首，若有所思，看向远方，下沉的夕阳将云海染成了一片金黄血红。

六年后。

驴车吱呀一声，停了下来。

没有任何征兆，师父除下我的眼罩，取出塞在耳朵里的丝绸。我费了老半天，适应突如其来的刺眼阳光，和潮水般汹涌而至的嘈杂。驴叫，马嘶，戏班子里铙钹喧天，二胡如泣如诉，卸货装货的猛烈撞击声，还有哭声、喊声、笑声、歌声、吵架声、讨价还价声，所有这些汇成了闹市的声音洪流。

我赶忙躲回昏暗摇晃的驴车，缓解长途跋涉的疲惫，师父却跳下来，把驴车拴在道旁一根柱子上。我们现在身处某座省城，我在心里揣测。蒙眼布除下之前，我就闻到炸面圈和苹果蜜饯的香气、马粪肥味儿，还有其他林林总总的气味，于是猜到了答案，不过无法确知这究竟是哪儿。我努力从这一片喧闹中辨别行人的交谈，但对他们的方言毫不熟悉。

行人经过驴车时，都向师父鞠躬，并唤道："阿弥陀佛。"

师父举手至胸前，鞠躬回礼："阿弥陀佛。"

我或许还在大唐的某一处。

"我们找个客栈用午饭，然后你就在那歇息吧。"师父说。

"我的任务是什么？"我问她。我很紧张，这是自她将我带入山中学艺以来，第一次做任务。

她神情复杂地看着我，半是怜悯半是好笑："迫不及待了？"

我咬了咬下唇，没有作答。

"你可以选你自己喜欢的时间和方式，"她说，声音波澜不惊，平静得有如这万里无云的天空，"我三日后晚上过来。望你首战告捷。"

"睁大眼睛，四肢放松，"师父说，"记住我教你的所有东西。"

她从附近山峰唤来了两只雾鹰，每一只身形都比得上一个成年男子，铁爪钢喙，锋利如刀，寒光闪闪。它们在我头顶盘旋，一会儿隐入云层深处，一会儿冲出云层翱翔，鸣声交织着悲哀和自豪。

精精儿交给我一把匕首，长不逾一尺，似乎根本不可能靠它来完成任务。我双手颤抖着接过了短剑。

"看到的不一定就是全部。"她叮嘱我。

"一定要提防看不见的危险。"空空儿说。

精精儿拍了拍我的肩膀，说："没事，你会顺利完成任务的。"

空空儿道："世间诸多幻象，眼见未必为实。"她凑到我耳边，呼吸拂在我的脸颊，"我背上的伤疤现在还在，那是与雾鹰搏斗时留下的。"

## 剑之书

然后，她们退下了，消失在云雾深处，只留我一人与这两头猛禽。这时，师父的声音自头顶的藤蔓间响起。

我问她："我们为什么要杀戮呢？"

雾鹰盘旋俯冲，试探我的防守。我一折身，闪到一旁，挥舞着短剑驱退了它们。

这时师父说道："因为这世道混乱不堪。贪官污吏横行，他们欲壑难填，对本该由他们爱护的子民百般剥削。他们本该是守护羊群的牧人，却成了恶狼。巧立名目横征暴敛，把自己的府邸装饰得富丽堂皇珠宝遍地；他们把孩童从母亲身边夺走，强行充军，使自己的军队膨胀得犹如黄河洪潮；他们勾心斗角，扩充势力范围，视大唐为一盘散沙，生活其中的农民苟延残喘，卑贱如蝼蚁，整日战战兢兢。"

其中一只雾鹰转过身，向我疾冲而来。这次动了真格，不再是试探。我蹲伏在地，全神戒备，右手举起短剑，护住头脸，左手撑住地面，稳住守势。我盯着雾鹰，周遭一切在我眼里褪去，淡化成背景，只有雾鹰锋利爪牙的寒光，清晰得如同夜空中的银河。

雾鹰在视线里若隐若现。一阵微风拂过我的后颈，我看到这头猛禽张开了利爪，双翅舒展。在俯冲的最后一刻减缓冲势。

"谁能断言，这个节度使是对的，另一个就是错的呢？"师父问道，"男子引诱长官的妻室，或许想借此接近某个狼虎官吏，策划周密的复仇。女子向她的金主为农民讨要粮食，可能只是想获得更高的地位。世道混乱，想要道德高尚，唯有行下作之事。高官雇请我们刺杀他们的对头，我们一旦接受了任务，就当如射出的箭一般，不留退路，全力以赴，罔顾生死。"

我屈身蓄势，犹如离弦之箭冲向眼前的雾鹰，然而就在这电光石火间，我的脑海里蓦地想起了师姐的叮嘱。

"看到的不一定是全部。""我背上的伤疤现在还在……"

我心念电转，立即变上冲为下坠，此刻身后悄悄袭来的利爪几乎

## 隐娘

已经触到了我的后背,于毫厘间,我堪堪避开了这一击。而我头部前一瞬所在之处,两只雾鹰闪躲不及,直直撞到了一起,这画面像极了人俯身跃入水潭时,冲向自己倒影的那幅场景。接着,它们的翅膀混乱地扑腾,发出了恼羞成怒的尖啸。

就是现在!我毫不犹豫地冲进漫天飞舞的羽毛里,挥动匕首刺向它们,一下、两下、三下,迅捷犹胜闪电。终于,两只雾鹰倒了下来,重重地撞到地面,翅膀已然扭曲变形。它们咽喉上的伤口干净利落,鲜血汩汩流淌,在石台上汇成一条小溪。

我的肩头渗出血渍,翻滚时撞到了粗粝的岩石,刮破了肩头的皮肤。但,活下来的是我,不是我的敌人!

"我们为什么要杀戮呢?"我再次问道,喘息还未从刚才激烈的搏斗中平复下来。我杀过山中野猿和林中野豹,还有出没于竹林的老虎,但都比不上这两头雾鹰,它们是我遇到的最难以击杀的猎物,是刺杀艺术的顶点。"我们为何要充当权贵的爪牙?"我问道。

"我们就像冬天的暴风雪,压到蝼蚁蛀穿的宫殿上,"师父答道,"只有加速清除朽败不堪的旧世界,才能带来新世界的重生。我们是一支复仇的利箭,射向这千疮百孔的世界。"

精精儿和空空儿自云雾深处出现,在两头雾鹰的尸体上撒了些化尸粉,再包扎好我的伤口。

"谢谢。"我喃喃道。

"你还需多加练习。"精精儿满怀关切地说。

"我一定要保护你的性命,"空空儿的眼中闪着淘气的神色,"你答应过我,要带我去吃槐花,还记得吗?"

---

更夫的梆子敲响,现在已是午夜。一弯浅淡的新月升起,挂在节度使大宅外的老槐树梢上。各色事物投在街道上的影子浓重如墨,漆

剑之书

黑得犹如我的丝绸绑腿、夜行衣和面幕,我全身都遮蔽起来,只留眼睛打量周遭。

我倒挂在墙头,全身藤蔓般紧贴在平坦的墙壁上。两名夜巡的士兵从我下方走过,如果他们抬头,也只会以为我是这夜色的一部分,或者是一只睡着的蝙蝠。

他们刚一走过,我背脊一弹,跃上墙头,脚步比猫更轻灵,接着在墙上一路攀爬,一直爬到府邸中央厅堂的对面,然后攀在墙上的双腿一蹬,只轻轻一跃,便跳上对面屋顶,藏身在斜飞屋檐背后的瓦片上。

要潜入这座戒备森严的府邸,当然还有更稳妥的办法。但我喜欢待在屋顶上,感受夜风的吹拂,聆听夜枭的鸣叫自远方传来。

我小心翼翼地揭开一片屋瓦,朝屋里窥视。透过纵横交错的房梁,我看到了大厅内部。厅堂石板铺就,灯火通明。东首的案台前,坐着一个中年男子,目光盯在面前一摞文书上,一页一页地慢慢察看。我看到他左颊上蝴蝶形状的胎记,还有脖子上围着的玉项圈。

他就是我要刺杀的节度使。

"夺走他的性命,你就可以出师了。"师父的声音在耳边响起,"这是你的终极测试。"

"他做了什么,非死不可?"我问道。

"这不重要。曾经救过我一命的恩人想要他死,并且付了丰厚的报酬,这就够了。我们就是要让他们彼此的争夺更加激烈,我们信守的,只有我们自己的信条。"

我收回思绪,手脚并用,轻巧地在屋瓦上滑动,无声无息。师父曾经训练过我们,让我们掠过三月谷底的湖上薄冰,冰层薄得有时连松鼠都会掉进去淹死。我完全融入了夜色,神识敏锐得犹如我的匕首刀尖。一阵跃跃欲试的兴奋涌上心头,但又夹杂了一丝悲伤。我如同白纸般纯洁的生涯,今夜就要涂上一笔。

隐娘

我来到了男子的头顶上方，又掀开几片屋瓦，以便能从房顶钻到屋里。接着从小袋里掏出爪钩，爪钩也被漆成黑色，以防有任何闪光被人发现。我把爪钩牢牢钉在屋脊上，把拴在上面的丝带系在腰上。

透过揭开的屋瓦缝隙，我看到他还坐在那，丝毫没察觉到危险就在头顶，性命已在顷刻。

有那么一瞬，我仿佛回到家门前那棵大槐树上，正透过摇晃的枝叶间隙，看向我的爹爹。

但很快我就收回了心神，我将像一只鸬鹚那样潜入屋里，割开他的喉管，脱掉他的衣物，把化尸粉洒满他全身。然后，当他还在石板地上抽搐时，我已经飞身回到屋顶，离开了。等到侍从们赶到时，他的尸体只剩一副骨架，而我早就跑得远远的了。师父将宣布我可以出师，从此就和师姐们平起平坐。

我深呼吸了一口，身体收拢，蓄势待发，为这一刻我练习了足足六年。

"爹爹！"

我陡然僵住。

一个小男孩从帘后跑出来，约莫六岁光景，头上扎着齐整的朝天小辫，好似小公鸡的尾巴。

"你怎么还不睡觉？"他爹爹说，"乖，快去睡觉。"

"我睡不着，"小男孩说，"我听到屋外有响动，看到院墙上有黑影。"

"不过是只猫罢了。"节度使安慰他，但小男孩显然不信，于是他沉吟了一会儿，道："好吧，随我来。"

他把文书堆在身旁的矮几上，小男孩抱住了他的腿。

他柔声安慰道："黑影没什么可怕的。"然后就着案几上的烛火，开始比手影，一个又一个小动物影子投在了墙上。他教小男孩做蝴蝶，做小狗，做蝙蝠，还教他做蜿蜒飞行的龙。小男孩欢快地笑起

剑之书

来，做出一只小猫咪，穿过大堂的纸窗，追赶爹爹的蝴蝶。

"有光，这些影子才有了生命，光一灭，它们也就消失了。"节度使停下了扇动的手指，垂在身侧，"好了，快去睡吧。明天一早，你可以在园子里追赶真正的蝴蝶。"

小男孩眼皮已困得抬不起，他点点头，乖顺地离开了。

我躲在屋顶上看着这一切，犹豫了。小男孩的笑似乎还在耳边回响，一个被人从家人手中夺走的女孩，难道要夺走另一个孩子的家人吗？这样的恻隐之心难道就是伪善吗？

"谢谢你没有当着我儿子的面动手。"节度使忽然开口道。

我惊呆了，一动不动。大厅里除了他别无他人，而他的音量明显不是自言自语。

"我不想惊动别人，"他说，目光仍投注在那一摞文书上，"如果你肯下来的话，或许对你我都好。"

我心跳如鼓，重重地撞击着耳膜。我想我应该立刻逃走，这很可能是个陷阱，如果我下去，埋伏的士兵或地板下布好的机关就会抓住我。可是，他的语调让我没法拒绝。

我从屋顶上掀开的洞钻了下去，爪钩上缠绕的丝带在腰上围了好几圈，减缓了我下坠的势头。我落到案台前，轻盈如一片雪花。

"你怎么发现我的？"我问道。脚下的方砖并未陷下露出什么陷阱，也没有士兵从屏风后冲出来。但我的手还是紧紧地抓住丝带，膝盖绷紧，随时准备逃走，不过若是他真的毫无防备，我依然可以完成我的任务。

"孩童比父母的知觉更敏锐，"他说，"有时批阅到了深夜，我总是比手影自娱自乐。我非常熟悉厅堂里烛火的闪动，所以一旦这屋子有新的缺口，吹进来哪怕一丝气流我也能察觉。"

我点点头，这是一个很好的教训。羊角匕首还在背上的刀鞘里，我的右手缓缓移向刀柄。

"陈许节度使刘昌裔野心勃勃，"他说，"一直对我的领土虎视眈眈，企图抓走青壮男子扩充他的军队。如果你杀了我，就再没人挡在他前面，阻止他攻向长安，篡夺皇位。到时因为他的叛乱，整个大唐将尸横遍野，孤儿遍地，亿万百姓将流离失所，冤死的尸体将为野兽啃噬，鬼魂将四处游荡，难以安息。"

他口中说出的数字过于庞大，多得好像黄河浊水里的泥沙，我一时无法理解，于是答道："但他救过我师父一次。"

"那你就去问问你师父，仅仅因为这个原因，就把其他所有置于脑后吗？"

"这个世道千疮百孔，"我答道，"我有我的任务。"

"我不敢说我的双手毫无血腥，但或许我们可以想个折中的法子，"他叹了口气，"能否宽限两日，让我把命令下达妥当？我的夫人在孩子出世时，就因难产去世，我必须安排好我儿子以后的生计。"

我盯着他，无法把小男孩的笑声当成幻觉。

我想象他在府邸四周布满重兵；想象他躲在天花板上，瑟瑟如秋叶；想象他骑着快马飞逃出城，绝望得像只牵线木偶，机械地一遍又一遍地抽动马鞭。

仿佛看出了我的心思，他说道："我保证，两天后我会待在这，就我一个人。"

"将死之人的话有什么分量？"我反问。

"跟一个刺客的承诺分量一样。"他答。

我点点头，像在山上学艺时抓住藤蔓那样，迅捷地抓住垂下的丝带，飞身掠上房顶，从揭开的瓦片空当里钻出去，离开了。

※

我并不担心他会逃走。卓越的刺客训练让我信心十足，无论他逃到哪，我都能找到他。但我愿意宽限他几日，让他有机会跟儿子告别，这是无可厚非的。

我在市集里溜达，闻到炸面圈和焦糖的香味，勾起了我对食物的怀念，我已经六年没吃过俗世食物。想到这，肚子咕嘟嘟叫了起来。食用仙桃吸食露水能净化我的灵魂，但肉身依然渴望俗世美食。

我用官话跟小贩交谈，还好他们有几个能听懂我的话。

"这个做得真好。"我看着穿在木棍上的糖人将军，他披着鲜艳的枣汁红披风，我不禁咽了咽口水。

"您要来一个吗？"小贩问，"小娘子，这可是今天早上刚做的呐，里面填了莲蓉馅儿。"

"可我没钱。"我有些懊恼。师父只给我住宿的盘缠，和一些晒干的桃脯当食物。

小贩打量着我，似乎在猜测我是什么人。"听您的口音，不像是本地人？"

我点点头。

"离开了家，想在乱世里找个太平地儿？"

"差不多吧。"我说。

他点了点头，似乎得到了满意的答案。他把糖人儿将军递给我："同是天涯沦落人，就当是我送给您的吧。这里是个好地界。"

我接过他的礼物，谢过他，问道："你从哪来？"

"陈许。陈许节度使刘昌裔派人到我村子里抓壮丁充军，于是我就逃走了。我已经失去了爹爹，不想再为他去打仗送命。这个糖人儿就是照着刘节度使的模样做的，看到他的头被吃掉，真是快活。"

我不禁大笑，再次谢过他。糖人儿在舌尖融化，满口都是鲜嫩多汁的莲蓉，真是好吃极了。

我在大街小巷里随意闲逛，恋恋不舍地品尝每一口糖人儿，街边的茶馆和经过的马车里，飘来一阵阵交谈，钻进我的耳朵里。

"……我们为什么要把她送出城学舞？……"

"……那位大人不是善与之辈,这样骗他……"

"……这是我逮到的最大最肥的鱼!看!它还在动呢!……"

"……你怎么知道呢?他说了什么?姐姐,告诉我,快告诉我……"

生命的韵律环绕在我身周,畅快无比,我仿佛回到了山中,在云海里穿梭,从一根藤蔓跳到下一根藤蔓,节度使的话又回荡在耳边:

"到时因为他的叛乱,整个大唐将尸横遍野,孤儿遍地,亿万百姓将流离失所,冤死的尸体将为野兽啃噬,鬼魂四处游荡,难以安息。"

我又想到他的儿子,想到了空旷、宽敞的大厅里飞舞的手影。我的心里似乎装满了什么,既世俗又神圣,与这世界的韵律一起跳动。黄河水里的泥沙浮现在我眼前,变成一张张面庞,大笑的、哭泣的、渴望的、憧憬的,生动至极。

约定的两天后的夜晚,新月大了一点,夜风更加料峭,远处夜枭的鸣叫似乎更加不祥。

我像之前一样,掠过节度使的府邸,夜巡士兵的阵势依然如前。只是这一次我伏得更低,更加隐秘地穿过墙头树枝,来到高低不平的屋瓦上,还是之前那个位置。我又揭开了那片屋瓦,把眼睛贴到缝隙上,以防漏进去的气流泄露我的动作,向房里窥探,看看有没有蒙面守卫突然从暗处闪现,启动陷阱机关。

尽管来吧!

但是一切如常,没有呼喊,也没有鸣锣示警,这间灯火通明的厅堂里,他还是像往常一样坐在那,身侧矮几上摆着厚厚一摞公文。

我凝神倾听有没有孩子的脚步声,但一切静悄悄的,小男孩已经被送走了。

剑之书

我仔细看了看他坐着的地板，上面铺满了稻草，我有些纳闷，随即反应过来，这是一个善举，他担心流出来的血会弄脏地板，给负责清扫的人带来不便。

他还是盘坐着，双目微阖，脸上浮起的安详微笑让我想到了寺庙里的佛祖。轻轻地，我把瓦片放回，像一阵微风般，重又消失在夜色里。

"为什么没有完成任务？"师父问。师姐站在她身后，犹如两尊罗汉守护着菩萨。

"他在与他的孩子戏耍。"我答道，这个解释就像是我在山间跳跃时抓住的藤蔓那样脆弱，而下面就是万丈深渊。

师父叹道："下次再有这种情况，你先把孩子杀了，这样就不会分散心神了。"

我摇摇头。

"这是计谋，他利用了你的同情心。这些权贵就是戏台上的戏子，心机深不可测。"

"也许吧，"我说，"但他确实遵守了承诺，并不害怕被我杀死，我相信他说的是实话。"

"你如何得知，他就不像他口中诋毁的那个人一样野心勃勃？你又如何得知，他现下仁慈，将来不会变得残忍？"

"没人可以预料未来，大唐这座大厦或许已经朽败，但我还是不想成为推倒它的手，让它砸在努力寻求安宁的蝼蚁上。"

师父瞪着我："真是高贵！那你对师父的顺从呢？你答应做到的事呢？"

"我本不想成为飞贼刺客。"我答。

"可惜了你那一身天赋，"师父叹道，顿了顿，又说，"暴殄天物！"

她的语调让我打了个寒颤，我看了看她身后，精精儿和空空儿已经离开。

"如果你走，就再也不是我的弟子。"师父说。

我看着她光洁的脸庞，她的眼神不乏善意，我想到刚开始学艺时，我从藤蔓上摔下来，她为我包扎受伤的腿；我想到当我还不是竹林熊罴的对手时，她为我挡开攻击；我想到夜晚她带着我，教我透过幻象，看清掩藏其下的本质。

是她把我从家人身边夺走，但她也是我接触的所有人中，最像娘亲的那个。

"保重，师父。"

然后，我像扑击的猛虎、腾跃的野猿、将要起飞的鹰，屈腿蹲伏，撞破客栈的窗棂，消失在茫茫夜色中。

"我不是来杀你的。"我看着眼前的男子。

他点点头，好像一切如他所料。

"我的师姐，精精儿，名号闪电之心，还有空空儿，名号妙手空空。她们会继续我未完成的任务。"

"我会召集我的侍卫。"他说着，站起身来。

"毫无用处，"我告诉他，"即使你躲在大钟里，再藏在海底，精精儿也能杀掉你，至于空空儿，更加可怕。"

他笑道："那我就独自面对她们好了，谢谢你来向我示警，这样无须让我的侍卫枉死。"

这时传来了微弱的尖啸，仿佛远处有一群号叫的猿猴。"没时间解释了，"我吩咐他，"把你的红围巾给我。"

他把围巾递过来，我系在腰上。"你马上会看到解释不了的情况，但不管发生什么，务必紧盯着这条披风，离它远远的。"

尖啸变得更响了，似乎无处不在。精精儿来了。

不等他问我更多，我在虚空中撕开一道空间，跳了进去，消失在他的视线里，只留一角红围巾挂在外面。

---

"把空间想象成一张纸，"师父说，"爬行其上的蚂蚁只能感受它的长度和宽度，无法感受高度。"

我看着她放在纸上的蚂蚁，十分好奇。

"蚂蚁害怕面临的危险，于是筑起了一道墙，把自己围在里面，以为这看似牢不可破的屏障能保护自己的安全。"

她把一枚指环放在蚂蚁四周。

"但它不知道，一把刀正等着它。这把刀不属于它的世界，它看不见，它建造的围墙丝毫不能保护它免于来自隐匿维度的攻击。"

她将匕首对准纸上的蚂蚁，把它连同这张纸钉在地上。

"隐娘，你或许能感知到这个世界的宽度、长度和高度，但是远远不够，你就像这只蚂蚁，生活在纸上，根本想象不到世界的真相。"

---

我从这个空间进入了覆在其上的空间，这是空间里的空间——隐匿空间。

所有的事物，围墙、地板、闪烁的火把、节度使惊异万分的脸，都呈现不一样的维度。现在我的眼中，节度使的皮肤似乎已经消失，皮肤下的所有器官内脏都一览无余：跳动的心脏、蠕动的肠道、流过静脉的血液、泛着白光的白骨，以及骨里塞满的柔滑骨髓——柔滑得好似糖人儿里的莲蓉馅。我从每块砖石里，看清了每颗云母微粒；从每簇火焰里，看到了亿万舞动的不朽生命。

不，这还不十分确切，我无法用言语描述我眼前所见。我在一瞬间能看到每一样事物的亿万层构造，就像一只爬行在圆环表面的蚂蚁，突然被拎起来，然后看清了圆环的全部构造。这是佛祖的视角，看清了因陀罗网的每一重、每一处——它连接了跳蚤的足尖，也连接了夜空里最宏大的、汇聚了无数星辰的星河。

师父当初就是这样穿透围墙，避开爹爹的士兵，把我从铜墙铁壁般的密室里带走。

我看到精精儿的白袍，不断逼近，像一只水母，闪耀在无尽的虚空中。她边飞边尖啸，刺耳单调的啸声让她的猎物战抖恐惧。

"小师妹，你在这干什么？"

我举起匕首："求你回去吧，精精儿。"

"你一直这么冥顽不灵。"她说。

"我们分吃一只桃子，在同一条寒泉里沐浴，"我说，"你教我怎么在藤蔓间攀爬，怎么采摘雪莲戴在头上，我爱你，就像爱我的亲姐姐。求你了，不要杀他。"

她面上浮起悲伤的神色："我做不到。师父已经承诺了这桩刺杀。"

"但我们还有更重要的承诺要遵守：遵从自己内心的正确选择。"

她举起剑："我爱你，你就像我的亲妹妹，你可以发起进攻，我不会还击。如果在我杀了节度使之前，你能击到我，我就离开。"

我点头："谢谢你师姐，真不希望我们走到这一步。"

隐匿空间有其自身构造，由数不清的线条构成，每根线条都闪着微光。我和精精儿从一根光之藤蔓跳到另一根，从一缕细线跳到另一缕，攀爬、跳跃、扑击、旋转、横倒，在星芒和冰晶柔光交织成的网格上，舞蹈般地你追我赶。

我朝她进攻，她轻巧地避开，她最擅长在藤蔓上缠斗和在云层上舞动。她优雅地滑行飘荡，曼妙得犹如天庭仙女。跟她相比，我的行动笨拙不堪，毫无美感。

她一边避开我的攻击，一边数着："一招、两招、三招……很好，隐娘，你非常勤奋。六七八、九、十……"有一次，我离她非常近，她回剑格开我的匕首，轻而易举，像是熟睡的人抬手赶走一只苍蝇。

几乎是怜悯般，她甩开我攻向节度使。她就像那把悬在纸上的刀，节度使在他的空间看不见她，现在这把刀正从一个他完全无法感知的角度攻向他。

我紧跟在她身后，只希望离她足够近，以便实施我的计划。

我挂在外层空间的红围巾逼近了节度使，看到这，他赶忙趴到地上，滚到一旁。精精儿的剑撕碎了维度之间薄薄的屏障，在那个世界，一柄剑凭空出现，击碎了节度使面前的桌子，又凭空消失了。

"咦？他为什么能看见我？"

没有给她时间看破我的计谋，我朝她发出重重一击。

"三十一、三十二三四五六……你的确进步了很多……"

语言难以描述我们打斗空间的位置，姑且称它在这大厅内部的"上空"吧，我们就在其中舞动。每一次精精儿攻向节度使，我就尽力追近她，用那条红围巾向节度使示警，提醒他来自隐匿空间的危险。但就算我拼尽全力，也依然碰不到她的一片衣角，而我已经力竭，速度慢了下来。

我屈腿蹬足，再一次抓着细线攻向她。但这一次我疏忽了，离大厅墙壁太近，围巾缠到了壁上的烛台，把我拉了下来。

精精儿看着我，大笑："哦，我明白了！隐娘，你真聪明，但现在游戏结束了，我赢了。"

如果她现在攻向节度使，我将无法发出任何警示，我被困住了。

围巾着了火，火焰在隐匿空间里爆开，吞没了我的长袍，我惊恐地大叫起来。

精精儿迅速跳了三下，来到我所在的细线上，脱下她的白袍，包住我，把火灭了。

"你还好吗？"她问道。

火焰烧焦了我的头发和一些皮肤，但并无大碍。"谢谢师姐。"我说道，在她还来不及反应之前，我抽出匕首，割下她的白袍一角，然后划开维度之间的薄纱，将这片衣角扔到了普通空间里，就像一缕水草飘到了水面上。我们都看到节度使大惊失色，连滚带爬地逃离这缕白丝飘向的地板。

"我击到你了。"我说。

"啊，这不公平，你说呢？"

"不管怎样，这是一招。"

"所以……你是故意摔倒了？"

"这是唯一能对付你的办法，你比我强太多。"

她摇摇头："你竟然关心一个陌生人，胜过你的师姐？但我的确答应了你。"

她抓着细线站起来，姿态曼妙，仿若水中仙子，离开了。消失之前，她回过身，最后一次看了看我："再会，小师妹。我们之间的关系就如你割下的我的衣角，再无牵绊。祝你实现愿望。"

"再会。"

她离开了，如来时一样不断发出啸声，只是充满了哀伤。

---

我钻出裂口，回到普通世界，节度使朝我飞奔过来。"真是可怕！这是什么术法？我听到刀剑交击声，却什么也看不见，围巾在空中鬼魅般飘动，最后，又不知从哪飞出来一块白色布料。等等，你受伤了吗？"

我龇牙咧嘴地坐起来："没什么，精精儿走了。但是下一个派来刺杀你的是我另一个师姐空空儿，她一出手，基本没人能活着，我不知道还能不能护得了你。"

"我不怕死。"他说。

"如果你死了,陈许节度使会杀更多人,你必须听我的。"

我打开小袋,取出师父在我十五岁生日那年送给我的礼物,交给他。

"这是……纸驴?"他看着我,满脸疑惑。

"这只是我们那个世界的机关驴在这个世界的投射,"我说,"就好像一只球经过一个平面时,平面上的人眼中看到的是个圆……没时间解释那么多了,快走,进去!"

我又把空间撕开一道口子,把他塞了进去。现在纸驴在他眼前变成了巨大的机关驴。无视他的反对,我把他塞进驴里。

机关驴的肌肉上紧了发条,推动内部的齿轮,移动四肢。在隐匿空间里,它能在半个时辰内跑过巨大的圆,能像走钢丝艺人那样,在光之藤蔓上跳跃。师父把它送给我,以便我在受伤时能靠着它逃跑。

"那你如何自保?"节度使问道。

我没回答,只是发动机关驴,载着他跑远了。

---

没有尖啸,没有歌唱,也没有任何让人恐惧不安的声响。空空儿靠近时,都是无声无息的。不了解她的人,会以为她没带武器,这就是为什么她名号叫妙手空空。

衣袍变得灼热,我涂在脸上用来易容的面粉变得沉重。我把地上的稻草点燃,大厅内充满了烟尘。我趴在地上,地面的空气略为清凉洁净。我模仿节度使浮现出安详的笑容,但眼睛大睁着。

烟雾有了一丝盘旋,几乎微不可察。

"我非常熟悉厅堂里烛火的闪动,所以一旦这屋子有新的缺口,吹进来哪怕一丝气流我也能察觉。"

一炷香的时间之前,我仔细用匕首削断了几缕两个空间之间的维度,把从精精儿衣袍上割下的丝线系在裂口边缘,确保它不会合上。裂口里吹来的隐匿空间里的气流,足以让我察觉空空儿的到来。

我想象着空空儿面无表情脸庞,像索命阎王般从隐匿空间里闪现,朝我击来,一缕寒光闪耀在右手心,那是一枚针——她唯一的武器。

她喜欢从看不见的维度攻击她的猎物,从无法防御的角度,刺穿对方。她会用针刺穿他们的心脏,但胸腔和皮肤依然完好无损;或者刺进颅骨,把脑浆搅成一团糨糊,让他们癫狂至死,但头颅外层毫无痕迹。

烟雾飘动得更厉害了,她更近了。

我想象着她眼中所见:一个穿着节度使长袍的男子,坐在烟尘滚滚的大厅,脸颊上有块蝴蝶形状的胎记,惊恐得不知所措,即使自己的府邸已经烧了起来,还在龇牙咧嘴,愚蠢的怪笑僵在脸上。头顶的隐匿空间变得浑浊,大厅里的烟雾越过了维度之间的屏障。

她来了!

我本能地躲到右边,但对她的踪迹毫无察觉。我与她练习过招了好些年,但愿这次她还是像以往一样。

她本打算把针刺入我的头颅,但我躲开了。针在这个世界显形,出现在我头顶原本所在的位置,"叮"的一声,刺到了我脖上围着的坚玉项圈。

我摇晃着站起来,在烟雾里咳个不停,抬手抹去了脸上面粉做成的胎记。空空儿的针非常脆弱,一击之后已经扭曲变形。如果一击不中,她绝不会再出第二招。

惊讶的笑声响起来。

"多么高明的花招,隐娘,我应该透过烟雾看得更仔细点的,你不愧是师父最心爱的弟子。"

我在这个世界和隐匿空间之间划开的裂缝,不仅仅用来示警。当隐匿空间里充满了烟雾,她看向这个世界的视线就会模糊不清,否则以她从隐匿空间的视角来看,我的易容形同虚设,而且也能一眼看穿，宽大衣袍套在我纤细的身上是多么的不合身。

但有可能，仅仅只是可能，她故意不去辨查我拙劣的伪装，就像她曾经提醒我，雾鹰会从背后袭击。

她还是没有现身，我朝她的位置拜倒："替我转告师父，我非常过意不去，但我不会再回山上了。"

"谁能料到，你居然会成反刺杀者。希望日后我们还能再相见。"

"大师姐，我希望与你一同品尝槐花，花心里有一丝苦涩，所以吃起来甜而不腻。"

银铃般的笑声渐渐远去，我精疲力竭地倒在地上。

我想过回家，想再看到父亲。但如何解释我消失的这段时光？如何告诉他我的变化？

我没有长成他期许的样子，我的心里藏了太多野性。我不愿穿上行动不便的闺阁衣装，终日只在宅子的房间里走走，不愿在媒人夸赞我未来夫婿时，羞红了脸庞。我无法假装喜欢做女红，而其实更喜欢在大门口的槐树上攀爬。

我有天赋。

我渴望与精精儿和空空儿一样飞檐走壁，我习惯了抓着藤蔓在悬崖上跳跃，我渴望与强劲的对手过招，我希望自己挑选夫婿，希望我的夫婿心地善良，有着柔软的双手，或者希望他以磨镜为生，这样他将会知道，在这个世界平滑的表面下，隐藏着另一个维度空间。

我希望不断磨砺我的天赋，直到它光芒四射，在这光芒下，一切肮脏龌龊瑟瑟发抖，而那些造福黎民苍生的人，前行的路将被一一照亮。我将保护弱小，庇佑无辜百姓。尽管无法保证所有决定都是对的，但，我是聂隐娘，我誓要维护所有人渴望的安宁。

归根结底，我还是一个贼。我夺回了我的人生，但我将偷走其他人的生命。

此时，机关驴行走的齿轮转动声，慢慢靠近。

# 马修·休斯

马修·休斯出生于英国的利物浦，但成年后的大部分时光在加拿大度过。成为全职科幻小说家之前，曾做过记者、加拿大司法和环境部长的演讲稿撰稿人，并在不列颠哥伦比亚当过政治演讲稿自由撰稿人。休斯受杰克·万斯影响颇深，在一系列成名作如《愚我一次，其错在人；愚我两次，其错在我》《黑色布里林》《主宰者》《赫士睿》《螺旋迷宫》《模板》《四重奏与三拼浮雕》《黄宝石》《特殊》及《大众》里，他生动细致地描绘了汉吉斯·哈普桑、古兹·班达尔以及勒夫·英布里这些小人物的冒险历程，这些人物生活在《濒死的地球》之前的时代。休斯的作品收录于《猎人守则》《勒夫的意义》。他也撰写都市奇幻作品，如《地狱归来三部曲》《可恶的破坏者》《严禁着装》及《严厉惩罚》等。他同时以马特·休斯为笔名撰写犯罪小说，以休·马修斯为笔名撰写电视剧同步小说。休斯最近的作品有《勒夫·英布里》小说系列，《灵感集萃》以及作品集《天使与魔鬼》。

接下来，您将读到一个令人拍案叫绝的故事：一个冒冒失失的学徒小贼搞砸了一项重大任务，不得不历尽艰辛，应付随之而来的一连串麻烦至极的后果。

# 命运之剑

波德马在平坦的楼顶上没命地奔跑，宽腰带上挂着的剑总是阻碍脚步，但他丝毫顾不上这些。把剑从剑台上拔出来后，他就把它插在后腰的剑鞘里。现在他全力冲上楼梯，剑也动个不停，每跑一步，就撞击他的屁股和左腿。不过他根本没空停下来，因为守卫这栋房子的三只精怪，已经从活动地板下飞了出来，灵敏得不可思议的感知器官一瞬间就锁定了这个飞奔的小贼，满是鳞片的长脖子里，发出了奇怪的颤抖喊叫，像虚弱饥饿的小孩在哭喊。同时，波德马还听到了一声响，那是它们剃刀般锋利的爪子落到平整石屋顶上的声音。

邻近大楼比这座高出了好几层，装饰用的屋檐上垂下了一条绳索，这是波德马的备用计划，当行动出岔子时，就抓着它赶紧逃跑。但两栋大楼间的空隙跟他的身高一样宽，而且距离楼顶边缘至少还要跑十步，这十步凶险异常，守卫精怪随时可能抓住他。

没别的法子了，看来他只能把剑扔下去，祈祷守卫精怪能停下追他，转而履行它们的职责，去守护这把剑。想到这，他猛地一下拔出剑，朝楼下扔去。意想不到的是，精怪爪子敲击屋顶的声音没有丝毫间断，可怕的怪叫也更加响亮，且音调越发高亢。啊，这个声音。波德马绝望地想，这是它们抓住猎物时的叫声。

再跨两步，就能到达楼顶边缘了！他快跑两步，飞身跳到了空中，背后领头精怪的爪子已经抓开了他的衬衫，在脊背中央留下一道直直的抓痕，但这只庞大的雌性生物反应不及，难以收势，翻倒在楼顶边缘。它怪叫一声,犹如人类发出的绝望吼叫,跌到了下面的人行道上。

而另外两只已成年的精怪崽,更加年轻也更加灵便。它们从楼顶边缘拔地飞起,下颌暴怒地撞击个不停。波德马的左手已经抓住了绳索,但很不幸,他撞到了绳索后面的砖墙,只听一声脆响,左手中指骨骼"咔"的一下碎了。他顾不上钻心的疼痛,右手紧紧攀住麻绳,靴子用力蹬着墙面,向上爬去。

还没来得及爬过身长,就听到精怪身上的铃声逼近,几乎是同时,它的爪子抓到了他的肌肤,紧接着又听到"砰"的一声,它跳到了他下方的墙上。

你会掉下去的!波德马窃喜地想,可惜很快就发现高兴得太早。这只精怪跳起来时,前臂伸展,一只爪子已经抓到了他,其中一根指爪穿透他右腿上的绑腿,刺进了肌肉,波德马只觉一阵剧痛扩散到全身,与断指的疼痛产生了共鸣。

这下轮到波德马发出尖叫了,一半出于疼痛,一半出于恐惧。精怪抓不住墙面,一直往下掉,它的爪子一路划下,在波德马的腿上撕开一道长长的口子,最后钩住了他靴子顶部卷曲的皮革。现在他不仅要承受自己的体重,还要带着这只精怪往上爬,真是吃力万分,并且受伤的左手还在提醒着他:任务失败了。他明白得马上改变现状,否则就会跟抓在腿上的精怪一起掉下去,像那只领头精怪一样,摔个头破血流,筋折骨断。

他用那只好腿去蹬钩住靴子的爪子,但很不幸,这给了精怪另一只爪子机会,它趁机钩住了波德马左腿靴子上的卷曲皮革,强有力的后腿使劲地蹬着墙面。波德马的努力全白费了,他低头看着精怪的黄眼睛,看到它张开下颌,期待着第一口咬下去,又长又尖的舌头像布满锯齿的匕首,正舔着一排排牙齿。

这幅景象让他条件反射般地胡乱踢蹬,最后终于踢掉了被钩住的靴子,精怪随之掉到了下方无尽的黑暗里。精怪的重量一消,他就赶紧向上爬,将断指和右腿传来的剧痛抛之脑后,更顾不上剩下那只精怪发出的哀鸣,手脚并用,爬过了三层楼,来到了楼顶。

波德马把绳子卷成一团,背在身后,一瘸一拐地爬上瑟勒雷恩的飞板,念了念咒语,吩咐契约精灵发动魔力,启动飞板,载着他飞到了空中。起飞时,飞板传来的压力压迫着他的脚,于是他瘫倒身子,陷进毛茸茸的高背椅,把疲惫不堪的四肢摊开在镀金椅子扶手上。

其中一只为飞板提供动力的精灵飞高了一点,目光透过飞板四周的栏杆,看向波德马。它的皮肤红得好似火焰,透着陶土质感,扁平的蒜头鼻上,鼻孔张得大大的,嗅着空气中的血腥味,红黑相间的眼睛仔细打量着巫师瑟勒雷恩的仆使——波德马。

它开口说话,声音犹如僵硬皮革互相摩擦发出的咯吱声:"我没看见命运之剑。"

波德马正在小心翼翼地按压断掉的中指,检视伤势,听到这话,他回道:"忙你的去吧。"

精灵又说:"瑟勒雷恩会不高兴的。"

很不幸,这是事实。他现在终于得空来考虑当前的处境,不得不承认:起飞时遇到的风险,比起接下来要面对的,简直不值一提。他们已经高高飞行在高马尔桑城的上空,正朝西飞去,在那儿,飞板的主人瑟勒雷恩正候在自己的巢穴里,俯瞰稀稀拉拉的篷车停靠点,这些停靠点被称作"废弃的霍拉姆赫"。

瑟勒雷恩费了多年心血来配置独一无二的全套装备——就差命运之剑。他接下来会怎么做,波德马想象不出,很可能会造出一个擅长打架的怪物,去对付守卫精怪。巫师都是易怒的生物,热衷复仇。

瑟勒雷恩承诺过,如果波德马成功取得了命运之剑,就可以终止他长达三十年的服务生涯,不过瑟勒雷恩的话一向不怎么可靠。但现在,他没能拿到命运之剑,瑟勒雷恩肯定不会善罢甘休。事实上,他怀疑瑟勒雷恩最近签订了一项叫"爬行虚幻"的协定，该协定对巫师协会的成员影响极大，常常使他们出现巨大幻觉，还会引发莫名其妙的狂暴之举。

"改变方向，"他对红色精灵下指令，"去南边。"

契约精灵的小脸凑得更近了："可是主人在等我们。"

"他对你最后的指令是什么？"

"在返回他的住所之前，服从你的所有命令。"

"那我们回去了么？"

精灵不情不愿地答道："没有。"

"那就听我的。"

"可是……"

"告诉我，"波德马说，"瑟勒雷恩这样的巫师，会允许他的属下违抗他，对他的命令妄加揣测么？"

精灵的小肩膀抖了一下："不会。"

"那就往南飞，速度再快点儿。"

"可是……"

"在我没让你说话前，闭嘴。"

飞板根据天上的星星，重新调整了方向，用更快的速度往南飞去，扑面而来的风狠狠地吹进波德马的眼睛里，吹得他眼泪横流。他发起抖来，不仅仅因为高空上的寒冷。

波德马年轻的时候就到了高马尔桑城，成了"模范"瑟勒雷恩的学徒仆使。现在，他和契约精灵已经把高马尔桑城抛在身后，朝南飞去，越过伊利克斯垂森林。渐渐地，森林和村庄越来越少，而斑驳的丘陵和羊群越来越多。起伏的丘陵向上延伸，然后像被截断似的突然终止。波德马转过头，看到了雪白的德隆悬崖，在星光下闪闪发亮。夹着海水咸腥气息的烈风击打在脸颊上,他知道现在已经到了桑德林海上空。

波德马努力地计算,要穿过大海飞到远处的海岸上,得用多久。同时也在盘算,瑟勒雷恩大概要过多久会反应过来。当他发现飞板并未落在悬崖环伺的平台上,也没有看到波德马走下飞板,把命运之剑交给他,他就会立刻采取行动了。

波德马毫不怀疑,一旦飞板落入瑟勒雷恩的魔法范围,他就会立刻召回契约精灵,迫使飞板返航。而那时他只有两个选择:要么回去迎接瑟勒雷恩的怒火,而这个后果根本无法想象,天知道他在盛怒之下会干出什么事来;要么立刻跳下去,快速冻死在冰冷的灰色海水里。

哦不,波德马想,契约精灵会快速托着飞板下落,在我掉进海里之前接住我,并且我休想再跳第二次。

他短促地咒骂一句,尽管于事无补,却恰好表达出在此严峻处境下的心情。他发着抖,抱紧双臂,大脑开始飞速运转,想出很多办法,但很快就自我否决了。即使他双手完好,双腿也毫发无损,要避开记仇的巫师,也不是件容易的事。

---

他们还在飞,此刻暗沉的天色变得灰白,波德马一瘸一拐地走到左侧铁栏杆前,曲起手掌,放在脸侧,遮挡吹进眼里的烈风,朝远处望去。天色更加灰白,四周地平线上堆积的乌云里,现出一道灰色闪电,头顶的云层越发阴沉,很快就下起了冰冷的雨。

他靠着栏杆向下望去,世界依然被黑暗笼罩。打了几个寒战后,他发现已经飞过了海洋,正在飞越另一片森林,这里满是深暗的松柏,茂密繁盛,一眼望不到头。只有右侧,树木逐渐变得稀疏,平坦的大陆隐约在望,再远一点,可以清楚地看到那里地势渐高,形形色色大小不一的建筑聚集在城墙后，每隔一段距离就能看到一座高塔。在地势最高处，巍然伫立着一栋灰石城堡，四周环绕着锯齿状的围墙，高高的主楼上飘扬着金黑相间的旗帜。

波德马四下张望，打算找个平整坡地降落，然后命令精灵带着飞板继续南飞，说不定南部的巫师会捕获它们，据为己有。正当他在森林里发现了一块空地时，脚下的飞板突然倾斜，掉转方向朝城堡飞去。

波德马赶忙大叫，提醒精灵："不是那边，"他指向空地，"这边，这边！"

但红色精灵支起脑袋，伸到栏杆上，说："那里在召唤我们。"

"你们不能抵抗召唤么？"波德马问。

精灵迟疑地摇摇头："也许可以，但我们不想。"

飞板在城镇上空倾斜，然后盘旋下降到城堡圆塔平坦的屋顶上。一个瘦削的老人穿着华丽的长袍站在那，嘴唇噘起，布满青筋的手上，松松地握着一根短短的黑木棍。精灵们轻轻地降下飞板，似乎急于展示自己似的，双双从板下钻出来，跳到巫师跟前，朝他鞠躬。波德马仍坐在高背椅上，姿势和神态清楚地表明，他正等着巫师为他鲁莽粗暴的行为做出解释。

但巫师首先朝着红色精灵问道："介绍一下你自己。"

红色精灵告诉他，它们是瑟勒雷恩的契约精灵，"模范"瑟勒雷恩是三十三级巫师。它边说边不停地点头鞠躬，斑点皮肤的那只也模仿同伴的一举一动，让同伴的话语听起来更加可信。

"那这个，"巫师用魔杖指着波德马，问道，"又是什么？"

"不用你多话！"波德马对精灵喊道，跳了起来，"我自己介绍吧。"

可巫师只是稍稍动了动魔杖，红色精灵就连珠炮似的答道："啊！他是一个可恶的家伙，胆大妄为的骗子！不要相信他说的任何话！"

"唔。"巫师沉吟道,把黑魔杖指向波德马,吐出几个只有自己能听清的音节。波德马立刻觉得一股冰冷彻骨的寒意从他的右脚底部钻进来,接着蔓延到腿上、身体里、脖子上,最后从左耳钻出,整个脑袋仿佛在冰水里泡过。一只手不受控制地抖动起来,同时还袭来一阵强烈的便意。

"好了,"巫师仍举着魔杖,"告诉我一切吧。"

波德马已经编好了一套惊奇的冒险故事,把自己描绘成完全清白的无辜者。但开口时,发现舌头根本不听使唤,他听到自己原原本本地说出了自己是如何受雇于"模范"瑟勒雷恩,如何听候差遣去盗取命运之剑,任务又是如何失败的,"由于害怕主人的狂怒,我坐着他的飞板,穿越大海,到了这里。"他最后说。

巫师揉了揉鼻子,波德马心惊胆战,害怕又来一波咒语。但巫师只是示意他,一同前去工作室,精灵则被告知留在原地,"我去给你们拿点美味的糖浆。"巫师对它们说。

两只精灵瞪大了眼睛,看着彼此。"哦耶!"红色精灵喊道。

"太好了!"斑点精灵跟着喊道。

巫师的工作室让波德马感到非常熟悉,这让他十分沮丧。这里的陈设跟瑟勒雷恩的差不多:书架上挤满了古卷轴,大部分都是皮革装订,有的皮面已经剥落;工作台上摆着玻璃和金属器皿,其中一个正在沸腾,而下面并无火焰;一面墙上挂着幅椭圆形的镜子,但里面空空如也,房间里的所有物什都没映照进去;一个角落里的铁链上,挂着只小笼子,里面不知装了什么,稍微一动就沙沙作响。

巫师示意波德马坐在凳子上,自己走到拥挤的书架前,细细搜寻。"别想逃跑,"巫师头也不回地说,"我的麻痹咒语还不太熟练,上一次用它时,魔法流改变了磁场……"他看向天花板上的一块大大的污点,"……唔,就当它是烦人的污点,弄干净就好了。"

波德马老老实实地坐在凳子上。

巫师在另一个书架上一路翻找,一阵窸窸窣窣后,抽出了一本大部头,装订的黑色封皮破烂不堪。他把书放到齐胸高的诵经台上,开始翻动羊皮书页,说:"你是说,命运之剑?"

"嗯。"波德马答道。

巫师继续翻着书页:"他找这把剑做什么?那个谁?"

"瑟勒雷恩,"波德马接过话,"'模范'瑟勒雷恩。他想集齐一整套武器装备。"瑟勒雷恩给这些武器都取了名字,比如纯坚盾牌,圣贤头盔,刚毅胸甲,坚韧胫甲。巫师边听他说话,手指边飞也似的翻个不停,然后定在一页纸上,手指往下一指,脸上现出惊讶的神色。

"他想把这些都集齐?"

"嗯。"

"要做什么?"

"不知道。"

巫师的长脸转向波德马:"你猜呢?"

"报仇?"波德马说。

"这个斐德罗,他有敌人?"

"是瑟勒雷恩,他也是个巫师。巫师难道不是跟磁石吸引钉子似的,到处树敌么?"

巫师"唔"了一声,继续在书里查找,过了一会儿又说道:"但这些东西彼此不和,它们不会乐意一起合作的。"

他若有所思地揉揉鼻子,思索着:"我猜头盔和盾牌或许能互相包容,但胸甲根本不会配合它们的任何战略,而这把剑……"

巫师突然低笑一声:"告诉我,你的主人从哪所魔法学校毕业的?"

"红校。"波德马答。

巫师"啪"地一下合上书，扬起一股灰尘。"这就对了。"他忍着喷嚏，说道，"红校，而且是北方人，我知道了。"他摇摇头，发出一串怪声，波德马不禁联想到老女人垂涎年轻小伙时的模样。

巫师把书放回架上，满意地注视着波德马："你会是个有趣的标本，该拿你做什么呢？"

他摸着长下巴，脸上的神色变幻不定，似乎在犹豫不决。这时门口出现了一个人，穿着金黑交织的衣袍，一看就价值不菲。他比巫师更为瘦削，眉形高贵，额前布满细细的皱纹，鼻梁高挺，充满贵族气质，须鬓雪白，胡须修剪得十分整齐，太阳穴两旁的鬓发往后梳得一丝不苟，灰色眼睛里的眼神冰冷，好似积年不化的雪。他审视着波德马，问道："他就是落入屋顶魔法阵的人？"

"是的，大人，"巫师答道，"就是他。"

贵族男子眉头皱起，露出怀疑的神色："他是个巫师？"

"不是，大人，他是巫师的仆使，偷了主人的出行工具。"

贵族男子的眉头皱得更紧了，显然对这种行为十分恼怒，波德马不禁打了个哆嗦。看上去，这名男子很乐意帮助小偷走出歧途，并乐意不断研发烦琐的教育方式来教导他们，想要顺利从他手上毕业，死亡或许是唯一选择。

然而男子的眉头又舒展开了，取而代之的是一脸喜出望外，仿佛得到了从天而降的惊喜，他问道："你是说偷了一个巫师的东西？这可真是件大成就，不是么？"

巫师却不赞同："瞧在马尔的分上，他的主人只是北方红校的树篱巫师。"

但男子毫不退让，坚持道："不，你必须承认，这的确是件大成就！"

巫师像是恍然大悟般，说道："啊！我明白大人的意思了！"

"没错，这样我们就没必要再举行比赛了。"

"的确如此。"巫师又换上了一副艰难思索的神态，过了一会儿，他说道，"现下城里有点不安宁，市民和农民对您的……说辞……不那么信任了。"他指了指墙上的镜子。"我听到好多居民在偷偷议论。"

贵族男子毫无表情的脸变得更加严峻，说道："叛乱？"

巫师忙不迭地摇手："只是一些牢骚咕哝罢了，更多的是商量卷铺盖到别的国度去。佛斯-贝尔赛公爵正在开拓森林，开辟新的城邦。"

男子不屑地道："拖着鼻涕虫的小屁孩。"

"大人，佛斯-贝尔赛公爵已经五十多岁了。"

男子丝毫不理会："我还记得他的曾曾祖父，都是一个德行，总想骗走我最好的士兵。"

"对的，大人。"

波德马发现，谈话已经中断，两人都暂时陷入了沉默。这时，贵族男子似乎想起他了，搓了搓手掌，听起来像是两张羊皮纸在互相摩擦。他开口道："就这么决定了！他取得了成就，一定符合我们的要求。"

巫师沉吟了一会，发话了："我想先让他帮我办点事。从他身上，说不定能挖出点有意思的素材来写论文，发表在《炼金术士期刊》上，当然，他一定能完成我们的任务。"

"让我去做什么？"波德马问道。

可是贵族男子已经走远，而巫师开始搜寻另一本书，一边哼着小曲，一边用手指划过一排排书脊。波德马本想体面地走出门去，但瞥了一眼天花板上的污点后，决定还是留下来。

接下来的几天里,波德马了解到一点信息:他现在所处国家叫卡帕拉瑟卡王国,由阿尔贝罗公爵统治,就是那位皮肤跟羊皮纸似的贵族男子,巫师叫阿布拉贾,毕业于蓝校。公爵提过的比赛,指的是每七年举行一次的选拔赛,目的是挑选出"成就之人"作为公爵的大使,出使一些国家,而这些国家究竟在哪,却没人知道。波德马被选为这一届的"成就之人",陪同他的将是一位在家务大赛中拔得头筹的女性。

"我的搭档是一名美丽的女士?"当公爵的总管前来告知他这个消息时,波德马不禁问道。总管戴着顶高高的黑帽子,帽上插了根华丽的羽毛,神气十足,对所有事物都嗤之以鼻。

"若用清秀来形容她,并不确切,"总管嗤笑着说:"当然,做家务也不需要美貌。"

波德马原本十分高兴成为公爵的使者,幻想他的女搭档脖颈修长,拥有贵族特有的苍白肌肤。但希望落空了,总管告诉他,这位女士是个笨拙的乡下姑娘,而且还是某个农场的女奴。"粘在她靴子上的某些东西简直难以形容。"总管又加了一句,说完还重重地哼了一声。

---

巫师阿布拉贾治愈了波德马的伤,并给了他新衣服和新靴子。他可以在城堡内任意活动,但不得外出,看到阿尔贝罗公爵时,即使只是远远看到,也必须赶紧回避。"别想着逃跑。"阿布拉贾说,"我可不想用麻痹咒语把你给定住,动弹不得,你身上有太多有趣的素材供我写论文,我还想再多问你点问题呢。"

说到这,他们一起看了看工作室的天花板,彼此都心知肚明:波德马绝不敢擅自迈出城堡半步。不过,他还是可以靠在城垛上,看看城里的情况。他看到一些全副武装的人正沿着城墙下弯曲回环的行进路线，破解一个接一个的障碍：泥坑上方遍布细横梁，他们必须匍匐前进，从下面爬过去；如果遇到大木桶，得用脚把它们滚上一个平缓的斜坡；还有一排转个不停的大鼓，鼓面上伸出齐踝高、齐胸高和齐头高的粗木桩，他们得一个个跳过；除此以外，还有几块供他们短跑用的干净草地。

"这是障碍训练么？"波德马问一名哨兵。

"是的，你可以这么说。"哨兵答道，"不过那些小市民和乡巴佬可不喜欢这些，我们得用鞭子抽，他们才肯听话。"

"胜出者就会成为公爵的使者么？"

哨兵瞪着他，仿佛在看一个白痴。"当然了，"他顿了一顿，接着道，"胜出者将成为大人的使者。"

波德马本想追问出更多信息，但阿布拉贾的召唤声突然响了起来，他顿觉得脑子里铃声大作，只有走向阿布拉贾，铃声才会逐渐变小，没找到他之前，休想铃声会停下来。波德马丝毫不敢怠慢，赶紧跑去找阿布拉贾。

当他上气不接下气地抵达工作室时，阿布拉贾对他说："跟我说说命运之剑。"

波德马开始了他的描述，并提到了华丽的剑柄和上面镶嵌的宝石。

"你握过那把剑？"

"握过。"

"给我看看你的手。"波德马伸出手去，阿布拉贾端起他的手掌，细细检视了一番，连手指内侧都仔细查看过，然后自言自语道："没有灼伤痕迹。"

巫师又揉了揉鼻子，说："你说你耍了个花招，把守卫精怪骗到了另一个房间，然后把它们锁在里面？"

"没错。"

"但是你一抓住剑,它们就出现了并开始追赶你?"

"是的。"为什么会这样,波德马也很纳闷,他确信锁得十分牢固。

"不过它们还是没能抓住你。"

"我跑得很快。"

"但它们是精怪,难道它们都太老了?"

"不,一只是壮年精怪,另外两只是她的成年精怪崽。"

"唔,这样。"阿布拉贾在面前工作台上的羊皮纸上写了几笔,继续问道,"然后你跑上楼顶,把剑给扔了?"

"我跑起来时它总是撞到我的腿,太不方便了。"

"只是撞到你的腿?没有砍你、削你、刺你?"

"它装在剑鞘里,绑在我的腰带上,"波德马答道,"又没人挥动它来刺我。"

阿布拉贾挥了挥苍白的手,打断了他,似乎这句话纯属瞎扯。"那个派你去偷剑的蠢货,有没有给你什么辅助性装备?"

"只给了我一块飞板,绳索、抓钩、撬锁器什么的都是我自己准备的。"

"唔,你确定那把剑没有试图杀你?"

波德马十分惊讶:"当然。"

"唔……"

阿布拉贾又在纸上记了几笔,他若有所思地摸摸下巴,然后竖起一根手指,准备继续发问。这时阿尔贝罗公爵出现在门口,神情严肃,指着波德马,说:"他必须走了。"

"我马上要得出一个重大的发现了。"阿布拉贾说,"他比普通应征者成就更……大,请务必再给我一天时间。"

公爵显然容不得任何反对,他从衣服口袋里掏出计时器看了看,说:"七年的筹备,就为了今天下午,不能再拖了。"

"可是……"阿布拉贾试图说服公爵。

"没有可是，"公爵意见已决，"一分钟、一秒钟都不能耽搁，如果他不去，谁去？他必须现在就走！"

说完，他侧开身子，跟在后面的总管带着两名全副武装的武士走进来，抓住了波德马。

公爵示意他们把波德马带走，然后在门口站了好一会，对阿布拉贾说："在他完成任务之前，你不得有任何干涉。"

巫师的神色变幻不定，似乎想抗议，最后还是垂下了头："我绝不干扰他。"

"很好。"阿尔贝罗又看了看计时器，向总管问道："奖牌都准备好了？"

"是的，大人。"

"那走吧。"

武士押着波德马，从高塔门口走到城堡前院，公爵和总管站在那，不断挥手让他们再走快点。走到警卫室旁时，他们站定。总管从腰带上的小袋里掏出块铜奖章，一端系着根链子，奖章上刻着：授予杰出勇士，然后把奖章呈给公爵，请他过目。

接着，他走上前来，把奖章挂在波德马脖子上。同时，又有两名守卫从城堡附近的木屋里走出来，身后领着名矮矮胖胖的年轻妇人，穿着毫不起眼的袍子，行为举止处处显露，她没见过什么世面。她不安地绞着双手，脸上挂着局促的笑，脖子上挂了枚一模一样的奖章。

总管完全没有为二人互相引荐的意思，他下巴一抬，指向前院不远处齐腰高的圆形石台，说道："走。"

"去干什么？"波德马问，不过没人搭理他。圆台看起来像口井，到了跟前，波德马往里瞧了一眼，看到井壁向地底伸去，里面黑黢黢的，深不见底。那年轻妇人也瞧了一眼，笑容僵在脸上，手也一动不动了。

"下去。"总管发话了。

"什么？"波德马辩解道，"我是大使，我的马车在哪？还有就职绶带呢？"

他四处张望，可眼前只有年轻妇人、卫兵、总管，还有公爵。他正焦躁地打着手势，示意他们快点。远处高塔的巫师工作室窗前，阿布拉贾出现了，用魔杖指向他们，说了几句音节。马上，年轻妇人就挪动了一点，像有什么人在后面推搡着她似的。总管指着井底，命令道："你和她都下去。如你们所见，我们特意准备了梯子，再不动，我们就会采取一些措施，帮助你们更快地下去。"

年轻妇人想逃开，但卫兵们训练有素，立即抓住了她，将她双手反剪在身后，押着她走到井口。"好吧好吧，"年轻妇人只好说，"我自己爬下去。"

总管非常贴心地帮她翻过井栏，紧盯着她爬到铁梯子上。等她下了几级后，波德马明白，已没有转圜余地，只好跟着爬下去。他俩小心翼翼地爬着，而卫兵搬来一扇木板，推动它一点点盖住井口。只见头顶那一方天光冷酷地越变越小，最后完全消失了，接着波德马听到"哐啷"一声，井口被锁上了。

他本以为井底有水，但爬到底时，发现脚下是干燥的岩石。井底漆黑一片，什么也看不见，不知从哪吹来的寒风呼呼地刮着。

他问年轻妇人："这是什么情况？"

尽管看不见，他也能在脑海里想象她那紧张的笑容和不安绞动的双手。"我不知道，"她答道，"他们对我说要去泰纳诺格王国，还说我们会受到王子公主般的待遇。可是……"她的声音越来越低。

"泰纳诺格？"波德马催她多说点，可她什么也不知道了，"以前有人从泰纳诺格这个天堂回来么？"

"没有,谁乐意回来呢?"

波德马意识到,眼前跟他打交道的,绝不是这个国家最聪慧的女性。他说:"你有没有参加障碍赛?"

"没,那是男人的比赛。我们有属于女人的比赛,缝纫、挤奶、烤面包,还有拔鸡毛。"

"你赢了?"

"我也很惊讶,有的衣服缝得比我好,有的面包烤得比我好,但她们都被淘汰了,最后我胜出了。"

"这座枯井井底在哪?"

她不吱声,波德马听到她又在绞动双手,仿佛这能让她感到安慰。

"待在这。"波德马说,"我去看看。"他摸索着井壁,发现壁上有个缺口,他蹲下来钻进去,发现四周全是墙,他趴在地上匍匐了几步,一股冷空气吹得他打了好几个哆嗦。波德马直起身来,喊道:"你说点什么。"

"什么?"年轻妇人的声音从黑暗深处传来,他循着声音,回到了原来的位置,站到她身旁。

"有条管道。"波德马说。

年轻妇人的声音有些颤抖:"通往哪里?"

波德马说他不知道,也没兴趣。他俩在黑暗中站着,风不停地吹来。那股寒冷的气流表明,管道一定与外部相连,但他并不想在黑暗中摸索,遇到什么怪物。

时间一点点地流逝。年轻妇人告诉波德马她叫艾诺丽娅,波德马也告诉了她自己的名字。他俩坐在岩石上,后背靠着梯子两旁的墙壁。过了一会,波德马的思绪开始飘远,他想起了阿布拉贾询问命运之剑的那些问题,但很快艾诺丽娅的声音就将他拉了回来。

"我闻到了什么味道。"

听到这话,波德马朝她挨近了点儿,现在他也闻到了:一股酸味儿,像是硫黄,还夹杂着让人鼻痒痒的胡椒味,闻着很想打喷嚏。"从管道里传来的。"他说。片刻后,他又说:"有光。"

他们靠着墙站起来。波德马怀念他的刀,可惜它连同靴子一起,遗落在遥远的北方了,然后,他又想起了命运之剑。

管道很长,另一头的光离他们非常远。光芒既不像火光那样闪烁,也不像灯笼那样投下光柱。唯有一片形状难辨的黄光,随着慢慢前移,逐渐依着隧道的形状,变成底部扁平的圆形光团。它越来越近,那股夹着腐烂气味的硫黄味也越来越浓。

他感到身旁有动静,那是艾诺丽娅拼命地往他身旁蹭。"不要乱动。"他说,但艾诺丽娅并未停止。

"我害怕。"她说。

波德马也很害怕,但害怕于事无补,他也不可能躲在艾诺丽娅后面,于是任由艾诺丽娅躲在他身后,越过他的肩膀,看着慢慢逼近的黄光。当黄光离他们只有一百步左右时,他发现光球里有什么东西。光球越来越近,只有五十步了,大概能分辨出那是什么了;三十步时,已经可以看得很清楚了,波德马在心里祈求,千万别再过来了。现在除了臭气,什么也闻不到,他们的鼻子似乎都给熏坏了。

不一会儿,管道和井底被黄光填得满满当当。黄光既不是火把也不是灯笼,而是来自一只怪物,怪物怎么发光的,令人十分费解。现在这怪物就站在他俩面前,瞪着好几只眼睛,看着他俩,脸上有个圆孔,怎么看也不像嘴巴,但既像蛇嘶又像鸟鸣的声音就从里面传来。

"哈,又碰面了。"

"不,我俩还是第一次来这。"波德马说,艾诺丽娅赶紧点头,头磕到了他的肩膀。

魔鬼(波德马实在想不出更确切的词来称呼这只怪物)说:"不不不,难道是阿尔贝罗公爵让你们给我传话?比如'我准备好了,把我带走吧'这样的话?"

波德马表示并未有任何转达信息,这时,他感到艾诺丽娅的鼻子在他肩膀上蹭了几下,猜想她又在用力点头。"不过,"波德马补充道,"要是你愿意帮我推开井上的盖子,我很乐意从梯子上爬出去,问问公爵有什么想问候你的。"

魔鬼似乎叹息了一声,如果这么可怕的声音算叹息的话。"我们不妨继续吧。"它说。

"继续什么?"尽管现在的空气难以呼吸,波德马还是宁愿与魔鬼多聊一会儿,并不想深究这个"继续"的含义是什么。

"跟往常一样。"

"往常是怎样?"

魔鬼所有的眼睛都盯住波德马,他只觉得头顶如有重压,同时手心和脚底又酸又麻。他十分厌恶这感觉,但还是尽力保持言行的彬彬有礼。

魔鬼的一部分身躯动了几下,很快就停下了,波德马揣测它可能是在耸肩。"很好,"魔鬼说,"阿尔贝罗公爵签订了一项契约,我想你也有所耳闻。根据契约,他可以获得财富、权力、健康、长寿等等,直到厌倦为止,同时,我四处梭巡,帮他达成心愿。"

"公爵看起来一点也不厌倦。"波德马说,"我倒觉得他乐意一直享受下去。"

"所以就有了例外条款,"魔鬼说,"每隔七年,他必须给我送来一对有成就的男女,充当他的信使,我会问三个谜语,如果他们都猜对了,我就上去把公爵抓来。"

"如果没猜对呢?"

魔鬼做了几个奇怪的动作:"那我就把他们带走。"

"带去天堂?"

"不不,不是天堂,"魔鬼说,"当然不是天堂,天堂对我来说太憋闷。其实我更想把公爵带回家。"

波德马"啊"了一声,艾诺丽娅在背后口齿不清地喋喋不休,他努力忽略她,对魔鬼说道:"第一个谜语是什么?"

"什么东西早上四条腿,中午两条腿,晚上三条腿?"

"你是认真的吗?"波德马问。

"答不上来?"魔鬼又叹了一声,伸出一条装了铁钩的……不知是手臂还是腿的肢体,抓住了他。

"不不不,我知道。"波德马赶紧答道,"每个人都知道。"

那条说不清是手臂还是腿或是别的什么的肢体缩了回去,重又融入黄光里,它说:"公爵之前送来的信使没有一个答对过。"

波德马终于明白,七年一次的比赛,并不是选拔什么博学之士,而是为了选出容易上当的傻瓜。

于是他答道:"答案就是,'人',婴儿时期就是人一生的早晨,他们四肢并用,在地上爬;成年就相当于中午,他们用两条腿走路;到了暮年,他们已经衰老不堪,得拄着拐杖走路。"

魔鬼所有的眼睛再一次盯住波德马,波德马不得不努力克制自己,不去搓揉酸胀发麻的手心。"你这样盯着我,我没办法思考。"

魔鬼移开大部分眼睛,说:"我很惊讶,之前没人答对过。"

"公爵之前送来的所谓成就人士,并不是在头脑上取得成就。"波德马说。

"早知道,我应该说明送学者过来的。"魔鬼说,"现在我觉得很有兴致。好了,第二个谜语,准备好,不要急。"波德马看到魔鬼可以称之为"脸"的部分,似乎是笑了一下。他不由得胆战心惊,赶紧看向别处,听它说谜语。

"有两姐妹,一个出生另一个就死了,她们是什么?"

波德马对这个谜语隐约有点印象,但想不起来,于是问艾诺丽娅:"你知道吗?"

"不知道，不知道。"艾诺丽娅回答，开始在他肩膀上抽泣，"我真是太可怜了！我可能看不到明天的黎明了。啊！多么痛苦啊……"

"黎明！我知道了！"波德马喊道，"这对姐妹就是夜晚和白天，一个降临就意味着另一个逝去。"

"不错！"魔鬼赞道，"非常，非常不错！"波德马不是很确定魔鬼的心情，不过透过它那惊悚的声音和扭曲的面部，波德马觉得它现在的确很高兴。"现在是最后一个了，也是最简单的。"魔鬼突然停了下来，波德马立刻有种大事不妙之感，只听魔鬼问道，"我手里拿着什么？"

波德马本能地看向魔鬼之前抓他的那条肢体，又看了看另外一条，如果魔鬼有脖子的话，这条肢体拱着的物体可能是它的头，最后看了看下面第三条肢体，它正盘绕在魔鬼的"脚"上。

"有提示吗？"他问。

"我也想给你提示。"魔鬼说，"我已经想了很久，离开这，把公爵带走。"

"让我想想。"

"想吧。"

第一个谜语很简单，第二个则受到艾诺丽娅的启发，于是他转头问肩膀后的艾诺丽娅："你想到什么了吗？"

她的声音细如蚊蚋："没有。"说完，又开始不停绞手。

"能重复这个问题吗？"他问魔鬼。

"我手里拿着什么？"

"哪只手？"

"不能给你提示，"魔鬼说，"哦天哪！你不会是栽倒在最后一道题上了吧？"

"给我一分钟。"

波德马飞快地转动大脑，思索着：魔鬼手里会拿着什么呢？眼前这怪物手里会拿着什么呢？毫无缘由地，他突然想大喊一声"这太简单了"。

艾诺丽娅开始号啕大哭，眼泪鼻涕全糊在他衣服上，她哭道："不公平，它根本就没手！"

波德马的脑海里刷地审过一道灵感，犹如炎炎夏日里的凉爽清泉。他喊道："什么都没有！你手里什么都没有，因为你根本就没有手，只是爪子，或者螯钳……"他努力选用合适的词，"或者什么别的东西，总之不是手！"

喊完，井底一片寂静，只有艾诺丽娅断断续续的抽泣声。接着，魔鬼身周的黄光颜色变深，成了金色，边缘微微泛红。"再见！"它说完快速撞碎井壁，飞了出去。它走后，井底总算没那么臭了。

波德马抬头，看到盖住井口的木板被撞得四分五裂，碎片纷纷往井底坠落，赶紧推着艾诺丽娅躲进隧道。

木片落完后，他来到梯子跟前，努力地抬起还在颤抖的腿，向上爬去，艾诺丽娅跟在他身后。爬出来时，已是傍晚。波德马远远地看到了飞板，在逐渐加深的暮色里格外清晰。

城堡里传来了喊声和尖叫，还有靴子跑过石板的声音。附近的马厩里，马匹不安地踢着马槽，接着城堡高处响起一声绝望的大喊。

"快躲回井里！"波德马推着艾诺丽娅正要躲回去，突然看到城堡主楼上方出现了一团红光，不断颤动着跳到空中，然后犹如离弦之箭般朝这边冲来。到达井口时，它停了下来，波德马瞥了一眼，发现公爵被长满倒刺的触手缠得严严实实，眼睛和嘴巴张得老大，形成了一个等腰三角形，嘴里不停地喊着什么，可惜没人能听清。

魔鬼的众多眼睛都盯着公爵——它的新藏品，不过有一只看向了波德马，并说道："你们帮了我大忙，但造物主没赋予我感激这一情感，所以我想偿还你们。"

"无意冒犯你，但我并不想跟你做交易。"

魔鬼说:"我也不想,但我必须偿还你俩,你们各有一次机会让我为你们服务,就一次。"

波德马根据魔鬼的本性,从不同角度思考,把这话仔细咂摸了好几遍,但艾诺丽娅马上开口了:"我想要一座上好的农场,里面有肥沃的田地,健康的牲畜,舒适温暖的房子,厨房旁还装了水泵。"

"成交。"魔鬼说,"这农场原本属于卡扎卡恩家族。"

"我就是他们的仆人,"艾诺丽娅说,"他们对我很坏,总嫌我没擦干净靴子上的泥点。私下里,女孩子们总是拉扯我的头发,男孩子们总是抓我。"

"我知道。"魔鬼说着看了看波德马,"现在我跟艾诺丽娅两清了。"

接着它又转向艾诺丽娅:"卡扎卡恩一家现在是你的仆人了。"它伸出一只爪子,交给她几幅卷轴,还有一根黑色的螺旋形木杖,"所有必备的文件都在这,还有一只结实的棍子,用来教训他们。"

艾诺丽娅接过这些,紧紧抱在胸前,脸上露出了微笑,看起来柔和了不少,然后她坚定地说:"我得走了。"说完没再客套,快步离开了。

波德马注视着这一切,问道:"无偿帮助?永久有效?"

"永久有效,不过你得快点做决定,我迫不及待地要带阿尔贝罗熟悉他的新环境。"

"不能通融点?我有需要的时候再召唤你?"

"不要拖太久,未完成的偿还对我来说就是止不住的瘙痒,怪难忍的。一旦你清楚自己想要什么了,喊出这个名字:阿泽拉斯,我就会立刻出现。"说完,它带着口齿不清嚷嚷个不停的公爵,冲进井里,消失了。

城堡空空荡荡，充满了魔鬼留下的臭气，波德马用嘴呼吸了几下，觉得勉强能忍。没走几步，就看到了总管的帽子，他的头还在里面。波德马在衣帽间拿了个大包，边走边捡，走到公爵住处时，他已经满身华服。他仔细地翻找珠宝柜，搜寻贵重又坚固的值钱物品，比如金银珠宝什么的，背了一堆金币，直到拿不了了为止，再往荷包里塞满银币和铜板，用来付小钱。

钱币上刻着公爵的人像，波德马拿起一枚，仔细看了看公爵棱角分明的脸，然后翻过来看看背面，背面印着的日期显示钱币铸造于一个世纪前，还有公爵的格言：Miro, odal miro。可惜这语言已经绝迹。

波德马努力回想他学过的知识，终于弄懂了这句话的意思："我的，都是我的。"他把钱币扔进荷包，再把荷包塞进背包，最后拍拍鼓鼓囊囊的背包，露出跟艾诺丽娅离去前一模一样的笑。

公爵的黑马还待在马厩里，被魔鬼的气味激得发狂。不过波德马是个经验老到的驯马好手，很快就把它安抚下来。他拿来公爵的镀金大头针，给马套上了马鞍和笼头，再把背包牢牢绑在马背上，然后骑着它走到庭院里，边走边低声安抚它。庭院里散了一地士兵们看到魔鬼时丢掉的武器，他捡起一把称手的剑，和一杆长枪，扯掉系在上面金黑相间的三角小旗。

马蹄一下一下地敲击吊桥地面，驮着波德马走出了城堡，四周的堡垒空空荡荡，他不禁怀疑，魔鬼是不是把这些城镇都弄荒废了。

"现在，"他自言自语道，"我要骑着马，走到陆地边缘，找艘船回北方，在海上七城里的某一座城市里，给自己买栋房子，再投资几笔信托基金，还可以买艘船，去钓钓鱼什么的。"

想到这，他双腿一夹马肚，黑马朝着城镇小跑起来。刚进城，头顶响起一个声音："看到你了！"

波德马抬头，飞板正悬在头顶。阿布拉贾斜靠在飞板栏杆上，指挥飞板落到草地上，说道："上来吧，我们得离开这。"

波德马想催促黑马快跑起来，但魔法师举起魔杖，轻轻敲了敲手掌，于是波德马乖乖地爬了上去，跟他一起向北方飞去。飞过城镇时，他向下俯视，看到艾诺丽娅正朝着大农场走去。走了一会，她停下来捋起袖子，拿起棍子，练习似的打了几下路旁的杂草，然后继续赶路。飞板飞到她的上空，黑影遮住了她，她也没有察觉到。

"其实，"阿布拉贾说，"你本来是应该死掉的。"

他们飞过桑德林海，继续飞向北方，速度比当初波德马逃往南方时还要快。

阿布拉贾给精灵喂饱了糖浆，又竖起一道隐形屏障，挡在自己和波德马身前，遮挡扑面而来的烈风。

波德马注视着海面翻滚的波涛，然后看着阿布拉贾，说："魔鬼给我的命运，很可能比死还糟糕，它可能把我和艾诺丽娅都当作它的玩物了。"

"我没说魔鬼，我指的是命运之剑。照理说，有人妄自触碰它的话，它是会大发雷霆的。"阿布拉贾说，并咧了咧嘴，为自己的文字游戏感到沾沾自喜。不过波德马厌烦了他这一套，只是问道："你是说，命运之剑有自己的意识？"

"是的，它有自己的思考方式，不知你能不能明白我的意思。"

"那瑟勒雷恩就是派我去送死了？"想到这，他对瑟勒雷恩的不满又加深了一层。

"我怀疑他根本不知道他要偷的是什么，确切地说，不知道派你去偷的是什么。但有一点很清楚，根据我的研究，你的手一碰到命运之剑，你的前臂就会变成一截烧焦的树桩。"

波德马打了个寒噤，但阿布拉贾无视他的恐惧，继续说道："奇怪的是，它只是放出了被你关起来的守卫精怪，让它们赶跑你。精怪完全可以抓住你的，但显然并未得到命运之剑的允许。还没人能跑过守卫精怪，尤其是上楼。"

波德马在脑海里假想被精怪抓住的后果。

"而且，命运之剑也没有砍掉你一条腿，只是阻碍你，迫使你不得不抛下它。"

"所以它并不想杀我，也不想让我带走它。"

阿布拉贾摸着鼻子，陷入沉思，然后得出了结论，指着波德马说："它是不想被你带去交给你那个蠢货主人，但或许它并不排斥你。"

波德马呛了一口茶："我搞不懂。"

"就知道你听不懂，你根本不像'命运之子'，懂得思考自己的前途。"

"我的确不是。"

"那你得习惯思考，一旦命运之剑决定认你为主，它是不会改的。"

阿布拉贾继续述说命运之剑的历史和特性，它在一个平行世界被创造出来，确切来源已不可考，在那个世界，或许它的形状和功能都不同。但是在这个世界——第三平行世界，它是一件所向无敌的武器，并且拥有自己的意识，挑选它定义的"有趣之人"作为主人，然后帮助他成为一代豪杰。

"它定义的？"波德马问，"它会说话？"

"它会表现出关心。很多心怀野心的人想掌握命运之剑，不过绝大部分刚一碰到它，就干脆利落地了结了自己的梦想。命运之剑并不是什么宽厚仁慈的武器，并且讨厌被人骚扰。但是，有时它会挑选一些籍籍无名之辈，助他获得荣耀。有人推测，这或许是命运之剑的幽默。"

"真是神奇!"波德马说。

"你从没听过这些?"

"我只零零散散地学了些东西,主要精力都用来练习实用技能。"

"唔。"阿布拉贾仔细审视了他好一会儿,"你没有一丁点儿品质显示你会成为一名英雄豪杰,你可能就是它挑选的那些籍籍无名之辈中的一个。"

波德马不知该觉得羞辱还是高兴,跟巫师、魔法武器有关的事情都难以判断。

"好吧,让我们拭目以待。"阿布拉贾说。

太阳落山后好一会儿,他们才飞过南方的丘陵和伊利克斯垂森林。高马尔桑城的灯都亮了,星星点点地散布在高处和低地。波德马向阿布拉贾指了指命运之剑所在之处,但阿布拉贾摇摇头:

"我找不到它,"阿布拉贾说,"针对我的能力,它会释放出照瞎我眼睛的光和震聋我耳朵的响声。"他不屑地哼了一声,继续说道:"你的雇主,伟大的弗尔滨①,可能只会遇到一些萤火微光和几声耳语般的噪声。"

他们飞过城墙,旋转着落到楼顶上。波德马对这栋楼记忆犹新,他说:"我想,这可能根本不是一栋真正的大楼。"

"当然不是,"阿布拉贾说,"不过,即使住在附近,你也看不出异样,就算每天从它跟前经过,也根本不会留心里面的玄机,即使是征税官也会忽视它。"

"那把剑干的?"波德马问。

---

① 阿布拉贾记不清瑟勒雷恩的名字,总是叫错。

"我不是说过了么？它讨厌被骚扰。"

楼顶笼罩在黑暗中，他们靠近了。波德马发现平整的楼顶上有什么在动，于是喊道："快看！"

阿布拉贾注视了一会，做了个手势，嘴里念念有词。很快，楼顶一片大亮，有人正站在活动地板前，弯着腰，双手握住剑柄，费力地往外拔。

"噢天哪！"阿布拉贾说，"这可真是蠢到家了！"

人影抬起头来，可他的视线淹没在一片亮光中。波德马发现这是瑟勒雷恩，他穿着坚韧胫甲、刚毅胸甲和圣贤头盔，纯坚盾牌放在一旁，他拿起盾牌举在身前，另一只手掏出魔杖，魔杖顶端镶了颗大大的红宝石。

波德马太熟悉这根魔杖了，没等它举起来，就赶紧往后躲。这时阿布拉贾嗤了声："哈，敢跟我斗？"然后像赶家禽那样挥了挥手，就见盾牌闪烁了一下，重重撞向瑟勒雷恩，撞得他倒退了好几步，一屁股坐在地上。

阿布拉贾指挥精灵轻轻地降落飞板，打开飞板栏杆上的门，走了下来。波德马小心翼翼地躲在他身后。

可惜还是不够小心，瑟勒雷恩已经费力地站了起来，斜靠在盾牌上，怒目而视他失踪的仆使，那张令人倒胃口的脸也因愤怒而扭曲变形。

"啊！你这恶棍！背信弃义的浑蛋！"瑟勒雷恩弯下腰，捡起被撞飞掉落的魔杖，指向波德马，喊道，"接受正义的惩罚吧！"

"这样做恐怕不太好。"阿布拉贾发话了，"命运之剑可能不喜欢你这么对他。"

瑟勒雷恩惊怒交加，瞪大双眼，张大了嘴，盯着他看了好一会儿，而后重新把目光钉在波德马身上。"你居然告诉了他？！这把剑是我的大秘密，你居然……"

"'博学者'阿布拉贾。"阿布拉贾说道,"蓝校毕业,九十八级巫师,我好心奉劝你,放下魔杖,以免遇到真正可怕的噩运。"

瑟勒雷恩又把目光投向阿布拉贾,在两人之间来来回回看了好几次,嘴里唾沫横飞,含混不清地说了些什么,既不像话语又不像念咒。最后他住了嘴,从喉咙深处冒出一串声音,举起魔杖指向波德马,吐出一个令人寒毛倒竖的音节,魔杖顶端的红宝石红光大盛,诡异可怖。瑟勒雷恩咧开嘴笑了,他笑得越来越欢,嘴咧得越来越大,准备说话。

突然,他身后的活动地板猛地一下弹开,整个楼顶都震动不休,霎时楼梯间灯火通明,一束闪电射了出来,随后,一只青壮守卫精怪的头缓缓现出,然后是脖子、肩膀。

瑟勒雷恩发出一声惊恐的大叫,把魔杖指向正在上楼的精怪,但立即看到了精怪的爪子——命运之剑正抓在它爪里。

在这当口,瑟勒雷恩做了两个决定:一个明智,一个愚蠢。他聪明地放下了魔杖,可惜误以为精怪是来把命运之剑献给他的,于是走上前去握住剑柄。

又一道闪电炸响在楼梯间,闪电沿着"模范"瑟勒雷恩的躯体形状,完美地勾勒出他的轮廓,而轮廓内的身体,在刺目电光的映射下,一团漆黑,看起来犹如一道剪影。

电光渐渐变淡消失,一切恢复正常。瑟勒雷恩站立的地方,只剩下一具乌漆焦黑的人形物体,依然保持着站立的姿态,形体模糊,像是草率捏出的人偶,只能依稀辨认出这是个人。随即,"哐啷"两声,他身上的盾牌护甲掉到了地上,尸体开始碎裂,数不尽的粉末从这具人形剪影上瀑布般落下,在地上堆起一座焦黑的"煤渣堆",像是承受不住自身重量,"煤渣堆"很快坍塌,在地上摊成一个漆黑的"煤渣圆"。精怪一步步走来,残渣在它脚下咯吱作响,它抓着命运之剑,径直走过活动地板,朝波德马走去。

剑之书

波德马非常清楚，如果接过剑，他面临的只有两个结果：要么像瑟勒雷恩那样，瞬间变成一堆焦炭，痛苦万分地死去；要么变成"命运之子"，打下一片疆土，随心所欲地统治自己的王国。但很快他就拒绝了第二种情形，因为他想到了卡帕拉瑟卡王国的阿尔贝罗公爵。

"我不想变成那样。"内心深处有个声音说道。他想起了自己的计划：在海上七城里的某一个城市，买栋舒适房子，再买条船，没事钓钓鱼。

眼下看来，这个愿望不可能实现了。不过想到皮肤跟羊皮纸似的阿尔贝罗公爵，他立即联想到了另一个选择，目前看来，要摆脱绝望境地也只好放手一搏。

眼看剑柄就要碰到他的手指，波德马大喊一声："阿泽拉斯！"

话声刚落，就见眼前再次划过一道闪电，随即一团臭气包围了他。精怪倒退几步，这时魔鬼丑陋的身形出现在他和精怪之间。"要我做什么？"魔鬼问道。

波德马指了指精怪，于是魔鬼瞅了瞅它爪子里抓着的东西，顿时所有的眼睛都盯住了命运之剑。它全身抖动个不停，波德马猜，这应该是在表达欣喜之情。

"原来你在这！"魔鬼喊道，一把从精怪爪中夺过剑，精怪恐惧不已，昏死过去。魔鬼用两条肢体拔出剑，将它紧贴在身上。在波德马看来，似乎剑也在十分欣喜地颤动不休。

"我还以为永远找不到你了！"魔鬼说，"你都在忙些什么？"

魔鬼一动不动地站着，似乎在聚精会神地听剑跟它说了什么。最后，它抚摸着剑鞘，说："不要紧，现在一切都结束了，我们回家，就当什么都没发生过，我刚抓了只新鲜好看的公爵，供我们玩耍。"

它突然想起了波德马，似乎皱了皱眉："看起来，我又欠了你一笔人情债。"它抖动身子，像极了一只长满刺的水母，"欠债真是痒得难受。"

波德马毫不犹豫地说:"我想请你给我在格拉斯勒恩找栋舒适的房子,能俯视桑德林海,再给我一艘结实的船去钓鱼,最后给我一大包金子宝石,办得到吗?"

"成交。"魔鬼的话音刚落,波德马脚下就出现了两幅卷轴,"这是房契和船契,一包金币宝石已经放到你的图书馆里了,要不要我现在把你送过去?"

"不用了,谢谢,巫师会把我送过去的。"

但阿布拉贾丝毫没注意他说了什么,他的全副心神都在命运之剑上。魔鬼抚摸着剑鞘说:"是你安排了这一切?只为再找到我?你这淘气的家伙。"它咕咕哝哝地安慰着命运之剑,消失了。

阿布拉贾指挥飞板落下来,对抛下波德马这一行为没有丝毫愧疚,当然波德马也不指望他会有所表示,换作他,那种情况下也会立即躲到一边去。阿布拉贾十分兴奋,得意洋洋地说:"我马上要写出一篇精彩绝伦的魔法学术论文了!"

精怪还瘫在地上,它身前瑟勒雷恩的尸体灰烬被吹到空中,随风飘散。波德马走过去,对阿布拉贾说:"我得到了几件魔法兵器,你要不要从我手里买下它们?当然,为了帮助你更好地写论文。"

他们讨价还价了一番,最后达成交易。一只钱包从空中浮现,飞到波德马手中。波德马把散落地上的武器捡起来,放到飞板上。临行前,阿布拉贾还抓了一把瑟勒雷恩的尸体余烬,装到一个小铜罐里,紧紧地盖上。

"真是世事难料。"阿布拉贾说。

波德马打开卷轴,念出上面的地址。

他问阿布拉贾:"你要不要经过格拉斯勒恩?"

"可以。"

"如果你能捎我一程,就太好了。"

阿布拉贾耸耸肩:"你跟魔鬼怎么打交道的,如果能告诉我更多细节，就带你去。我想写篇论文，让《炼金术学》的编辑拍案叫绝。"

"成交。"

在飞往格拉斯勒恩的途中，阿布拉贾装作漫不经心地说："即使是学富五车的巫师，也通常有名好仆使。"

"我从来不是什么好仆使。"波德马说，"我从来做不到自我约束。我也不是什么出色的小偷，不过，我当个渔夫应该不错。"

# 凯特·艾略特

凯特·艾略特是二十六部奇幻科幻小说的作者，包括《纽约时报》最畅销青少年奇幻《五老皇庭》及其续作《毒刃》。她最新近的史诗奇幻作品是《黑狼》（2015年度浪漫时代书评选择奖最佳史诗奇幻奖获奖作品）。艾略特同时还创作了穿越小说《灵魂行者三部曲》（《冰魔法》《冰烈焰》《冰钢刃》），这是一部关于非裔凯尔特人的后罗马时代煤气灯奇幻冒险作品，里面有时髦的男人、恶毒的女子和律师装扮的恐龙。她的其他系列作品包括《十字路口三部曲》、七卷史诗奇幻小说《星辰王冠》、科幻小说《亚南故事》以及一部短篇集《凯特·艾略特最佳作品选》。艾略特的小说曾被列入星云奖、世界奇幻奖和诺顿奖的决赛作品。她还以真名爱丽丝·A.拉斯姆森创作了小说《迷宫门口》《星光之路》《革命支柱》和《赎金的价格》。艾略特出生在爱荷华州，成长于俄勒冈州的乡间，现居住在夏威夷。出于兴趣爱好和健身目的，她经常做皮划艇运动。您能在推特上查找@KateElliottSFF账号寻觅到她。

在本作中艾略特向我们介绍了自诩美男的阿波罗·克劳——但结果证明他绝不仅仅是长着英俊脸庞的凡夫俗子，而是要更加深邃奇异得多。

> 「我乃美男。」阿波罗·克劳如是说。

"我是个俊美的男子。"阿波罗·克劳说，注视罗马皇帝的眼神似乎连威严的统治者都无法反驳，"假如您想绑架一个女人，又不想打草惊蛇，教她同伙来不及营救，那么您不必再货比三家了。在下的看家本领就是耍花招，追踪那些不想被人发现的家伙，而且我撒起谎来不露声色，还是一名武艺高强的剑客。"

皇帝一手托着下巴默默沉思着，他很明白这是一种适合舞台表演的姿势。"人们告诉我你总是撒谎。"

"嗯，是的，这是一符魔咒。"克劳迷人的笑容犹如说了一句俏皮话。

"对你这样的亡命之徒而言，这种要求我想肯定是小菜一碟。不过你的情况太容易使我在公众面前暴露身份了。咱们先从杀人开始讨论吧，你真的是武艺高超的剑客？"

"我可以跟您手下任何一名将士进行决斗，或者同时两三个都行。请派他们上来。"

皇帝轻弹手指，然后伸得笔直。"你能跟我决斗吗？"

"我乃美男。"阿波罗·克劳西曼说。

阿波罗·克劳扬起一侧眉毛，这是一种让对手吃了苦头才刮目相看的小诡计。"这么做似乎不太光彩吧……考虑到您的年纪。"

皇帝伸出右手，侍卫将一把钢剑放到皇帝的掌间。只见皇帝站起身来，从高坛往下走了三步，来到众人席的大理石地板上，表示自己已经准备好开始决斗。

阿波罗·克劳身穿一套长至臀部的黑色斗篷，任何移动的动作都会使其优雅华丽地旋转飘动。他转了一个圈，飘逸的织布犹如黑影旋涡。当他再次面对皇帝时，只见皇帝右手握着宝剑，就好像因魔法使然，而非纯粹手上的技巧。

皇帝转换了姿势，将宝剑置于左手之上。阿波罗·克劳笑了笑，也做出同样的动作。

刹那间，他俩顿觉目眩，从高处拱形的窗户射入一道道光线勾勒出他们的轮廓，无论是身着制服的卫兵还是披挂庸俗艳丽长袍的官员都在翘首以盼，欣赏这一幕大戏。

"你的酬劳是多少？"皇帝作出试探性的一击，被阿波罗·克劳轻易地避开了。

"这要看长途跋涉的距离，还有我不得不置身的环境带有着多高的风险性。"

两人迈开步子，对阵打圈。

"那女子是个美人，所以这方面没有危险。"

"一个男人口中的绝色美女在另一个男人嘴里可能就是寻常的庸妇。但既然你称其为美人，那也就等于透露给我了不少信息。那女人嫌弃你？看不起您这位'缩减版罗马'的真命天子？"

皇帝笑了。"既然你一定想知道……其实答案恰恰相反。"

"也许至少是你感觉不得不获取它。"克劳试探性地突刺，皇帝随即作了一个侧身——这位皇帝统治着罗马城及其数个硕果仅存的行省。

123

剑之书

"我可不要什么谎言。克劳,我雇你干活,要搞清楚你到底能不能办成,而那女人在我眼里是次要的。我需要的是她的素描本,那东西她随身携带着。那女人的自我保卫工作做得格外周密,她的众多盟友也都对其行踪予以保密。"

皇帝朝左侧佯攻,然后迅速攻击右边。阿波罗·克劳一个回刺以作反击,手法极其毒辣。

"区区一本素描册子,对您有何用呢?难道里面含有一些有损您声誉的图画要烧掉?"

一连串纷乱的推挡和突刺声响彻大厅,双方棋逢对手难分胜负,接着两人站开了。

"都是些无聊的造反图谋,"皇帝说,几乎没有大喘气过,"你能办到吗?"

"好像是个再简单不过的活儿,那我从哪里开始下手?"

"我手下的密探报告说在尼卡亚镇上将会有一场秘密集会,聚集了素怀反心的罪犯和不满现状的庶民。我们不清楚会议将在哪个脏兮兮的破酒馆里召开。那些人每周都会更换见面地点。可是就算我们获得了情报,浩浩荡荡地派兵前去也会把那女人吓跑。任何针对集会的强力镇压都只会使他们的仇怨呼声越发高涨。所以咯,就该你出马了,克劳。"

"怎么,一场煽动性集会竟把一只脚伸进了帝国!怪不得你要趁这些活动在罗马土地上扎根前粉碎掉。可是一个漂亮的女人跟革命这种男性化的事业又有什么关系呢?"

皇帝恼怒地瞥了一眼墙上的挂毯,其明亮的色彩和大胆的笔触描绘了皇帝麾下著名的亚马逊军团步入战场的情景。他朝对方发起一记果敢的攻击,犹如被激怒的毒蛇一般。刀剑碰撞和刮擦的声音响起,他们的脚步时而摩擦时而重踏。他们各自为取得上风而作出的搏击动作,一时间成为大厅内唯一的"舞蹈"。皇帝以更高大厚重的身躯力

"我乃美男。" 阿波罗·克劳如是说。

量来施压,而与此同时阿波罗·克劳则以速度和精确性来作出回应,使自己看上去几乎像是在地面上灵动漂浮一样。

最后他们分别站开,皇帝退后几步,表示这场决斗已经结束。

"你这样想当然,令我很失望。"

"想当然地以为你是被人回绝的情郎?渴望报复那个心高气傲的女人,偷走她最珍视的私人物品?"

皇帝笑了笑,而后脸色又平静了下去。"女人绝不能煽动造反,她们一旦被唤醒就将是更加危险的群体。我怎以为像你这样的法外之徒,是不会过分墨守成规的。"

"像我这样的人?"

"我只是惊讶听到这样的想法,我原本以为你的看法会更有新意。也许我得找一个更合适的人选去办事。"

"找不到的。您来找我,就说明您之前已经尝试过了,但仍拿不到那本素描本。"

"这话不假。"皇帝优雅地点点头表示同意。

只见这位统治者作出一个手势,一位官员走上前来,递给阿波罗·克劳一袋鼓鼓囊囊的钱币。

克劳掂量了一下,没有打开袋子。

"我知道你撒了什么慌。"皇帝补充道。

"您真的知道?"

"咱们慢慢走着瞧。"皇帝果断地点头示意那几扇门,守候的侍从立刻将它们打开。

阿波罗·克劳笑了笑。他拥有一种制胜的笑容、迷人的笑容、俊美的笑容,他很清楚这点。他挥了挥手,揶揄式地鞠了一躬,离开了皇宫。

尼卡亚是一座港口城镇，到处是熙熙攘攘的旅行者、水手和商贩，犹如一口辛辣又畅销的佳酿，掺杂了各种流言、各色贫困怨愤的平民。当越来越多的选举权许诺吹进他们的耳朵里时，他们更强烈地盼望着，心潮翻滚悸动，欲得之而后快。在那里，激愤的情绪相聚一堂，犹如万圣节里等待释放的幽灵。然而阿波罗只是单枪匹马，仅有一双腿。不过他还有其他方法来搜集情报。

待阿波罗抵达一周之后，一只乌鸦挥动着翅膀在他下榻的酒店房间窗台上着陆。因为他讨厌孤身一人，所以总是会想法子找个伙伴。

他床上的女人用手肘支撑身体，乌鸦打了个招呼，女人漂亮的双眸徐徐睁开。"这是哪门子可怕的兆头？"

"你看问题真像个凯尔特人。"他一边说一边从被子里滑出来，抓起餐柜上盘子里的一点面包，去窗户那边给乌喂食。"对我的名字而言，乌鸦是神圣的，是古希腊的神灵。"

那只鸟儿猛咬着面包，发出长长的叫声，惹得那女子笑了起来。

"这是在谢谢你给它饭吃吗？或者是一种让你心烦的埋怨？"

"完全不是。它只是给我一些信息以作交换。"

"你真是个会讲故事的人！假如乌鸦能说话、能侦查的话，就可以充当极好的同谋和密探。"女人的嗓音变得诱人魅惑起来，"你光着身子站在那儿，把我脑子里关于不祥、战场和食腐乌鸦的念头一扫而空。假如你愿意再回床上来，我会再迎合一次，心甘情愿，没有怨言。"

"只要合心意的事，我都会干。"他诚实地向她保证，同时从窗口处转身走开，"你熟悉一家名叫'四人行'的小酒馆吗？"

"听说过，但没亲身去过。那地方……你不会想去的。"

"为什么？"

"它坐落在镇子上的贫民区里，水手、洗衣女工和刽子手都是那里的常客。"女子妩媚地皱了皱眉，勾引阿波罗靠得更近些，"不过

"我乃美男。" 阿波罗·克劳如是说。

看你的表情,好像已下定决心要去那个可怕的地方送死。随你啦,过来,趁你现在还活着,我不会放过今宵良辰。"

阿波罗行走在一条暮光渐落的凄冷大道上,前往"四人行"酒馆,两边的店铺均关着门。昏暗空旷的街道让阿波罗郁郁寡欢,思念着他曾经一度称之为"家"的那片广阔土地。前面,一个人推着一车垃圾,吹着欢快的口哨,点亮了这孤寂的夜晚。阿波罗加快步伐赶了上去,正准备友善地攀谈时,推车人在一条潮湿的小巷边停住了,两个衣衫褴褛的孩子从黑暗里爬了出来。

"拿吧,动作快点。"推车人嘀咕着。

孩子在臭气熏天的垃圾堆里抓来抓去,寻找任何有用的东西,可以吃的,或可以卖的。

"假如你们领我去'四人行'酒馆的话,每个人都能得到一枚钱币。"阿波罗·克劳对孩子们说。

推车人一巴掌打掉了孩子们伸出的手。"不要跟陌生人走。"

"我没有恶意,先生,我要前往古堡山下的街区,但怎样才能认出那家酒馆呢?您能告诉我吗?"

"你有何贵干?"

"我曾经服侍一位残酷的主人,后来逃出来了。我觉得应该过来看看,说不定能帮到别人什么……跟我一样希望过上不同生活的人。"

推车人咕哝了几句,没有完全相信阿波罗的话。

"好吧,那我就不打搅您了。"阿波罗·克劳扔给每个孩子一枚钱币,又把第三枚按到了那人的手掌心里,走开了。

"见着杜松花,就是入口,"推车人从后面叫他,"我只知道这些。"

阿波罗抵达古堡山两翼拥挤不堪的街区,笔直的街道仿佛一头扎进了一张由狭窄小巷编织而成的复杂大网里。夜里的路灯把码头上的人行道照得通明，但主干道上却是空荡荡的。黑暗如潮水般袭来，把每家每户的门口和小巷子都变成了阴影的池塘。此时一个挥舞着棍子的人影从墙上跳下来。阿波罗抽出宝剑，动静很大，黑影愣了一下，识趣地溜进夜色里。

女人们刺耳的笑声把阿波罗吸引到一扇荒废的大门前，两侧各有两只烛灯，其下点缀着刺鼻的杜松花圈。大门是半开合的，阿波罗推了推，意识到它被卡住了。任何想要进入的人都不得不挤过去，这样他们就极易遭受伏击。

阿波罗歪头聆听着，据心跳声探明有两人在那头守候。他将宝剑入鞘，侧步而行，回到墙边，发现自己置身于一个烟雾缭绕的庭院里，弥漫着烟熏鱼的气味。两个魁梧的守卫将一盏灯照到阿波罗身上，他们甚至没有拔出剑来。

"是个俊俏的家伙，绝对的。"其中一人说。他看了看同伴，就好像他们都要大笑一番似的。"不过这一带没有人能消受得起您这种人，也没有您惯常交往的那类贵妇小姐。"

阿波罗扔给他们一人一枚钱币。"我想喝酒，仅此而已。我听说酒馆到深夜会持续不断地播放我喜欢的演说和歌谣。"

"后果自负。"他们挥挥手放他进去。

在熏制房的阵阵臭气外，是马厩散发出来的宜人芳香，而在其后面则有一个用罗马风格的古老石柱支撑的门廊，它俯瞰着另一个庭院。古老石柱对面拔地而起的建筑是由木头构建，很现代。屋内的灯光照亮了坐在宽敞休息室里的人们，厚厚的玻璃窗扭曲了他们的形象。一对小提琴奏出一支舞曲，曲子飘扬到空中，两个声音相互交织，人们随着节拍跺起脚。

阿波罗小心翼翼地潜入，发现自己身处于酒馆休息室内一片欢乐的喧闹氛围中。休息室以肯纳阿尼的风俗分隔开来，中间垂下一张由

> "我的美男。" 阿波罗·克劳狄是说。

绳子做的围网,男女分开坐着。阿波罗朝右边走了一步,整了整身姿,坐到男人的那一侧里。

一个有着凯尔特人的公正和罗马人的古板严肃的金发小伙,给他递来一杯自酿的啤酒,颜色煞是金黄,犹如用阳光来发酵似的。阿波罗同一群当地人攀谈起来,他们长满老茧的手和饱经日晒的脸庞表明他们都是码头工人。

"你从哪儿来?"他们问阿波罗,"坐哪条船来的?说不定是从东方借陆路而来,因为你有点东方人的气质。"

阿波罗给他们讲了许多稀奇古怪的故事,所有内容都是真的,但在他们听来却像是假的:在他出生的地方,每一场潮汐都改变着陆地的轮廓;一条龙吃了他的父亲,而他的母亲是一只乌鸦。在这段时间里,阿波罗一直偷偷地仔细观察围网另一头愉快休息的女人们。她们都是劳动阶级的妇女:双手因碱水伤烧而留疤的洗衣妇;把盛有核桃和洋葱的篮子放在腿上的街头小贩;用扫帚撑着打瞌睡的扫地工。据阿波罗的观察,这些女人起早贪黑地工作,而到了深夜坐在酒馆里听激进分子言辞犀利的演说也许是她们一年里头最惬意的时光。

阿波罗注意到一位长相活泼的年轻女性,看起来无法平静地端坐着。她随身携带了一点修补的东西,这是女人的习惯,总有些撕坏和磨损的衣料需要修补,就像鸟儿必须不停地照料它们的羽毛一样。缝纫使她双手忙个不停。然而那根长而密的发辫,跟阿波罗自己的头发一样乌黑光亮,使他心头一悸,就好像被无形的手用针头一刺似的。

"您觉得咱们漂亮的港口怎么样?还有附近的乡下呢?"他们见阿波罗陷入不明所以的沉默之中,故而发问道。

"我管罗马叫做美丽可爱的地方,因为天空和大地都跟我的故乡大不相同,"阿波罗回答道,"但这是我第一次在罗马的领土上看到女人竟然也坐在酒馆里,就好像早已习惯了在这种通常是男人歇脚的地方放松似的。一般而言罗马的女人都待在家里头的。"

"咱们是港口城镇,不是什么古板的罗马城堡。我们的女人跟男人一样能参加任何'甜音'有可能会来演讲的集会。男人们都是冲着她的美貌而来,女人们看中的则是她的言论和利剑。"

"'甜音'?"阿波罗坐得更直了一些,"她使用什么刀剑?"

"能说服众人的口舌'利剑'。"

小提琴抑扬顿挫的旋律渐渐消散停止。屋子尽头的一张桌子被清理干净,有一个家伙肘击了另一个人。

"她来了。"对话者之一大喊了一声,面露渴望的笑容。

大伙为三个人让开道路:一个身材凹凸有致的矮个女人,两边各跟着一个高大的家伙,被人称为"羽人"。这两个生物长着狭窄的口喙和可怕的利爪,走路的时候身体微微颤动,像是人、鸟和蜥蜴的混合体。它们的穿着打扮如受人尊敬的律师,但狰狞的露齿笑容暴露了它们的本性。在一间充满浓烈人肉骚气的屋子里,他们身上夏日的干燥气味已消退殆尽。阿波罗深吸一口气,鼓起胸膛,使自己看起来更有威慑力,以免"羽人"望到他时会想要发起攻击。然后为审慎起见,阿波罗还是转而弯下了腰,这样那两个家伙飘忽不定的目光就不会聚焦到他身上,也不可能辨认出他的身份。和人类一样,它们也是这个世界的生灵。此刻的阿波罗孤身一人,在这段漫长孤寂的流放岁月里他是族群中唯一能找到的杀手。

"羽人"帮助那娇小的女人站到桌子上,周围的人欢呼起来。

阿波罗·克劳完全被她靓丽的形象和曼妙的身姿惊艳到了,他立刻跳起,想要看得更清楚些。他的同伴乐作一团,对他表示抗议,将他拽回了板凳上。

"不是早说过她会让你大吃一惊吗?"他们大笑起来,将视线转向她的双臂,只见她一个手势,哄闹的听众安静下来。"请听我讲,大家请听我讲。"

"同志们,朋友们,姐妹们。"

"我乃美男。"阿波罗·克劳狄是说。

房间里的女人们啜泣起来,接着又满怀期待地安静下来。

"我来到这片充满敌意的土地上,给寻求自由的你们带来福音。暴政的枷锁束缚着你们,但它可以被推翻,就像欧洲其他地方一样。"

"甜音"演讲的语气轻松却很有说服力,声音充满了偌大的房间的每个角落,没有人需要费劲地去听。她口若悬河,讲述了权贵阶级霸占财富挪为己用,剥削那些在他们皮鞭下辛苦劳作的人们。又以极具说服力的细节叙述了在哈弗里市设立一个统治议会的情况,该议会由当地的王子主持,除此之外完全独立自主,不屈从于任何权贵。当她详细阐述本届大会代表的选举中如何包括女性时,半间屋子的人都俯身向前倾听着,而另一半人则交换着困惑不解的眼神。不过他们仍然听着,因为她拥有演说的天赋使她舌灿莲花。

"确实,古罗马法律禁止女性担任地方行政官、神职人员,不能参加军队凯旋庆典,不能获取政府勋章或战利品。然而法律不也都是人写出来的吗?"她继续说着,仿佛男人们阴沉的目光和热烈的窃窃私语迫使她的措辞更加严厉了。"凡是人为的东西,都可以制定或废止,就如同时代的变更,哲学的另辟蹊径。这就是我们崭新的道路……如果我们希望前行的话。"

"她是个演员吗?"阿波罗问他的新朋友们。

大伙拍了拍阿波罗的胳膊,叫他别说话。那女子的言辞也许令他们大为吃惊,但他们仍为她的容貌和嗓音着迷。

"不是演员!她唤醒了全欧洲人的心。据说皇帝想抓她,囚禁她。"

假如你是全罗马人的皇帝,害怕在民众寻常缄默的表面下暗自酝酿不满的情绪,那么她确实是一个危险的女人。她就是那一把使水沸腾的火,是那一团凶猛的烈焰。然而不管阿波罗怎么想,他依然有任务要去完成,依然有魔咒附在他身上。

当"甜音"终于在雷鸣般的欢呼声中结束演讲时,阿波罗从衣服其中一个口袋里掏出一条金链子,这些口袋里藏着他一路上收集的零零碎碎的小东西。他一把抓住路过的小孩的衣领,这孩子年纪还小,允许在围网的两边走动。

"把这条金链子带给'甜音',让她知道是哪个男人送的,这枚银币就归你了。"

"那如果我偷了这条链子然后逃跑不再回来呢?"孩子发问,他对这个天真的要求感到困惑,同时贪婪地盯着这些闪闪发亮的链子。

"我可以向你保证,我从来不会忘记一个人的脸。"阿波罗·克劳的笑容让孩子打了个寒战,"如果你不听话,我保证有一天你会被群鸦啄死,谁也不会察觉。"

孩子为保面子故作嗤笑,但同时朝两边投去惊恐的目光,想要寻求逃跑路线。然而赚取银币的机会可不是一个小诱惑。孩子的犹豫比阿波罗·克劳预想的要短,他踌躇片刻,从阿波罗手上叼起链子和钱币,钻到围网的绳索下面去了。

正如阿波罗所料,那些女人纷纷拥到前面去跟"甜音"交谈,使孩子得以从队伍里溜过去,因为女人们总是会给小鸟儿们让出空间。"甜音"俯身子听孩子说话,她的肩膀因惊讶而绷紧。她把腰弯得更低些,交换了几句话,然后抬头扫视房间。

她的目光跟阿波罗对上了。室内光线有些昏暗,而她也离得太远,以至于他看不出"甜音"反应的细微之处。不过阿波罗能从她的姿势变化猜到她已不高兴,同时也被一股无法抑制的好奇心所刺激。"甜音"深呼吸了几下,胸部高低起伏,这一幕让人不注意也难。阿波罗举起杯子向她致敬,周围的男人们注意到这个手势,都欢呼哄笑起来,赞扬阿波罗有胆量。据说每个人都知道"甜音"对那些想用礼物来讨好她的男人并没有什么耐心。她做出选择是为了兴趣,而不是为了利益。

她把金链子递给站在她身旁的一位女子,指示她把这个小玩意还

"我乃美男。"阿波罗·克劳如是说。

给阿波罗。然后,她用空手假装端起不存在的酒杯,朝阿波罗回敬示意。

突然间他完全爱上了这个挑战。

相当奇怪的是,那个受托的女人就是阿波罗之前注意到的那位针线女工。他没有留意到她已离开了座位,所以当她靠近时阿波罗更仔细地打量了她一番。她的衣服材质很结实,不花哨,靴子因走路太多而磨损不堪。

"先生,那位女士叫我把这样东西还给你。"

"不,不,我一定要你留着它,作为劳烦你的报偿。"

"真是慷慨的礼物。"她在指间晃了晃这条链子,"我还是不要为好,我可不想因为这份人情让你产生误会。"

"没有的事儿。这不过是个小玩意儿,表示我欣赏'甜音'精彩又令人心情畅快的演讲。既然她这么狠心地拒绝我,那我唯一的请求就是请你行行好,让我用这东西跟您换几句话,给我伤痛的心一点温柔的安慰。敢问您的芳名?"

"凯瑟琳,先生。您怎么称呼呢?"

"我叫阿波罗·克劳,是个旅行者。您请坐。"

针线女工在网绳边的空凳子上坐下,满怀期待地笑着,好像对着某位"有望得逞"的情人。她的样子很迷人,修长的四肢和舒展的身体散发着斗士般的自信。阿波罗也许能通过眼前这位女子来接近那个女人:当一个英俊的男人卷入时,嫉妒和竞争常常会激发女人的兴趣。

阿波罗叫了两杯酒,坐到离她足够近的地方,同围网后头的针线女工交谈。他试着开玩笑,但针线女工却只想讨论即将来临的革命。

"许多人反对允许女性享有选举权的激进提议。您在这个问题上想必也有自己的看法,先生。"

"那么这位女士,您的观点是?"阿波罗躲闪掉了提问。

## 剑之书

"您为什么问我呢?您真想听听我的意见吗?人们经常说我话太多,许多男人都说女人生来就是跟面包黄油打交道的,跟哲学性的讨论不沾边。您怎么看呢,乌鸦先生[①]?"

"我来自一个人人都畅所欲言,男女平等的地方。至于我的看法嘛,我初来乍到,所以更愿意去了解当地人的想法。但我要如何才能了解这里的人呢?你的那位同胞讲得振振有词,非常有说服力。今晚我的愿望只有一样,就是希望能跟这位舌辩高手开怀坦诚地聊上一聊……也许您能陪我去?"

阿波罗的微笑能让女人心融化。当他使出这种伎俩时对方靠得更近了,注视的目光里充满着兴致。阿波罗越过她的肩膀,注意到"甜音"正朝出口处走去,于是又把目光转向针线女工。

那女子的双唇微张,对阿波罗的进犯似乎很开心。她用一种低沉、沙哑、感性的声音说:"乌鸦先生,'甜音'戒备森严。请您休要有非分之想,最好还是不要打搅我们。"

她站起身,平静地挤身穿过拥挤的休息室,出门到院子里,"甜音"已经离开了。

阿波罗的新朋友们哈哈大笑。"瞧瞧嘿,你被晾在这里了,还赔了钱。"

"我需要喝一杯来消消愁!"他朝侍者做手势,"再帮我朋友们都斟满了。"

当年轻的侍者朝前走时,阿波罗·克劳偷偷地掀翻了长凳,绊到了侍者的双脚,使他摔了个大马趴,捧的水罐"哗啦"一下打翻出水,周围的人全被弄得湿透,都用力大声地吼着,如此一来便分散了阿波罗那些男性同伴的注意力。在这一连串的骚乱中,阿波罗将链子滑进侍者的口袋,接着便匆忙离开。他用肘部挤开周围人群,夺门而

---

[①] 克劳英文为 crow,也译作"乌鸦"。

> "我乃美男。"阿波罗·克劳如是说。

出。到了院子里,他不得不停下脚步帮一个失去拐杖、跌倒在拥挤的人群里的老人站起来。然后,阿波罗大跨步朝目标走去,此时她正溜出院门。

当阿波罗急忙经过那散发臭气的熏制房时,一个纤瘦的年轻人突然冒出来插到他身边。他有一头乌黑的长发,跟那个针线女工一样,而且眼珠的颜色和形状也有家族相似性。

"劝你一句,"小伙子露出牙齿笑着说,"假如'甜音'已经拒绝了你的好意,那么就不要强行展开追求。"

"多谢了。"阿波罗·克劳眉毛微扬,冷笑着回答说。这熟练的表情动作充当着一种恐吓方式,意在吓跑那些想要跟他争论的人。"这和你有什么关系?"

"我是她家人。因此,她的幸福就是我的责任。"阿波罗的这位"新伙伴"盯着他看,就像猫盯着鸟儿一样,"只是一个警告,先生。就我个人而言,我觉得'甜音'为人霸道且没有耐心。但我明白,对于您这种类型的男人而言,她具有无法抵御的吸引力,您渴求证明她的美貌和强烈的自信会屈服于您,而且只有您一人,因为没人成功过。"

"我这种类型?您觉得我算哪种类型的人?"

年轻人在大门狭窄的开口处牢牢地守着,不让任何人——特别是阿波罗·克劳——通过。他嗅了嗅空气,皱起眉头,就好像能够过滤庭院里的气雾并梳理出蛛丝马迹似的。

"现在我倒不太确定了。您说您是从哪儿来着?"

"我没有说过。您说您叫什么名字来着?"

"我也没有说过。"年轻人说,脸上又带着那种充满魅力和威胁的笑容,"假如您有家人,就会明白我们相互照顾。"

"我非常理解这种情感,我也是个十分重视家庭的人,从各方面来看都是。"

小伙子仍然站在那里,意在挡住大门,直到阿波罗再去跟踪也为时已晚。阿波罗·克劳向来乐意先发制人,但他认为对方身上的谜团实在太多,对其知之甚少,难以分析。那人身上有一股力量,这使他想起……自己,这种感觉就像身体在这个世界,而精神却停留在另一个世界。然而他不会跟陌生人和普通人谈及道德世界和精神世界,因为没有人会相信他,阿波罗在这方面吃过苦头,他已经学会了把真理融入到人们权当娱乐且便于接受的故事里。

阿波罗弯下腰,好像在礼貌优雅地退却,认可了这种保护家人的权利。但他一离开大门,就立刻找到院子里最黑暗、最偏僻的角落。在熏制房背后零碎的煤灰和丢弃的废料边上,他停下来,最后一次环顾四周,以确定自己是孤身一人。夜色对他的视力而言并不算太友好,而且他还无法仰仗嗅觉,于是阿波罗抬起头侧耳聆听。小提琴声和跺脚声在空中飘荡,很难分辨出轻柔些的声响,正当此时,那位年轻人在大门处对守卫说话了。

"他去哪儿了?我没有看到他返回酒馆里。"

阿波罗长叹一声,褪去自己的衣服。在一百三十四对翅膀的乱舞中——足够数量的乌鸦才能造就一个人——它们飞过夜色浸淫的大街小巷,去寻找一个女人。

鸟群跟踪那个女人和两个"羽人"到了一家上好的客栈,就坐落于镇上海边灯火通明的繁荣街区里。它们从浓密的云层里降落到客栈的屋顶上,就好像入夜前来栖息一样。它们拍打着翅膀,安顿下来开始侦查监视。一只乌鸦甚至进入了公共休息室,警惕地停在烟雾缭绕的角落里,而此时正值"甜音"坐下来吃晚饭,满怀希望的追求者和腼腆害羞的仰慕者都将饮料送到她桌前。一只乌鸦飞到每一间房间的窗前往里窥探,等待"甜音"进入其中一间屋子。但是,等候

> "我乃美男。" 阿波罗·克劳西曼说。

在厨房院子里的那只乌鸦却看到她起身离开穿过后门溜进夜色里，针线女工和那个年轻人也加入进来。而那两个更为显眼的"羽人"却留在了后方，以掩人耳目，真是狡猾的计划。有些年轻的乌鸦对这个简单的诡计感到兴奋而鸣叫起来，但又被迫安静下去，以免引起旁人的注意。

"甜音"的行进路线转入河岸边略为衰败的街巷里，那里居住着家境贫寒却遵纪守法的平民。最终她来到一幢两层楼的小客栈歇脚休息，小店的外观看上去摇摇欲坠，没有窗户。尽管大门和墙壁的外表平淡无奇，但对于一个想要朝里窥探而又不想打草惊蛇的路人来说，却是一项艰难的挑战。乌鸦们只是在屋顶周围停了下来，俯瞰内部的庭院。院子里的炉灶没有生火，煤灰是冷的，像好几天没有点燃过。

即便夜已深了，一个孤寂的人仍坐在桌子旁，借着冷峻的白光灯射出飘动的球形光影，专心致志地阅读。几只乌鸦朝前跳去，以求获得一个更好的视角。那人穿着考究，打扮漂亮，堪称"可与乌鸦媲美"，尽管这并不可能。当其他人急忙闯进房门时，他站起来迎接他们。从他给针线女工亲昵的吻可以看出，想要用勾引她来挑起"甜音"嫉妒心的办法显然不奏效。这四位相互攀谈着，自由随意地评头论足，时而争相抢话时而打断插嘴，像极了许多鸟类的举止行为。

短暂的等待过后，两个"羽人"出现了。他们进入客栈后迅速关上大门，径直穿过了庭院，走进一个带门的楼梯井里。

客栈其实是两幢古老的建筑连接在一起：一组面朝里的客房环绕庭院，另一组楼区以直角的角度拼接。一截翅膀般的凸起物伸出水面，是一座废弃古桥的遗址，已无法到达对岸。经过重新修缮，这座桥梁没有下层，只有拱形的桥基，所以，除了那幢有人把守的楼梯井以及一条内部的通道外，上面的房间均无法到达。

这些房间的窗户可以俯瞰河流。很快，一对百叶窗从里面拉起，女人俯身向外，朝夜空里深吸了一口气，然后因垃圾和浓烟的气味而退缩。就在她退回房间的那一刻,两只乌鸦降落到窗前窥视。女子点燃了一支蜡烛,借用烛光从内侧锁好房门并把钥匙塞进衣袖里,然后将蜡烛安放到梳妆台上的黄铜烛台上。她打开素描本,坐下来画画,火焰在镜子里闪烁。

一只乌鸦飞过来,停到衣橱顶部的木杆上。

尽管飞行和着陆均没有制造出明显的声响,但那女子的手还是停下了。

"您还有什么要告诉我的吗?"她朝空气里说话。

空气没有回答。

当她合上本子站起来时,窗台和衣橱上的乌鸦全都逃出了视线。女人困惑地朝房间四周瞥了瞥,打开通向过道的门走了出去。她刚一关上门,乌鸦们就蜂拥而入。

阿波罗迅速地将自己合成人形,只留下三只乌鸦以备不时之需。他先试了试通向过道的房门,但那女人已从外面上锁,想要携带素描本从那条路逃跑,没有钥匙看来是不行的。阿波罗坐到梳妆台旁边的椅子上,用手掂了掂素描本。拿着它飞行太过沉重,就算搞一张网给乌鸦们带上也不行。

于是他不情愿地接受了第三种选择,尽管他最不喜欢这个选择,而且还得花上大把时间。阿波罗在书后面的空白页里撕下一小片纸,在里面填满了极其精确且微小的字。他把这张纸片塞进一根信管里,固定到一只乌鸦腿上并放飞,而另两只则在外边望风。

最终他怀着极大的兴致和愉悦的心情打开了那本素描本,端详起第一幅画来。画中一位戴王冠的年轻女性骑着一头牛——显然是腓尼基王后欧罗巴——而一只雄狮拖着长长的锁链从其身后偷偷靠近。假如此画带有寓意,也太明显了些,象征着版图萎缩的罗马帝国想要重新夺回几百年前失去的土地。

此时传来钥匙转动门锁的声音。阿波罗合上本子,双肘支在梳妆

"我乃美男。"阿波罗·克劳如是说。

台上,对着镜子端详自己消瘦的脸庞,光滑乌黑的秀发,敏捷灵快的手指。他身上哪个地方还有瑕疵吗?哪些地方可以变得更好些?为什么世上还有比他更英俊的人?

铰链嘎吱嘎吱作响,一个身影从他背后显现出来,犹如镜子里不断扩大的斑点。细长的刀剑边缘闪烁着蜡烛投射的光芒,但不如那女子笑容里蕴含的怒气那样锐利。阿波罗与她凝视的映像相遇,懒洋洋地以微笑回应。

女子困惑地皱眉,跟阿波罗的动作如出一辙。"您坐在我的椅子上。"

"我一有机会就忍不住欣赏自己一番,因为在下实在是一位打扮整洁、阳光满面的帅小伙。"

女子上下打量着他。"确实,我也忍不住会想,像您这样一位打扮整洁、阳光满面的帅小伙是怎样钻进这个锁好的房间里的。"

"您的魅力无可抗拒嘛,所以没有什么困难能阻挡我接近您。"

"真的?"她摆姿势的角度和那副肌肉是习武之人才具备的,"通往这些房间的通道日夜都有人把守,你可以由此想象为什么那些在外面结仇的人都喜欢睡在这里。这间屋子的房门能够从内外两侧锁起来,且只有我有钥匙。所以常识表明你是从窗户进来的,可是屋顶太陡峭无法翻越,而墙壁也同理不能攀爬。退一步说,就算你能爬过来,但从河里上岸也应该浑身湿透才对,而你却并没有如此。"

"我也许是坐船来的。"

女子走到窗边朝下张望,然后回身面对阿波罗。"没有地方能拴住小船,您能解释一下这个谜团吗?"

阿波罗小心翼翼地站起身来,摊开双掌表示没有携带武器,并把手摆到心房的位置上谦逊地鞠了一躬。"我不是这间屋子里唯一的谜团,最大的谜团是您身上的魅力。"

"您应该早一点使用这句套话……在走投无路之前。您为什么来这儿?"

"也许咱俩可以交换一下秘密。罗马皇帝为什么要雇我来?你的煽动行为影响了罗马政权。这是一个答案,但我感觉这并非是唯一的答案。恐怕我心里有一种好奇心难以平息。"

"我可以一剑穿心来平息你的好奇心。"

"哈,但是你自己的好奇心怎么办?难道你不想知道我是用什么巧办法出现在你房间里的?想象一下,这些本事全部是想……哄你开心。"

"哄我开心?"她注视着阿波罗,唇边漾起一丝笑意。阿波罗抓住时机扭过头,想让她看到最英俊的侧脸。那女子摇摇头,伤感地苦笑道:"是在你把我交给罗马皇帝之前还是之后?"

阿波罗严肃地考虑了一下这个问题。"肯定是之前。至于之后嘛,全凭他兴致决定。"

"看来您还是个有条理的战略家。"她说。这话让阿波罗有些不高兴,听上去犹如嘲笑。难道她在讽刺我?"可我要是不想被你绑到罗马皇帝那儿去呢?"

"也许你能出和他一样的价钱,那就能让我停手。"

"我搞不到那么多的金钱,要不咱换个交易法儿?"她从头到脚打量着阿波罗。

"你当然喜欢眼前的我,因为我各方面都是为取悦你们而塑的。可是恐怕钱才是我唯一想要交易的东西。"

"当然!不管怎么说,你不想成为罗马皇帝的仇人,谁都不想。就像我怀疑的那样,你是赏金杀手,靠干脏活来维持生活,这样有钱有势的人就能保持清白。"

"只要你乖乖地认命,这一切就会变得容易许多。我会等你,穿好外衣,带上需要的旅行物品。"阿波罗办事仔细周详,没去碰那本素描本,尽管它就躺在他左手边,"我有一条船,一小时内待命

"我乃美男。" 阿波罗·克劳如是说。

启航。"

"你没有什么船，一小时后就会退潮，在一段时间内没有哪条船会开的。这位神秘的恶人先生，这是您的第一个谎言。"

"我的第一个谎言？"

"我注意到你巧妙地回避掉了第二个谎言。我给过你几次机会，教你承认罗马皇帝想要绑架我，可你却从没有给过我肯定的答复。所以我觉得他想要别的东西，我知道他想要什么。"

她一把抓起桌子上的素描本，速度比阿波罗预想的要快。接着她朝后方跳开，举起刀剑直抵阿波罗的胸膛。

"您可以跟我较量较量，也可以体面地撤离战场，我不会交出本子。"

阿波罗身子后倾，欲避开剑尖，却发现自己已靠到梳妆台上。这种情势可比他希望的还要刺激带劲儿。于是他交叉双臂放松下来，在刀剑面前无所畏惧的样子总是会令人刮目相看。

"罗马皇帝为什么想要你的素描本？你到底画了什么让他这般迫切要搞到手？"

"哈，这可说来话长。"女子从衣袖里掏出一把钥匙，"我这人心软，而且你又逗我开心，总之嘛，你可以打开这扇门走。"

当她把钥匙扔过来时，阿波罗任由它打在大腿上，接着落到地板上发出一阵沉闷的金属声。她如乌鸦般优雅地昂起头，仿佛无声的疑问。

"就一眼。"阿波罗说，因为他仍得拖延时间。

"就一眼什么？"

"行行好，就给我看一页素描本。皇帝说这本子里藏了金银财宝，还告诉我他为什么想要得到它。"

"没有，他没有告诉你……你这人为什么总是撒谎？"

"这是个魔咒。"阿波罗漫不经心的笑容是他巨大的天赋之一，

*141*

一侧脸微微高出另一侧，显得既高兴又调皮，"我总是撒谎。"

"假如你的谎言被揭穿了呢？怎么办？"

"魔咒是一分为三的。要么三个谎言被识破，要么三个谎言都得逞。"

"然后呢？"

阿波罗耸了耸肩。

"真有意思。已经有两个谎言被拆穿了。你最好小心点。"

女子不再继续打听，转而退到床边，拉开两人的距离，阿波罗若朝她扑过去的话她正好可以一个侧步然后设法捅刺他，这让阿波罗略感不快。女子放下素描本并将其打开。阿波罗看见本子的前半部分都已画满，后半部分却依然空白。从这个角度他无法辨析出她到底喜欢画什么，只有浓密的阴影和卷曲的线条。她翻到某一页时，停下来仔细地观赏着，然后抬起头用敏锐的目光看着阿波罗，接着又返回到页面上。

"噢！"她诡谲地笑起来，这令阿波罗既感到困惑，又激起了他的好奇心。"怪不得哟。"

此时一只乌鸦降落到窗台上，鸣叫了三声。

"古希腊人认为乌鸦是神灵的信使。"她评论道，"啪"地一下合上素描本，滑进袋子里，挂到背后，一副要离开的样子。

彬彬有礼的绅士之风已经走到了头，他原以为那女人会来拿钥匙，没想到她猛地拉开衣橱门，一下子跳了进去，然后砰的一声把门关上了。阿波罗箭步一跳，抓住衣橱门拉扯，就好像拉动几根沉重的链条。他沮丧地咕哝了一声，用尽全力猛拉。橱门开了，就好像她突然松了手似的。他朝后一摔，重重地跌到床上。接着他转了一个满圈，将宝剑从他身处的世界和他源自的精神世界编织到一起的浓厚黑影中拔出。

架子上的旅行装备整齐地叠放着，旁边衣橱的背面是伪装，形成

> "我乃美男。"阿波罗·克劳如是说。

一条通向相邻卧室的走道。房间的门敞开着,她在通道里奔跑时脚步"啪啦啪啦"作响。阿波罗步行追赶,昏暗的灯光和低矮的天花板限制了他的速度,而且还在一块松动的木板上绊了一跤。

她在楼梯井的顶部停下,恰在此时底下庭院里爆发出武器碰撞敲击的声响。有人喊道:"奉罗马皇帝陛下之命,你们全都被捕了。"

那女人皱起眉头,如一辆雪橇般从阿波罗身边呼啸而过。"你把他们引了过来,这可不厚道。"

女人猛冲过去,一连串猛烈有力的突刺迫使阿波罗后退,他几乎来不及侧身避开。当阿波罗回过神来,想凭借自身更高大的身躯和更高超的技巧来对付那个女人时,他后脑勺撞到了天花板上。他身体一缩,对方又借机发起了攻击,于是他往后一跳调整自己,可脑袋再次撞到了一根低矮的横梁上。环境的变化没有让那女人吃亏,因为她个子矮小,而且更重要的是她熟悉地形。只见她刀剑一闪,但令阿波罗害怕的却是刀剑背后蕴含的力量,他一次又一次地避让,躲开对方不断的紧逼,脑袋重重地撞在她的脚上。

当然,他又被那块该死的松动木板绊倒了。

阿波罗后背着地,力道很重。他深吸一口气,紧紧抓住缝合身体的丝线,准备释放它们。他被魔咒束缚,不能向这个世上的任何人透露自己的真正身份,不然就会永远困在这个世界里。然而为了生存,为了躲开这眼下的致命一击,他将不得不"分身"。

可是钢剑并未刺穿他的身体,那女子撤回了楼梯井里。当阿波罗起身追赶时,她和那本神秘的素描本早已下了一半的楼梯。

他跟在后面,心里想着肯定有边门可以让她逃走。然而阿波罗却看到令他大吃一惊的一幕:尽管人数悬殊,庭院里还是搅动起一场混战。帝国士兵退缩到一起,形成一个面朝外的圆圈阵形。他们受困于没有光线,携带的灯笼丝毫没有火光闪动,只有一个冰冷的白光球悬浮在一位特别英俊的男子头上。他站在远离争执的那一头,双手交叉斜靠在墙上,好像正因自己的阅读被突然粗鲁地打断而怒不可遏似的。

士兵们绕着那两个"羽人"一圈又一圈地转,他们的爪子和牙齿、身高与速度都渐渐地证明这是一道难以逾越的屏障。其中一个士兵做了试探性的捕刺,却只是惹得"羽人"伸出爪子猛击宝剑并将其打落脱手。宝剑"哗啦哗啦"地落到地上。当那个士兵大胆地朝前跳过去要拿回宝剑时,先前那位在酒馆门口与阿波罗·克劳相遇的年轻人突然从黑暗之中窜出。他融化在一片模糊和扭曲的阴影中,最后变成了一只巨大的黑色剑齿虎。

阿波罗·克劳目不转睛,几乎无法自持,认知的冲击猛烈地冲灌到他的全身。此地竟然还有另一个像他这样的生物,一个精神世界的外来客。他跟所有精神世界的人一样,都必然拥有这样的变身能力。

大猫朝那名受惊的士兵咆哮起来。那人跟跟跄跄地后撤到安全的士兵堆里,拔出一把小刀。此时所有人都战战兢兢,非常害怕。

"甜音"朝这些倒霉蛋直面走来,在周围人群的簇拥下她看起来非常强大。

"朋友们,请放下你们的刀剑,就可以安然无恙地离开。你们为强权卖命,而那个强权只为一己私欲,乐得牺牲你们。"

"罗马的力量,就是我们的力量。"其中一名士兵语气坚定地说。

当阿波罗悄悄地朝前方靠近时,"甜音"正背对着阿波罗·克劳,那包裹开着口子,挂在那儿煞是诱人。"甜音"继续说着,也许她有点太过于习惯滔滔不绝了。

"统治阶级给了你们足够长的绳子,让你们以为自己能自由行走,而他们却把所有好处都留给了自己。他们坐拥巨额财富,却只给你们微薄的报酬……"

阿波罗从包里抽出素描本,朝后退了一步。

"……他们允许你们耕地,但只有缴了什一税才行。"

"我乃美男。"阿波罗·克劳如是说。

此时空气中一阵搅动，干扰了阿波罗的感官，因为他能驾轻就熟地适应室内任何轻微的气流和风向的变化。流动的空气表明有什么东西在他身边移动，而他却没有看到一个人，直到针线女工凭空出现。她那把开锋的利剑抵在阿波罗的胸膛上。

"住手。"她说。

阿波罗·克劳完全被惊呆了，接着放声大笑。针线女工的突然现身使那些可怜的士兵丧失了本已脆弱的坚守勇气，他们一哄而散，朝大街上逃离。"羽人"礼貌地站在旁边任由他们通过，大猫追逐他们到大门口，神气活现地甩动着尾巴。

"你是什么怪物？"他问针线女工。

"我也会问您同样的问题，"她说，"您浑身包裹着丝线，犹如一连串的影子，我不知道这到底是什么意思。"

"那些是我被逐出家园时所受的诅咒。"

"真有意思！"针线女工说，看起来就像个孩子听一则激动人心的故事那样兴奋，"那您为什么被驱逐呢？"

"我取回了某样原本就属于我的东西，可是被那些有权有势的家伙认定是盗窃。所以我被扣上小偷的帽子，附上魔咒遭到流放。"

"甜音"转而与阿波罗的目光对视，那眼神直率而坚定。就在一瞬间，阿波罗似乎在她的眼里瞥见一幅巨大、无声的景象，其中的形状和色彩犹如灵动的光影与线条般闪现。

"这是我从你嘴里听到的最诚实的话。""甜音"开口说道。但对话被打断了，一只乌鸦拍动翅膀，停到他肩膀上。

那只大猫发出嘶嘶的声音。

针线女工消失了，就像一根从织物的世界里抽出的丝线。

此时罗马皇帝和一队帝国士兵跨着行军的步子穿过大门，他们的队伍竖着长矛、刀剑和弓弩。大猫龇牙咧嘴地退了回去。"羽人"恐吓性地昂起头，与此同时我们这位衣着考究、不幸又英俊潇洒的美男子仍然静静地站在阴影里,很容易被忽略。

"甜音"自信地看着皇帝,她深知伙伴们会在背后支持自己,大家团结起来要比单枪匹马更强大。

"也许会出乎你的意料,但我承认我没有想到会在尼卡亚遇见你。"她说道,就好像跟皇帝是老相识,并且习惯了较量似的。

"我亲爱的碧翠斯,若硬要说起来的话……你这是在公国间煽动造反,"皇帝长辈般的语气使"甜音"嘴巴发紧,"你和你的同谋在边境领主之间制造起来的混乱,其实对我很有利。"

"你的意思是把帝国扩张到它的旧边界。你将先调动部队到那些你认为太软弱不足以镇压革命的领主辖区,令那些领主感恩帝国的保护,以积极抵抗激进的煽动分子。"

"对此你是确定,还是猜测?"

"你觉得呢?"

"我觉得……我不打算跟你分享我的计划。你把激进思想带进我国的那一刻,井水就犯了河水,就变成我要关心的事了。"

"你打算逮捕我?"

罗马皇帝朝女子的身后望去。"你搞到了没?"

阿波罗·克劳从腋下掏出素描本。"搞到了。"

"甜音"扬起一边浓密的眉毛,嘴唇似乎在无声地嘲笑。

场面一时凝固,某种意料之中的缄默,如同深吸一口气。

罗马皇帝的目光突然盯着这位藏在墙根处的男子。"弓弩手!干掉他!"

"你自己的苦果。""甜音"脱口而出。

十字弩纷纷抬起,瞄准这位男子,恰在此时庭院里的温度骤降,从夏季的芳香直接跌入到刺骨的冰霜。寒气犹如重锤击打,把皇帝及其部队重重地撂倒在地。

魔法的冲击力如此之重,就像朝下的无形掌掴,阿波罗·克劳儿

"我乃美男。"阿波罗·克劳如是说。

乎要死于非命。他依靠决然纯粹的意志力坚持住,跪在地上,思绪如旋涡乱转。他在这头的世界很少遇到魔法。平日他都跟魔法师保持距离,就像聪明的鸟儿避免在旁边有蛇的石块上晒太阳:它们也许并不想害你,但最好还是不要去探明答案。

待皇帝及其士兵们纷纷站立起来时,"甜音"和同伴们早已溜进了昏暗漆黑的街巷里。士兵们转而面朝大门,停下等候命令。

"给我瞧瞧。"皇帝说着伸出一只手来。

阿波罗·克劳将素描本递给他。

一名士兵点亮了一盏灯,借着光线皇帝翻阅了几页,起先伴随着自鸣得意的笑容,而后则逐渐皱起了眉头。

"这不是她的素描本!"皇帝咆哮起来,猛地将本子扔向阿波罗·克劳,教他来不及躲避。本子重重地砸在他胸口上,然后"扑"的一声掉在地上散落成一堆纸。

"他妈的!"皇帝大喊一声,然后说,"快追!快追他们!给我搜查所有房子。还有,把这个无用的盗贼给我逮起来。"

阿波罗·克劳连忙拾起素描本,但立即被手持长矛的愤怒兵士包围了起来,搞得就好像全都是他的错一样,阿波罗再无机会看一看那本子了。他偷的究竟是什么?为什么不是要找的东西?这个困惑不解的问题一直萦绕在他心头。他一路长途跋涉,来到城堡山,走下光线晦暗的阶梯,直至到达一条嵌在岩石里的牢房走廊。几双粗糙的手将阿波罗硬生生地推进狭小的房间里,然后恶狠狠地关上房门,留他独自一人在这破败老旧又有尿骚味儿的环境里。在高处,天花板那头,有些缺口让腥咸的海风得以吹送进来。屋子里太黑了,什么也看不见,于是阿波罗便朝四周摸索,终于找到一张简易小床,他在上面坐了下来。

不久后,牢房门底下闪烁起微光,伴随着打鼓般的脚步声和刺耳的钥匙声。接着房门"哐啷"一下摇开了,阿波罗连忙站起来,只见两名卫兵提着灯走进牢房——皇帝出现了。

"你不该夸下海口,许诺你办不到的事。"这位大人物开门见山地说道。

阿波罗·克劳把本子摊开放到灯笼的光线下。空白页就好像在向他打招呼,一页空白,又一页空白,全都是空白的。

"她拿这未用的本子掉包了。"

"他们耍了你。"皇帝摇摇头,咬牙切齿,"想当初我还真的相信你,以为你能说到做到。"

"根据当初您的说法,我以为只涉及一个女子,一个在自己日记里对您隐瞒秘密的演说家。我以为陪在她身边的只是一些思想激进的同伙和不满现状的牢骚客。我没想到她的同伴会是'羽人'和一只会变身的剑齿虎,一个能随心所欲来无影去无踪的女人,还有一位法力高强的魔法师。假如你提醒我这些事,我会改变策略。"

"那你现在的意思是你失败了。"皇帝走到门前,在门口停了一下,对守卫说,"把她锁在这儿,等我回来。"

"她?"阿波罗·克劳说。

在长时间的停顿之后,皇帝转过身来,就像一个演员决定是否要给观众来一个众所期盼的鞠躬谢幕高潮。

"我另有密探。其实你是阿波罗尼娅·克劳,一个臭名昭著的女贼、走私犯,最近明示的住所是在伊利里亚的索罗那城。"皇帝盯着克劳穿着的那一身光鲜华美的黑色外衣,做了个厌恶的鬼脸。"有个简单的方法就能揭开你身上的真相,不过我鄙视暴力和羞辱性的手段。"

"可您是皇帝,凡是帝国就总是充满暴力的。"

"当由开明的人统治时,帝国带来的是和平、秩序与公正。"

"那个开明的人是不是您呢?"

"这种斗嘴毫无意义。我只知道你为达到目的套用男性伪装,就

*"我乃美男。"* 阿波罗·克劳如是说。

像现在这样。"

"我发现在这个世界里当人们以为我是个男人时就更容易便宜行事。"

"所以你承认我看穿了你的伪装?"

克劳礼貌地鞠了一躬,还煞费苦心地不使其表现得像是揶揄嘲讽,尽管他很想大声笑出来。"我把自己伪装成男人,而其实我是女人。陛下,请允许我向您做个妥当的自我介绍。我是阿波罗尼娅·克劳,间谍兼失物代找者,愿意为您效劳。"

"你是个小偷兼骗子。你将在尼卡亚的监狱里服刑一年。"

皇帝走出房间步入过道里,卫兵们紧随其后。

阿波罗·克劳背对他说道:"三个谎言都没有被发现。"

"什么?"皇帝不耐烦地回头说。

"诅咒迫使我接受任何落到我身上的雇佣活儿,并且逼我干得让雇主满意,不管我自己是怎么看待那些工作的。但如果有三个谎言未被发现,就可以允许我摆脱合同的约束,我只需如实告诉要炒的雇主这个诅咒的真相即可……我现在就要炒掉你。"

"这些乱七八糟的东西我听够了。来人呐,关上门!"

牢门猛地合上,铁栅栏坠落就位,锁都锁好。他们的脚步声渐渐远去。

阿波罗·克劳把空白的素描本扔到小床上,稍等片刻以确保每个人都重新回到岗位上,然后他拆开身上缝合的丝线,变成乌鸦杀手,有一百三十四对翅膀。栏杆的缝隙设计得很窄,不容人通过,但每只乌鸦都能轻易地穿行。

大多数鸟儿朝下方飞到港口,在桅杆上休憩,直到黎明破晓时分船只都开始随潮汐启航为止。虽然它们成群结队地盘旋,但在码头各处均未发现那名女子或其同伴从海路逃跑的踪迹。最后,两只飞得最远的斥候返回带来了消息,有一架四轮马车在海岸大道上向西逃窜。

等鸟群赶上马车的时候，车辆已经越过了罗马领土，进入邻国奥尤，那些有勇无谋的帝国士兵统统鞭长莫及了。

乌鸦是完美的侦察兵。它们终日陪在旅行者身边却能不被发现。黄昏时分，马车驶进一家守备森严的酒馆里。不久，那女人打开了楼上一间房的百叶窗。她在一张小桌子旁坐下，打开素描本开始画画。

阿波罗尼娅·克劳在停放马车的地方显出原形，从而避开了门口的守卫。她爬上后门的楼梯，到特定的那间房前敲了敲门。当房门打开时，她带着迷人的微笑走了进去。

"是你！""甜音"说。

"您认出我了？"

"你长相十分特别。你在这儿干什么？还有，乌鸦先生，请问您为什么假扮成女人？难道您想用时髦的礼服和古希腊发型来迷惑我？"

阿波罗尼娅·克劳停下来看着梳妆台镜子上自己的倒影。她乌黑的秀发又长又卷，披在肩上甚是好看，但下巴也许就这张脸而言有点儿太方了。想起来总是很奇怪，衣装和外表上的轻微变化竟然会彻底改变他人对你的反应，不管他们认为你是男人婆还是娘娘腔。

"皇帝发现了我的诡计。"阿波罗尼娅·克劳注视的目光转向素描本。

那女人将本子合上，然后坐在了上面。"你的诡计？什么诡计？"

"我假扮男人，而其实我是女人。"

她歪起脑袋审视他，仿佛要拆开他身上的丝线。"不，你不是女人。"

"我不是？"

"甜音"姿势优雅地坐在桌子旁，打开素描本继续她的画作，其速度和精确度让图案栩栩如生跃然纸上，好似有什么魔法，尽管这仅仅是技巧而已。一群又一群的乌鸦通过她的铅笔在纸上翱翔，它们成群结队，或栖息，或吵闹，或窥探，全都外形俊美，没有一只是丑

"我乃美男。"阿波罗·克劳孤是说。

八怪。

"您知道吗,在罗马皇帝登基之前,我曾迷恋过他。我提出要嫁给他,尽管他的年纪跟我父亲差不多。可他竟然回绝了我,尽管他想将我的梦据为己用。多么奇怪啊,他如此轻易就能得到我至死不渝的忠心,但他居然拒绝了。"

"我想不明白,他怎么没有趁此良机选择你作为人生伴侣。"

她把一只手按到胸部上,魅惑的双眸灵动着。"你这样认为?"

"是的,当然。你既伶俐又聪慧。"

"为什么这么说,你为什么恭维我。"

"你是在问既然形象已如此美妙……几乎跟在下一样美……那为什么还需要多费口舌说些恭维话?"

"是啊,为什么!"她大笑起来,"唉,皇帝也有他的顾虑,不愿以这种特别的方式利用我的痴心。不过对我而言幸亏逃脱了,否则我也许会变成一个与现在截然不同的人,世界观也会与现在的我大相径庭。与其呼吁革命,我宁愿站在那些试图扑灭革命火焰的人中间。你不觉得这是一种讽刺吗?"

"你现在对他有什么希望憧憬?"

女子放下铅笔。"从某种意义上说我能预见未来。我的梦使我窥见将要发生的事。我常常无法解释那些情景,因为它们是以细枝末节的形式出现的,没有背景内容,比如一顶帽子、一束花枝、一套破碎的茶具。所以我把梦境里看到的那些情景画在我的素描本里。假如细节和背景内容能够恰当合理地梳理清楚——这并非易事,那么我的画作也许就能算是在预测未来。"

"一头雄狮——代表皇帝——用铁链锁住了欧罗巴皇后。"

"哈!那一幅不是梦境,只是带有隐喻意义的草图。"她用铅笔轻轻敲了敲纸面,"比如上周我梦见了乌鸦,一百三十四只乌鸦。这难道不算是一个不寻常的数字吗?"

这一次，克劳没有回应。

"乌鸦是信使。在所有生灵中，它们能非常轻易地从精神世界穿越到这个世界。假如剑齿虎能够变成人，那么为什么一群乌鸦不能变成一个男人或一个女人呢？既然鸟群包括了雄性和雌性，那么为何仅局限于某一种性别呢？"

鸦群震惊了，"甜音"竟然如此轻描淡写地就把真相抛了出来。

"是什么东西把你从精神世界带到这个世界来的？"

"不关你的事。"说这句话的语气更像是某种刺耳的鸣叫。

"可你已经告诉过我了，不是吗？你只是以为我们不会相信你，以为我们会觉得是编故事。你到底偷了什么？"

"我偷回了自己身上的一部分，"克劳厉声说道，"两个部位，被一个比我力量更强大的家伙偷去化为己用了，就像国王和皇帝强取豪夺那样。这就是为什么我遭受了惩罚，还被流放到这个世界上，被诅咒服务于任何付钱给我的人，就好像我只是一个微不足道的雇佣兵而已。"

"而现在你来了这儿。难道又想打这本子的主意？"

"不。我已不再服务罗马皇帝，不背负这义务了。现在我来是带给你一项提议。"

"给我？"

"你揭穿了我三个谎言。因此，我必须永远对你说真话。"

"甜音"皱起眉头，若有所思，没有作答。

"你之前告诉过我，你手头资金紧张。"

"确实，我们所获资助不尽如人意。革命是一项烧钱的活动，我们经常得花善款账下的钱。同时我们还有一支非常庞大的家庭成员群体要养活。这些全都不是什么秘密。你为什么如此关心？"

"我不喜欢那些飞扬跋扈的权贵，比如那位罗马皇帝就是一个。乌鸦们都心存怨恨，而你能帮助我。"

"我乃美男。" 阿波罗·克劳孔曼说。

"此话怎讲?"

"一个能够捕捉未来情景的女人,一个来去无影的针线女工,一只剑齿虎,两名可怕的'羽人',还有一位长相英俊得简直惹人讨厌的魔法师。而我呢,曾有幸详细参观了罗马皇家宫殿群一番,我知道哪里藏着财宝。只要有理想的伙伴同行,咱们就能偷走它。"

"甜音"深色的眼珠一亮,迎上镜子里克劳的目光。她笑了,带着满意和赞赏之情,搅动起一百三十四只乌鸦的心。

"我们何时开工?"

# 瓦尔特·乔恩·威廉姆斯

在这篇情节紧凑的故事中，一位勇敢无畏、乐于冒险的青年投身于一场振奋人心的追逐中，最终却发现，有些事采取不闻不管的态度才是上乘之策……

瓦尔特·乔恩·威廉姆斯，生于明尼苏达州，现居新墨西哥州阿尔布开克市。他的短篇小说多次连载于《阿西莫夫科幻小说》《科幻魔幻小说志》《命运之轮》《全球调度》《代理罪犯》等，他的短篇小说也已进军其他领域。《全方位》《弗兰肯斯坦与其他外国凶兽》等小说集皆有收录他的小说。他笔下的中、长篇小说有：《出使》《骑士行动》《电路》《珠宝冠冕》《旋风之声》《沙德家族》《赎罪日》《贵族》《都市圈》《浴火之城》；以及讲述灾难的惊悚小说《地裂》，和《星际迷航》小说《命途》。还有广受称赞的"现代太空史诗歌剧"《恐怖帝国陷落》系列小说：《恐怖帝国陷落：实践》和《恐怖帝国陷落：分隔》。他的近年作品包括了小说《宇宙暗示》《绝非游戏》《深入国境》和《第四面墙》，也包含了中篇小说集《布尔门》和小说《绿豹瘟疫及其他故事》。他的最新作品是《实践》系列小说里的《角色扮演》。他于2001年凭借小说《父亲的世界》最终赢得了等待已久的"星云奖"，于2005年凭《绿豹瘟疫》再获"星云奖"。

# 美德制胜

你是否觉得，一位显赫人物将他的已婚情人公之于众是不义之举？尤其是在其至亲、好友、姻亲乃至情人那恼怒的配偶面前宣示？

若这显赫人物是位君主，错责能否减轻？与已婚的赤鹿岬子爵布罗顿坠入爱河的正是我们的新女王贝洛达。我看见女王正与子爵共乘天鹅舟，那是布罗顿子爵为她而造的。船身缀满成千上万片真天鹅羽，那些天鹅羽随和风轻曳，有如浪泛银沫。船室仅能容纳两人，船尾白篷下，他们携手同游。十二名身着代表着布罗顿的制服的桨手一齐荡舟，载着他们漂游君泽湖上。

子爵的确是个年轻又英俊的男人，他与女王一般金发灿烂、容光焕发而神色淡然。他们都身着华美宫廷绸缎，珠宝熠熠闪耀指间以及点缀在他们的覆肩花边衣领上。真是令人惊艳的一对。

贝洛达初掌权位时，她的父王在遥远海岸上驾崩了，而她那诡计多端的同父异母兄弟克莱伯恩正觊觎王位。彼时一群人拥护着布罗顿骑马驶入塞尔福德都城，他们对女王宣誓永远效忠于她。女王任命他为首席猎官，现下他正在女王的狩猎行宫里接待女王。

而子爵那位被忽视的可怜妻子并不在场，她已借口不喜乘船，退离君泽行宫调理头疼去了。她受伤的心也很可能需要调理慰藉。

然而贵为王族的贝洛达何罪之有？她那多次成婚的父亲，已故国王斯迪威尔，常去他那些贵族朋友的妻女处寻欢，且鲜少有人敢反抗。伟大国王就该有个国王样，就不应受寻常百姓的法律所约束，索求无度也不足为奇。那么为何女王就要遭此束缚呢，仅仅是因为性别吗？

我也有一个已婚情人，因而我颇能领会这些错综复杂之事。但我不是国王，只是一名十八岁的律师学徒。我可不敢对着宫廷众人大肆炫耀阿玛丽。阿玛丽却暗暗同她那群追随者颇为自豪地炫耀过我。彼时，她循着湖畔悠然漫步，她的追随者们来回摇晃着她的细腕听着她叙述。来到贝洛达女王的狩猎行宫已有两日，我们却没有机会公谈，遑论单独与她说话。每当她出现时，我总能注意到——周遭因她而战栗，她仿佛逸散着某种光芒，那光芒灼灼刺痛了我的皮肤。但她这美人总是可遇不可亲。我的耐心早已消磨殆尽，眉间也早已布满懊恼。但我看到了令我分外宽慰的景象：她正离开草地，信步前往行宫那悉心装点过的花园。我装出一副随意的模样跟上了她的步伐。

方方正正的花园对称布置，花园中央矗立着一尊破损的老人雕像，他也可能是某位庄严神明。雕像太过腐朽，令他看起来如同布满了千疮百孔的乌黑眼眸与通体镂空的鬓髯胡须一般。百花枯竭凋靡，行道覆上了一层秋叶，它们在我的靴底娑娑低吟。我假装因佳人出现而惊诧，屈下身对她脱帽行礼，颇合人们常言的礼数。凉风轻拂，秋叶自林木飘摇而下，如同细雨纷扬，而后沿着石道掠舞而过。

"奎利弗先生，"她问道，"你来是为了观赏凋零的百花吗？"

"我来欣赏美丽更甚者，"我开口，"美艳胜于绚烂秋叶，优雅胜于玻璃迪女神雕塑，曼妙胜——"

"噢，"她说，"你是来见赤鹿岬子爵布罗顿的。他不在这儿，你去湖边才能见到他。"

我站直身子，戴好帽子道："我已见过他，他的美貌可不让我动容。"

她的唇边勾起一抹讥笑。"可这美貌令最显赫之人动容。"

我凝视着我的情人阿玛丽·布丽莲娜·特雷维尔，她是库尔姆伯爵的第七个孩子,也是他的第五位女儿。库尔姆在他那晦暗的北方堡垒里生下了太多位女儿,他便将阿玛丽随意嫁给了他的一位好友,丧偶的斯丹恩侯爵。此举显然只为多培养一位继承人。阿玛丽十六岁出嫁,如今她年方十七,已怀有子嗣五个月。她的孕吐期已过,她的丈夫也因踏上军事征程而暂时离开了。他在途中不慎入狱,只得支付一笔赎金。而我有幸看到阿玛丽已为她自己的人生旅程做好准备。我仅年长她数月,最近成了孤儿。厄运随着意外的光顾而降临,我也因此开始为朝廷效命。但我身无公职、囊中羞涩,只有大把时光——我愿与阿玛丽一起共度这诸多时光。

阿玛丽尚且年幼时便摈弃了女式紧身衣、裙环和臀架而穿上了饰有黑天鹅绒的衣服。她所穿的衣服与长袍相似,但是由垂花饰和穗带缝制而成,镀银纽扣错落有致镶在她衣前。衣袖是镶边泡泡袖,褶边金线缝饰,猫眼金绿玉点缀其上。阿玛丽用珍珠绾住了一头茶褐秀发,嵌着墨玉珠与钻石的项圈环抱着她纤长的脖颈。她漫不经心地用一只手握着黑天鹅羽扇,细长乌黑又带着几分慵懒的美目凝望着我,仿佛从一场冗长又繁复的梦中初醒。

她踱着闲适的步子经过我身旁,我极力克制住拥她入怀的冲动,只是将手臂落在她左肩之后。

阿玛丽透过她覆肩的天鹅绒看向我,面上仍勾着愉悦的微笑。"太后在女王身侧气急败坏。她本想把女王嫁给一位更显赫的丈夫,而非身无分文的小小子爵。"

"我可无法想象子爵身无分文是什么模样。"我说道。我一度完全身无分文,但我不记得有哪位权贵堕落至此。

"与异国王子相比他的确算个乞丐。"阿玛丽道,"瓦塞洛斯国王膝下有众多未婚王子,贝洛达可以照着自己的喜好一一挑选,或是一并全选。洛雷托国王仅有一位王子,但他可是王位继承人,也是太后最看好的一位。"

"洛雷托？"我诧异道，"莱奥诺拉看好洛雷托？我们难道没与他们交过几次战吗？难道他们并非我们的强敌？"

"在婚姻里，"她说道，"他们就不算什么劲敌，而是我们亲爱的姻亲。"

"那么，"我开口道，"太后可大大低估了婚后家中可能涌现的诸多不睦。"

阿玛丽转向我，合上羽扇，用扇尖抵着下颌。

"你今早去狩猎了吗？"

我确实去了，我在女王的猎鹿苑里追逐牡鹿。我并非骑马的料，因此宁愿落在狩猎队队尾。每逢必须跳跃之时，我这匹好马从不绕道，总是一跃而过。最终我便不再关注如何追逐牡鹿而是如何保护脖子以免被撞断。

"我尽力狩猎了。"我看着她道，"但我真希望有更适合我的狩猎方法。"

她用长长的美目凝视着我问道："那是什么方法？"

"夫人，我要追着你深入'兽穴'。"

她对我展露笑颜，露出洁白的凿子般的牙齿。其他人若有这样一口牙便成了缺陷，但到了她那儿却令人心神迷醉。

"你要是这样，我就狠狠咬你。"她说着垂下了羽扇，"但你的狩猎无疑会以失败告终。会客室里人群聚集，而我要与两位女仆同享卧室。我们可没有机会独处。"

我循她的步伐走着。"今天风和日丽，"我说，"我们或许能在森林中找一处苔藓遮掩的角落。"

"人多眼杂。"她说道。

"今晚演出之后见面如何？"我停靠在腐朽老旧的雕像上，将脸转向她，"我们就在这儿见面吧。我会带毯子、酒壶和温酒来。"

她再露笑颜，用羽扇敲了敲我的胳膊。"我没法拒绝，但也没法保证能来。"

其他人也来到花园里,我与阿玛丽便分开了。我拿了几条毯子和一瓶白兰地,去往花园里一个阴暗僻静的角落在长椅下躲了一阵,然后又回到了湖边。越来越多的船只与布罗顿的天鹅船一起泛舟湖上。其中一条驳船上乐声飘摇,男高音歌者卡斯蒂纳托放声歌唱,一群扮成水中仙灵的女童环绕着他。贝洛达的母亲,寡居的太后莱奥诺拉乘着她自己的小桨帆船疾行湖上,始终冷冷睥睨着她的女儿。

夜幕降临时,我们在室外火把旁大快朵颐,享用这精心准备了一下午的鹿肉盛宴。一盘盘鹿肉菜肴尽列筵席:烤鹿肉、香草蔬菜炖鹿肉、煎炒鹿肉沾面包屑和烧熏肉裹鹿脊。与之并排的是由樱桃、杏仁、李子和木莓调制而成的甜酱。鹿肉馅饼上了桌,贵宾桌上立着点心雕砌而成的雄鹿与雌鹿。每份鹿肉汤都配有几道美味,比如鹿肉小馅饼和鹿肉肠。其中也有鹿腰子,或煎或烤,或与鹿肝一同被洒上辣汁,或被淋上料酒与芥末油炸。炸鹿心切片腌在甜醋里,躺在蔬菜上。还有一些鹿肝,以黄油、熏肉、欧芹、洋葱和迷迭香煎制而成。鹿肝与其他鹿肉也被揉制成了一种叫"碎肉圆子"的大个肉丸。烤鹿舌薄片浸在沙拉里,焖鹿舌则被浇上肉汁贴在重油面包上。

与鹿肉一道上桌的是传统的牛奶麦片粥,由不同手法烹饪而成,味道都是甘中带咸。

我狼吞虎咽了一番,随后大家一同动身前往室外剧场,观赏朗德西尔弗大人的剧团表演的假面剧《美德制胜》。这部剧由诗人布莱克维尔而作。

剧团参演人员寥寥,剧里的诸多不需歌唱的情节皆是宫中之人出演,他们都身着奢华服饰,于任何剧团来说这些衣饰都是天价。剧情是一则索然无味的寓言故事,歌者卡斯蒂纳托扮演不义邪魔,他为抓获美德与她的诸位朋友——荣耀、纯真与虔诚,并将他们囚禁起来而沾沾自喜。

剑之书

不知道邪魔将他们押入了什么地牢,这地牢里歌舞升平。我瞟向女王与她的亲侍,她们都坐在形似王座的椅子上。最得女王芳心的布罗顿坐在她右侧,他们相互依偎着,眉来眼去,同欢共笑。女王的母亲莱奥诺拉坐在她左侧,眸光总在剧幕与她女儿的后背间飘忽不定,且闪射着愤怒与不满。瓦塞洛斯与洛雷托的使者坐在不远处,他们面上都是一派老谋深算的神情。布罗顿夫人则再度缺席。

我想知道美德、荣耀、纯真与虔诚是否真的在宫中已被囚禁起来。这宫廷情景自发演绎,剧团演员且歌且舞,他们也知道美德不应在此现身。我望向我的情人阿玛丽,同时也是斯丹恩侯爵夫人。她身子半倚在宽大椅子上,细长美目慵懒半阖,点缀发间的珍珠在焰火映照下散发着柔和光晕。此时我似乎隐隐怜惜起不义邪魔与他那美妙歌喉和诱人乐曲。

最终,美德与她的伙伴重见天日,他们跳起一支嘉拉德舞①庆贺自由。和众人一起鼓掌后,我急忙顶着凉风回房拿走花呢大衣。我带着大衣赶到花园里,裹紧衣服等候着阿玛丽。我倚着那尊老旧的雕像逆风而立,望着穹隆中朵朵夜云高悬,轻轻拂过星河。冷风尽数灌入我的脖颈,我便抽出那瓶白兰地,吞下一口烈酒灼喉。

一滴雨飘下,又一滴雨飘下。接着苍穹敞开门扉,雨幕携着泥尘冲下夜空。我意识到阿玛丽不会来了,便拔腿跑回屋内。

黎明来临之前,狂风愈加猛烈,寒雨倒消退了些。湖面漂着白沫,宛若牛乳。女王的天鹅船倾倒在泊位上,狂风将它的羽毛吹得松散凌乱。行宫挤满了无法狩猎的猎手,他们个个烦躁又恼怒。其中几位猎手玩起了纸牌,他们下注的金额对我来说简直是天价。还有几位

---

① 16世纪风靡欧洲各地的轻快双人舞。

猎手下起了棋。

我无法看到女王,因她的灵魂导师们正围着她附耳细语,一同念诵祷词。我也未看到最受她宠爱的布罗顿,他应当在她身侧一同祈祷。

我观了几局棋,但我与初次学棋一样看得心烦意乱。棋盘是僵硬的六十四格战场,棋子只能墨守成规地机械移步。骑士、主教和国王都只能遵循不同的特定方式移位。然而我从未理解为何必须照着这些下棋规矩来?女王为何不能像骑士一样移位,机敏的主教为何不能破除毗邻黑白棋框的界限占领棋位?为何权位显要的国王与女王无法同享移位规则与权限?而且为何每次只能移动一枚棋子?治理有方的君王应该有能力集结军事力量,并且能够一步调动所有军力前往那鼓声轰鸣、号角铿锵的战场。

象棋仿佛与我所感知到的世界模样,或是我所期待的世界模样都脱了节。若我是棋局中的一卒,我会逃脱六十四格束缚,利用桌面上的物体作掩体——这头的一只杯子,或是那头的烛台,我会在敌人背后悄然行动,再出其不意发起进攻,占领要塞或是刺杀敌方君王。但是哀哉,棋子们只能规行矩步,兵卒唯有被抓住才能离开棋局,且他们一旦被抓就不得脱逃。我无法伸手援助,只觉得所有棋子都是想象力匮乏的造物。

如果我能有机会改善象棋游戏,我定会改变其规则。

棋局还在继续,风势削弱不少,骤雨也已示微,化为蒙蒙细雨。一些客人开始满怀希望地谈论起能否去打几只野兔。我观棋也观得疲乏不堪,便起身穿过几间休息室来到另一个房间。这间房里立着九柱游戏台①。我的思绪还沉浸在棋局里,也因此听到女人的惊呼后花了

---

① 欧洲贵族间盛行的游戏,游戏者用球沿球道击倒瓶形木柱,以击倒木柱数目判胜负。

几秒才反应过来。

我转向声源处，看到一扇门正巧在我面前猛然大开。一个高大的骑士将我撞开冲出屋子，他的衣帽上雨点闪烁如同繁星。巨大冲力撞在我的肩上，一阵疾风也随之经掠我身旁。那位陌生人撞我前，我本就刚刚转身尚未站稳，加之他带过的疾风更令我猝不及防摔了个四仰八叉。惊呼声仍未停息，骑士那带齿马刺的铮鸣掺杂其中。喧嚣摩擦着我的神经，而我试图让脑内的喧嚣平息下来。我稳住脚跟直起身子，一边蹒跚走向嘈杂声源，一边在身上一顿摸索，检查自己是否被那陌生人刺伤。

我跟跄着走到敞开的门前，发现这是一间满是女士的休息厅。布罗顿子爵夫人跌坐在地毯上，双手紧捂腹部。房间里其他人都呆若木鸡，惊惧不已。

我听到惊呼后仅仅过去了几秒。

我在这位遇刺的贵妇身旁跪下，轻触她苍白而冰凉的手。"夫人，您还好吗？"

她瞪大眼睛看向我说道："他刺了我一刀！"

我轻轻移开了手。她身上没有血迹，我也未在她黄水仙花色的丝绸礼服上看到什么致命创伤。我又瞥向她的腿部，发暗的钢制匕首刀刃贴在她的裙褶上。我将匕首抽出，只见贴近把手的地方已经断裂。

"夫人，您应该没有受伤。"我开口道。

她喘了一口气，目光在她的礼服上搜寻着，仅找到自她眼角滴落，浸湿了腹部的一滴泪。"我的紧身胸衣箍圈！"她说道，"我穿了钢箍圈！"

此时其他男人陆续进了房间，想知道出了什么事。接下来几分钟更多男人涌了进来，事发经过被人们解释了一遍又一遍。涌入房间的都是贵族，他们都想掌控局面。不知是谁夺过了那把匕首的刀身，我便没再碰过它。

有人喊了句："快戒严！"半数男人跑出了屋子。行宫里戒严呼声登时此起彼伏。此举毫无意义，戒严呼声应在能看见罪犯的情况下响起，如此便能阻止他逃脱。而那骑士早已携着马刺铮鸣从休憩厅逃得不见踪影。追兵们都不知道他的模样。

叫喊之声络绎不绝："保护女王！"于是越来越多的男人冲到女王跟前筑起一道围墙。布罗顿夫人没有理会人们连连发问，她只是不停啜泣着，泪水如同断线之珠从她眸子里不断滑落。空气中溢出一阵花香，我一阵左顾右盼，发现阿玛丽端出了一只精致的水晶杯。直到此刻我才注意到她在这儿。"布罗顿夫人也许需要喝点东西恢复气力。"她说道。

我将杯子递给布罗顿夫人，她则接过喝下。此举似乎令她意识到自己如今的处境。她扫视一圈周围的女士后问道："他是谁？有人认识他吗？"

似乎没人认识他，于是她们开始喋喋不休地谈论起她们所知甚少。"或许我们应把布罗顿夫人扶到躺椅上。"一位女士建议道，其他人纷纷附和。女士们簇拥着这位遇刺的夫人——男士皆未被允许帮忙——搀扶着她站起身后又坐到躺椅上，在她身后垫上绸缎靠枕。

眼看帮不上忙，我只好打量着眼前场景。我看到匕首断柄躺在靠近门口的地上。我弯下腰捡起它。这种匕首叫作剑柄匕首，因它的把柄极似长剑的十字柄，且带有碟状圆头。刀身断口位于把柄下方一英尺，压制断刃上那属于锻匠的印徽犹然可见：是一枚三角盾牌环住了一顶王冠。剑柄圆头由红碧玉制成，圆头雕得奇形怪状：是一只手臂，肩膀被翅膀所替代。手里举着一柄权杖，顶端形似王冠。我试图对着它猜画谜：翅膀——手臂——权杖——王冠，权杖——王冠——手臂——羽毛，漂浮——手臂——棍棒。显然，我曲解了这不知何意的讯息。

我仍在解谜，此时一个矮壮的金发男子走进了房间。他的紧身上衣上绣着那些繁复图案：那是赤鹿岬的子爵布罗顿，受害者的丈夫，同时也是女王的情人。他甫一进门，房间里就变得鸦雀无声。他走近自己的妻子，犹疑一瞬后握住了她的手。他的面容上未露出一丝温情或是担忧，有的只是一片苍白。他无疑正思忖着这将会如何影响他与女王的关系。

他的妻子性命无碍正得益于她穿着紧身胸衣，所有名媛都沿此习俗。胸衣箍圈通常是木制或是骨制的，是穿在紧身胸衣前的楔形强固圈。女人们穿它是顺应潮流让乳房显得平坦。我无法理解这潮流为何让女人们将自己的胸脯弄得和青年男子一样扁平，而非让胸脯保持原样。但潮流在那天早晨救了布罗顿夫人一命。富裕也救了她一命，因她能买到精良的钢制箍圈。钢制箍圈与木制箍圈比之更加灵巧，也更舒适。

我们都装作没有在看布罗顿子爵夫妇。此时一位义勇弩兵中士扛着一柄半截矛进屋了。倘若我们之中出现罪犯内应，他就要将那内应叉到戟尖。他开始询问，女士们登时对他七嘴八舌地说开了。他才刚处理完这些讯息，中尉便一手搭在剑柄上踏入了房门。中尉只得再次在一片喧嚣中努力分辨着有用的讯息。他刚开始摸清头绪，便迎来了上尉。如此事情只得再次重演。

"女王陛下安然无恙。"上尉此刻想要安抚众人，"我们正四处搜查，会找到那歹徒的。"

"他从屋外进来。"我说道，"衣帽都湿透了。"我伸出手指继续说："他往那边跑了，或许是想逃离行宫。"

上尉看向中尉，中尉看向中士。"毗连的屋子通往外面。"他说，"我们确信夜巡之时门是锁上的。"

我把匕首递给了上尉。"这就是那把断刃。"我说道，"我不知道刀身在哪儿，有人拿走了它。"

上尉将匕首检视一番，他的目光落在红碧玉把柄上，而后又抬向布罗顿，目光中有寒意与猜疑相伴。他似乎想要说点什么，但又打消此念。上尉转身离开了房间，其他义勇弩兵也随他而去。上尉沿着那刺客的行迹来到邻屋，那屋里立着九柱游戏台。我也同几位男士一道随着这些弩兵进了房间。布罗顿夫人所处的那间房间似已波澜平息。

一张坚固的橡木桌自屋内延伸至屋外。骤雨已褪作柔和水汽，它那清凉指尖轻抚着我的脸庞，空气中氤氲着颓然倾倒的雨后草木之味。

一条宽阔石路环抱着房子，石路那头通向花园。一位驼背老园丁脚蹬宽大靴子，身披斗篷、头戴斗笠正在花园里劳作，企图修整被骤雨摧残的花园。

"你！"上尉对他喊道，"看没看到有人从这道门离开？"

园丁直起身子，雨滴顺着他的帽沿一一滑落。他老态龙钟，胡须长垂至胸脯，宛如蜷曲的潮湿手指。

"看到了，先生！"他答道，"他叫我牵好他的马。"

上尉迅速便弄清了情势：刺客骑马而来，付给园丁一克朗币叫他看好马，随后便进了屋。几分钟后他出来了，跨上马便朝着正门快马加鞭逃离。

"我们得快去追他，先生！"中尉坚决地说道。

"戒严！"一位绅士喊道。

"不是现在。"上尉又朝园丁问道，"那家伙骑的是什么马？"

"是一匹栗色马，先生。"

上尉又朝中尉发号施令道："选一队人去追他，挑精锐骑兵和好马良驹。派六个人左右去追就行。我会将此上报女王。"

"戒严！"那位绅士又嚷了一遍，他们便都大步离去。我俯瞰着石路，目光循着那骑手逃跑的方向一路望去。追兵分为两队，穿过正门进入森林。他们得决定是左转去塞尔福德都城还是右转去往布莱克塞克和北方诸地。

人们猜测,那骑手应是循着石路一路逃逸,而非跑到女王的森林里躲于自己的藏身之地。

我走向那位园丁。"老伯,"我开口道,"你刚才说那马是匹栗色马?"

"是的,先生。"他倚着长耙答道,"他们管它叫深色栗马。它的鬃毛颜色极深,比起暗红更近深棕。"

"你看清了他的模样吗?"

"没有,先生。他的领口上翻,帽子也压得很低遮住了脸。我觉得他留了胡子,先生。"

王国里多数男人都留了胡子。"你有注意到他的口音吗,老伯?他听着像从哪儿来的?"

"他讲话带点博尼尔口音,"园丁答道,"和那座大房子里多数人口音差不多。"

确然,宫廷中人多半倾向于柔化辅音,无论他们来自哪儿都用博尼尔腔调说话。

"他的马具看起来如何?"

"是上好的马具,先生。和这儿的人打猎用的马鞍一样,是棕皮革制成的。颈圈上箍着形如勋章的钢环饰品。"

"是什么特殊图案吗?"

"上面好像有一道道射线,先生。"

"马具上还有其他装饰吗?"

"没了,我觉得没有了。"

"皮革上没有雕花和装饰吗?"

"没有。皮革样色朴素但是制作精良,几乎是崭新的。如我所说,是棕皮革。"

"马笼头也一样吗?"

"是的。"

我可以再问几个有关肚带和马镫的问题，但我已发觉继续打听下去线索渺茫。忽然我想起了刻在那把断裂匕首上的王冠与盾牌形印徽。霎时间，我感到血管里似有冰潮涌荡，惊得我一个激灵。

"马鞍上有什么印记吗？有没有铸具师印的印徽？"

老人眸光一亮。"有，先生！有只鸟印在鞍翼上，靠近骑手左膝。我帮他登上马镫时注意到了。"

"是鹰或是隼吗？"

"都不是，先生。只是一只小鸟。或许是麻雀，也有可能是莺或者其他鸟类。"

我付给园丁一克朗币。"谢谢你，老伯。这些信息可帮了大忙。"

他将手伸向帽檐感谢道："多谢先生啊，您真是位体面的绅士。"

我朝他咧嘴一笑。"我可不是什么绅士！"说完后我便动身返回行宫。

一对义勇弩兵守在休息室外，王室医生正在室内为布罗顿夫人检查。布罗顿倚在邻屋墙上，盯着地板，目光中盛满忧虑，膝盖则漫不经心地撞着壁板。

我又重回那间棋牌散在桌上的休息厅里。棋子被抛弃在他们各自的队伍里。双方的交锋已越矩大半，只有一枚早已离开棋盘的棋子或能用上。人们三三两两围作一团低声交谈着。我在壁炉旁看到了阿玛丽与她的朋友们。我走过去加入她们，颇有风度地站着等候谈话的时机。

两位男士跑进房间，他们足蹬长靴、身披斗篷、手执长矛，准备前往马厩。他们在屋里歇息了一阵，一人饮了一杯酒后继续赶路。此时阿玛丽的一位朋友看向了我。

"你不去追击吗？"

"我这匹马是头倔脾气的畜牲，"我说道，"可不是什么千里马。"

我其实不是在说马，而是暗喻自己。我转向阿玛丽问道："布罗顿夫人没什么大碍吧?"

她拢了拢身上的绸缎绿袍。"她被吓得不轻。"她答道,"我无法言明她的精神状态,但身体没有大碍。"

"我不知道布罗顿怎么渡过难关。"有人开口道,"他会因企图谋杀自己的妻子好与女王结合而被起诉的。"

"但他谋杀未遂。"一位男士说道。

"这无所谓,"第一位开口者继续说,"有所谓的是他会被起诉。"

"他会被起诉。"我接过话头,"但他或许无法被定罪。"

阿玛丽用细长美目扫视了一圈周围的人,显然她正揣度这一系列谈话能否让这群听众听。"想要除掉自己的妻子,更简洁的方法多如牛毛。"她说道,"他不必在众目睽睽下动手。"

"也有更周密的安排。"我补充道,"他也不必留一把指证自己的匕首。"

余下的听众并未听到此后的对话进展。我描述那把匕首把柄上刻的红碧玉圆头之时,追逐之声从行宫前涌来,叫喊与犬吠交织。一群男子竞相追逐着那名刺客去了。他们为了追逐而来,此前被困在房间里懊丧不已,如今他们投入到另一场狩猎之中,个个笑逐颜开,焕发生机。此前他们若能猎鹿,便也是这副模样。

围聚在壁炉边的人仍在大谈特谈布罗顿的未来,我却在思索着自己的未来。除了是个目击者外,我与这场刺杀毫无干系。因此我决定要凭一己之力自由行动。

一位武官由女王派来,到此宣布议会成员前去觐见女王。周围的人散了大半,壁炉旁的讨论会也就此解散。我才发现自己和阿玛丽一起倾身棋桌旁。我伸手往桌上拿起了一只核雕骑士。

"我应该要动身离开了。"我说道。

她抬眼望向我。"终究还是要去吗?你这次去究竟能不能抓住他?"

# 美德制胜

"我觉得如果我骑马到塞尔福德,就能把他找出来。"

她的目光游向菱形玻璃窗外,窗外草坪上的义勇弩兵正准备离开。她蹙起了眉头。

"我好奇你这些情报能让谁获益。"她疑惑道。

我感到了讶异。"如果夫人你觉得我不应该去,"我说道,"我就待在这儿。"

"我不好说你这差事是利是弊,"她说,"而且我觉得女王无论如何都不会留驻行宫了。我确信议会会推荐大家回到塞尔福德城,但今天剩下的时间都会花在这项安排上。女王陛下明天才会动身离开。"

"那么你会同意我离开吗?"

她略感惊诧地看着我,似是在奇怪我怎么会征求她的同意。"当然。路上别让那些盗匪刺客抓到你。"

我微微一笑道:"我欣然遵从。"

"还有,若你找到那个罪犯,可要谨慎行事。"

这倒像个古怪建议,我便勉勉强强应允了。我朝她鞠了一躬,而后回到自己的房间。我换了双靴子,穿上皮制骑行外套和长裤,把其他杂物都塞到鞍囊里。接着我披上大衣,还带上了一件带兜帽的挡雨斗篷。

我顺路进厨房讨了两只鹿肉馅饼装到衣袋里,又往自己的皮带里斟满淡酒。接着我向马厩走去,义勇弩兵上尉刚刚与追逃队一道离开,他们都佩着长剑与手枪。

然而我不可能追上那刺客,我已然打算迈着轻快的步子出发。在暮色染遍天幕前,我必须赶十二里格①的路,否则城门就要紧闭了。我不确定是否能贿赂那些守卫好让我通过,无论如何我都不想当检验他们忠心的那个人。

---

① 里格:欧洲以及拉丁美洲的古计量单位,一里格约合5.56公里。

## 剑之书

义勇弩兵策马离开了。我或许不该称自己看到任何一位义勇弩兵扛弓带箭,因为其他军团皆是全副武装,矛剑锋芒逼人,明火枪威力十足。在现代战争里,弓箭早已过时。王室如此忠于传统,卫兵仍保留着弩兵的名号。或许只要王室屹立不倒,此名号也就会长存于世。

我正骑坐在马背上,阿玛丽逢时出现了。她还带了女仆、车夫、侍从,以及她的行李。我愕然地望着她。

"我决定要效仿你,奎利弗先生。"她说道,"我放弃'驾驭这支离破碎的决心'了。"

"我早已放弃。此话引自诗人贝洛,不是吗?"

"我不知道,也不在乎。"她说,"你若愿意,就和我同乘马车吧。"

我在脑海中同自己争辩了一番是否应该接受她的邀请——我确然想尽快赶到城里,与阿玛丽同行会分散我的注意力,旅途也会因此延长。

但我想到刺客若是今晚身栖塞尔福德,那他明天多半也还会在那儿。

最终我登上了阿玛丽的马车。她将车篷降下来,好让我们能呼吸新鲜空气。但我们与她的仆从们也得裹在厚厚的皮裘里抵御寒风。她的四匹良驹都是同一种名叫乳白马的骏马,它们鼻头绯红,眼睛湛蓝。多么像一曲惊艳绝伦的四重奏啊,达达蹄步宛若绝妙音符。我对旅途延误的担心霎时间烟消云散。实际上我那头借来的畜牲被牵在车后已经很难跟上我们的节奏了。

我们在女王的森林里飞速疾驰,溅起坑洼里的水花又绕过断落的树枝。我们很快就碰到了第一批折返的追兵。他们追捕刺客如追赶雄鹿一般,但马儿很快便跑得脱了力,只好往回走。你能想到诸如此类的事会在他们策马离开前发生,在贵族中也不例外。那些疼惜自己马儿的人牵着马走回宫,余下的人则仍待在他们那些嘴角泛沫、步履蹒珊、形容可怜的畜牲背上。

我们刚踏上主道,阿玛丽就拧开一瓶葡萄酒啜饮起来,我也拿出鹿肉馅饼与她同享。我们一行人无话不谈,因女仆们仍对今早这起事故满怀激奋,他们聚在仆从休息地试图打听那些不计其数的流言蜚语。比如,究竟是何方神圣雇佣了那个试图行刺的刺客,是女王同父异母的兄弟克莱伯恩,是洛雷托的使者,是布罗顿,还是女王自己?

"为什么克莱伯恩要刺杀子爵夫人呢?"阿玛丽轻蔑地问道。然而她并未细究那些猜测某国使者是幕后主谋,动机乃是推助女王与他们的王子联姻的使者阴谋论。

猜疑不断,而我也得以在一条毛裘的掩护下握住她的纤纤玉手。我不时地轻拍着她的大腿,令她轻抽了几口气。但我可不敢再挑逗得她继续抽气,她那两位女仆目光犀利,我不敢再僭越。

然而,我觉得至少一位女仆在这段骑程中注意到了我,因我看到她眸中有精光一闪而过。但我并未验证这一猜测。

我们乘车途中遇到了愈来愈多的追兵,他们都将复返行宫。他们之中虽没有人在这仓促不已的追捕中累垮自己的马,但也断定了自己无法抓到刺客,便适时地调转马头回去享受晚餐了。

最后一批是垂头丧气的义勇弩兵,他们追捕得最久。中尉已被遣去通告都城城门守卫,以防那逃犯白昼藏匿,夜晚溜逃。余下的士兵则精疲力竭地骑返行宫,向贝洛达女王汇报此次失败的任务去了。

马车在平坦路上驶得稳稳当当,但风暴肆虐后狼藉犹存,路上满是泥泞污秽与断枝残杈。某些杂物过于庞大,侍从们只能勉强移开。旅途也因此延误良久,我们经过肖恩塞德的王宫时,周遭诸物投下的阴影已拉长。

"我们或许无法在夜幕降临前抵达塞尔福德城了。"我说道,"夫人怕是要寻个旅馆歇脚了吧。"

"噢,这倒不一定。"她用细长美目瞥了我一眼,"我们有一幢乡间别墅离此处不远。我早前已通知仆从要在那儿用餐过夜。管家会为你寻到床铺休息的,当然前提是你今夜并非执意要赶往都城。"她一面邀请,一面用手摩挲着我的腿。我收起那副装出来的不情不愿的模样,答应了她的邀请。

逃犯明天仍会待在那儿的,我如此断定着。无论如何,他就是会待在那儿。

阿玛丽允诺的床铺与她的卧房同处一层,床铺分外舒适,但我并未贪恋它的柔软。房子一沉静下来,我便溜过大厅,轻轻叩响了阿玛丽的房门。在她的床幔之下,我们共度春宵。思绪里沉积的阴谋与刺杀纷纷烟消云散,只余欢愉与娇笑充斥脑海。最终我一夜好眠,以致翌日清晨我费了好大劲儿才强迫自己赶在仆从们为我端上剃须水前溜回房间。

用过早餐后,我满怀诚恳感激地吻了阿玛丽的玉手,便动身前往都城。晌午过半之前我抵达了都城。天幕下云朵低垂,和风轻送。我将马牵到莫索普镇的看马场,又跨过桥走进塞尔福德城。而后我将鞍囊搭在肩头,朝官邸街我的住所走去。我清空鞍囊,身上的皮制骑行外套都没换就往刀剑锻匠云集的鸣击巷走去,我边走边搜寻着高悬牌匾上的标志。锻锤不断击打着铁砧,当啷之音声声回响在我脑海。而我终于找到了那个标志:盾牌中央印着王冠。我走进罗威森·格朗因谢尔德的匠铺——当我要求见铺主时,发现这个姓氏其实应读作"格朗塞尔"之类的音。

我向格朗因谢尔德师傅问起那把印着布罗顿的徽章的剑柄匕首,他对这把匕首记忆犹新。他亲自打造了这柄匕首,匕首亦曾陈列在他的匠铺里。某位顾客踏上巷道,走进匠铺后买下了它,并要求将把柄上那未经雕饰的圆头换成布罗顿的徽章。接到如此委托,格朗因谢尔德便照常与浮雕雕刻师合作，且他们都因快速地完成雕刻和镶嵌工作而获得了额外报酬。

那位顾客告诉格朗因谢尔德，这是给布罗顿儿子的礼物。他不知道布罗顿其实没有儿子，但这不能怪他。

"是谁委托你制作这把匕首的？"我问道。而令人讶然的是，委托者竟然是个女人。我继而请他描述下那女人的样貌。

格朗因谢尔德絮絮叨叨又不断跑题地叙述了四五分钟，大意是说那位女士身形和寻常女人一致，相貌也和寻常女人一般无二。他时而用博尼尔腔调说话，时而用佛恩兰腔调说话，这两种口音可大相径庭。我暗暗叫自己记住，等我做了正式律师，可千万别找格朗因谢尔德这样的证人。

"她不是什么显赫人物，"他补充道，"但是位体面的女士。或许是位女侍从，但不是一般的侍从。大约是女管家吧，不然就是女教师。"

为了不再听到诸如管家教师和谋杀情节之类的东西，我只好为自己买了一把剑柄匕首，将它塞进斗篷下背后的腰带里。我可以轻松用右手抽出匕首。我谢过这位"格朗塞尔"师傅，而后朝马具商街走去，但我并未找到任何一间标志是莺、雀，或是其他小鸟的店铺。我便继续前行，来到马具金属铸工荣誉协会里。一位热情十足的学徒给我看了一本载着各商铺标志的协会用书，我便很快找到了那个鸟类标记。

"那是达戈伯特·芬奇的商铺，先生。"他告诉我。

"我到哪儿找这间店呢？"

"在河对岸，莫索普镇上。"

我便原路折返，再次跨过桥来到莫索普镇芬奇家族的商铺。商铺尽显富饶，周遭飘溢出皮革与上好牛蹄油的味道。款款鞍具挂在房梁下，有些肖似我父亲开的肉铺梁上悬挂的动物残骸。鞍工师傅芬奇个头很矮，脾气火暴，蓄着又短又硬的胡须。"我这里出售各种各样的马具，小伙子。"他开口道。

"有一套马具之前被卖给了另一位先生，他和我身高相差无几。"我说，"还留着胡子，我昨天刚见过他。他骑着一匹深色栗马。"

我瞥见芬奇眸光忽地一闪，显然想起了我说之人。但他很快面露警惕道："你为何打听他？"

"我欠了他一笔债。"我答道，"就在两天前我们还在君泽湖边一同狩猎。我们打赌某位绅士能否仅用一柄剑击倒一只雄鹿，我赌输了。但当时我沉醉赌博，忘了问他名字。"

"男人追着男人可不寻常，并且还心甘情愿地要把钱送走。"

"我付得起这笔债。"我说道，"我打赢了其他赌。"为了显露"富裕"，我隔桌推给他一堆克朗币。

"他是海克托·博格伊恩爵士。"芬奇说道，"一位军士，对吧？他会欣然接受你的钱的。他一年前托我打造一副马具，但上个月付清报酬我才给了他。"

"你知道他住哪儿吗？"

"不知道，小伙子。但他将自己的宝马寄养在芒迪看马场，就在主干道上。那儿的人应当知道。"

我动身赶赴芒迪看马场，对其中一位马夫脱帽行礼后，他便将我引到博格伊恩在塞尔福德城栖身的小屋里，屋子位于一个叫"流民窑"的贫民窟。我将兜帽拉下遮住面庞，颇为顺利地找到了那栋房子，木质骨架陷在地里，古旧的茅草屋顶堪堪挂在檐上，仿若凌乱不堪的刘海垂在伤痕累累的额头前。这间屋子看起来完全不像是一间给骑士歇脚的屋子，除非那位骑士穷困潦倒——潦倒到做出杀人犯法的勾当。

一股腐臭刺鼻的气味弥漫巷中，来自街道上堆积如山的垃圾，亦来自街区后方恣意流淌的渠沟。街区排放的污水与高地上淌下的臭水汇集灌满了沟渠。我此行一直死死捂着钱包,我可不愿让无论是四处出没的窃贼兵士,还是成群结队的娼男妓女给抢劫了。我能瞥见他们地鼠般的眼眸里闪烁着贪婪的光芒。

我如今有多个选择。我可以自行逮捕博格伊恩,但我需得忌惮抓他这样身处绝境还住在如此蛇鼠之穴里的逃犯。我也可以雇几个老练的擒贼手,但这会增加一笔开销。

我可以不找擒贼手而去找治安官要一份逮捕令。但我还得找人完成逮捕令,几乎会增加同样一笔开销。

倘若郡长恰巧在城中而非郡中其他地方,我还能去找郡长。但他估计会带上自己的擒贼手,然后自居其功。

我无法去找司法长官,只因贝洛达女王没有派我前去。

绝对不能涉足的地方便是义勇弩兵的兵营。塞尔福德城的人民享有诸多传统的自由权利,其中包括了免受女王的军队干涉的权利。军队不得逮捕犯法者,否则便扰乱了犯罪活动管控事务有序进行。除非是在戒严状态下(在该情况下,士兵则有权以个人而非军队成员的名义逮捕罪犯),或是有暴动或叛乱发生,且治安官确认可执行骚乱平息法令,军队才可随心所欲展开杀戒。

若追逃兵抓住了那刺客,我想,事情就颇为有趣了。海克托·博格伊恩爵士是否可以在审判中声称遭到了非法逮捕,因军队无权抓他?

当然原告可以说目前是戒严状态,但被告也可以反驳,因戒严仅应用于犯罪目标可见的情况下。

无论如何,这场争辩颇为有趣。

为捉住博格伊恩,我也许可以找一位哨卫。然而哨卫多半是年迈的侍卫,他们成夜在城里徘徊,一面撞钟一面宣呼一切安好(敲钟的意义在于让所有人知道自己不必当值,可以安心入眠)。若哨卫发现城中起火或是什么不法行为,他们不会干涉,只会不断敲钟呼救。

这些年迈体弱、薪酬寥寥的哨卫估计体力不支,无法在这流民窑抓住那活蹦乱跳、无法无天的男人。塞尔福德城和律法为人民提供了多种擒贼方法,但似乎这些方法于我都不适用。

最终我还是只能找擒贼手。我走至官邸街上的法院,这里聚集着一群可雇的擒贼手,付三克朗币便可雇佣一位擒贼手,当然事后所获的赏金也需要分给他们。为我所雇的这两位高大壮实的男人,一个名叫魔盾,一个名叫托岚。他们那破损的鼻子,缺毁的牙齿还有那伤痕累累的头顶无不令我揣测他们此前定然是专业打手。这也意味着他们颇有实战经验,知道如何应付对手,无论他们手执阔刀、长戟还是适枷。诚然,托岚的整张脸如被圆盾砸扁了一样。

我对他们说博格伊恩企图谋杀,并警告他们他此前做过士兵,极有可能是个危险人物。

"我需不需要再多雇几个帮手呢?"我问道。

"不必,先生。"魔盾用他那低缓、可靠的声音说道,这声音与他形容可怖的脸截然不符,"我们俩习惯悄然无息地捉住罪犯。若我们带着一群人浩浩荡荡地闯进流民窑可能会招致麻烦。我们三人同享报酬就足够了。"魔盾颇显睿智地点点头道。"另外,我还需要点赏金。"

"为什么?"

"付给那罪犯的房主,免得她闹出什么动静。"

听起来很明智,我便将银子递给了他。纵然我警告了他们,这两位擒贼手依然只带了几根短棍,他们将短棍藏匿于斗篷下。我看得有几分愕然。

"你们确定这些小棍子能顶用?"我质疑道。

此话似乎冒犯了魔盾。"先生,它们从未有过败绩——我们这经验丰富的'碎冤之棍'至少征服过百来次罪犯,把他们制得服服帖帖,在我们的棍下他们就跟撒泼的小猫一样。"

我们走下小丘,来到流民窟,臭水沟里飘来的恶臭紧紧扼住了我的咽喉。我指出博格伊恩栖身的那栋破楼,魔盾和托岚颇为专业地检视了一圈,魔盾随即踏入屋内。我跟了上去,在走廊的幽深漆黑里我瞥见我那硬币闪了一下,而后一个站在底楼,长着鹰钩鼻的邋遢女人用她那双布满污垢的手接过了硬币。

"海克托爵士在哪?"魔盾问道。

"最顶层,面朝小丘的房间。"

魔盾没有浪费时间道谢,他一头钻出门外朝他的同伴打了个手势。

"托岚师傅会留在外面。"他说道,"他会确保海克托爵士不会从窗口脱逃。劳驾你和他一起留在外面,我进去把这个恶棍绑出来。"

"我与你一同前往。"我说道。

魔盾未作回应,径直走向台阶——我怀疑他毫不在意我的生死,但让我免遭暴力是他职责所在。楼梯上墨黑一片,往上走更是有如午夜泼墨。步步台阶在魔盾脚下嘎吱作响,战栗不已。我的手摸上了新买的匕首把柄。火光忽地一闪,惊枪响于雷鸣。魔盾旋即往后一倒,在我怀中殒命。

我瞠目结舌地站在台阶上看着这一切,同时试图尽力挪开他的尸体。一片昏昧中我瞧见了博格伊恩,他同上次与我见到时别无二致,头戴帽子身着长衣,但手上多了一把大手枪。他目含探寻,带着沉思的神情俯视着我,仿佛是在苦苦思索此前在哪儿见过我。随即他掉头消失在晦暗之中。我的双耳仍因那声惊枪嗡鸣着,但还是捕捉到了他逃走时那声属于带刺长矛的金属低吟。

我将魔盾的尸体放在陡折的台阶上。仅看一眼便可知他已一命呜呼,他的额头正中遭那支重型手枪致命一击。我凝视着他的脸,心脏狂跳到了嗓子眼里。托岚跑了进来,看到同伴的死状,他惊得脚步一顿。

我心中登时激愤升腾如炉火。"博格伊恩射中了他!"我嚷道,"我们抓住他!"

我一把抽出匕首,飞身跑上楼梯,却给地上尸体绊了一下。楼梯顶部火药硝味犹然萦绕,但与这儿弥漫的其他气味相比,这股味道算得上清爽怡人。我爬上楼梯顶端,望见走道尽头一抹灰暗的光,便跟跟跄跄地踩过道里的垃圾,朝着光源探去。

我撞开走廊尽头一扇低矮的门,结果发现自己已经到了楼外,正站在另一段崎岖楼梯的顶端。饱经风霜的木板铺就层层台阶,台阶陡然缩为狭窄小道沿着流民窟后淌过的臭水沟伸展。乌黑的烂泥隐隐泛着不祥的气息,比糖蜜还黏稠。烂泥已渗出沟外,泥里漂浮着的死狗四脚朝天。就连停尸房里的腐臭也不及此处。

博格伊恩离小道已有五十英尺远,他顺着小道大摇大摆地走着,还越过肩头回首看了我一眼。即便与他相隔甚远,我仍能捕捉到他脸上还挂着那副思索的神情,同他方才在楼梯上一样。若非我的血管里有熊熊烈焰炙烤着,若非我因此番疯狂的追逐几近失去理智,我就应明白他那副神情意味着什么。那是一个老练行家看着他的敌人计算的神情。

博格伊恩拿出那把曾托举着他手枪的枪托,边顺着小路加快步伐边旋开燧发机。纵然激愤占据了我的头脑,我仍估出他没时间弄开枪管装入火药,也没时间给枪装上雷管进而开火。我知道自己必须在他再次给枪上膛之前捉住他。

我三步并作两步跳下那段崎岖不已又摇摇晃晃的台阶,朝他一顿猛追。他显然也发觉没法上膛,于是便回头以更快的速度飞奔而去。"别跑!"我大叫道,"站住!"我脑海里忽然闪现过那无甚意义的戒严呼声,意识到诸如"站住!"和"小偷别跑!"这样的词句在流民窟或许每天至少出现二十来遍。如此喊叫于此地居民而言不过徒添笑料。

"站住，杀人犯！"我大喊道，"抓杀人犯有赏！"

我猜许诺捉人有赏与仅是呼救相比更为有用。追赶时我的确瞥到有许多人打开了窗户，还有些面孔在窗板后窥视。

"有赏！"我大喊着，"抓杀人犯有赏！"我如此叫喊时，博格伊恩回头对我露出恼怒之色，但脚下步伐未有减慢。

小道分外滑腻，且堆满垃圾。动物死尸在道上堆积如山，我们俩都跑得有些艰难，但我仍在逐步接近他。我朝前定睛一看，远处似乎有一片灰蒙蒙的开阔水域。泽尔河潮涨满河，退潮又将水带回臭水沟。我明白博格伊恩要向左逃至河岸，否则他就得踏过那道恶心的臭水沟。倘若他有其他选择，便断然不会这样做。

事实是他并没有左拐或是右拐。在小路尽头他转过身来，抽出长剑直指我胸膛。

我浑身沸腾的血液刹那间冷凝下来。我跑到半路脚步一顿，脚尖滑进了泥地里，身子停在离他剑尖五码的地方。我注视着他手里的利剑，那剑身几乎与矛一样长。我这把小匕首在他的长剑面前显得毫无用处且荒谬可笑。

"所以，小伙子，"博格伊恩开口道，"你的追逐到此为止。"他说话带着北方的博尼尔口音。

我跑得上气不接下气，心脏如笼中困兽般猛烈撞击着我的肋骨。我深吸一口气，随即大喊道："抓杀人犯有赏！"

他朝我一阵咆哮，牙齿在须髯间泛着森冷白光。"再追我几步，我就让你死个明白。"

我瞧见小道上躺着一只老旧的瓶子，便弯腰捡起瓶子朝他猛砸而去。他却轻而易举地避开了瓶子，嘴角勾出一抹轻蔑的笑容。我身旁还有一面倾倒的石墙，石墙在地上摔得四分五裂。我便弯腰捡起了一块石头。而博格伊恩已再度转头，身形隐没于河堤。

那一瞬间我立马打算追过去，但转念一想，他或许就潜匿在那

剑之书

儿，候在最近河堤的屋子隐伏于某个角落，只待我前去送命。我盯着左侧这间老旧的棚屋，墙壁破败不堪，房梁几近倾颓。我一把将匕首塞到嘴里咬着——这不得已为之的做法若是出现在剧幕中，我恐怕会觉得荒唐可笑，跳上了摇摇欲坠的墙头，从那儿爬上了房梁。我跳过一根房梁，又跃到这破旧不堪的棚屋那发霉的茅草房顶上，棚屋摇晃不止，岌岌可危。我在茅草上行走得几近无声无息。我继续沿屋脊窸窸窣窣地走着，来到房子另一侧。

我望见我那几声叫喊与赏金承诺引来了附近一批心底还残存着些许进取心的居民，他们吵吵嚷嚷，迟疑不动。有几个人站在流民窑尽头，盯着房子我站着的那一侧瞧。我便马上推断出他们的邻居博格伊恩就在那儿。

我冒险地朝屋顶边上往下一瞥，博格伊恩的宽大帽檐隐现在角落里。他果然如我所料，候在那儿等着我冲过来，他便会如宰阉鸡一般刺穿我喉咙。他显然要失望了，我看到他的帽顶一转，从那个角落里侧身一探，却没看到我如期冲来。他转过身来，身形清晰地出现在我视野里。他朝流民窑方向走去，手里仍攥着利剑。

他向他的邻居问道："你们谁见到那讨厌的小鬼了吗？"有几人抬头望向站在茅草屋顶的我，我知道他很快就会随之瞟过来并发现我站在高处。我便从嘴里抽出匕首，一跃而下。

我在他左侧身后落地，但我跳得离他太近，因此撞到了他身上，将他带倒在地，面朝着泽尔河。但更为重要的是，我跳下来时匕首的把柄圆头恰巧抵在了他头上。他护着帽子，一阵晕眩。我摔得蜷伏在他身上，支起身子时，我发现自己正压着他，左手死死地揪着他的衣领，右手紧紧地攥住匕首。只要我继续压制住他，他就没法使剑。

我不想捅死他，因我知道博格伊恩显然是受雇的，我想在他被治安官带去审讯前先审他，让他吐露阴谋之源。

我朝他挥拳打去，适时听到了流民窑居民的声声欢呼。我相信打架是他们喜闻乐见的事。

　　博格伊恩企图挡开我的拳头，我则扭着他的衣领。我俩这副模样活像猎狗对着老鼠挥拳相向。他试图去抓那柄轻剑，但我用匕首阻止了他的行径，在他外衣衣袖上切出一道口子。我打向他脑袋，却被他避开。我没反应过来发生了什么，但我能感到他在我身下一扭，用一只手抓住了我的左腕，我便被他朝上掀起。

　　我背部重重摔在地上，但惊慌督使我立刻起身，摇摇晃晃地站了起来。他的眸中已然蓄起一层杀意。他现在可以挥舞他那把轻剑了，我的心由而猛地一沉。他的剑尖直指我要害刺来，我立即后退一步，用匕首挡住他的致命攻击。他继续朝我展开攻势，我再次跳开到了流民窟区域里。观众们畏惧那闪着寒光的锋利剑刃，便都退开了些距离。

　　博格伊恩气喘吁吁地顿了顿。我伸手指向他。

　　"有赏！"我喊着，"抓杀人犯有赏！"

　　博格伊恩朝我厉声大喝，我则闪到一旁。我们被愈来愈多围观者半围起来，围观者有男有女，也有嬉笑的儿童。他们眼中期待、残酷和贪婪交织闪射，如观两犬互殴娱乐角斗般看着我们。

　　"踢倒他！"我喊道，"朝他砸石头！扔瓶子！绊倒他！抓他有赏！"

　　"有多少赏金？"不知是哪位实际人士问了一句。而某位年轻人已朝博格伊恩扔了个瓶子，瓶子在他头顶呼啸而过。他瞥了他的邻居一眼，嘴里骂骂咧咧。

　　更多瓶子、锅子和石头接踵而至。一只泔水锅从一幢高楼上飞下，砸到他脚上，溅得他满身污汁。整个街区邻居此刻都成了我的共谋。博格伊恩闪避了大部分投掷物，但也因此拖慢脚步。有个物什砸到他脑门上，额角渗出了血，不断流到他眼睛里。他只得连连抬手擦去血渍。

剑之书

我看出他下定了决心要取我性命,因此他提剑再次直指我的心脏而来时,我已准备周全——若不是围观的群众阻了我退路,我本可成功闪避。霎时间我已身处他那锋利长剑的攻击范围内。我匆忙躲避,但他的剑尖还是挑落了我身上这件皮外套的纽扣。我伸出匕首一刺,刀身似乎划伤了他右肩。某位围观者来不及避开,我便撞在他身上绊倒在地……绝望狠狠攥住了我,杀手俯视着我,胜利的快意在他眼里升腾。他扬起手臂准备给我致命一击——

突然擒贼手托岚从人群中闪出,短棒狠狠一挥打在博格伊恩耳后,他登时栽倒在我身上。

阿玛丽和我一齐形容亲密地躺在官邸街上我的住所里。我的手轻搭在她怀孕隆起的腹部。她衣衫业已褪尽,身上唯余首饰:间点缀的宝石以及环抱着她细颈那嵌着红宝石的金项圈。绾着她秀发的珍珠丝串已然散落枕上。她素日里慵懒的语调里今天染上了几分悔意,而我则不满地哼哼。

"我万分后悔给你提出如此建议。"她说,"但如今你或许最好能远离王庭。"

我略带反抗地挺直脊背。"我什么也没做错。"我说道,"事实上这是为女王效劳。我为什么要躲起来呢?"

"如今全世界都知道女王视你为眼中钉了。"她说道,"你只要现身王庭,那些渴望做王室宠儿的人就会躲着你。那样有失尊严,且于你无益。"

我长久地思索了一阵,感到一股模糊的怒意在血管里窜流。"我明白了。"我说道。

"王室的注意力很快便会被其他事物吸引。那时你就可以回来了。"

她转头看向我,细长美目中盛满怜悯。"我可警告过你了,不是吗?我叫你三思而后行。"

"你确实警告过。"我说。

"王室阴谋,"她说,"有时候最好一直匿影藏形。若你意欲帮助布罗顿,你可没有成功。若你意欲揭发罪名,那可做得太过了。女王不得不有所作为,她对你备感愤怒,你一介平民倒让她留意起宫廷阴谋。"

抓住博格伊恩后,托岚和我,以及一大群流民窑居民将那叛徒骑士交给了治安官。郡治安官都出现了,但不是因为这名犯人,而是他们看那架势以为要发生暴乱。

博格伊恩被转移到监狱里,那群乌合之众随着我来到账房,我的钱都存在那儿。眼见这乌泱泱一帮难以管控的贫民窟居民,管理银行的先生们开始闭门关窗。他们显然要受这群激愤的流民骚扰一阵。我花了不少工夫与银行管理协商,最终他们让我进去取些钱币打发走这帮乌合之众。

同一天早晨,女王在离开君泽湖回到都城前宣布逮捕刺客有功赏赐三百王室币,并委任史莱斯多威大人为新司法长官,接手刺客调查事务。史莱斯多威先于女王代表在傍晚抵达监狱却发现博格伊恩已在狱中。

翌日,史莱斯多威耗时费力将那刺客带到王室审讯庭,逼迫他道出帮凶名姓。刺客供出的消息让他惊得差点把自己的胡子连根扯出。但他仍尽职尽责,自己动手誊完了审讯录——他不信任任何人,第二天一早他就将这些讯息上报女王。

博格伊恩最终承认自己是受了女王的母亲,寡居太后莱奥诺拉指使。莱奥诺拉久伴女王左右,为女王情陷于干扰她计划的布罗顿子爵忧心忡忡——且出于政治原因,她希望女王嫁给洛雷托王子,也即王位继承人,而非仅仅拥有英俊容貌的小小子爵。

剑之书

　　莱奥诺拉的父亲在博格伊恩投身境外战争前曾是博格伊恩的领主。他初到博尼尔时，资产丰厚。但他放荡不羁，嗜赌如命，最终一贫如洗。莱奥诺拉时不时地付他几克朗币，留着他为自己拦截密信或是暗杀某人。于是后来她计划行刺布罗顿的夫人，然后把责任推卸给布罗顿。寡居太后的侍女去委托人打造了那柄匕首，换上了布罗顿的徽章。

　　贝洛达王后听到这消息定然大惊失色，懊丧不已。但她既没有勇气，也无法下定决心借此大做文章。那天博格伊恩被扭送上了绞刑架。莱奥诺拉太后被送到了坐落在密尼斯诸峰下的西莫斯城，住进了位于西莫斯城的王宫城堡里。彼地与都城相隔甚远，若想到都城只能乘船跨越汪洋大海。女王完全可以随心所欲地让她永无终时住在西莫斯城。

　　面对这桩惊天丑闻，布罗顿不得不倚仗他几位权贵朋友渡过风口。虽然他除了有点野心外并无过错，但还是被迫卸去首席猎官一职，让位给防御监察长官。他则被遣去检视国家要塞、城堡与城墙。而他因将自己包装成王室显赫，也因筹备君泽湖边娱乐活动，而借了巨款。他的债主们此时纷纷找他追债来了。

　　我不知道布罗顿是否庆贺了丈夫的回归。

　　王室官方通告称博格伊恩因企图谋杀女王而被绞死，对寡居太后莱奥诺拉只字未提。但王庭众人仅在数小时内就已知悉其中故事。

　　血腥的主谋都已受到惩戒，但惩戒仍在延续。因贝洛达女王深感自己痛失至亲至爱，她不会善待令她落入这步田地的任何推波助澜者。她不愿见到史莱斯多威大人，因为他令女王感到痛苦不堪。在职不到一周令他备受打击，他可是尽心尽力地完成了工作——他还失去了某些甜头，比如找他处理事务的人都会付给他一笔钱。如此金额积累起来可是一大笔财富。他迁为造船场管理，在琥珀船厂任职。与司法长官相比，这份工作令他腰缠万贯的概率小了许多。

而我——受人们称赞亦被人们嫉妒，在捉住博格伊恩后返回宫廷的途中，仅被告知不要到女王跟前晃，应远离宫廷。与史莱斯多威不同，我没有得到什么官职。我生怕这官职被视作奖赏而非惩罚。

我仍等着捉住刺客那三百王室币的赏金。若我得到这笔赏金，就得将之平分，一份给托岚，一份给魔盾，一份用以填补自己流失的财富。

阿玛丽仍等着见我，但斯丹恩侯爵夫人几乎与女王一般显赫，她也可保持自己的做派。她仍只能与我私会，偶尔造访我的住处并逗留几个小时。我们之间的情爱很快也将应季步入寒冬，因她很快就要诞下斯丹恩的继承人，斯丹恩也快从牢里回来了。有时，我会止不住地思念她，虽然她就在我怀中。

我好奇美德是否如在布莱克维尔那部假面剧中一般制胜不义邪魔。贝洛达的宫中，一位叛徒凶手和一位不贞贵族都已不复存在。但无疑还有诸多如此之人留驻宫中。王室也铲除了一位未来律师，他太过相信自己的运气，也为此付出了代价。我仿佛听到一阵笑声，那笑声余音绕梁。

在那无瑕的栖身之所高声大笑的，究竟是美德，还是她那半个同僚不义？

无论是谁在笑，当阿玛丽枕上我的床榻，我便清晰地知道我已不与美德为伍。我吻着她颈边的茶褐色秀发，谢过她的建议，而后一心一意地取悦她。她或许在我被王室放逐期间还会找上我。

# 丹尼尔·亚伯拉罕

丹尼尔·亚伯拉罕和他的家人居住在新墨西哥州阿布开克市，在当地一家网络服务供应商公司担任技术支援部总监。在他的写作生涯之初，他的短篇小说先后在《阿西莫夫科幻小说》《科学幻想》《科幻与奇幻杂志》《奇幻国度》《无限矩阵》《消失之行》《银网》《世界之骨》《黑暗》《百变王牌》等刊物上发表。他的其他小说则收录在他的首部小说集《利维坦之泣和其他故事》当中。他的长篇小说也很快取得了成功。他著有《四季城邦》，这部系列小说由《夏日阴霾》《冬日背叛》《秋日战火》和《春日代价》组成。他还著有长篇小说《龙族遗产》，由《龙族旧路》《国王之血》《暴君铁律》《寡妇之屋》以及最近发表的《蜘蛛之战》组成。他还和乔治·R. R. 马丁、加德纳·多佐伊斯合著了长篇小说《猎人行》。并且，他还以M. L. N. 汉诺威的笔名发表了超自然爱情小说《黑日之女》。此外，他还与泰·弗兰克共用詹姆斯·S. A. 科里这个笔名合著了太空歌剧《无垠的太空》（已改编为著名的电视连续剧），现已出版有《利维坦觉醒》《卡利班之战》《阿巴顿之门》《危机之神》《燃烧的希伯拉》《涅墨西斯的游戏》和《巴比伦的灰烬》。

这一次，他为我们带来了两位旅伴，带领我们深入一处神秘诡异的魔力中心，展开一场注定一无所获的探索之旅。

# 嘲讽之塔

老奥首先看到了那名盗贼。

她蹲在花园里,能看到东边道路的远方,这条灰色的石板小路异常笔直,周围覆盖着杂草和灌木。她一只手按着一块根茎,另一只手握着园林刀,肥沃的土壤在她四周散发着清香。就在她剥下第一块泥垢,开始将根茎灰白的果肉从地里割下的时候,那名盗贼如同地平线上的黑点一般出现。她一边干活,一边看着他靠近。他的斗篷在湿热的夏日中黏在身上。他的帽檐同他的肩膀一样宽大,遮住了双眼。而他的背上则背了一把空空如也的剑鞘。当他走近的时候,老奥停下了手里的活计。他走到古老的岩石高墙的边缘,这道墙壁是将世界一分为二的边界,保护着内部的土地,而外面则是更广阔的世界。他停下脚步,眺望着嘲讽之塔。

这座高塔就像所有故事描述的那样闪烁着微光,在每个呼吸的间隙里不停变化着形状。刚刚还是一座雪白的高塔,点缀着无数明艳的火炬,顷刻之间就变成了一座灰石建成的古老宫殿,覆盖其上的青苔也立刻变成玫瑰色的庭院,朝着天空一层叠着一层。盗贼观望着这些幻术制造的奇景,脸上带着傲慢和心满意足的神情。老奥打量着这个望着高塔的男子,清了清喉咙,向陌生人示意。

"有什么新消息吗?"她问道。

他将目光转向这位老妇。他的双眼似乎早已染成暴雨前夕的乌云一般的青色。尽管他的嘴角和眼畔的皱纹述说着岁月留下的沧桑,但

## 剑之书

老奥觉得从它们当中仍能捕捉到一丝孩子气，就好像橡树结出的橡果。他的某些地方有着老奥多年以前爱人的影子。那是一位位高权重的男子，却渴望成为一名园丁。她的爱人如今早已入土，他的梦想也只能由她代为继续。这位盗贼开口说话，他的声音如同音域低沉的乐器，既柔和又浓烈。

"王位仍然空空如也，"盗贼说着，"拉安王在陵墓中腐烂，王子们仍然在争夺着他的王位。"

"所有七位王子？"

"陶恩、冒什还有金宁都倒在了他们兄弟的屠刀之下。而另一位名唤奥斯的王子在一支外国军队的撑腰下在南方起兵。有五支大军扫过这片土地，途经之处只留下了灾难。"

"那真是太糟糕了。"老奥说道。

"战争都结束了，包括夺位之战。这些战争同样为冒险家们创造了意料不到的时机。"他说道，接着他活动了一下自己的肩膀，改变了话题，"这些土地可是属于幻象大师沃尔特？"

老奥耸耸肩，用下巴示意了那道石墙。"边界以内的一切，还有这条道路围起来的所有东西。无论过去还是未来，它们都不向任何一位国王称臣。嘲讽之塔独立在整个世界之外，而且在幻象大师沃尔特看来，那将永远都是。你是为了其中一位王子而来的吗？前来恳求幻象大师的支持，对吗？"

"我听说在故事里，幻象大师沃尔特在拉安王临终之时夺取了他的灵魂，并将其铸成了一把剑。这把剑据说就藏在塔中。我要把它偷走。"

老奥用沾满泥土的手擦拭自己的面颊，在盗贼和嘲讽之塔之间交换着目光，最后又回到盗贼身上。他挑衅地扬起下巴，似乎刻意让人注意他背上的剑鞘。那是把绿色剑鞘，黄铜装具，足以容纳得下一把大剑。不过国王的灵魂想必需要一把足够富丽堂皇的剑才能容纳。

"你习惯于将这样的事情公之于众,是吗?"老奥一边说着,一边从地里把泥土从灰白、坚硬的根茎上剥落,"这真是一种奇怪的作风。"

盗贼的注意力回到老奥的身上。他的嘴角扬起一丝短暂而鲜明的微笑。"我相信你一定非常善于园艺,而我则非常善于偷窃。这条路可是通向高塔脚下的城镇?"

老奥点点头。"沿着此路走一个钟头。在十字路口左转,不然你就会发现自己一路往南,而沿途就不会出现那些谷仓和磨坊。但是我要先警告你。你在那里看到的一切都忠于幻象大师沃尔特,而任何人都不愿在那里尽快抽身。"

"我不打算在那里久留。"

"你有名字吧,朋友?"老奥问道。

"我有许多名字。"

盗贼把手伸进衣袖又抽了出来。某种小东西在他的指尖反射着阳光。他把硬币抛给老奥,而她不假思索地接下。那是一枚方形银币,上面铭刻着一位青年男子的肖像。大概是某位王子,是已故国王那群正在彼此交战的崽子当中的一个。

"这是封口费吗?"老奥问道。

"感谢你为我指路,"盗贼说道,"还有你表现出来的善意。"

老奥轻笑着点点头,把银币藏进腰带。盗贼背着空空如也的剑鞘沿着道路走去。他迈着大步,身上的斗篷左右摇摆起伏,就像街头魔术师右手上用作障眼法的手帕那样夸张。而他帽檐底下的阴影犹如面纱。嘲讽之塔变为了一座高入云霄的石雕大树,悬挂着无数飞舞的链条。顷刻间又变成一座玄武岩打造的螺旋尖塔,无数台阶环绕着它。老奥摇摇头,弯下腰重新开始干活。那块顽固的根茎不愿离开土地,但她意志坚定,园林刀的手艺也十分纯熟。这块根茎终于被拔出地面,足足有她的手臂长,还像骨头一样苍白。她蹲在翻起的黑色泥地里,擦拭着脸上的汗水,朝着盗贼离去的西方望去。然而他的身影早已被弯曲的道路和树木掩盖。

这个侍奉幻象大师沃尔特的地方即使在魔法笼罩之下也佯装成普通的小镇。只有中央广场铺设着石板。尘土、污泥，还有杂草布满了所有街道。简陋的马厩就像任何地方的一样恶臭无比，弄堂里散落的夜壶则等待着洗衣妇们把它们拿去漂洗衣物，不然就是被鞣皮工匠们拿去软化皮革。初夏的花朵招引着蜜蜂和飞蝇。阳光晒着茅草屋顶，直到它们发出焦臭。鸟儿在窝里交头接耳地鸣叫。狗儿则四处瞎窜，追逐着松鼠和同类。往北几百英尺之外，嘲讽之塔若隐若现，先是一座骸骨与玻璃建成的尖塔，接着变成一座由石砖层叠铺就，高耸入云的巨柱，然后又变成一座剥去皮肤的血肉建成的螺旋塔，很快又变成一位头戴燃烧王冠，身穿常春藤裙袍的花岗岩少女。

小镇上的居民抱着极大的好奇心打量着盗贼。他穿过街道，虽然帽子遮住了双眼，但他仍然洋溢着愉快的微笑。他每走一步，剑鞘都在他背上摇晃着。

旅人之家坐落在广场的边缘，侧着角度，仿佛一位低眉顺目的随从。盗贼像熟客一样径直走进旅店。酒保是一名肥胖的男子，右臂上缠着在传统中象征着热情好客的铁链。他招呼盗贼走进院子。

"我只需要一个小房间。"盗贼说道。

"没什么小房间，它们都一样大，"肥胖的男子说道，"所有房间都一个样。"

"这代表在幻象大师面前众生平等？"盗贼半开玩笑似的说着。

"没错，没错。西敏会照顾你的马，假如你有的话。"

西敏是个瘦高的男孩，长着一头漆黑的头发和一张老实巴交的脸庞。他殷切地点着头。盗贼却摇了摇头，拿出三枚方形银币交到肥胖男子的手中。"我没带多少东西。"

酒保拿着银币思索了一阵，望着银币上的图案，似乎在考虑它们在未来是否还能用得出去。接着他瘪着嘴耸耸肩。他手臂上的铁链发出清脆的声响，似乎在评述着自己的观点。最后还是西敏打破了沉默。"我可以给你带路。"

"你真是太好了。"盗贼说道。

西敏在前面一路小跑，领着盗贼穿过厅堂，来到樱桃树荫下的院子里。在院子一角阴郁的水槽边上，一位纤细的姑娘拿着黑色的硬毛刷擦洗着青苔，偷偷朝他们张望。盗贼向她点点头，姑娘羞红了脸点头回应。

西敏在一扇奶白色的大门前停了下来，咔嗒一声打开黄铜门闩。盗贼走进这个属于自己的私人空间，西敏紧跟在他身后。屋子里的空气闻起来有肥皂和丁香的气味。他们的影子贴在苍白的墙壁上，仿佛骤然而至的黄昏。屋子里的床朴素极了，铺着一张深褐色的粗织毯子，看起来是一百年前南方部落里常见的款式。在屋里仅有的窗户对面，一个铁艺制成的鸢尾花架子挂在墙上。矮桌上的三支尚未点燃的蜡烛旁边，则放着一个陶罐和一只陶杯。西敏带着微笑，仿佛得到盗贼的叮嘱一样关上了窗板，影子变得愈发地深了。

盗贼缓缓地坐沉在床上。空空如也的剑鞘被他丢到地板上，铿锵作响。他一把拂下帽子把它放在身边，上面覆盖了好一层粉尘与灰粒。被汗水打湿的黑发乱糟糟地黏在他已经开始脱发的头皮上。他的微笑消失了，恐惧爬上他的脸庞。他摇摇头，用手掌按压着自己的额头，再次摇摇头。

"不行。我做不到。"

"你能行，"那个不再叫做西敏的男孩厉声说道，他那孩子气的善意伪装已经消失殆尽，"而且你会做到。"

"你看到那座塔了吗？我听过那些关于嘲讽之塔的传说，大家都听过。我认为那简直……我不知道。它在阳光下是那么的诡异，留下的影子是那么的不可思议。大家都说'它总是变个不停'，哈？他妈的都是真的。我怎么对付得了一个这样强大的巫师？"

西敏背靠在墙上，双手环抱在胸前。"你当然不行，但我行。"

"我们这是在犯傻。我们应该回去才对。"

"回到哪儿去？回去战死沙场？我们要完成这个计划，"男孩说道，"拿到那把剑，结束这场战争。"

盗贼的上身向前倾倒，手肘撑在膝盖上，把头埋进双手当中。"那好吧，那好吧。"他说着一边重新整理自己的思绪，"你找到它了吗？"

西敏从陶罐里往杯子里倒了一杯水，在盗贼说话的当口递给他。"还没有。但只要有了你，他们一定会把它暴露出来。无论怎么变化，无论他们在哪里加强防备，无论他们怎么提防着你。我都能利用这一点把它找出来。你来负责引人耳目，我来观察他们的反应，寻找答案。这办法肯定能奏效。他们对你的关注每多一分，对我的疑心就减少一分。"

"我懂，我懂，"盗贼说着把杯子里的水一口喝干。他递回杯子，用衣袖擦了擦嘴唇。"我来这儿之前还挺喜欢这个计划的。我熟悉王位继承的纷争，还有在战场上抛洒热血。可这些魔法剑和巫师还有什么高塔简直就像是从噩梦里爬出来的一样。这些对我来说太陌生了。"

"明天一早就开始行动。尽可能地跟更多的人聊天。问问他们绿玻的事。"

"绿玻？为什么要问这个？"

"我在距离高塔不远的地方找到了一座用它建成的隐蔽神殿。我认为那把剑有可能就藏在那里。"

"问问绿玻。还有当着幻象大师沃尔特和对他忠心耿耿的人面前夸夸其谈。要故作神秘地展现你的魅力。否则要是我被那个巫师杀了，你可会后悔的。"

"战事有什么消息吗？"西敏问道，但他的音调似乎表明他早已知道了答案。龙渠化为了泥沼；陶恩王子遭到了杀害；蔡绍驿发生了饥荒。一个问题的答案会引发更多的争执。盗贼对此非常明白。

"我们的付出值得冒险，"脱发的男子对男孩说道，"我不会再说别的了。"

"那我们明天开始行动。"男孩说完转身离去，关上了身后的房门。

"我今天已经开始了。"盗贼对着空荡荡的房间低语道。

在拉安王得到王位，并以此号令整个帝国的一周之前，他才刚刚度过了第二十个名命日。当他坐上那张用黄金和宝石还有骸骨打造的椅子时，还只是个稚气未脱的男孩。他在和平与纷争、饥荒与繁荣中统治了六十余年。许多在他登基之日出生的人们终其一生也不曾听说过其他的君王。他的臣民发自内心地认为，完美的朝廷和拉安王的统治几乎就是同体而生，一体两面，几乎无法分开彼此。对他们来说，拉安王就是帝国，拉安王就是王道乐土。

因而，当他成为这一重担的累赘之后，要遗忘这一切却轻而易举。从珠海到刀劈斧凿的岱道群山，从萨拉尔高原的巨大冰川到赫利尔盆地的沙漠，都对他三缄其口。人们也明白了这个被称为拉安王的男人也不过是个坐在王位上发号施令的凡人，他的名字叫做拉安·绍沃·塞瑞尔丹，是高顿王的第三任妻子，黑沙的公主萼曦·绍沃所生，他也并非那么的大公无私。他终其一生也只不过用平和来装点着自己的门面。如果还有别的，那就是他对死亡的恐惧更甚于常人，他无法佯装着权力和威望给他自己的人生带来了更大的意义。财富和权势无法消除那些萦绕着他的难题。于是他沉溺于美色和哲学当中去寻找慰藉，而在人生终点来临之前，他找上了玄学。

沉溺美色给他带来的孩子足以建立一个军团，还在婚姻上给他带来了许多政治难题。哲学让他用汗牛充栋的优美文字写下了他对人类灵魂和美好人生的构想。而玄学，毫无疑问，则让他同幻象大师沃尔特之间建立起了友谊。

幻象大师沃尔特，单凭这个名字就缔造了一个充满着威胁与奇迹的神话。比起发出无形之音的卡拉非神谕石和在阿姆弗斯海岸控潮的夜之子，幻象大师沃尔特展现了这个世界上更玄妙的奥秘。有人声称这位幻象大师生而为人，却从悬崖上跌入宇宙洪流从而改头换面；另有人认为天神必须在天地之间划开一条裂缝，才能把生命吹入泥土化为凡胎。而他就是这道裂缝凝结而成的化身。他还因此为自己造出高塔，划出领地；还有人认为他是一位掌握了万物伊始之道，学会了如何欺骗死亡的伟大巫师。所有这些不同的传说都认同三件事情：第一，幻象大师拥有嘲讽之塔及周围的土地，不可冒犯；第二，试图谋求幻象大师折腰的凡人都会遭到悲惨的结局；第三，在这永恒不变又变化无常的高塔之中埋藏着远超常人想象的奇观。拉安王对玄学的研究最后把他领进这道低矮的石墙，来到这座城镇，来到这座高塔完全是水到渠成。

没有人知道他们之间的首次会面到底是怎样的情形，但众说纷纭。也许这位帝王在无视时间和岁月，并在嘲讽之塔安家的存在面前也只能保持谦逊。又或者他们二人早已被力量磨灭了人性，更像两个在广阔荒原上背靠彼此的难民。没有人亲眼目睹过他们二人在一起相伴的时光，而拉安王也甚少在宫中提起。他造访嘲讽之塔的旅程最初是一年一次，之后变成了一年两次。一次在盛夏，一次在隆冬。再后来，当他的岁月所剩无几，再也不能出宫旅行之后，那就变成了一段远胜其他一切的回忆。

拉安王像其他所有人一样迎来了死亡。皇帝的宝座也同样无法让他幸免。从世界上每个角落赶来的医师们带来装着盐和草药的瓶子，带来咒符、祷文和水蛭。拉安王允许他们统统向自己招呼，就像一个放纵自己的侄子胡闹的叔父。就算真的对延长自己的生命抱有任何切实的希望,他也没有任何表露。王子和公主们都聚集在宫殿里。最年长的金楠王子早已厌倦了那顶在他日渐稀松变灰的头上戴了五十八年之久的冠冕。而最年幼的玛格芮公主还梳着孩童式的发辫,庆幸着自己尚未长大成人。仆人簇拥,财富和野心在宫中变得愈发浓郁,等待着那个信号一触即发。

在他死亡来临的那一刻,黑暗骤然席卷了整个宫殿。火把、宫灯、还有壁炉中的火焰都在颤抖中熄灭。有人声称他们听到了翅膀的声音,仿佛在漆黑之中掠过了铺天盖地的鸟群。另有人则听到了从墙壁里发出的音乐般的哨声。只有拉安王的侍女和守在病榻前的陶恩王子听到了拉安王的遗言:记得自己的诺言。不过在当时的情形下,这些对他们似乎并没有那么重要。等仆人们把火把、蜡烛、柴火和灯笼再次点燃,拉安王已经驾崩,帝国已经改变。

有那么一阵子,新时代的秩序看上去依然会走上旧时代的轨迹。研究皇家血脉秘典的法学家和祭司们逐一在拉安王的子嗣中辨认谁能继承大统。最年长的金楠王子当然具备最优先的继承顺位,纳斯王子虽然更年轻,但他的母亲更加高贵,是否该排在第二顺位。接下来是陶恩和克洛,冒什和泰南。霍尔特的萨瑞妮公主剪短了自己的头发和名字,宣布自己为萨茹王子,并表示自己的姿态符合祭司们口中的先例。在举国哀悼的那几个星期里,全国上下都为此屏住了呼吸。随后,金楠王子宣布了他自己登基的日期,并邀请所有兄弟姐妹们前来参加,希望大家和睦相处,共同缅怀他们的父王。

时至今日,杀害金楠王子妻儿的那名凶手到底是谁仍然是一个谜。但他们谋杀王子的企图却失败了,接着七王子之乱就此开始。

自从首次喋血之后已经过去了多年,如今只有混乱统治着国家。许多消息跨越山岳和平原,湖泊与大海,述说着死亡、破灭和宫廷阴谋。偶尔,也会有人挂念起听到关于幻象大师沃尔特的传说。有个渔夫的表兄在宫中伙房做工,他说在拉安王驾崩的当晚,就在所有火光

## 剑之书

熄灭的同时，有一个像是人形的影子掠过月亮表面。它就来自嘲讽之塔的方向，并沿着相同的方向返回。有个在那天晚上路经幻象大师沃尔特领地的女人说，塔下的镇民们在那天晚上都闭门不出，温暖夏夜里的镇上就好像遭到狂风暴雨肆虐一样，空空荡荡。

有些故事甚至说得有鼻子有眼。千真万确，幻象大师的手下在拉安王病危的那几个月里网罗了整个帝国接近半数最好的铁匠；千真万确，在嘲讽之塔的背风处新建了一座锻炉，并且就在国王驾崩仅一个月后就塌了；千真万确，有个陌生人在国王首次病危的前几周造访了阿蒙·苏尔图书馆，并要求得到一部关于灵魂本质的晦涩专著。

没有什么东西比风头上的闲话传得更快，幻象大师沃尔特与国王驾崩之间的关联很快就变成了一个有模有样的故事。这个故事以国王的遗言作为开头，以一位力图终结战乱之人作为结尾。

真相的碎片被拼凑起来：当拉安王步入暮年，他开始害怕死亡的到来，就算并非出于恐惧，他也至少表示出抗拒。他向那位不朽的友人和同伴发出恳求，也就是幻象大师沃尔特。他们在一起共同找出一种方式让拉安王可以打破肉体的桎梏，实现不朽。然而道貌岸然的幻象大师沃尔特却另有图谋，他趁国王的灵魂离开身体的瞬间将其夺走，带回嘲讽之塔，铸成了一把宝剑。在钢铁与烈火的淬炼之下，拉安王将永世不得超生。

那么……为什么一位不受时间约束的巫师需要一把这样的宝剑？一把真正的灵魂之剑又具有怎样的威力？凡人渺小的思维又如何能领略幻象大师那些图谋的深意呢。或许这把宝剑带来的优势要千年之后才能显现。又或许它只是提供了一项其他炼金术士不敢完成的壮举的乐趣。然而它对帝国的继承人来说又有着什么样的含义？对那些观望战局变幻的男女孩童来说，它不啻是无上力量的象征。

正因如此，距离王位最远的年轻王子奥斯在一隅小国的议会里开始了他的图谋。他的父亲拉安王在近二十年前造访过他的家园，并在这里邂逅了他的母亲并生下了他。

他独自长大成人，对隔海相望的父母一无所知。他确信自己的血统就算没有给他带来关爱，也给他带来了荣誉和尊严。他用蜡笔和炭条画出无数线条，规划出自己的旅程，那是他自己小小军队的行军路线。他是加入七王子之乱的第八位王子，并且他至少拥有赢得这场战争的希望。

这场战争并没有注意到他。因为奥斯取胜的路线并不在战场之上，而在于嘲讽之塔周围的花园与田地；在于那早已爬满蔓藤，化为焦炭的锻炉遗迹；在于一座绿玻建成的神殿；还有街道与马厩，以及不受任何国王辖制的磨坊、厨房和农田。所有这些才是这位被遗忘的王子取胜的关键。

奥斯，他的名字并不是西敏。

"我一直都非常喜欢……绿玻。"盗贼故作微笑地说道。一个女人站在他身前，黑色头发，肩膀宽阔，她把斧头倚在肩头，一言不发。盗贼微笑着，仿佛他们二人之间分享了一个笑话，他掸了掸自己宽大的帽檐，沿着街道走下去。小镇一切如常，似乎完全没有因邻近嘲讽之塔的神秘地位而受到影响。这里的男男女女就像任何地方的小镇一样过着平常的日子。狗儿和孩童在粗糙的石板路上追逐嬉戏，穿过宽阔、满是泥沙的水洼，鸟儿停在茂密的树梢上张望着。就算这一切掩盖了那座不断变化的高塔，也完全不可能忘记它的存在。不过盗贼已经找到了把它留在视线之外的道路。

一个面容宽厚的男子拉着一车刚割下来的草料停在路边，喘着粗气，淌着汗水。盗贼走到他跟前。"早上好啊。朋友，你知道什么绿玻的趣闻吗？我会用上好的银币来交换这些上好的消息。"

车夫踌躇着，脸上露出愁容，在推车离开前耸了耸肩膀。盗贼在他身后微笑着,仿佛他的沉默胜过千言,清楚无误地告诉了他故事的全貌。他从袍子里取出一个老旧的锡制六分仪,垂下一枚红宝石玻璃配重摆动着,假装读着树木顶端的读数。他感觉自己就是一个傻瓜,并且一想到这个就感到害怕。他预感到今天结束的时候自己的脸会被塞进水沟,被鱼吃掉眼珠。但他仍然认真地进行着自己的工作,他把自己打扮成一个神秘兮兮的傻瓜,希望着最好的情况发生,可他根本不知道那会是什么。

在马厩里,奥斯王子扮演着西敏,理清并提供他在任何地方找到的机会,而在这一切之上,他一直在聆听。

酒保和他的老婆在主屋背后修剪葡萄藤的时候窃窃私语:我当然给高塔送了信。只要看到他一离开我就尽快亲自去了。只不过幻象大师在我开口前早就什么都知道了。

清洁女孩跟她的母亲前往市场购买鸡蛋的时候说着闲话:幻象大师在夜里送来了指令。双眼无神的金翅雀的喙上叼着羊皮卷。比尔(西敏知道那是铁匠的学徒)收到了指令,还有苏鲁。

有个小女孩在自家旁边的脏水洼里,浑身上下都沾满了污泥,拍着手唱着歌谣:小贼跑,耗子溜,刀子猫儿随后到。

所有人都知道了,就像西敏王子希望的一样。但就算真的引起了恐慌,他也没有看到。整个小镇就像一个在黄昏中走近恶狗的人,冷静而镇定地观察着,仿佛在估量着它的危险性。但至少这座小镇从中嗅出了威胁,不然就是逗乐,再不济也对此产生了兴趣。他并没有看到那些最不愿看到的情况:漠视、敷衍和厌倦。盗贼在镇上流传的消息中频繁出场,这就够了。

午饭过后,利用西敏每天都会溜到干草仓里打盹的空当,奥斯王子沿着一条隐蔽的小路悄悄溜走。他走得非常小心,耳朵在盛夏苍蝇的嗡嗡作响以及在长草的肃静中竖立着。正午的骄阳让他汗流浃背,而沉闷的空气灼烧着他的肺部。嘲讽之塔变化着形状,一会儿是一座光滑白石打造的擎天巨塔；一会儿变成了一对黄色的曲线，把其中一个套在其中，而另一个则像一枚硕大无朋巨鸟的喙；一会儿又变成一座未经雕琢、冒着烟的黑曜石柱。就在接近那座绿玻神殿时，他走得更慢了。

一些细微的痕迹告诫着这条小径人迹罕至。剑刃般的长草垂过路面，足有膝盖那么高。齐腰高的蜘蛛网线在一棵死树和一棵枝繁叶茂的灌木当中穿过，挂在沉闷和慵懒的空气当中。奥斯王子感觉自己的失望愈发强烈起来，即使当他拐过最后一道弯，绿玻神殿完全出现在他的视野当中，也未见好转。

自首次发现它之后，它似乎变得更小了，这在距离嘲讽之塔近在咫尺的地方是完全有可能的。又或者仅仅只是因为失望的原因使它看上去如此而已。午后的太阳使它那起伏的翠绿表面上闪耀着阳光，但现在他只关注那些尘土。当他走进神殿，来到那座低矮的祭坛边上时，他丝毫没有感觉到发现这个地方的那个夜晚曾带给他的奇迹感。当时他在周围小心翼翼地撒下尘土，希望有些冒失的家伙在这里留下脚印，而它们现在仍然纹丝未动。

盗贼已经到来，制造了一系列威吓，但无论是镇民还是幻象大师都没有给出任何回应。奥斯王子告诉自己应该为此感到满意。他优先考虑的是找到真正的藏剑之地，但知道这座神殿并没有藏有那把宝剑之后，他仅存的机会又减少了几分。在大多数情形下，他的教养使他富有耐心。他那因受挫而发出的怒吼曾吓跑树梢上的鸟儿，但那只发生过一次。他不想再来一次。

他顺着小径匆匆返回，希望赶在有人预料到西敏睡醒之前回到干草仓。就在一路小跑的光景里，他感到自己又重新变成了那个虚构的角色。那个流浪儿西敏。那是个无足轻重，不值得被人挂念的男孩。平庸的西敏。或许正因为如此，他扮演的这个形象是如此的成功，以至于那个穿过市镇和高塔的清洁女孩完全没有注意到他。

市集并不在附近。女孩的母亲已经没有跟在她身边蹒跚踱步。有什么东西在她背上晃动着。那是一个小布包，沾上了不少油污。看起来里面装了一些食物，用来应付一段不短的旅程。

既是奥斯也是西敏的男孩踌躇着，他的面前有两个选择：在有人识破他的伪装之前躲回安全的地方去，或者……去查探一下这个带着食物的女孩到底要去哪里。是的，有那么一丝鬼鬼祟祟的兴奋劲涌了上来。奥斯感到自己的胃里发紧，喉咙里有什么东西在上涌。

他转过身，遥遥地跟随着她，想方设法让自己不被发现。

那个女孩领着他一路向北，离开绿玻神殿，朝着那座诡异、反复无常的高塔前进。她的披巾被阳光染成猩红，飘动的长发在阳光下如同战场上的旗帜一样亮得发光。此时的气温并不十分宜人。空气沉闷得如同暴雨前夕。他利用树荫和长草来隐匿自己的行迹，但弯曲的小路几乎让那个女孩脱离了他的视野。内心的恐惧似乎开始增长，但他的兴奋也在开始勃发。他知道旅人之家的酒保可能会随时出来找他。这个想法敦促着他回头，像拴在他头上的缰绳一样把他往回拉，但那种跃跃欲试、试图越界的冲动驱使着他不要放弃。那个女孩浑然不知自己在此时此刻已经变成了他整个世界的中心，继续走走停停，不时回头张望，而她的后背也很快被汗水浸湿。

然而就在她走到两棵大树投下的树荫之间时，却突然消失了。

王子打了一个冷战。他突然意识到那个女孩很可能是个幻影，是诱他上钩的鱼饵。要不然就是发现了自己的行踪，设法从自己眼皮底下逃离，很可能还会叫人来。他四肢僵硬，准备好等待自己的失败。可当他颤抖着呼吸，向前摸索前进了老长一段时间后，却什么也没有发生。树丛之间的小路仍然一片寂静。树叶跟随着无法察觉的微风摇摆着。道路前后的地面仍然热得发烫。似乎一切都跟那名女孩消失之前毫无二致。王子缓慢地转着身，心中充满了疑惑和好奇。

他差点错过了空气中的异常扰动，它从虚无中诞生，又似乎并不存在,就像玻璃中最细微的纹路折射出的反光。即使他已经看到了它,也怀疑它不是真的。但他仍然一步一步地向它走去,径直穿越它,接着前方的景象在他面前铺展开来。他穿过一个弯道,看到嘲讽之塔的底下有一片绿玻兀立、长满蒲公英的坡地,一道石梁横在一个洞穴的入口,清洁女孩和铁匠的徒弟比尔在遮蔽日光的荫凉下依偎在一起。在他们身旁,鸡肉和面包散落着,而女孩先前背着的布包在他们身后不远的地方揉成一团。他们二人眼中只有彼此,但他们的一切却被奥斯王子看在眼里。女孩羞涩地微笑,而铁匠的学徒则穿着不合身的铠甲,拿着皮革柄皮的斧子。在他们身后,嘲讽之塔不停地变换、抖动。奥斯王子掉头返回,在他独自返回途中,那个异样的世界仿佛突然再次将他包围,可他已经跟来的时候彻底不同了。

那是条被魔法隐藏的途径。还专门派了个人去守护,哪怕那完全偏离了那个人平日里的工作。这个发现使那个废弃的神庙再也不会让他苦恼。这说明幻象大师沃尔特已经被盗贼引起了警觉,部署了防范措施。而这个举动也暴露了他想守护的东西到底在哪里。既是西敏也是奥斯的男孩回到镇里,在镇上绕了好大一个圈子,避免让他的消失引起别人的怀疑。同时他也将那条路的位置牢牢地记在心里。

这一天剩下的时光里,奥斯王子都专注地扮演着西敏的角色。他清理了马厩里的粪便,修理了鸡圈,为厨房打水,再从厨房拿着烤好的馅饼到磨坊主那里换回未加工的面粉。当酒保跟他说笑话的时候,他笑着回应。当清洁女孩在日落时分容光焕发地一路小跑回到镇上的时候,他也佯装没有注意到她的衣袖上沾染着绿玻碎屑。嘲讽之塔继续变换,从布满坑洞的灰白高塔变成一座漆黑的铁砧,在它的顶部还有一个燃烧发光的风箱。接着它又变成一座无数建筑堆叠在一起的奇异建筑,在微风中摇摇欲坠。

盗贼在晚餐的时候回到旅馆大厅,故作不在乎地喝酒打诨,对西敏毫不在意。他欢快的蓝眼睛在烛光映衬下闪闪发光。他一边喝着美酒,一边唱着歌谣,仿佛这一切都是某个无法想象的复杂计划的一部分。接近午夜时分,当奥斯王子溜出来,来到盗贼的客房时,他发现门半掩着,盗贼弓着身子蜷缩在床上,完全变了个人。他呜咽着,额头上和嘴角的皱纹里写满了恐惧。

"我演不下去了,"当王子走进房中时,他抽泣着说道,"他们当着我的面时和颜悦色,可只要我一转身,他们就在谋划杀了我。再过一天,最多两天,他们就一定会给我扎个透心凉。我已经感觉到了。"

"你现在就感觉得到?"王子说道,关上了房门。

"是的,我能感受到匕首的寒意。"盗贼用手抓着头皮,把头发弄得一团乱。

王子在他身边坐下。"我们今晚就能离开。"

盗贼愣了半晌,睁大眼睛望着王子的面孔,有些难以置信。"这么快?"

"我找到一个地方,塔底下有一处洞穴。那个地方有一名不相符的守卫,还被魔法藏了起来。"

"很好。"盗贼说道,如释重负地大笑起来,"计划奏效了?这计划真的奏效了?我真该死。我还以为我们俩死定了。"

"计划还在进行中,"王子说道,"还没完全奏效。你留在这儿,别让人起疑。等我一回来,我们就走。"

"明白。"盗贼说道。他在王子起身离开前从床上一跃而起,拿起金绿相间的剑鞘。"带上它。等你找到那把剑,就用它来装吧。"

然而王子礼貌而坚决地把剑鞘推了回去,让盗贼迷惑不已。

"我不是来取回父亲的灵魂的,"王子说道,"我是来摧毁它的。"

王子在黑暗中前进,越过一道又一道阴影。黑夜吓不倒他。他身上的黑色斗篷裹得紧紧的,腰后插着匕首,脚上穿着柔软的靴子,脸上还布满污垢。这一切都让他觉得自己仿若一个混迹码头的打手。他不断提醒自己，发紧的喉咙和狂跳的心脏只是因为兴奋，而并非出于恐惧，他对此深信不已。

那条道路上的灌木和杂草早已褪去了绿色。月光将整个世界都重新刷成了黑色和灰色。动物在黑暗笼罩的灌木中出没。树木摩挲着叶子，沙沙作响。嘲讽之塔就像被噩梦折磨的沉睡者一样反复变化着，但变化的细节在黑夜里无法看清。王子在没有任何照明设备的情况下，再次摸回了清洁女孩到过的那条路上。

当来到那两棵大树拱卫的路口时，他犹豫了一下。黑暗让那道发光的裂隙变得无法察觉，但他还记得它的位置。他猫着腰，紧张地向前爬行。幻象大师沃尔特的魔法有可能不会遵循凡人世界的律法。它有可能在白天可以穿越，晚上却不行。他发现整个世界仍然像白天一样发生了变化，那条路径、那片坡地，还有那个洞穴再次出现在他面前。而那座有他父亲灵魂的高塔，现在也变成了一座钢铁之塔。他看到洞口有一点火光在摇摆，那是一盏简陋的灯笼。他保持着安静，向前悄悄前进。

他认得那名守卫，却说不出他的名字。西敏应该在集市或者磨坊见过他，还曾跟他点头打招呼。但如今他们之间的身份已经发生了变化，变成了帝国的王子和敌人的仆从。奥斯从黑暗中发起进攻，在那人喊出声之前将他杀死。王子看着那人的生命从眼中流逝殆尽。这场战争波及了帝国的所有人。在下绍恩，妇孺儿童被当街杀死；士兵的鲜血浇灌了马塔恩平原的战场。因此这名被扼死的守卫跟这场战争中死去的其他成千上万的人并没有什么区别。奥斯王子留在原地，等着那人彻底死透。这场谋杀的罪责不应由他承担。拉安王才是这一切罪行的元凶，而他的灵魂如今仍然未能得到审判。如果奥斯王子的双手因这场谋杀而颤抖，那只能是因为那人的死亡仍然使他动容。他内心深处的人性仍然胜过那个让他来到世上的男人。

剑之书

他从那名男子的腰间摸走钥匙，从他原来坐着的凳子旁边拿起灯笼，朝着洞穴深处走去。洞穴内只有粗糙的岩壁，没有任何修饰，崎岖不平，但也没有任何岔路和石室。冰冷的空气带着泥土的气息。洞穴内十分寂静，他每一个轻声的脚步都像是雷鸣。当走过一段过道，他的双耳忽然毫无征兆地被突如其来的轰鸣声震得发痛。他知道，嘲讽之塔现在就在上方。

他在前方深邃的黑暗中看到一点光晕，似乎有什么东西在反射灯笼微弱的光辉。王子的内心劝他掉头回去，但坚定的决心却驱使他向前。那点光晕越变越亮，最终，在他面前出现了一道宽阔的黄铜大门，上面有三道镶板，铭刻着他完全不能辨认的符文。但他曾见过这样的符文，在幻象大师沃尔特的圣所和神庙的入口。经过很长时间的摸索后，他在紧张之余终于在这些符文当中找到了钥匙孔——他移开一块铜板，在黑暗中找到了正确的形状。守卫的钥匙刚好合适，接着门在他面前洞开。

奥斯王子走进门后的房间。

墙壁上点满了烛火，却看不到任何蜡或油脂的痕迹，并且这些光芒既温和又稳定。总体而言，这个房间并不比旅人之家更宽敞，也没有凳子、桌子和又长又矮的壁炉，只有许多仿佛从大地中长出来的基石将整个大厅分隔开，而每一个基石上都安放着不同的物品。他看到一枚精雕细琢的宝石，像血一样红，足足有双拳抱在一起那么大。他看见一个粗糙的人偶，用一捆缠绕的绳子和干草编成。他还看到一枚头骨，这枚头骨原来的主人是如此年幼，一排交错的牙齿还留在下颌当中尚未发育，还在等待着有朝一日能取代那一排乳牙。奥斯慢慢地走着，整个房间里没有别的声音，只有无比深邃的寂静。就连他呼吸的声音都仿佛是对这里的一种干扰。这里还有别的东西。他看到一盏酷似茶器的杯子，有着粗大的把手。还看到一个朴素的陶壶，上面画着像羽毛一样轻盈的黑线。这里是他的宝库，王子想着，用来消磨跨越无数世纪的人生。他看到一卷有绿色手印的羊皮卷。还看到一个用又长又细的骨头制成的鸟笼。

接着他看到了那把剑。

王子突然觉得口干舌燥。这把剑就躺在他面前。镶满宝石和白银的剑柄被打造成一个扭曲着的男子身体的形状，剑身布满错综复杂，如同迷宫一样的锻纹。他走到剑的旁边，犹豫了好一阵，终于战胜了自己的意志，将它握在手中。它比这个房间更冰冷，剑刃的寒气似乎在吞食他的体温。这把剑的平衡性堪称完美，还是人力所能做到的极限，它的价值足以抵得上一个帝国。这是一把用钢铁和黑魔法，还有他父亲自愿献出的灵魂铸成的剑。他优雅地挥出一剑，有些期望它的剑锋能割开空气本身。

"你仰慕它吗？"

一个声音在他背后响起，刺耳、低沉，就像岩石摩擦地面。王子发誓就在片刻之前，烛光之下绝对没有半个人影。他看到一个穿着黑色斗篷的男人，他的斗篷硬邦邦的，就像用树皮制成的一般。在他骨白色的肌肤之下，黑色的血管清晰可见。他的双眼温和地打量着王子。

"我也对它充满仰慕，"这个苍白的男子说道，"我认为任何伟大的工艺品都值得尊重，无论你会怎么反对。"他露出诚恳的微笑，接着叹了口气。

"你就是幻象大师？"王子说道，声音又高又尖。他感到恐惧在血液里颤动，而握着剑柄的手捏得更紧。

"那是我吗？"这名苍白的男子歪着头说道，"在那之前，我是比自己更伟大之物的一部分，以黑暗为家园。但现在？现在我多半扮演着幻象大师这个角色。没错，我大概就是那个幻象大师沃尔特。"

"我是拉安之子奥斯。你偷走了属于我和人民的东西。我是来修复这个世界的平衡的。"

这名苍白的男子似乎接受了他自己是谁。但这并非风平浪静地认同自我，而更像是一头闯进来的蛮牛固执地不愿离去。广袤的沉寂从他身上散发出来，就像寒冷从冰里散发出来一样。王子感到手中的剑在颤动，但这应该只是出于他心中的恐惧。

"你说什么平衡？"幻象大师沃尔特问道，仿佛这个问题有什么无关紧要的关系，但也仅此而已。

"我的父亲得罪了诸神，"王子说道，他的声音有些颤抖，"他利用你的力量欺骗死神，企图长生不老。世间的所有罪恶都来源于此。如今战争难道没有波及整个世界吗？那都是因为只要先帝还活着，就没有人能够得到再次统一帝国的力量。"

"是这样吗？"幻象大师沃尔特说道，扬起无毛的眉梢，"啊。"

"我的兄弟们在自相残杀。帝国取得的辉煌成就都被付之一炬，整个世界的秩序都像平原上的尸骨一样破碎不堪。这一切都来源于这个。"王子扬起手中的剑，"这一切都因为那个懦弱的老东西过于害怕自然法则带来的死亡。还因为他的哈巴狗巫师打算毁灭这个世界。你要否认吗？"

"你希望我承认？"幻象大师露出颇有诗意的微笑，"如果你希望的话，那就让我们来说说这个。没错，没错。首先得结束这场战争，对吧？你说过这都是因为只要先帝还活着，合法的继承人就无法继位。但过去也有过不少篡位者。要是没有合法的国王，那总会有不那么合法的国王继位。况且历史上充满了因为厌倦、爱情，要不就是宗教狂热而退隐的国王。我认为这场战争的根源并不是拉安王贪婪无度或心存邪念，恰恰是因为他不幸福。"

"不幸福？"王子重复着，既不质疑也不赞同。他忽然觉得他面前之人所说的话就像他隔着很远的距离偷听另一个房间里的谈话一般。

"他的生命从来不曾属于自己。职责和义务要求他必须成为完美无缺的圣人楷模，而他人的嫉妒又使他像僧人一样与世隔绝。即使在一大帮朝臣簇拥之下，你父亲也过得十分孤独。大多数人都梦想着拥有帝王的权柄,那样可以得到更多财富、女人和尊重。就跟你想的一样。你说你是来……干什么来着?从你父亲手中拯救世界?为他抛弃你而复仇?你敢说自己没有那些动机吗?"

王子向后退了一步。他脚下的地板似乎在开始变化,不过烛光依然稳定。也没有任何宝物在晃动。

幻象大师耸了耸肩,缓慢而有力地比画着。"好吧,好吧。我们来设想一下你得偿所愿的样子。你杀了不愿死去的国王夺取了王位。在那之后呢?当你拥有了一切,再也没有任何更高的追求之后,孤独和寂寞突然降临的时候,你希望用什么来抚慰自己呢?"

"我才不需要那种东西。"

"你错了,"幻象大师说道,这番话像一记重拳击中他的胸膛,"你父亲希望得到他从未有过的人生。简单、自由,从你们所有人眼中消失。大概就像面包师那样,每天起早摸黑就只跟揉捏面团,还有酵母和盐打交道。还有在烤炉前挥汗干活。要不然就像个渔夫那样,每天跟兄弟姐妹,女儿和儿子们一同修补渔网。还有酿酒工人、园丁,或者染坊主。这些卑贱身份对他来说就像有异国情调的甜品一样有吸引力。然而他对这些的渴望却被堵得死死的。

"一旦面对自己的孩子,他就会收起自己所有的愁苦。他忍受的苦难给他动力,让他做一个好父亲。他一直在刻意避免把他自己所有的儿子都关进牢房。你知道他认为这是一种慈悲吗?在私底下,他甚至想过把你们所有弟兄全部杀死,这样就能让你们免于他所遭受的痛苦。那真是残酷的爱,而人类总是如此愚蠢。但这难道还不足以解释为什么你们这么多人——是的,尤其是你自己——为了你父亲不想要的东西,竟不顾一切地自相残杀吗?"

"这把剑,"王子说道,"它有我父亲的灵魂。"

这名苍白的男子摇了摇头,但王子看不出他的表情是悲伤还是厌倦。"你误会了一切。这把剑里没有灵魂。它是把好剑,可并没有什么特殊之处。如果你觉得有用就拿去吧。你还可以熔了它。我根本不在乎。"

奥斯低头看着手中的剑。剑刃上复杂的纹路似乎变成了某种他能辨认的文字。他开始大口呼吸起来，就好像经过了漫长的奔跑，或者刚刚经历为保住性命而逃生。他尝试辨认出在他脑海中发生争执的各种情绪：羞耻、愤怒、绝望，还有悲痛。剑柄变得更加寒冷，就好像他握着一块冰。他用力地握着剑柄，用自己的血肉去感受它的寒意，让它贯通自己的心神。此刻他的心中正在天人交战。

他在意识到自己呼喊之前大声咆哮了一声，用力挥出一剑。这一剑的力道从他的双腿灌到后腰，行云流水一般延伸到剑上，就好像这把剑是他身体的一部分。幻象大师睁大了双眼，剑尖刺进他的下巴，声音仿佛斧头砍凿木头一般。伤口中没有溅出鲜血，只流出了一小股清澈的液体。

王子回过剑来，竭尽全力呼喊着再次劈出一击。幻象大师抬起一只手，试图拦下这一剑，结果只有毫无血色的手指溅落到地板上。他苍白的身躯上被割出巨大的伤口，很快就在王子的袭击下被切得四分五裂。就算他曾经呼救，声音也被淹没在王子的战吼之下。奥斯王子发现自己站在苍白的尸体一旁，一剑、两剑、三剑，不停挥舞着手中的剑，以至于他的肩膀和手腕因此酸痛不已。幻象大师躺在地上一动不动，他的头已经被捣得模糊不堪，分不出肌肉、骨骼和脑浆。奥斯王子再次举起剑，这一次用上了双手，用尽全身力量深深插入那名男子的躯干，再加上自己身体的重量。他用力一拧，让它插得更深，他的全部力量、身体重量，还有疯狂的意念全部加诸在剑刃之上，在着魔之下，他的举动终于超过了这把剑能承受的极限。

剑断了。

奥斯王子跪倒在地。断掉的剑刃距离他手中弯曲的剑柄只有咫尺之遥。剑刃上如同迷宫一般的锻纹已经被切断，就像暴力解开的谜团。在他膝前，一截剑刃的碎片在柔和的烛光下闪烁着。幻象大师沃尔特的尸体一动不动，半截插在他身上的剑刃就仿佛山坡上的高塔。奥斯喘着气，寒气逼人的剑柄仍握在手中。他感到全身剧痛，可肉体上的疼痛却几乎无法转移他的注意力。

剑已经断了，他实现了自己的愿望，期待着它的结果。他期待着它带来的解脱，它带来的胜利，还有他父亲的灵魂终于重获自由所发出的无声狂啸，又或者是这个不死者的容器爆发出来的魔力风暴。他期待着任何可能的结果。

烛火依然散发着光亮。基石依旧安然无恙。在他周围弥漫的寂静最终被他自己的呜咽打破。

他像一个醉汉一样跟跟跄跄地站起来，撞上一座基石。剑柄从他早已麻木的手指中滑落，在地板上发出清脆的响声。一股甜腻、像泥土一样的气息从死者身上散发出来，一阵恶心呕吐之感逼着他逃往黄铜大门的方向。他的灯笼掉了，却没法回头。重返真实世界的道路就像古墓一样漆黑，但他只能在黑暗中一步一步地前进，伸出双手摸索着前方是否会撞到石头。他嘴里只有苦涩，双手颤抖不已，双眼中的泪水早已流干。虽然他并非是因为悲痛或宣泄才哭泣。有那么片刻，他几乎认定这条离开洞穴的道路会永无止境，幻象大师沃尔特的死亡将会把他永远封印在这不朽的坟墓中。当他跟跟跄跄地回到洞口，再次沐浴在星光之下的时候，恍然就像在做梦。他几乎丧失了自己的心智，直到看到倒在血泊中的守卫才终于把他拉回了现实。这是场战争，这就是那场战争。这里发生了同样可怕的事。

夜空中群星闪烁，树木不断地摇摆。世界上的一切事物看上去都既美丽，又恐怖，还显得那么空洞。奥斯王子沿着道路返回镇上，嘲讽之塔在他身后不停地变化着。它从一座有三重尖顶，每座尖顶之间如蛛网般密布着桥梁的高塔变成了一座布满锯齿，伸向天空的巨塔，顶上还有一团喇叭状的火焰。接着又变成一座伸向群星的玻璃巨柱，将星光收集在其中。王子并没有观察这些变化。这个夜晚对他来说，已经有太多既可怕又不可思议的事情了。

他沿着双树之间的道路返回，朝着他曾住过的小镇前进，那段时光恍若隔世。他要回到旅人之家，那个地方曾经为他提供栖身之所，并对一名叫做西敏的男孩提供了一份体面的工作，虽然那个身份不过是一个面具，一个谎言。

盗贼的房门插着门闩，但从门缝中能看到烛火在摇曳。王子不停地敲门，直到他听到门闩拉起的声音，接着门被打开。盗贼眨着眼睛望着他，像一只迷茫的老鼠。

"你这是怎么了？"

"我们必须得走了。"王子说道，他的声音简直不像是他自己的。

"你拿到了？你搞定了？"

"我们现在必须离开，赶在守卫发现之前。我猜最迟不会超过明天早上。但有可能会更早，也许现在就会发现。"

"但是……"

"我们必须离开！"

他们俩一起奔向马厩，选好马匹，朝着东方疾驰上路。那边靛青色的天空即将被初升的朝阳照亮。而这个即将到来的黎明也会照亮其他地方的军营和被焚毁的城市，还会照亮无人耕作的农田和面对大军而不得不开启的闸门。帝国已经化为废墟，而战争仍在蔓延。

而在嘲讽之塔的深处，某种东西在搅动着。

一开始，那具尸体只是轻微地动了一下，以植物生长般的缓慢速度恢复着他那可怖的伤势。接着，它摇晃着站起来，环视宝库，灰白的双眼中既没有痛苦，也没有喜悦。它身上粗糙的袍子咔嚓作响，非死非生，又两者兼有。它一步步走出光明，归于黑暗之中。它在地下的黑暗中感到一丝满足。在这里，它能感受到一切。

他很快走到洞口，看到躺在那里的守卫尸体，就像一件被遗弃的事物。这名苍白男子的下巴还被木头经络吊在他的头颅上。他离开了小镇和高塔,进入没有道路的丛林。他在这里如履平地,身后没有留下任何痕迹。他背后的嘲讽之塔不停地变化着,从一个形状变成另一个形状,从一个奇观变成另一个奇观,就像街头杂耍艺人的丝巾一样生动鲜活,使观众无法注意到他另一只手上的举动。

鸟儿早已醒来,在黎明到来之前叫个不停。天色越来越亮,而丛林把他带到一处简陋的花园。那里有宽广的黑色花田,土质很好,杂草也被清理干净,没有什么能干扰洋葱、甜菜和萝卜的生长。一棵树冠蓬乱的苹果树被累累果实压弯了枝头。不过在它旁边布上了一张网,能够阻止麻雀前来大快朵颐。在靠近一口井的后方,斜搭着一座粗糙的棚子。这座棚子很小,但它外面还有一个用碎石铺成的小院。他听到里面有火苗扑哧的声音,看到一缕青烟,闻到温暖的茶香。

苍白的男子盘腿坐下,把双手放在膝上休憩,耐心等待着,他可以这样永远等下去。一只黄雀扑棱着翅膀飞过,一头雌鹿从花园边缘经过,但没有靠近。

老奥从棚子里出来,向他点点头。她穿着一条长裤,膝盖上的泥土已经变硬成壳。她还套着一条宽松的帆布衬衫,穿着一双已经缝补了多次的靴子。一把铲子和园丁刀挂在她腰间的皮带上。她的肩上扛着一个空布口袋。她叹了口气,坐到苍白男子的对面。

"事情不怎么理想,是吗?"

苍白的男子打算用他已经被捣烂的嘴巴说点什么,但最后只是简单地点了点头。老奥低头看着茶釜中沸腾的水,仿佛里面有着答案。接着她端起茶釜,放到她身旁的岩石上。苍白的男子等待着。她从口袋里取出一个小包,从中洒出几片烘干的叶片,倒进仍在翻滚的沸水中。片刻之后,清新的茶香升腾开来。

"你跟他解释了这不过就是场普通的战争吗?几乎每一代人都会在战争中丧失人性。还有他父亲,他已经竭尽全力来维持和平了。"

苍白的男子再次点头。

"那孩子听进去了吗?"

苍白的男子迟疑了一下,摇了摇头。不,他没有听进去。

老奥轻笑着。"好吧,至少我们试过了。每一代人都一样。他们总是觉得自己的父辈从不曾年少轻狂,从没有像他们一样面对过欲望和迷茫。他们觉得我们一生下来就跟性和激情绝缘。他们都得靠自己学到教训,无论我们有多么希望他们不要再重蹈覆辙。"她匀了一下茶水。"你有没有警告过他,一旦夺得王位会变成什么样?"

苍白的男子点了点头。

"他一样没有听进去,对吧?一定是这样。我能想象待他年老之后回首往事,就会明白为时已晚。"老奥伸出布满老茧的手,把苍白男子失去指头的手握在掌中。伴随着她轻轻地摇晃,那个男子再次变成了一段苍白的树根。长满节疤,布满裂纹,树皮剥落的地方更加苍白。她扛着树根返回棚子。也许她会把它锯成木屑,或者用它来做成别的东西。也许哨子就不错。她会让它重新返回自然的循环,或者把它变成自然无法想象的事物。这就是魔法的力量,深不可测。

她把茶倒进一个老旧的杯子里,一边喝着茶,一边斜望着天空。今天的天气似乎很好。早上很暖和,下午的时候多半会下场小雨。不过这几个小时足够干活了。她从后腰拿出铲子,用自己的指甲抠去把手下面的泥垢,同时哼着小曲。接着她用园林刀那布满锯齿的刀刃锯开根茎,刀刃上用几个世纪人们都不曾说过的语言刻着一个名字:拉安・绍沃・塞瑞尔丹。

"西边的田里还有些根茎需要修理,"她说道,"你觉得如何,亲爱的?"

有那么片刻,微风和鸟鸣和谐一致,在他们身旁低声歌唱。她听到一阵低语。无论它说了什么都让老奥大笑不已。

她把茶一口喝干,把茶釜中剩下的水全部倒掉,走向花园。今天的工作还在等待着她。

# C. J. 彻里

C. J. 彻里居住在华盛顿州斯波坎市，她创作了四十部小说，是约翰·W. 坎贝尔最佳新人奖得主和四次雨果奖得主，在科幻小说和奇幻小说领域都取得丰硕的成果。在科幻小说领域，她创作了《外邦人》《公司之战》《契约空间》《赛亭星》等长篇小说和其他单行本小说；在奇幻小说领域，她创作了《莫甘娜》《露莎卡》《崔斯丹》《艾拉菲》等长篇小说，并编撰了小说集《墨洛温之夜》。在她创作的小说中，最著名的有《下方之站》《查纳尔之傲》《背叛》《伊维瑞尔之门》《克斯瑞士》《大蛇降临》《环形跑者》《月夜狂舞》《梦之石》《永恒港》《地球兄弟》。她的短篇小说被收录在《落日集》《可见之光》以及《C. J. 彻里短篇小说集》当中。她最近创作的两部小说《来访者》和《集会》都属于长篇小说《外邦人》系列。

作为最著名的英雄史诗之一，贝奥武夫的故事几乎家喻户晓。但是当鹿厅化为废墟，躺在杂草之中经过一代人之后又发生了什么样的故事呢？彻里将带领大家一窥那场悲剧的余波，引领我们目睹一场冒险：一位年轻人为了寻找自己家族的遗产，即将踏上一段危机四伏的旅程，将我们所有人带回到许久以前那个怪物出没的命运之夜。

# 赫伦丁

"愿您的旅途一切顺利,愿众神用蜜酒和美人款待您。"

赫利伸出沾满泥垢的双手,悲伤地把土堆抹平。他眯起眼睛,赶走模糊视野的细雨,尽量不去想那具蜷缩在土丘之下,早已枯槁的尸体。他努力地不去设想,在那张老迈、睿智的面孔周围,泥浆不停地从石缝中渗出的景象。那些伟大的君主们死后可以躺在备受敬仰的石舟中穿过草甸,不然就在巨大的坟茔中安眠,还有丰富的墓葬为伴。

只有奴隶才该孤身葬在泥坑里,他们至少能做到比那个更好。跟祖父作伴的有他的杯子、他心爱的角杯,还有一头猪。他们为他梳理了头发,编好了发辫,还为他修剪了指甲,这样当诸神黄昏来临之时,霜巨人就无法使唤他去兴造末日之舟。他们衷心地期望着,祖父会在瓦尔哈拉的厅堂中得到庇护。虽然他并非像英雄一般战死,并没有进入神祇居住地的资格,但奥丁总会召唤伟人做伴。况且,祖父是一位仲裁者、一位法官,还是一位睿智的首相。他的君王没有听从他的谏言,难道众神之父还会犯同样的错误吗?

无法停止的细雨在他们踩得坑坑洼洼的地面上形成了许多水洼。这一天从早到晚的天气都挺好,可就在他们开始掘墓的时候,雨却不期而至。赫利和父亲决定继续施工,用泥土筑成一座坟丘。他们很少交谈,只是挖掘泥土,垒上石头,再喘着粗气把它们堆成一座土丘。到最后,他们挖出的只剩下淤泥,而被他们掘出的土坑也早已变成了水潭。

父亲把一铲淤泥倒在只有膝盖高的土堆上,泥水不停地从上面淌下。"够了,已经够了。天色已经太晚。我们尽力了。"

"我还能接着干。"

"他就是个怪脾气,喜欢吹毛求疵的老东西。至少他再也不会给我们添乱了。天杀的,我们还把最好的猪都给了他。"

那头猪是赫利挑的。他赶在父亲带着石头回来之前,在祖父的坟前宰了那头猪。父亲对此颇有些耿耿于怀。

"你去暖暖身子吧,阿爹。我来把坟修完。"

父亲瞪了他一眼,雨水顺着他的帽子流淌下来,沿着他的胡须滴落。他们原本有两把铲子,在掘墓的时候已经弄断了一把。如今他们只剩下一把,而另一把还等着修补,还有别的工作在等着他去面对,那些工作简直无穷无尽。但那就是他父亲必须要去面对的,毕竟他的父亲艾克拉夫是恩费尔特的儿子,而他的祖父是艾克拉夫,那是誓约武士的英雄和神剑赫伦丁的主人。父亲把两把铲子收拢,扔上满是污泥的小推车离开了。现在车上空了许多,比满载石头的时候轻松多了。

祖父的死让父亲如释重负。在弥留之际,祖父的一切都需要照料。岁月无情地掏空了他所有的才能。而且父亲说过,祖父恩费尔特几乎就是他们家庭的耻辱烙印,时刻向人提醒着他们犯下的过错。因而他们才不得不选择了这么一个地方来安葬他。这个地方在一座巨大坟茔的一侧,被杂草屏蔽,因此村子里的人就不会注意到它的存在。

因此村子里的人就会把它遗忘。

"可这样不对,"赫利说道,"不该只有我们来出席他的葬礼,不该让他孤零零地躺在这里。"

"他现在可是跟一位领主做邻居呢,"父亲说道,"我们已经仁至义尽了。众神知道他什么都没有为我们做过。而我们还得从现在开始为他举行七天守灵宴,然后才能继承他留给我们的那点东西。那里只有一所宅子和三头猪。至少他没把这些也丢掉。"

## 剑之书

他并没有丢掉那把剑,赫利很想这么说。他把它借人了。他只是把它借给了别人。

但他们并没有谈起那把剑。

然而其他任何人只要一提到祖父,就一定会说起那把剑。

赫利在日渐消逝的光线下拍打着泥土,把它们抹平,思绪飘向了别处。他想象着祖父重返青春,再次变得年富力强,和英雄们一同登上瓦尔哈拉殿堂的情景。赫利想起来,在下午的时候曾经有只乌鸦飞过,没准就是奥丁派来迎接祖父的使者,前来召唤他前往众神的厅堂。他将会重焕青春,还将恢复往日的睿智。众神之父洞悉一切真相。他的无上智慧足以明白那个率直的判断到底有什么价值,虽然那忤逆了他的君王,并质疑了一位宾客的名誉。

祖父触怒了他的君王赫洛斯迦,却无法为自己的行为辩白。当赫洛斯迦派出亲信,就是那个叫艾思奇尔的白胡子老头要他对自己的无礼行为致歉的时候,祖父的举动却十分大度,大度到除非贝奥武夫真的是他自己宣扬的英雄才配得上。

祖父借出了家传宝剑赫伦丁。那是一把古老的神剑,能让真正的英雄在战斗中百战百胜,永不落败。

直到那一天。

他用力地闭上双眼,把全部注意力都集中到泥土上,拍打夯实,尽可能地把它们抹得更平。

他从没有见过全盛时代的鹿厅,也从来没有亲眼见过赫伦丁。父亲说他自己也几乎记不起来了。那时候他还太年轻,父亲只记得那场将整个鹿厅烧成白地的大火。祖母在那场大火中丧生,祖父仅能护着父亲逃生。那就是记忆的全部。在那之后,祖父在雷尔的村庄里建了一座小屋,这个地方就在废墟附近,和伟大的君王和英雄们的埋骨地为邻。

他对祖父最早的记忆开始于五岁。那一次他竟然犯蠢,独自到猪圈里去给猪喂食。他记得当时祖父那张布满皱纹的脸庞上充满了好奇。那天他弄到身上的泥土就跟今天的一样多，而且也是一个下着小雨的夏日。那次他被饥饿的老母猪撞翻在地，险些丧命。多亏父亲把他救了出来，还狠狠地扇了他一巴掌，让他不停地耳鸣。但他知道父亲这么做都是因为害怕失去他。

祖父后来问他为什么要这么做。那是祖父的职业习惯，他总是喜欢追问为什么和为什么不。他的脑海中想象着祖父当法官时的样子。他戴着金环，在作出判决之前，总是用这个相同的问题询问人犯。

日光正在消逝，雨水也消失在一片迷雾当中。危险开始显现，这是鬼魂开始出没的时刻。但那绝不会是祖父的鬼魂。如果有任何尸鬼胆敢离开它们的石棺出来游荡，祖父一定会一跃而起保护他的孙子，他对此非常坚信。

"哈！"

他的心脏几乎骤停。他转过身，看到有东西从迷雾中现身。但那并不是鬼魂，而是几个年轻人。他们一共四人，是他最不愿意在此时此地看到的人。

"瞧吧，瞧吧，瞧瞧这里有什么？一个乞丐，一条虫子，他是在泥水里打洞吗？"

赫利有些发僵，他缓慢地、刻意地用沾满污泥的手抹过自己的面颊，用更缓慢的速度转向说话之人。

他不是独自一人。不，埃雷菲尔从不单独行动。和他一起的还有伊吉尔、哈加尔，以及他的表弟比尔吉尔，他们总是在一起。赫利想拿起铲子，可父亲带走了它。他身边甚至没有一块石头，或者一根树枝可以当作武器。他仅仅站在没过脚踝的泥水里，孤立无援。

"哦，别去理他，"比尔吉尔说道，这个家伙并不是他的朋友，"他在给那个老脓包办葬礼呢。他父亲守灵七天之后，这个头衔就归他啦。"

剑之书

现在不是逞英雄的时候。他可以向他们所有人发起挑战，可光是比尔吉尔就比他壮得多，还比他高一个头。更不消说他们都带着武器。

"你给那个老东西准备了什么东西呢？"埃雷菲尔问道，"几个金环吗？还是一把宝剑？"

这句话引起了几个马屁精的哄堂大笑。埃雷菲尔是拉格比约格的继承人，是雷尔最有钱有势的人。此刻，埃雷菲尔就像一个浓雾里的幽灵，但毫无疑问，他带着一把好剑，还有其他精良的装备。或许，等到明年夏天，埃雷菲尔就会有自己的长船。赫利真心希望他能带上所有狐朋狗友，然后统统沉到海底去。

"那把宝剑呢，小脓包？他留给你的遗产在哪儿呢？你不准备把你们的猪都宰了，邀请全村的人来参加葬礼吗？"

"那几头干巴巴的猪可能只够比尔吉尔一个人吃的。"伊吉尔说完后引起一阵讪笑。

任何还嘴都可能引发战斗，而一旦战斗爆发，他必定会输。他可能会死在这里，而他的父亲就会孤独终老。他们没有亲戚，被整个村子排斥。他们还指望着留下几头猪度过冬天，尽量靠打猎来补贴家用。

"那把剑在哪儿？"伊吉尔继续追问着，"跟他埋在一起了吗？"

"葬在淤泥堆里，"埃雷菲尔说道，"埋在淤泥下烂掉，这简直是鹿厅的福气。也是雷尔的福气。这也是老领主的福气。看看他吧，那个老脓包，月亮已经弯成了一个钩子，需要荣誉和勇气才能填满它那饥渴的黑洞。埋葬这个老蠢货无法解决这个诅咒，只有金子才行。求我吧，脓包，求我在来年夏天的劫掠中带上你。"

"哈！"赫利感到怒火中烧，愤怒带着对祖父逐渐冰凉的美好回忆不断捶打着他。他必须得离开这里，至少必须得离开又湿又滑的泥潭。要跑吗？他最后决定步行，如果这帮人决定动手，他还能放倒其中一个。或许是伊吉尔。他决定把注意力集中在伊吉尔身上。他不能把埃雷菲尔当成目标,他穿着链甲,手指上还戴着指环。

他开始步行,从他们身边经过。虽然他们不停地讪笑讥讽,但他仍然继续前进。他们并没有对他动手,也没有向他提出公平挑战。很快,他们就消失在背后的浓雾和凝聚起来的黑夜当中。当他穿过浓雾的时候,一枚石头击中了他的后背,这是他们在村子里常有的戏码,除了现在所有的石头都应该在土堆里跟祖父做伴。

或许那群家伙没有继续挑衅他,仅仅是因为此时此刻在祖父坟前的斗殴会引起村里人的闲话。总会有些不长眼的家伙议论埃雷菲尔的行为。虽说弱者活该倒霉,但在埋葬祖父的途中遭到袭击,只会在祖父的传奇故事中添上一笔,这种丑恶的行为会让祖父那受到诅咒的形象变得更加糟糕。艾克拉夫之子赫利在祖父坟前手无寸铁地被殴打致死?这可算不上什么高贵的行为。而埃雷菲尔总是渴求着荣耀,就像另一个他知道真相,却被全世界当成英雄的家伙一样。

就是那个伟大的英雄贝奥武夫。自从赫洛斯迦耗费巨资,跟贝奥武夫的叔父和解世仇,用男人的尊严作为代价拯救了那位英雄的性命之后,贝奥武夫就成了赫洛斯迦在世界上最信赖的人。但死亡女神无法被欺骗,金子也不能化解所有的仇恨。赫洛斯迦对祖父的谏言不屑一顾,还派他的亲信艾思奇尔让他住口。然而吟游诗人们却把贝奥武夫吹成了真正的英雄。

为什么会这样?还不是因为贝奥武夫成了约塔兰的国王。他用赫洛斯迦给的金子慷慨解囊。而正因为如此,贝奥武夫才拥有了那些传说中的功绩。

赫洛斯迦也至少暂时地如愿以偿。

但贝奥武夫拿走的远不止金子。他还夺走了赫伦丁,那把能让人不败的神剑。可他却用一场失败来作为回报,还有谎言和欺骗。

如今丹麦人得到的,只有一条国王的走狗。一条被瑞典人的国王派来的瘦小、独眼的恶狗。据说只要有人敢在国王面前说那条走狗的坏话，都会被砍头。

那仿佛就是在告诉丹麦人，饶了国王吧，你们这群心怀不满的丹麦人。你们自己的领主们已经自相残杀、死得干干净净了。饶了国王吧，留下那条走狗。这样你们才能学会克制。

丹麦人还能比这更糟吗？

而这一切都因为他们失去了那把剑，伴随着那把剑一起失去的，还有他们的好运。

迷雾将整个村庄变得朦胧，给小屋罩上一层面纱，让一切变得模糊不清。赫利拉开门闩，推开门，闻到麦酒的气味。气味很重，不止一点麦酒被洒在了桌上。他的父亲仍然穿着沾满污泥的衣服和靴子，坐在火边喝酒。赫利给他自己斟了一杯酒，坐了下来。

凳子对现在的他而言有些坐不下了。但在祖父患病期间，他一直坐的这个凳子。他们就这样喝着酒，接着父亲问道：

"你现在满意了吗？"

赫利用相同的问题问着自己。他思索着，长长地抿了两口，却丝毫不能平复他心中奔涌的愤怒。

最后他终于说道："埃雷菲尔那帮人已经找到了那个地方。"

"你跟他们打架了？"

"我死了吗？不，我才没有打架。"他抿了第三口，把它当作耻辱一般一口咽下，"你见过那把剑吗，父亲？"

"我不记得了。"他的父亲回答道。

"我知道祖父为什么把它借出去。"

"是赫洛斯迦命令他借出去的。因为他在鹿厅羞辱了一位宾客。"

"祖父只是在试探那个宾客的虚实。他给那个家伙吹嘘的故事留足了面子，假如他敢否认的话。不，贝奥武夫也不敢全部否认这一点。我知道那天早上，赫洛斯迦大人对祖父非常失望。但祖父说过，赫伦丁的魔法能说明一个显而易见的事实。它绝不会在战场上辜负一位真正的英雄。但它却辜负了贝奥武夫。这就说明祖父对那个家伙的判断是正确的。"

"可正确帮不了我们什么。贝奥武夫是失去了那把剑,可他活着回来了。"

"赫洛斯迦还给了他金子。赫洛斯迦把他能搬得动的所有金子都给了他。可贝奥武夫却带着它们乘船出海,连头都没有回。赫洛斯迦以为他给出的金子会招揽一批武士,为他带来更多的金子。可贝奥武夫却带着所有约特人逃去了瑞典,抛下我们独自面对法兰克人和他们的白神,面对那条国王的疯狗。我们的好运还跟格伦德尔的骨头一起躺在湖底,还有真相。"

"我们对此无能为力。"他的父亲站起来,给自己斟了另一杯麦酒,"老家伙已经不在了,那把剑也已经不在了。我们眼前还有一场七天守灵要解决。如果我们不想接着失去房子和土地,就得宰掉至少一半的猪来款待整个村子。我们明天就去打猎。如果能把打到的毛皮卖出去,说不定就有法子保住我们的猪。"

按照法律,守灵必须如此。只有为死者宴饮,才能合法取得继承权。虽然他父亲能够继承的,只不过是一所小屋,还有圈在屋子底下的几头猪。没准到时候连猪都没有,因为他们必须用酒肉款待村里人,只有如此,村里人才会承认这一切是合法属于他们的。

埃雷菲尔和他的手下也会出席。他一定会吹嘘自己的长船,吹嘘他的雄心壮志,还有他那一片光明的未来。

埃雷菲尔的父母也会出席。他们一定会嫌弃这所寒酸的房子,对上不得台面的宴席嗤之以鼻。

曾祖父艾克拉夫曾亲自挥舞着赫伦丁,在战场上挣得财富,还在赫洛斯迦打下江山的事业中居功至伟。他是一位伟人,一位真正的英雄,他从来没有输过一场战斗,还在丹麦人的土地上将法兰克人驱逐。

然而父亲却只想着怎么保住几头猪。埃雷菲尔一定会为此讥笑的。

"不,"他说道,"你去打猎吧,父亲,愿奥丁指引你的箭。但我要去格伦德尔的湖中找剑。"

"不!不行,你不能这么做。"

赫利站起来。他已经冷静下来。他并没有脱掉自己的外套和靴子,虽然麦酒已让他微微出汗。他走向悬挂狩猎装备的架子,取下自己的弓箭,又拿起他们用来剁肉的匕首。

"儿子。"父亲试图挽留他,"儿子,你喝多了。快清醒过来。"

"我很清醒,父亲。我已经清醒了。我要去格伦德斯迦找那把剑。格伦德尔已经死了,不是吗?他的母亲也已经死了。那里还能有什么危险?"

"那是片糟糕的沼泽。是个被诅咒的地方。"

"放弃才是我们的诅咒。如果我们不放弃,那把剑就不会丢失。而我不打算再放弃了。要是有了那把剑,祖父就能得到安息。我们甚至有可能摆脱那条国王的走狗。"他扯下一块皮革把切肉用的匕首整个包扎起来,挂到自己的肩上。"你去找鹿吧,父亲。我要去找那把剑,而且我会赶在守灵之前回来。"

"你疯了。"父亲走向角落里的桌子,拿起一条昨天烤好的灰色面包,用沾满污泥的手递给他,"你至少得带上这个,在那里要多加小心。还有,早点回来。我会猎到一头鹿的。我还需要用到那把匕首。"

"我希望能带回来更好的东西。"他说着拥抱了自己的父亲,拍了拍他的背,"至少为我们猎一头鹿吧,阿爹。"

他并没有在夜里动身。他也没有在家里陪着父亲过夜,那样会使他放弃这个愚蠢的想法。他在老欧拉夫的干草堆里找了个好地方,这早已不是他第一次在这舒适的草堆中过夜了。他在清晨的第一抹阳光穿透浓雾的时候动身出发。虽然对雷尔附近的田野早已非常熟悉,但当他走过最后一座坟茔的时候,他却发现了旧日行商留下的轨迹。雷尔的小孩们把踩上这些轨迹当作一种彼此之间的挑战。那不过是一种游戏罢了。可在把这些念头赶出脑海之前,他还是坚决地踩了上去,这已经超出了他过去的任何一次冒险。昨天晚上的遭遇还留在他的心里。他心怀怨恨地走在这条不祥的轨迹上,心里想着祖父那场简陋的葬礼,还有他们的那些邻居……

在他们带着祖父的遗体前往墓穴的途中,邻居们都没有出席。甚至有少数人立刻掉头回家,闩上了房门,就仿佛祖父的死会把厄运传染给他们一样。没人愿意上前帮忙,也没有人向他们致哀。

埃雷菲尔当时看到了他们。可那家伙却斟了一大杯麦酒在一旁看戏,等着他跟父亲返回。当他没有等到之后,就带着一帮人来一探究竟。但如今整个村子都已经知道了祖父的死讯。人们都说流言就像野火,那么现在肯定早已流言遍地。

今天早上看到艾克拉夫了吗?看到他儿子了吗?好吧,整个村子终于解脱了,那个老东西终于进了坟墓,这可真是桩好事。

要是他和父亲不举行守灵宴,就会失去房子和一切。他们的家就会变成无主的产业。他们的房子和土地会被埃雷菲尔的父亲拉格比约格收走吗?拉格比约格当然不会把它拿来居住,他有一所阔气的好房子。他多半会把这所房子纳入他的财产,把它变成一个工棚。可能还会让父亲像佃农一样住在这里,为他工作。

这样的命运多么可怕,他甚至不敢去这么设想。

然而当愤怒消退之后,饥饿开始提醒起他的轻率。他面前的雾气仍然十分浓密,他终于开始恐惧当他沿着轨迹走完之后会有什么

## 剑之书

遭遇。

好吧，至少这是个稍作休息的借口。是时候停下来暖暖身子，吃上一口父亲留给他的面包了。浓雾可能在低处最浓密，但正因为如此，他也无须担心下雨。而且只要正午过后的海风一来，浓雾就会被吹散。就算即将走进浓雾聚集的低地，他也无须为此担心。

他小心翼翼地坐下，注视着旅途的方向。他很清楚鲁莽犯傻会有什么样的下场——巨魔潜伏在隐秘的角落里，试图诓骗人们误入泥潭和深坑。这些巨魔可能会伪装成树，而沿途就有那么零星的几棵；他们也可能伪装成石头，而这里最不缺的就是石头。仅靠一把切肉用的匕首对付不了这样的妖魔，但他却好奇自己为何并不对此感到恐惧。

格伦德尔已经死了，他这样提醒过父亲。如果那不是真的，那就比所有巨魔加在一起还要可怕得多。那个怪物和他的母亲害怕阳光，只会在夜间和浓雾中一起行动，在黑暗的地方出没。但他已经死了，他告诉自己。祖父对此深信不疑，因为自从贝奥武夫回来之后，这两个妖魔就再也没有骚扰过鹿厅。可贝奥武夫在对付巨魔之母的时候只用上了一枚剑柄，而赫伦丁却没起作用。赫利听过歌谣里是怎么唱的，这位伟大的英雄是如何取得了成功。赫伦丁没有派上用场，于是贝奥武夫把赫伦丁抛到一边，在妖魔的宝库中找到了另一把宝剑，那是把霜巨人打造的剑，在刺入巨魔那颗顽强的心脏之后被熔化得无影无踪。

最后，这位伟大的英雄从格伦德斯迦的深潭之底带回来的，只有格伦德尔的头，还有霜巨人剑的剑柄。

然而，这首歌谣里还说，贝奥武夫满载着鹿厅的黄金离开之前，还派遣专人给祖父送去了一把剑。哼，派遣专人，还送了一把剑。好像那就可以用来抵偿艾克拉夫的家传神剑似的。

人们只能对巨魔们报以同情，它们是岩石、大地和流水的先民，居住在群山之下，并且跟群山一样古老。它们就像霜巨人一样，在这片土地上孕育而生，却宁可居住在人类无法定居的地方。它们的存在得到了众神之父的首肯，且从不逾界。虽然霜巨人是另一回事，但巨魔们——它们一般都安分守己，人畜无害。

格伦德尔却越过了边界，变成了恐怖的灾星。他持续不断地来到鹿厅，像其他巨魔一样在夜间行动。他进入宏伟的蜜酒厅大肆杀戮，杀害赫洛斯迦用金子买来的武士。

祖父曾见过他。"他像树一样高。"祖父告诉过他，而他站在壁炉前的身影也很高大。祖父展开双臂比画。"壮得像一头熊，咆哮起来也跟熊一样。他的声音听起来就像森林倾覆，又像巨石滚落一般惊人。没人能听懂他的话，但他肯定说了些什么。他的额头又扁又平，头发和胡子像杂草一样浓密。他身上挂着碎片拼凑的铠甲，拿着一棵有节疤的小树当拐杖，上面还有几根枝丫。他像一片阴影一样迅速出现。趁着武士们慌忙地披挂铠甲的工夫爬上鹿厅，用长凳砸他们。他在主梁上晃来晃去，随后消失在黑暗之中，留下一地尸首。有三名武士再也没有被找到，他们也许被吓跑了，不然就是被他杀了。"

这个故事被赫利问过一遍又一遍，那个怪物在故事里有时候跟树一样高，有时又像一头熊，在祖父的故事里，只有三个武士这个数目每次都一样。

但他也许就只是一只巨魔，就跟这片土地上的其他巨魔一样，也是大地和岩石的一部分，被赫洛斯迦的人夸大其词。或者夸大其词的就是赫洛斯迦本人，因为歌谣没有被传唱。

赫洛斯迦同样也没有善待祖父。虽然他并没有把他赶走，但在那之后，祖父在他的厅堂中再也没有得到过尊重。祖父曾经规劝赫洛斯迦不要把女儿嫁给英盖尔德，可赫洛斯迦却冷漠地拒绝了他的忠告，转而跟他的宿敌媾和，他还在自己的家族里种下了不忠的种子——他竟然用血腥的手段犯下弑亲的罪过，跟他传说中的形象毫不相称。先是在一年之内杀害了四位领主，接着又很快杀害了两位——这样的暴行最终导致了鹿厅的陨落。

赫利把面包吃掉了一部分,吐出了一些沙子——他们家的磨现在已经越来越不好使,用的时候还得十分小心。他把面包小心地藏在外套底下的衬衣里,希望它能支撑到最后的时刻。这份一天的口粮,最多能让他坚持三天。

吃过东西,稍作休息之后,他总算觉得自己的双腿暖和了不少。周围没有什么危险,整个世界都寂静无声,而且在阳光底下也不用担心会有巨魔出没。于是,他拉起獾皮兜帽,盖过自己的脑袋,蜷缩起来小睡片刻,在即将开始跋涉之前养精蓄锐。接下来他会找到什么?他会找到那个已经听了一辈子的湖吗?他会找到那个岩石环绕,住着巨魔的深潭吗?

一想到这些,他就感到疲惫和酸楚。他知道方向,仅此而已。至少他现在很暖和,羊毛衣和皮斗篷都很潮湿,却很好地保存了他的体温。

什么都没有发生,直到一缕微风溜进他的兜帽,拂过他的面颊。

他感到了别的温暖,这是阳光带来的温暖。一股清新的风使得草丛沙沙作响,而明亮的阳光洒落在岩石之上。他打起精神,发现在前方不远的地方,一座山丘在散去的浓雾中显现出来。山丘上到处都是烧成焦炭的木料,在蓝天下格外刺眼。

那就是鹿厅,那个被诅咒的地方。

---

它过去是一座宏伟的大厅,比拉格比约格的房子要大得多,比村子里任意三座房子加在一起还要大。他到达鹿厅,亲手抚摸那些梁柱,感到十分拘束。这些梁柱十分巨大,无法被完全烧毁,这些深深地插入大地的梁木,还有壁炉的石头,都在大火中保存了下来。

祖母就是死在这里的。在这里丧命的,还有赫洛斯迦的所有后裔,以及所有誓约武士,他们都是混血丹麦人的儿子。

他对这座大厅里曾经发生的景象十分好奇,他想象着武士们在此和格伦德尔交战到底是怎样一种光景。他看到一片石陛,上面曾摆放着赫洛斯迦的宝座,他就是在这里统治着鹿厅和周围的土地。他还看见一扇大门留下的缺口。

格伦德尔是怎么进来的?从这些门进来的吗?祖父说过他们当时从里面把门堵死了——可他是怎么进来的?难道是烟囱?可它们太小了。

难道是魔法?也许吧。毫无疑问这个地方曾经遍布各种符文和咒符。赫利站在整座大厅的主位上,那就是赫洛斯迦当年就座的地方。在大厅高耸的屋檐之下,曾经有许多长凳,武士们就坐在这里讲述故事、饮酒作乐、分享男人之间的乐子。美味佳肴一盘接着一盘地端出来,在这座大厅里每晚都会举行盛宴。他相信宴席上的每一处细节都精美绝伦,是雷尔永远都不可能比拟的。经验丰富的勇士在这里聚集一堂,夜夜欢宴,每天都会安排赌局比武较量,获胜者将得到一位伟大君王的金子和赏识……

这些经验丰富的武士不但全副武装,还人多势众,这样一队人马一旦发威,那些法兰克人的环堡一定会为自己的安危担忧不已。

但他们在格伦德尔的面前却都变成了无助的猎物?

然后那个怪物却被一个男人扯断了胳膊?

只有熊的力量才能做到,还要是一头足够强壮的熊。

难道贝奥武夫是个易形者?难道他能够改变自己的皮囊,哪怕只有片刻?

那就能解释所有的事情了。他在夏天的正午打了寒战,想象着那场战斗时的场景,巨魔大战易形者。没错,贝奥武夫,捕蜂之狼,他的名字正是蜂蜜贪食者的意思。古老的先民有着自己黑暗的秘密,他们没有村庄,居无定所,绝不会说出"熊"这个名字。说出这个名字就会召唤它出现,他们对伟大的森林行者充满畏惧,因为它用双足行走,跟人类别无二致。

他们把它叫做"蜂蜜贪食者"。一定就是这样一个人形怪物,才能跟夜行巨魔打得旗鼓相当,把赫洛斯迦的大厅变成了他的仓橱。除非如此,难道还有哪个普通人能够做到?况且在那个浓烟密布、人人胆战心惊的夜里,有谁能发现他的真身?在那些惊呼和尖叫当中,谁能分辨得出他们彼此之间的咆哮?

赫利的肩膀抽搐了一下,感到一丝寒意。他的目光朝向门槛的方向——那里正朝着西方,朝着纳瑟斯的圣林的方向,雷尔也是一样。那些黑暗的旧日诸神就是在那边统治着大地与夜晚,他们赶走了太阳女神,将黎明之前的世界变为他们的领地。

鹿厅同样遵照了这个门朝西方的传统。但这不但给它自己带来了厄运,还给它的主人招来了不幸。在这座遗址的远方,迷雾一直笼罩在山脚之下。而这个方向,毫无疑问,就是格伦德尔来的方向。

那同样是通往格伦德斯迦的方向,赫伦丁就沉睡在那个湖底。

巨魔已死,那个把他生下来的妖妇也已经死了——他无须害怕他们。鹿厅企图和古老的魔法一较高下,结果失去了自己的好运。

此地不宜久留。这个死伤太多的地方会给他接下来的旅程带来噩兆。他于是立刻动身,穿过火焰烧毁的门楣向着西方下山,他坚定地朝着西方前进,而那边丝毫没有活人的迹象。

⚔

他越走越荒芜,在这片为兴建鹿厅而开采木料和薪木的土地上,杂草疯长。虽然有新的树木和灌木长了出来,可这里却看不到鹿的踪迹。在赫利眼中看到的,只有不受自然约束而生长的野草。树木虽然在其中见缝插针般地播下种子,可完全没能形成新的树林。整整两代人的春秋过去,这里仍然没有鹿的迹象。它们如今可以轻易地在邻近雷尔东面的森林里看到，甚至已经大胆到靠近村庄附近。但这里却连它们的影子都没有。不光如此，这里也看不到貂和兔子。赫利意识到，这里甚至没有鸟。整个地方一片寂静，只有岩石滚落发出的闷响。

最后，他来到一片未经砍伐的森林，一条溪流在这片林地的包围中流淌，为他的旅程提供了一条捷径。不过这里并没有行人走过的痕迹，而森林也变得越来越密，越来越黑。

格伦德尔是否就是沿这条岩石之间奔流的溪流行走的呢？

前方开始出现更巨大的岩石，伴随着太阳西沉，林地里愈发黑暗。他在岩石之间艰难前进，担心自己在乱石滩中最后会走进死胡同，在这该死的地方浪费整整一夜。

然而忽然之间，他瞥见了正在消逝的阳光，接着，透过树枝和灌木，他看到了金色的太阳已经开始发白。他打起双倍的精神，用全身的力气推开树枝，朝着太阳的方向前进。当他看到自己终于走到林地的尽头，而太阳还未完全落山的时候，总算如释重负。

森林在这里戛然而止，树根在这里盘根错节、扎入岩石当中寻求养分。就在这瞬息之间，赫利看到了夕阳把整个天空染成金色，照映在林地边缘的峭壁上，一潭湖泊就在他的脚下，岩石间的溪流不停地向它流去。

赫利抓住一段干枯的树枝保持自己的平衡，那根树枝已经有些裂隙，但仍然十分牢固。他稳稳当当地站在怪石嶙峋的峭壁边缘，顺着脚下奔涌的水流形成的瀑布望过去。没错，这里就是格伦德斯迦。森林包围着它，还有一些稀疏、灰白的死木在它的边缘歪斜地倾倒着。这一切在赫利眼中都显得非常突兀，似乎它们很快就会倾塌成碎屑。他手脚并用地从岩石上爬下去，看到一条白练倾泻到湖泊之中，看来并不只有这一条溪流的水流到这个湖里。

这里就是格伦德斯迦。他当真找到了这里，想到这，他感到自己的心脏快速地跳动起来，祖父的珍宝就躺在那一潭黑水当中，也许它并没有看上去那么深，湖水也并没有在暮色中那样漆黑。

到达湖面还有六七个人高的距离，如果他不慎落下，就会直接落到湖水当中来个透心凉，而且还很有可能摔在崎岖的石滩上，不然就是掉进倒霉的瀑布里。湖泊在他这一侧是处悬崖。虽然在另一边是一片低矮的沼泽地，但需要更漫长的跋涉才能到达那里。

但这里还有另一片断崖。有许多巨大的石砾从这片断崖上滑落下去，形成一片倾斜的陡坡。这片陡坡不是最近形成的，沿着陡坡已经长出了不少新树，但却为他到达湖面提供了一条阶梯。

没准这就是那个巨魔常走的楼梯，而悬崖上方的溪流就是他走出林地的大道。祖父的剑在深潭之下呼唤着他，召唤他前去把它带走。他在逐渐昏暗的光线中开始往下走，可陡坡上巨大坚固的岩石却变得越来越难以攀爬。它们没有把他带往湖边，而是带到了另一处湖面之上的断崖。

在飞速消逝的光线下，他看到这里有一块白色的石头，非常奇怪，跟其他灰色的岩石截然不同。他很快发现，那并不是一块石头，而是一枚发白的头骨。

在此刻的黑暗中，在如此狭窄的断崖上，这可不是他希望的旅伴。但重新沿着陡坡爬回去太蠢了，而且也完全没必要像个傻瓜一样感到害怕。他好不容易才在昏暗的光线中到达这片断崖。何况这不正是吟游诗人的歌谣里唱到的吗？难道他还不知道这是那个妖妇用来装饰大门用的吗？

他知道，这是赫洛斯迦的亲信艾思奇尔的头骨，是那个妖妇为了她儿子的性命索要的血钱。她拿走了艾思奇尔的人头，用它来装点自己的门面。

"好吧，大人，"赫利说着一屁股坐到一块石头上，"那位伟大的英雄不是带您回去安葬了么。看来他并没有这么做。吟游诗人故事里的事，他大部分都没做。"

"恩费尔特？来者可是恩费尔特？"

这突如其来的声音吓得他差点昏死过去。他深吸一口气，提醒自己不过是产生了幻觉，心脏跳动的轰鸣声几乎要震破耳膜，让他差点摔倒。接着那个声音又响了起来："来者可是恩费尔特？"

"我是恩费尔特的孙子。"没有人胆敢把自己的姓名告诉给心怀敌意的鬼魂，但艾思奇尔过去并不是祖父的敌人，"您可是艾思奇尔？"

"我正是艾思奇尔。"这个声音变得愈发坚定，"我似乎在黑夜中长眠。"朦胧的光芒开始出现在断崖上聚集起来的黑暗中，一个笔直的身影在雾气中显现，虽然这里原本并没有雾气。"我曾在大厅之中。"那个身影挥舞着模糊的手臂说道，"我曾经安睡，接着又醒来。而她就在我们附近！"

"她已经死了。"赫利说道。恐惧从这个幽灵身上散发出来，就像水中泛起的波浪，推动着他的心脏，让他升起一股寒意。"她死了，大人，就在我们下面的湖里。请冷静下来。她已伤害不了我们。"

"鹿厅现在如何？我主现在如何？"

"已经过去很多年了，大人，你已沉睡多年。鹿厅已经不在。赫洛斯迦大人也不在了。还有我祖父恩费尔特也已经不在了。"这是他第一次向人说出这番话来，觉得自己喉咙里一阵发涩，"他才走。就在前天。他已经太老了。"

"你的祖父。"这个鬼魂顿了一下，在消逝的阳光中变得清晰起来。它留着胡子，梳着发辫，还戴着一个吊着金环的项圈。"我友恩费尔特，已经死了。"

祖父曾经说过，艾思奇尔是个好人，一个真正的好汉，还非常英勇，但并不十分睿智——他总是无条件地服从赫洛斯迦的任何要求，无条件地支持赫洛斯迦的一切决定。祖父曾经说过，这十分愚蠢。

就在那天夜里，艾思奇尔在鹿厅送了命。他为了保护自己的君主，赤手空拳地挡在格伦德尔之母面前。尽管手无寸铁，却像真正的武士一样战死。然而她却拿走了他的头颅。"我的大仇已报，"她将人头安放在自己的领域入口，"如不将其拿走，血债就此两清。"

贝奥武夫前来寻找过它。但艾思奇尔的头骨却还在此处，不得安息。

听到这些消息，鬼魂开始变得模糊起来，阴影般的双手掩住了面孔。这是一双粗大、属于武士的手，如今却没有武器供其使唤。象征荣誉的臂环和战场上留下的伤疤证明了这双手臂曾经取得的功绩。这双手臂遮挡住了他的视野，也仿佛遮挡住了他的存在，或许此刻艾思奇尔正在回忆那些他离世之后发生的事情。

"贝奥武夫来过此地，"鬼魂说着放下手臂，"他潜入水底，接着又回来。她的确已经死了。"

"您的守望十分尽责，大人。您已经尽了全力。我亲自为祖父修建了坟墓。如果您愿意，我也将为您修墓。虽然您不曾同意，但他一直把您视为朋友。您的君主已经离世。所有英雄都已经去参加众神的欢宴了，我的祖父也一样。他一定会欢迎您。"

"恩费尔特的孙子，也就是他儿子之子。"

"我名叫赫利。艾克拉夫之子赫利。"他将自己的真名告诉鬼魂，这种信任颇有些莽撞。鬼魂的祝福在这种信任下可能会带来好运。但鬼魂是一种捉摸不定的造物，它们的行事都是为了让自己继续留在世间作祟。"我的祖父还在等待他的宝剑，贝奥武夫将它遗弃在了这里。请祝福我好运吧，武士，请祝福我找到那把剑，当我回来的时候，我会让你从此地得到解脱，加入英雄的行列。除此之外，我还将把英雄的故事告诉您，就像长久以来的歌谣传唱的那样给您带来武士的荣光。"

鬼魂开始发光，像活人一样立在那里，只不过没有双脚。"我会把所有好运都赐予恩费尔特的孙子。把你知道的歌谣都告诉我吧。告诉我鹿厅到底现在如何。"

赫利寻思着是否要对他说谎。因为鬼魂一旦知道真相,说不定会诅咒他。

他可以在真相之上稍加修饰。众神知道这都是吟游诗人们干的。

"贝奥武夫为您报了仇,大人。赫洛斯迦为您感到悲恸,让他带着黄金离开了。贝奥武夫自己也做了国王,而赫洛斯迦的慷慨解囊则变为了一段传奇。您在鹿厅熟识的英雄们都成了各地的领主,而他们的领地都十分富强。法兰克人的国王和他的白神从我们这里调转了方向。他发现往南作战比在我们这里更容易,因为我们有强大的武士,让他们有来无回。您认识的誓约武士们都有宏伟的陵墓,而且他们的歌谣到如今都还在传唱。现在,整个世界也将会有机会了解您的故事了。"

世界忽然变得不再清晰。赫利发现迷雾在自己身边扬起,却没有寒意。他似乎被隔离在整个世界之外,此刻他应该感到害怕,如果迷雾要将他拖入死亡的深渊,他却不知道该如何摆脱。他发现自己正在睡去,无论他如何强打起精神,都无法抵抗那纯粹的倦意。

难道他说出了过多的真相?又或者这个鬼魂其实早已知道他未讲出的赫洛斯迦的结局?

黑暗将他吞没,一片寂静,他能听到的只有水流飞落悬崖的声响,那条纤细的水流似乎吹一口气就会断流。可那是他和这个世界仅有的联系。

直到他听到一声鸟鸣。赫利睁开双眼。太阳的光芒晒得他的面孔发烫,在蓝色的天空上亮得发白。

他发现自己就坐在昨天夜里那个地方。一枚头骨在断崖前方凝视着他，白森森的，却没有任何野兽或鸟儿碰过的痕迹。

湖岸的远方生长着大片松林，就像竖起的倒刺，既扭曲又奇异。大地仿佛在这里断开，一边是岩石，另一边是丛林，而一潭黑水填补在它们中间。

然而当他起身，他发现底下的湖水似乎变得清澈起来，就像黑色的玻璃一样深沉。水面毫无波澜，没有一丝微风拂过。他站在原地，如果吟游诗人的歌谣是真的，那么就在妖妇摆放那令人不安的战利品的前方，就是巨魔的洞穴。就在跃入水中之前，他已经如此接近目标。就在此刻之前，他已经站在了目标面前。他解下斗篷，放下最后一点面包，站在断崖的边缘。他注视着深邃的黑潭，有些踌躇。他不知道接下来会发生什么，也不知道在水底下又会遭遇什么样的变故。就算他就此掉头回家，声称自己已经潜入深潭却无功而返，也没有人能证明他在说谎。这是懦夫的想法，他痛恨这样的念头。但他至少此刻还站在坚实的地面之上。

不。他不能带着谎言回家。他深深地吸了一口气，助跑了一小段，干脆利落地跳下断崖。

他的脚先破开水面，冰冷的湖水一涌而起，几乎要将他肺里的空气全部都挤出来。他利用跳水的惯性潜入水中，当他彻底被湖水吞没之后，睁开双眼看到黑暗的湖面以下尽是崎岖的岩石，大概都是从山崖上滚落下来的。

除此之外，湖水之中只有更深沉的黑暗，一切都模糊不清。他找到了一处光线无法企及的地方——那似乎是一个洞穴，被淹没在水底深处。他孤注一掷地在冰冷的湖水中游向那里，在每一块礁石的缝隙间仔细打探，试图寻找赫伦丁黄金剑头的迹象。祖父曾经向他描述过，赫伦丁的剑头是用黄金打造，雕成了一个复杂的结。这种尊贵的金属绝不会生锈，也不会发黑。

他利用湖底的水流前进。屏住的呼吸已经快要到达极限，他感觉自己的肺部快要燃烧起来，脉搏轰鸣着他的耳膜。一旦不由自主地吸气，那他就会因此丧命。他感觉这些岩石似乎像长了手一样阻挡着水流前进，而他的手指却很难找到支撑点。他在水中艰难地摸索着，一边前进，一边对抗着自己的意志。

　　水压忽然减轻。他感到自己在迅速上升，坚持在抵达水面之前屏住了呼吸，他大口地喘着气，发现自己漂浮在彻底的黑暗中。

　　接着他的脚踩到了地面，手脚并用地爬上了一片浅滩。他浑身湿透，在黑暗之中又冷又瞎。

　　"看。"一个声音突然说道。

　　他打了一个激灵，片刻之间，暖意和这个声音同期而至，同时出现的还有一抹模糊的光亮，就像举行葬礼时，在长船上点燃的灵火。这抹幽蓝的火光变得越来越亮，在骨堆之间游弋。这些都是羊和其他牲畜的骨头，有头骨、肋骨和别的骨头，就像一场宴席留下的残渣。在骨堆之间，散落着五六把宝剑，还有头盔和铠甲，以及破掉的盾牌。在一个母牛头骨的眼眶里，斜插着一把宝剑。它没有剑鞘，在火光中闪烁着光芒，它那黄金打造的剑头雕刻成一个复杂的结。

　　赫利费力地跑向它，把它拔了出来，这个地方在顷刻之间变得明亮起来，仿佛这把宝剑是一枚火炬，如太阳般明亮。祖父可从来没有说起过这个。但这让他知道，这就是赫伦丁。在它明亮的光芒下，赫利总算能看清整个洞穴中的情况，在这片崎岖的石滩上正是那名妖妇的家园。他看到桌子、凳子和架子都非常整洁，朴素的罐子也被归置得整整齐齐，仿佛出自一位能干的家庭主妇之手，在骨堆旁收拾得井井有条。

　　他一边用力地呼吸，一边四处张望。他看到了一张床，并且在这仓促一瞥之下，似乎有个东西躺在床上。一头黑发，梳成长长的发辫，穿着白色的裙子，背上插着一把匕首。这是一具女尸，从衣服判断应该已经死去了很久，并且当他靠近时，他看到了她已经干枯的血肉。

他有些好奇这是谁。什么样的女人会待在这种地方，难道这就是那个妖妇？可巨魔怎么会这般纤弱？

而且趁一个女人熟睡的时候把剑刺进她的后背，这算哪门子的伟大战斗。

这可跟吟游诗人们说的完全不一样。

他把赫伦丁当作火把高高举起，但它的光芒开始变得微弱，重新变成幽蓝的火光。与此同时，那个女人转过头来。

他在惊骇中赶紧后退。可他看到的却是一张秀丽的面孔，介于年轻和年老之间。她缓缓坐起来，那已经失去生机的身体也变得透明。她抬头看着他，整个世界都在瞬间安静了下来。水滴停止了向岩石滴落，而整个洞穴都被鬼火照亮。

"女人，"赫利说道，他的声音虚弱得像在低语，"女人，这里发生了什么？"

"他们杀了我儿子，"这个鬼魂说道，"而我杀了他们。"

难道就是这个纤弱的女人杀了鹿厅里的好汉？难道就是她拿走了艾思奇尔的人头，装点她的门面？可她的身材和相貌长得就像森林中的先民。

她肯定还有更多秘密。他的心底甚至有一丝希望，希望这个幽灵生长变形，在他面前显出铁塔一般的真身，露出獠牙，还有粗壮有力的手臂……

但她只是用漆黑的双眼望着他，让他感到冷，非常冷。

"你们夺走了我们的圣地当作你们的宴会厅；你们夺走了我们的森林填充你们的火炉；你们夺走了我们的草地喂养你们笨重的牲口；你们还捕杀我们的鹿和野兔；你们还为取乐猎杀我们。我们为什么就不能带走你们的牲畜？我们为什么就不能从你们的桌上带走食物？"

"女士，"使用敬语在此时应该是个安全的策略，"我并没有犯下您声称的罪行。我只想离开这里,不会打搅您的安息。"

她的双眼露出哀痛的神情,接着扬起脑袋发出一声尖啸。她望向他,眼中燃烧着黑色的火焰。"安息?我们就只能得到安息吗?我警告过我的儿子。但他太年轻、太愚蠢、太易怒。他赤手空拳跟你们的宝剑作对。他跟你们战斗,带回了食物。可他也被你们打成重伤,因此丧命。我埋了他,亲手埋了他。接着我去到那帮强盗的据点要回了血钱,把它当作警告。这一切原本都已结束,可你却再次冒犯了我。"

"你睡着了。就在你睡着的时候,有人到这里来杀了你。他带着我祖父的宝剑,那是借给他对付怪物用的。可歌谣里说,这把剑辜负了他。"他直面着这个据理力争的幽灵,用尽全力把一切都说了出来,因为他知道只要失言,就会死无葬身之地,"这把宝剑拥有魔力,绝不会在战场上辜负一位英雄。赫伦丁从来没有辜负过他,是他自己辜负了这把宝剑。他趁你睡着的时候背后捅刀子。这不是一场战斗,如果他说出来,这将是一场奇耻大辱。"

"这是真的。"有个声音从洞穴深处传来。赫利有些畏缩,但他不敢朝那个方向张望,害怕鬼魂会趁机对他不利。难道那是她的儿子?难道那就是格伦德尔的声音?

"女士,"赫利说道,"你遭到了不公正的对待。我对此深信不疑,让我离开这个地方,我会向其他人说出真相。我对此发誓。"

"有人知道了真相。"妖妇说道,"终于有活人知道了真相。其他人都已经死了。凶手也一样会死。那帮强盗全部离开了山丘。草地和森林会再次交融。而我的家园会再次回到我的手中。你可以带守望者去见他的神灵了。"

她突然变得高大,也变得更加可怖,头发散落,在突如其来的风中飞舞,却丝毫没有碰到赫利。他抬头看着她,一动不动。

"我该如何称呼您?"他问道,"我在告诉吟游诗人们的时候,该如何称呼您呢?"

"我没有名字，"她说道，声音如同海洋本身，"我现在无处不在。回去吧！"

他在深潭之中，被黑暗包围，然后上升，随着再次见到湖面的阳光，他的胸腔因紧接而来的呼吸弄得生疼，而他的手中紧紧攥着祖父的剑。

赫利游向湖岸的礁石，他手上的赫伦丁破开水面，在阳光下闪耀。他爬上岸，不顾自己浑身淌水，直接躺在被阳光晒热的礁石上，直到呼吸恢复平稳，攥着剑的手重新恢复体温，然后他总算敢看它一眼了。

整把剑没有一丝破损，无论是闪烁着金光的剑头，还是散发着钢铁寒光的剑刃。

赫利盯着手中的宝剑，之前跟鬼魂的离奇遭遇仿佛变得十分遥远，就好像是做梦一般——但他手中的宝剑却是如此真实，它的剑头由黄金打造，雕成一个结，能让英雄在战斗中永不落败。

难道他配得上这样一把宝剑？他并不这样认为。然而它此刻就在自己的手中，不但真实，还完好无损，简直就像祖父在鹿厅把它借给贝奥武夫的那天清晨一般模样。金色的剑头闪烁着光芒，那个结让他心中疑惑不已。

祖父为什么会拥有这样华丽的宝剑——他只是一位法官，一位仲裁者，并不是一位战士。英雄们又凭什么要向一位声名不显，毫无战功的人寻求建议。他们肯定会说，这把宝剑在这样一个人手中简直是一种浪费。毫无疑问，它是一把神器，能够给佩带它的英雄带来荣耀。不光如此，佩带它的英雄能保卫任何一个王国，能够打败胆敢冒犯誓约武士的任何敌人。这样的一把宝剑在温和之人手中十分尴尬——没人惧怕恩费尔特。雷尔的村民甚至敢当面嘲笑他，对他冷嘲热讽,说他不过是个只会磨嘴皮子的家伙,是个刻薄的吝啬鬼,还侍奉一位挥金如土的君主,就是那位慷慨解囊的赫洛斯迦,那位白白送钱的赫洛斯迦。

赫利眨着眼睛,把眼睛闭上,再睁开,赫伦丁仍然好好地在他手上。

什么样的人才配得上这样一把宝剑?祖父不是一位英雄。他也从来没有这样宣称过。他只是一名法官,一名顾问。只不过赫洛斯迦更喜欢艾思奇尔,总是采取他的建议。

祖父为什么要把这把宝剑交给一个陌生人?无论如何,祖父一定经过了深思熟虑,一定义无反顾。

这把华丽、打结的剑头简直就像围绕这把剑的谜团量身定制的。

他可能永远无法解开这个谜团,就像他无法解开剑头上的结一样。他拖着湿漉漉的身子坐起来,开始思考一些更真实的事情,例如把自己弄干,裹上留在断崖上的斗篷暖暖身子,再吃上一点面包。

他朝上望去,在日光下,崎岖的陡坡为他展示了一条通往断崖的道路,还有他曾许下的承诺。

他用斜坡上能够搬动的岩石造了一座小坟丘,把自己剩下的一半面包留给了艾思奇尔。他做了一番艰难的思想斗争之后,把剁肉用的匕首也留给了他作为陪葬。虽然他们并没有多的匕首,但至少他还活着,而艾思奇尔在他离开的时候给了他祝福。更何况,祖父的宝剑会保佑他,说不定祖父的鬼魂也和宝剑同在,但他并不确定。

"请保佑父亲一切安全,"他向祖父许愿,"我很好,但父亲需要您。请保佑他打猎途中一切平安。我会尽快赶回去。"

于是,在竭尽所能安葬了艾思奇尔,尽可能为他留下一切之后,他在坟丘上放好了最后一块石头,吃掉了最后一块面包,开始动身攀岩。这段路十分危险——他每一步都十分小心，试探着踩着足够大的石头往上爬。他没有欺骗艾思奇尔的鬼魂，跟妖妇的交锋中也没有退缩。如果这能带给他好运的话，他一定会心存感激地接受，同时也希望祖父的鬼魂能一直陪他爬上悬崖再离开。

他很庆幸自己能爬上森林边缘正在崩塌的悬崖，并担心自己还离得不够远。断裂的碎石不断地在朝悬崖下坍塌，仿佛正在消融的春雪。岩石如同失去支撑一般不停掉落，很快有一半的森林都塌入湖水之中。

他不想在此久留，连片刻都不想。他用斗篷包起自己浸湿的衣服和宝剑，朝着东方低头前进，带着他的宝藏回家。

---

他曾经说过要赶在守灵宴之前回家，虽然他并没有带回任何可以招待村民的东西。在赶路途中，他的脚酸痛难耐，不得不扯下还没有干透的衬衫把脚和靴子缠在一起，蹒跚前进。他还感到饥饿，自从吃掉了最后一块已经变馊的面包之后，就只能从草丛中找些许浆果和种子充饥。他不敢打猎，也不敢生火。他仅仅用尽所有的力气赶路。而且他不敢冒险走大路，但这里也没有小路。

他一路奔波，终于赶到了祖父的坟墓，他发现堆在墓顶的石头四处散乱着。在这里修墓并没有冒犯任何事物，可墓上的石头却被踢得到处都是。这一定是埃雷菲尔那帮人干的。

他满怀愤怒，将石头一块接一块地重新放好，但他知道对一帮愚人动怒并不值得。他将坟丘上的泥土重新抹平。当这一切工作都做完之后，他重重地坐下来，打开斗篷。他把赫伦丁放到祖父的坟上，它在坟丘的顶部闪闪发光。

"祖父，"他说道，"我找到它了，把它带回来了。我不认为自己配得上它。我希望能像曾经的您一样睿智，明白许多事理，并且和英雄为伍。但我并没有。英雄们都已经不在了,金子也都给光了,除了这个。我在那个家伙把它抛弃的地方找到了它,而且我还知道了他抛弃它的原因。因为它不愿为虎作伥,不愿帮一个凶手偷袭一个睡着的女人,它不愿顺从他。这就是他为什么没有把它带回来的原因,因为下一次它还会这么做。不是它辜负了那个人,而是那个人辜负了它。这就是我找到的真相。"

艾思奇尔曾经现身跟他交谈,还有那名妖妇。他同样希望祖父也能在此时现身,哪怕就这一次。

"赫伦丁绝不会在战斗中辜负一位英雄,"他低声说道。"它的剑头是一个复杂的结。而这个结我解不开。为什么您要把它借给一个陌生人?难道仅仅只是想证明自己对那个人的判断是对的?您不是从来不会怀疑自己的判断吗?"

回答他的只有沉默。

接着他想到了答案。"因为他不能用它谋杀,对吗?您曾是一位法官,是一位好法官。格伦德尔的母亲声称她的行为是为了寻求正义。他们杀了她儿子,她有权讨回公道。而她正是这么做的。您曾是一位正直的法官,一直都很正直,难道不是吗,祖父?您说过,要服从法律,因为它是由智者制定。我们必须服从法律。你把赫伦丁给他,那么他就无法杀害她,他就无法做出他声称的那些事。"

一个母亲的诅咒是一种强大的魔法。况且格伦德尔的母亲还并非普通女人。

鹿厅因此遭到焚毁。在鹿厅欢宴的领主老爷们为了继承权而疯狂地自相残杀。金子被贝奥武夫带走,把这片土地留给国王的走狗。

"这就是那个结,对吗,祖父?您并非把赫伦丁借给他去作战。而是为了伸张正义,因为君王不愿听从您的谏言,而贝奥武夫显然更不愿。它不会杀害她。这样就不会带来诅咒。只不过贝奥武夫在那里找到了别的武器。这是那名妖妇的不幸,也给鹿厅带来了厄运。虽然您极力避免，但在她死亡来临的时刻，诅咒还是应验了。这就是赫伦丁的结，对吗？"

回应他的仍然只有沉默。他站起身，拿起宝剑。"我很快就会把它带回来，祖父。我只会给父亲看，不会让村民看到，这样埃雷菲尔那个蠢货就不会来找它。虽然我知道，如果他胆敢偷走它拿去劫掠，他也会因此遭到报应。他肯定也不是一个英雄。既然它是一把宝剑，那么它在世界上就只有一种用途。然而幸运的是，您一直保留着它，让它远离战火这么长时间。"

他走过宏伟的坟丘，宝剑包裹在他的斗篷当中。很快，他的家出现在视野当中。

他看到门外挂着一头鹿。这立刻让他感到欣喜。虽然炖一大锅鹿肉并不能把整个村庄的人都喂饱，但这也已经足够。他们还可以用鹿皮换些麦酒。他为自己失去割肉匕首而感到抱歉，可是，众神在上，他实在无法想象他们用这把宝剑来招呼这头鹿的样子。

但他的父亲一定会原谅他。父亲总是会原谅他的一切。

他没有遵守礼节，直接拉开门闩，推开房门走了进去。家里非常温暖，炉火烧得很旺。父亲飞快地用结实的拥抱迎接他，脸上满是喜悦和如释重负的神情。他用一只手拍打父亲的肩膀，用另一只手把宝剑拿给他看。

"众神在上。"父亲终于说道。

"我希望在把它留给祖父之前让您看看。我不会让村民看到它。"

"可他们应该看看！"

"父亲，您了解埃雷菲尔那帮走狗。他们一定会把它偷走。况且我已经对祖父发了誓。我已经知道了这把剑的秘密，还有它的命运。这才是重要的事情。"

"什么秘密？"

"那比使用它更重要。我知道祖父把它借出和贝奥武夫把它扔掉的原因了。格伦德斯迦并不是一个稳定的湖泊，而且我认为几年之后它就会消失。我想我们需要把这把剑拿回家，但不是拿来给我们用。"

"我还记得那些英雄，"父亲说道，"他们总是喝得酩酊大醉，还总是带坏小孩子。我一点都不想变成那样。"

"很好，"赫利说道，"很好，我很高兴。我也很高兴您打猎顺利。"

"我打到了三头鹿。"

"三头！"

"这简直是运气最好的一天。刚猎到一头就遇到另一头。这回我们有了许多鹿肉、鹿皮，还有骨头。我们可以把它们都拿去卖掉，这下我们的守灵宴有丰富的麦酒和鹿肉了。我们可以气派地送老东西上路。"

"不过我丢掉了匕首。好吧，我把它留给别人了。"他突然瞥见墙上挂着一把新匕首，灰色的刀刃既闪亮又锋利，几乎是铁匠最好的上品，"那是把新的？"

"这都是运气，"父亲说道，"纯粹是运气。我从来都不是个好猎手。但我现在可敢这么说了。"

"运气，温暖的炉火，还有可以喂饱邻里的食物。"赫利忍不住想坐到炉火旁的凳子上，来上一碗他早已闻到香味的炖肉。他的脚又酸又疼，腿已经因为精疲力竭而发抖。但他明白赫伦丁带来的好运具有凶险，而祖父已经很小心地帮助了他。他现在终于知道，他没有给祖父丢脸。

如果这把剑留在土里比留在某人的手中更好，那么就让它跟它谜一样的结留在那里永久安息吧。

"我要回到祖父坟墓那里去，会在睡前赶回来。"他说道，"跟我一起去吧。让我们俩一起把这把剑带给他。他会为此感到满足的。"

"我们的好运回来了,"父亲说道,"我的一生中从来没有这么好过,竟然猎到三头鹿。既然好运已经回来,那我们就该留着它。只要留着它,他们就不会再把祖父当作懦夫,就会重新想起来他是个好法官。"

"他就是个好法官,"赫利说道,用斗篷把剑和他自己罩上,"他一直都是个好法官。"

# 加斯·尼克斯

纽约时报畅销榜作家加斯·尼克斯在创作畅销书《古国》系列（包括《萨布莉尔》《莉芮尔：坷睐之女》《阿布霍森》，以及短篇《箱子里的生物》）之前，当过图书宣传员、编辑、营销顾问、公关人员和文稿代理人。他的其他作品有《第七座塔》系列（包括《坠落》《城堡》《阿尼尔》《面纱之上》与《紫色楔石》）；《7王圣钥》系列（包括《惰王星期一》《贪王星期二》《食王星期三》《怒王星期四》《欲王星期五》《妒王星期六》和《傲王星期日》）。他的短篇小说收录在《越过高墙：古王国与他处的传说》中。近期作品包括与西恩·威廉姆斯合著的两本《解难者》系列，独立世界观的新小说《王子们的困惑》，以及一部新的短篇集《赫里沃德爵士和菲茨大师：三次冒险》。他最新的作品是《金手》和《掌控大桥》，两部《古国》系列的新作。另一部新小说《蛙吻者!》即将出版。他出生于澳大利亚的墨尔本，如今住在悉尼。

在这里，我们会与赫里沃德爵士和菲茨大师一起，努力追踪他们有史以来最危险敌人的足迹，但如果他们还想保住性命，就不能真的追上对方……

# 冰冷长迹[1]

赫里沃德爵士用沉重的毛皮斗篷把自己裹得更紧，随后将脚抬得更高，他的海豹皮靴伴随着令人泄气的吮吸声脱离了积雪。

"你确定这下面有路？"他似乎是在对空气发问，因为没人走在他身边，而这片积雪覆盖的荒凉大地散落着垂死的矮小树木，看起来完全没有生命的迹象。

"确定。"他背在身后的高大柳条篮里传来简短的回应。片刻过后，菲茨先生钻了出来，他浑圆无发的纸模脑袋顶开了篮盖——直到两天前，那只篮子装的还是某位乡绅的待洗衣物。那位乡绅已经死了，连同他宅邸里的所有住户一起——无论是人类还是牲畜。赫里沃德爵士的战骑和那位杀死乡绅的小神灵离得太近，因此同样遇害，而那头巨型骑乘用蜥蜴的鞍囊太大，不适合步行携带，他们只好征用了这只洗衣篮，将毛毯、油布、卡宾枪、火药、弹丸、水瓶和食物都装在了里面。

等到积雪变厚，菲茨先生爬上篮子，毕竟他用那双雕刻的木腿站立时，只有三英尺零半英寸高。它是一只以魔法注入生命、拥有魔力的木偶，不会感到寒冷，但对它而言，积雪太深是件麻烦事。并非旅行方面的麻烦，毕竟他异常强壮，能够强行穿过最深的雪堆，可是他

---

[1] 原文为"A Long, Cold Trail"，cold trail 字面是"冷掉的足迹"，指难以追踪的痕迹。

不喜欢在视野受限的情况下被积雪包围。

这场雪并非自然现象。正如他们身后半里格远的那座宅邸周围散落的脱水尸体那样,它是某位对生命和当地常规气候都有害的小神灵经过时留下的迹象与副作用。积雪的深度和雪幕的密度——在赫里沃德爵士的羊毛风帽(他那顶面甲部位有三根铁栅的头盔如今系在腰间)上不断堆积的雪花就是证明——意味着那位小神灵与它不情不愿、奋力反抗的宿主就在离他们仅仅三四百码的前方。

这是在持续恶化的天气中顽固地追踪了六天以后,人类与木偶二人组和目标距离最近的一刻,而他们也不想再拉近距离了:至少在赫里沃德爵士的某位表亲把摧毁——或者说放逐——那个小神灵所必要的圣物送来前,他们都没这个打算。

这整件事都带着"家庭内部事务"的刺鼻气味,赫里沃德爵士这么想着,笨拙地穿过积雪,同时动用疲惫的感官能力,留意那个小神灵停步埋伏或者杀个回马枪的任何迹象。因为除了要等待他的表亲送来必要的圣物,那名小神灵不情不愿的宿主还是赫里沃德爵士的曾伯祖母尤多妮雅。作为著名女巫与世界安全协约议会的密探,她接下了放逐他们在最近重新发现的违禁小神灵"扎瓦-提许-拉吉什泰克斯"的任务。

但事实证明,拉吉什泰克斯比预期中更加强大,并且成功附在了尤多妮雅身上。在最初的意志交锋中,女巫和小神灵都没能制服对方,因此那位小神灵开始从周围无法抵抗的活物——这通常是指它的邪恶存在几百码方圆内的所有活物——身上吸取生命,试图借此增强力量。尤多妮雅的对策则是带着它前往曾是罗斯特王国的这片人口稀少的荒野。

然而在上周的某个时候,扎瓦-提许-拉吉什泰克斯显然找到了额外的力量来源——某个可怜的牧羊人和一群山羊,诸如此类——并成功迫使尤多妮雅改变路线,离开荒野,前往繁荣又人口稠密的专制

## 剑之书

国家卡林西米瑞尔。为了让小神灵的磨坊有更多的谷物可磨。

那座不久前被小神灵吞噬了一切、没留下半点生命火花的边境宅邸,只是前路上的许多相似宅邸的第一栋而已,至于城墙围绕的西米瑞尔城本身就更不用提了。如果扎瓦-提许-拉吉什泰克斯成功到达了那里,并将所有居民与庇护他们的小神灵——当地人称之为"幼崽"的那位善良次等神祇——的生命力全部收入囊中,那它就会强大到几乎不可战胜了。

因此,赫里沃德爵士和菲茨先生才会以安全距离跟踪扎瓦-提许-拉吉什泰克斯,并拼命祈祷圣物能尽快送到,让他们能够发起攻击。

"奇茜塔最好快点赶来。"失足扑倒在雪堆里的赫里沃德爵士抱怨道。他站起身,拍掉衣服前侧的雪,补充道:"西米瑞尔就在五里格不到的前方,而我不认为他们称作'极小海'的那座湖能把小神灵的脚步拖慢哪怕一点。我不明白奇茜塔为什么昨晚还没来,最迟今早也该到了。另外,我觉得我的鼻子要生冻疮了。"

"从地下墓室取出圣物并不轻松。"菲茨先生用教导学生的口气说。他当过赫里沃德爵士的保姆,随后又担任他的老师,而他几个世纪以来的确教过许多弑神者,因此不会放过任何说教的机会。"作为容纳以特殊方式提取与控制的特定敌对小神灵之精华的必要物件,议会将拥有的圣物以多种不同的方式保管。每一件都没法匆忙取出,需要数位女巫花费数日,而且不无危险。很可能是出了什么岔子。"

"都一个星期了。"赫里沃德爵士咕哝着,将鼻子迅速皱起几次,打算让它暖和一下。

"这才过去六天,我们离高苍山也还有些距离,"菲茨先生评论道,"唔……"

"那是什么?"赫里沃德爵士问。这只木偶的感官能力比他敏锐得多,对于超常事物尤其如此。更别提赫里沃德随时可能感冒的现在了。寒冷让他的双耳开始堵塞，但他觉得自己听到了一声遥远而模糊的尖叫，而那叫声又戛然而止。

"扎瓦－提许－拉吉什泰克斯又找到了可以吞噬的人，"菲茨先生说，"不……似乎没有完全吞噬。它在空壳里留下了些许灵性精华的碎片。"

赫里沃德对"空壳"这个词皱起眉头，菲茨先生形容人类的方式让他几乎出言抗议。但他没有，因为他知道这个词用得完全正确，而菲茨先生不喜欢感情用事的表现。遭受那位小神灵吞噬后，人类确实只会剩下空空的躯壳，化作没有目的或思想的行尸走肉。除非更强大的存在给予他们目的。

"它将自己的意志灌注了进去，"菲茨先生报告说，"然后派他们来对付我们。"

赫里沃德爵士咒骂一声，丢下了篮子，以同一个动作解开斗篷的扣子，让它落在身后。菲茨先生从篮子跳到他的肩上，然后跳到雪地上。

骑士的两把长管转管手枪①已经装好了火药和抹上银粉的弹丸，但尚未装上枪管。赫里沃德爵士手腕上的皮绳连着一把扳手，他凭借多年的练习将它甩到手中，开始拧紧第一把手枪，与此同时，菲茨先生钻出雪堆，迅速爬上一棵灰白的枯树——半小时前，那位神灵还没经过的时候，它还是一棵繁茂的山毛榉。它从前的叶片和大部分树皮如今只剩枝条下方染污积雪的灰烬。

"有多少？"赫里沃德爵士问。在仅仅一分半钟的时间里，他已经装好了两把手枪，拔出了身侧剑鞘里那把篮状护手的灵堂剑②，从

---

① 一种配备多个枪管的手枪，发射时通过转动枪管实现连续射击，后被转轮手枪取代。

② mortuary sword，篮状护手剑的其中一种，护手部位雕刻有殉道国王的脸，由此得名。

腰间取下头盔，迅速戴上，此时正从篮子里取出他的卡宾枪——那是一种较为常见的燧发枪。

"八个。"菲茨先生说。

"手无寸铁？"赫里沃德爵士的语气带着期待。那些新近被夺去大部分灵性精华的人，经常会保留某些有关武器与工具运用方式的身体记忆，这就意味着即使某个小神灵违背他们的意愿操纵他们，他们也仍旧拥有相当程度的战斗能力。

"农夫，"菲茨先生说，"他们拿着干草叉，还有镰刀之类的。"

赫里沃德爵士哼了一声，然后用插入枪托的小型火药筒给卡宾枪装上火药。他亲眼见过干草叉和收割用镰刀造成足以致命的伤口，因此不会轻视这些农用器械。

"我没法使用仅剩的那根魔法针，"菲茨先生说，"我们也许需要它来保护自己，以免被那个小神灵捕食。但我会以较为机械化的外形尽可能提供助力。"

说话的同时，木偶把手伸向背后，从暗藏的刀鞘中抽出一把三角形短刀，其尺寸遵循黄金比例，因此看起来比实际上要宽得多。有些对手会觉得这把刀太过小巧，不可能危险到哪去，尤其是在木偶的手里——而他们很快就会发现自己大错特错了。大多数魔法木偶只拥有表演才能，没有战斗的意愿或能力。菲茨先生不在此列，虽然只有不存在较为文雅的选项时，他才会选择肉搏。

"还有多远？"赫里沃德爵士问。他抬起手，迅速系紧头盔的束带，又翻起浅黄色皮外套的厚厚高领，护住脖子。

"如你所见。"菲茨先生说着，指了指前方。

赫里沃德现在也能看到他们了：那些黑暗的身影在积雪背景里格外鲜明，正以失魂者独有的那种走走停停、令人不安的步伐，参差不齐的队列接近。

"一共九个。"赫里沃德爵士说着，有些吃惊地指着队列右方远处的某个身影。

"那可不是小神灵的玩具,"片刻的沉默后,菲茨先生说,"那是个完整的人……此外,他还散发出类似术士的气质。这或许能解释他为什么正以斜线接近这里,而不是像我预想中那样逃跑。"

"我该先朝他开枪吗?"赫里沃德爵士问。在战场上,为免节外生枝,阵营未知的流浪术士通常都是排除的目标。

有那么几秒钟,菲茨先生没有答话,他淡蓝色的双眼透过雪幕凝视着远处的那个身影:后者正在成排枯树构成的小巷里费力地穿过较矮的雪堆。

"不,"他最后说,"那是芬塔克,自称'夺神者'的那个人。"

"那个江湖骗子!"赫里沃德爵士愤怒地说,"如果他再靠近一点儿,我就用剑解决他,省得把涂银子弹浪费在他——"

"他并不是彻头彻尾的江湖骗子,而且他也许能派上用场,"菲茨先生打断道,"不管怎么说,失魂者会比他来得快很多。"

"我不保证会留他一命。"赫里沃德爵士恶狠狠地说。他上次与"夺神者"芬塔克见面就在不久前,而后者成功抢走了放逐"啜血食尸鬼"的功劳——那是个低等却相当危险的小神灵,事实上,是菲茨先生终结了它在夜间捕食拉扎雷诺市民的行为,而赫里沃德爵士负责对付那些吸血仆从。赫里沃德爵士不想暴露真实身份,芬塔克却搞砸了他们精心准备的计划。赫里沃德并不在乎功劳和奖赏被人冒领。但他无法原谅芬塔克的添乱。

"他带着一把有趣的剑。"菲茨先生思忖道,锐利的目光依旧定格在芬塔克身上,后者在雪地里跳跃向前,手持一柄出鞘的利刃。"我刚才没机会说,但我认为它就是我感受到的那种魔法气息的源头。到头来,跟芬塔克本人没什么关系。"

"哼!"赫里沃德爵士吼道。魔法剑通常比术士更棘手。尤其是拥有智慧的那种,因为它们几乎都会因为长达数世纪的放血行为而发疯，又或者养成怪异而恼人的哲学观念，对于何时该屈尊被人使用——以及由谁使用——有着自己的一套看法。

骑士扫视周围，寻找更合适的射击位置，随后费力地穿过雪地，爬上一块暴露在外的岩石，近看之后，他发现那是一块倒下的矩形大理石方尖碑，那是古代升月帝国的里程碑。或许这是个好兆头，毕竟那个国家是赫里沃德爵士与菲茨先生效命的议会的创始成员国之一。也或许恰好相反，毕竟帝国和这块里程碑一样，早在许多世纪以前就陨落了。作为帝国名称由来的那颗月亮也一样，赫里沃德突然想起了这件事，而忧郁感令他发起抖来。那颗月亮很小，落地后却留下了巨大的陨石坑。

失魂者们越走越近。他们没有采取任何战术，也没有耍任何花招，那个小神灵为他们灌注的多半只是"直线移动并杀死路上的一切"这种想法。他们有五男三女，而且都上了年纪，赫里沃德对此心怀感激。就算明白他们无论怎么看都是死人，但面对在某种程度上经历过人生的人，他下手时还是会比较轻松。

等他们来到大约六十步远处时，他抬起卡宾枪，仔细瞄准，然后开了火。沉重的涂银弹丸击中了最靠近的那具手持镰刀的活死人的胸口，击碎了肺部与心脏，也让他的身体倒飞出去。小神灵在其体内的精华试图让尸体从雪地里爬起，但弹丸上的银粉瓦解了扎瓦-提许-拉吉什泰克斯的掌控，而在片刻的摔打与挣扎后，那位从前的农夫便不再动弹了。

赫里沃德爵士小心翼翼地把卡宾枪放到脚边。之后也许会有装弹的机会。他取出第一把手枪，再次瞄准，左手支撑着持枪的右手的手肘，左手肘固定不动，就像多年以前学过的那样。他扣动扳机，转动枪管，火花喷洒而出。手枪发出特有的尖厉怒吼，然后另一颗涂银弹丸击中了下一名失魂者，让他的脑袋爆散开来，仿佛集市上某颗熟过头的西瓜被恼火的顾客踢中时那样。

"两个。"赫里沃德爵士评论着,把手枪塞回腰带上,随后抽出另一把。扎瓦-提许-拉吉什泰克斯的仆从加快了速度,毫无疑问,那位小神灵意识到了敌对行为,因此注入了更多的精华。他们高高跃出雪堆,以惊人的幅度跳跃着前进。

赫里沃德爵士得出了结论:他没有重新装弹和射击的时间了。他呼出一口长长的白气,放缓比他预想中要快的呼吸,然后再次瞄准。

出于某种理由(备选项有很多),他的第三枪就没那么准了。但他不认为那是出于他牢牢封闭在内心的恐惧感。赫里沃德爵士习惯了恐惧,也习惯了加以掌控,他会从恐惧中获取活力与指引,而不是让它利用自己。他可不敢相信那些自称无所畏惧的人。

总之,那颗弹丸只是击中了那名手持修枝钩刀的女子的身侧,让她后退了几步,但仅此而已。如果她是活人,如果她更像活人一点,冲击就该让她倒地,而失血会在几分钟内负责收尾。但指引她受创身体的不再是怀有恐惧的人类头脑。她奋力前行,在身后的雪地上留下一条鲜红的痕迹,充满恶意的长柄钩刀高高举起。

"解决受伤的那个!"赫里沃德爵士大喊一声,将第二把手枪插回腰带上,以训练有素的动作拔出剑来。

菲茨先生从枯死的山毛榉的枝头跳下,落在那名女子的肩头,将她的喉咙劈开到露出脊骨,又几乎毫不停顿地再次跃起。这次他落在雪地里,消失在剩余五名袭击者之一的双腿下方,后者大步前进,却在几步后倒下:他的肌腱被割断了。木偶在他的背上重新出现,露出雪地的只有头部和木棍般的手臂,而他以肉眼难辨的动作挥下短匕,刺进倒地男人的大脑根部。

另外四个攻向站在古老里程碑顶上的赫里沃德爵士。他们都拿着干草叉,也依旧没有展示出任何战术意识:他们在石碑前方撞成一团,随后刺出武器,握柄在碰撞中叮当作响。赫里沃德爵士用脚底压下一把干草叉,躲开另一把,接着先后刺穿了两个活死人的眼睛。就在他将稍微卡住的剑从第二名农夫的颅骨里抽出的时候,菲茨先生解决了剩下的两个,他接连跳上那两人的肩膀,刺穿他们的脑干,随后落在石头上。

垂死的身躯倒在两人周围的雪地里,而那个小神灵试图让他们起身。但赫里沃德爵士的剑和菲茨先生的匕首涂有厚厚的银粉,再加上大脑或脊髓被毁,小神灵没法再操控他们继续战斗了。

"撑住!我来帮你们了!"

"夺神者"芬塔克仍旧在雪地里蹦跳着前进,同时将那把剑高举过头,连连挥舞。考虑到棘手的路况,他的速度已经很快了。

赫里沃德爵士哼了一声,用旁边不再抽搐的那个农夫的麻布衣物擦净剑身,收回鞘中,然后俯身拿回了他的卡宾枪。他从腰包里取出弹丸,迅速上膛。

"别,"菲茨先生说,"我觉得他能派上用场。"

"我没打算开枪打他,"赫里沃德爵士撒了谎,"我只是在为扎瓦-提许-拉吉什泰克斯打算送来对付我们的下一批剩饭做准备。"

虽然芬塔克来得比赫里沃德爵士预想中快很多,但他还是装完了手枪和卡宾枪的弹药。他还重新穿好了披风,又拾起那只篮子。菲茨先生再次坐回篮子上,刀子也收了起来。在收入鞘中之前,他用布满斑点的蓝色舌头把刀刃舔了个干净。木偶保证过自己并没有饮血的嗜好,但这一幕依旧令赫里沃德爵士有些不安。他的舌头只是件有效的清洁工具,而且在某些时候,血的味道能揭示他们原本无法察觉的重要情况。

"感谢善良诸神,你还活着!"芬塔克气喘吁吁地说,"但请记住,如果发生不测,我必定会为你复仇!"

他把剑插回鞘中,然后费力地做了几次深呼吸,赫里沃德爵士认为这是平时缺乏运动的表现,又或者是太过热衷于蛋糕和麦酒的后果,但他的身材相当瘦削,这点与他的推测矛盾。

"你的豪言壮语骗不了我,芬塔克,"赫里沃德爵士说,"你没法为我们向扎瓦-提许-拉吉什泰克斯复仇,正如我没法只凭自己飞到最近的那颗月亮上。"

"我听过这声音。"芬塔克喃喃道。他在有些宽松的护胸甲颈部附近摸索了一阵子,拿出一副丝绳拴着的长柄眼镜。他将眼镜架到鼻子上,抬头看着赫里沃德爵士,面甲的铁栅向后者的面孔投下了阴影。骑士低头看向芬塔克,注意到镜片将对方的眼睛放得很大,由此可以推断,这副眼镜是必需品,而芬塔克本该全天都戴着才对。此外,他或许没能看见刚才那场战斗的细节,这点可以利用。

"赫里沃德爵士!"芬塔克惊呼道,让眼镜落回护胸甲的护颈内,"幸会,恶神的审判者与行刑者同伴!"

"我才不是你的同伴!"赫里沃德爵士吼道,"我看到你……就像狗看到了跳蚤。烦得要命,而且赶都赶不走!"

"噢,这就是没吃饱早餐之人的咆哮!"芬塔克惊呼道,"我明白。不但如此,我自己也感到腹中饥饿,但幸好我这只无比可爱的罐子里装着从西米瑞尔公爵的厨房弄来的热咖啡,而这只圆罐头装着同一个厨房刚烤出来的酥皮点心。请允许我在这块石头上铺块布,摆出一场宴席!"

"人总得吃东西,"菲茨先生说着,踩着篮子站了起来,"反正那位小神灵也停下了脚步。我们暂时不能继续接近了。"

"噢,是无比神奇的木偶!"芬塔克惊呼道,"或许你可以演奏一段欢快的吉格舞曲,或者唱一首回旋曲,让我们在吃喝的同时振作精神?"

芬塔克显然不清楚菲茨先生究竟是哪种木偶,因此犯下了常见的错误,以为他是标准的表演型木偶。这进一步印证了赫里沃德的推论:这个人需要那副眼镜才能看清东西,却假装它只是饰品而已。在双重意义上"视而不见"。这句双关语让骑士嘴角抽动,而他很想和菲茨先生分享。但毫无疑问，木偶不会觉得有趣。他觉得赫里沃德爵士的笑话和俏皮话几乎全都很蠢，往好听了说也是浪费口水。

"恐怕天气太冷，不适合弹鲁特琴，我的嗓子也有些生锈，需要上点橄榄油，"菲茨先生答道，"念首诗行不行？我得稍微构思一下，但我不希望耽误两位先生喝咖啡。"

"我不想喝什么咖——"赫里沃德爵士恼火地说，但感觉到菲茨先生按在他肩头的手指后，他又停了口。木偶认为芬塔克——或者是他的剑——能派上用场，因此赫里沃德费了番功夫才压下不满。此外，那个"夺神者"打开了那只"可爱的罐子"，热咖啡的芳香也飘进了赫里沃德爵士的鼻腔。

"我平时可不会在尸体边喝咖啡，"赫里沃德爵士继续说着，爬了下来，将毛皮斗篷的下摆铺在石碑另一端，然后坐在上面，尽可能远离染血的雪地和死尸。"但在那位小神灵创造出的这片新荒野里，也没有别的地方可待。"

芬塔克递给他一小杯热气腾腾的咖啡。赫里沃德对那只淡蓝与银色相间的精致陶瓷杯扬起一边眉毛——它显然不可能撑过艰苦的旅行或者激烈的搏斗——然后小口喝了起来。

两人喝咖啡的时候，菲茨先生念起了诗。

轻柔的雪花缓缓飘落
咖啡的热气盘旋升起
冰冷的死者寂静无声

芬塔克赞赏地连连点头。赫里沃德爵士——他认为自己的诗歌技巧与天赋远胜于菲茨先生——朝他的同伴偷偷扮了个鬼脸，暗示他能想出更好的诗，但为了不让对方怀疑木偶的种类，他会克制自己。

"是哪个……呃……小神灵引发了这些麻烦？"芬塔克恰如其分地停顿了片刻，细细品味那首诗的美妙之处，"西米瑞尔城出现了相当程度的恐慌，很多人已经逃离城市了。"

"非常明智。"菲茨先生说。他靠近芬塔克,朝他的剑伸出一只手,木头手指做出难以察觉的抓握动作,又很快停了下来。赫里沃德爵士看到了。菲茨真正感兴趣的是那个江湖骗子的武器。它在骑士眼里很不起眼,只是一把式样老旧的长剑,剑柄黯淡发黑,而从朴素的剑鞘来判断,这是一把用来劈砍的重型剑,并非那种剑尖锐利的细身剑,而且剑刃多半很钝。

"我对你的剑很感兴趣,"木偶续道,"我可以算是古物的研究者。我认为它的制造年代相当久远。"

"什么?这把老旧的剑?"芬塔克问,"它在家族里传了无数代了,但它没什么特别的。我带着它只是出于个人感情而已。"

"我懂了。"菲茨先生咕哝着,弯下腰去审视剑柄。芬塔克把小咖啡杯换到左手,用右手遮住剑柄,阻挡了木偶的视线。

"正如我所说,这把武器相当普通,"他气势汹汹地说,"还是说回我们的正事吧!是哪个小神灵?它的力量和弱点又是什么?"

"我们的正事!"赫里沃德爵士吃了一惊。他本想说下去,但菲茨先生再次投来意味深长的眼神,于是骑士压下了怒意。芬塔克递给他一块酥皮点心,后者和咖啡同样美味。

"它的正式名字是'扎瓦-提许-拉吉什泰克斯'。"赫里沃德爵士吃着点心,不情不愿地说,因为他发现菲茨先生不打算为芬塔克解惑。或许是为了让这位"夺神者"继续觉得他只是个无害的娱乐型木偶。"然而,它在全盛时期更为人熟知的称呼是'吞魂者扎瓦'。"

"噢!"芬塔克惊呼道。

"你听说过它?"赫里沃德爵士好奇地问。在识别那位小神灵的身份之前,女巫们在她们无与伦比的档案馆里进行了大量研究,尤多妮雅又成功获取了小神灵在捕食中留下的"战利品"的新鲜样本,

剑之书

揭示了那个小神灵魔法签名①里独一无二的菱形条纹。不幸的是，在获取样本以后，尤多妮雅没有等待小神灵的身份确认完成，就自行前去与它交手了。

"并非如此，"芬塔克答道，"那只是个语气词而已。它的弱点是？"

"还不太清楚。"赫里沃德爵士答道。他犹豫起来，思索着在没必要灭口的前提下能告诉他多少。这个人似乎无害又无辜，至少相去不远。只是他那把剑让人无法轻视他，虽然他要么对此茫然不知，要么就是不希望别人知晓。

"它肯定是有弱点的，"芬塔克答道，"正如赫瑞希莫在《放逐与囚禁：对付蛮横神灵的手段》中的描述那样，所有外次元的神祇都有缺陷。"

"噢，还是位学者。"赫里沃德爵士说。

"你什么意思？"芬塔克问。他蹙起额头，两条眉毛朝中央聚拢，面对冒犯或讽刺，他的反应倒是很快。

"只是个语气词而已，"赫里沃德爵士语气平淡，"赫瑞希莫也许是正确的，但也许和'众神的行刑者'洛克瓦的那句名言相矛盾。"

"是啊。"芬塔克说着，连连点头。

尽管"众神的行刑者"洛克瓦是赫里沃德爵士现编出来的，但他体贴地没有告诉芬塔克这点，反而将他母亲常说的一句话归功于那位虚构人物。

"如果找不到某个敌对小神灵的弱点，那么弱点真的存在吗？与它的长处对抗，成功的机会反而更大。"

"那么这个扎瓦……呃……小神灵……的长处是什么？"

"它会吞噬灵魂，"赫里沃德爵士语气阴郁地说，"它会吸走过于

---

① 作者自造词，类似"数字签名"，指魔法中可以识别的关键细节。

接近它的所有东西的生命,然后增强力量。如果让它储存足够的灵性精华,它就会变得近乎无法放逐了。"

"但你们无疑是有计划的,对吧,赫里沃德爵士?"

"我有个盟友,"赫里沃德答道,"但那个人迟到太久了!"

"可阁下,那个人又是谁呢?"芬塔克抬头挺胸地说,"恕我直言,有个盟友就站在你面前!"

"是啊,"赫里沃德犹豫着答道,"然而,我所等待的那位盟友是……"

骑士再次犹豫起来,他不想告诉这个招摇撞骗者太多的信息,以免引来危险。芬塔克摆出期待的态度,这表示如果不告诉他,好奇心就有可能害他送命。

"你听说过哈尔的女巫吗?"赫里沃德爵士问,"她们是古老的世界安全协约议会的密探。"

"怎么可能没有!"芬塔克大声道,"我难道不正是那些密探之一吗?"

这番双重否定让赫里沃德困惑了片刻,没能立刻回答。然后他爆发了。

"不,你不是,所以别再胡言乱语了!在你像只尾巴烧焦了的火鸡那样大呼小叫之前,好好思考我刚才的话吧。一位哈尔的女巫——议会的真正密探——很快就会来到这儿,而她们对冒充者可不会一笑置之。此外,她会带来一件武器,而我们,也就是女巫、我和菲——我是说女巫和我——会用它放逐扎瓦-提许-拉吉什泰克斯。至于你,先生,应该立刻朝着反方向尽快逃跑,同时祈祷我们能成功!"

"你太无礼了,先生!"芬塔克叫嚷道,"等到解决这个小神灵以后,我得教教你什么叫礼貌!"

"你没听见我刚才的话吗?"赫里沃德爵士规劝道。他站起身来,将那只咖啡杯塞还给芬塔克,后者反射性地接过。"事关重大,没有空想家和外行人插手的余地！"

"也许我们该让那位哈尔的女巫来判断谁才是外行！"芬塔克吼了回去。说话的同时，他把两只瓷杯放回有厚厚软垫的盒子里，然后塞进披风内侧的一只口袋。"是我这样的知名人物，还是和蹦蹦跳跳的木偶四处旅行、自夸为弑神者的粗野流浪汉！"

赫里沃德爵士伸手去拿手枪，芬塔克则将手伸向剑柄。

"够了！"菲茨先生用格外响亮的嗓门说，"那个小神灵转身朝我们这边来了！"

芬塔克看向木偶，赫里沃德爵士却抬头看向天空。雪下得越来越大，也越来越快，他感觉空气突然变冷了，鼻子和脸颊上也有冰在凝结。

"它还有多远？"他用迫切的语气问。

"四百码，还在迅速接近。"菲茨先生答道。他跳进篮子的同时，赫里沃德爵士也跳下里程碑，费力地沿着来时的路返回。他们踏出的那条小径已经开始消失在新雪之下。

"你们为什么要逃？"芬塔克大喊道，然后又补了一句，"懦夫！"

"如果扎瓦-提许-拉吉什泰克斯来到周围几百码内，就会吸走你身体里的灵魂，就像喝干一品脱麦酒那么轻松！"赫里沃德爵士回头大喊道，脚下片刻不停，"你就留下来让它吞掉灵魂吧！你小小的生命相比之下根本微不足道！前提是你没有先被冻死！"

几分钟过后，他听到芬塔克气喘吁吁地跟了上来。

"所以我们就这么直接逃跑？"

"如果原路返回，那个小神灵的力量就会缩减，因为它找不到能吞噬的生命，"赫里沃德爵士简短地说明道，"如果它追我们的时间够久，也许会变得足够虚弱，不靠女巫送来的武器也能解决。"

"这儿变冷了。""自诩的夺神者"说。他的呼吸变成了浓稠的白气，他开口的同时，冰柱在他嘴边逐渐成型。"非常冷。"

"那个该死的小神灵正用力量引发更强烈的寒流,让它追赶的一切都寸步难行。"赫里沃德爵士喘息着说。吸气会带来痛楚,空气变得酷寒无比。"菲茨!我们这样是跑不了多久的。"

"再远点儿!"菲茨先生在篮子里催促道,"我正在计算。我们得让那个小神灵尽可能消耗它储存的能量,因为只靠一根针,我最多也就能挡住它二三十分钟。"

"这——这是……"芬塔克透过打战的牙关问。他在冰雪中蹒跚跋涉,脆弱的积雪没过了他的大腿,密集的雪花让两人看不清一臂之遥的景物。"为——为——为什么要提到针?"

"这是个简单的算术题,"菲茨先生继续说着,没理会芬塔克的问题,"如果在追赶我们、或者突破我将会架设的防护的过程中,小神灵消耗了足够多的储备力量,它就无法继续操控尤多妮雅的身体了。她会夺回支配权,然后沿着他们来时的路线离开,让那个小神灵越来越弱。我们可以跟在后面,等待奇茜塔,并在必要时采取行动。"

"万——万——万一……它还不够弱呢?"赫里沃德爵士问。他无法抑制身体的颤抖,而双眼化作冰雪包围的细缝,几乎看不见东西。"还是说我们会先冻死?我们得停下来躲避风雪才行!"

"再走十步!"菲茨先生命令道。

赫里沃德爵士努力前进,但他迈出的每一步都比上一步要小。积雪到了及腰的深度,而且更加密实,这代表他偏离了来时的路。不过雪下得又大又急,他往哪儿走都差不多。他听不见芬塔克的声音,但话说回来,除了自己心脏狂跳的回音以外,他什么也听不见。他毛线帽下的双耳已经冻僵,而他觉得自己只能听到体内传来的声音。

他依稀听到菲茨在叫喊些什么,又感到背上传来震动。他猜是那只木偶跳出了篮子。他想要前进,却脸朝下倒在雪地里,与空气相比,那里出奇的温暖。他一时间感到惬意,然后才意识到那是个陷阱。如果他不尽快起来,就会趴在那儿直到冻死。骑士呻吟着单膝跪

261

起，以狂乱却无力的游泳动作拍掉胸口的积雪，然后站了起来。

菲茨再次开口，赫里沃德没能听清内容，只听到了"眼睛"这两个字。他知道那代表什么——菲茨先生就要使用魔法针了——于是他强行闭上了冰雪覆盖的双眼，又用浅黄色皮外套的袖子盖住面孔。

尽管有这层保护，紫色的光辉依旧穿透过来，仿佛照亮了他的眼窝与颅骨内部。强光与惬意却伴随痛楚的热浪令赫里沃德爵士大叫起来。他听到了芬塔克的呻吟，还有菲茨先生详尽的指示，仿佛他们回到了高苍山的教室。

"赫里沃德，芬塔克。别动。我在周围铭刻了魔法屏障，它会抵挡小神灵的捕食，也让空气更加温暖。但它的范围很小，如果你们越过边界，肉体就会一分为二，当场死亡。"

赫里沃德爵士非常缓慢地睁开了眼睛，甩开融化的冰水。他此时站在一摊融雪水里，后者在他的脚踝周围流淌，寻找附近地面的最低点。菲茨先生蹲在他身边，脖子以下湿漉漉的，他的木头手指裹着一根针，但尽管受到重重遮蔽，它却释放出耀眼到只能用眼角打量的强光。一道没那么明亮的发光痕迹标出了木偶术士在三位准弑神者周围画出的圆环。

扎瓦-提许-拉吉什泰克斯大步绕过圆环，厚厚的冰层立刻在他脚下成型。赫里沃德看着小神灵此时的外在形态，心情颇为复杂。尤多妮雅一向讨厌他，总是以"畸形儿"称呼他，甚至当着他的面这么说。因为他是女巫生下的男孩，尽管女巫本该只会生出女孩。她曾想将刚出生的他丢在高苍山的崖顶上自生自灭——赫里沃德能够避免这一命运，纯粹是因为他的母亲是议会的领袖，也就是三巨头之一。尤多妮雅也曾反对让菲茨女士（也就是当时的菲茨）教导他，后来又试图阻止赫里沃德和木偶联手去执行为世界除掉有害小神灵的永恒使命。

赫里沃德害怕她，也以憎恨回应她。

但现在，他也开始同情她了。

扎瓦-提许-拉吉什泰克斯维持着尤多妮雅的外表，至少躯干和头部是如此。但在捕食的途中，它显然觉得有必要加快速度，因为尤多妮雅的腰部接上了另外两对人腿，令人作呕的皮肤、肌肉与凸出的神经聚集成团：那个小神灵把所有东西胡乱塞到了一起。

在尤多妮雅严厉冷酷的面容上，仪式留下的伤疤毫无变化，但她的额头和两边脸颊能看到嵌入的魔法针的根部，而那三根针仍在迸射出紫色能量，同时发出微弱的沙沙声。为了抵挡这个小神灵，她显然选择了严酷的手段。看着她翻白的双眼，赫里沃德爵士很想知道，她的内心深处是否仍在反抗那个入侵了她的心智与肉体的外次元存在。

扎瓦-提许-拉吉什泰克斯靠近了圆环，伸出尤多妮雅的双手，却又在魔法能量的闪光中抽回，手指也焦黑冒烟。它对痛楚毫无反应，甚至没有把双手浸入雪地，因此那些手指继续燃烧，皮肤也开裂剥落，露出骨头。可怕的臭气飘到了赫里沃德那里，菲茨这次设下的魔法防护并不能阻挡气味。

"圆环能撑住吗？"赫里沃德爵士用沙哑的嗓音问。

"暂时可以。"菲茨先生确认道。木偶专注地看着那个小神灵。又过了一会儿，他发出"咔嗒"的咂舌声：他的舌头上有一颗银钉，或许就是为此才镶上去的。"恐怕我计算失误了。"

"什么？"芬塔克说着，嗓音发颤。

"它比我预想中更狡猾。"菲茨先生面对着身为小神灵宿主的那个骇人而畸形的怪物，评论道。

扎瓦-提许-拉吉什泰克斯对木偶咧嘴一笑，只是笑得太欢，令尤多妮雅嘴角的皮肤像腐烂的布料那样裂开，伤口深可见骨。新伤处没有流出鲜血。然后小神灵转身离开，歪斜身子，用全部三双腿笨拙地穿过积雪。飘舞的雪花追随在它身后，化作一场局部暴风雪。尽管那位小神灵的速度很慢，但在半分钟之内，它便消失在始终跟随它的永恒冬日带来的昏暗光线里。

"那个小神灵的掉头追赶只是虚张声势。"菲茨先生续道。他攥紧拳头，花了点时间集中精神。等到摊开手掌时，他握着的那根针成了一块普通而冰冷的铁，光辉消失无踪，而他们周围的圆圈也褪色为融雪上的一条线。"为了逼我使用仅剩的那根针来防御。它显然根本不打算强行攻击我们。更糟糕的是，它储备的能量比我预想中更多，足够支撑它前往极小海对岸那些宅邸了。然后它会在那里狼吞虎咽，直到强大到没人能惩罚它为止。"

"可它现在变弱了吧？"赫里沃德爵士问。他正用力揉搓冷得要命的鼻子，因此说出的话只是依稀可辨。"离开的时候，它身边的冰雪变少了，而且脚步也绝对比以前慢了。"

"它是被削弱了，"菲茨先生确认道，"我们的臂章就能提供充分的保护，让我们可以接近它而不被冻住。但我们手头的武器没法强迫它离开尤多妮雅的身体，更别提把它赶出这个世界了。"

赫里沃德望向天空，晃了晃拳头，大喊道："奇茜塔！"

"除非你那把剑不像你说的那么简单。"菲茨先生思忖道，他纤细脖子上的圆脑袋缓缓转向，目光定格在正在赫里沃德身边瞪大眼睛，瑟瑟发抖的芬塔克身上。

"你究竟是哪种木偶？"芬塔克开口发问，嗓音和颤抖的身体同样动摇。

"出于极为特殊的目的——也就是处理违禁外次元神祇——而制造的独特种类。"菲茨先生说。虽然他用的是叙述事实的口吻，接下来那句话却带上了恐吓。"而且会不择手段维护世界的安全。"

"菲茨先生是位术士，就像哈尔的女巫们那样，"赫里沃德爵士补充道，"他们的共同点还有很多。好了，跟我们聊聊你的剑吧。它恐怕是明天黎明时会被扎瓦吞食灵魂的那些人的唯一希望了。"

"我告诉过你们了……"芬塔克开了口，但在菲茨先生与赫里沃德爵士同时的凝视下，他的语气也畏缩起来。尤其是那个木偶尖锐的目光，其中藏着某种让他不敢深究的含意。

"这把剑很久以前就是我家族的所有物，"他最后开了口，"我也不知道究竟是多久以前。我们一直都知道，它能杀死……我猜其实是放逐……小神灵。"

"让我看看剑身。"菲茨先生命令道。他凑上前去，而赫里沃德爵士绕到芬塔克身后。骑士的手指缓缓攥成拳头，做好准备：如果对方趁机拔剑攻击而非展示剑身，他就会一拳打向他的脑袋侧面。

但那位夺神者只是缓缓拔出剑来，低举在身前，同时倾斜剑身，让光线将其照亮。天空已经开始放晴，只有几片零散的雪花还在飘落，西方甚至出现了太阳的迹象：那是正在散开的云层背后的金光。至于东方，也就是扎瓦-提许-拉吉什泰克斯以蹒跚的步伐无情地逼近极小海的方向，天空仿佛涂上了煤尘，看起来一片漆黑。

菲茨先生审视着那把剑，在近处凝视波纹状的剑身。上面没有明显的痕迹与铭文，至少赫里沃德爵士的肉眼看不出来。但木偶发现了什么。

"有意思，"他说，"这也许真是沉没的赫伦克洛斯传说中的夺神剑之一。"

"赫伦克洛斯？"赫里沃德爵士问，"但那儿是个深渊，只有一道流淌熔岩的裂口……"

"它曾经是座城市，"菲茨先生说，"在大地将它吞没之前。那座城市坐落于某个深坑上方，而后者会喷出地下世界的火焰，那里的人用那种火焰锻造金属。坑洞之所以没有开裂，靠的是他们的守护小神灵赫伦-帕尔-奎克林的力量。小神灵失踪以后，那座城市就名副其实地'陷落'了。"

木偶更加贴近那把剑，用他蓝色舌头的尖端碰了碰剑身。

"没错，"他说，"它是赫伦克洛斯出产的。这把剑的上一个俘虏还逗留在里面。虚弱了很多,但仍旧拥有残存的力量。或许足够了。"

"俘虏?"芬塔克和赫里沃德异口同声地问。

"对,"菲茨先生说,"夺神剑的能力不是放逐外次元造物,而是诱捕它们并运用其力量。赫伦克洛斯的铁匠们并不在乎发挥作用的是哪个小神灵,他们奴役善良神祇的次数和违禁神祇一样多。我不清楚逗留在这把剑里的小神灵是哪一个,也没时间取出部分精华来确认……芬塔克,这把武器展现出的力量是什么?"

"握着这把剑,我就能在黑暗中视物,"芬塔克缓缓地说,"我周围的世界会减缓速度,而我的身手会迅捷到不可思议,也因此同样致命。但减缓的程度会继续增长……如果我拿着这把剑太久,周围的一切都会静止下来,无论是人还是动物。所有人和所有东西都会变成雕塑,而且空气的流动似乎也会停止,因为无论我怎么喘息和挣扎,肺里都吸不到新的空气。"

"所以你能用这把剑的时间就和闭气时间一样长?"赫里沃德爵士问。

"是的,"芬塔克答道,"但从很早以前,我的家族就开始让孩子练习泽鲁采海绵人的技艺了。所以我才会得到这把剑:我是最擅长闭气的那个。拿上它以后,我就借用剑的名字,成为了众所周知的'夺神者'!"

他显然恢复了吵闹的本性,寒冷与近距离遭遇扎瓦-提许-拉吉什泰克斯带来的震惊逐渐淡去了。

"你用这把剑尝试过对付小神灵吗?"菲茨先生问,"还是说你只接受了这把剑的称号,却没有实际用过?我问这些,是因为剑里的那位神祇非常古老,已经有些枯竭,钢铁内部的魔法结构也因此退化。据我推测,用这把剑对付另一名小神灵,会让两名神祇都受到放逐,而寄宿对象也都会因此毁灭。"

"我用这只手和这把剑杀死了拉扎雷诺的'啜血食尸鬼'!"芬塔

克高声道。

"不,你没有,"赫里沃德恼火地说,"别忘记你在和谁说话。"

"出于各种各样的理由,"菲茨先生说,"这么做会比较明智。"

"噢,对,是这样。"芬塔克说。他紧张地看着木偶。"说实话,虽然我杀过不少……我猜可以叫他们'野巫师'① 和'商店术士',但我尚未有机会考验自己对抗真正小神灵时的勇气。"

"我熟悉'野巫师'这个词,"赫里沃德爵士说,"但看在贺洛加尔胡子的分上……商店术士又是什么?"

"你知道的,就是力量来源于他们买下的魔法饰品的那些人,"芬塔克说,"他们全是些为求力量投机取巧的无赖。"

这番评价让赫里沃德惊讶地眨了眨眼,毕竟芬塔克的魔法也完全来自于他继承的那把剑。

"虽然你尚未在和小神灵的对抗中证明过它的价值,但我认为这把剑应该还剩下足够办到必要之事的力量,"菲茨先生说,"我们最好带上它,在扎瓦拉开距离之前测试这种假设。"

"带上它?除了我没人能运用这把剑!"

赫里沃德爵士瞥了眼旁边的菲茨先生,后者以难以察觉的幅度摇摇头,阻止了他,因为菲茨先生很清楚他打算做什么:把芬塔克打趴下,夺走那把剑。

"那样的话,你最好跟我们同行,用它来对抗小神灵。"木偶说。他跳进赫里沃德背后那只稍有些变形的篮子。"我们这就出发吧!"

才刚走出三步,芬塔克就从旁超过他们,随后侧身面对骑士和木偶,在倒退行走的同时开了口。

"噢,我当然乐意对这个恶毒的小神灵采取行动,"芬塔克说,"不过对于那股寒气,还有那种……呃……吞吃灵魂的能力……你们

---

① 字面意思为"树篱巫师",在民间传说中指出生或居住于树篱附近的巫师。

267

有把这些都考虑在内的行动计划吗？"

"它变弱了，"菲茨先生说，"在对付扎瓦－提许－拉吉什泰克斯这种存在的时候，我们的魔法臂章能够提供某种保护。我们会在距离合适的时候戴上臂章。"

"噢，密探的臂章！"芬塔克惊呼道。他把手伸进斗篷里，拿出一块大约五指宽的丝绸臂章，上面绣有赫里沃德爵士与菲茨先生非常熟悉的标志：那是世界安全协约议会的象征。虽然用魔法线绣出的标志并未发出应有的光芒，但它毫无疑问是真货，只是处于休眠状态。

赫里沃德爵士停下脚步，靴子踩碎了地上的冰。

"你是从哪弄来的？"

他板起的脸上浮现出冷酷，双眼眯起，又绷紧身体准备出手。在理论上，臂章离开所有者身边超过一天一夜就会化为尘土，总是由一位密探谨慎地托付给另一位，而这往往是临死前的惯例。

菲茨先生又碰了碰赫里沃德的肩头，制止了即将做出致命举动的骑士。

"这也是传家宝，"芬塔克说着，对刚才的危险茫然不知，"和这把剑一起传下来的。不过老故事里说它会发光，比提灯还要明亮。"

"它会的，"菲茨先生说，"能让我拿着看看吗？"

芬塔克把臂章递给菲茨先生，后者用舌头舔了舔丝绸。光芒的涟漪掠过丝线之间，又在木偶还回臂章后消散。

"有意思，"菲茨先生说，"它很有年头了，不是最近才弄到的，赫里沃德。芬塔克应该真的是某位失踪已久的密探的后代。等时候到了，这块臂章会回应你的祈求的。来吧，我们得抓紧时间了！"

他们继续前进，周围的气候也恢复到更加自然的状态，空气变得温和，积雪也在融化。前方仍旧黑暗无光，但扎瓦显然在保存力量，因为那团黑云不再朝整个地平线蔓延，而是聚集在那位小神灵周围几百码的范围内。

他们数次窥见了扎瓦的身影。他们当时正爬下宽阔的山坡,朝极小海前进,其中几片区域相当陡峭,而高度扩展了他们的视野——虽然也多了云朵的遮蔽。但雪花永远盘旋和包裹着小神灵,他们只能看到它仍在用三双腿以笨拙的动作前进,速度比用灵活的双腿追踪的众人稍慢一点儿。

"西米瑞尔人拆掉了桥。"菲茨先生叙述道。相比另外两人,他更能看清雪云那边的样子。极小海并不比湖泊大多少,又散布着许多岛屿,以品质与载重能力各不相同的众多桥梁相连,构成了一座名副其实的水上迷宫。想要通过这里,往往需要雇佣要价不菲的当地向导,尤其是在需要能够支撑货车和役畜的桥梁的前提下。

"看来我们会在岸边追上它,"赫里沃德爵士说,"你打算怎么做?戴上臂章然后靠近?我们两个尽可能吸引扎瓦的注意,让芬塔克用夺神剑砍掉尤多妮雅的脑袋?"

他语气轻松,但心里却很清楚:即便有臂章提供的保护,那位小神灵也几乎肯定留有余力,能够抽取任何担任诱饵之人的生命精华。唯一的问题在于,那个小神灵在解决他们以后,是否还来得及避开芬塔克那把剑的放逐一击。

"恐怕缺少一座桥没法让那个小神灵止步,"菲茨先生说着,蓝色的眼睛闪着光,"它正在用冰自己造桥。来吧,我们必须赶在冰桥融化前通过!"

赫里沃德爵士飞奔起来,背后的篮子跳动不止。芬塔克跑在他身边,却没有像他们先前碰面时那样上气不接下气,这么一来,握住那把剑会让周围的一切减速——包括空气在内——的说法显得可信了几分。

覆盖泥滩的那层冰在他们的靴跟下开裂,但穿过水域的冰面看起来厚实得多,这让赫里沃德爵士松了口气。他在岸边停下脚步,放下篮子,随后用他的剑试了试冰层。它承受住了好几次敲打,而他的踩踏也没有引发裂纹或者令人不安的晃动。尽管他脚下的冰面很厚，周围却并不特别寒冷。

"扎瓦把很多力量用在了这座冰桥上，"菲茨先生说着，弯下腰去，审视起刚冻结不久的湖面来，"这是好事。它就在我们前方五六十码的位置。来吧，戴上臂章。我们就照你的提议来，赫里沃德，我们俩吸引它的注意，让芬塔克放逐它。芬塔克，你必须瞄准脖子，一击就砍掉脑袋。你能办到吗？"

芬塔克紧张地舔了舔嘴唇，点点头。他又犹豫了一会儿，然后从护胸甲里拿出那副长柄眼镜，将丝绳缠在头上，好让镜片在他的鼻梁上停稳。

"我的眼力不算特别好，"他说，"但该做的事我会做的。我可是'夺神者'芬塔克！"

"等这件事了结以后，你就名副其实了。"赫里沃德爵士咕哝着，把臂章戴在外套的袖子上，这对仍旧冻得发麻的手指来说并不轻松。他想了想，又小声补充道："如果你还活着的话。"

"命中目标以后，记得立刻把剑丢下，"菲茨先生指示道，"好了，把臂章戴上，我们要在追赶的同时进行宣言。重复赫里沃德爵士和我说过的话。准备好了吗？"

"好了。我……我准备好了。"

骑士和木偶同时开口，芬塔克在片刻后效仿。他们臂章上的标志随着说出的每个字闪耀着更加明亮的光芒，"夺神者"臂章也不甘落后地绽放光辉。

"以世界安全协约议会的名义，以三大帝国、七大王国、巴拉丁摄政王朝、杰萨共和国以及四十个小王国的名义，我们宣布自己为议会的密探。我们确认现身于前方冰面上的小神灵是扎瓦-提许-拉吉什泰克斯，协约中列出的一名神祇。因此，我们认定上述的小神灵与其一切协助者均为世界安全协约议会的敌人，我们将凭借议会的授权加以追捕，并采取一切必要的手段放逐、驱赶或是消灭上述的小神灵。"

结束宣言以后，芬塔克露出了灿烂的笑容。

他们说话的同时仍在前进，但这时菲茨先生又催促他们加快脚步。

"再快点！小神灵正冲向一座岛，那些蠢货又只拆掉了近处的几座桥！"

木偶跑在前面，几乎以对折身体的幅度弯下腰去，手脚并用，细长的四肢让他像极了受伤的蜘蛛——少了四条腿的那种。赫里沃德爵士在他身后飞奔，双枪在手，而芬塔克紧随在后，但尚未拔出剑来。

他们奔跑的同时，前方的云层开始消散和撕裂，化作横跨天空的条纹。他们能看到扎瓦的身影，他离最近的岛屿只有一百码远了。但它并未直线接近那座岛，它的两条腿在试图原路返回，而另外几条奋力向前，让它以螃蟹的姿势伸展肢体，缓缓爬行。

"尤多妮雅正在它体内反抗！"菲茨先生喊道，"抓紧时间！"

他言行一致地拔出三角刀，让它旋转着飞过空气，如同弩箭那样迅疾。它砍中了膝盖上方那两对附加的腿中的一条，留下可怕的伤口，但并未如他预想的那样将其切断。刀子深深嵌进骨头，然后卡在了那儿。菲茨把手伸进袖子，又抽出两把武器：它们与他平常使用的魔法针相仿，只是更长也更锐利。

赫里沃德爵士暂时停步，单膝跪地，花了一秒钟瞄准，然后两把手枪同时朝小神灵的腰部开了火。一颗弹丸呼啸着从旁飞过，另一颗成功命中，但在他看来毫无作用。骑士丢枪拔剑，伴随一声狂吼冲锋向前：他希望这样能吸引小神灵的注意，让他注意不到芬塔克发起的真正攻势。

后者却在冰面上滑倒，夺神剑也脱了手。

就在那一刻，扎瓦停下脚步，俯下身去，折下冻结在冰层中的一块桥梁碎片，然后转向追踪者，将这件临时武器高举过头。那是一根长度超过赫里沃德身高的橡木横梁——这支可怕的棍棒上满是铁钉，而它的一击无疑就足以致命。

小神灵向赫里沃德逼近，后者努力想止住前冲的势头，却跌倒在地，身体向后滑去。菲茨先生在小神灵周围绕起圈子，同时举针欲刺，但就算他能成功近身，这两把锐器恐怕也只能惹恼它而已。

芬塔克爬起身来。他长柄眼镜脱落了，但他还是找到了冰上的那把剑。他蹒跚着走了过去，拿起剑。

但小神灵对他视若无睹，显然把全部注意力都放在了赫里沃德爵士身上。等到它靠近以后，他才发现尤多妮雅的双眼此时是睁开的，只是眼神疯狂，又充斥着魔法针的残余能量散发出的强烈紫光。

"畸形儿！"女巫吐出这几个字来。显然，小神灵已经无法完全掌控这具身体了，但情况并未像赫里沃德爵士和菲茨先生指望的那样好转：他的曾伯祖母的大部分人格都在与小神灵的漫长对抗中遭受侵蚀，对赫里沃德的憎恨却留了下来。

"尤多妮雅曾伯祖母！"赫里沃德喊道。他再次后退，却发觉靴跟下的冰块正在开裂和摇晃。如今女巫夺回了支配权，小神灵便不再冻结湖水了。"我要求您作为协约密探协助我们！"

"邪恶之子。"女巫咕哝道。话音未落，她便突然砸下那根横梁，令碎冰如喷泉般飞向空中。赫里沃德跳向一旁，又匆忙跑向侧面，避开落下的冰块，但他的脚却踩穿了冰层，身体向前倒下。他扭转身体，举起剑来，徒劳地试图格挡下一击。就在这时，菲茨先生跳上那个女巫的肩头，将尖针刺进了女巫完全疯狂的双眼里。

尤多妮雅——或者说小神灵，或者说两者——尖叫起来。但那与其说是痛呼，不如说是怒吼。它抛开横梁——险些砸中赫里沃德爵士——单手抓住菲茨先生，将他丢向远处，后者越过冰面上空，落入水中。

赫里沃德爵士抽出那只脚，用双肘和双膝爬过冰面，比他从前爬过的任何一次都要快。他既希望小神灵——或者说尤多妮雅，或者说扎瓦，或者说眼下在他身后的那东西——会追赶在后，从而分散注意力，又拼命祈祷它不会跟来。

在岛屿的边缘，他的手碰到了泥土而非冰块，随即翻过身去，向后张望。扎瓦的确在追赶他：它的脸贴近湖面，嗅个不停，双手伸出，脑袋左右抽动，同时搜寻着声音和气味。

芬塔克跟在后面，步伐出奇地迅捷而流畅，夺神剑高高举起，胳膊上的臂章闪闪发光。

"尤多妮雅！扎瓦！来这边！"赫里沃德爵士尖叫道。与此同时，他爬起身来，准备全速逃跑。

小神灵也跳了起来，它的六条腿肌肉隆起，准备向前跃出，而芬塔克在同时挥出了剑。剑刃砍中了那怪物的脖子，然后横穿而过，伴随着巨型船只的主桅杆在飓风中折断、又或是超负荷的攻城火炮爆炸时的响声。芬塔克的斩击结束之时，剑刃也燃烧殆尽，仿佛一条灰烬的尾迹，但那颗头颅却从脖颈处落下，滚过冰面，而后者顿时出现了上千条裂纹。

芬塔克丢下剑柄，欢呼着迈出一步，随后踩穿冰层，落入了极小海里。片刻过后，冰冷到不自然的湖水又吞没了夺神剑的剑柄、焚烧后的残余剑身、尤多妮雅的身体和脑袋，以及不知是否仍在其体内的小神灵。

赫里沃德爵士朝开阔起来的水域迅速迈出三步，水面上散落着小小的冰块，与前方那座西米瑞尔城（芬塔克的咖啡就是从那儿弄来的）的冷饮里的碎冰颇为相似，但他却在湖水没过腰际时停了下来。他的衣物和靴子又厚又重，没法游泳，水又冷得要命……而且还有那个微小的可能性：扎瓦-提许-拉吉什泰克斯也许尚未遭到驱逐。

他扫视周围，寻找着菲茨先生，满心期待木偶已经游到了岸边。

木偶的确上了岸，但赫里沃德爵士吃惊地发现菲茨先生的脚步一瘸一拐，穿着湿透蓝色夹克的上半身歪向奇怪的角度。虽然木偶是用纸模和木头制成，构成它的这些材料却都附有魔法，极难破坏。可他眼下明显受到了损伤。

"你受伤了！"赫里沃德惊呼一声，跑向他身边。但木偶却摆摆手，制止了他。

"没事的，"他说，"只是脊椎的某个关节需要校准，等补充缝纫工具以后，我就会尽快做好调整。你发现小神灵存留的迹象了吗？水下有动静吗？"

"没，"赫里沃德说着，转头看向洒落在水面上的冰块，"有了！那边！"

水下有道影子在移动。它突然破开水面，令冰块四下横飞，赫里沃德爵士和菲茨先生不由得后退了几步。

芬塔克气喘吁吁、瑟瑟发抖地站在那儿，随后涉水走来，而赫里沃德——他对这位意料之外的盟友大为改观——以对待同僚的友好态度拍了拍他的背脊。

"我还以为你肯定淹死了！"骑士高声道，"我还以为穿着护胸甲、靴子和斗篷的人肯定游不到岸上呢！"

"当然不能，"芬塔克咳嗽着说，"我是从湖底走过来的。我告诉过你，我学过泽鲁采海绵人的技艺。"

"真让人高兴！"赫里沃德爵士大声道，"呃，你在水下的时候，有没有碰巧看到和扎瓦-提许-拉吉什泰克斯有关的东西？"

芬塔克吓了一跳，连忙扭身看向背后。

"没有！"他大叫着，突然颤抖得更厉害了，"我还以为……它已经被放逐了吧！"

"我不太确定，"菲茨先生说，"湖水遮蔽了我的视野……"

歪着身子的木偶笨拙地动了起来，转动整个身体而非头部，看向约莫五十码远的一片水域。

"它还在这儿，"他说，"元气大伤，但没有消失。"

就在他说话的时候，一只骇人的无头怪物用四肢爬出了湖水。它失去的不只是脑袋：附有神灵的剑与尤多妮雅体内的神祇接触时发生了爆炸，也扯脱了那两双附加的腿。尽管它的脖子和臀部留下了庞大的伤口，却没有血液流出。

它没有尝试站起，就这么爬上了陆地，然后停了下来，甩干身体。这幕景象令人不安，因为它没有脑袋。

"我们……我们该怎么做？"芬塔克问。

"悄悄走开。"菲茨先生低声说。木偶听从了自己的建议，尽管身躯朝奇怪的角度歪斜，它仍以坚定的脚步迅速走开。"放轻脚步，放浅呼吸，保持冷静。"

"可它没有脑袋，听不见……也看不见我们。"芬塔克说着，以同样匆忙的脚步离开，不时紧张地回头张望。

"感官能力可不止这些，"菲茨先生答道，"等确定我们的位置以后，它恐怕就会迅速追来。但如果我们跑到那座桥上，或许就能引诱它再次落水……赫里沃德！你怎么停下了？"

芬塔克又跑出了好几步，这时他才发觉菲茨已经掉头返回，于是停住了脚。木偶和骑士望向天空，芬塔克却无法将视线抽离那个身躯破碎的无头怪物，后者正像蜘蛛那样以之字形路线爬行：它在芬塔克刚才离开湖水的位置徘徊，似乎找到了能量残留的气味，或者类似的东西。

突然间，一道巨大的阴影掠过男人和木偶上方，并在下落途中发出同样巨大的尖啸。芬塔克双手紧紧捂住耳朵，缩起身子，雪上加霜的局势让他的所有勇气不翼而飞。

赫里沃德爵士仍旧抬着头，笑容令他嘴角上扬。一头月影兽掠过头顶，庞大的皮质双翼伸展开来，长度起码有一百二十尺。它转过大如房屋、长满软毛、状似蝙蝠的脑袋，用一只锐利的黑眼盯着赫里沃德爵士，那只眼睛的直径超过了骑士的身高。它张开细长而满是尖牙、内腔是粉红色的嘴巴，再次发出问候的呼号。

女巫稳稳地坐在它背上那张高脚椅里——椅子仿佛是从周围闪亮的黑色骨头（那是月影兽的脊骨）里生长出来的一般——在尖啸声中快活地挥了挥手。赫里沃德爵士露出微笑，因为尽管迟到了很久，奇茜塔仍是他最喜爱的表亲之一，也是从前的情人，此外，他们或许还能旧情复燃。就算她再过一周才回去，高苍山的议会也不会着急的。

但更重要的是，奇茜塔带上了相应的装备：既有弑神用的圣物，也有数量充足的魔法针。尤多妮雅的空壳与其体内受到重创的外次元神祇扎瓦-提许-拉吉什泰克斯根本不是她的对手，她会放逐那个小神灵，让那名女子的遗体得到安息。

赫里沃德想到曾伯祖母尤多妮雅的脑袋仍在浑浊湖面下的某处，笑容随即消失不见。刺入了三根魔法针，又注入了甚至不会向小神灵屈服的意志，或许尤多妮雅依旧以某种方式活着——活在那颗沉入湖底的头颅里。奇茜塔的差事恐怕没有他预想的那么简单，更糟糕的是，她也许会要求他去"钓鱼"。他可不想把尤多妮雅的断头钓上岸来……

"那是什么？"芬塔克说着，缓缓爬到男人和木偶旁边。他看得出来，无论那东西是什么，它的到来都让扎瓦-提许-拉吉什泰克斯不安。后者退回湖岸，似乎想把自己埋进烂泥里，多半是为了躲避从空中到来的新敌人。

"那是月影兽，驮着一位哈尔的女巫，"菲茨先生像以往那样一板一眼地回答，"事实上，那位就是我们等候已久的奇茜塔。"

庞大的飞行生物转过方向，准备降落在这座岛屿北部较长也较宽的湖岸上。尽管体形巨大，月影兽飞行时却灵活而敏捷，也能在只是稍稍超过它们体长的地方降落。等落地以后，它们就能将翅膀收起到相当小的程度，就像这一头正在做的那样。这种生物的体形其实相当有欺骗性，毕竟它们身体的大部分都是革质皮肤和纤细的骨头，以及东一撮西一撮的细小黑色软毛。但就算把这些都考虑在内，它依旧是只大小堪比倒下的瞭望塔的怪物。

"说得更直白点。"赫里沃德爵士说着，将较为矮小的那名男子拉起身来，热络地钩住他的肩膀，"月影兽和乘坐它的那位女巫代表了一个机会，而我认为我们应当及时把握。"

"什么机会？"

"抛开烦恼和责任，去那边的西米瑞尔城再喝一次那种美味的咖啡，我请客。"

他顿了顿，朝木偶眨了眨眼，随后补充道："还得再买点橄榄油，因为我也很想听听菲茨先生的歌声！"

# 艾伦·库什纳

艾伦·库什纳的第一篇小说《剑之尖》,把读者带到了河畔城。此后,她屡屡通过诸多作品,让读者重归此处,比如《剑之特权》(这本小说斩获了轨迹奖,并获得星云奖提名)、《诸王陨落》(此书为艾伦·库什纳与迪莉娅·谢尔曼合作),以及近来艾伦·达特洛编辑的《无遮诸城》中收录的《河畔城公爵》等诸多短篇小说。库什纳对《河畔城》系列小说的阐释,最近已由"尼尔·盖曼出品"发布在网站 Audible.com 之上。库什纳的小说《诗人托马斯》斩获神话奖、世界奇幻奖。她和霍利·布莱克一同编辑的《欢迎来到界镇》一书是泰里·温德林开创的、原创城市奇幻系列的一次复兴。除作为间隙艺术基金会的合伙创始人外,艾伦·库什纳同样也是公众广播节目《声音与灵魂》的长期主持人,是一位广受欢迎的公众发言人。她目前居住在纽约,经常旅行。

本文中,她为我们介绍了一位初到河畔城淘金的年轻人。他和那些曾赶赴大城市的年轻人一样,发现若想功成名就,还有诸多需要学习之处——而这一过程可并不那么令人愉悦。

# 我做绿林好汉之时

"干一票嘛。"枷斯[①]说,"会很有趣的。"

我一点都不想当绿林好汉,一天都不想。但我们需要钱,因此,我考虑了一下。

自我来到河畔城后,我已知晓,并不是所有人都会给乡下来的陌生人提一些好主意。河畔城需要乐子。如果他们朝一个毛头小伙提议,要他找火边的那个人挑战、决斗——你能干掉他!你没问题的!——好吧,如果你确实比他厉害,那你就走了大运,因为罗思已经杀了很多比你还要出色的剑客。当然,如今罗思记恨上了你,就不会给你推荐城里的任何工作,因为荣耀总是和金钱相伴相生。他已经把金钱和荣耀全部给了雨果·塞维利。找他决斗是个坏主意。

但自我从冬末与枷斯敏为伍以来,我已经明白,她总是把我最关心的东西铭记在心,赚钱之事尤甚。她自己就是个赚钱的行家:按她的崇拜者所言,哪怕是城里最机灵的骗子,她都能从那里捞到油水;要是按其他人的说法,哪怕是最狡猾的讼棍,她都能从那里分一

---

[①] 枷斯敏,昵称枷斯。

## 剑之书

杯羹。

枷斯敏还很漂亮。她有一头我所见过最浓密的秀发，发色如月亮般皎洁，晚上乱糟糟，白天又编成紧紧的辫子，看起来就像城里体面又快活的姑娘，体面又令人赏心悦目。她就是这样玩她的游戏。

我们是一对好搭档。白银和灰烟，冰雪和钢铁，人们如此言道。只要跟着她，我什么地方都能去。突然间，河畔城的所有酒馆都为我打开：罗莎莉的小馆、王冠客栈、红衬裙酒馆，甚至连闺蜜酒家这种闪光安妮和凯茜·布朗特说悄悄话的地方也为我敞开。每个人都知道枷斯，如果他们不喜欢她，起码也钦佩她的手艺——还有她在城里扬名的手段。她知道手绢的把戏，也知道小孩不见了的把戏，还有变鸽子和情人之勇的小技巧。

我从来不和她一起出活，虽然如果我想找一份生计，让人们记住我的脸很重要——但是，更加、更加重要的是，绝对不能让人记住她的脸。

无论是衣品还是其他，枷斯敏的衣橱连公爵夫人看了都会为之嫉妒：背部绒毛互相摩挲的天鹅绒裙子、错综复杂的丝袜、蕾丝额饰、背面染了污渍的丝绸披肩、你能想到的所有颜色的缎带——这些是她装饰她那一堆礼帽用的，还有从街上捡来的羽毛——

"只要看起来没问题就行，理查德。"她会如此辩解，"没人会掀开我好好的亚麻裙子，去瞧下面缝缝补补的衬裙。如果我把什么东西涂成金子，而且像戴金子一样穿戴它，那就只有珠宝匠才能看出其中端倪。"她弯了弯脖子，大笑起来。"而且，我绝对不靠近任何一个真正的珠宝匠，所以这不成问题。"

我轻抚着她光滑的颈背，她柔软的秀发从那儿冒出来，簇成箭尖的形状。"我会给你弄一个和金子差不多的东西。我们会赚大钱，枷斯敏——我会赚大钱。在这个城市，剑客可以变得非常富有。瞧瞧河文，还有德马里斯——当然，我说的是在他的最后一夜之前。我会比他们做得更好。然后我们就去拉西特路，给你买缀着珠宝的金耳环，买他们店里最大的！"

那时，我对珠宝知之甚少，我不知道它们叫什么，也不知道它们值多少钱，真的。我只是喜欢看它们闪闪发光的样子，喜欢看它们将日光折成彩虹。不久后，我在所护卫的商人的婚礼上见到了第一颗钻石。我以为这是所有其他珠宝的合体，不知他们用了什么法子，将它们合在一颗钻石之中。

我和枷斯住在一起，我们的几个房间建在一个斑斑驳驳的老房子里，老房子建在一条挤满这种破房子的窄街上。这条街和它的邻居一样，也曾显赫辉煌过。在我们的两间房里，斑驳的墙壁上还爬着雕塑和装饰精美的饰纹。这里有足够的地方留给枷斯放她成堆成堆的衣服。屋子的主人是名洗衣妇，在院子里的古老石井旁做她的活计，按周给我们算房租，对我们来说正合适。

无论何时，我俩不论谁得到一份工作——或是做了一桩活计，我们就先向玛丽交房租，然后把剩下的钱拿去买我们喜欢的任何东西：给枷斯敏的裙服、礼帽，精美的斗篷（这真的都是为了工作，她解释道），还有那些出现在河畔城中心老集市，那些被河水冲来的漂亮的漂浮物：比如从破房子里抢救下来的东西，比如破碎的瓷器花瓶、一条镀了金雕了花的画框边、缺了一只胳膊的黄杨木像等没人能当掉的玩意。

有回我找到了一个绿色的玻璃高脚杯，用金边装饰。酒杯的把柄掉了，但在光下看上去依旧可爱。我还找到一对做成巨龙形状的黄铜烛台，蜡烛正插在两条龙的嘴里，我必须得买。因此我花光了口袋里所有的钱，把它们带回了家。

买这些的钱是我从一场婚礼上挣的：这是世界上最无聊的工作。我总觉得脑袋上顶花环，跟着人群护送新娘一方去神庙，然后当牧师念着对每一对新人都要说的话时，我就站在一旁供人参观，身上还佩着出鞘的宝剑。简直荒谬可笑,好像真有人会来抢新娘似的。

枷斯说,想引人注目确有窍门,而幸运的是,我头戴花环看起来还挺棒。"你嘛,呃,快十八岁了?"她如此发问,虽然她对此心知肚明,"是时候了。"

但我进城,绝不是为了站在一旁看别人结婚。河畔城的每个人都知道,我是个认真的剑客:当有其他剑客骚扰枷斯,或是有新的剑客想找麻烦,想看看我是不是名副其实,我就会证明给他们看。

不过,正是因为婚礼上的工作,才能让我得到被某个大人物垂青的机会。而我能拿到这份活,正是因为雨果·塞维利已经被安排去参加某个丘陵贵族的生日宴会,进行一场表演式的决斗——走运的家伙,因此他这才把婚礼的活交给了我。

"我荐你,是因为我知道你会竭尽全力。"他傲慢地说,仿佛站着不动不去挠鼻子要费很大劲似的。"那都是些大人物,理查德。黑斯廷斯大人从没进过城,但他这次要来,把七女儿嫁给康德尔的长子。"

我永远记不得他们的名字。我只是穿上干净的衬衫,套上蓝色紧身衣,再把靴子擦亮,然后就去了。

那是一场很不错的婚礼。有一整个乐队带我们去神庙,而不是像其他婚礼一样只有一两个长笛手。小姑娘们在新娘要走的路上掷着薰衣草和迷迭香,当我们踩上这些花草,这种气味立刻让我念起母亲的花园。

我本以为新娘的随从已经打扮得够好了,可当我们走进神庙,里面的客人甚至更加光彩夺目。他们身披锦缎,饰着蕾丝,色彩分明,到处都缀着闪闪发光的金银珠宝。

自然,我也不是唯一的剑客。黑斯廷斯大人有一屋子剑客和我并肩而行。一个高大、安静的老人不想惹麻烦,和我隔得老远,对此我很欣赏。

我和黑斯廷斯大人的剑客们一起，跟在演奏散场的乐手和宾客之后，一同离开了神庙。我们的工作到此结束。我猜，如今新娘属于她丈夫的家族。黑斯廷斯的剑客不是河畔城的人：或许那些人中，有的是在学院或是跟父亲学的剑，他们一步步爬到贵族身边侍奉，决斗表演、护卫婚礼、耀武扬威，时刻准备对付任何敢于挑战他们老爷的权威之人。此前，我从未真正有机会和这些人搭上话。上一场婚礼，新娘家只雇佣了两名剑客，另一个人几乎问什么都不答，而当后来我向他挑战，他吐了口唾沫，然后管我叫河畔城的阴沟垃圾，装腔作势的家伙。

我正准备开口，想着向黑斯廷斯安静的剑客请教，怎么才能在城里得到一份剑士的工作。就在此时，他突然蹒跚着，倒在墙上。

他看起来脸色苍白。"您受伤了么？"我问道。

一位穿着简单长裙、头顶亮色浆帽、衣领同样明亮的女人跑了过来。"噢，乔治，乔治，我说过，你身体不适，受不了今天！"

"玛乔丽，"他朝她无力地笑了笑，"过了这么久，我怎么能让大人失望？还有小阿米莱特……幸运的七女儿，对不对？她看起来是不是非常可爱？"

"现在，你只会让他更加失望，因为你现在这个样子根本不适合在客人面前表演决斗。"

他开始颤抖，我猜是因为某种高烧。这个城里，这样的人不少。"他们见过我打斗，见过很多次了。他们想看点新面孔。小子，你叫什么名字？"

我没去计较这个"小子"，因为他病得厉害。如今，他已经放弃尝试去打一场精彩的演出，我能瞧见，他到底有多年迈。

"圣·理查德·威尔。"

"来自银行业的圣·威尔家族？"女人发问。

"我看上去像个银行家么？"我面带微笑地说，在这里，这种问题我已经习惯了,(而且,我的母亲确实是那个家族的女儿,但这只是她的私事。)"我是一名剑客,女士,而且我很乐意接手这场决斗——如果您能告诉我该怎么去。"

"来吧,乔治。"她挽起他的胳膊,"我会带你回家。至于你,圣·威尔大师,如果你能帮我一把——不,乔治,你当然不需要帮助,但我需要——我会告诉你怎么找康德尔大人。在表演决斗开始前,你有大把的时间挥霍,那些吃的喝的,随便拿。"

我从没上过山——贵族老爷们的豪宅都在这儿。如果你不为他们工作,他们自然不想让你过来,但这次不同以往。因此,我大胆地沿着宽敞开阔的街道走去,两边都是豪宅的围墙和巨大的铁门。偶尔会有一辆马车从我身边驶过——他们的马车,马首高昂,马具闪亮,要么就是一个穿着制服的仆从迈着步子,去做一些我想象不到的差事。

到了康德尔大人的屋前,我报上了自己的姓名,解释了自己的来由,并向他们保证,我不会在他儿子的婚宴上向他们的老爷挑战。他们提醒我,要从后门进去,但厨师或许会给我留些热菜。

此前,我也在贵族的屋子里用过餐。但那是在乡下,是和我的朋友克瑞斯平的父母特里维廉大人和特里维廉夫人一起用餐。我和我的母亲有好一阵子在那儿是受人欢迎的宾客,而克瑞斯平和我可擅长从厨房里偷点心吃了。不过,哪怕是这场婚宴的剩饭,都能让特里维廉夫妇的宴席蒙羞。

康德尔大人的仆从为婚宴忙得焦头烂额,根本没空管我。所以,我走到侧院热身,活动筋骨,直到有人过来,告诉我是时候了。

决斗被安排在屋子巨大的门厅里进行。打扮华丽的人们在这里围成一圈,许多人站在主台阶的平台上,更多人则挤在台阶上,或是从楼上的阳台探出身来。我走得很慢,试图让自己看上去胸有成竹。人们才不在乎这些,但我的对手会在意。

这是一个和我个子、水平都差不多的男人。他和高个子剑客乔治,估计都没有和我这般势均力敌。我站在门厅的一端,一位穿着制服的男人高声宣布:

"为了新郎新娘的荣耀和欢乐,决斗见血或是有一方投降,即止。"

我知道什么叫见血即止。一道划痕、一道深深的刺伤,都算见血。我想象着,婚礼决斗只不过是一道划痕,继而长吸一口气,提醒自己,在这场打斗中,不要出手太过。

几番繁文缛节后,决斗开始了。

我和我的对手都缓慢行动着,以此观察对方,这没错。我们绕着对方转圈,人群鸦雀无声。要是在河畔城,他们早就嚷嚷着开始下赌注了。我虚晃一招,看他作何反应,而他除了抬起眉毛、朝我扬起一边的嘴角外,竟无动于衷。难以捉摸。这场打斗时间将比我预想的要长。

我们刀剑相接,前进、后退,透过剑刃的压力感受着彼此的力量,试图向对方隐藏自己的真正实力。突然,他的手腕如同俯冲的猎鹰般从高处砸下,可我早就料到这一击,轻而易举地将其化解。他后退一步,显得有些惊讶,给自己重新思索的时间,同时也可以对我避之大吉。

一旦他们开始后退,他们就成了囊中之物。我向前推进,向前、再向前,势如闪电,绝不留时间给他思考,每一次都展示不同的花样,让那些看客明白我的动作有多么灵巧,好让他们印象深刻。他巧妙地避开攻击,但我绝不让他反击,只是不停将他逼退。

我知道他是个令人愉快的对手,想碰到他颇为困难,但他也没机会对我下手。当我们相互靠近,短兵相接,他朝我发出不满的嘘声:"你在做什么?后退!"

我喘着气,不太明白他的意思:"什么?不!"

他剑锋一转,呈对峙之势,随时可以短兵相接:"这不过是给他们找乐子!他们想看咱们有来有往!"

我挣开他,刀剑沿着他的剑滑开,直至剑尖相触。我们就这样混乱地僵持一阵,绕着对方转圈,刀剑互相旋转,仿佛孩童的训练游戏。那些贵族观众一头雾水,他们似乎以为发生了什么事情,开始大吼大叫地给我们加油。我看见一位女士的脸,非常苍白,拧着手帕,仿佛有什么真正的危险。难道他们就是那些能判断技艺高下的裁判,难道这些就是我拼命想要取悦的人?

我的对手认为我接受了他的提议,会让他终结决斗,自以为胜券在握。他带着胜利的笑容,凶狠地往前推进。

我后撤,留出恰好能判断二人动向的距离,从他的剑刃上方翻过,以我能控制的最轻的力度,剑尖轻触他的胸膛。鲜血开始涌出,决斗结束。

我的对手鞠了一躬,一个侍从上前帮他。我站在走廊里,听着不绝于耳的"鲜血!"和"漂亮!"的喝彩,思索接下来该做什么。一位仆人端着一盏银杯,杯中盛着冰酒。当我一饮而尽,贵族开始拥簇到我身边,一边祝贺,一边询问我的姓名,问我为黑斯廷斯大人效劳了多久,问我接不接委托,问我下一场战斗是什么时候,问他们到哪能找到我……

说实话,我有点受宠若惊。胜利是美妙的,新的活计也是美妙的,但这些人在我眼前进进出出,摩肩接踵,而我才刚刚打完——

"圣·理查德·威尔。"我回答,"我叫圣·理查德·威尔,你们能在河畔城找到我,我就在闺蜜酒家。谢谢,是的,谢谢你们。我必须——我得先清理下我的剑。真的,这很重要。如果你们能行行好,劳驾让让道——"

"这是自然。"

一位长着柔软卷棕发、耳边戴着一颗红宝石的年轻男子抬起手让我看见，接着慢慢用胳膊环着我的肩膀。他这么做时，人群往后退了退，我挺感激。"圣·威尔大师，您得休息一下。请允许我来帮您。"

人群为我们分开一条路。他穿着蕾丝和天鹅绒的衣服，应该也是位贵族。"有人付您钱么？"他低声发问。我摇摇头。"好吧，不过没关系，康德尔现在很忙，您可以明天回来拿。"

他没领我从厨房走，而是让我从那扇巨大的前门出去。台阶上的空气又冰冷了一些。"等一会，"他告诉我，"在这儿等一下，我去叫我的马车。"

贵族老爷马车里的座位和平民马车里的椅子一样柔软，闻起来有一丝皮革、马匹还有这个男人的气味，好似琥珀和玫瑰。

"我叫托马斯·波隆恩，"他对我说，并把手放到我腿上，"请允许我带您去任何您想去的地方。"他微微垂下头。"包括我的房间，如果您愿意的话。"

我想，为什么不呢？柳斯又不会介意。有些晚上，她也会自己出去：获取情报、巩固友谊、结成联盟，或者纯找乐子。要是她知道我被一个贵族带回家，说不定还会很开心，谁知道呢。

托马斯·波隆恩大人简直就是礼貌的化身。当我们来到他镇上的家宅，我们走的是侧门："如此，便不会惊扰家父、家母。"接着，我们走上楼梯，又沿着另一组楼梯拾阶而上，进入一间全是玫瑰色的房间，到处都是天鹅绒，火光中，这儿是挂画，那儿是挂毯，光影交织，闪闪发亮。

他没穿衣服也很漂亮，而他也知道如何取悦我。我的朋友克瑞斯平和我也有过这种小小的仪式，但托马斯·波隆恩则显然是一名有过诸多实践经验的成年人。整夜，每当我醒来，眼前便是落在他肌肤上的光亮，有时则是忽明忽暗的蜡烛，要么则是他昏昏沉沉递给我的一杯酒。但我发现自己开始和他唠叨我对工作的期望，开始诉说我渴望

剑之书

挑战值得一战的对手，倾诉我渴求全力以赴、用尽技巧，酣畅淋漓地进行决斗。在进城以前，我从没意识到自己这么出众。我原以为，人人都和我一样，只要训练得当，起码也相差无几。我那醉醺醺的老师父——一个流浪剑士，我母亲可怜他，把他从路上带回了家——他总是毫不留情地训练我，并总是对我说，不要太过自信。我把这话记在心上。但他同样告诉我，如何评估对手，又怎么将他们的弱点为己所用。目前为止，我在河畔镇毫无敌手，那些曾和我势均力敌的对手，早已被我的剑导到别处去了。在河畔城，可没什么表演决斗。

托马斯·波隆恩只比我年长少许，他自己承认，他还不到二十。他还说道，虽然自己的父亲很富有，但他自己则并不富裕，而且还是次子。

我问他有何打算，光想想他要给我钱，我就觉得浑身不自在。这会让我变成贵族的娈童，和我的抱负差了十万八千里。他吻了我，说这只是两颗心你情我愿的交流。他说，我的剑术会有用武之地，可一旦到了……好吧，我记不得他都说了什么，但也不过就是这些话。

翌日一早，我们终于下床，饮用男仆端来了巧克力，一切美好得不像同一个清晨。巧克力异乎寻常的美味，这可不是河畔镇能找到的货色。还有松脆的白卷，黄油如此甜腻，一定是来自乡下的好货色。

日光中，我对贵族的宝藏赞叹不已：一幅绘着玫瑰花园中一对恋人的织锦挂毯盖住了大半面墙，饰有梅花鹿和橡树叶的古老宝箱，箱子上的蜂蜡闪闪发光……甚至连床帘都是艺术品，上面绣着星星和月亮。

我拾起一件小东西，一件象牙雕的稚子国王，国王编着数缕辫子，赤裸着胸膛，整个牙雕只比我的手掌大一点点。"我知道你请不起剑客，"我轻轻告诉他，试图让自己听起来没那么想要这个东西，"但我愿意为此而战。"

托马斯·波隆恩弯起嘴角。他卷发蓬乱，嘴唇是适合接吻的玫瑰色。"你品味不错,"他开口,"你可以为这个打上十二场决斗,赢得的东西还抵不上它的价值。"

我小心翼翼地把雕像放下。

"那么现在,"托马斯少爷吻了吻我的肩膀,"我还要去别处,有人在等我,我想你也一样。但是,我要花更多的时间梳妆打扮,以更体面的面目示人,因此如果你愿意,我可以叫我的马车送你去康德尔大人的——"

我摇了摇头。他的屋子和其他人的房子这么近,却还需要坐马车来往,这让我震惊。

"好吧,既然如此,"托马斯少爷提议,"让我帮你更衣,作为昨夜如此急切地脱你衣服的补偿。"

他将亚麻衬衣从我的脑袋上滑下,我意识到这比我自己的衣服好多了,但我什么都没说。这种衬衣他大概有好几箱子,而且这也是他想给我的礼物。好吧,有第三件衬衣总归是好事,枷斯会高兴的。

---

我在闺蜜酒家找到了枷斯敏,她正和我们的朋友凯茜·布朗特喝上了。

"嘿,这不是伟大的圣·威尔!"她拍了拍椅子背,"我还以为你带新娘子跑了。"

"她不要我,"我顺嘴接过话茬,"所以我打了一场决斗。"

"是啊,在康德尔大人家里打的。"我一直期望亲自和她说这件事情。"我听说了,机灵的威利正好在场,他在帮凯茜老妈的乐队检查场地。他是去帮忙送货的,整个厨房都在吹你们那场决斗。"

我将康德尔大人付的钱撒在她面前的桌上,起码这能有幸让凯茜看上去为之震惊。枷斯却只拿起一枚钱币,如拿着战利品一般举着它:"罗莎莉!这是这桌的酒钱——然后再来一轮!敬酒馆!敬好运!

敬安妮!"

她看上去喝了不少。"安妮呢?"我问道,"发生了什么?"

凯茜用手背擦了擦眼,将泪水拭去:"安妮被抓住了。就是昨天早上的事情。他们今天在刑场对她施以鞭刑。枷斯敏去了,我和她一同去,所以安妮知道我俩就'再'人群里。"

"是'在'那里,"枷斯毫不留情地纠正,"如果你这么说话,永远都没法混到上城,凯茜。你会和安妮一样,头发上沾着监狱里腐烂的稻草,裙子被撕开好让他们看着你的乳房,还因为你偷到了他们想要但无法拥有的东西而被鞭打。"

"闭嘴!"凯茜飞快把桌子往后一推,甚至弄翻了她的长凳,"你给我闭嘴,花裤子枷斯敏!你以为你能好到哪里去?你或许能去上城招摇撞骗一个小时,但你喝酒,然后就他妈的会和我们一起沦落到这种地方!"

我知道凯茜的袖子上有把刀,但看起来她并不想用上,因此我只是看着她攥起拳头,用指关节擦了擦眼睛,起身冲出酒馆。

枷斯做了个鬼脸。

"这小气鬼没付钱。"枷斯开口,她从我的钱堆里又拿了一枚硬币,"不过没关系。如今我们有的是钱花,亲爱的,对不对?让我们瞧瞧,那把你喜欢的蛇头匕首,还在不在萨拉曼德那里。"

我覆上她的手。"先付房租,"我说道,"这是规矩。回去后,或许我们该先上上楼。"我把双手移到她脑后,手指缠绕着她月光般的头发,在小酒馆里吻了她,我太想要她了。

她那只空出来的手一路滑向我的大腿:"规矩就是规矩,"她开口,"让我们先付房租,然后再找点乐子。"

蛇头匕首已经不在了,但萨拉曼德还有一把朴素的匕首。这把匕首做工均衡，近乎完美，简直像是为我量身定做。我们买下匕首，又买了一把玻璃做的匕首——不过是因为玻璃匕首简直不可思议，还给枷斯买了好几个手镯，萨拉说，这可都是可汗的好货——还有五个尾部饰有女神头像的银叉。接着，我们去了趟麦迪的小店，看看那儿有什么衣服卖。枷斯把所有仆人不要的衣服、慷慨情妇们穿了不要拿去送人的裙子，统统拿来仔细检查一遍，以便找最好的货色，看看有哪些缝缝补补就能焕然一新。她找到一条短裙、一件几乎完美的衬裙，还有一大捆麦迪愿意便宜卖给她的衣领和围巾，折价是因为这些东西被一个粗心大意的女仆熨坏了。枷斯敏还花了点时间翻来覆去地看一件绣着金线织锦的紧身衣，上面大部分小小的丝绸玫瑰栩栩如生，但很快枷斯就说这东西对她没什么用。不管怎样，我还是帮她买下这件紧身衣，权当博她一笑。反正回家后，我们会发现这件衣服大有用武之地。

　　我们继续随意挥霍，因为我们知道，挣大钱的日子还在后面。到了春末，果然如此。贵族老爷们开始派遣一个个使者到闺蜜酒家，要我为他们工作。大部分的工作都是要我为宴会或者类似的场合表演决斗——还是没有真正的决斗，但枷斯和我们的朋友金妮·万达尔都告诉我要耐心等待，说这就是你引人注目的机会。金妮喜欢关于剑客的一切，她在河畔城长大，知道不少。

　　当我拒绝康德尔大人要我陪他去乡下的庄园待一个月度过夏日时，金妮·万达尔很不赞同。我告诉她，我正是自乡下而来，不愿归去。我没说我不想离开枷斯这么久，但这显而易见。

　　然后枷斯怀孕了。尽管我们小心谨慎，但她还是怀孕了。不要这个孩子需要付出的金钱过于昂贵，而她不久后也虚弱得无法工作。那时，我的钱也快没了。我回想最近所有参加的表演决斗，思索到底是哪里出了岔子。是我表现得太容易被人看穿了么，还是我应该让谁打倒我，哪怕就打倒一次？

"我应该告诉过你，"金妮说，"在你还能有活干时，接下所有的活！是的，哪怕是婚礼的活计，理查德。你猜为什么？夏天就要到了，不只是康德尔大人，这些贵族都要到乡下去。在夏天，这里没人需要一名剑客。"

"现在理查德只接他想干的活。"栅斯开口，她像一只大白猫似的在长椅上绕着我。我们都知道金妮发了疯似的为我着迷，但不管我在外面如何放浪，在河畔镇我只有她一位恋人。"他受够了婚礼，每个人都知道他是最出色的剑客。只要那些贵族老爷回了家，我们就会没事，又能找乐子了。"

起初，我们不得不当掉那些饰有女神头像的银叉，随后是织锦紧身衣，然后是栅斯敏过冬的衣服。"我会把它们拿回来的，"她耸耸肩膀，"只要我好了，我就会把它们拿回来。"

所以有一天，我们又为她梳起紧紧的辫子。她走过桥，去找一个标记，然后再用"原来是女仆"的把戏去赚钱。

"我现在够瘦了，"她朝我咧嘴一笑，"一下就能搞定。"

她回家时带了满满一头巾的苹果、面包，还有新鲜的奶酪，我们狼吞虎咽，不断接吻。可当我掀起她的短裙，我发现她的衬裙不见了。

"我会拿回它的，"她强硬地说，"这是我的东西，我想怎么样就怎么样。我只是还没准备好，只是现在还没准备好。"

我卖掉了绿玻璃，卖掉了无臂雕像，因为萨拉曼德的当铺不收这些。栅斯大部分的亚麻制品都被麦迪买了回去："你的好运会回来的，"她说，然后往栅斯的手里塞了一条烫坏的衣领，"一个姑娘家总得谋出路，别担心，亲爱的，这种事情我见过。你的好运会回来的。"

如果还有婚礼的活,我就愿意接。但看起来夏天也不是什么结婚的好时节。

就在此时,马可和伊万想出了他们的宏伟大计。

那时,我们正在罗莎莉的小馆喝酒,因为她的酒馆在地下,就开在镇里一间老旧的屋子地窖里,冬天酒馆潮得要命,但在夏天就显得分外舒适,连她的啤酒都比别家的冰凉爽口——而且,她还是为数不多仍愿意让我们赊账的人。

"圣·理查德·威尔!"他们帽子插着羽毛,大摇大摆地走过来,"你去过道上么?"

"当然去过,不然我怎么到这儿来的?"

伊万戳了戳马可的肋骨:"我喜欢这孩子,他很幽默。"

枷斯坐在那儿,嘴角微微上扬,绽出一个小小的微笑,一副看好戏的样子。

"理查德,"马可朝桌子倾身。他没带武器,所以我任他如此。"你以为我们的帽子,这皮带,还有这鞋子,都是从哪里来的?"我没接腔,等他说完。这些腰带实在太丑了。"都是从贵族老爷的马车上来的。只要去了道上,当他们毫无防备地经过,就需要像我们这样的绅士让他们停下,搬点金子,给他们减轻负担。"

"还会扬名立万。"伊万轻抚着世界上最俗气的帽针,接口说。

马可转头看向枷斯敏:"车上还会有女士,你知道。穿着丝绸戴着珠宝的可怜老巫婆,她们早就不该用这些,而是应该将这些用来打扮那些年轻又有活力的可人儿。"

枷斯敏点点头。"去吧,理查德,"她快活地说,"你应该去试试!你能给我弄点新衬裙。"

我问:"那我要做些什么呢?"

"有辆马车——"马可开口,"明早就到。车上装着各种各样的好东西。消息是我从胖汤姆那儿知道的,那哥们老婆的表亲在山上做活，认识那个驾马车的。我们要做的，就是到某处我们熟悉的弯道，躺下藏好，等着任何从那过的人。然后，你上前挑战车夫。马车就会停下，然后——"

他们以为我是谁？"哪个车夫我都不挑战！"剑客只会挑战另一个剑客。

柳斯轻抚着我的臂膀："你不是真要挑战他，只要让他停车就好。"

"或者这部分让我们干，"伊万急忙开口，"如果你喜欢，我们可以让马车停下，不过你干会更好，你知道的，毕竟你有剑。"

"但对方会有一名护卫。"马可解释道，"护卫一般步行，而且不会持剑，但护卫受过刀或者其他兵器的格斗训练。有时护卫会有两名，再加上车夫。这就是需要你出马的时刻了。"

"唬住他们！他们知道一个剑客能做什么，他们尊敬剑客。你只需要拿着剑，围着他们转，让他们站着不动。要看起来危险些。当我们把马车洗劫一空时，别让他们耍花招，然后我们就撤！"

"是撤回灌木丛，还是撤回马上？"柳斯发问。

马可看起来非常虔诚："我们总是租棕贝丝这匹马。她是最可靠的马儿，健步如飞。"

"她没法一下驮三个人。"

"他们不会追一名剑客。"

听起来和见了鬼似的。"我宁愿接婚礼的活。"但这话并不真诚，柳斯也明白。

"起码你有机会一试身手，理查德。"她言道，"或者能假装有用武之地。不管怎样，光凭你练武时的可怕眼神，就能搞定他们。而且我敢说，你不会觉得无聊。"

"这钱挣得容易。"马可说。

"干一票嘛，"柳斯开口，"会很有趣的！"

我无聊死了。

天刚露出鱼肚白，河畔城的人们才刚刚干完活归家，马可和伊万就骑着棕贝丝来了。他们让我骑在他们后面，迈着沉重的步伐，沿着大道走了很久很久，才到他们说的"特定的某处"。伊万把棕贝丝拴在树林里，我们在依然湿漉漉的草丛边躺下，盯着路上的动静。

盯着路上的动静。盯着路上的动静。我都打了个盹。伊万轻轻推了推我："他们来了！"但那不过是一辆运货车，两头骡子慢悠悠地拉着车往坡上走。

"记住，"那车路过时，马可喃喃低语，"别杀人。这点非常重要。"

"为什么？"

"抢劫，你只会坐牢，然后挨上几鞭子。但杀了人，你就要被吊死，我们所有人都要被吊死。"

我什么都没说。"是啊，"伊万接口，"这是个有趣的老世界。如果你在决斗中为他们杀了一个人，谁都不会多问一句，就和天要下雨一样正常。但如果我们在谋生时，不小心杀掉一个人，那你就得在绞刑架上戴着镣铐跳舞了。"

"当然，"马可补充，"如果你杀了谁——我是说，如果我们杀了谁——你最好把他们全杀了。"

"为什么？"

"这叫灭口，死人不会说话。如此，我们才有一线生机。"

我非常、非常后悔自己蹚了这趟浑水。我想手持真正的宝剑，进行一场毫不花哨的战斗，杀死我的对手。而现在，这会让我的剑客生涯、老师父教我的一切东西因为毫无意义的事情付之东流。

"嘿，现在。"马可一定是看见我在皱眉头，"在这儿，没人会被杀死。道上到处都是金子和荣耀，别人说的其他东西都不要信。说不定他们还会为你写一首歌！就像给'人模狗样的丹'还是那谁谁写的那首歌一样。"他开始唱："人模狗样的丹，人模狗样的丹，偷了你的老婆，还把骨头埋——"

"嘘！"伊万朝我们拍拍手，"他们来了！"

这回，他们真的来了。

成对的白马拉着一辆装饰华美的马车，奇怪的是马车看起来有些眼熟——当伊万和马可拦下车，将车夫赶下位子，我在一边牵着马。他们让我拿着剑威胁护卫，直到他们把护卫和车夫绑在一起，我才发现了个中原因。

马可用刀柄重重敲着车门，愉快地在装饰精美的马车表面留下伤疤。从车里走出来的年轻贵族确实非常眼熟。

"你好呀，托马斯。"我开口。

"理查德！"他看起来有些高兴，"你在这儿做什么？"

"恐怕我和我的同伴现在准备把你的钱财珠宝全部带走。"

我能看出，托马斯·波隆恩少爷有些害怕——但他掩饰得很好。他的手在颤抖，但他高高扬起头，声音也很高。

"如果你一定要这么干，就这么干吧，"他言道，"家父会非常伤心，但当我和他说我们寡不敌众，我相信他会理解的。"

"别瞎搞，"伊万绕过马匹，过来看发生了什么，"打晕他，别扯淡。"

我犹豫了。全乱套了，马可长叹了口气："好吧，理查德，我们明白了。这个贵族你认识，你还曾为他工作，你不想失去一个金主。运气如此。我们应该像以前一样蒙着脸的。"

"正是，"托马斯少爷用他那柔软友好的语调开口，"很不幸，圣·威尔大师，我们以这种方式又见面了。守卫和家父将会全力搜捕罪犯。"他抬起头，用下巴指着马可。"当然，你们俩我不认识。"

他的两只手都抖得厉害,我很惊讶他居然还能站着,因为一般来说,先软下去的是膝盖。"想对家父撒谎很难,但我会努力的。"

"真是好心,"马可嗤笑一声,"这又是为什么呢?"

波隆恩转向我:"如果我能请求,作为对家父撒谎的回报,你会不会再次拜访我?最近就来?"

"好。"我惊讶地说,"我很乐意。"

"瞧见没,理查德,"马可欢快地开口,"你甚至还得到了一份工作!现在让我们给他脑袋重重来一下,赶紧把这档子事干了。"

波隆恩脸色苍白,马可的话里则有一种野蛮的欢愉:"爸爸可喜欢我们给你脑袋重重来一下了。"

"我宁愿你们不这么做,"托马斯绝望地说,"家父常说——我的脑袋很软——"

"闭嘴!"马可骂道,但就在那时,我开口了:

"等一下。"

"理查德,你他妈在干什么?"

"把他打晕。"我答道。

我知道,当托马斯接吻时会闭着双眼,在我们相遇的那个晚上,他还就此开过玩笑。因此,我归剑入鞘,用胳膊和湿漉漉的斗篷环住他,这样伊万和马可就看不见他,他也看不见他们。他整个人都靠在我的身上颤抖,还挺可爱的。我吻了他,过了一会他也回吻了我,他可会接吻了。

在我们身后,马可和伊万正在洗劫马车。我愉悦地同托马斯低语,这样他就不会听见马可和伊万的举动,也不会去想它。他紧紧靠着我,不再颤抖的双手正在朝我的后背游移。我有些不确定我们俩还能不能站着。我想把他压在马车的一边——这很愚蠢,或者把他抵到哪棵天杀的树干上——这就挺难了。我越想这些,就越想付诸行动——因此,当我听见马可的声音,简直如释重负。

"撤!"

"那他那些戒指怎么办?"伊万抱怨。

我把自己从托马斯·波隆恩的身上剥下来。"别管那些该死的戒指了,"我厉声说道,呼吸还有点不稳,"快进马车,托马斯,头低着。"行李在路上散了一地:衬衫、长筒袜、背心,打开的破箱子和书籍。"别管了,别管它们,快进来,不,别,马可——"

但这次,他们却没有注意到我。马可一肘击中托马斯的肾,用一条领带捆住他的手,又往他嘴里塞了一条长筒袜,这才把托马斯·波隆恩丢在车里,好让其他旅人捡到他。

按原计划,我们在四马居酒馆碰头。酒馆坐落在通往安甾的小道边,离小镇不过一里。马可和伊万已经坐在后面的一间房中,整理他们的战利品——战利品种类丰富,从大把钱币到珠宝胸针,一应俱全。他们见到我很高兴。

"那么,"伊万开口,他简直乐得手舞足蹈,"我们还要干几票的,对不对?"

"并非如此。"

"并非如此?但这票干得多完美!你甚至比一名绅士大盗更好——你可是绿林浪子!一周内就会有你的歌谣传颂!不,可能一周都不到就会有曲!"

"不仅如此!"——马可转过头,"他们会在道上排着队,等着被你'弄晕'!"

"就为瞧瞧,你并不会弄晕他们!"伊万幽默地说。

"不,"我再次拒绝,从他面前拿走酒壶,一饮而尽,"我花了好几个小时躺在草丛里,浑身湿漉漉,还很无聊。我要给我的剑上油了——我还没有真正用上它。我还得一路走回去。而且我还错过了一整天的训练。"

马可往后坐了坐,双手放在桌上:"那钱呢?"

"钱得给我。"

我和枷斯又过了几周的好日子。我们把她的亚麻衣服买了回来,又给她买了条裙子。那是一条几乎全新的白色连衣裙,到处都绣着明亮的花朵。这衣服在河畔城穿有些暴殄天物,但她会在家里穿给我看。有时,她也会穿上这条裙子去上城,表演"袋子不见了"的把戏。她发辫整齐,裙服明亮,在整个世界眼中,她就是一位乡绅的掌上明珠。

她回家晚了,面色红润,醉醺醺的。她的头发有一半都打了结,另一半则乱蓬蓬地垂在面前。我完全没意识到天有多黑:我一直在训练,不管有没有活干,保持训练非常重要,而且我也不需要看那里还有没有第二个人。

"瞧!"她开口,"瞧他给了我什么!"

她分开长发,露出一条金项链。项链上饰着花纹,镶着珠宝。"是镀金的,"她说,"假货。但下回这就是真的了。"她吻起来有着白兰地的香味,当她付得起钱时,白兰地是她的最爱。"我要出人头地啦!"

我没有问她发生了什么。有时,事情发生就是发生了。我曾从机灵的威利那里听说,枷斯曾差点在蒂尔顿街被人抓住。那个给她项链的男人替她作保,又请她喝了一杯。

她卖掉了项链,买了更多的裙子。但当她从镇上冒险归来,她却不像往日那般吹嘘自己的机智。有时,她连话都不想说。

这给了我更多训练的时间。这是一个炎热的夏天,我们的屋子闷得令人窒息。枷斯认为我应该出去到庭院练,但在庭院练太过公开:

我练的招式都是我自己的。想战胜对手，就不能让你的对手猜到你接下来的举动。

　　枷斯说我没完没了地训练一点意思都没有，因此她开始在河畔城的酒馆消磨更多的时间。这可能不是一个好主意。我有时都会亲眼看见她的双手在颤抖。毫无疑问，她喝酒花的是绅士们的钱。但是，她每次回来都会带着各式各样艳俗饰品和手镯。"我要出人头地啦，"逢人有问，她便如此作答，"只要你知道怎么摆弄，标签就可蠢了。"没人会反驳她。或许是因为她把那些没有留下，或是没有卖出去的小饰品，统统在闺蜜酒家分给了她的朋友。

　　你或许会以为，她有足够多的东西供自己玩耍，但她开始摆弄我的东西了：比如，在屋子里拿着我的剑带蹦蹦跳跳，用我的龙烛台玩幼稚的游戏，把我的衬衫翻了一遍又一遍，看看上面有没有小洞……当她试图玩我的好兵刃，我就不给她了。那些刀刃堪称完美，且必须保持如此。"它们不是玩具，"我告诉她，"而且也不是你的，别乱动。"

　　因此，她拾起了那柄玻璃匕首，一只手将她颈边明亮、沉重的长发绕在匕首上，再插回去。我告诉她这看上去不错，她只是摇摇头："很高兴你喜欢。"然后就出了门。

　　从那时起，我就把匕首和宝剑都带在身上形影不离，两把兵刃的重量，恰好让我的髋骨保持了平衡。

　　那是一个温暖的夜晚，我正在练习。那天清晨枷斯敏和我都醒得很早，一起慵懒地慢慢享受着我们的愉悦，直到太阳的烈焰从百叶窗的缝隙中投下，我们才从紧紧相拥的汗涔涔状态里松开彼此。我躺在床上，用床单的一角擦干身体，看着枷斯敏用海绵吸着脸盆里的水清洗自己。她就像一尊象牙雕，身体苍白，曲线流畅而完美，阴影中的银发如同一条仔细雕刻出的河流。

　　她没让我帮她绑辫子。她快速而有效地把头发束成一股又厚又长的发辫，扭了一下，用那柄玻璃匕首固定。她穿上一件白色的亚麻罩衫，又穿上一条蓝色的亚麻衬裙，再穿上紧身衣，接着开始用她收集的饰品打扮自己。我觉得这些东西看起来俗气得很，但我什么都没说，她不喜欢我评头论足。她总说，她才是最了解自己生意的那个人。

"我要出去了。"她说。

我问她："你必须要出去么？"

"噢，当然，"她愉快地回答，"他要带我去国王之首用正式的午宴。"

我从来没听过那个地方。我又睡了一会，然后起床，在庭院洗了洗身子，穿上衣服出门找吃的。闺蜜酒家没有给我的工作委托。罗莎莉也没听说有什么零星的杂活。因此我又回了家，开始训练。

我正在练习怎么对付上一场决斗差点被对手结果的那一招。起初，我必须清晰地看见对手的破招，并我要成为他，然后按照次序一点点练习对方的招式。一开始速度很慢，慢得可以让孩童看明白，然后加速，加速，再加速。

当枷斯披着一件明亮流苏披肩轻快走来时，太阳已经快下山了。她试图用流苏挠我痒痒。我则像赶苍蝇一样把她甩开：她比谁都清楚，不要在我工作时打扰。我已经和她说过很多次了。

"理查——德，"她开始歌唱，"你觉得我的新衣服怎么样？"

"待会儿再说。"汗水从我的胸膛倾泻而下，但我必须将这一新的招式深深烙在我的身体中，这样下回就能派上用场，我将势如闪电，让下一个对手根本看不清我出了招。

"噢，得了吧，"她笑着，接着像小孩子试着胆量一般，突然抖动那条披肩，伸过来逗我，又飞快地把披肩收回去。

"别闹了，枷斯。"不打招呼就接近一个剑客，这不明智。

"不，你停下来！"她开始往我的视野边缘动，走出一个令人分心的小半圆，"你可以待会儿再练。难道你不想找点乐子么？"

"我不喜欢'乐子'。"

剑之书

"你不喜欢,是么?以后就不会不喜欢了。"她松开紧身衣,像街边的姑娘一样朝我露出一边的肩膀。我用余光瞥见了这一幕,但无视了她。"你喜欢你看见的么?"

"你可不可以——"

"你知道,我在这儿可不是为了装饰房间。"

"我知道。"我试着继续保持进攻的锋芒,继续训练,但话从口出,"我知道,我知道,现在可以劳驾您闭嘴么。"

"我不会闭嘴!"她突然发作,尖叫起来,抓住了我没有持剑的臂膀。我完全没有料到这一举动,但我保持着,没有让持剑的手往前,"你看着我!听我说!"

汗水流入我的眼睛,我几乎什么都看不清。"你根本不在乎我,你个乡下婊子养的!你只在乎你那把破剑,要不是我,你早就死了!"她的声音又尖又响,我都不知道我是怎么听明白的。"你以为,你比我们都好,好到不需要出去谋生?好啊,让我告诉你,我用尽一切办法,就为活下去,你看没看在眼里?你以为你是什么贵族老爷?你以为,你已经好到只需要为你下一场大战训练,就什么都不要做了?你什么时候才能被人垂青啊?你什么时候比我们好了?"我不知道该怎样才能让她停下来。"瞧瞧你,等在家里,等着我带东西回来,连我是怎么搞到的都不在乎,谋生那么难,但你却觉得我失去了我的风格。我风格多了去,比你多得多,你甚至都找不到一份工作!我没有失去理智,当我面对像你这样的婊子生的,我理智多了去了,河畔镇不想要你,我也不想要你……"

她从头发里抽出那把玻璃匕首。银色在她周围翻滚,那一定是月光。她拿着匕首冲向我,嘴里还念叨着那些话语。那噪声我无法忍受,我必须让她停下。

明月皎洁,投下阴影。

第二天一早，太阳还没出来，凯茜·布朗特就上了门。她一遍一遍地敲门，当她打开门，盯着眼前的一切，惊恐地将两个拳头都塞进了嘴巴。

她在尖叫。我试着和她解释，凯茜掉头就跑。

在那之后，人们躲了我一段时间。那是一个充满尊敬的距离，我并不在意。我向来不喜欢被人群围着。后来，一个新的剑客来到了城里，华而不实，沾沾自喜，烦人得要命。我当街向他提出挑战，然后干净利落地一击直中心脏，当场毙命。此后，我又是河畔城唯一一位真正的剑客了。金妮·万达尔很生气，因为她刚勾搭上雨果·塞维利，这时候甩了他不但危险，更是非常愚蠢。雨果接了婚礼的活，雨果接了表演决斗的活。如果能受到贵族的青睐，或者商人付他足够的钱，他甚至能和一只金毛巡回犬决斗。

我没有再回闺蜜酒家，直到夏日结束我都没有再回去。罗莎莉小馆的炖汤比闺蜜酒家的要好，而且，似乎我可以在罗莎莉小馆无限赊账。

因此，马可和伊万在那里找到了我。他们刚结束了往北方的夏日之旅，像问候老朋友那样招呼我。想回到道上去么？他们问我。这次想不想挣一笔真正的大钱？他们听说，我过了一个很难熬的夏日，而且现在几乎没有贵族回到城中，因此工作一定特别难找，而现在夜晚也越来越冷。他们想我了，在哈索特，他们真的想我了，虽然我的才能在那里是一种浪费，但如今他们已经回到了城里，那么这回怎么样，要不要干一票？

我告诉他们，不。不管他们能给我什么，不管我现在过得多么艰难。

我再也不会这么做了。

这让我去回想一点都不喜欢的结果。

而且，这一点都不有趣。

# 斯科特·林奇

奇幻小说作家斯科特·林奇以其代表作《绅士盗贼》系列而闻名，这一系列讲述了一个盗贼骗子在危险的奇幻世界中的冒险故事。《绅士盗贼》系列包括《绅士盗贼拉莫瑞》《红色天空红色海》和《盗贼联盟》。他最近完成的一部小说则是另一个《绅士盗贼》系列故事，The Thorn of Emberlain（安伯兰之棘，暂译）。林奇还运营着一家网站（scottlynch.us）。他和妻子——同为作家的伊丽莎白·贝尔——居住在美国马萨诸塞州。这里，林奇将带给我们这样一个故事：一个处于人生低谷、一无所有的盗贼，要完成一项疯狂而危险的任务；当他找到无穷的宝藏时，却发现自己什么都得不到——除了一个能在寒冷冬夜讲述的惊险传奇。

# 黄金之烟是荣耀

从新月诸城往北航行，在汹涌的黑色大海上度过三个日夜，你便定然会看到奥姆斯坎普的山尖，这片燃着火焰的山脉给世界屋脊刻上了一道疤。在山影中，蒸汽升腾，化作千道帘幕，那里有一处毁掉的码头。你仍可以从那码头走到一座支离破碎的城镇废墟之中，这城镇从建成之日起，便只能蜿蜒生长。它在那些岩石上铺了一级又一级，好像十个瞎眼醉汉用黄油在同一片面包上涂抹出来的杰作。

最南方的奥姆斯坎普山脉至今被称作"龙砧"，而山下的城镇曾经叫做赫尔佛金。

不久之前，它还是一处魅力之城，是避难所，也是监狱，是人世间所有孤注一掷的盗贼的家园。不久之前，他们全都会在睡梦中呼喊着山中的宝藏。从地下被发现、挖掘、清理出来的闪亮宝贝，有三分之一都藏在这里，学者们就是这么宣称的。

这些财宝是龙带来的，它就这么趴在上面。这条龙，是最后一条会跟我们说话的龙。

现在，这里人去城空。房子没了屋顶，只剩下墙，狂风呼啸着穿过破烂的窗户。就算你把山里的石头舔上千日，尝到嘴里的那点贵重金属，都不够僧侣手抄本上填一个字母。

赫尔佛金死去了，龙也死去了，所谓的宝藏可能从未存在过。

我本应知道。正是我输了赌注，爬上了龙砥山，弄坏了他妈的整件事。

这个故事我每年都会讲一遍，只在加伦之夜，仅此一夜。你们当中有些人已经听过了，能再来听一遍我很高兴。我跟其他说书人一样，为了多换半杯劣酒，甘愿拿自己瞳色的事跟亲妈撒谎。不过你们可得跟那些生面孔讲清楚，下面这个故事我可是没有半点夸张。我不会添油加醋，也不会免却悲伤。我只会如实讲述，每年讲一夜，这一夜我分文不收。

听好了。想凑近些，大可随意。挤开你旁边的人，倾洒你杯中的酒。讲了糟糕的段子，你们大可以提前就笑；讲到好笑的段子，你们可能会呆若木鸡地盯着我看。全都无妨，我已身经百战。但是，我面前这个碗，你们散了的时候若还想跟我做朋友，就不要往里扔什么铜币银币，我是认真的。今晚听我讲故事，可以给我吃的、喝的，或者，只要认真听就行了。

好了，我要开始了：

首先，我是怎么遇到那些浪荡疯子的；他们终结了我的冒险生涯。

当时是折翼渡鸦年。到了秋末，不管我做什么，都在走背运。

头一个星期我手头还宽裕着，到下一星期就囊中羞涩了。到现在我也不知道当时是怎么回事。糟糕的运气，更加糟糕的决断，敌人的捣乱，或者是法术？无关紧要。你要是躺地上，脸上挨了一脚，别人用的是左脚还是右脚也没什么区别了。

一直以来，我对于自己曾经的职业是非常坦然的。你们当中如果有谁对我这些过往琐事的坦率交流感到不安，可以替我去跟加伦神聊上几句。我应该谢谢你，因为一个老飞贼很难像其他善男信女那样虔心拜神。要放到以前，我准会笑出声来。年轻的盗贼总是以为好运气和灵活的膝盖能伴随一生。

　　我从劳根港的云苑神庙顺了四盏象牙灵灯，夏天就此开始。我提前花上几个星期，刻了相当不错的木质仿品，用白色奶油给它们洗了一遍色。我在夜里来了个偷梁换柱，潜了出去，没被任何人发觉。我把真品交给了客户，趁着早潮扬帆出海，腰缠万贯。几星期后，我带着剧烈的头疼来到哈德林斯伯克，对金钱的记忆萦绕心头。不碍事。我找到了一座守备稀松的仓库，弄来一大箱上好的苏拉加钢锁。我把锁和钥匙卖给了一家手脚不干净的商人公会，又把钥匙的蜡模以总价的两倍卖给了他们的死敌。哈德林斯伯克的旅程到此为止。我出发去了新月诸城。

　　在那儿，我把自己伪装成一个游手好闲的公子哥。戴着这副面具，我寻找机会，留心传言，探索容易得手的目标。唉，那些容易得手的目标，想必都已经成群结队地迁走了。我沉迷于寻欢作乐，借以摆脱沮丧心情。恰在此时，我的倒霉日子到了。游戏规则颠倒了过来。没人愿意轻易相信我。所有那些欠我人情的人，都紧闭起大门；所有那些让我唯恐避之不及的人，站满了大街。在我还没意识到这些的时候，就已经睡进马厩里了。

　　于是，我带着一点谦恭的态度，向当地同行发出了恳求。我的请求被冷淡地接受了。真诚像突如其来的瘟疫一般在这片土地蔓延，阴谋诡计也都停止了策划——至少他们是这么宣称的。没人需要安排绑架、偷金库、盗墓之类的计划。

　　真是窘境啊。不过不得不承认，我活该。尽管我靠着艰苦奋斗赢得了专业名声，但在这里我仍然是个局外人。毫无疑问，几个星期前我就应该拜拜新月诸城盗贼们的山头。现在他们觉察到了我的小动作，提防我把各种活计揽到自己手上。风急了，我的肚子越来越瘪，腰带越勒越紧。我需要钱！但踏踏实实的工作也是找不到的，因为这里的人都知道我已经来了。谁会聘用塔卡斯特·克雷尔来当商队的保镖呢？这人可是祸害了十几支商队呢！谁会派"开箱贼"克雷尔去保护兑币商的保险箱？太尴尬了！就连小酒馆后面拖洗衣桶的工作我都求不到。我这种能力和经验的窃贼？当地任何敏感的盗贼都会认为这一定是在为什么大计划作掩护，而他们一定会出手阻止我的。

在最好的年代身无分文是非常艰难的，但对于我的老本行来说，身无分文且名满天下——神啊，慈悲一点吧。

我没有前途，也没朋友。要是有一场"口袋空空"大赛，方圆一百里内没人是我的对手。我所拥有的只剩下年轻，和近似于他妈的被封住的炉火一样灼热的自尊心。

就是在这样的情况下，我开始认真考虑——有生以来第一次——考虑《赫尔佛金虫歌》的歌词。

我看到有人在点头——没剩多少头发的那几个——想必你们也听说过这首歌。今天已经没人念叨这些了，赫尔佛金的财宝儿乎被人们彻底遗忘。但是在我年轻的时候，任何国度的小孩儿，都能把《虫歌》烂熟于心。它是巨龙亲自送出去的信息，最后也是最伟大的一条巨龙："破船者""天空之暴君"——戈林劳葛。

歌词是这样的：

攀高之人，白日梦想家，光明终结者，配得上谜题、毒蛇和石头。将终结和眼睛带上龙砧，将荣耀的遗落传奇带回家。

短小精悍，听起来还不错吧？

朋友们，龙是这个意思："为什么不来爬一爬我这座无法进入的宝藏之山，好让我弄死你呢？"

从戈林劳葛占据了龙砧山开始，它就一直煞费苦心地招徕我们、引诱我们。可别以为它大发善心，也别以为这是一般的热情好客。道理很简单，几百年来，戈林劳葛劫掠过半个世界，到处散播绝望。从来没有哪条龙愿意屈尊熔化自己的金子，但是，戈林劳葛虽然袭击商队、毁坏城堡就跟砸烂鸡蛋一样容易，它却能容忍在它家门口影子里的一小撮浪人和疯子。极其罕见的情况下，它甚至会抓上个把人，拖上龙砧山顶，让他们观赏观赏它越来越多的财富，最后放他们下山，让《虫歌》唱得更响。

多年以来，有成千上万的人接受过龙的邀请，但无人生还。这群人里还有些很精明、很谨慎的角色，是些大英雄，名字至今响当当，但是他们当中也没人能配得上谜题、毒蛇和石头。不过，每当有一个人做着不可能的梦，赔上自己的小命，就会马上又出现两个替补。对于那些快要把自己的命都玩没了的末路赌徒来说，龙砧山是他们最后一颗骰子。它对聪明人、疯子和走投无路的人有着相同的吸引力，这三种属性我至少占了两样。本着少数服从多数原则，我心里投票结果显而易见。那天夜里我就上了"红天鹅"号，在船上我擦洗甲板、给绳索上油，以此支付了我前往世界尽头的旅费。

在我最终看到赫尔佛金的时候，它看起来就像是人类最后的居住地，在某些疯子牧师所谓的世界末日里，由剩下的人类随手搭建起来。太阳慢慢逼近高山，颜色如同冒着血的内脏。瘀红的光亮中，可以看到阴暗的杂院、倾斜的房屋以及弯曲而下的巷道所组成的混杂画面。山脚下，水底的裂隙喷出热气，我们航行穿过这热气升成的帷幕，闻到了空气中的硫黄味。

当我漫步在赫尔佛金港口那吱嘎作响的木板路上，心中所考虑的，想必跟你们当中很多人想的是同一件事——这种地方怎么会发展得如此繁荣？答案就藏在贪婪和堕落之中。冒险者、亡命徒和疯子来到这里，试图爬上山，想要偷取足够活上一万辈子的财富。可是，他们会急急忙忙地立刻开始行动吗？当然不。有些人需要从长计议，有些人需要绞尽脑汁想方案，还有些人需要找到自己的冲动时刻。有的人等待了数天、数周甚至数月；有些人从来没有动身，永远留在了赫尔佛金，在自己日渐退去的野心的阴影中，郁郁老去。追随着冒险者到来的，是各式店铺，他们提供醉酒、娱乐、房间和温暖的床伴，这

剑之书

座城镇也成了一台吵闹的临时机器,用来回收最后的无用的金钱——这些钱的主人再也不需要它们了。会有零星几艘停靠赫尔佛金的船,它们的船长跟城镇订立了热情友好的协约:任何人都可以付出几天的劳动,再加上一小笔货真价实的财富,来支付他们回到人间的旅费。因此,对于那些被困在赫尔佛金的外来客,如果他们想要逃走,那就只能上山试试运气,或者是给城里的大人物们辛苦劳作个几年。

跟我一样的江湖骗子也蜂拥而至,一些新来者小心地审视这座城镇。垃圾贩子的数量是我们的三倍。"不喝上一剂净化神水,千万不要吸进龙的气息。"一个大胡子男人叫喊着,挥舞着一个石罐,显然罐子里装的是尿和泥巴。"瞧一瞧看一看啊!龙息灌你肠道,让你生斑疹,让你头疼欲裂,让你拉肚子,拉出来的都是黑乎乎的浆液!要挑战龙砝山,可得准备好!价格合理,保护你自己!"

我朝周围看了看,似乎没有哪个当地人会喝这种神奇的泥巴尿来保持呼吸通畅,所以我判断,没人会因为头疼而死去。我继续前行,先后被推销了附魔匕首、附魔靴子、附魔奶酪和几把附魔的山石,全都价格公允。真是幸运啊,我发现在这世界上最不友善的地方,竟然存在如此的慷慨大方,还有强效的魔法!即便我有钱,也只能用拒绝占便宜这样的方式来回报他们了。然后,有两位赫尔佛金当地的仁厚慈善家试图顺走我的钱袋。对于第一位慈善家,我仅仅是将他骂走;第二位则莫名其妙地断了手腕,同时还丢了钱袋。因为在那些日子里,我的指上功夫可比脑袋里的玩意儿灵活多了。我当时很担心,唯恐治安官——至少是匪帮团伙——会针对外来者。但我很快就意识到,赫尔佛金唯一的律法,就是战胜对手或者闪一边去。从那之后,再也没有任何手指爬向我的口袋了。

有了到手的这几枚硬币,我开始寻思能花掉它们的地方,顺便驯服一下早已经不服管教的胃。我踱步前行,售卖各种污秽的酒肆呈现在我面前。街头小贩卖力推销,他们卖的东西看起来比净化神水还倒胃口。赫尔佛金的道路错综复杂，不一会儿我就被它弯曲的街道引到了城里最大的建筑"翼下厅"的台阶前。大门旁的守卫在冷眼观察——这儿肯定有吃的，但是经过守卫身侧飘出来的气味却不怎么好闻。

门外还是早晨，但里面永远都是烟雾缭绕的黄昏。入口大厅装饰着血淋淋的牙齿，还有一些蜷缩着的尸体——这些牙齿刚刚从他们嘴里敲出来。搬运工们在这烦闷的氛围里工作许久，正把这些倒霉蛋一个接一个地抬出侧门。我看到大厅里的桌子边、露台上还有更多的打架斗殴正在进行着。鉴于门卫的放松状态，我很想知道得到什么程度才能引起他们的注意。侍者全都是肥壮的男女，身着过时的盔甲，举着托盘。厨房的窗户则用铁条拦着。粗糙的手伸出来，端出大杯啤酒和葡萄酒瓶，好像守城的士兵从城垛射孔往外投射。虽说在我的职业生涯里，也遇到过一些高贵的朋友，但是眼前这样的人群我也非常熟悉，无非是一些愚蠢、残忍、狡猾、渎神和贪婪的面孔。已知世界的每一个角落，都把渣滓们筛出来，填充进了赫尔佛金。我决定小心翼翼地前行，在了解清楚这边的情况之前，尽量不引起任何注意。

"克雷尔！"有人吼道，声音来自头顶的露台。

啊，意外成为关注焦点的感觉袭来。在这到处是打手和闹事者的大厅里，人们停止了谈话，转过头来，甚至有些侍者也停止干活，盯着我看。

"塔卡斯特·克雷尔？"有人怀疑地喊道。

"放屁。塔卡斯特·克雷尔是个又高又帅的混球。"一个女人嘟囔着。

我正想说点什么；不过坦率地讲，我说啥也不会改变任何人的处境。恰好此时，我被人从上方拎到了空中。抓我的人力气了得。我转起来，离石头地面只有一段很尴尬的高度，而我只能无助地乱踢。袭击我的人一只手吊在阳台栏杆上，另一只手在我身上擦拭着。我准备好了一大段无用的废话，同时伸手去够腰带上的匕首。然后我便看到了这个人的脸。

"陛下！"我低语道。

"少给我装模作样，除非你想摔下去，克雷尔。"不过，这声音里倒是有不少暖意。他边说着，边把我举过栏杆，搁在一张凳子上，就像是把一件袍子搭在晾衣绳上一样轻松。此人肩膀宽阔，堪比船上的排凳；而胳膊比船桨还要坚硬。他皮肤黝黑，头发更甚，只些许灰白爬上了鬓角和胡子。海风在他脸上雕刻出一道道皱纹，不过也有可能是他面对海风时咧嘴大笑留下的痕迹。翼下厅的其他顾客很快就对我失去了兴趣，显然我已经成了这张桌子的座上客。而这里的主人正是我旧日的冒险伙伴，"无座之王""波涛之王"艾贾之主——布兰德加。

跟赫尔佛金一样，波涛之王在今天无非就是个传奇故事，不过还算是个正面故事。愿意为你唱这首歌的艾贾吟游诗人也都值回票。所有的艾贾部落都有国王或王后，还有畜牧、土地诸如此类的东西。不过在每一代人中间，他们的祭司都会解读神谕，公布一位波涛之王。这个幸运的婊子或者混球将被赠予一艘坚固的船，与他的誓言伙伴一同出海。他们穿越艾贾诸国，拜访亲族领袖，接受真正的敬意和款待。接着，他们通常得完成一些难以完成的任务，得到的则是无法预测的死亡或荣耀。这就是波涛之王——没有土地，却要猎杀怪物、找回失落的财宝、解除诅咒等等，直到他们和他们的伙伴们为了艾贾族人的利益，迎接他们或悲惨或美丽的最终结局。布兰德加是最后一位得此殊荣的人，至少短期内不会有继任者，因为他和他的伙伴们完美胜任了这项工作，几乎没给其他人留下什么烂摊子。我曾经遇到过他们两次，还一起有了收获。都是为了做好事，我跟你们保证。不过我发过誓，不能讲述任何细节。就连我沉睡的荣誉感有时候也会在睡床上翻个身、踢两脚呢。真的！

"真是幸运啊。我们可没想过还能在这里遇到一位老朋友。"布兰德加越过吃了一半的食物,坐回凳子上。那是某种很油腻的动物肉,蘸了刺鼻的芥末和棕色的月莓蜜饯,不过我看不出是什么动物的肉。"米迦,你觉得呢?"

我吓了一跳,这才发现坐在露台后面阴影里的,是一个我之前没有注意过的人影。啊,确实,这是"国王之影"米迦。很少有人能看到他①,除非选对了时间和地点。在盗贼这一行当里,米迦所有的手艺都比我强。他有一百种伪装,或男或女,但皮肤却还是自己的。他是个好朋友,也是个危险的敌人。米迦倾身到光亮处,似乎岁月也没有在那张瘦骨嶙峋的脸上以及那双冷峻的灰色笑眼留下什么痕迹,尽管下方的嘴唇从未像现在这样抽搐过。

"克雷尔看起来很饿,头儿。"

"这边流行吃这个。"布兰德加朝他吃剩下的晨间快餐随意摆了摆手,我感激地点了点头。"来多久了,克雷尔?"

"刚刚靠岸,被渔夫给逮住了。"我嚼着油腻的食物说道。我毫无顾忌地舔着手指,因为我知道波涛之王的餐桌礼仪已经被长船那摇摇晃晃的甲板驯化过了。"感谢您的慷慨分享。我的生命之书中最新章节主要都是关于空腹的问题。"

"和空空的口袋?"米迦说道。

"我冒犯到了某些我不认识的人。"我拿起一根骨头贪婪地吸吮着骨髓。我同样不知道这是什么动物的骨头。"糟糕的命运将我送到这里,做最后一搏。"

"不,"布兰德加说道。我刚刚提到的那种天杀的咧嘴笑又来了,这是一种"二话不说跟我上刀山"的笑容。"仁慈的命运让我们相遇。助我们一臂之力吧,我们打算爬上龙砧山,宣布宝藏的所有权,

---

① 原文用以指代米迦的代词是"they",为不特指性别的一种中性表达。

用此荣耀装点我们的余生。《虫歌》要我们带上终结和眼睛，对吧？我们用兵刃带去终结，眼睛自己留着！你以前可是一个精明能干的斥候。"

"你们打算什么时候出发？"

"今晚。"

我把骨头一扔，用磨破的夹克袖口擦了擦嘴。朋友们，我不太乐意强调我的犹豫不决，但是我会尽量阐明故事的每一个真相。我抱着绝望的情绪来到了赫尔佛金，这没错，而且非常好运地遇到两个老相识。在世的人当中，他俩是极少数我愿意与之为伴的人。只是，近些天我的肚子里第一次有了东西；感受着这令人舒适的肉的重量，我觉得自己并不是那么急着迎接末日的到来。

"我本想花几天时间来做准备，"我开口道，"而且还得搜集一些有用的情报——"

"你不是胆小鬼，"布兰德加沉声说道，"不过，不论是谁，身处完全舒适的环境下，一旦想到非常危险的事情，定会感到一丝惧怕。来，我知道你从来不会拒绝一场诚实赌约的召唤！跟我打个小赌吧。如果我赢了，今晚你就跟我们一起走。否则我们就等上三天，你尽可以在登山之前搜集任何'用得上的情报'。"

诸位看官，这剂良药足以抚慰我寥寥无几的良心啊。这下我可以守信于靠谱的伙伴，也能有时间让自己从容地投身一项可怕的事业。于是我便问这赌怎么个打法。

"看到那边墙上附着的悬阁蜥了吗？"

我的目光穿过宽阔的酒馆，越过缭绕的烟雾和摇曳的火盆。确实看到了一对深色鳞片的蜥蜴，静静地趴在天花板上。悬阁蜥长约一臂，性情温顺。在北方诸国，悬阁蜥会从山上爬下来，有的被人当成了食物，还有的则跟当地人和谐相处，帮人抓捕老鼠。

"规则是这样的。那两只已经呆住不动有一会儿了；不过，毫无疑问，其中一只早晚会爬下来找吃的。如果靠近你那边的深色那只先动了，那么我们三天后再行动；如果靠近我这边的那只红色斑纹的先动了，我们今晚就出发。这么定了？"

"一言为定，"我说道。于是，我们放松下来，坐等这场令人昏昏欲睡的精彩演出。这看起来或许很奇怪，其实不然。因为艾贾人在大海上会用任何目之所及的东西打个无关痛痒的赌，借此消磨时光。打赌的范围从海鸥往哪飞，直到对面船上的水手当中哪一个会先使用粪桶并且把它往船舷外倒空。在那个年代，我经常把赌打在一些荒唐滑稽的琐事上，以此平息难以抑制的烦闷无聊。

我的话说完还没到五个心跳的时间，靠近国王那边的红色斑纹的悬阁蜥就伸了伸腿。与其说是爬下来，不如说它是直接从墙上掉下来的，像是老套的爱情故事里面那种令人悲伤的自杀。

我不顾形象地破口大骂，而布兰德加和米迦捧腹大笑。接着，在国王选中的蜥蜴掉落的阴影处，一道银光闪过。一阵薄雾窜入空气中，这薄雾我倒认得。

"不！"我喊道，"你们出老千！这是个会换肤术的法师，真是道德低下，她——"

"站在你身后。"说话的是"天空之女"古德伦，她在银光和薄雾中现身。她亲切地抚弄着我的头发——当然啦，那个时候我还是有头发的。她那红铜色头发绑成七股，跟她国王的铁灰发色倒是很配，还衬出了她那张挂着恶作剧笑意的通红圆脸。

"无耻。"我怒目而视。

"这赌打得很公平，"布兰德加说道，"你看，如果你的眼睛真的属于一个精明的斥候，那你早该在我提出建议之前，就看出墙上只有一只爬虫。来吧，克雷尔，我们需要你，而且，你就算是在这等上一百年，也找不到更好的同伴了！这就是命运。"

我一方面恨他是对的，另一方面又对此感到非常兴奋。一位战士

剑之书

国王、一位盗贼大师和一位法师。伟大的神啊，希望真的是一件恐怖又让人焦虑的事情！想要挑战龙砥山，他们确实是凡人当中最合适的盟友。我在最近的贫穷状态和那笔财宝之间反复掂量。

"我这辈子没做过什么非常明智的事，"我终于说道，"现在开始讲究做事明智，也没什么意义。"

"哈！"布兰德加猛地敲了一下桌子，站起身来，倾身斜出露台。他的声音突然爆出，在屋椽之间回响；下方那些吵吵嚷嚷的喧闹骚动，被这声响震得瞬间化作全神贯注地倾听。"听我说！我，奥锡尔德与埃丽卡之子布兰德加，人称波涛之王！今晚我们就要出发！今晚我们要爬上龙砥山！我们，无座之王、国王之影、天空之女和举世闻名的塔卡斯特·克雷尔！我们就要拥有一大笔宝藏了，所以，这些零钱都给你们吧！为我们干杯，静候我们佳音！今晚，我们将书写传奇！"

布兰德加打开一个钱包，摇晃出一条银币溪流，散落到人群当中。底下的酒客们欢呼喝彩，雀跃不已，抢夺他施以的慷慨。神啊！要是一周前我能有那么多银币，我永远都不会离开新月诸城。因为钱币引起的骚乱逐渐平息，一副破锣嗓子唱出的歌声响起。随即，更多、更沉稳的声音加入了进来，直到整个翼下厅里几乎所有人都在欢快地对着我们唱歌。这一段歌词不停地重复：

死有金银陪葬，甘做巨龙晚餐！
轻松玩转，没有赢家的游戏！
贪婪的罪人，爬上高山！
死有金银陪葬，甘做巨龙晚餐！

歌声里有一种熟悉的仪式感，恐怕他们已经唱过很多遍了。我一点也不喜欢。

接下来，我们如何证明自己的决心，以及沿途是怎么伤掉几颗心的。

白天的大部分时间里，我都在一个租来的房间里断断续续地打盹儿。这里被古德伦念念叨叨的几句神秘咒语保护了起来。心里是否恐惧先不说，至少我仍然是一个运气不错的老手，也知道好运来临时能抓住多少是多少。

黄昏时分，红月升上天空，像磨光的盾牌悬挂在白兰地酒色般的天空之墙上。高山若隐若现，山顶绕着奇怪的光，那光线并非来自任何天体。我好像能够听到石头发出的嘶嘶声和隆隆声，仿佛饥饿的活物一般。我打了个冷战，第十次检查了一遍装备。从新月诸城来的时候，我一身轻装，穿着简单的野外皮衣和深色夹克，还有好几条多功能腰带。我背了一根投石索，弹药很少，只有一些开槽石弹。我拿出手里最长的几柄匕首，磨好之后不带剑鞘直接佩在身上，摆出一副神气十足的样子，跟我的伙伴们一同往镇子的东北方向走去。赫尔佛金的每一条街、每一处屋顶、每一扇窗户都挤满围观的居民，有的出声嘲笑，有的唱起歌来，但大部分人都默不作声地站着，或者举杯向天，像是在对即将走上绞刑架的犯人告别。

布兰德加穿着一件修身板甲大衣，外面披一件破烂不堪的灰色斗篷，这件斗篷布满了杂色斑驳的补丁，遮盖了多年以来无数的切口和烧灼痕迹。他宣称这件斗篷就跟魔法加持过一样好，而他的汗水也将他绝大部分运气都浸入了其中。据我所知，古德伦从未对此发表过评论。她一如既往地邋遢，是一位不顾形象只管舒服的专家。在她胸前，奇怪的护身符和木制容器拴在皮绳上咔哒作响；背上则是一对刻着符文的鼓。米迦身着轻盈的丝绸衣服，戴一双皮革护腕，身形一如既往地灵动优雅。更加一如既往的是他那张精心设计过的对世界始终困惑的脸，其下隐藏着他内心的真实想法。他带着几卷海蜘蛛丝和一些攀爬装备，包在裹布里。我知道，无论他看起来有多么冷漠，其实他对于工具的选择和保养都极其在意。他比我合作过的其他任何盗贼都更专注，我对他的专业水平虽有嫉妒，但却更为他这种做好万全准备的状态而感到舒心。

唯一一件称得上古怪的事，是布兰德加额外携带的一件兵器。他惯用的长矛"冷刺"矛尖锃亮，从不包裹，矛身因常年使用而显破旧。另一支长矛看起来很重，似乎是新打造的；矛尖用层层皮革束缚包裹起来，像是练习用的武器。一被问到这事，布兰德加就笑着说道："多一把长矛，多一个伙计。我这把年纪了，难免要更谨慎一些，对吧？"

在赫尔佛金的东北边界，道路开始变得陡峭。这是一条不起眼的小路，铺着落满灰尘的深色石子，明显能看到几条平行线，有半英尺深，斜着穿过人行道。尽管这些痕迹的边缘已经被时间和天气软化，但不难看出它们的来历——一头巨龙的爪印。这是一条再明确不过的信息，每一个想要迈过它们的人，都要掂量掂量。突然间，我希望头脑能清醒一点，忘记我们之间关于攀登龙砧山的约定，随便找点能忘却责任的东西灌下喉咙。

我们一个接着一个地越过巨龙的印记，你们紧张的说书人落在最后，步履缓慢。之后，我们一直在沉默中向上跋涉，唯有偶尔发出的装备撞击声和靴子踩在石头上的声音。随着城镇的气息和港口的蒸汽在我们身后慢慢消失，夜晚靛蓝色的边缘在头顶落下，星星一颗一颗亮了起来，就像远处的一盏盏灯笼。山顶上的夜空想必清澈明晰，不知道我们是否能登上那里，饱览美景。登山的开始阶段不是很难。大概有四分之三个钟头，我们都走在一条曲折蜿蜒的路上，权当是轻松的户外锻炼。随着光线变暗，路面逐渐坑洼不平，道路越来越窄。等到周围漆黑一片时，路也算不上是路了，上山彻底成了爬山。我们面前是一块倾斜的黑色岩石，表面尽是峭壁和断裂的柱子。虽说此路崎岖异常，但这是攀上龙砧山的唯一途径。布兰德加晃了晃冷刺，朝古德伦咕哝了几句。古德伦也朝他咕哝了几句。过了一会儿，冷刺的矛尖亮起了柔和但范围极广的光。有了这苍白的微光，我们又可以继续稳步向上攀爬。

"其他人都怎么了？"在一次休憩时，我心血来潮地问道。上次我在无座之王的队伍里短暂逗留时，跟他一起出门闯荡的好伙计尚有八位在世，足够操纵他的长船。每当他们履行完对陆上国王或者女王的义务，就会豪迈地痛饮一番，不失英雄阵仗。"阿斯米拉呢？洛鲁斯呢？瓦尔迪斯呢？"

"阿斯米拉在一场暴风雨中从船桅杆上被甩了出去，"布兰德加说道，"洛鲁斯跟一个葡萄酒庄园的妖灵拼酒到天亮。最后，妖灵在狂怒中杀了他，结果它也死在了第一束阳光的照耀之下。瓦尔迪斯则是在白瀑城对抗骷髅祭司的时候战死了。"

"'银须'隆杜呢？"

"银须死在了床上。"古德伦咯咯地笑了起来。

"确切地说，是死在床下。"米迦补充道，"围攻文迪尔斯法纳的时候，守城的人朝我们扔了一张床。"

"但愿我们的朋友能在剑与玫瑰之野安享喜乐。"我说道，因为值得尊敬的艾贾人在死后都会去到这里。如果这是真的，我想，我们所有的天堂和地狱也都会变得安静一点儿吧。"不过我还是希望——没有冒犯的意思——今晚能多几个兄弟跟我们在一块就好了。"

"他们用死亡把我们带到了这里，"布兰德加说道，"他们用死亡教会了我们必须知道的事情。他们用死亡给我们指明了道路。当时我们的队伍人数大大减少，我们的使命则乏善可陈，于是我们三个知道，是哪里在召唤我们。"听到这番睿智的宿命论，古德伦和米迦点了点头。长久以来，我都对我的艾贾朋友们的这套理论深感痛惜；尽管此刻我出现在这座山上，算是证实了我自己的论断：我这一辈子确实没做过什么非常明智的事，不过也没有粗鲁到开口说出我对他们这种哲学的担忧。或许他们一直把这份得体误会成了同理心。不，我承认，要是被逼急了，我确实可以不顾一切地战斗；但是当我看到一场跟死神的会面注定要发生时，我总是倾向于爽约。艾贾人是如何在漫长的岁月中生存下来，穿越海洋、繁衍生息的？这真是造物之谜。

我们继续攀爬，不久便到了一处裂开的岬角边缘。这里有一扇半球形的石头天顶，冲着夜晚张开口，好似一座剧院，悬在黑暗之中，指向大山深处。起风了，寒气刺着我的皮肤。我们向着远方凝视了一会儿：身下是城镇的灯光；泛着白色泡沫的漆黑海面上覆盖着一层薄雾；而薄如发丝的落日余晖，仍然挂在地平线上。这时，我们身后响起了一阵令人不安的刮蹭声。布兰德加转过身来，举高冷刺。

他很快得到了回应。红光在洞穴中亮起，像脉搏一般闪烁跳动。这些光亮究竟是灯笼还是魔法，我辨别不出；但是在它们发光的时候，我看到一扇拱门，宽阔到足够三辆马车并排通过。我想知道巨龙在设置这些通道的时候，是不是也给它自己留够了充裕的空间呢？或许稍微挤一点它也能容忍。真是无用的遐想！在拱门和我们之间，竖立着两排整齐的柱子，每一根柱子旁边都立着一个人影，或男或女。

布兰德加走上前去。离我们最近的一个男人身影伸出一只手来。"留步，"它用一种嘶哑的将死之人的嗓音低语道，"禁止通过。"

"除非你愿意给我们开个更方便的后门，"布兰德加说道，"这条路我们走定了。"

"现在回头，还来得及。"此时的光线足够明亮，只见那个声音嘶哑的说话者和它的同伴们都赤身裸体，形销骨立，身上沾满污秽。它们的胸部泛着一层苍白的光彩，左边胸口有一盘珍珠的碟状物，镶在毫无血色的皮肉之间，被一些奶白色蜈蚣般脉动着的节段固定起来。这些白色的节段穿过全身，像是把人体给缝了起来，最后在后脖颈留下一小段打结的尾巴。这些小尾巴上挂着闪亮的银色细线，把每个人分别系在一根柱子上。在那上面，在精致的黄铜凹槽中，拳头大小的肉块在跳动着。我曾经离死亡近在咫尺,亲眼看到过人类的心脏,但此时仍感到胸中猛然一紧。"主人不会记恨你们。你们回身返家吧。"

"我们向您的主人致以谢意。"布兰德加把他那柄皮革包裹的长矛放在地上,抡起冷刺舞个枪花,射出的光芒就像水中涟漪散射出来的太阳光。"人为财死,鸟为食亡。我们来到了这里,绝对不会止步。"

别处的魔法守卫永远不知道什么时候该住嘴,但这家伙倒是很懂分寸。它点了点头,直接进入战斗状态。每一个缚心恶灵都拾起一把土,而这些尘土在它们攥紧的拳头里变成了长剑。八个缚心恶灵向我们袭来。我抽出匕首,耍了个剑花,加入伙伴们的行列,准备大干一场。

米迦、布兰德加和我都是老手,见过太多法师的陷阱和装置。我们很容易就能发现,这些东西的弱点肯定是那些闪光的细线,正是这些细线将它们束缚在缚心柱上。我们一边闪避着对方的攻击,用简单的步法闪转腾挪;几乎同时,我们挥舞兵刃劈向那些细线。那手感,——对于我来说,就像是挥着蒲公英茸毛去击打花岗岩。我摔倒在地,右手在冰冷的刺痛中不停抽搐。我好不容易回过神来,滚到一边去,此时一记劈砍落在我的脑袋刚刚所在的位置,火花四溅。

"我刚刚认为,"布兰德加咕哝道(他愤怒地挥舞着冷刺,不知道是因为他身体太强壮,还是因为他的长矛有什么特殊功用,总之这个时候米迦跟我都只能单手作战),"明显的关键部位——"

"我们都是这么认为的。"米迦哼了一声。

"别找借口了,你们这些蠢猪。"古德伦叫喊着,朝那些石头投出翡翠色的火焰。火焰飞速前进,随着她手上的动作,扭曲成蛇的模样,压制住了缚心恶灵。

我侧步一闪,躲过一记攻击,调整好左手的匕首,判断了一下离我最近的那根柱子顶端心脏的距离。如果这些丝线只是障眼法，那么操纵我们这些敌人的魔法诀窍，一定就在这里。我不是左撇子，但是我的准头还可以。我的匕首划过一道完美的弧线，准确地命中了目标，结果却被另一把匕首以更娴熟的手法给挤开了。那是米迦的兵器；他跟我瞄中了同一个位置。

"他妈的，克雷尔，我们不至于就这么点能耐啊。"说话的是国王之影，他正转身闪避进逼过来的缚心恶灵。

"要是我能活下来，去酒馆里讲这故事，我非得把这一段改成我们占优势不可。"我当时这么说。不过，朋友们，你们也看到了，我并没有这么做。今天晚上，我完全遵从良心。米迦换了一把新匕首，又投了出去，这次没有了我的干扰。匕首准确无误地击中了那颗没有任何防护的心脏，然后弹了出去，好像碰到了钢铁。我们异口同声地咒骂起来。魔法真是时不时地会让人气炸了肺。

米迦卷起一根肩头的丝绳，转成车轮状，动作令人眼花缭乱。这就成了他手中的一件兵器。他摔打、绑缚起最近处的缚心恶灵；那线在敌人之间快速移动，好似疯裁缝的针线在游弋。我没有这种好东西，右手又是废的。我在石头之间爬行，用左手又捡起一把掉在地上的匕首来。两个恶灵冲我来了，我把匕首转向它们。"停，"我喊道，"停一下！我觉得我不像之前那么渴望宝藏了。你们的主人还会让我离开这里，爬下山吗？"

"我们在这里，要么杀人，要么劝人离开，但却不惩罚人。"我面前的缚心恶灵放下武器，"独自生还是你自己的事。你可以走了。"

"我赞成你对于自己职责的精确认知和献身精神。"我说道。就在缚心恶灵将要转身背对我时——显然，它要加入战斗，继续对抗我的伙伴们——我从上往下攻击，将匕首插进了它的头颅。穿进它腹部的节段——就是那个虫子一样的东西——颤抖了起来，一些奶油似的黏稠汁液从嘴和耳朵里涌出，而这些都曾经属于一个活人。它散架了。

"这种把戏太低劣了。"另一个缚心恶灵发出刺耳的声音,冲着我来了。我拔出匕首,一阵令人恶心的酸腐臭气扑面而来。我再次摇了摇手。

"停一下,"我说,"我确实是个顽皮又无耻的骗子,不过你们怕是弄错我的意思了。你们真的准备好心放我走?"

"尽管你的卑鄙——"

我从来都没有了解过我到底有多卑鄙。此时我抓住机会,一个箭步冲上前去,将匕首插进它的左眼。它在同伴身边摇晃了几下,吐出更多令人恶心的黄色汤汁。我是实用主义的忠实信徒。

"够了!"

只剩下最后一个缚心恶灵,我眼看着它手里的剑又变回了尘土。我杀了两个,古德伦用她的火蛇烧焦了两个,而米迦最后把属于他的那两个绑在了一起,刺穿它们的头骨,完成了终结。布兰德加打断了一个对手的四肢,刺穿它的骨盘——那里本是它的心脏——捣成了肉泥。而其他心脏呢?我瞥了一眼那八根柱子上面的心脏,有七个已经萎缩,暗色的血污顺着柱子流了下来。

"你们证明了自己的决心,"最后一个缚心恶灵嘶声说道,"主人允许你们前行。"

洞穴里神秘的红光暗淡下来,在大型机械吱嘎作响的运转声中,拱门打开了。布兰德加朝那个幸存的缚心恶灵走过去,向前举起长矛,轻轻抵在那东西胸前的白色圆盘上。

"自然,我们会继续前行,"布兰德加说道,"但你们为什么会给巨龙卖命?"

"我寻宝失败。六十年前的事了。如果你们也失败了,那么也有可能加入我们。只要你能剩下足够多的血肉,主人便会用守心虫把你的心脏连接到洞穴里。所以,听我一言……尽可能让自己一点血肉都不留下。"

"过了今晚,你的主人戈林劳葛就不需要我们了。"没有任何预兆,布兰德加径直将长矛刺进了恶灵的胸膛,"也不需要你了。"

"谢……谢……你……"恶灵低语着,死去了。

"我们狼狈不堪的时候,你是不是觉得挺好笑,'天空之女'妹妹?"米迦边说边揉着右手。我的右手似乎也已经恢复了。

"长矛兵、匕首贼,你们总是想太多,"女法师哈哈大笑,"总爱用一些所谓的策略来满足你们的臆想。真正的蠢人和真正的聪明人,从一开始就会直接攻击这些鬼东西。但是你们介于两者之间,会想方设法先去干掉其他东西,真是好笑。这条龙知道冒险者都是怎么想的。"她抬头看了看山顶,叹了口气。"今晚,在大功告成之前,谁都有可能栽跟头。"

第三部分,我是怎么用我的屁股堵住一条缝,以及我们是怎么找到歌谣下面的歌谣的。

走过拱门,我们来到一处拱形大厅。这里又亮起了苍白的猩红色火焰,在空气中飘移着,好似一股股轻烟。我一度觉得我们站在一间武器库里,旋即我便在每一件陈列品上都看到了凹洞和磨光的金属板。这些装备层层叠叠,一排排地陈列着,几乎堆到了天花板:断剑和碎矛;磨得像羊皮纸一样的盾牌;被刺穿、烧灼的链甲背心满是脏污,也不知道那是些什么物质——显然,这里是我们的先行者们值得纪念的命运。巨龙的自吹自擂。

"或许说对了一部分。"听到我这么说,米迦回应道,"的确,所有的龙都差不多可以说是吹牛成性。但是,想一想这条龙,它看起来决心要跟挑战者公平对抗。上山的路,越来越难走。门口的守卫,志在宽恕和忘却。眼前这座博物馆是给懦夫看的。每进一步,我们的主人都会劝说那些意志不够坚定的人离开,这样可以节约大家的时间。"

既然非常荣幸地被列进了意志坚定之人的行列,毫无疑问我要跟随同伴们穿过巨龙的收藏品。我不安地注意到了藏品的质量：这里有抛光的苏拉加钢制胸甲和有着一万道褶痕的黑色哈拉齐剑；这里有镶着宝石的护肩，用的材料是永不老化的精灵银；还有天空铁打造的臂铠，在法术的作用下亮着暗淡的光。但是当它们的主人在面对他们的命运时，这一切东西显然都跟水下放屁一样形同虚设。在大厅的尽头又有一座巨大的拱门，门上套着另一扇门，看起来像是宠物专用通道。这应该是专门给人类用的。在这扇门上刻着一枚我再熟悉不过的徽记。于是我抓住布兰德加的领口，以免他轻举妄动。

"那是梅洛迪亚·马鲁斯的印章，她是森达里亚的高等陷阱大师。"我说道，"我跟她在一些专业问题上有点分歧。或者更准确地说，她为客户的金库和办公室设计机关。"

"我听说过她，很有名，"米迦说道，"看起来戈林劳葛也是她的客户之一。"

"就是因为她，我在科里斯特度过了不省人事的三个月。"痛苦的回忆啊，朋友们。不过，正如我们刚刚见到的，没有谁的冒险经历全都能以好运结尾，"还有劳根港的城堡主楼，我在那里待了六个星期。而且，她也是我只有八根脚趾的原因。"

"又一个不错的警告，"古德伦说道，"刚才这幅吓人的景象是给所有到访者的，现在用更加明确的警示来劝退那些职业盗贼。"

"我们有两位盗贼大师来探路。"布兰德加说道。每经历一道险地、看到一道更危险的警示，他似乎都更加有干劲。"如果这个女人的设计是完美无缺的，那克雷尔肯定不止丢掉两根脚趾这么简单了。"

排查陷阱是一门又累又无聊的手艺，有的只是偶尔的意外造成的惊险，以及九死一生的侥幸。我们接下来的一整个钟头都花在了这件事上。在这一片巨龙的领地，所有的台阶和走廊都充满了致命的危险。有些大厅的尺度对于我们来说很适宜，另一些大厅则更适合大一些的生物通过，而这些通道既不是完全平行的，也不是完全分离的。

这里没有任何有实用价值的厅堂，算不上什么城堡；只是戈林劳葛为了这场游戏而布置的游乐场，是用石头搭建的幻境，称得上是真正的堡垒。我们一层又一层地向上走，经过墙上的一些孔洞，那里面会射出锋利的飞镖来；越过假楼板，躲过了能将我们碾碎的机器；穿过了巧妙设计的加重门，这种门以很大的力道弹开，还能封住我们的退路，逼迫我们继续对付前面新的机关。

在一处非常狭窄的厅廊里，米迦和我犯了一个罕见的致命错误。我们当中的一个人绊倒在了一块平板上，引得铁板在我们身前和身后掉落，将我们四个封在了一段走廊里，这空间也就比富商的厕所稍微大一些。右手边墙上的一个孔洞开始往我们身上喷烟雾。这股刺鼻的硫黄臭气我倒是有点熟悉，跟我在贝尔佛里亚的矿井里办事时遇到的是一类气体。

"龙的气息。"布兰德加说道。

"应该是大山的气息。"我喊道。接着，凭着不知道哪里来的献身精神，我一屁股坐在了喷气的孔洞上，把它给结结实实地堵住了。渗入大厅的稀薄秽气刺激得我眼泪直流，但却不足以对我们造成真正的伤害。然而几分钟之后，我已经维持不住这个杂耍一般的姿势了。我那处于关键位置的屁股没法再保护我们了。"矿工们管这个叫臭瘴气。我要是顶不住了，这东西会瞬间料理掉我们。所以，请赶快变个出口来吧。"

"干得好，克雷尔！"布兰德加在面前挥舞着一只手，不停咳嗽，"为了救我们，你用屁股缝堵住了裂缝！"

"男人的屁股上都有道沟，"古德伦说道，"但是只有最大胆的男人才敢把他的屁股塞进沟里。"

"从此以后，'开箱贼'克雷尔就要以'闭沟男'克雷尔闻名天下了。"米迦说道。

接下来，我说了很多不友善的话；他们则继续说着一些稀奇古怪的双关语。这些话我可不会说出来折磨你们。显而易见，用自己的屁股挡住散发的毒气，肯定会成为一些低俗笑话的灵感来源。最终，米迦不再抱持我认为非常不礼貌的取笑他人的态度，开始尝试寻找任何他能操控的机关，但是没什么成果。甚至连布兰德加那强壮的肩膀，也没能撞开那些铁闸门。古德伦成了我们唯一的希望。她用膝盖磕断了一块刻着符文的骨头，召唤出了一种被她唤作"锈灵"的东西。

"我本来希望能留到更重要的时刻，"她说道，"不过我觉得死在这里确实不值得。"

过了一会儿，锈灵完成了它的任务。立在两头坚实的铁闸门散落下来，剥落成了地上的一摊棕色尘土。我终于松了一口气，浑身上下每一寸都在微微颤抖，说不出来的轻松。于是我们迅速上路，将满地铁锈连同已经被破解的毒气陷阱抛在了身后。我们一开始还小心翼翼地前行，后来便越来越有信心，因为看起来我们已经清光了这片区域内梅洛迪亚·马鲁斯所展现出来的全部创造力。我希望那个女人能够死于非命，或者至少也断几根脚指头。

但是，这里找不到之前巨龙贴心提供的红光，我们只能借助古德伦的法术在出鞘武器上点起的银色微光，在黑暗中爬行。最终，我们找不到门也找不到台阶了，只好借助米迦的绳子，用痛苦的扭曲姿势，冒险攀上一道岩石竖井。我祈祷在攀升的过程中不要有什么意外的发现——顶多确定这是巨龙的专享井道。

终于，我们来到了一处冷飕飕的洞穴，地上铺着光滑的黑色地砖。猩红的光在远处一面墙上亮起，组成一些坎德里克文字（当我还是个小男孩时学过读法，而艾贾人曾长期使用这种字母来贸易和算账），拼出来的正是《赫尔佛金虫歌》。

"这是怕我们忘了么。"米迦咕哝道。就在这时，从我们刚刚爬出来的石头井道里蹿出一股橙色火焰。燃起的火花有我两倍高，封住了我们的退路。白热的线条从火焰那参差不齐的顶端向前喷涌，好似熔炉里的铁流。这股燃烧的物质迅速变幻成四个模糊的人形，像舞者一样纤细而优雅。它们翩翩起舞，一开始只是缓慢地旋转着，随着速度逐渐加快，它们向我们慢慢走来。无法抗拒。

"找到歌谣下面的歌谣。"一个声音唱响在我心头。这声音在房间里轻柔地回响，它混合了所有美好的事物，既不是男声也不是女声，其声色之美简直超凡脱俗。你一旦听到，便会觉得之前的人生全都虚度了。即便是现在，仅仅是提到它，我都能在眼角感受到温暖，而且也不会以之为耻。那四个火焰舞者滑步旋转，唱出的歌声犹如一阵阵魅惑。一段段歌词唱下来，越发有一种痛苦的美感。

"赌桌之上，骰子掉落，
诚实之人，被赌博
一次，又一次地带走，
来见公平之友，分心源头……"

有美感的并不是歌词。此时我背给你们听，也没见有人掉泪，没见有人沉浸当中。重要的是声音，声音！我脖子上的每一根汗毛都竖了起来，好似被一阵冬天的冷风紧紧裹住。我能感觉到魔法的力量，就像我能感觉到脚下石子儿一样肯定。有一种压迫感正在倒向我们。那声音把我们都吸引住了，我们所有人，眼睛睁得像铜铃，渴望能拥抱那绚丽的燃烧着的身形；而那身形正以如此动人的可爱声音在召唤。这就是恐怖之处，朋友们。此时我神志当中还有一小部分是清醒的，我知道如果我碰一下那些东西，我的皮肤就会像是投入篝火的烛蜡一般。可是，我无法控制我自己。我们当中没人能做到。它们每多唱一句，火焰舞者的吸引力就要增强一分，而我们的决心则要减退一分。

"美人对镜勤审视，
大好年华，专心致志；

直到殷勤不再有，

如梦方醒，分心太久……"

我呻吟着，强迫自己向后退，一步又一步。然而那感觉就像是钩子钩住了我的心：想要抵抗它们，就要跌入万劫不复的地狱。我看到晕头转向的米迦抓住了布兰德加的衣领。

"原谅我，头儿！"米迦使劲拍打国王，打完一边脸颊，又打另一边。可怖的怒火瞬间在布兰德加脸上燃烧起来，看起来他似乎找回了自己。他抓住国王之影，就像一个激流中抓住桥墩的人。

"古德伦，"布兰德加吼道，"给我们点抗拒这法术的力量，否则我们都要搞出一番要命的风流韵事了！"

我们的女法师也跟我们一样，定了定自己的意志。她摇着背上那对奇怪的鼓，喘着粗气，像是刚刚跑完长跑。接着，她开始用随性的艾贾风格，击打出微弱而颤抖的反向节奏：

"石之心，眸澄澈，

古德伦看穿了傀儡师——

火焰唱八拍，古德伦应七拍，

力量从这法咒来……"

古德伦敲鼓的节奏对我来说，就像骑兵的马蹄声，疾驰而来施以救援。火焰舞者的致命诱惑一度有些衰弱的迹象。随后它们转得更快了，闪耀着刺眼的白光。当火焰舞者在地砖上踮着脚尖旋转前进时，它们脚下的烟雾卷成了缎带。它们的音调越发升高，比之前所有时候都更加动人。我忍住哽咽，挣扎在疯狂的边缘。为什么我不过去拥抱它们？究竟是怎样的傻子，会不想要纵身投入那团火焰中？

"蝇虫恼人飞过，噬咬，

剑客佯攻而胜，技高；

盗贼隐蔽，长夜神偷，

世界真主，分心源头……"

米迦跪下来，狠劲用拳捶击地板。他尖叫着，关节已然捶成红色。"我想不出来，"他喊道，"我想不出来——歌谣下面的歌谣，究竟是什么？"

"诗人的创作，不变的真理，
粗俗的酒馆，杂耍般游戏；
牌桌上的朋友们，大打出手，
你就像拴牢的狗，分心源头……"

"火！"布兰德加吼道。他迈着怪异的步伐，像梦游一般，蹒跚走向几步开外的火焰舞者，他命运的终点。"歌谣下面是火！不，是石头！舞者脚下是石头！不，是山！我们脚下就是山！古德伦！"

布兰德加的答案没有一个是对的，压在我胸口、腰间和思绪里乱麻般的欲望没有得到一丝疏解。古德伦再次换了拍子，以正式的艾贾守灵舞的节奏，绝望地打着鼓：

"现在我唱起六拍曲，
艾贾人古德伦一清二楚：
地狱火之舞者的竞逐，
不能使用半分咒语。
虫之王狰狞冷笑，
凡人玩偶尽快燃烧；
飞吧，波涛之王的长矛，
毁灭之前，打碎石头歌谣！"

接着，古德伦像战场上的投石兵一样稳稳站住，把她那对绣着符文的鼓，朝着布兰德加的脑袋扔过去。不知是因为这股撞击力，还是因为他的伙伴们种种惊吓式的治疗手法，总之布兰德加在这一最终的关键时刻，找回了自己。

"墙，"喊叫声来自古德伦，她已经跪倒在地，"分心的歌就是分心的原因！歌谣下面的歌谣……就在墙上那首歌的下面！"

## 黄金之烟是荣耀

热浪像一千支飞针一样，戳刺着我脸上裸露的皮肤。此时，烟雾从我的夹克袖子和翻领处缭绕升起。当火焰舞者附身而来，离我仅有一臂之遥时，我闻到了自己烧灼的气味。我从来没有遇到过如此美妙的东西，也从来没有经历过更严重的痛楚。我知道我要死了。

在我眼角的余光中，只见布兰德加稳住双脚，以一股我从来没有见过的绝望怒气，吼叫着发起冲锋。他越过控制住他的火焰舞者，将冷刺的矛尖扎进了在墙上发着光的《赫尔佛金虫歌》的中央。岩石和尘土在他身边爆炸，在碎石崩落的地方，显现出几行闪着冰冷蓝光的句子。布兰德加唱了起来，节奏很快，唱功笨拙，但却饱含真情实感：

"死者至此，万物回避，

歌声依然，火焰灭止；

山顶之会，吾辈所求，

黄金收获，分心源头！"

在我面前，将空气搅浑的那股燃烧的热浪瞬间消失了；而舞者那些致命的白色火光和橙色火焰化作了墙上新歌谣的冷调蓝色。放松的快感从头顶泼下，好似我一个猛子把全身都扎进了冰冷清澈的河水中。我瘫倒在地，筋疲力尽，快乐地呻吟着，完全不相信自己还能活下来。不仅仅是我。我们全都躺在地上，像傻子一样喘了好一会儿气——胸口起起伏伏，像是险些被淹死一样。我们相视而笑，眼中噙泪，火焰之歌的诱惑仍然在我们的脑海里挥之不去。那些记忆当时刻骨铭心，如今仍然历历在目。在有生之年，我都不太可能摆脱这段记忆，如果真的忘记了，也不啻为一件悲伤的事情。

"唱得好，埃丽卡与奥锡尔德之子。"温柔的火焰舞者当中，有一位开了口。它的声音人间难闻，我们几乎要心甘情愿被它征服了。"做得好，天空之女。你留的礼物是我们的荣耀。"

蓝色的身形在空气中消散，只剩下那道橙色的火焰柱，从石头烟囱里直往外冒。这么看来,这里的主人已经绝了我们逃跑的路。然后,我看到布兰德加站起身来,一动不动地盯着一对东西看。他的双手各执一件。

是已然折断成两截的长矛,冷刺。

"啊,陛下,"古德伦叹着气说道。她站起来,收回符文鼓,有些许畏惧。"请原谅我。"

布兰德加低头注视着他断裂的武器,好一阵没有答话。最后,他叹了口气。"没有什么原谅不原谅的,法师。我的答案都是错的,而你的答案才是对的。"

他慢慢地把冷刺的两段放在地上,毕恭毕敬。

"二十九年了,它从未让我失望过。我将它安放于战场之上,就像对待我的弟兄。我会将它的故事讲给后来人听。"

接着,他将第二柄长矛举过肩头,不过他还是不肯解开矛尖包裹的皮革。他露出了招牌的咧嘴大笑,像演员在谢幕。

"不要停下,夜晚终会过去,我们必须攀爬。每迈出一步,我都更加渴望能好好会一会那条龙。走了!"

第四部分,我们是怎么通过山上的脆骨,来到死亡雪径的。

我们摇摇晃晃,晕头转向,迷迷糊糊地来到了一处满是柱子的廊道。白炽的岩浆好似缓慢流淌的水,汇成沟渠和泉池,照亮了整个柱廊。岩浆的热度触手可及,让我们想起刚刚死里逃生的烧灼感,于是我们心照不宣地跟这些东西保持了足够的距离。岩浆流淌时会发出微弱的声音;从源头喷出来时,也会汩汩冒泡。不过在岩浆流过的边缘会有令人紧张的玻璃状裂痕,深至黑色,闪着银光。

"古怪。就算是在这里,也称得上古怪。"古德伦用指头扫过那些石柱,"这里蕴藏着能量。不仅仅是用来拉起火山沸腾的血液——可见这不完全是自然现象。这些石柱之间约束、平衡着一股力量。或许这力量是安排好了要释放出来的。"

"又一个陷阱？"布兰德加说道。

"如果真是这样，那就意味着这陷阱一旦启动，半个龙砧山都要完蛋，"古德伦说道，"这回，克雷尔可没法用他的屁股拯救我们了。"

"对于我们来说，它现在有危险吗？"我问道。

"极有可能。"古德伦说道。

"我欢迎这盛宴上的每一道新菜，"布兰德加说道，"来吧！我们本来就要爬山的！"

我们继续向上，通过了一段宽阔的旋转楼梯。这里足够一艘艾贾长船滑下来——当然前提是先把船帆收好。我们又走过了一条条寂静无声的廊道，熔融的岩石照亮我们的前路。最后，我们来到一处高高的天花板下，上面镶嵌着闪亮的黑色玻璃格子。在别处，这种材质多用于装饰窗户，它能照亮一座光辉的神殿或是一栋华丽的别墅；但在这里，它们只是石头上的一片死寂。一阵冷风穿堂而过，米迦嗅了嗅空气。

"我们快到了，"他说道，"可能还没到山顶，不过这气味是外面的。"

这房间有五十码长，二十五码宽，在远端有一扇小门。奇怪的是，我没看到有适合巨龙通过的明显通道。门前摆着一尊抛光黑曜石雕像，比布兰德加高一点点。这尊人形雕像有一颗猫头鹰脑袋，双眼紧闭。原本是翅膀的地方，长出了五只手臂，组成扇形。这是一种很常见的墓穴守护者造型，艾贾人偶尔会雕刻这样的守墓人，在葬礼上用作对逝去英雄的深切缅怀。它的眼睑慢慢打开了——我一点儿都不奇怪——一双碎裂的红宝石般的眼球打量着我们。

"自从主人到来之后，我就一直站在这里，"雕像说道，"等待着把你送进坟墓，波涛之王。然后我会站在墓前，成为它的装饰品。"

"第二件事就太客气了，第一件事则永远都不会发生。"布兰德加说着,兴冲冲地把他那包裹着的长矛放下来,"如果非要打架,那就开始吧。不过,你要是再跟我们唱什么歌,可别怪我生气。"

"黑色,我的皮肤,反转一切伤害,"雕像说道,"银色皮肤失去光彩。"

"这歌词也太烂了。"布兰德加嘟囔道。他冲向雕像,以摔跤手的方式,猛撞它的中段。对此,我只暗暗叹了口气。不过,你们也都已经见识过了。布兰德加有一分深谋远虑,却有千分鲁莽行事;他最开心的时候,就是猛击敌人的脑袋来试探对方的力量。墓穴守护者的十只手臂在一瞬间张开。双方甫一交手,布兰德加就被甩出了二十尺远,险些砸中古德伦。他重重地摔在地上。

米迦亮出短刃,发起攻击。我也咽下焦虑,手执匕首,加入他们。米迦的刀刃每次击中那东西的外皮,都会火花四溅,空中则到处都是疯狂旋转的黑曜石手臂和腾挪闪避的盗贼身影。米迦速度比我快,所以我让他更靠近一些,吸引那东西的注意力。我从它背后戳了一下又一下,最终被它的一只手臂狠狠击中,眼冒金星。我跌跌撞撞地向后退去,狼狈不堪。过了一小会儿,米迦也罢兵收手,远远跳开。布兰德加从他身边冲过去,喊着一些非常勇敢但又难以理解的话。几秒钟后,他再次飞到了房间另一头。

轮到古德伦了。她念动咒语,挥舞着双手,朝墓穴守护者投出药水瓶和木管。绿色的火焰在它的胳膊和头上蹿了起来。接着,一阵银光闪过,一声刺耳的爆炸声随之响起。一股烟雾爆发出来,那东西不见了。爆破的力道把它脚下的石头粉碎了,无数碎石散入空中,划过我的脸。不住咳嗽之余,我小心地往烟雾里瞥,只感到无比沮丧——尽管算不上太惊讶。只见那东西屹立如旧,丝毫无伤。古德伦破口大骂。布兰德加再次站起来,一头扎进烟雾当中。一声清脆的金属撞击声响起,他像刚才一样被扔出了烟雾。

"我觉得,我们得相信这玩意儿说的话。这东西是黑色的时候,我们做什么都是徒劳,"米迦说道,"该怎么把它的皮肤变成银色呢?"

"也许我们可以给它泼点水银,"古德伦说道,"要是我们有水银就好了。或者,拿烧熔的铁汁浇,再给它打磨得闪闪发亮。只要有口合适的炉子,找五个铁匠,用大半天就能搞定。"

"这些东西我一样都没有。"米迦抱怨道。简短且充满智慧的对话在接下来的几分钟里进行着;与此同时,无懈可击的雕像在房间里挨个追逐我们。它偶尔还要忍受古德伦召唤出来的火焰或者爆炸,然而脚步一点没停。古德伦还把我们通过山上那段昏暗小径时用来照明的银光变了出来,以为会对它产生作用;但那墓穴守护者丝毫没有受到咒语影响。很快,我们全都焦头烂额,浑身是伤,忍不住想起那些更加单纯的时光:那时我们唯一需要担心的,只不过是在舞动的火焰中被活活烧死。

"克雷尔!把你的投石索借我一用!"米迦大喊。手忙脚乱的他,在十只想要擒拿他的手之间拼命地跳来跳去,尽量不让自己掉进岩浆潭里。我把投石索和一块绑好的石弹顺利交给他,没有因为这点额外的工作而被打中或者烧着。米迦腾出足够的空间,蓄力,松手——但他没有瞄准墓穴守护者,他的目标是屋顶。石弹水平击中了黑色玻璃中的一块窗格。但是,要么是玻璃太硬打不碎,要么就是米迦投石的角度不太对。

我得承认,我没能领会米迦的意图,不过古德伦弥补了我的缺失。"我明白你想干什么,"她喊道,"保护好自己!"

她并没有给我们时间思考她话里的意思。古德伦准备出了另一件骇人的魔法物件,扔到天花板上,那物件爆裂成火焰和轻烟。这股爆炸不仅打碎了米迦瞄准的那块玻璃格子,连带着周围的玻璃全都被打碎了,于是锐利的碎片漫天而落。我把头和腿缩了起来,活像一只乌龟。叮当声和粉碎声平息之后,我抬头看了一眼。只见黑色的窗户碎裂的地方，一束束冷光照射进来，在烟雾中打着转儿。米迦是对的，我们确实离外面的天空很近。而且，我们通过龙砧山的核心花了几个小时，月亮也已经升高了，不再反射出红色的夕照，而是呈现出银白色的光彩。光照在雕像上，布兰德加毫不犹豫地检验了一番成果。

现在，墓穴守护者要抵御他的攻势，就像一个有血有肉的普通对手一样，需要不停地招架。国王用蛮力把它顶到石头上，而它那巨量的手臂也没能发挥作用。布兰德加朝它的脑袋狠狠捶了三拳，连我都忍不住向后缩了一下，甚至对我们的敌人产生了不该有的同情心。想象一下铁砧反复砸在一块牛肉上的噪声吧。一连串攻击大大减弱了那东西的抵抗能力，于是布兰德加把它举过肩膀，朝着最近的一处熔岩水泉扔过去。雕像烧了起来，来回翻滚，很快就沉没了下去，消失在我们视线之外。

"我只好到别处找个守护者来给我守墓了。"布兰德加捡起他那把裹尖的长矛——这次他还是没有使用它——擦了擦脖子上和前额几处伤口的血渍，"假如我注定要有墓穴的话。"

当我们走近时，那扇小门打开了。在刚刚那场酣畅淋漓的战斗中，我们都有点脏话连篇。此时我们重新展现出谦恭和礼节，互相鞠躬致敬。外面的房间和墓穴守护者所在的洞室长度相当，但是这里只有一个巨大的楼梯，平缓地升到一处看起来十分朴素的出口。这里没有门，仅仅是一道石头垒起来的通道。通过它，我们看到了更多月光和星辰。这间洞室非常冷，散落的雪花一团一团地飘过台阶，不知道从哪儿飘出来，也不知道飘到哪里去。

"等会儿。"古德伦说着，跪下来检查地板上放置的一块饰板。我从她肩头望过去，看到更多的坎德里克文字：

这里，也是最后，穿过蛇触碰的雪径。

每一片雪花都像众多幼蛇叮咬。

一旦触及肌肤，便会带来生命的毁灭。

"在火山核心处,遭到雪花攻击。"我说道。一小块盐一样的东西在裸露的皮肤上擦了一下,想到这种死法,我不寒而栗。"那结局可真是悲惨。"

"我们用不着亲身试验。"说话的是古德伦。她打了个手势,使出了在翼下厅我见过的同一套把戏。一道银光闪过,她眨眼间就从一处地方移动到另一处。这次,法术出了岔子。随着一道回应她的光,古德伦被楼梯前一面看不见的屏障弹了回来。她后背着地,咳出一团团苍白的热气。

"看样子,我们只能用走的,否则就只能放弃,"她呻吟道,"不过,我还有第二套方案。如果这雪对现在这肉体是致命的,那我给自己变出另一身。"

她的嗓子发出低沉而持续的声音,一边说着诡异的话语,一边大口吸气。她每吸一口气,皮肤就变暗一点;脸庞则会拉长一分,直到延展成蛇头一样的楔形。她的眼睛也在长大,变成金绿色;瞳孔则变窄了,成了两枚竖着的黑色新月。片刻之后,变形完成。她从覆盖着鳞片的嘴唇间吐出细窄的舌头,微微一笑。

"蛇肤与蛇肉,可以抵御蛇咬,"她嘶声说道,"如果这也不奏效,那我看起来就傻透了。我们在剑与玫瑰之野会有充足的笑料。"

"在剑与玫瑰之野。"米迦和布兰德加吟诵道。

但是,那里的笑料可能并不会很充足。至少,不会有关于这件事的笑料。只见穿着一身蜥蜴装的古德伦跳上台阶,伸出绿色的爪子保持平衡,走出二十步,步步惊心。终于,她站在了通向夜空的门洞边上,毫发无损。她行了一个夸张的屈膝礼。

"你能给我们也变一变吗?"米迦喊道。

"变形的天赋蕴藏在巫师的心中,"她回复道,"否则我早就把你们都变成蛤蟆装在背包里了。你们要是表现好,就可以出来放放风。"

米迦叹了口气,戴上手套。他研究了一番雪花的飘荡方向和状态，点点头，活动着筋骨。

"米迦，"我看出了他的意图，说道，"你要是想滑过去的话，这看起来有点太平了。"

"我们能走到这一步，各自都有安身立命的本事，"他说道，"现在就要看你的命硬不硬，本事灵不灵了，我的朋友。"

米迦走上台阶。他穿好了衣服，但是脸、脖子和手腕没有受到保护。我明白，下面要说的事情很难让人相信，但那是因为你们从没见过米迦的步法。无论用什么话语来描述他的身形，都太过苍白——哪怕是我来讲述。他摇摆、闪避、转身的速度快得像鬼魅一般，轻易地从飘落的雪花之间穿过。想象一下你我这般普通人，在路上缓慢行走的行人之间穿行的样子吧。说时迟，那时快。米迦已经踏完了那二十级致命的台阶，安然无恙地站在古德伦身边。他们像猫一样慵懒地舒展着身子，假装这一切都完成得非常轻松，而刚才那些疯狂的跃步和爬行仿佛都没有发生。

"干得好！"布兰德加说道，"克雷尔，这就尴尬了。他俩抬高了标准，我不知道怎么才能做到他们那样完美，更别说超越他们。"

"我担心的事情要更平庸一些，"我说道，"我觉得自己没有什么力量或者技能，可以让我离开这间洞室。"

"要是把你留在这里，我们这些朋友可就太没义气了。"布兰德加说道，"而且，我担心这会让我们的主人大失所望。我有个主意，能让我俩都穿越过去。你相信我吗？就像我完完全全、毫不怀疑地相信你一样？"

"你用不着跟我打感情牌，布兰德加。"我嘴上这么说，其实心里很清楚，面对蛇触之雪，他这么做是对的，"无论如何，我的朋友们都知道，我这辈子没做过什么非常明智的事。"

"一定要老老实实地缩在我怀里。嚯，米迦！"布兰德加把他那柄包裹着的长矛扔过雪地，米迦一把接住。布兰德加没有花费任何额外的工夫来巩固我的决心。他解开斗篷,将我压在胸前,好像我是个犯了错的孩童,要被赶走以作处罚。我领会了他的意图,双腿紧紧夹住他,把头贴在他的盔甲上,再一次将我的勇气寄托于那天晚上守护愚人灵魂的神灵力量。布兰德加扬起斗篷,盖在我俩身上,像一顶帐篷。我们的胳膊和头部都被遮盖住了,视线也被挡住了。接着,布兰德加吼着一些我完全听不懂的艾贾战斗口号,盲目地向台阶上冲。我的世界变成了一片颤抖不已的黑暗领域,我发誓我能听见那些有毒的雪花落在斗篷上的时候,发出的嘶嘶响声,大概是因为不能接触到我们而感到愤怒。最后,我们一头撞到了古德伦和米迦,装备、斗篷、长矛和冒险者们缠作一团。几位安然无恙的冒险者丝毫不顾及形象,在台阶最顶端哈哈大笑着。除了衣服和装备上残留的气味之外,看样子,雪的力量在脱离了那些魔法雪团之后就迅速消失了。

我们全都英勇地活了下来。月亮和星辰的光芒照在我们身上。

最后一部分,在龙砧山顶等着我们的是什么。

山顶处是一座火山口,好似一口平底的岩石大锅,宽度超过一箭之远。头顶的星空如火一般明亮耀眼,如果需要的话,我们可以借助星光来照明。

但是我们没有这个需要。因为这里就是巨龙戈林劳葛的宝藏,它显然会非常喜欢这样的场景。

木头和石材搭建的拱形亭台环绕在火山口周围,每一座都有好多层,人类的双手所建造过的神庙中最富丽堂皇的也不过如此。一千盏精致漂亮的玻璃灯笼挂在这些建筑物的横梁和山墙上,洒下温暖的金色和银色的光,在成堆的财宝上闪烁着。那财宝的数量庞大到难以理解——即便我们站在那里,亲眼看到。这里有堆成二十尺高的铜币;流下来的银币好似泄洪的江河;金块、金条、金盘、金沙则装在镶嵌着象牙的桶里。这里有一千年来偷得的硬币,劫掠自森达里亚、新月诸城、法尔·奥兰和沉没之地。这里有冷冰冰的死亡面具,它们的主

剑之书

人是我们从未听说过的君王；铭刻箴言所使用的语言，我们毫无头绪；还有一千枚形状各异的货币，有圆形、四方形、八角形，还有一些不怎么实用的造型。远处还有难以计数的珠宝盒，均为饰漆繁复的木制品，其自身就已经是上等珍宝了；内里的成堆珠宝多到溢出来：有珍珠、紫水晶、黄水晶、翡翠、钻石和蓝宝石等等。哪怕以最简短的方式来介绍这一切，也会让我的整个故事长度增加一倍。这里有镀金的宝座和圣像桌，闪亮的雕像代表着古往今来人类曾涉足过的所有地方的神灵；还有王冠、酒杯、帽饰、护符和戒指。这里有覆盖着宝石或者闪光结界的兵器；这里有一匹又一匹丝绸；有跟我一样高的陶罐，满是繁复花哨的装饰；还有角杯和精巧的装置。山顶上到处都是宝藏，它们像潮水一般汹涌，垒成了房子般大小的座座山丘。

不再多说了，咱们言归正传。我计算着，即便是把这些宝藏运下山，也要经年累月来完成。我们需要数年的时间，以及成百上千的劳力，还需要工程师和大型机械，还有船——如果我们确实能让巨龙舍弃这巨量的财富，那么赫尔佛金的城市规模将会翻倍，这样才能支撑起搬运财宝的整个物流工作。我需要大帆船——虽然只够运送我那份战利品的十分之一——接着是藏宝库，还有一支负责保护藏宝库的军队。这些流散到世界上的财富，将会在数代人的时间里对世界产生深刻影响。我的曾曾曾曾孙子们会用纯金的尿壶来撒尿！

"古德伦，"布兰德加说道，"我们看到的都是真的吗？是不是障眼法？"

这个简单的想法惊醒了我这个梦中人。古德伦在地上摆了一副雕刻过的骨头，我们焦急地看着她操作。过了片刻，我们便询问她占卜的结果，而她像个晕头转向的孩童一般咯咯笑了起来。"不，头儿。目前看来，金子就是金子。银子也确实是银子，缟玛瑙也真的是缟玛瑙，其他的也都一样。"

"这是最大的一处陷阱，"我说道，"我们的余生都要花在一件事上:如何把这些东西带出去用掉。"

"我们只漏了一件事,"布兰德加说道,"那就是我们的主人。在我们拿走它的宝贝之前,它肯定更希望看到我们因为其他原因而死掉。但是我很乐意迎接那一刻;能够走在这样辉煌的宝藏之间,已经是一份不错的礼物了。让我们保持警戒,但也要不失礼貌。"

于是,我们在戈林劳葛花园里难以估量的财富之间徜徉,任由我们的私心作祟,让手掌在雕像、宝石和盾牌上游走。曾经,我常常找到一些传闻中的宝藏所在,结果,那些在尘土飞扬的塔楼上、臭气熏天的下水道里和巍峨高山的洞穴中所谓的宝藏,无非是锈迹斑斑的盒子跟毫无用处的垃圾。很难相信,全世界最荒谬的宝藏传说,居然是最精确无误的。

烟雾的羽流从藏宝亭上方的石头缝里飘出,而我的眼睛则被一堆白银中缓缓升起的另一束羽流吸引。在那里,金属钱币上散落的黑色碎石攫取了我的全部注意力。我走过去,发现这是红宝石。几百颗红宝石,从新鲜血液的鲜红色到褪色康乃馨的淡红色,应有尽有。我一直特别喜欢红色的石头。此刻,我抓起几颗在手里把玩,欣赏着叮当的磕碰声和宝石切面闪烁的微光。

银币动了起来,从中长出一个蓝色的东西,有一码宽,跟我一样高。它生长得非常缓慢,看起来非常眼熟。我盯着它看,一个心跳过后,我便意识到,这是一只手,一只覆盖着鳞片的爪子。在它手指末端,闪闪发光的暗黑色的东西便是它的指甲,比我的匕首还要长。喜悦化为惶恐,我被恐惧死死钉在原地。此时那只爪子缓慢地在我脚下合拢,以毫无痛感但却无法逃避的压力束缚住我。尺度不好理解?想象一下,我跟一只猫握手,结果又不肯松手。

"塔卡斯特·克雷尔,"一个声音响起,听起来像是一匹上等天鹅绒在炉子里闷烧,"这些红宝石最适合冥想。红色代表着流淌在宝藏之下的所有鲜血。百万凡人死在藏宝库里,死在高塔中,死在船上，死在敌人手里；于是吾才能将这些令人骄傲的事物夺取过来，纳入保护。"

那堆白银抖动起来，接着分开，往四面八方滑落到地上，取而代之的是一头逐渐起身的生物。它刚才还躺在里面，只有那跟我脑袋一般大小的鼻孔里喷出的鼻息能被人注意到。它的胳膊抬了起来，每一条都有着大号布兰德加的力量。我目瞪口呆地看着那深蓝宝石一般颜色的柔韧躯体。它的背脊隆起，像是某种剧毒花朵；再看那优雅得不可思议的薄膜翅膀，仿佛仅仅挂着月光的钢架结构般闪闪发光。在那弯曲的脖颈上头，它的头长得又像狐狸又像蛇，又尖又平的耳朵上刺着耳洞，几十枚圆环丁零作响，每一枚都足够套在我脖子上。巨龙长着一头蓝白色的鬃毛，一缕缕颤动着，像水晶一般坚硬，远非普通毛发那样柔顺。它有着夜空般的黑色眼睛，中间被脉动着的银色劈开，而我无法直视它们，哪怕只是短短一瞥，我的视野之内便像凝视太阳一样闪亮。巨龙的另一只爪子伸了出来，再一次，以恰到好处的谨慎和无法抗拒的力量扣住我的腰；而我则完全无法移动，像个玩具娃娃一样被拎了起来。

"我……我可以把这些石头放回去，"我嗫嚅道，"抱歉！"

"噢，才不是呢，"巨龙说道。它的吐气闻起来像是烧灼的红铜。"如果真是那样的话，你就不是那种值得吾与之对话的凡人。不，你没有感到抱歉，你只是吓坏了。"

"'公平的'戈林劳葛，我向你致敬！"布兰德加喊道，"向你致敬，'破船者''天空之暴君''夜之伤'！"

"向你致敬，'波涛之王'、埃丽卡与奥锡尔德之子、'无地勇士''解忧者'，"戈林劳葛说着，把我放了下来，轻轻一推，犹如放跑一只宠物。我如受大赦一般地撤回到伙伴们身边，推测此时比较谨慎的做法应该是先把红宝石扔回被巨龙搅翻的白银堆上。"向你们致敬，国王的伙伴们！你们已经享受到了吾为访客准备的全部接待仪式，见到了多年以来都未曾有凡人得以睹见的景象。你们被派到这里，是为了给某个艾贾王子报仇吗？难道是吾路过时撞倒了一两座塔楼？还是说，吾吞掉了某人的羊群？"

"我们是为了自己而来的，"布兰德加说道，"也是为你而来；最后，还为你的财宝而来。我们听过《赫尔佛金虫歌》。"

我不知道布兰德加说这些话是什么意思。但是巨龙喷着鼻息，露出了獠牙。

"通常，吾之访客不会这么罗列优先级，"它说道，"不过，所有来到这里的人，都听过这首歌。你想说明什么？"

"世上有一些歌谣，还有一些藏在歌谣下面的歌谣，对吧？"布兰德加解下了那柄他未曾用过的长矛尖端的包裹皮革。这柄武器有着猎猪矛的简单致命；榉木矛身；锥形矛尖由某种暗黑色钢材打造，上有晕纹，如流水一般。"其他人听过黄金之歌，而我们还听过黄金掠夺者之歌，你的计划之歌，你的希望之歌。我们带来了终结和眼睛。"

"是吗？"巨龙低语道。它那非人的自负被打断了，虽然只有一瞬间，仅仅只有一瞬间。能够看到这一瞬间，真的是太奇妙了。巨龙调匀了呼吸，那噪声好似一台鼓风箱，正在吹风点燃熔炉——或许这比我所见到的要更接近此时发生的事实呢。"噢，国王，噢，国王的伙伴们，你们是真心的吗？吾要怀着同情心吗？因为，如果这仅仅是推测，那么吾将赐予你们这样的死法：你们的肉体需要五辈子的时间来消逝，当你们在黑暗中哀号着慢慢腐烂时，吾会用艾贾儿童的尸体来堆成一座山丘，它将比任何塔楼都要高。你们的亲眷将会变老，人丁渐少，他们知道自己的后代已然被碾为肉泥，成为苍蝇的食粮！吾有生之年，每一年、每一天都会发此誓言，而这誓言我已经说过一万遍。"

"听我说。我们曾在梅里科斯搜寻数月，竭尽全力，"布兰德加说道，"巨龙埃露西尔死在梅里科斯。据说那里的巫师们保留了她伤

剑之书

口里渗出的最后一罐燃烧的鲜血。"

"我们失去了很多战友,"古德伦补充道,"而巫师们失去了全部,包括龙血。"

"另一年,我们在苏拉加花了一大笔钱,"米迦说道,"雇用了最伟大的黑折钢锻造大师。"

"他们给我们打造了二十把长矛,"布兰德加续道,"每一把我都试了,都有不足之处。打造第二十一把时,我用埃露西尔的血为之淬炼。我把它带来北方,带到了赫尔佛金,带到了这里,只为使用这一次。它的创造者称它为'万物皆穿'阿德雷什,但我才是赋予它使命的人。我将其命名为'荣耀点燃者'。"

戈林劳葛向后仰起头,长啸一声。我们全都站立不定,紧紧捂住耳朵,就连布兰德加也不例外。我们肺里的空气都被震得颤抖不已,而且我感到我们脚下的整座山都在摇晃。这绝非我的想象,因为我能看到灯笼在快速摆动,而财宝堆也在颤动。闪电在火山口边缘亮起,一道接一道,劈开夜色,给万物涂上了闪亮的金白色。随之而来的雷声隆隆响起,仿佛投石机抛出的石头正在砸碎城墙。

"也许真的是你们,"当这幅恐怖的景象和噪声消去时,巨龙说道,"也许真的是你们!但是你们要知道,吾可不仅仅是有一身鳞片而已。打倒吾!不要有所保留,因为你们什么都带不走。"

"绝妙的终结,"布兰德加说道,"我们决不能掉以轻心。"

巨龙摇动双翼。有那么一瞬间,那半透明的翅膀就像夜里的一道光环。接着,伴着一声欢悦的劲声长啸,戈林劳葛一飞冲天。巨龙卷起的风将尘土猛地甩在我们身上,震得灯笼在悬木上摇晃不已。我有一种近乎于晕船的感觉:本来,按照职业经验,我会理所当然地认定我们会动用一些特殊手段,比如欺骗、迂回、削弱对手,甚至跟我们的敌人谈判,我没想到真的要光荣地亮出我们的屁股,请敌人对着来一脚。

"布兰德加,"我哀号,"我们他妈的到底应该在这干什么?"

"动人的事情。你的唯一任务就是活下去。"他用肩膀用力挤了一下,将我推开,"快跑,克雷尔!不要停下思考。想着怎么活下去!"

此时,戈林劳葛冲了回来,周围五十码的财宝都被震得乱飞。布兰德加、古德伦和米迦避开了猛咬的龙嘴和扇打的龙翼,现在他们要用尽一切手段来战斗。

古德伦唱诵咒语,从她那奇怪的装备里散出许多玻璃瓶。她把它们摔到石头上,释放出内里的能量和妖灵。她没有任何保留,没有考虑以后的意外情况——沸腾的白色雾气从戈林劳葛脚下升起,在那一团团毒气中,我看见无数渴望疯狂杀戮的饥饿面孔。巨龙立了起来,抬高前爪,恶狠狠地嘶声说着什么,那种语言我听了就想拉裤子。我跑向一座藏宝亭台,躲在一根结实的木头柱子后面,四处观望,眼看着战斗进行。

布兰德加向戈林劳葛的胁腹发起进攻,但这头覆盖着宝石蓝色鳞片的大虫甩起尾巴,像挥动鞭子一样,将布兰德加和他那柄来历非凡的新长矛打出老远。米迦的情况要好得多。他冲到了巨龙的前肢下方,攀上了翅膀根部连接处,爬向巨龙的脊背。古德伦的妖灵雾气聚成一根骨白色的柱子,它呼号着,冲击戈林劳葛的头脸和躯干。这景象好似巨龙试图攀爬一棵掉光了叶子的冬日乔木,结果失败了——不过,这只是暂时的。

随着一声响动——那声音好似春日里冰雪初融,上涨的河水湍流而至——戈林劳葛张开大嘴,把古德伦的鬼灵全数吸进咽喉,像是深吸了一口吸管一般。然后,它又立了起来,把这团物事高高喷上天空,拖出明灭不定的蓝白色火焰。妖灵雾气像烟一样升起,在星空照耀下迅速消失不见——其中蕴藏的力量可能被吸收,也可能被化解了。接着,巨龙猛地伸出前爪来抓古德伦,但是一道银光闪过,她已经闪现到二十码开外，毫发无损。古德伦并没有灰心，她掷出火焰机关。橙色的火焰在戈林劳葛脚边爆燃，但是收效甚微。

于是，古德伦继续唱诵咒语，从皮革包里掷出一千缕亚麻纺线。纺线直奔巨龙的肢体而去，编织出一张天罗地网。只一瞬间，戈林劳葛便挣断了束缚，就像你我扯断一根烂掉的丝线一样容易；金色的纤维飘落到地上。然而，巨龙很快便尊严扫地。只见米迦一路爬进了它闪亮的鬃毛之间，刺中了它的一只眼睛。我发誓，他的兵刃肯定戳到了那骇人的晶状体。但是不知道是盗贼的运气太差，还是他的武器太过平常，这一击对于巨龙来说无非就是蹭了蹭眼睛。当然了，包括你我在内，谁也不愿意被人蹭眼睛。巨龙扭动身躯，想要把米迦甩下来。他紧紧抓牢，但也仅此而已；除了紧紧抓牢之外他什么也做不了。

戈林劳葛一个转身，跳离古德伦，如猫一般灵巧。它落地时再一次震起一片金银财宝。巨龙撞上一堆银币，张开大口，抓起大把金属放进嘴里，就像一个贪婪的人对着炖菜大快朵颐。接着，它深吸一口气，通过鼻孔嘶嘶喷着气。每一次气流通过，它的脖子都会跟着膨胀一次。一道光从巨龙胸前的鳞片缝隙间透出：一开始是微弱的红光，旋即变亮，转成蓝光，接着是白光。米迦大叫一声，从巨龙的鬃毛间跳出，拖着一道烟。他的靴子和手套都着火了。

巨龙转身冲向古德伦，强有力的爪子重击着岩石。法师唱诵咒语，在她面前出现一道厚重的蓝色冰障，像波涛中的浪尖一样拔地而起。戈林劳葛又一次长吸一口气，接着吐了出来，它体内熊熊燃烧的火光瞬间清晰可见。接着，巨龙向前喷出一道熔化的银水——这都是它刚刚吃下去熔化掉的——就像突然喷发的间歇喷泉，笼罩在噼啪作响的白色火焰中。这股熊熊燃烧的死亡之浪将古德伦的冰盾喷成了蒸汽，只一瞬间，便将她团团包围。随即，她一路带来的东西全都毁掉了，绿色和橙色的火焰接踵而至地爆燃起来。这股恐怖的热浪和恐怖的景象逼得我向后退缩。然而,直到最后一刻,她甚至都没有丝毫畏惧。

当噼啪作响的金属溪流奔向我时,我只得跑向另一座亭子。戈林劳葛从喉咙深处发出轻声一笑,橙热的焰流从它的牙缝间滴落。它下巴处的黑色银水已经冷却,形成一层额外的鳞壳。米迦怒吼一声。他已经扑灭了身上的火焰;无论刚刚遭受了多么难忍的痛楚,他都没有表现出来,脚下步伐没有减慢一分。戈林劳葛的爪子拍下两次,米迦都躲了过去。盗贼跳向巨龙那冒着烟的脊背,不过这次他巧妙地反弹起来,抓住巨龙左翼的前缘。还没等巨龙把他拂开,米迦便拔出一把剑,双手握住,将剑刃刺进巨龙那轻薄的翼膜中。跟戳到眼睛那次相比,这一回效果大不相同。米迦滑下来时,翼膜像丝绸一般被劈为两半。当整片翼膜都被劈开时,米迦也落到了地上,头顶只剩一片不停扑腾的裂口。

戈林劳葛把受伤的翅膀迅速折向身侧,就像一只粗心的猫儿不小心碰到了灼热的壁炉石,赶忙抽回爪子。接着,它拖身向前,甩出尾巴,挥出利爪,朝着艾贾盗贼一击又一击。我如梦方醒,意识到它的下一击就要拆掉我的临时庇护所。戈林劳葛的尾巴劈开亭子时,我一个翻滚逃了出去,饰品和珠宝形成的强大冲击波将我推出老远,大大超出我的预估。我滑到离冷却的银水边缘一掌距离的位置,数百枚硬币蹦跳着从我身旁滚过。

我抬起头来,正好看到米迦用尽了他那传奇般的好运气。他在散落的财宝上蹒跚而行,终于掩饰不住受伤的痕迹。他想要挪开身子以躲开下一记爪击,但非常不幸地被击中了。戈林劳葛急切地抓住他,举在眼前。米迦又踢又刺,直到最后一刻。

"以牙还牙。"巨龙沉声说道。它伸出另一只前爪,以两根指头扣住米迦的左臂,生生把它拽了下来。鲜血喷涌而出,顺着巨龙的鳞片流下来。米迦尖叫着,但他仍然举起剑,刺出徒劳的最后一击。巨

剑之书

龙把米迦扔到远处一间藏宝亭里,就像是扔掉一件破弃的玩具。这等冲击力足够让人粉身碎骨。我所知的最伟大的盗贼被杀死了,埋葬在血迹斑斑的金币堆中。

"一个死于白银,一个死于黄金。"戈林劳葛说着,转身向我扑来。

"塔卡斯特·克雷尔绝不会苟活到老。"我小声说道。

染血的龙爪抬了起来。我弯下膝盖,盘算着到底要往哪边躲。龙爪落了下来。

但是龙爪没有抓到我,而是痛苦地攥紧了。

布兰德加已经恢复了知觉;他将长矛"荣耀点燃者"的钢矛尖整个送进了戈林劳葛右翼的连接处。从伤口涌出的鲜血沸腾着,喷溅到石头上,那石头便猛地燃起了火。布兰德加拔出冒着烟的长矛,在巨龙转身之时向后发足狂奔。但它没有发动进攻。戈林劳葛颤抖着,盯住身上深深的伤口。

"吾族之族埃露西尔的毒液,"巨龙有些惊讶地说道,"吾之鳞片承受过千道伤痕,然则从未有过这般感觉。"

布兰德加将"荣耀点燃者"举过头顶,矛尖指向巨龙以致敬,接着便摆出长矛兵的战斗姿态。"你从未面对过的事情,"他吼道,"就在此时此地发生吧!"

巨龙笨重地转身面对他。它一贯的轻松自在消失了;但它仍是一个强大的对手,拥有可怕的力量。戈林劳葛折紧双翼——其中一只翅膀还在流着燃烧着的鲜血——张开爪臂,猛扑过来。布兰德加得意地尖叫着,迎了上去。长矛刺穿了巨龙的胸膛,紧接着,戈林劳葛落下来的爪子拍碎了"荣耀点燃者"的矛杆,撕开了布兰德加的国王板甲。勇士倒在地上呻吟,而巨龙在他身旁轰然倒地,扬起最后一片灰色的尘土。我不敢相信眼前的一切,跌跌撞撞地跑向他们。

"噢,国王,"巨龙喃喃道。它喘着粗气,每吐一口气都会往地上喷出更多燃着的脓血,"一万年来,吾仅有四位挚友,而吾今晚方才遇见他们。"

"克雷尔,你看起来糟透了。"布兰德加抬头冲我微笑,鲜血流下他的脸庞。我立刻意识到,他的伤口是致命伤。在粉碎的肋骨和翻开的皮肉之下,我能看到一颗正在跳动的心脏,它的脉动非常微弱:任何人受到这样的伤,都不可能活太长时间。"不要悲伤。高兴些,还有,记住这些。"

"你根本没想过要这些天杀的财宝,"我跪在他身旁,说道,"你这个疯狂的艾贾人!'带来终结和眼睛',意味着,找到方法杀死巨龙……并且带来一个见证者,目睹你完成这一切。"

"你已经帮了大忙了,我的朋友。"布兰德加咳了一声,随即因为震到了胸腔而倒抽一口冷气,"我生来注定,绝不可能从英雄伟业中抽身,安安静静地退休,然后等着岁月赶上我们。我们当中没有人会这样。"

"来了,"戈林劳葛说道。巨龙身上仍然流着火焰之血,它颤抖着爬起身来,几乎是恭恭敬敬地将双爪窝成杯子形状,轻柔地举起布兰德加。"吾能感受到毒液在吾心脏处聚集。等待已久的奇迹到来了!真正的生死之交,让我们共享火葬柴堆,吾现在就搭起来!夺取不是为了保留。"

"夺取不是为了保留,"布兰德加应道。他的声音越来越弱。"是的,我明白了。好极了。趁我还能看见东西,你能完成它吗?"

"吾满心欢喜,放弃财富和守护,将其葬于山间火中。"戈林劳葛阖上眼,口中念念有词。我脚下的石头以一种前所未有的诡异方式移动起来。远处一座藏宝亭似乎沉入了火山口的地面,只留下了一团浓烟,溅起点点火星。我目瞪口呆地看着这一切。

又一座藏宝亭陷了下去,接着是另一座。随着隆隆声、爆裂声和轰鸣声,巨龙的宝藏正在没入岩浆池中。火焰在地面裂隙中咆哮着,木头、布匹和其他宝物陷入毁灭。

"诸神在上,你在做什么啊?"我喊道。

"这是有史以来最大的巨龙宝藏。"布兰德加说道。

"克雷尔,吾族财富中,三分之一是从地下挖出的。掠夺了百万条性命。但是保留这些,毫无荣耀可言。所有这一切,必须是夺取来的……然后丢掉。"

"你比艾贾人还要疯狂!"我朝戈林劳葛大喊,彻底忘乎所以,"你建造这个地方,就是用来毁灭的?"

"甚至连一块香木都不会留给你,塔卡斯特·克雷尔。"

戈林劳葛小心地将布兰德加托入单只手掌,接着伸出弯刀大小的爪子,扣在我肩头。冒着烟的龙血溅到了我的皮革夹克上。"但是你可以带上吾之祝福离开。吾之法力能将你带到安全地带。"

"妙极了。但是这他妈的又有什么意义呢?"

冰冷的痛感划过我的脸,我有点透不过气。戈林劳葛轻轻向上弹了下爪子,一个非常随意的动作——你们都看到了,我脸颊上的痕迹今天还在。伤口流了好几天血,疤痕永远都消不掉了。

"意义在于,此前从未有人做过过,"戈林劳葛说道。又一座宝藏亭被附近的火焰吞噬了。"而且,以后也不会有人再现这一壮举。世间万物,注定要投身火焰,塔卡斯特·克雷尔。万物燃时皆有烟。熏草之烟香甜可人;乔木之烟沉闷阴郁。但是,你难道没有看见吗?黄金之烟……是荣耀。"

我擦去脸上的血,还想说话,但戈林劳葛做了个手势,我便发现自己动弹不得了。我周围的世界开始变得模糊,而我看到的火山口处最后一番景象,是布兰德加无力地抬起一只手来向我告别,巨龙则以无法想象的关爱和尊敬托举着他。

"把这故事带上,克雷尔!"布兰德加呼唤道,"把它带给全世界!"

一阵头晕目眩的黑暗过后,我发现自己已经站在了龙砧山脚下,此处是一条平缓的小路,直通赫尔佛金。天空被橙色的火光照亮,让人误以为黎明已到。我刚抬头望回山顶,那里便爆出了一场大火,橙色的火焰比船上的桅杆还要高。浓烟卷成柱子,遮住了升起的月亮。

天空之暴君戈林劳葛死了,同它一起归去的还有我的朋友布兰德加、古德伦和米迦。而我——在混乱中不知道把钱袋丢去了哪里——找到了整个他妈的世界历史上最庞大的、种类最繁多的珍宝之后,甚至还更穷了。

我不知道我是怎么一路下山,还没扭断脖子的。我的双脚完全不听使唤。我也许可以相信我还活着,也许可以相信自己目睹了当天晚上发生的事,但是我无法同时相信这两件事。后来,有一群人从赫尔佛金上山来,带着武器,吵吵嚷嚷,打着灯笼,还非常愚蠢地带着不少酒。从他们的惊叹中,我了解到,此时的我看起来就像是在粪堆里打过滚之后,再去烤炉里烤过似的。

他们想知道,龙砧山顶到底发生了什么。当惊雷和闪电交加时,大部分赫尔佛金居民都醒来了;而在火焰烧得通亮之时,所有的床上都已经没有人了。我偶尔狡诈的求生本能当时便生发出来。我意识到,这一整个城镇的居民,全都是专注于贪求巨龙财富的人。如果我告诉他们,我和我的朋友们一同上山,结果不知怎地,宝藏突然就全都消失了,那么这帮人一定不会善待我。解决办法显而易见——我告诉他们,我目睹了全部事件,是唯一的幸存者,只有在我确保能够返回新月诸城,并安全下船后,我才会把整个故事完全讲述出来。

于是,这便是我作为一名职业说书人,赚到的第一笔钱。

如此之后,故事就传了出去。我听说,赫尔佛金的投机者们花了好几年时间,详细调查已经崩毁的龙砧山。但是巨龙有它自己的方法——所有宝物的最后一点残渣,都被扔到了大山那熔融的核心之中,不是被烧掉,就是沉没在凡人永远都无法触及的地方。我直接从冒险

剑之书

生涯里退休了，干起了另一门行当——我坐在火堆旁最好的位置，给陌生人讲一些花里胡哨的虚构故事，价钱一般来说还算合理。

  但是，一年中的这一夜，我不会讲一句谎话。这是一个真实的故事，讲的是一群志趣相投的朋友。他们选择了自我毁灭，而我在逃避这毁灭时，对他们的做法也并不理解。于是，一年中的这一夜，我会把我的碗倒扣过来。因为我最不希望看到的，就是一小堆硬币，这会让我想起自己是一个很老很老的老人；而我现在他妈的终于理解了。

# 里奇·拉森

　　里奇·拉森出生于西非，曾在罗德岛州和亚伯达省的埃德蒙顿求学，并在西班牙塞维利亚郊外的一个小镇里工作过，而现今他生活在加拿大亚伯达省的大草原市。拉森曾获得过2014年度戴尔奖和2012年度探索性科幻小说兰努奖。在2011年的时候，他的赛博朋克小说《传递》曾入围亚马逊黑马小说奖。拉森的短篇作品常常出现于《阿西莫夫科幻》《奇幻与科幻杂志》《克拉克的世界》《区间》《光速》DSF《奇异地平线》《顶点杂志》《无尽苍穹下》AE以及其他诸多出版刊物上，包括合集作品《升级》《明日迷花》和《鏖战往事》。请登录richwlarson.tumblr.com探寻关于拉森的一切信息。

　　在以下情节紧张又大气磅礴的故事里，拉森一路带领着我们，连同两位欲揭开传说中宝藏秘密的浪客，前往那飞沙走石的工业城市考尔格里德，结果却发现这边的情况更加陌生诡异，而那必须解开的谜团则随着他们每一步的行动变得越发错综复杂。

# 考尔格里德之谜

海峡披上了凝重的冰盖，尖刺的碎裂声从船首下方传来，一路上不绝于耳，唯独进入考尔格里德的时候是静悄悄的。

对克兰而言，这不太寻常。他犹如一只蜘蛛，盘坐在一个翻覆过来的板条箱上，双肘搁在消瘦的双膝上休憩，厚实的围巾下隐藏着一张宽大的嘴。他那双湿润的蓝眼睛眯成一条缝，看着考尔格里德那些胡乱蔓延的工厂渐渐地平稳逼近。吉尔克里斯特站在那里，健硕的双臂相互交叠，吞吐出来的气息犹如一条蒸汽般的卷状怪物。他悠然自得，默不作声，但那双黝黑的眼睛总是来回扫视着周遭，不会放过任何角落。

甲板之上，两人中间摆着一个保险箱。一块呆板无趣的灰色立方体，置于四只爪形小脚之上，其中一只脚在他们逃亡途中已经碰裂了。保险箱的侧面镶有丝线装饰，工艺精美别致，图案呈螺旋状和涟漪状的样式。顶部围有几圈同心凹槽，在最深处，也就是克兰擦洗不到的地方，仍然留有一小块干涸的深色血迹。

船儿继续向城市深处航行，石油原料和机械设备的气味直冲入冷峻的天穹。半数的工厂依然在工作，喷吐而出的烟雾萦绕在城市上空，如同一件墨黑的浩大斗篷，把头顶上的星星都遮蔽掉了。

"还是这样刺鼻。"克兰终于开口说话。他伸出修长而苍白的手，整理了一下围巾。"但我从撬锁匠那里得知，咱们也许只会逗留很短的时间，在完全熏坏双肺之前我们就会离开的。"

"那敢情好。"吉尔克里斯特淡淡地说了句。

码头快到了，磷光灯照耀着，在黑暗中发射出明亮的绿光。船员们纷纷动员了起来，大伙减慢航速，用呼喊与码头人员计算距离，然后一记闪光伴随着尖声的轰响，几根固定缆绳的岩钉自动拔地而起。粗壮的缆绳由绞盘拉动，将波涛中的船只拖到停泊位置，这使得整个船体颤颤抖抖，发出嘎吱嘎吱的声响。

"在所难免，吉尔克里斯特。"克兰说，与此同时身旁一组木板"砰"的一声被人放下，四周响起熙熙攘攘的下船喧闹声。"你跟我一样心知肚明。"

吉尔克里斯特没有回答，双手却攥得更紧了。在一处拇指指甲下，也就是克兰没有擦洗到的地方，仍然留有一小块凝固的深色血迹。

他们如幽灵般从码头上悄悄溜走，两人用一根临时的绳带抬着那个保险箱。船长收了好处费，因而睁一只眼闭一只眼。而且当克兰调整袖子时露出了留下长有绒毛的"兄弟会"的伤疤时，这又更增添了一分说服力——没有必要让他知道这个犯罪组织如今已经解散了差不多有好几个月了。

高耸的灯柱在考尔格里德的大街小巷上排列开来，灯柱顶端闪烁着磷光，与码头上的相同，在浓雾中照出一条通路来。下一个街角处，一位兜售面罩的小贩正在高声吆喝着。

"咱们该买一点儿，"吉尔克里斯特说，"这地界上没有多少吉卜赛人。"

考尔格里德的居民都是白皮肤黑眼珠的长相，这让克兰混得如鱼得水，然而吉尔克里斯特身上略显深色的肌肤却可能会给路过的行人留下深刻的印象。如果一切进展顺利的话，他们要在路人辨认出他们之前撬开这保险箱，并出海驶往更温暖的地方去。

克兰扔给那小贩两枚银元，从摊位上换得两副面罩。那小贩脸上所佩戴的是能够遮盖全部的"大眼睛"面罩，而这些则是更轻薄的款式。

"据说现在大街上的人都戴这玩意儿。"克兰一边说，一边将面罩顺滑地盖到嘴巴和鼻子上。"时尚这东西真是一头捉摸不定的怪兽，您说是吧，这位女士？"

"他们的面罩全都中看不中用，没有配备上等的过滤器。"小贩的声音从面罩里传出来，又尖又细。"我的面罩装了最好的过滤装置。"

克兰调整面罩的时候吉尔克里斯特先一手托着保险箱，再交换位置以便戴上自己的面罩。然后两人继续赶路。先前在布拉斯科的码头上，吉尔克里斯特在一家脏兮兮的小酒馆里记下了各路方向，于是他们就跟随着这些指示朝城区更深的地方前进。此时天色已晚，街上几乎没有了什么人。高个子身影从黑暗中浮现出来，似乎长着一双修长而消瘦的腿，然而这只不过是点灯工人而已，他们正在使用"滴答滴答"作响的机械高跷。这东西在别处都已是稀罕物，唯独在考尔格里德不算罕见，每一条金属"胫骨"上都涂抹了火红色的圆圈。

克兰和吉尔克里斯特艰难地穿过蜿蜒弯曲的大街小巷，沿途出现了十几处相同的标记，有的印在各家店铺上方的昭示牌上，有的干脆直接横七竖八地涂鸦于砖墙。有些图案相对清晰整洁，可以发现这原来是一个轮齿精密的齿轮。

"老实说我不太熟悉这种特别的暗号。"克兰面对眼前最近的一处标记，气喘吁吁，下巴一动一动地说道，"你觉得这是什么，吉尔克里斯特？是一种表示效忠的记号？"

吉尔克里斯特立刻碰了碰手臂，衣袖之下隐藏着跟克兰成对的"兄弟会"疤痕。"兄弟会"从未在考尔格里德有过强有力的控制，如今更丝毫没有。"权力真空填补得够快的。"他说。

克兰揉了揉自己的肩膀，将带子抓得更紧。一场来势匆匆的雪开始落下，带有灰尘污垢的细小雪花来不及掉落到地面上。接着他俩转入一条狭窄的巷子里，此处没有任何红色的齿轮标记，但他们吓到了一堆"烂布头"。这孩子骨瘦嶙峋，灰头土脸的模样，是男是女尚难分辨。孩子发出一记因惊骇而呛着的声响，连忙朝后躲避。

吉尔克里斯特眨眨眼睛，把一只手插入口袋里，掏出一把面包硬皮。这是先前他们在船上吃最后一餐时剩下的。"今晚太冷了，"他蹲下身子说，"你的脚指头会冻掉的。再过去两条街，铁匠铺背后围着一条暖气管道。"

那孩子立刻抓起面包，统统塞进脏兮兮的嘴里，然后连滚带爬地跑出巷子，从克兰的膝下飞速般掠过。在他身后，是吉尔克里斯特那对黑色眼珠的注目，他从另一个兜里取出一枚银元，包裹在孩子留下的那团破布堆里。

克兰只是面无表情地看着，直到后来吉尔克里斯特站起身，在他那一侧托起保险箱，两人才继续赶路。

撬锁匠的店铺很小，隐藏于层层光影迷雾之中，而最邻近的那根灯柱被敲碎了。卷状烟雾从屋顶上的小烟囱里冒出，油黄色的灯光从窗户栏杆的缝隙中漏出。不过大门上没有露出什么光线，那是一面非常厚实的板材，用铁条加固，看起来更适合监狱或要塞。

"骗子总以为每个人都想欺骗他。"克兰一边说一边把面罩猛地扯下来挂在脖子上，"也许类似的逻辑在撬锁匠身上也同样适用。"

伴随着沉闷的"砰"的一声,他们把保险箱摆放到鹅卵石地面上。克兰再次揉了揉他那酸痛的肩膀,而吉尔克里斯特则研究着那扇门,上面有一个装饰华丽的门环,形似一片下颌,在原本朴实无华的门板上显得有些突兀。克兰朝发红的手掌上哈了哈气,然后伸手去抓门环。

此时从下方弹出第二片隐蔽的"下颌",恰好把克兰的手腕夹个正着。克兰往后退缩,但无济于事。他低头观察,看看自己陷入的是何等窘境,发现这"嘴唇"已变成"笑容"的形状。

"幸好这东西没装牙齿。"克兰说。吉尔克里斯特哼了一声,快刀从他衣袖里滑出落到手上。他神情紧张,扫视周围以防设有埋伏。克兰做了一个试探性的扯动,然后摇摇头,这金属"下颌"就像老虎钳一样紧。

此时,从门背后传来一阵脚步挪动的刮擦声,接着张开的房门缝隙中露出一只抹有粉黛的眼睛。"你们他妈的是谁?"嘶哑的女声传来。

"一个左手非常有用的人……但因冻疮骨折已大不如从前了,"克兰说,"我的名字叫克兰,我的同伴是吉尔克里斯特……有一位身在布拉斯科的熟人,你我都认识……是他告诉我们您也许有能力解决特伤脑筋的难题……是有偿的。"

只听一声低沉的"哐啷"从其内部某个装置里发出,接着"下颌"便打开了。克兰缩回了他的手,可怜兮兮地搓揉那青筋暴出的手腕,冰冷的金属已勒出一条略带紫色的凹痕。

"那个人说,有人要去突袭极北庄园。你们成功了吗?"撬锁匠的眼睛睁得老大,刺耳的嗓音略带一丝赞赏之情。

"我们都是绅士,而且我本人很鄙视这个想法。"克兰漫不经心地说,"您到底能不能帮我们解开这难题?这东西太扎眼了,最好别在大街上露白,尽快弄到旁人看不见的地方去。"

撬锁匠迟疑了一下。"随我来。"

吉尔克里斯特把保险箱从带子上滑下，将其托举到跟视线平行的高度。保险箱上金丝银线的装饰设计在黄色的光线下闪闪发亮，撬锁匠眯起眼睛，而后只听见又一串"哐啷"的刮擦声，一个个门闩子纷纷"咔嗒咔嗒"地拆落下来，接着房门终于开了，一股蒸汽无声无息地从里面悄悄溢出。

这位撬锁匠宽肩窄臀，一身黑衣，银白色的头发朝后梳得锃亮，露出一张消瘦而棱角分明的脸庞。她双目凹陷，因眼影之故而愈显如此，看起来比身体其他部位都更加苍老。一根未洗净的手指于额头之上抹下一块灰斑。

"我不认为真的会有谁胆敢去那个地方打劫，"她说，"听说那些人会将小偷强盗剥皮。"

"你对所有的顾客都这般'热情'？"克兰一边说一边再次揉起他的手腕。两人带着保险箱踏进屋子里，闻到一股火药和废旧金属的气味。

"我打烊了，"撬锁匠说，"至今已关门歇业三个礼拜，而且我这个人向来很小心的。"说完她又走回去开始一丝不苟地把门锁起来，转动铜轮以驱动那些闩子各就各位。她背后这扇简单朴素的铁门俨然就是一架由各个运动机械组合起来的拼接物。克兰饶有兴致地观察着，而吉尔克里斯特则扫视着店铺的内部环境。

数盏油灯送出黄色的光，令那些散落摆放在工作台和墙上的物品都拖曳出奇形怪状的影子，有光亮纤细的钥匙、钩子和粗针，瞧上去好像是一把手摇的钻子。已切割开的锁器就摆放在完好未损的"邻居"旁边，于一堆零散的针和弹簧里头。工作架子从地板一直搭到天花板，上面存放着数百枚钥匙，它们有大有小，有光滑有尖锐，有廉价铜料也有华美白银，还包括介于二者之间的所有品类。

至于撬锁匠的个人痕迹却是很少的，但某处角落里安放着一张小桌子,其上摆着一只带有裂痕的茶杯和盛有食物且吃到一半的碗,还有几件衬衣挂在天花板上的临时钩子上。一块破毛毯皱巴巴地贴于墙壁,圆筒形的水壶置于暖气管之上嘶嘶作响。

撬锁匠在工作台上整理出一块区域,克兰和吉尔克里斯特把保险箱放了下来。撬锁匠以一种几近饥渴的表情检查着箱子,她俯身贴近,从各个角度仔细端详。

"这类小兔崽子,我好久没遇上了,"她说道,"这是个解不开的'死箱',我猜你们自己也是清楚的。如果强行撬开的话,不管里面是什么东西,全都会被弹簧装置的压力给压个粉碎。"

"这一点我们清楚。"吉尔克里斯特把面罩扯下来直截了当地说。

"如果我们自己力所能及的话也就不会跑来找您帮忙了,"克兰说,"您从前见识过此类物件,所以我想这个您也是能解决的。"

撬锁匠又眯起了双眼,抿了抿嘴唇。"没错,我能解决,"她说,"但得开个价钱。"

"那是自然,"克兰说,"像您这样的能人当然需要合适的补偿。我们心里有数,我们愿意把报酬提高到……"

"三分之一。"吉尔克里斯特插嘴道。

克兰脸色不悦。"是的,是这个数。"

撬锁匠沉默了片刻,心里盘算着,面颊上的肌肉一悸。"不行。"她说。

"不行?"克兰附和了一遍,仿佛一根细针刺破了他柔和的声线。

"没有我的话,那箱子就是废铁,一文不值。"她说,"要是没有我的话,你们等于白忙一场。所以我觉得应该由我来定价,谢谢。"

在她身后,吉尔克里斯特的快刀再度从袖子里慢慢地隐现出来。

"不过我不是要钱,"她接着说道,"我想要别的东西,我要你们两个为我做点事情。"撬锁匠朝房间另一头望去,注视着那个灰色的罐子,目光若有所思。她将大拇指慢慢放到额头上,即骨灰沾到皮肤的地方。"这就是我们北方地区悼念心爱之人的方式,"她说,"每天抹上一点点骨灰,直到全部抹完。我想要你们帮我报仇。"

克兰和吉尔克里斯特在暖气管边为双手取暖,撬锁匠拖出一对开裂的板凳放到他们身旁,然后告诉他们自己的名字叫梅林,说话的样子就好像是事后想起了什么作补充似的。

"愿意效劳。"克兰说。

梅林蹲下身子,对着那罐子开口说道:"他的名字叫佩德罗,是我的丈夫……基本上算是……如今他已经去世有18天了。"

"您节哀顺变,我们深表同情。"克兰小心谨慎地说。他凝视的目光回闪到那个没人注意的保险箱上,而吉尔克里斯特则相反,正全神贯注地入了迷。

"是啊,你们肯定很'同情',"梅林轻蔑地哼了哼,"我不需要你们真的在乎什么,只要你们明白现在的情况,仅此而已。"她双臂交叉搁于膝盖之上,"你们知道考尔格里德是谁做主吗?"

"名义上是多格,"克兰说,"但我觉得如今权力的天平已倒向工商业巨头那边了,而且同样的变化也已经在布拉斯科开始发生。"

"做买卖的人。"梅林的语气里充满了鄙夷,"野兽,统统都是人面兽心的畜生。他们崇拜金钱,把整个世界都看成冷冰冰的数字。"她一度显露出咬牙切齿的表情。"那群人当中的最甚者,就在咱们考尔格里德的地界上。那个家伙自称'莱克父王',如今的财富几乎与多格比肩,但却残忍十倍。"

"他的钱从哪儿来?"克兰问道。

"都是从'新世界'来的,"梅林说,"同其他人一样,跟那些贸易公司是一伙的,他们全都主要从事毒品生意。"

克兰和吉尔克里斯特面面相觑,脸上的表情颇为明显。

"你们了解这个行当吗?"梅林问道。

"曾经短暂试水过一次,但出于种种原因……"克兰说,"事后证明我时运不佳。"

"着了一场大火。"吉尔克里斯特说。

梅林点点头,舔了舔牙齿,"你们了解'震颤药'吗?"

"那东西算不上我最喜欢的选择,"克兰两眼一亮,"不过我确实了解这玩意儿,我们都很熟悉,那是一种从科达电厂的蒸馏里提炼出来的粉末,极度刺激神经。"他轻轻拍了拍鼻子的一侧。

"把这玩意儿引进到工厂里的人就是莱克那家伙,"梅林说,"他们使用这种东西来让工人们不打瞌睡。现如今那家伙几乎坐拥了半个城市,他的竞争对手要么被收买,要么就被消灭。照我说,此人冷酷残忍,总是寻觅新的便宜去侵占他人。"梅林再次看了看那个罐子。"26 天以前,他要我为他干活,于是佩德罗就组织了一次会谈。"

"要你们搞破坏?"吉尔克里斯特猜测说。

"是搞安全设备,"梅林说,"不让任何人逃出去,把小赤佬们都关在里头。他要我来装配一种可调节的镣铐设计。小孩子的手腕都太细了,而且有些人整个手绞在机器里,都残废了。"梅林气愤得连鼻孔都撑得老开。"我对他说'去你妈的'。"

克兰看了看吉尔克里斯特。"这位莱克在他的厂子里雇佣童工?"

"他把小孩子从大街上袭走,驱赶他们去干活……大多数都在南边,"梅林说,"要我说,这家伙头脑钻营得很,总是想找便宜占,怎么坏就怎么来。所以我拒绝了。"

"然后就……敬酒不吃吃罚酒了。"克兰猜测说。

"可没想到是那种'罚酒',"梅林注视着那个罐子,"我家先生在许多方面都算是个坚强的男人,但在有些地方弱了些。就拿喝酒或吸毒来说,佩德罗是软弱的。"她使劲地眨了眨眼睛。"最后那些年他吸的是'震颤药',那东西还不算太糟,没有糟到要让我不给他吸的地步。其实甚至我自己也在嗑那种东西,常常跟他一起逍遥快活。"梅林的嗓音变得急躁起来。"在我回绝那份差事一周之后,我发现佩德罗躺在床榻上身子煞白,死了。'震颤药'沾在他的鼻子周围。第二天我把其中一些药粉放到一只老鼠身上做了试验,果然不出所料,有人把做过手脚的药给了佩德罗,其中掺杂了氰化物。"

寂静的气氛悄悄地笼罩到这块拥挤的空间里,克兰再度看看吉尔克里斯特,但吉尔克里斯特却注视着那个罐子,几乎跟梅林一样全神贯注。"那么那只老鼠的死状是怎样的?"克兰问道。

撬锁匠的脸色阴沉了下来。"很惨,"她说,"这就是我对你们开的要价,这就是莱克将来必须有的死状——很惨。"

"复仇是天性。"克兰说,"我也时常沉溺于此。但我们只有区区三人,而且其中只有你熟悉那位莱克,只有你了解整体的情况。吉尔克里斯特和我在此地都是陌生的过路客。"

"那样更好。"梅林说,"这年头隔墙有耳,都不知道该信任谁了。这就是在考尔格里德没有人知道我的计划的原因。"

"梅林女士,咱们索性打开天窗说亮话吧。"克兰从膝盖上拾起一块纱布,端详一番然后扔到一边。"你最好还是打开这保险箱,然后用大部分的酬金去雇用一名刺客,说不定我们还能为你联系一位。"

梅林目不转睛,眼神里透出鄙夷之色。"既然你们能闯进那个庄园,还能毫发无损地逃出来,那么这一点儿小活对你们来说就是小菜一碟。我的开价不会变的。"

克兰正欲开口反驳。

"我们干。"吉尔克里斯特说,黑色的眼珠仿佛闪烁着光芒,"你可有计划?"

梅林长出了一口气,更仔细地打量起吉尔克里斯特来,然后她点点头说:"嗯,自从佩德罗出事以后我就光琢磨这件事了,别的什么都不想。"她转而朝克兰说道:"你专门负责谈,他专门负责干,是这样吗?"

"一言难尽……这种事向来是不像表面上看起来那么简单的,"克兰直截了当地说,"但如果其他报偿方法你都不满意的话,那么吉尔克里斯特先生就算是为咱俩代言了,我们会帮助你报仇的。"

"好。"梅林站起身来,朝那个罐子走去,仅停顿了片刻,接着就把手指蘸入了进去。她回转过身,来到他们面前。当大家握手时,骨灰依次沾到吉尔克里斯特和克兰的手上,感觉凉飕飕的,很柔滑。

工人们的队伍从工厂门口一路延伸并绕过了街角,衣衫褴褛的男男女女步履沉重,他们纷纷摩擦着胳膊,狠命地跺脚,以便抵御这严酷的寒风。工人中间有些人用脏兮兮的手把土制的烟管传来传去,他们将面罩扯得很低,这样好叼上烟管吸一口。克兰和吉尔克里斯特始终佩戴着面罩,一路朝队伍的尽头走去。

"挺吓人的建筑,你说是吧?"克兰一边仰视观察一边评论道。只见这座工厂一面面高大的砖墙被烟灰熏得乌黑发亮,墙上瞧不见任何窗户。一扇扇锻铁大门的顶端都嵌着凶神恶煞的尖钉,几根硕大的烟囱占据了肮脏破败的房顶,朝着头顶的天空倾泻着滚滚的黑墨。

"门禁严密,出口不多。"吉尔克里斯特说道。

克兰从上衣口袋里掏出鼻烟壶将其打开,吉尔克里斯特朝一位抗议工人的肚子上甩出一个肘击,他们凭借这股劲头走出了人群队伍去往更远处。他们朝前方越走越近,终于能够看见大门。它由一对手持棍棒、紧锁眉头的卫兵守护着,红色齿轮标识印在他们的护胸甲上。

此时一架机器大摇大摆地沿石子路走来,如发条装置般"哗啦哗啦"地作响,两名卫兵"唰"一下立正,其中一人于人群队伍中辟出一条通路,挥舞他的棍子厉声呵斥,要求人们都排成一排。工人们拖着步子挪来挪去,克兰和吉尔克里斯特也同样如此,所有人都转过头去望着那摇摆之物"噼啪噼啪"地走在街上,如同一只巨大的黑色昆虫,手脚以完美的节奏同步摆动,后面拖着一个黑色的轿厢。

轿厢通过时窗帘是拉起的,此时人群开始窃窃私语,交头接耳。轿厢顶部设有行李架,装载着三个矮桶,全都用绳线紧紧扎牢。在大门口,那摇摆之物抖动了一下,停止前进,接着它的驾驶员走了下来,扯下她沾满油污的手套,然后打开轿厢的门。

走下来的男子体格魁梧,膀大胸阔。他的肚子挺得滚圆,仅仅用紧致裁剪的红黑相间背心略加修饰遮掩了一番。考究的衣装跟他的身材不太相称,衣袖里伸出的一双大掌如拳击手般粗糙且疤痕累累,显得尤为突兀,脖子周围宽阔的衣襟在旁人看来也许还会引起不适。莱克这副模样给他自己塑造了一个犹如来自新世界的食人蜥蜴形象,而这一形象又因他华丽的面罩而得到了加强,其棱角之分明简直形似一头野兽的口鼻部分,银白色的利齿牢牢镶嵌在冷峻的笑容里。

莱克整理一下衣袖,这时一位满脸麻子的守门人开始卸下轿厢顶部的桶子。在他摇摇晃晃地处理最后一只桶时,莱克不耐烦地哼了一声,接着就将那只桶一把抓起,举重若轻地置于他宽阔的肩膀一侧。

"梅林没告诉过我们这家伙实际上是个巨无霸。"克兰一边说一边仔细观察着莱克,只见那人在侍从们的簇拥之下朝工厂大门阔步走去。

"悄悄行动,动作轻点儿。"吉尔克里斯特盯着那人的步伐说道。

当另两个桶经过时,队伍里喧闹起一阵骚动,人们纷纷左顾右盼,其中有一位大拇指沾灰的男子顿时咧嘴一笑。"大批量啊,"他言道,"听说比上一批的更纯。地道货,地道货啊。"

克兰倒吸了一口冷气。"吉尔克里斯特,这么大的量,用来当作麻醉剂也太过奢侈了吧,"他嘀咕起来,"整整三个大桶,全都是已经加工完成的。我估计……这得值一笔小财哩。"

吉尔克里斯特在心里盘算。"相当于2.5倍重的白银。"

"那场大火在我心头仍然挥之不去。"克兰忧伤地说道。

"跟保险箱里的东西相比那简直是九牛一毛。"吉尔克里斯特提醒克兰说。

一位侍从递给莱克一份货物清单,是写在厚羊皮纸上的,而另一位侍从则凑过去朝他悄悄耳语了几句。随后莱克转而面向工人队伍,此时所有人都顿时噤若寒蝉。"今天只要五十个。"他的嗓音在过滤面罩的遮挡下被削弱了,"盖过标记者优先。其余人等,快滚。"

队伍里有一半人兴高采烈地朝前涌去,几乎将克兰和吉尔克里斯特撞倒在地,他们都心急火燎地露出手腕,并使劲把污秽擦去,以便显示那敲于其上却早已模糊不清的红墨水印记,而其他人则失落地哀号起来,有些人甚至还偷偷地吐口水,然后从旁边的人身上蹭一点红墨汁下来涂到自己皮肤上。侍卫们前来设置队伍截止点,于是就在那块地方爆发了几处小规模的斗殴。

此时有一位长着蓬乱灰白华发的纤弱女子从人群队伍中冲出直奔莱克。"我的斯卡蒂……我的小斯卡蒂,她人呢,她在哪儿?"妇人恸哭着,伸手去抓莱克,"她害了咳嗽病,你们让我进去,我干活比谁都卖力,我发誓,我发誓我会卖力的……"

莱克半转过身子,用拳头的背面重击她,打得那女子四脚朝天。她的头骨撞到石子地面上磕出了血。莱克低下头看了她一眼,冷漠地望着她语无伦次地呻吟。接着一名警卫赶来将那妇人拖走,然后莱克继续赶路穿过工厂大门,注意力又转回到了那份羊皮纸上。

克兰和吉尔克里斯特站在那儿愣住了,片刻后再次融入到喧嚣嘈杂的工人队伍中间并按照原路返回。吉尔克里斯特的双手紧紧地攥成了拳头。

⚔

他们绕过街角,从视线里消失,深入一条肮脏的小巷子里。此时克兰开口说道：

"咱们不能只算经济账，吉尔克里斯特。"

吉尔克里斯特抬起头。"什么意思，克兰？"他的口气直截了当。

"你的算盘向来打得很精，"克兰说，"但这是道德操守问题，不能算经济账的。咱们自己手上的血迹……用旁人的鲜血是洗刷不干净的。"

吉尔克里斯特宽厚的背脊僵直了起来，停下脚步说："你觉得我意在于此。"

克兰把面罩从口部猛扯下来。"是的，你想减轻自己的罪过，用'世上还有更坏之人'的想法和替天行道的锄奸行为来为自己开脱，"他说，"你这是异想天开，是自我堕落，这不像是你。"

"只有这样我们才能弄开那个保险箱。"吉尔克里斯特说。

克兰嗤笑了一声。"我们早就做好准备逼她就范了，"他说，"用刀子顶着威胁她……是她的悲剧故事动摇了你。就因为这个，再有就是因为咱们要刺杀的那个目标竟然雇佣童工……我没有记错吧？"

吉尔克里斯特紧张地耸了耸肩。"我看威逼是没有用的，在她身上行不通，她已经生无可恋，没什么可失去的了。"

"这是她故意想让我们相信的那一面，"克兰说，"可她却无法确切说清那种氰化物的中毒效果和症状。这是为什么？"

吉尔克里斯特继续迈步前行。"并非人人都懂毒药的，克兰。"

"咱们最好还是把保险箱带到别处去。"克兰颈部蓝色的血管紧绷起来，嗓音非常冷酷，"此处人生地不熟，跟我们合作的盟友又似乎并未推心置腹。"他在其搭档的身后大跨步地走着。"就拿刚才见到的那个家伙来说，我心存疑虑，咱们若稍有差池就会遭受灭顶之灾。莱克给我的印象是必须一击毙命，绝无二度尝试的可能。"

吉尔克里斯特目光一直保持正视前方。"呵呵，真走运，人命只有一条，杀一次就够了。"

克兰修长的双腿赶上了吉尔克里斯特。"你老是沉默寡言,越来越教人生厌,"他厉声说道,"我想聊聊咱们从极北庄园逃出来之后路上发生的那些事情。"

"历历在目。"

"你趁那个人还来不及呼救时就抢先把他的喉咙割开了,"克兰说,"若不是这样,你我两人如今早已挂在绞刑架上晃悠了。你用他的命换取咱的命,我在同等情况下也会那么做的。"他伸手一把按住吉尔克里斯特的肩膀。

吉尔克里斯特一个转身,立刻扣住对方的手臂,一把将克兰按到巷子里满是煤灰的砖墙上。他抿了抿嘴说:"那看守有孩子,事后我瞧见他们的鞋子,就在值班室外头。当初是你负责踩点侦查的,可你却从未提起过。"

克兰眨眨眼,看着对方手臂抵住自己喉咙这一幕罕见的场景,顿时面露狰狞怒火,而后又平静了下来。"这并不相干。"他说,把每个字吐得清清楚楚。

"对你而言如此,"吉尔克里斯特接起话头说道,"他前额上还沾着骨灰,我在隐藏尸体时发现的,这意味着孩子们没有母亲,这意味着他们最终会流落街头或被贩卖到哪家工厂里。"

"更惨的命运天下有的是,"克兰反驳道,"你自己的出身也差不多,这些年摸爬滚打不也过来了?"他表述的语气很平静,但耳根却已然猩红。

吉尔克里斯特退后几步,放下了手臂。"这就是我的用意,克兰。"他喉咙嘶哑,咳了咳说,"我最不想要的就是继续一错再错。"

克兰揉揉自己的喉咙,不吐一言。

当他们返回到锁匠铺时吉尔克里斯特没有叩击门环,而是用拳头以双方默契的节奏敲出暗号。这一回梅林爽快地开门迎接他们进屋，额头上又沾了新的骨灰。

"你们瞧见那家伙了？看见他的面罩了？"梅林一边问一边拿掉了耳边的橡胶杯罩，并把连接的软管用力甩到肩膀后面。保险柜就安放在工作台的正中间，周围全是一系列细长的钥匙和挖凿撬具，其中一个正插在锁槽里，头露在外面。"我一直在听，"梅林一边解释一边关上他们身后的房门，"里面黏糊糊的，好像泼过什么东西。"

"是酒。"吉尔克里斯特说。他拿过一个凳子坐下，而克兰则站着，苍白的双手插在口袋里。"我们瞧见了那面罩。"

"他几乎从不拿下来，"梅林说，"那面罩是由一位来自雷萨的能工巧匠特别定制的。"她把手伸到工作台下方，取出一张绘制稀疏的草图。"弄这东西可不容易，千万别洒酒上去。"

克兰和吉尔克里斯特低头看着这份草图，其上展示了面罩设计的正视图、侧视图和透视图。

"尺寸过大，超出实际需要，"梅林说，"仍有改进余地。"她拿出另一张图纸覆盖上去，而这张上面有她自己亲手绘制的图，一个个缠绕的弹簧和楔子相互连接着，属于某种触发装置。梅林从工作台底下取出制成品并摊开包装在金属外壳上的蜡纸，直到此时他们才得以看见那一根根戳在里面的削尖长钉。

克兰摸了摸那天夜里被弹簧门环掐住的手腕部位，说："巧夺天工。"

"等我排列好之后这些东西都不会外露出来。"她说，用手指上下触摸一根长钉，"把那个碗递给我好吗？"

吉尔克里斯特二话不说，立刻就把一只厚底黏土碗递给梅林。梅林将碗倒过来，然后把金属壳安放到其顶部。只听带尖钉的"下巴""啪嗒"一声那只碗便碎裂了，待提起金属壳时这只碗摊落在台子上化作了碎片和粉末。梅林的表情既急切渴望又略带一丝病态。

"我们怎样才能搞到那副面罩呢？"吉尔克里斯特问道。

梅林的腮帮子里嚼着什么东西。"不能在他的老窝里动手，"她说，"他住的地方简直他妈的像一座迷宫，比任何一处我见过的场所都更加严密防范。"她一手扫过工作台的台面，将遗留的碎片一抹而净。"不过有一处浴堂他经常光顾，你们就到那里安放此物，然后一走了之，不要引人耳目。"

克兰低头看了看这装备。"远程遥控的刺杀行动可不是总能按照计划运行的，"他说，"如果设备出现故障怎么办？"

"不会的，"梅林自信满满地说，"身经百战了。"

"很好。"克兰低头审视那张设计图纸，避开吉尔克里斯特的目光，"只要把做过手脚的面具放到合适的位置，不引起任何怀疑，那就算我们完成了约定。假如你的设备失灵，那就不是我们的责任，你无论如何都仍要为我们打开保险箱的。"

"会奏效的。"梅林说，舌头沿着牙龈舔了一圈，"不过我同意，无论怎样我都会打开那个箱子。"

梅林把一根曲柄插入金属外壳的一条凹槽里，再次将其摇紧，只听见一声接着一声的锉磨噪声。

---

浴堂是一座外观不协调的板材建筑，由光亮的黑色石块筑成，周围都是那些用杂色砖墙和斜顶搭建而成的房子。浴堂门口镌刻着几何象形文字，屋顶斜坡的边缘让人想起新世界荒废的大金字塔，就好像那些建筑被人劈开并从热带雨林一下子摔落到考尔格里德的中心似的。

这种场景充其量是蹩脚的东施效颦——克兰和吉尔克里斯特早就见识过那些沉睡的城市，领略过高耸参天的雄伟神庙和深入地底的迷宫陵墓。他们知道当今世上活着的建筑师没有一人的建筑可与之相提并论。不过也许莱克也曾参观过那些建筑，而这座浴堂即为他充当了一处微观的纪念品。

"摇摇摆摆的大家伙又来了。"吉尔克里斯特说。

克兰站直身体，整了整帽沿，这顶帽子是抢来的，缝有过滤面罩，而那偷来的衣服穿在身上显得有些松松垮垮，但衣物的质地倒是不错。梅林向他保证过，自从"震颤药"到处蔓延开来之后，男人们的装束都不太合身了。

他们俩花费了大半个时辰来观察这座浴堂的往来情况，同时对照梅林绘制的那张羊皮纸草图来审视外部环境，在踩点的过程中两人如死一般的沉默寂静。

行动计划实在很简单。他们买通了某位从前的服务员，据其说法莱克总是先前往靠近浴堂后部的蒸汽房，然后再跳进冷水池里匆匆洗一把就走，整个造访时间不会超过15分钟。这段时间足够让克兰解锁莱克的置物柜，尤其是有梅林的超级工具帮忙。吉尔克里斯特会在外面望风，监视着蒸汽房，万一莱克提早离开的话他随时会发出警报。

此刻那个乌黑又扎眼的"摇摆之物"正绕过街角，这是两人分头行动的时候，吉尔克里斯特钻进小巷子里，而克兰则朝浴堂门口走去。

克兰一边大摇大摆地走向门口，一边将大拇指塞进发红的鼻孔中，接着突然猛的一个喷嚏。粉末的急流掠过羊皮纸，使他打了个冷战。"震颤药"这种毒品并非克兰的心爱之选，但这东西在此地价格便宜而且供量充足，简直万分诱人。克兰早已从工厂的人群队伍里购得了少许，而后又在浴堂背后再买了一份，与此同时吉尔克里斯特则在其他地方忙碌着。

考尔格里德肮脏的街道仿佛顿时变得干净明亮，似乎还有些地动山摇起来，这种麻醉药正是因此效果而得名。克兰感觉整个人如入云霄，每一个步子，每一下动作都像是一把锋利的刀片，切割这迟缓而厚重的世界。此时莱克从"摇摆之物"里走出来，动作就好似蹚在糖浆里移动，背后只跟着一位拎包的服务员。

克兰迈着大步到门口处停下，低头哈腰至恰好完全遮盖脸部的角度，以便让那个魁梧的大汉先行通过。在"震颤药"的作用下他看起来更魁梧了，四肢上的肌肉就好像正在鼓胀变形，意欲脱离骨架似的。透过面罩的玻璃镜他瞥了克兰一眼。

克兰不禁想象莱克脑袋爆炸的画面，黏糊糊的血液和脑浆四向飞溅到玻璃镜上。他不得不收起那张典型瘾君子的笑容，跟着莱克进入接待前厅，抛给门童一枚硬币，随之拿到一处柜厢的钥匙。他坐在烧煤供热的长凳一侧，而莱克则在另一侧。莱克更衣时由侍从半遮掩着，但克兰目光一扫，看见他身上大部分地方伤痕累累。

吉尔克里斯特夹在锅炉房和蒸汽室的角落里，低下身子并扯下面罩，一只眼睛紧贴在预先凿好的小孔前。他用嘴巴呼吸，后面街巷里有一股浓烈的制革化学物质的臭气，他希望因此可将行人数量减到最少。假如真的有谁发现了他，那么这件从贫民窟里淘来的破烂外套就可以让他看起来像是个在阴天里跑出来取暖的叫花子。

吉尔克里斯特眨了眨眼睛，看见一些人的身影，他们都在椅子上休憩着，团团蒸汽萦绕于他们的上腹部，但没有一个具备莱克那样的身材。

"您在干吗？"

吉尔克里斯特转过身来。这一次孩子脸上的煤灰少了一些，他能辨认出是个女孩。她踮起脚，顶着脚底前部老茧前后摇晃身子，搓揉着自己的左肩。

"给我钱的人就是您吧?"她含含糊糊地说,"我觉得应该是您,不是那个高个子。"她的目光汇聚到吉尔克里斯特和墙洞之间,然后凭空做了个手淫的姿势。"看来您是个变态狂咯?"

吉尔克里斯特从口袋里又掏出一枚硬币,待小女孩来抓抢时吉尔克里斯特收拢起拳头并伸出一根手指贴在女孩的嘴唇上,然后轻拍自己手腕上可戴手表的地方,一下,两下,三下。小女孩郑重其事地点了点头,伸出脏兮兮的手捂住嘴巴。

于是吉尔克里斯特再次蹲下身子,眯着眼睛透过小孔张望着。

克兰把他偷来的衣物全都脱下,步入温暖的水池里,光滑的石头踩在脚底嗞嗞作响。他对其他同浴者点头示意,接着走到那片擦得乌黑发亮的墙根处然后低下身子。热水洒在冰冷的肌肤上感觉有一点点痛。他的倒影很可怕,形体扭曲。他的双眼带着深黑色的眼圈,锁骨处还有一摊发紫的瘀青,是吉尔克里斯特掐他的地方。

他伸出一根手指轻柔地抚摸过去,接着用力摁下去将其摁干。在克兰的背影后边,莱兑如闪电般通过,身后尾随的侍从带着毛巾和刷子。没有一位浴客抬头去看。克兰在水里等着冲一波浪,禁不住想再待一会儿,不过他还是起身出来了,并快步返回接待室。此处空无一人,只有正在上下擦拭长凳椅子的服务生。

"今天负责烧锅炉的是哪个猪脑肥肠的蠢蛋?"克兰质问道,操着粗鄙的考尔格里德口音铿锵有力地吞吐着音节。

服务生吓了一大跳,差点儿把抹布掉在地上。

"我还不如自己撒泡尿好暖暖池子,"克兰说,"告诉他们,再加点煤。告诉他们,给我他娘的加足一点儿!"

服务生听罢撒腿就跑。于是克兰先去自己的橱柜,穿上尺码过大的裤子，用单手打了个结，随后从帽子里取出梅林的撬锁装备，这也是她藏"开瓢器"的地方。接着克兰来到之前看见莱克的侍从用力关牢的那个柜子前。此时"震颤药"的药效已消退到一个清醒的状态，注意力较理想地集中，使他的双手保持稳定自如。

克兰盯着那个锁观察，选择了一根纤细程度排第二的撬具。

"您是在沙漠里出生的吗？"女孩第三次发问，"您浑身上下全都黑乎乎的。"

吉尔克里斯特擦去一滴汗，以免滑入眼睛。他的目光穿过蒸汽迷雾，看见莱克几乎独自霸占了那个房间。当他进入时其他浴客都慢慢走开了，那些人的肢体瑟瑟发抖，行动体态紧张。隔着另一道墙之外，吉尔克里斯特可以听到锅炉房里吵架的声音，人们争论着怎么才算足够的加煤量。

"您和那个高个子，你们在那寡妇的店里停留……"女孩挠了挠她的肩膀说，"我从那时候起就开始跟踪你们了。你们最好多加小心才是。"

这些话戳到了吉尔克里斯特的心底里，但他依然一直透过小孔观察情况。"这是为何？"他问道，嗓音保持低沉平和。

小女孩严肃地轻声低语："因为她有一把枪，而且她开枪打死了自己的丈夫。"

吉尔克里斯特抬头一望，女孩用几根手指摆成枪口的形状。

"'砰'！他的脑袋全都炸了，就像熟透的水果一样，"小女孩做了个鬼脸，"所以说，你们最好小心一点。"

"谁告诉你这故事的？"吉尔克里斯特问道。

"这可不是什么故事哟。"小女孩轻蔑地说，再次挠了挠肩膀，动作更加剧烈了，"我亲眼所见。'莱克父王'派我来监视她，然后就目睹了那一幕发生。"她露出一抹奸笑。"在墙上还留下一摊可怕的东西哩。"

吉尔克里斯特直盯着前方注视了片刻，回想起锁匠铺内部的模样。"看来又给克兰说中了，真他娘的可恶。"他默默地唠叨着，然后把几根手指放进嘴里，吹了三声哀怨悠长的口哨。

克兰还剩一个弹子就完成了，最多两个，可是此时一声微弱却清晰的新世界食腐鸟叫声传入他的耳朵里。他愣住了，嘴里骂骂咧咧。这声撤离的讯号意味着大事不妙，说明莱克有可能随时会逃跑。可是克兰只差毫厘就大功告成了，他稳住双手，斜靠着身子又去摸索下一个部件。

此时只听见"啪啪啪"的湿滑脚步声从走道的那头传来，已近在咫尺。克兰磨着牙齿，抽出探针，一把抓起衬衫和鞋子，最后拿好帽子一溜烟儿地出了门。

锁匠铺内部影影绰绰，异常昏暗。梅林只点亮了孤灯一盏。吉尔克里斯特将"开瓢器"摆到工作台上，置于一片光线照射的"池塘"里。梅林目光呆滞地看了片刻，而后开口说：

"发生什么事了？"

"我也正有此一问，"克兰说，"关于你丈夫的死……你的一面之词真假难辨，假如你的情况不能令人信服，那我们就无法相信你会恪守交易承诺。"

"你为什么杀了他？"吉尔克里斯特发问。

梅林气恼地一笑。"你们他妈的在说什么？"

"近距离一枪毙命，"克兰说，"就在这间铺子里。"他在这逼仄的屋子里来回迈出几个大步，停止在墙上悬挂的一块小毯子前面。

"这样的死状会留下一些蛛丝马迹的。"他伸手去捏小毯子的一角。

"别动!"梅林放出咆哮般的吼声。她站在那里气喘吁吁,双手握成了拳头。接着只见她的脸瞬间皱了起来,一屁股坐到凳子上,双手平摊于工作台面。她伸起一根手指说:"我绝不是有意开枪的。"她先看着自己的双手,而后抬眼望了望克兰和吉尔克里斯特,那双带着黑眼圈的眼睛目光空洞。"我只是想让他恢复过来,"她眨眨眼说,"他的'震颤药'被人掺杂了他物,这是事实。不过掺的东西不是毒药,而是'脓水'。"

吉尔克里斯特对这句话并未感到震惊,但克兰的双眼眯了起来。"狂躁剂,"他解释道,"由毒性奇高的蟾蜍分泌而出,极其稀有。"

"这就是我如何得知此事是莱克所为的,"梅林说,"只有他才能够搞到那东西。"

"请详细讲讲这东西。"克兰语气很急切,近乎于渴望,"描绘一下效果。"

梅林的鼻子撑得老开。"操你妈的。"

"你已经企图欺骗我们一次了,"克兰说,"我们现在为什么还要听信你的话而不作丝毫的怀……"

"他的血管就像是绳子一样,"梅林停顿下来,瑟瑟发抖地吸了一口气,"当他从楼梯上走下来时浑身淌着汗,青筋爆出,粗如绳索。他的那活儿是硬的。他嘴里还念叨着什么,不是正常的语言,只是胡言乱语,含糊不清。"

"他做了什么动作?"克兰双臂一叉,问道。

"一开始他精神恍惚,"梅林急迫地说,"我努力让他坐下来,然后他就变得怒气冲冲,就好像……就好像一头野兽在我丈夫的身体里。"梅林伸出手在眼前挥动。"那里面什么东西也没有,他的意识走了,我试图让他冷静下来……"她吞了口气说:"……冷静下来,可是做不到。他双手掐住我的脖子,我勉强才挣脱出来。枪就摆在桌子上……他……他追赶我。"梅林快速扫视房屋周围，仿佛看到了游移的鬼魂，随后定睛到那块悬挂着的小毯子上。"我说过叫他后退……他没有退……他抓住我的手腕……于是我扣动了扳机。"

克兰怀着尊重的心情点了点头。"'脓水'的确是强力无比的，"他说，"哪怕一丁点就能诱发暴力幻觉，点燃肉体冲动。偶尔还会引起一种不可名状的状态。"他修长的手指叩击肘部。"难怪在早年拓荒时期这东西被视作一个谜。"

"莱克帮忙掩盖了你杀害佩德罗的事，"吉尔克里斯特说，"他告诉所有人佩德罗去南方躲避债务了。是这样吗？"

"是的，"梅林苦涩地说，"将来他还会叫我去干其他什么活儿，而且他知道我会去干的，他知道我不想因杀人而最终坐牢。所以你们瞧，这就是我为什么恨他，为什么不得不杀掉他，明白了吗？"

吉尔克里斯特望了梅林片刻，然后点点头。"你不得不杀他是因为你不确定，"他说，"你不确定到底是不是他给了佩德罗那个'脓水'，又或者说是佩德罗自己拿了并误判了药效的威力。"

梅林怒吼道："他不会拿的。"

"可是城里的醉鬼们却是另一番说辞，"克兰突然插嘴道，"据众人说，你丈夫在消失之前的几个月里一直心理或者说精神不太正常。他尝过更加稀奇古怪的外来毒品，还经常谈及死亡。"

"那些我知道，"梅林打断说，"我知道他状态不好，但他绝不会自己拿的。"

"莱克之所以散播谣言，说你丈夫躲债，也许是为了把注意力的矛头从自己身上引开，"克兰说，"莱克贩卖'脓水'给考尔格里德的百姓，多格对此不会善罢甘休的。"

"没搞清真相就杀掉莱克的话，你将永远怀疑下去，"吉尔克里斯特说，"永远。"

梅林那一对眼睑垂落了下来。"那么你们的建议是？"她问道，嗓音沙哑。

"对咱们的交易做个修正,"克兰说,"你需要的是一个忏悔,而不仅仅是处决。忏悔可以由适当的手段胁迫出来。"

"如果你认为莱克会对他给佩德罗脓水这件事忏悔的话,那你就是个蠢货。"

"用手段,"克兰重复道,"就拿今天早上的事儿来说,莱克正在把三大桶'震颤药'储存到南边的工厂里,那可代表着一笔可观的投资哩。"

梅林睁开双眼,"怎么着?咱们去偷?"

"不如说是'绑票',"吉尔克里斯特说,"我们认识一个人,此人能带我们进去,就今晚。"门外低矮的位置恰好传来小拳头的轻叩声,他仰起头转向那个方向说:"说曹操,曹操到。"

待夜色已黑,他们结队走出铺子,步入冷飕飕的街道里。小女孩在前头蹦蹦跳跳地跑着,她的名字叫斯卡蒂,时常搓揉的肩膀上有一摊杂乱的红色齿轮文身。小女孩将其展示给大家看,神情同时夹杂着自豪与忿恨。

随后斯卡蒂就解释莱克是如何命令她在佩德罗去世的那天前来监视这间锁匠铺以及她是如何在报信之后再也没按常理返回工厂的。斯卡蒂谈吐时目光始终没有正视梅林。

不过斯卡蒂仍然懂得如何潜入工厂且不被发现。她清楚守卫们的巡逻范围,半数人姓甚名谁她都晓得。斯卡蒂知道那第三根烟囱早已废弃不用。她爬到吉尔克里斯特的肩膀上,嚼着从梅林的储物柜里拿来的干枣,而吉尔克里斯特则勾勒出工厂的规模草图。

经过第一盏磷光灯柱时众人的身影拉得细长,吉尔克里斯特携着梅林事先准备好的那卷绳索和简易抓钩,克兰修长的手指正把玩着那只置于暖气管上方调制的小药瓶,而梅林身上则携带了一串她的撬锁工具。

所有人皆佩戴有过滤面罩,都在描绘工厂的结构,讨论进入和逃离的关口,斯卡蒂把几个口袋全都掏空,拿出偷来的所有钥匙,随后梅林也为她找出一副面罩。

他们在工厂南侧背后的一条街上停了下来。克兰掏出玻璃小药瓶,用磨损的指甲轻叩了一下,发光的黄色漩涡在里头回转起来,当克兰用一根纤细的小吸管蘸到上面时,斯卡蒂毫不掩饰地观赏入迷。

"我也想来点儿。"她把面罩扯下来说。

"七鳃鳗提取物需要持续用量才会起作用的,"克兰说着脑袋往后倾,翻开一片眼睑,"你用的话恐怕只能瞧见模糊一片。"他挤了一滴到眼睛上,然后换另一只眼,接着再眨一眨,完毕后双眼便肿胀了起来,还带有银色的微光。吉尔克里斯特从克兰处拿过小药瓶也如法炮制一番。

"你瞧见什么了?"斯卡蒂问道。

"人类肉眼看不到的光芒,"吉尔克里斯特说,"你准备好了吗,梅林?"

梅林扯下她的面罩,表情严肃起来,语气十分坚定。"我差不多有十年没有闯门入户了,"她说,"干等着不进去总感觉浑身不舒服,咱们还是快点动手吧。"

一位守夜人正沿着工厂后院闲庭信步,嘶哑地哼着小调,偶尔用警棍轻敲砖墙来打拍子。大家从暗处观察,直到此人拐角而过,随后斯卡蒂带领众人朝墙壁移动,小女孩几乎是跳跃着走的。

"看到这些缝隙了吗?"她轻声说道,"你们应该能望见的,我几乎瞧不太清,但不管怎样我都晓得它们的确切位置。"

克兰和吉尔克里斯特抬头打量这堵砖墙,瞧瞧墙灰究竟在何处腐蚀风化,留下便于斯卡蒂攀爬的缝隙。这些缝隙足够宽,可容小孩手脚并用。条件仅此而已,不过他们原本就期望不高。吉尔克里斯特松开绳索,把挂钩递给克兰。他预判了一下从自己的方位到排水槽围边的屋顶之间的距离,做了两次试探性的抛掷,然后将其一甩而出。

只见挂钩飞出,划破这片夜色,绳索在其后牵拉出一条长带,犹如受惊的蛇。钩子在棱角不平的表面上"哗啦哗啦"作响,一路滑动刮擦,最终抓牢了。屋顶上凝结成块的煤灰减弱了声响,不过大家仍然屏声静气地等待守夜人的动静,一刻一刻地等待聆听。

克兰把绳索拉紧,随后递给梅林。梅林从小口袋里拿出滑石粉抹了抹双手,接着伸展双臂开始攀爬。待她几乎要翻越顶部时斯卡蒂跟了上去,动作如同一只猫儿般迅速敏捷。接下来便由吉尔克里斯特来握住绳索,但此时他停住了。

"你为什么同意来打劫工厂?"他问道。

克兰鄙夷地哼了一声。"鉴于那张外围草图是你凭记忆绘制完成的,所以可以算是异常详尽了,"他说,"不管我同不同意来,你最终都会到这里……为了救一群孤儿。"

吉尔克里斯特凝视他良久。"你是来薅一点儿'震颤药'的。"他说。

"我想咱俩都本性难改,"克兰停顿一下说,"那么这样能让你心安理得吗?你满意了吗?"

"满意,比你吸毒还要爽。"

"这完全是两码事。"克兰说,但语气平和。此时吉尔克里斯特用脚晃动起绳索,几乎勉强划过墙壁以寻求支撑。克兰从后跟上,一边攀爬一边收起身后的绳子。

他们从上面眺望,看见考尔格里德城内七倒八歪的屋顶以及朝远方喷吐热气的烟囱,皆由绿色的磷光灯柱点缀着。大家稍作停留好让克兰松开挂钩,接着就沿着工厂的中轴线行进,去斯卡蒂先前在吉尔克里斯特的草图上精确标示的那根废弃烟囱。

"烟囱内部有阶梯，从前我们清扫的时候常常走，"女孩说，"对你们来说小菜一碟。"

克兰再次甩出挂钩，不过这一回钩子弹了回来，梅林不得不往后一跳，免得被它刺穿了脚。梅林轻声骂了一句，而克兰只是不耐烦地耸了耸肩，他收回挂钩，再次估量了一番，这一回成功挂到了烟囱的边缘上。

向下的路径狭窄缓慢，阶梯上沾满了煤灰且十分湿滑，化学物质的气味教人恶心，能透过面罩渗透进来。克兰和吉尔克里斯特走在前面领路，在扩展的视线里那些管道好似银白色的油画，使他们能瞧见墙体上凝结的沉积物，忽略生锈甚至残缺的阶梯所发出的轻声"警告"。

在刚要到达底部之前，即烟囱主体和锅炉连接的地方，他们发现黑暗之中有一扇小铁门，正如斯卡蒂先前打过包票的那样。铁门打开时发出刺耳的嘎吱声，吉尔克里斯特扭起他宽阔的肩膀跻身穿过。下一个是克兰，他的动作犹如鳗鱼一样轻松，而后是梅林，她弯曲身子尾随大家。斯卡蒂则是最后一个，以撑跳的动作一跃而过。

跳至锅炉底部的距离并不高，在经历了烟囱逼仄的约束空间之后，这圆拱形的工厂内部感觉简直堪比一座大教堂。黑乎乎的机械设备如尖钉一排一排从后方延伸至前，在黑暗中若隐若现，就像是一头头机器怪兽，裸露在外的齿轮犹如咧嘴而笑时的一颗颗牙齿。此情此景令斯卡蒂蜷成一团，猛烈地擦揉着左侧的肩膀。

"储藏室就在后头。"她讷讷地说，用整个手掌来指示方向，"锁得严严实实。"她再次环顾工厂四周并颤颤发抖起来。"我很讨厌这个地方。"

斯卡蒂沿着一排机器在前领路，大伙行进时似乎感觉有脚在煤灰

剑之书

上磨来磨去,苍白的脸从机器堆里伸出,还有人在小声说话,有个人以颤抖恍惚的嗓音呼唤斯卡蒂的名字。克兰伸出一根消瘦如柴的手指放到遮挡嘴唇的面罩位置上。机器底部的下方遍布着野草,还有被虫子蛀烂的毛毯。有一些孩子们正孤零零地挤成一团,多数人的身体纠缠到一起,以便抱团取暖或相互慰藉。

"嘘……嘘……嘘……"斯卡蒂说,"看守睡熟了吗?"

"有两三个睡熟了,"其中一个孩子小声说道,"阿玛莉亚搞定了几个。"

他们发现看守躺倒在前方的木雕椅子上,身旁排着三个空瓶。他胡子灰白,下巴垂于胸前。克兰停顿许久,将阿片酊倒入那人半张开的嘴里,确保他保持那个状态。此时大部分孩子正在苏醒,他们挪动身体时弄出一阵金属刮擦的声响。

梅林的视线盯着某只未盖毯子的脚上,原来孩子的脚踝被沉重的铁铐铐住了,拖出一根长链,贯穿于工厂地板之上。"狗娘养的,"她轻声地说,"不过好像能轻易解开。"

众人继续朝储藏室前进,那房间位于工厂后部的角落里,由砖墙围起来,还配有一扇厚重的木门把守着。

"若有光的话就能走得更快些,"梅林说,手指在厚重的锁上摸来摸去,"我的眼睛里可没有七鳃鳗这种鬼东西。"

吉尔克里斯特转过身来说:"斯卡蒂,弄根蜡烛来。"

女孩随即一溜烟不见了,只过了一会儿就带回来一小块已熔化的蜡。梅林将她的工具整整齐齐地摆到地上,小女孩蹲下身子,聚精会神地观看着。这位撬锁匠展示出几样简易的撬具,吉尔克里斯特和克兰每人拿了一个,接着返回机器堆里。吉尔克里斯特在一侧行动,而克兰则在另一侧动手。他们惊扰起了仍在酣睡的那部分孩子,制止住他们偶尔发出的受惊尖叫,指着脚踝上的镣铐并将其解开。

正当他们快要走到头时工厂门口传来一些人声。

"咱们去瞧瞧，看看老酒鬼到底给我留了点儿什么，"一位看守边咳嗽边说，"来啊，去看看，他妈的待在这儿干吗？"

克兰和吉尔克里斯特交换了一下眼神。克兰向孩子们打手势，示意他们盖好自己的脚踝并最好不要乱动，接着他朝门口那头"嗖"的一下溜过去，同时戴上了自己的手套。吉尔克里斯特在另一侧开始就位，下巴紧绷着，行动如黑影一般。灵快的匕首握于手中，刀锋滑出，"咔哒"一下就位。

此刻铁门摇开了，守卫提着灯，亮光刺穿了这片黑暗。与此同时克兰倒吸了一口气，从口袋里掏出一颗焦橙色的小弹丸，置于两掌之间碾碎。

那名守卫在里头踱了几步停了下来，摸索着过滤面罩的系带。粘在克兰脏手套上的粉末微粒飘扬到空中形成一股团雾，腐臭辛辣的气味随之而来。有个小孩开始打喷嚏，克兰自己的双眼也渗出了泪水，黏液滴在面罩上，但他依然没有吸气。

看守犹犹豫豫地又跨出了一步，然后便转身。"你个混蛋，要问他你自己问。"他说，同时拉拽工厂铁门，从身后把门关上。他的嗓音听起来也随之减弱了，"你没告诉我今天发生过泄漏事故，那里闻起来就像是闹过鬼一样。"

大家心里都"怦怦"直跳，只能等待……再等待……等靴子的声音消失。当守卫刚一返回大门，克兰就飞奔到饮水桶那头猛地将脸埋于其中。吉尔克里斯特把最后几个镣铐也解开，克兰出水时骂了一句，使孩子们的耳朵统统竖了起来。

"比我以前的配方要厉害得多哟。"克兰默默念道，同时脱掉带污渍的手套。

"好了。"吉尔克里斯特使用长柄勺子来舀水，往充血的眼睛里泼。接着大伙返回到机器堆里，已解开镣铐的孩子们尾随于后。他们互相窃窃私语着，有几个仍因小弹珠揉着眼睛。当大家抵达储藏室时梅林掀起面罩以便擦去额头上的汗珠。

"好险呐,眼看着守卫就逼近了,"她说,"总之……干得漂亮。"

梅林用力去推那扇木门,只见铰链慢慢地转动,木门平稳地徐徐打开。在房间里头,于板条箱和叠放的金属材料之间,三桶"震颤药"扎堆摆放在一起。

"看上去很沉。"梅林喃喃自语道。

"既然很沉就不要浪费时间了。"克兰说,两眼显现着微光。他将一个桶倾斜过来,而吉尔克里斯特则抓住桶的另一侧,将其放低到地面上以便滚动。他们三人动作很迅速,把几个桶都移到了靠近烟囱的位置。斯卡蒂和几个年纪稍大点的姑娘一起成功地把孩子们聚集成一支队伍,用嘘声的警告或者敲打脑袋的办法来让几个喜欢说话的小孩安静下来。

待三桶"震颤药"全部安放就位后,克兰小心翼翼地从口袋里拿出更多的焦橙色小弹珠,发给年长一些的孩子们并让其相互传递。"这些是要扔掉的,不是在手上捏碎的,当然也绝对不能吞下去,"他说,"不是吃的,明白吗?"

有些小孩点点头。

"孩子们,我有个问题,"他接着说道,"假如戳了洞穴蜘蛛的阴囊会怎样?"

孩子们面面相觑了片刻。"到处乱窜。"最终有一名男孩嘟哝了一句,其他人用手指做比画,模仿急速奔跑的动作。

"对,"克兰说,"所以嘛,等我们打开工厂大门时你们全都要像小洞穴蜘蛛那样朝四面八方分散开来。"他用两根手指夹起其中一颗小球,"假如有看守过来抓你们,这些东西就是你们的'刺针'。"

孩子们纷纷点头,没有一个落下,斯卡蒂露齿而笑,在黑暗中透着一丝微光。

清晨的气息笼罩在考尔格里德之上，初升的旭日把梅林窗外的天空浸染成了一片火红。撬锁匠正在煮一壶咖啡，如焦油般的乌黑。克兰和吉尔克里斯特正在暖气管旁边坐着，睡觉时草草遮盖的毯子此刻已堆积在他们的脚上。先前他们利用小孩逃窜所制造的混乱，趁着时机爬回烟囱并从屋顶上翻落下来，他们最后一次看到斯卡蒂的时候那个小女孩正带领着小队伍钻入街巷，一边咳嗽一边喊叫。

"估计他现在肯定在鞭打那个守夜人吧，"梅林说，"肯定以为那人帮助我们逃跑。"

"这倒更好。"克兰说，拿一支笔轻拍自己的颧骨，思索着那封置于腿上的未写完的信，"模棱两可是咱们的'好帮手'。你们俩觉得如何？"他写好了最后这句话然后举起羊皮纸摆到有亮光的地方。"我亲爱的莱克先生，热诚邀请您与我共同参加午夜举办的'四大天使之角'聚会，请不要带随从和武器，以便你我洽谈货物和服务的买卖。如果我在会面地点附近街区范围内发现您的手下，或者让我感觉到存在任何人身威胁的话，那么我就会将您的这些桶全都付之一炬。此致，敬礼，爱您的梁上之君。"

梅林嗤笑了一声。"反正不可能以为是我写的，这一点能肯定。"

"封好，"吉尔克里斯特说，"就用点儿'震颤药'好了。"

克兰不太情愿地打开一个小袋子，他先前就是用这些袋子填装最后那个桶里的东西。克兰轻轻拍了一点粉末在梅林厨房菜刀的表面上，然后举着它放到暖气管上方，直至泛起泡沫并熔化为止，这是一种极具特色的棕色焦油状物体，莱克对此非常熟悉，将其浇在折叠的信札上，产生的气味犹如热蜡。

"他不会单刀赴会，"梅林说，等到"热蜡"冷却变硬后她取下信件，"也不会手无寸铁。"

"你也同样不会。"吉尔克里斯特说。

梅林踌躇了片刻，然后把那封信摆到一边。她伸手到工作台下面，把保险箱拖拽到有亮光的地方，然后掀起盖在上面的粗布。锁槽由几个卡钳固定，一小片金属被剥下，暴露的机械部分有两根纤细的钥匙插入其中。

"昨天就已经撬开了，"梅林承认道，"一旦你知道对付它们的窍门，就不像登天那么难了。"她指了指那些钥匙。"这个是顺时针方向的，而另一个是反方向的。若你们想亲自动手，在下不胜荣幸。"

男人们面面相觑，克兰拿了左边那个，吉尔克里斯特负责右边，然后毫不犹豫地转动了起来。保险箱并不是简单干脆地一下子打开，而更像是鲜花般绽放开来。立方体四面纷繁复杂的金属丝网解锁了，朝外剥离到地面上，就好像金属花朵的花瓣那般，从而暴露出一个简单的网眼笼子，而在这笼子里的是……

"我……我不知如何形容。"克兰说，"吉尔克里斯特，你觉得呢？"

吉尔克里斯特只是摇摇头。

"真他妈的太美了啊，"梅林说，"我之前偷看过一次。"她嘴角一扬，"这回我理解了你们为什么要这样煞费苦心。"

王冠是一件纯金打造的沉重环形物，在灯光下色彩灼烈，还镶嵌有崭新的白银纹路和各种宝石，其色彩如波光粼粼的清澈大海。

"极北部落与古代诸王之间硕果仅存的最后渊源，"克兰喃喃自语道，"他们比选举产生的多格家族要古老得多，比考尔格里德甚至布拉斯科的历史还要悠久。"他扯下一只手的手套，然后轻轻地取出王冠，动作是如此温柔，就好像它会在手指间粉碎一样。王冠在光线下转动时微微闪光，吉尔克里斯特目不转睛地盯着它。

"不可思议，"克兰说，"这么多年了，成色依然如是。"他观赏的眼神更执着入迷。"你要知道，如今你既然已帮我们解开了这玩意儿，那我们就没有帮你办事的动力了。我们可以撒手不管，任由你和莱克怎么发展。"

"是的，我知道，"梅林强颜欢笑着说，"但我觉得你们还是想目睹结果的，看看最终如何收场。"梅林的视线从王冠转移到那个展开的保险箱上。"如果今晚的事情搞砸了，我保证会恪守协议的。"

工厂被人闯入的消息在一天之内就传遍了考尔格里德。吉尔克里斯特和克兰在离开栖身的店铺去买绳线、树脂和火药的时候曾经两次听到只言片语的传闻。他们一直没有摘下过滤面罩，而且采用迂回的路线返回梅林处，以确保没有人跟踪。待夜色降临时分，大街小巷里刮起了一阵狂风，足以吹散这片迷雾。吉尔克里斯特和克兰前往"四大天使之角"，沿途大风一个劲地拍打着他们的衣衫。

吉尔克里斯特绕着街区兜了一圈，确保没有莱克的人暗中埋伏，然后他们三人才步入雕像的背影处。这些雕像是布拉斯科风格的天使，一张张几何图形的脸庞冷酷残忍，古文字体雕刻在它们细长的四肢和展开的双翼上。雕像在阵阵狂风中看上去就像是准备展翅翱翔。梅林爬了上去，在石像肘部弯曲位置上涂抹树脂，而克兰则用步子来丈量距离。

就在不久之前，"摇摆之物"在石子铺路的大街上"嗒嗒嗒"的声音至今仿佛仍在回响。大伙各就各位，克兰松松垮垮地站立着，神色颇为傲慢。吉尔克里斯特和梅林跨开双腿并在身后合上双掌，一种部队里的姿势使莱克摸不着头脑。吉尔克里斯特缓慢地按摩着双掌，保持手指温暖自如，但梅林的双手却一直紧握着，而且都已发白。

此时某个庞大的身影从一片昏暗当中赫然显现，莱克昂首阔步进入了大家的视野，一盏磷光灯擎在他硕大的手上，犹如女巫的火球，照亮他面罩上的鲨鱼形獠牙。"摇摆之物"的驾驶员就像影子一样跟在莱克身后，她穿着一身黑色长夹克，下面鼓鼓囊囊的，形似一把枪。

"莱克先生,"克兰打招呼道,"您没有遵照我们的要求啊,您难道不考虑后果吗?"

莱克走到距他们五步远处停了下来并站稳脚跟。咫尺之遥,莱克的长臂瞬间可及。他的靴尖处如刀刃般锋利,正指向着他们。莱克透过面罩的玻璃镜静静地观察对方,然后把磷光灯往后传递给他的司机。

"没有人会把三桶纯正货付之一炬的,"他说,"就连疯子也不至于。"

"您似乎很确信这批货的价值,"克兰说,"可是防盗工作却做得很差。老实说,搬走它们简直如同儿戏一样。"

"你们自以为很高明吧,"即便有面罩的阻隔,莱克听似轻微的嗓音也充满了愤怒,"竟然教唆小孩子来干。"

"显然我们彼此半斤八两,英雄所见略同。"

"在考尔格里德,人人都知道最好不要偷我的东西,"莱克说道,"这说明你们不是本地的,说明你们不明白冬天是什么样的。假如那些小孩总这么待在大街上,那过几个月他们就都会变成他妈的冻死骨。"

"可你用铁链拴着他们。"吉尔克里斯特第一次开口说道。

"那是在晚上,以免又有一个小孩爬进锅炉里。"莱克用一根粗糙的手指轻叩他华丽的面罩,"一半小兔崽子生下来就脑袋不灵光,从他们吸毒的母亲身上遗传下来的。这些小孩在外头是活不长的。"

"他们跑了,"吉尔克里斯特说,"一有机会就溜了。"

"你这是在帮倒忙,"莱克厉声喝道,"我给他们饭吃,教他们不去沾染'震颤药',不去逛窑子。凡是脑子尚有一丁点正常的人都会返回工厂的,而其他人则将冻死。"

克兰清了清喉咙。"咱们都跑题了,"他说,"算你走运,莱克先生,被盗的'震颤药'其实并非我们的主要目标。我们的侦查有所纰漏，"他停顿了一下。"有人告诉我们您那里也许会有'脓水'。"

莱克没有回应。

"当然了，咱们都是开朗的乐天派，所以有什么就拿什么，"克兰继续说道，"但正如您所确信的，我们并不是来自考尔格里德本地的。我们的买家在遥远的南方，那些家伙接收'震颤药'的渠道可不止一条，而且历史都很悠久。买家们想要得到'脓水'，将其用于设在维拉和雷萨的决斗场上。那才是我们打算要偷的东西，不过现在我们愿意跟您做个交换。"

"你们要拿本身就属于我的东西来跟我做交换。"莱克的笑声透过面罩听起来令人不寒而栗，"你们他妈的确实有种。"

克兰漫不经心地耸了耸肩。"前提是假设您的确有'脓水'，而且已经试验过了。"

莱克透过玻璃镜片打量了他们足足有一分钟这般漫长。"你们是怎么把那几个桶弄出去的?"

"颇费周折，"克兰说，"但搬运方法并不是重点。"

气氛再次长时间停顿，然后莱克开口说："我的确有'脓水'，但只作消遣耍玩，在此地不卖。"

梅林抽搐了一下，立刻重新恢复振作。莱克似乎没有注意到这一幕。

"那我来提个建议吧，用你的'震颤药'来换你的'脓水'。假如我们的买家肯定了你的产品，那我们也许就能达成一项对所有各方都有利可图的长期合作。"接着克兰的语气变得强硬，"但是我们已经遇到过许多从新世界返回的潜在商贩，他们的产品一成不变，总是那种粗制滥造的兴奋剂混合物，缺乏……正宗'脓水'所带有的那种'特别'劲道。"

莱克的脑袋歪到一侧，片刻后他说："确实如此。我曾把这东西给了几个叫花子，结果其中一人把另一个杀掉了，还硬生生地强奸尸体大约一个钟头。等药效过后我把那人干掉了,这样做起码比让他对此事铭记于心要仁慈得多。"

梅林纹丝不动,就像一座雕像。克兰透过面罩吸了一口气。"不可思议,"他说,"不过你应该在状态更稳定的人身上试验才好。"

"那种人在考尔格里德可不好找,"莱克轻蔑地摆摆手说,"他妈的半座城市都是疯子。不过话说回来我确实还做过一次试验,就在我刚刚搞到那东西的时候。我把它掺杂到了某个败家子的'震颤药'里,然后送他回家去见他婆娘。"

这些话语字字句句飘荡在这片冷峻的空气之中,那些天使们仿佛正朝前方俯身,苍白的脸庞翘首以待着事情的真相。

"那他知道这药被人动过手脚吗?"克兰静静地问道,"一个人总是要留心提防,'安慰剂效应'吧。"

"他并不知道。"莱克说,"当药物发作时那婆娘一枪打爆了他的脑袋。聪明的臭婆娘,她一定早就等着有个借口来谋杀亲夫了。"

梅林撕扯下她的过滤面罩,这突然间的举动引发众人一阵慌张,"摇摆之物"的驾驶员连忙扔掉磷光灯并掏出武器。灯摔碎了,渲染出一幅淡绿色的爆炸画面。克兰后退了几步,吉尔克里斯特的匕首已刀锋露白,而那位驾驶员则正瞄准着梅林的胸膛……

莱克注视着梅林,淡淡一笑,态度轻蔑。"原来是那个聪明的臭婆娘,那个撬锁的。"

梅林一只手依然藏在背后,另一只则在她开口说话的同时于身侧颤颤发抖着。"他妈的,你分明知道我名字的。"

"名字我忘了,"莱克说,"但我记得你需要有人教训教训。"

梅林的表情激动,脸部扭曲,既愤怒又悲痛。"你曾想要我的命。"

莱克再度看了看克兰和吉尔克里斯特,然后把目光转回到了梅林身上。"没有,"他冷冰冰地说,"叫花子们把一剂药都拿走了,你家佩德罗得到的只不过是一丁点儿。他原本可以爽快地狠狠操你,让你神魂颠倒,可他回头一想就会纳闷自己怎么突然一下子这么有精气神。"

梅林拉开身后的细绳,绳子一头缠绕在她拳头上,一头像蜘蛛线那样伸长挂在他们头顶上方若隐若现的那些雕像上。

"当时你只要老老实实接受教训就行了,"莱克说,"说不定你还会喜欢上呐。"

"啪——"的一声,隐藏的那把枪爆发出的射击声震耳欲聋。莱克慢慢地倒下,吉尔克里斯特猛然扑向他。"啪——",这第二声枪响撕破了夜空,石头碎片从一座天使雕像的脸上飞溅而来。吉尔克里斯特用快刀"唰"的一下划破驾驶员的手,冒烟的枪掉落在黑暗中旋转。接着只见莱克又站起身来,尽管大腿上被打出一个锯齿轮廓的洞。他朝梅林猛扑过来,此时他的沉默不言简直比任何东西都更可怕。

克兰从莱克的侧面跳过来,但被他一拳打开。梅林正在后退时也被莱克的重拳横扫下颌,头部猛地后仰过去,身体倒在石子地面上蜷缩成一团。吉尔克里斯特跟驾驶员斗得难解难分,对方一边哭喊一边流着血,想要抢夺那把掉在地上的枪。莱克再次朝梅林挥拳过来,其蕴含的力量足以将梅林的脸部打个稀巴烂,此时梅林顺势从衣服里滑出一个金属壳,如举起盾牌般推挡。

莱克的手被这个装置扣住了,他设法后撤,正当此时——

"不许动,"梅林说,嗓子眼呛着一口血,"不然你就完了,尝到这些钢刺的滋味了吗?"

莱克一动不动。梅林慢慢站起身来,依然握着"开瓢器"的一端。克兰自己站起身子,吉尔克里斯特也加入过来,朝"摇摆之物"的驾驶员送出最后一脚。他拿到了那把枪,先用衣角擦去握柄上的血迹,再装入第二发弹丸。

"你们可以得到该死的'震颤药',"莱克说,直愣愣地盯着自己被扣住的那只手,"而且我也会帮你们搞到'脓水',给你们在南方的买家。"

"喔,我们的眼光放在远比维拉和雷萨更具异域风情的地方,"克兰略表歉意地说,"您瞧,我们要再次出发前往新世界,资金来源超过你能提供的'脓水'总和。"他揉了揉前胸,方才被莱克一拳击中的地方。"至于'震颤药'嘛,目前就堆在你工厂第三根烟囱的底部。"

吉尔克里斯特把上膛的枪递到梅林的空手上。他犹豫了片刻,"做你想做的事,"他说,"但记住总有比他更坏的人。"

"咱们的船正等着我们,"克兰说,"梅林女士,莱克先生,我们向你们道别,你们的城市很漂亮,热情好客的程度真是非常令人……"他慢慢地走了,把身上的外衣裹得更紧些。

"你们今后若还有难开的保险箱需要撬的话尽管来找我。"梅林含含糊糊地说,只见她举起枪对准莱克的额头,手势十分沉着稳定。

吉尔克里斯特把另一把枪从其藏匿处费劲地找出,以三步熟练的动作将其拆散,然后和克兰离开了,一头扎进蜿蜒的街巷里。他们在某条特定的小巷里取回自己的东西,而后便前往码头。两人都竖着耳朵听那最后一声枪响。

---

保险箱安放在护栏上,于两人中间,船只启动时箱子摇摇晃晃左右移动。王冠上的宝石被藏在好几双不同的靴子里,还有几个衣服口袋和布袋子之中。王冠本身则放置于克兰的宽檐帽内。如今箱子里是空的,半开合着,犹如一只尚不确定是否展开双翼的蝙蝠。

"你觉得她杀了他?"吉尔克里斯特问道。

克兰斜过脑袋沉思。"我没听见第三次枪响,"他说,"不过也有可能她先押他去一个更僻静的地方。"

吉尔克里斯特沉默了片刻。"斯卡蒂的文身……工厂弄的那个……但她身上还有更老的标记，她说是从她母亲那儿来的。"吉尔克里斯特一脸苦相道，"在小孩的问题上，莱克也许是对的。我解放了他们，结果只是送他们去冻死……也许到头来我比他更坏。"

"我们所有人都是由善恶两面构成的，吉尔克里斯特，"克兰说，"因此使我们统统都变成不黑不白的灰色，一起跌跌撞撞地迈向各自的坟墓。最好不要在这些问题上冥思苦想太久。"他取回那只存放"震颤药"的小包，然后往手背上拍出一坨厚厚的白色物质，而先前他就是用这个包从莱克的桶上舀取"震颤药"的。"这箱子的设计无与伦比，我想我们可以把它转卖掉。"

吉尔克里斯特摇摇头说："不值得再花功夫去找收赃的买家，咱们的钱已经够多了。"

"那倒是。"克兰鼻子一喷，再抹一抹鼻子，"是时候动手筹划我们的跨洋旅行了。新世界正等待着我们回去。臭名昭著的克兰和吉尔克里斯特将继续追名逐利，闯荡江湖……"

吉尔克里斯特没有说话，随后他身子前倾，一把将保险箱推下了护栏。大风触发了精巧的机械装置，使其猛地一下完全扭动开来，犹如一朵金属的花坠入那片泥沙滚滚的黑水里。他们望着保险箱沉没下去，克兰陷入了惴惴不安的缄默之中，轻轻抚摸他瘀青的锁骨。

# 伊丽莎白·拜尔

伊丽莎白在康涅狄格出生，她于 2005 年获约翰·W. 坎贝尔奖的最佳作者奖，2008 年以短篇小说《潮汐线》获雨果奖，这篇小说同样为她赢得了西奥多·斯特金纪念奖（同时获奖的还有大卫·莫尔斯）。2009 年，她以短篇小说《花朵中的修格斯》再获雨果奖。她的短篇小说发表在《阿西莫夫》《地下》《科幻》《域间》《第三种选择》《奇异视野》《可能有戏》等杂志中，同时也被收录在《你所拒绝的束缚》与《花朵中的修格斯》中。她著有奇幻五部曲《新阿姆斯特丹》系列、科幻三部曲《珍妮·凯西》系列、五部曲《普罗米休斯时代》系列、三部曲《雅各布的梯子》系列、三部曲《艾达的重任》系列、三部曲《永恒的天空》系列，以及与莎拉·蒙特合著的三篇小说。她所撰写的其他书籍还有小说《狂欢》和《暗潮》。她的最新作品是备受欢迎的小说《凯伦·记忆》。

三位性情各异的寻宝人划着船来到充满希望的海岸，决定在一座充满诅咒、怪物横行的岛屿上，展开一次大胆的冒险——但是，他们却发现自己对即将面对的一切一无所知。若是早知如此，他们恐怕只会赶紧再划回去……

# 帝王之灾

"我是苍君大帝的仆从。"莉兹博士低声自言自语,盐水让她的嘴唇有些刺痛,"我的生命任他差遣。"

勇敢的话。这些话并没有平息她内心的波澜,但她的不快无关紧要。这些勇敢的话才重要,而有了这些说辞,她才能向他们证明自己的决心和意志。

莉兹告诉自己,这就够了,这就能让她来到搜寻已久的宝藏面前,甚至远不止如此。她转身回到温暖的海潮中,把浸过油用来防水的丝绸包裹举高,以防包裹被海水打湿。她看着金属人在蓝宝石般的潟湖里上下起伏。潟湖边的陆地蜿蜒曲折伸出臂膀,轻轻将浪花打回海中,金属人正艰难地沿着回涌的波峰攀缘而上。金属人——遥远西方最常见的那种巫师的仆人,人们管他们叫"盖奇"——有一副镜子般的甲壳,在他破破烂烂的土布袍子里如波光粼粼的水面一样令人炫目,闪闪发光。

在他身后,是一个蒙着脸,身着红色羊毛夹克,挂着一把弯刀,别着一把手枪,悬着一个牛角火药桶的男人,他正笨手笨脚地在海水中跋涉,海浪用力扯着他的衣角。他是个死士,来自遥远又极富异国情调的西方,被招选进入如今已解散的精英军团。现在,他穿着一身厚重的衣服,在大海和高温夹击下,看起来可笑至极。

在深水航行时,"幸运之旅号"会打开她明亮的东拼西凑的翅膀,将绿色的船身倾斜,缓缓转弯。陆地伸出臂膀,将潟湖环抱,这只勇敢的小船朝着陆地的两只臂膀间滑去，驶入港湾。她带着三名船员，一只舰猫，还有三人登陆小队，立刻从这个传闻中被诅咒的小岛逃离。虽有王命加身，船长也不愿让"幸运之旅号"泊在此处，等莉兹和她的同伴们归来。

如果他们取得成功，就会在清晨点火示意。如果失败，好吧，起码这是个埋骨葬身的好去处，也是个魂飞魄散的好借口。

群鸟在头顶盘旋飞过。一阵短暂沉闷的振动声充斥在空气之中，如男中音般低沉浑厚，一只仿若机械制成的雄蜂嗡嗡作响。一面黑色的鱼鳍如刀片般划开水面，继而消失不见。莉兹轻声叹气，她想知道自己是不是犯了一个可怕的错误。没错，她正踏着细沙，传闻中，这座与世隔绝的小岛笼罩着使王室死亡的诅咒，迄今为止她还未被诅咒折磨，但她大腿周围的水却泛着白沫。或许，诅咒中，被蛆虫活生生吃掉的说法，只在完全上岸后才会应验。

又或许，那些为她执行王命所赐予的祝福，足以护她周全。或许，这些佣兵也能做到。她只希望这些——还有自己名号所蕴藏的巫术，能护她左右。

果敢的决心在她腹中逐渐变得冰冷。她转身背对大海，背对着不断溅出水花的佣兵，在水中跋涉，朝暗灰色的沙滩走去。这里的沙滩和旌旗群岛粉红的珊瑚沙粒完全不同。每一波上涌的海潮都会卷走她脚下的沙粒，仿佛连浪涛都在发出警告，要她速速离去。当她走出海浪，她强迫自己停止踌躇：等待不会让情况有任何好转。

然而，当她裸露的脚趾踏上紧实、潮湿、坚硬的沙地，她依然屏住呼吸。而且……她还活着，也没感到任何不祥的魔法由此汇聚，这是个好兆头。她走到潮汐冲出的干湿交界之处，停下脚步，转身等着两位佣兵。她解开丝绸包裹，拿出长刀，再将丝绸绕在腰间当腰带，接着，她将长刀插入刀鞘，穿过腰带悬在腰上，以便随时取用。

当她做完这一切，死士也来到了沙滩上。盖奇还在一步一个脚印地在水中艰难跋涉,他的体重是个巨大障碍。

莉兹仰头大笑:"嘿!我就在这儿!踩着沙子,稳稳当当。你们这群胆小鬼!"

她不知道那些跑掉的水手能不能听见她的话,她能在甲板上看到的唯一一人是船上的二副,他正忙着摆弄船帆。

"这是个糟糕的主意。"死士一边在沙子里站稳,一边言道。每走一步,就有海水从他的靴子顶上涌出来。他一点都没回头瞧那群把他们丢在这里的人一眼。看着他僵硬的肩膀,莉兹觉得他梗着脖子这么做纯属故意。

"起码在高温下,你们很快就会干掉了。"盖奇如此回敬。

"让这盐包一层,每裂一点,就会擦一层皮。"

"你应该把衣服脱了。"莉兹开口,"我不知道你怎么能忍下来。"她用双手拧着自己明亮的纱裙。

死士无视了她,把剑穿过绑在外套上的腰带,悬在腰上。

"很快我也要被盐包起来了。"盖奇说道。莉兹想知道盐会不会让他的金属壳爬上斑点,片片剥落。起码现在他看起来还没被腐蚀掉。他用闪闪发光的手指着"幸运之旅号"划开的深蓝色水面,"珊瑚环礁是怎么在这么深的水里形成的?"

死士扬起一只手,扫了一圈:"啊,我的朋友,你瞧,这座岛屿和其他的岛屿不一样。这是一座火山岛。黑色的沙粒揭示了它的本质。那不是珊瑚环礁,那是火山口。"

"你不像看起来那么无知。"莉兹言道。她绷着脸,希望佣兵能明白她在开玩笑。"这就是为什么来自这个岛屿的帝王,以焰峰之君为名号。"

"它熄灭了么?"盖奇发问。

莉兹摇了摇她橙色的裹身裙,让微风把裙子吹干:"一千六百年以来,它一直都没有喷发。"

盖奇顿了一下——莉兹猜他正在把一千六百年换算成他那奇怪的西方历法，那种历法以霜冻纪元后作为纪年元年——莉兹希望他算出了千年之久令人安心的缓冲期。"这也可能只意味着，它正在等待时机。"

"我听说火山都是如此。"死士用力扯着他的面纱，使其更均匀地贴在脸上。按书上的说法，这些士兵只有即将大开杀戒之时，才会展露面容。"你就没发现，你那神奇的、不透水的壳，正好能神奇地被熔岩侵蚀，还是你压根就不在乎这个，兄弟？"

"噢。"盖奇说道，"我想我不会熔化的。"

"不管怎么说，"莉兹打断了他们的谈话，装成一副不为死士眼角的傻笑所动的样子，"岛上有大量的淡水能让你们清洗干净。那儿就有一条小河。"

一缕清澈的水淌过色如钢铁的沙粒。她朝小河走去，那双赤脚在湿漉漉的沙滩上留下一串珍珠般的脚印，点缀在丛生的牡蛎壳边。

就在死士用咒语向他的先知和她的女神祈祷后，不到一瞬，盖奇引起了她的注意，她自己也发现了端倪：淡水河的远岸有痕迹。那是一条小沟，就像有条小船被从沙滩上拖走，藏在葱茏的树丛里，旁边还有被脚用力掀起的草皮。

痕迹非常新。

"这难道不是怪事一件？"死士回道，"今天，我们难道不应该是这个偏僻、人人避之不及、被诅咒、被遗弃的岛屿唯一的一队访客？"

莉兹停下脚步，盯着小沟："确实奇怪。"

"我猜，日历上并没有把今天标成什么特殊的日子？"

经过一整天的磨合，莉兹已经明白，死士听起来越随意，越好奇，那他就越可能已经把手放在了左轮枪上。她看了一眼。是的，没错，他的手已经扣在装饰华丽的枪屁股上了。

她拍走一只还没完全被海风阻挠的蚊子，太阳在一片湛蓝的天空里烧得发白。

"好吧，"她从善如流地回答，"既然你提到了这个日子。但在我们继续说之前，我要先把身上沾的盐洗掉。"

船舷的托架藏在丛林的树冠下，被蕨类和藤蔓遮掩。莉兹和盖奇站在上面，什么都不碰，数着树冠下的座位，估摸着当桨手回来，帆布下会藏着多少给养。小舟上有四个位子，而且看起来都装满了。没给战利品留下多少空间……

莉兹把另一只蚊子拍走，弯腰细看。她发现帆布之下并不是食物，而是用来当捕鱼浮标的棕色玻璃瓶。或许，他们也打算偷走已故焰峰之君的宝藏，并打算把战利品漂在水上带回去？或者，他们打算沉下宝藏，用这些瓶子作为地点的标记？但是，如果是后者，那么谁都能过来，把宝藏据为己有。

"所以有可能，"莉兹开口，"或者更可能的是，苍君陛下听闻了这个岛屿的传说，为废除老王的诅咒做了一些准备。又或许，他们打算打败我们，再去寻宝。如果这个半路杀出的家伙成功了，当然，这对那些穷困潦倒的人来说是一场大难，因为苍君大帝准备用这些资源，去帮助那些有需要的穷人。"

"就是这事总让我想不明白。一座陵墓，会留下多少宝藏？"

"这不是一座陵墓，"莉兹言道，这大概是她第五百次这么说了，"这是一座宫殿。"

"陵墓，"死士耐心地说，"就是放尸体的地方……"

"看看光明的一面，"盖奇走回来，打断了他们，"显然，我们看起来没那么像被抛弃的了。"

"你准备偷了他们的小船，再把他们丢在这个闹鬼的岛上？"死士也拍走一只蚊子，他看起来要不耐烦得多。

"好吧,"盖奇说道,"我还得走回去。这东西装不了我。但我在想,如果他们有礼貌,或许可以帮我们给'幸运之旅号'传个信。或许他们还会让你骑在船舷的托架上。"

"鲨鱼会很开心。"死士言道,"莉兹小姐,你是个自然学者。你就不能把这些蚊子怎么样么?"

"欢迎来到热带。"盖奇欢快地说,"给他讲讲那些寄生虫,莉兹博士。"

莉兹在树冠里停下,找到了一种长叶的黄道植物,它们有一种刺鼻又生机勃勃的味道,拿一把叶子塞进口袋或是塞进腰带,可以有效防止蚊虫侵袭。

"事实上,"她帮死士举了会儿藤蔓,让他好走,"把这些金子封在墓里,是一场对经济的谋杀。"她的长刀依旧裹在鞘里,套在腰带之中。不管之前来的是谁,他们都很好地在林子里砍出了一条小道。虽然这些植物已经重新开始生长,但这条小道还能再顶几天用。

"所以,我们现在的帝王,想洗劫他祖先的陵墓,就为了让一点财富重新流回经济系统?"除非他一直在说俏皮话,否则别人很难判断盖奇什么时候在讽刺。但是,他刀法一流,而且永不疲倦。

"我们不是在盗墓……我们是让宝藏重新进入经济的循环,是为了让穷人过得更好。而且,焰峰之君也不是苍君大帝的祖先。"莉兹说,"我们的帝王不是世袭的。只有他们的圣音得以延续,这都是魔法的缘故。已故的先王,只能通过他的女性亲属,发出自己的声音。"

"如果你的帝王都出自一个血脉,"盖奇提议,"起码这钱就还是这家族的,那么这些钱新王就还能使用,而不必把这些当成神圣的陪葬。而且,现任帝王还可以为他们的先祖留下声音。"

"当然,"莉兹回答,"王朝世袭绝对没有问题,而且每个人都希望,能永远地被他们的祖先颐指气使。一路顺风顺水。"

"好吧,"盖奇回答,"当你把这个说得像……"

死士透过面纱,机警地看着莉兹:"如今的帝王仙逝后,你会当他的传声者么?"

"准确说,这不能叫仙逝。"莉兹回道,"帝王喝下神圣的药剂——这种药剂出自如我这般的自然学者之手——他们不能食用大部分食物,也要戒除肉体的诸多欢愉。如果他们一直自律,他们的肉体就会变得坚硬,永不腐败。生命的代谢停止了,但是……生命本身留存了下来。他们可能会长久地保持着这种状态,远远超过凡人的寿命。但最终,肉体会变成一种让他们无法自行移动或是自行发声的状态。此时,他们就需要传声者。这就是圣音。"

"像你这样的传声者。"

"苍君大帝已经成功抵达这种被祝福的状态,"她意识到自己的声音有些僵硬,"但他还没到需要一个圣音的程度。一旦他需要圣音,新的帝王将会接替他的统治,而如今的帝王也会就此退位,进入光荣的先祖之列。与此同时,我不过只是他的仆人,是一个科学家。即使他好心地将我收养进王室,我和他也并无血脉之连,而只有出自王室血脉的女人,才能成为祖先的圣音。"

"你怎么能确定,先王真的是通过他们的圣音说话,而不是圣音在说自己的想法?看起来,这是为数不多能在这让女人获得一点点权力的法子。"

莉兹也时不时想知道这个问题的答案。她避而不答:"有几个故事,讲的是不遵守帝王意志的圣音。"

"让我猜猜,"盖奇说道,"她们都被火烧死,下场悲惨。"

"成堆的尸体。就像女人的野心。"

"所以,老王并未死去,但如果没有活着的女性亲属愿意成为他的传声者,"死士说,"他就会成为一名没有圣音的帝王。我们正在做的事情，好吧，无意冒犯，对我来说就像抢劫。"

莉兹耸耸肩："政治就是这样。没有声音的人，总是没有权势。"

盖奇问道："那你以后想做什么？"

莉兹张开嘴，想拖延时间，她不确定是不是盖奇那没有双眼的凝视让她的内心噤了声。又或许这只是在他完美无瑕如镜子般的脸上，看见自己面庞的倒影延展开去、变得奇异混乱，所产生的必然反应。她合上嘴，吞了口口水，试图说点什么，但讲出来的却是真相。"除了帝王，我没有其他人了。"

"你出生的家庭，那些亲人后来怎么样了？"死士发问，他的言辞如此正式，让她没法生气。这是最过分的窥探……但死士是异邦人，可能也不知道怎样才能做得更好。

"我的父母和哥哥，都被杀了。"莉兹回答，这既是事实，也没有透露半点有用的信息。

"我很抱歉。"死士回答。他顿一下，那种沉重的震颤声再度响起，又再度消失。然后，他出于一点善意接着补充，"我也没了亲人。"

"你会想念他们么？"莉兹发问，如今她反过来对自己的无礼感到讶异。她有的充其量只是自己亲戚杂乱无章的记忆：温暖的感觉，一个男孩会嘲笑她，还会拿走她的糖果，但当她摔倒受伤时，也会来安慰她。两个大人有着长满老茧的双手。一个木碗盛着稀稀的甜米粥。

"第一个家，那会儿我太小，什么都记不得。"死士一边大步流星，一边回答，他跳过一根树枝，"而第二个家——是的，我很想他们。"

莉兹移开目光，想知道怎么摆脱这个话题。死士的声音听起来太郑重其事了……

盖奇缓缓地跪在脚下腐烂的草叶中。莉兹觉得黄铜不会像肌肉和骨骼那样疲倦，是件好事，不然除了走铺好的路，他早就精疲力竭了。

死士则好心地借机转移话题："你居然还能到处走，这真是令人惊叹。"死士蹲在一根长长的低枝上，他柔软的靴子依旧一路留下脚印，嘎吱嘎吱响。潮湿的鞋底似乎一点都没有妨碍他的脚步。

"我可能得慢点过来。"盖奇回答，他的声音听起来就像他坐在会客厅的垫子上一样，"我还没找到要找的地方，当我穿过那儿，我就都能记得之前去了什么地方。"

莉兹耸耸肩，把包裹从肩膀上卸下，掩饰着打了一个哆嗦。她喝着还未成熟的椰子汁液。当盖上水壶盖，她又为自己耸耸肩。这辈子还有什么可以陪着她却余生？如果还算妙，难道是更多发霉落后的研究？或者，更多除了自然学者，没人关心并且没人会去阅读的专著？再或者，更多关于人体功能的理论，还有源自特定植物的基本原理？然后，更多地去为空想服务，而这一切正是因为她没有能令自己为之奋斗的野心？

不同常理的是，令人啼笑皆非的宿命论反而让她的内心减少了一点点空虚。如果她没有自己可以为之而活的事物，自然将侍奉他人作为生活的目标，而不是徒增痛苦和烦恼，岂不更妙？如果你孤身一人，难道不比其他人更应该成为杰出的女性么？

死士耸耸肩。他踩着树的主枝，踏着足屈肌，轻快地沿着有弹性的灰色树枝一路小跑。树枝在他脚下一路下沉摇摆，直到另一个树干横在有大腿那么高的地方，他才停下脚步。他爬到另一根树枝上，一点都没放缓速度，又继续沿着这根树枝，朝着前方叶子间某个假想出来的树干跑去。当他还未消失在视野之中，脚步声就先一步被丛林的声响淹没。

他体格的力量蕴含在血管而不是肌肉之中，这让他的力量看起来更具野性，也更加轻盈。从诸多角度，恰恰与盖奇相反。

然而莉兹却认为，从本质上，他们二人一模一样，她无法摆脱这种感觉。只不过其中一人将铠甲露在外面，另一人则将铠甲藏在皮肤之下。

---

她没有丢下盖奇。她也跟不上死士在树枝上奔跑的步伐，似乎让他们的小分队紧张兮兮不是个好主意。她不知道盖奇有没有注意到这一点，因为后者一言不发，费力前行。

但当死士穿过头上的树冠，沿着一根宽阔的主枝一路跑下，她如释重负。他紧紧蒙着脸的面纱飘动着。他用脚背朝侧面滑去，直到自己停在莉兹视线上一到两丈高的地方，足以让莉兹无须仰起脖子看他。

"我找到了陵墓。"他大声宣布。

"是宫殿。"她条件反射似的纠正他。

他耸耸肩："在我看来，这就像一个陵墓。"

---

莉兹坚持要停下吃点东西，然后再继续向未知的危险推进——在旌旗群岛富饶的土地上，找东西吃很容易。他们甚至都没打包食物：莉兹和死士只是简单扫了眼面包树巨大树冠下的地面，就找到了成熟的、长满鳞片的球形果实。只消把它们扯开，就能吃到里面柔软的、奶油蛋糕一样的果肉。她猜她的同伴会抱怨——未经加工的新鲜面包树果实普遍被认为是一种最没味道的主食——但异邦人只是把一块干净但不再是白色的亚麻布摊在膝上，一言不发地吃着东西。他用一只手掀起面纱，另一只手舀出一点点果肉。或许，根本没有举止优雅地吃成熟的面包树果的法子，但这并未阻止死士对此进行尝试。莉兹想知道，他这精致的礼节都是从哪儿学的。

盖奇似乎一点都不在乎食物。

死士用餐完毕，优雅地用亚麻布擦拭手指，继而把亚麻布卷起来，这样脏的地方就不会把干净的地方污染，而那只寻找什么东西的雄蜂再度飞上天空。

死士环顾四周，在面纱后将手握成杯状，以便更好地寻找声音的来源："那是什么东西？"

莉兹博士有种念头，但这种猜测她一点都不喜欢，不管怎样，她都没有足够的信心提出此事以供讨论。要当博士，可不能在公众前擅作不自信或是没有事实支撑的断言。"昆虫？"她问道。

"好吧，目前为止，咱们还没遇上蛆虫的诅咒。"盖奇就像一个七尺高的黄铜低音贝斯那样轻快地说道。

死士抖了抖夹克，把并不存在的面包屑抖掉："恐怕我们走得还不够深。"

莉兹跟着他进了森林。这回他待在地上，停在一边，指着湿软地面上的四组脚印给她看。这些脚印非常新鲜，里面浸满了水，但边缘已经变得锋利。其中有一组脚印比其他的要小些。

盖奇看着沼泽般的地面，绕了一个大圈子才走过来。当他重新和他们会合，莉兹和死士已经在一片葱茏的草木屏障后停下脚步，盯着通往神庙或是宫殿——她不得不承认——或是陵墓前的庭院。庭院里尽是被碾碎的海贝。整个建筑由柱子支撑，柱子上叠着柱子，柱子上又叠着柱子，层层叠叠，层层排列，大殿的廊柱是黑色的玄武岩，中央是白色的珊瑚石，最顶上是红珊瑚，红珊瑚里还有阴影嵌在其中。因此，从那投下的光线并不如条带般斑斑驳驳，反而像是黑夜褪去天刚破晓时的光彩，又或是夕阳西下黑夜降临时的模样。

莉兹曾以为这座宫殿会被苍翠的植物淹没，柱子会像古树的树桩般又矮又胖，参差不齐。但如果没被人破坏，这座宫殿几乎称得上是完好无损，她能瞧见长刀留下的痕迹，而且这些痕迹就是不久前才留下的。

"或许焰峰之君依然清醒。"她说,"他知道有人正朝这儿赶来。"

"会不会是小舟上的人干的?"盖奇问。

她耸耸肩:"他们可能有弯刀。"

某种东西毫无预警地从丛林中闯进空地,来到他们左边,其速度之快、力量之大,让莉兹差点惊呼出声。这是一个高高的、泛着彩虹般油彩、有蓝鳍金枪鱼大小、长着如蓝鳍金枪鱼般深色倒刺的东西——这种形状是为了提高运动的速度。一圈模糊的闪着光的翅膀围着它,莉兹迟疑一瞬,这才意识到有她两个拳头大小的多面蓝宝石形状的东西原来是眼睛。

她痛恨自己是对的。

"好吧,"盖奇沾沾自喜,"就是这玩意,好啦,就是这东西嗡嗡地响个不停。"

"好吧,起码比蛆虫的诅咒要好,对不对?"盖奇提议道,他们后撤了约一百码,讨论对策。穿过那片布满海贝碎片的荒地,似乎没有先前那么引人入胜了。

"巨黄蜂?"死士断然摇头,"我觉得不对。"

"是大黄蜂。"莉兹说道。

死士看着她,盖奇可能也在看她:对一个不需要用眼睛看的人来说,看没看她实在难以分辨,更何况,如果盖奇没想起来,他甚至不用转头来看她。

"它们叫尸黄蜂。"莉兹开始解释,她觉得自己有点像在卖弄,"但从动物分类学上看,它们就是大黄蜂。它们会筑巢,会群居。"

死士倾身向前:"所以,我们必须做好有一大群这玩意的准备?"

她点了点头。

盖奇开口:"但除非你威胁到它们的蜂巢,它们大概对人类不感兴趣，是不是？它们吃的是水果之类的东西？"

"成虫以水果为食，"她同意盖奇的观点，"但是……"

他们的注意沉重地压在她身上，迫使她继续说。

"它们确实会叮动物，其中也包括人类。然后，它们会把猎物带回巢穴，让幼虫以此为食。这就是为什么人们管它们叫尸黄蜂。虽然，严格意义上，它们并不以尸体为食，起码它们带回去的食物一开始不是尸体，它们会捕猎，而且只是……好吧，让猎物瘫痪，动弹不得。"

"噢，这就是你的蛆虫。"盖奇对死士说。

死士拍案而起："你知道这些玩意？"

"我知道它们存在，"莉兹辩解，"我此前并不知道这儿也有。不管怎样，如果你把不孕的工蜂从蜂巢里分开，它们就会变得非常温顺。"

她觉得他们都在盯着她，虽然很难说盖奇有没有盯着她看。

"它们是很好的宠物。"

"宠物。"死士说道，"人们拿它们当……看门狗？"

"噢，不是。它们太温顺了，没法当看门狗。"

"伊斯玛特的光明笔啊。"死士说道，然后闭上了面纱上方的眼睛。

他们讨论要不要等夜幕降临再行动，但莉兹指出，许多昆虫在黄昏和夜晚反而更为活跃，而大黄蜂无论何时都能感到生物的热力，因此在白天行动，反而会比在晚上行动要安全得多。

"纸上谈兵。"盖奇说道。

"我们只有理论作为武器。"莉兹回答，"虽然我觉得不太可能，但是，它们确实能把你扛走，黄铜人。"

他像个打鸣的巨大钟表，发出一阵机械的大笑："但是，这并不能解决你俩怎么过的问题。"

"用泥巴。"莉兹言道，她有了主意，为此激动不已，"还要拿更多的黄道叶子。看起来，宫殿的柱子相隔不远，柱子的间隙让黄蜂没法飞进来，也让它们没法爬进来，所以，只要我们进了宫殿，就会安全得多。但要想先过去……"

"用泥巴。"死士说道。

莉兹点点头："很多很多的泥巴。"

他们穿过荒地朝宫殿进发的前半程顺利得出人意料，莉兹想。黄道植物的绿叶那充满刺激性的气味将他们层层包裹，浓郁的味道在空气中几乎都摸得着，让她头晕目眩，有点轻飘飘。他们的皮肤藏在一层层碾碎的植物汁液和泥浆之下，几不可见。

唯一的问题是，叶子汁和泥浆的混合物只能在树叶潮湿的阴影下才能保持柔软，一旦到了烈日下，它们就会立刻变干变白。她本以为，如果动作快些，这不是什么问题，但干燥的泥土却开始破碎剥落，而且他们之前也没想过给盖奇抹上一层。对，尸黄蜂确实不太可能叮他，也不太可能把他扛走，可是，他那黄铜外壳反射的炫目阳光，却吸引着巨大的昆虫。

他们一直在走，蹲在她临时用长刀砍下的一把用来挡太阳的棕榈叶下，他们用扯下的破布把棕榈叶锯齿般的茎干边缘裹上，以保护双手。沉闷的声响预示着一片阴影飘过，一开始只有一只，接着又来一只，一只一只又一只，直到脚下破碎的海贝被模糊的红斑映得发黑。尸黄蜂群如漩涡般朝盖奇扑去，后者正一边嘟嘟囔囔，说莉兹的猜测在他的母语中一点都不绅士，一边扯着破破烂烂的土布长袍，用帽子遮住他毫无五官的脸庞。

莉兹左躲右闪:"我早该想到这点的。"

"我也该想到的。"盖奇回答。一只有他那么高的大黄蜂转身向下,如冲锋的大象般隆隆作响,朝着他向上伸的胳膊发出刺耳的鸣叫。莉兹盯了一会,思索着要不要拔刀,然后意识到,用只有她小臂这么长的刀,对抗这玩意,这情景是多么荒谬可笑。

接着,另一个阴影在她周围膨胀开来,她站稳脚跟,环顾死士,后者正彬彬有礼地伸手朝她示意,而不是抓着她的胳膊把她拖过来。死士的眼睛有一圈白边,她折下腰,朝他走去,死士转身,和她一同逃走。

她意识到,死士对虫子不是真爱。

另一声鸣叫与一声沉重的、仿佛什么东西被压碎的重音从身后传来,莉兹踉跄着想回头看,而这回,死士碰了碰她肩膀:"他不会有事。"

她得相信他。他们肩并肩,朝理论上安全的宫殿跑去。

在绊到尸体前,他们做得都不赖。尸体就在柱子之间,屋顶投下的阴影让尸体在耀眼阳光下几不可见。回想起来,莉兹意识到她是先闻到腐烂的气味,之后才发现尸体的。但在陵墓的恶臭之中,在腐烂的泥浆之下,还有黄道叶子的臭气包围里,她的记忆无法自己分辨这种恶臭到底源自什么大型死物。

这具尸体生前可能是个男人,但如今却因毒刺显得臃肿。他的皮肤因腐烂分解而膨胀开裂。莉兹惊讶地发现,没有蛆虫从他的躯体里翻腾着爬出来:要知道,这味道如今可以引来岛上的每一只苍蝇。

莉兹没有被吓到,但她确实倚在第二行的廊柱上,棕榈叶散得到处都是。她转过身来,恶臭让她一阵眩晕,她在找死士。她气喘吁吁,充满恐惧,痉挛的肺无法让她尖叫着发出警告——尸体踉跄扭曲，正立在死士的身后。

幸运的是，即便惊惧之时，莉兹的智慧依旧管用。她用右手摸索利刃，把刀从刀鞘里甩出来，让刀落在脚边。她一点都不担心自己会不会死。她抬起爬着瘀痕、有着擦伤的左手，疯狂地挥着刀，在死士注意到她后，她指了指死士肩膀后面。

他反应迅速，而且一定认为她起码值得信赖。他一边躲开，一边转身，尸体笨拙的手如棍棒般猛地一击，却从死士的头顶呼啸而过，重重地砸在柱子上，令人作呕的东西飞溅开来。

"他没死！"死士大吼。

"噢，他确实死了。"莉兹回答，"而且这对他来说也是一种仁慈。"她能看见死士看不见的东西。尸体的脊柱被吃掉了，在破破烂烂的皮肤之下，一只半透明的巨大幼虫的身体若隐若现。

不管怎样，她希望这具尸体死了。她一边反胃，一边希冀，即使浓稠的血液正从坏死血肉上的新鲜伤口中慢慢涌出，似乎是对她希冀的否定。

即使莉兹有些畏缩，但自然学者的好奇天性却让她将注意力集中在尸体中的蛆虫之上。蛆虫有着光滑的黑色脑袋，就像抛了光的黑曜石，莉兹可以看见蛆虫如钳子般的口器正嵌入死人的头骨底部。每一块口器能看见的部分都有她手指么长，逐渐变小的尾端表明这些口器已经深入死人的大脑。蛆虫一节节的腿到处都是，正牢牢抓着腐烂的尸体。

幼虫缩起长长的身体、脉搏发出恶心的声音。尸体抽搐起来，迅速转身，蹒跚着舞动着，如捕猎般朝她扑来，四肢如风车般旋转。她盯着尸体，心中的恐惧愈发强烈，她看见尸体剥落皮肤下的眼睛并不混浊，也不死气沉沉，反而非常清明。

风暴龙用雷声来消灭它，她想，然后猛地冲了出去。她挥着刀，但层层植物下的马赛克地板已成了碎石，曾经光滑的地面如今被盘根错节的植物的根系顶得凹凸不平。大块大块的石头从倒塌的屋顶上散落在地，它们划破她的脚，重重砸着她的脚趾，剧痛让她的腿弹了起来。她不确定自己是怎么保住双脚，也不确定自己的双脚是怎么失去了知觉。她扭曲着倒下去，屁股着地，恐惧地仰头看着追着她的尸体那张潮湿腐烂的脸。

这东西就像一个醉鬼，它拖着一条腿，又疯狂地跺着另一条腿，晃晃悠悠，摇摇摆摆。她像守卫一样拔出长刀，透过刀锋，她看见死士举起右手。某种明亮的东西在他蓝色的面纱上闪烁，继而是一枪能让石头崩裂的反击。黑色的火药驱除了恶臭的气味，寄生虫猛地倒下，毫无预兆地瘫在莉兹的小腿上，微微痉挛着。

莉兹咬紧牙关，发出尖叫，既是因为恶心，也是因为疼痛。她猛地抽出自己的脚踝，缩成一团，大口大口地喘气，死士则迅速地给枪重新上膛。一片阴影落在莉兹身上，莉兹抬起头，脉搏不由得加快起来。

是盖奇。他的长袍和黄铜甲壳上溅着两三种不同颜色的液体。是脓，她判断，也有可能是毒液。盖奇正用长袍擦着自己巨大的金属手掌，留下无法辨认的条纹。接着，他弯下腰，从杂乱的垃圾中捡起她柔软的皮刀鞘。

"好吧，"盖奇开口，他递给莉兹一双更干净的长手套，"那玩意似乎引起了他们的注意。起来吧。还有一群黄蜂正朝这儿飞来，他们或许能从这些柱子里挤进来。"

"又或许，"死士握着手枪开口，他的枪早就没待在皮套里了，"这儿可能还有这种东西。"他指了指地上的蛆虫，后者依旧在微微抽搐。"之前有四组脚印。"

在盖奇的帮助下，莉兹站了起来。她收起刀，接着弯下腰，双手各抓起一大块瓦砾，其中一块让她咕哝了两声。她想起被寄生的尸体腐烂的脸上，那双棕色的、明亮的眼睛。

她把石头举到胸口那么高,朝地上砸去。石头砸中尸体的头骨,发出可怕的声响,然后它终于安静下来。

"现在,我们可以走了。"

尸黄蜂群的嗡嗡声越来越响,越来越清晰,直到莉兹觉得这种空洞的震颤就在她自己的胸膛里嗡嗡作响。她想象自己能看见盖奇脸上闪着惊恐之色。如果她回头,她就能看见大殿一片昏暗,这不仅仅是因为尸黄蜂群正深入宫殿,更是因为这些巨大昆虫的躯体层层叠叠,遮天蔽日,挡住了烈日的白光。如此之多的虫群散发着一种味道,就像干树叶的那种霉味,但闻起来却没干叶子那么干净。

如今他们找到了宫殿入口,没有一人开口询问他们将怎么离开这里,但莉兹在思考这点。或许他们能等到下雨时再离开。在旌旗群岛,一场淋漓尽致的雷暴雨总是来得很快,因为旌旗群岛是巨龙在风暴海咆哮的地方。在那种恶劣的天气里,飞翔的昆虫必须寻找遮蔽,不然就会被吹入海中。

她希望这些八尺长的虫子也是如此。

前方有光,他们朝光亮走去。死士的牙在面纱后咯咯作响,但他拿枪的手却很稳。死士没持枪的手握着一把弯刀,那只手看起来和拿枪的手一样稳。盖奇以令人惊异的优雅步伐在柱子间移动,尽管他的疏忽大概会让整个腐朽的宫殿土崩瓦解。

他们来到一片没有屋顶的开阔地,在那里,蜂群的嗡嗡声依旧清晰,却已经变得非常遥远,如同知了机械的鸣叫般,蜂鸣声上下起伏。塞满垃圾的华丽喷泉和雕像的双眼,都意味着这曾是一处正式的庭院。一棵巨树将铺好的石板地面顶得皱皱巴巴,被巨树紧紧环抱的长凳一定也曾一度在长满根瘤的树根上投下阴影。这棵巨树仿佛能随时从地上举起长凳,挥舞着将其作为自己的武器。在此之上,一栋高高的建筑被自己摇摇欲坠的游廊环抱其中。和那些柱子一样，这些游廊先是黑色的玄武岩，再往里是白色的珊瑚石，最里面是红珊瑚。曾经，这些游廊也有过玻璃窗，在宫殿建成的那个时代，玻璃是涵义丰富的奢侈品，少数依然完好的玻璃窗仍在闪闪发光。

"我们能从那儿走么？"盖奇停在倒数第二排的廊柱间，问道。

"我们必须从那儿走。"死士看了眼莉兹，答道。她是他们的雇主，这点她还没忘。她可以随时叫停这次任务。

但她的生命就是侍奉。再说了，他们没法回头。

"我们必须从那儿走。"莉兹同意。她开始寻找进去的方案，或者起码找到一丛黄道植物，就在此时，台阶之上，被游廊的断壁残垣所掩映的漆门打开了，一名身着白裙脚绑凉鞋的女士走了出来。她长长的头发编在脑后，辫子看起来有莉兹的腰那么粗。她站在门里，仿若剪影，身后是无尽黑暗。

莉兹摸着长刀的刀柄。

"唔，别光站在那儿。"女人开口，"现在这个时候，只要动作够快，穿过空地就是安全的。我研究了很久的尸黄蜂，也对寄生虫知之甚多。"

他们攀过庭院断壁残垣的瓦砾，如履薄冰地爬上台阶——台阶并非按盖奇的体重设计，但后者踩上时也没有开裂。门内一片黑暗，但比莉兹预想的要好些。在烈日直射的光芒映衬下，女人的身后看起来漆黑一片。事实上，宫殿里光线适宜，温度凉爽。

而且宫殿内部比庭院和游廊更为修缮得当。

女人关上门，一条条项链和沉重的手镯随之晃动，闪闪发光，金子衬着她棕色的皮肤。她是被晒黑的——莉兹瞧见她裙子腰带下的棕色肌肤要浅一些，但珠宝首饰之下却没有晒伤的印迹。木制的护身符被缝在她身上的裙服里,然而,这些看起来有些年头,在护身符精心设计的线条之中,有着丝丝磨痕,有着点点泥土。

"皇帝在等你。我是普塔什内女士,是他的圣音。"她声音里有着某种别扭的高贵,仿佛就像戴着不习惯的首饰,示意他们跟着来。

凉鞋的绑带下,女人的脚踝和脚面都很脏,仿佛蹚过泥潭,还没洗脚就绑上了凉鞋。莉兹看见死士正透过面纱若有所思地盯着女人的双脚,莉兹知道,他正在对比女人的脚和小舟边的脚印的大小。她正欲开口询问,一个圣音,是怎么流落到这个荒芜的王国,可一些词打断了她。

有人叫出了……她的名字。

她环顾四周,除了盖奇、死士、普塔什内之外,并无他人。他们站在一间宏伟壮观的大厅入口,大厅有些斑驳,悬着的丝绸织锦变得很脆,因为自身的重量碎成条缕。厅堂里摆着一堆盖着厚厚灰尘的家具。墙壁由苍白的珊瑚铸成,呈现出浅浅的粉色和白色。它们曾悬过挂毯,但挂毯的线早就断了,从挂环上掉下来,这里没有给人的藏身之处。

那个声音再度响起,再一次喊了她的姓名,声音仿佛黄蜂的翅膀在她的脑海中沙沙作响:"莉兹小姐,你也来打扰我的安宁么?外孙女?"

她震惊地眨了眨眼,尽管这里地板光滑,但她还是一个趔趄,盖奇不得不搀着她的手肘扶着她站稳。她看见普塔什内女士的视线越过她的肩膀,若有所思地皱了皱眉。莉兹小心翼翼地不透出一丝表情。这是试探,她心想。焰峰之君?

你在侍奉新王。

陛下,您是如何和我说话的?我不是你的后代。

你确定么?她能感到他被逗乐了。母系血统的后代总是容易被人遗忘。再说,谁能肯定地说自己的父亲是谁?你有足够的王室血统,足以用脚步唤醒这座宫殿。

莉兹思索一会儿。她让自己落到普塔什内女士的队伍之末，这样她就只需跟着前面人的肩膀走，不必关注自己脸上露出了什么表情。

那个体内长黄蜂幼虫的男人是谁？

是普塔什内女士的同伴。她还有其他同伴。我想，除了他，她还有两位同伴。其中一人是她的丈夫。

是你在控制蜂群么？是你……对他做了……那种事情？

蜂群是我的护卫，但我无法控制它们。很久以前，我确实将蜂群的祖先束缚于此。他，还有其他人，闯入这里，蜂群这么做只是为了保护我。听起来，他说的是实话。

如果他是普塔什内女士的同伴，那他为什么要闯？

那时，她只是普塔什内。老王说，在他们闯入时，她还不是普塔什内女士。她带男人过来，是把他们当作祭品，她有些小护身符，能赋予她特定的能力。你愿意成为我的圣音么，外孙女？

所以，正如小舟暗示的那样，普塔什内女士近来加入了王室。可是，她又是怎么毫发无伤地穿过尸黄蜂的蜂群？莉兹心想。显然，她一行有四人，而如今她却独自一人。此外，为什么她看起来如此平静，能够无视死亡？

我研究了很久的尸黄蜂，也对寄生虫知之甚多。

莉兹开口——或者说，只是这么想，既艰难又清晰——你已经有一个圣音了。

是啊。死去的帝王如此回答，一个圣音。就像流行的一样。难道，有一个选择，不比别无选择更好么？

但是……你已经有一个圣音了。

你也有一个声音。你是用它说着自己想说的话么？又或者，除非有人下令，否则你就闭口不言？

这个问题他之前也问过，而她避而不答，但这回这个问题更加挑哗。死去的帝王是不是在和她针锋相对,好让她愿者上钩?

如果我没什么要说的呢?

不死的帝王没有回答。她想知道,自己需不需要对他说点什么,好让他听着,又或者他只是礼貌地对自己的内心独白视而不见。

我侍奉苍君大帝,她说道,但他并不拥有我的声音。

很好,外孙女。啊,你已经快到觐见室了。不要让普塔什内女士知道你能和我交谈,莉兹博士。起码现在不行。这……不明智。

好吧,这让莉兹心中有些不安。

在她之前,普塔什内女士停在一扇包着铁的大门前。看起来,这门最近才翻新过,钥匙孔周围有着崭新的划痕,而钥匙孔足以容纳那种巨大的老式钥匙。普塔什内从裙子的口袋里掏出这样一把巨大的老钥匙,一条缎带将钥匙与她的衣料相连:看起来,这是匆匆忙忙缝在衣服上的,缝线和衣服一点都不配。

女人转动钥匙,在门开前奋力和门的自身重量做着斗争,接着领他们进入另一处,幽深的殿宇朦胧昏暗,回音在殿堂里回响。

一块块玻璃在莉兹的脚下旋转。她为保持平衡分了神。莉兹看着盖奇小心翼翼地选着要走的路,直到她突然意识到,如果那些玻璃没有在盖奇的脚下化为齑粉,那么这根本就不是什么玻璃,而是宝石。包含彩虹里所有颜色的红宝石和蓝宝石散落在地:这是一场无价的冒险。

莉兹为王国感到沮丧,如此财富,不应该毫无用处地烂在这里,给往昔死去的帝王陪葬,而应该拿去支持贸易,去买药品,去喂饱穷人。几世纪来,她家乡的岛屿就因为这些浪费,吃了多少苦,受了多少难?这……这些所有的宝藏,能从大陆买多少亚麻布用来远航?能买多少麻用来织绳?风暴海让旌旗群岛免于劫掠者的侵扰——这些劫掠者比时不时出现的海盗更难对付。但旌旗群岛有的是食物、香料和硬木,其他的自然资源却非常匮乏。贸易是他们的生命线,这些财富，应该统统拿去做贸易使用。

当他们到达大厅中央，灯火沿着两侧的烛台一一亮起。它们看起来就像燃烧的火炬，但颜色却是醒目的蓝色和紫罗兰，而且灯火下面也没有火炬。它们的光辉让盖奇青铜外壳的颜色看起来异常诡异，让大厅里的其他东西都反射着一道道浓稠的、如水般的光芒。

每一侧都有更多的财宝，沿着巨大的厅堂往前大约再走五十步，一张有着黄金座椅的宝座悬在两只巨大的猛犸象牙之间，象牙顶端交叉，有一种极度残暴的壮美。

王座是空的。

死士上前查看。然而普塔什内女士早就料到了这点，她头都没转，开口言道："陛下在觐见室等候。"

她把他们带到右边一扇小门前。这扇小门和此前让她十分费力的铁门相比，更适合人类的体格。小门在侧墙的两个柱子之间。显然，这扇门并没有上锁，因为普塔什内女士只是动了动把手，门就开了。

门后是一间小小的、布置舒适的房间，同样点着诡异的蓝色火焰，不过这里并不需要。在远处，有两扇门这么大的多层窗户，都饰以牛轭窗框。扶手椅饰以木雕，皮革因为年岁久远变得脆弱有了裂纹，但仍足以支撑靠在其中的尸首那微不足道的体重。他比一堆裹着腐朽丝锦、饰着几串珠宝的棕色木棍好不了多少。在珠宝之上，尸首穿着一件落满灰尘的斗篷。像被什么东西惊扰过，有些灰被拂去或是被刮走了，灰尘之下，莉兹看见了彩虹般半透明的昆虫翅膀，这些翅膀如鸟儿的羽毛般，层层叠叠缝在斗篷上。

尸首就像风干的木乃伊。他的皮肤如漆过的皮革一样闪着棕色的光彩。手指起皱或被老鼠啃食过的地方，白色的骨头显露出来。

莉兹和其他人跟着普塔什内上前。盖奇的脚步在石板上留下沉重但小心翼翼的声响。死去的帝王闻起来有一股飞蛾和阁楼的味道——干瘪的、令人心烦的东西。

我向来受不了王座厅,焰峰之君如是说,莉兹咽了口口水,试着不去想自己正和他这具有着千年历史的干尸共处一间小室。通风良好、宏伟壮观的老房子。这才是更好的等待永恒的地方。

莉兹在椅子前深深鞠了一躬。盖奇和死士疑惑不解地看着她,然后也照做了。

"焰峰之君欢迎你们,起来吧。"

莉兹从没听过他讲这些话,但也有可能只是他还没这么和她讲。

莉兹转身,告诉圣音女士:"你的朋友死了。"

普塔什内有些厌恶地皱起眉毛:"你是说我丈夫?"她耸耸肩。

普塔什内怎么知道他们遇见的是她哪位同伴?盖奇如鸣钟般笑了起来,莉兹想起了焰峰之君说的那些关于护身符的警告。

普塔什内在白裙子的褶皱里拧了下手:"陛下命令你们帮助他。他希望你们把他从这里搬出去,抬到海滩上。"

莉兹屏住呼吸,鼓起勇气:"那些漂浮物是做什么的?"

"漂浮物?"

"捕鱼浮标。就是你船上的那些。"

"噢。"普塔什内回答,"自然是为了让焰峰之君能漂回大岛。"

"漂回大岛?"

"当然啦,"她重复,"你该不会以为,他想让我永远待在这儿?有了他的财富,再加上我是他外孙女的这一身份……"普塔什内微笑起来,"我们会过得很好。当然啦,如果你愿意帮我,我会和你分享一些财富。现在,请让你的士兵,还有你的……"她含糊地朝盖奇挥挥手,"……抬起他,把他带到潟湖去。"

我要你做的不是这个,外孙女。

仿佛老王给她看了一幅地图似的,莉兹灵光一现,突然明白了死去的帝王要她做什么。这给她带来一种巨大的温暖和一种置身其中之感,仿佛要成为某种事物的其中一员。

她反对他的要求。

我才找到你!

那么,你是不是也想利用我的权势和财富?

她感到深深的羞愧。财富是令我至此的缘由。但我要这些财富,不是为了我自己,而是为了如今的帝王。

他不会奖赏你么?

他已经……她顿了一下,思索着。让我侍奉,给了我一个位子。

好吧。老王回应。如果这就是你想要的,外孙女。

我想要的是你。她回答。我才找到你。不要让我这么快就放弃你。

我很疲惫。而且你也见到了,我不得不和家族的某些分支相抗。

他没有动。当然,他也动不了。一千年了,他一动不动。但她仍觉得,帝王的手指正轻蔑地朝普塔什内女士的方向动了下。

"把他抬起来!"普塔什内命令道,声音愈发尖锐。

"这是不是你想要我们做的事情?"死士问道,"博士小姐,我们的合约是和你签的。"

你是我唯一的亲人。她阻止自己大声把这句话说——不,是想——出来。不管是不是,她都不能只因自己觉得孤独,就背上对一个孤独六百年之久的男人的愧疚。

"呃,实际上,我不想你们这样做。"她闭上双眼。她已经喜欢上了这个迅速熟络起来、长生不死的祖先。她感到一种巨大的失落。莉兹深吸一口气,开口言道:"我希望你们能毁掉他。"

她是否曾以为他们会怒不可遏,我们无从得知,不过,她没有如愿。死士只是好奇地开口问道:"所以,真的没有什么诅咒?"

"诅咒当然有,"她讥笑起来,"你觉得,如果不是因为诅咒,这种东西还会待在这儿么?但他想独自一人,而不是处于保护之下。他已经一个人待了很久很久,现在,他只希望烟消云散。"

"你怎么知道这个?"普塔什内开口,"你没法和他说话。我才是他的圣音!"

"她有我们的合约。"盖奇疲惫地说,"起码,她的帝王有我们的合约。请让到一边,普塔什内女士。"

黄铜人上前一步,穿着白裙的女士没有移开。她转过身,跪倒在地,紧紧抓着古代先王风干的双腿。在她的触碰下,它们变得破碎,剥落下来。

"让我侍奉您,祖先!"普塔什内哭喊道。

莉兹感到自己的嘴巴正描绘着词句,她的喉咙伸展着,让带着异域音色的嗓音由此生出:"我需要的唯一侍奉就是毁灭,孩子。"她大声说道,"而你只想侍奉自己,不是侍奉王国。"

普塔什内的呜咽停住了,仿佛她的喉咙就此关上。她优雅地起身,这是受过良好教育的女士的礼节。莉兹想知道她从哪儿来,又是什么将她带到此处。她可能永远都不会知道答案,这让她的良知和好奇心辗转反侧。

普塔什内转身面对盖奇。盖奇比她高很多,对比之下她显得既脆弱又渺小。她的双手在裙子的腰带上拧着,紧紧抓着缝在那儿的护身符。

她的嘴唇紧紧抿在一起,直到唇上再也没有血色。莉兹心想,若不是嘴里还有牙齿和血肉,她上下颌的骨头就会砸在一起。这是不受欢迎的孩子的表情,当孩子想起自己是被父母牺牲的那个,他们就会这样。

莉兹感同身受,完全知晓这表情里的每一处细节。

总有些孩子会被父母牺牲。他们要花很久,才能从心底明白这一点,即使他们早就亲眼目睹这一切了。

比起观察,经验才是更强大的老师。幸好,莉兹此前从未被人牺牲,一阵可怕的怜悯席卷了她。

普塔什内望着莉兹的双眼,同情地朝她走来,仿佛是同焰峰之君说话般向她开口:"让我侍奉您,外祖父。您是我的亲人,我需要您。您是我的祖先,外祖父。我敬重您。我一直敬重您,还有我所有的先祖,我这一辈子都是这样。我用我的巫术和我的探求来敬重您。这一件小事,是您欠我的。"

莉兹动了动嘴唇,声音并非从她的肺,而是从其他的地方发出:"我很累了,外孙女。把我一半的珠宝带走。用它们好好生活。"

你为什么通过我来发声?莉兹问道,为什么不通过她?

她也受到这方面的保护。我可以向她说话,但不能通过她发声,而这些话应当被大声说出。

"我不想要您的珠宝,外祖父。"普塔什内直起身来,她沾满泥土的双脚绑着凉鞋,顽固地踏在地毯上。地毯上的飞蛾洞比打结扭曲的地方要多。"我想成为您的圣音。"她紧紧绷起的嘴唇柔和下来。女人抬起头,看着盖奇,后者正停下来,试图用超出自己能力范围的方式,朝她伸手,就像一个男人试图安抚一只走投无路的小猫。

她朝巨大的金属人开口:"我走了这么远,就为了找他。这不公平,女人只能被允许通过男人来掌握权力。为什么他不愿意帮我?"

那是一个孩子的声音,如刀子般划开了莉兹。伤口隆起处,弯刀刀柄裹着的涂了胶的布坚硬地顶着她的手掌。

接着,普塔什内下了决定,宣布:"那么,我就自己来帮自己。"

她拧了拧裙子里的双手,尖叫着,那是一声刺耳、颤抖的尖叫。她腰上的一枚护身符开始膨胀,泛起绿光,仿若新生的树叶。光芒在她的指间流动,仿若太阳分开云层。盖奇一步上前,华丽的瓷砖在他脚下碎成齑粉。死士伸手掏枪。

他们都迟了一步。

冰雹般的碎玻璃伴着嗡嗡声,从放着已故君王尸骸的椅子边的侧窗倾泻而下。两名被幼虫寄生的男子挥着手臂跌跌撞撞闯入屋内,身后是半打尸黄蜂。他们都毫无章法地挥着弯刀。黄蜂则舞着匕首般的尖刺，蜂刺的尖端挂着点点湿润的、能让人瘫痪的毒液。

莉兹拿着刀，刀还在鞘中，动弹不得。她发出惊愕的呼喊——这是出于讶异的呼号，而不是出于恐惧的呻吟，接着，她的身体僵在原地，呆若木鸡，仿佛已经被尸黄蜂蜇过似的。她看着自己映在巨大的、闪着光的黑绿色昆虫胸腔上的倒影，大脑的一部分尖叫着"快跑！快跑！"在这种梦里，身体仿佛被关在玻璃中隔岸观火，并冷静地告诉你，这就是你生命的最后一刻。

死士一步跨到她的面前，开枪击中黄蜂的双眼之间。

灰尘纷纷扬扬地从头顶的石间撒下。中弹的尸黄蜂摔倒在地，嗡嗡作响，蜂腿颤抖着，翅膀不断痉挛，让莉兹脚下的石头随之震颤。这个声音……枪声震耳欲聋，充斥着莉兹的双耳，充斥着莉兹左边的脑袋，除了枪声她什么都感觉不到。其他声响不见了，她的思绪不见了，甚至连让她呆若木鸡的恐惧都不见了。

她笨手笨脚地把弯刀擎在手中，朝最近的威胁之物——黄蜂仍在抽搐的毒刺——劈砍而去。她又重重劈了两下，将毒刺从黄蜂身上斩断，抬头发现死士依然站在她的面前，正举着武器避开其中一名被幼虫寄生的男人张牙舞爪的狂暴乱击。盖奇正在把两只尸黄蜂挡开，黄蜂的尖刺在他的金属甲壳上留下抹着毒液的凹痕。普塔什内的长发从厚厚的辫子里散开，她跌回盛着已故君王遗骸的椅子前，那本该是她的君王。她从后腰的带子上抽出长刀，但却把长刀握得很低，一副犹豫不决的样子，好像根本不知道该怎么用长刀作战。

在莉兹和普塔什内之间，横亘着五只愤怒的黄蜂，还有两个恶心的被寄生的行尸走肉，因此，这并不算什么真正的解决方案。

一只黄蜂从左边冲来，疯狂地飞向死士，后者正将普塔什内被寄生的同伴步步逼退。黄蜂转弯时，翅膀和胸腔后部撞到了天花板，它用蜂刺接下这一击。

莉兹上前一步，猛地把弯刀迅速朝下劈砍，仿佛想成将毒藤劈成两半。弯刀劈中了黄蜂包着壳的沉重腹部，卡在那里，发出一声如同斧子嵌进木头的声响。昆虫的甲壳碎片与浑浊的内液飞溅开来，又迅速地被弯刀堵住。

尸黄蜂发出一阵愤怒的嗡嗡声，大颚咔啦作响，有着蓝宝石般双眼的昆虫试图转而向莉兹进攻。它的脚朝她的脸庞和头发抓去，莉兹一边躲避以保护双眼，一边疯狂地攥着长刀的刀柄，手肘紧收压住脉搏，与毒刺周旋。死士正忙着和被幼虫寄生的男人作战，又有一只黄蜂飞来给他添乱。

莉兹用尽全力尖叫着，猛地转动长刀。

黄蜂的甲壳应声而碎，毒刺变得扭曲而松弛。这玩意儿发出一声可怖的嗡嗡声，试图反咬一口。她用小刀的鞍头重重砸向黄蜂蓝宝石般的复眼——它们靠得太近，刀刃没法使。她放声尖叫，不过这回是精力充沛的大叫。

一阵令人作呕的碎裂声传来，巨大的黄蜂再次挣扎着朝她爬去，又一次摔倒在地——她意识到，与它巨大的体形相比，它们的重量却轻如鸿毛，甲壳里几乎是空心的。她举头望向盖奇没有五官的面庞，那里抹上了一层脓液，还沾着更多不可名状之物。

"黄蜂正在保护幼虫。"莉兹开口，她灵光一现，对顿悟的真相如此笃定，仿佛这是她还在父亲膝下就学到的东西，"普塔什内不能控制成虫，她只能控制寄生在尸体中的幼虫。"

"毁掉君王。"盖奇头都没回，突然伸出左手抓住另一只黄蜂的翅膀——后者正迅速朝死士飞去。他借着黄蜂本身的冲力，把它砸在天花板上，他不同于人类的金属躯体以腰为中心，像炮塔一样旋转。听起来，他的语调波澜不惊——或许这只是因为莉兹的耳鸣抹平了所有细微差别——"如果普塔什内没了为之而战的东西，她就会住手。"

龙息，我希望如此。莉兹觉得她已是背水一战，也无恋生之事。"让我过去。"

盖奇没有回答。但是，他流畅地再次转身，不留间隙，步履蹒跚，挥着巨大的双臂向前走去。他并没有试着阻止敌人击中自己，似乎也并不在乎自己是不是打中了它们。他只是创造出一股包着莉兹的疾风，将敌人阻挡开去。他侧着身子，像螃蟹一样横行，朝死去的君王和他的圣音走去。

盖奇转过身，依然将莉兹置于自己的保护之下。莉兹立在焰峰之君的椅子旁。她能闻到他的味道：不是腐烂的气味，而是盐、泡碱还有刺鼻的丙酮的气味。

普塔什内似乎意识到他们要做什么，赶忙朝他们跑来："不！"她喊道。她本可以冲向莉兹，但盖奇毫不费力地紧紧抓住了她的腰。她用长刀的鞍头锤盖奇，若不是莉兹还觉得自己的耳朵像是塞了羊毛一样什么都听不清，她大概能听见鸣钟般的声音在整个屋子回响。抓住普塔什内限制了盖奇有效地为莉兹阻挡黄蜂，但死士挥着刀、舞着那件褪了色的深红外套，挡在了她和敌人之间。

让她抽身不去打斗，这很难，太难了。乱扎的毒刺，乱砍的刀剑，弯刀撞上弯刀的铿锵之声，本可以成为圣音的女士连连的尖叫声。但莉兹还是在这一片混乱中举起长刀，跑了两步，在君王坐着的椅子前停下脚步。

这不够，孙女。想毁掉我，得用火。

"拿火来！"她大声说道。她没有看，但不知怎的，一只牛角火药桶出现在了她的手中，同在一旁的还有钢铁和一块打火石。

那是死士的牛角火药桶。

火。黑火药几乎能焚尽一切。

她把黑火药倒在死去的君王身上，倒在他腐烂的长袍上，倒在他金子和珠宝的珠串上，倒在他扭曲的、向下倾倒的王冠上。君王的脸紧紧贴着头骨，鼻子是一个塌陷的孔洞。他的眼窝空空荡荡，干枯的眼睑凹进空空的眼窝之中。

她把牛角火药桶里面的东西尽数倒在他的身上，倒进他的膝盖，倒进他被装饰成一缕一缕的耀眼的头发里。她丢掉火药桶，抓住钢铁和打火石，将它们举在君王的尸体之上。

在她身后，所有战斗的声响都消失了。只有黄蜂的嗡嗡声还在继续，莉兹冒险瞥了一眼，她看见其中一个幼虫的寄主正踉跄着后退，倚着门边的墙壁。两只成年黄蜂还活着，正蜷着身子在他身前移动。它们一只在天花板上，一只则待在地板上，保护着蜂巢年轻的一员，将自己置之度外。它们立刻发动了攻击。

"求你了。"普塔什内开口，她也停止了挣扎，只是抱在盖奇的手柄上，浑身污泥，一身瘀伤。她的长刀早已从手中滑落，正躺在它当初掉落在地的地方。

"所有的这一切，都是为了一个家。"普塔什内疲惫地说。

"我的家早就不在了。"焰峰之君通过莉兹的嗓音说道，"你把同伴献给蜂群，只为获得一件武器，外孙女。"

死士侧过头看着他。他在看尸骸，而不是在看圣音。这位佣兵已经习惯了种种奇迹。"这间屋子里，有你的亲人。"

我可以将自己的生命奉献给你。

你的命自己留着吧。他劝道。结束这一切。

莉兹打出一个火星。她小心翼翼，手离得太远。火星落下，发出嘶嘶的声音，继而熄灭。普塔什内厉声尖叫。

莉兹又试了一次。这回，火星闪耀着点燃了火药。她赶忙后退，躲开倾泻而下的火星和干尸焚烧发出的奇异干瘪的烟尘。焰峰之君如同火炬一样燃烧，再也没有在莉兹的脑海中说一句话。连一句低低的"谢谢"都没有。

好吧，她应该想到，君王就是这样。

"你毁了我。"普塔什内阴郁地说,"你毁了一切。"

莉兹瞥了眼黄蜂,它们似乎无意再次冒犯他们这些危险的生物。它们嗡嗡叫着,发出威胁,守着门。莉兹和她的两位佣兵不得不打算翻窗户离开。

"他给了你珠宝。"她告诉普塔什内,"能带多少就带多少吧。愿你能从中获得快乐。"

莉兹独自一人靠着树,坐在沙滩上,等着太阳升起,等着"幸运之旅号"归来。她用大拇指的指甲磨着弯刀的边缘。可以理解,这事挺无聊。

两个影子朝她移过来,她抬起头:"你们抓住它了么?"

盖奇摇摇头,他的脑袋在月光下柔和地闪着微光。他在她左边坐下,死士坐在她右边。"外面找过了。蜂群一定是把它们最后的子孙带去了某个安全的地方,以防我们这种人打扰。"

"可怜的家伙。"莉兹说道。

过了一会儿,死士的声音打破了只有浪涛不断拍打岸边的沉默。"所以,"他开口,"我们很快会收到报酬,继续旅行。到了那时,你又会去哪,博士小姐?"

"在这活着并不难。"她回答,指了指他们身后的丛林,指了指他们面前的大海,"面包树的果实、潟湖的渔获、椰子、芒果,还有捣碎的棕榈树心,就能让很多人心满意足。航海、游泳、找到打架和生儿育女的同伴,也让很多人悠然自得。"

"但对你来说,这些远远不够。"

莉兹顿了一会儿,她听见了自己的犹豫,还有随后的轻哼:"或许,这种不安就像大海一样流淌在我的血液中。你知道么?我的父母亲自出海去寻找一座未知的岛屿,然后再也没有回来。他们驶入魔龙肆虐的风暴海。他们带上了我的哥哥，没带上我是因为他们觉得我那时太小。他们有抱负，但抱负也让他们命丧黄泉。我也有自己的抱负……我也在害怕。"

"所以，你修习了科学的艺术？"

"我学会了读书。"她回答，"我学会了怎么治病救人。我学会了怎么用刀、怎么用毒来进行杀戮，因为如果你不学会毁灭，自然也无法学习创造，反之亦然。我在苍君大帝席下赢得了侍奉的一席之地。我的生命由他差遣。"

死士可能是因为某些共鸣点了点头。他倾身靠着她身边的树："但是……"

"但是，这还不够。我觉得自己就像在从井底刮泥巴，而井底都是咸水。"

"在你把井填满前，你也只能从井中得到这么多。而想把井填满，你需要一场大雨，或是很多的水桶，或者让时间流逝，等水自己从地下涌上，才能把井填满。当你出于利他主义，为他人作嫁衣裳，又或者是只想找到点使命感——"

"那里还有什么？"

"你擅长什么？"他可能笑了。不管怎样，横在他脸上的面纱落下的阴影变了形状。"你应该试点别的。为了你自己，为了这件事情本身。或者，为某些不平事而疯狂，然后决定要为此付诸行动。"

她思忖着。奇怪的是，这个提议非常吸引人。找到某样可以为之而战的事物，继而为之而战。

"但那是什么？"

他昏昏欲睡地眨眨眼："莉兹小姐，如果你有了那种领悟，将会超越一半人类的成就。现在，请原谅我，再过不久天要亮了，我要找些干木头，好生火报信。"

莉兹与盖奇一同坐在沙滩上，看着太阳落下。水上的风带来寒意，她身下的沙子还保持着温暖。

盖奇在她之前开了口："你想和那个被幼虫寄生的男人落得一样的下场？如果侍奉不当，那就是你的结局。你可以找一个盖奇问问，问他是怎么知道这个的。"

她并不打算问这个。"如果除了侍奉，你什么都没有呢？"她直截了当地发问。

一片沉寂。星星在沉寂中燃烧，空洞、安详，莉兹希望自己就像它们一样。

"从前，我也有过一个家。"在渐渐平静的涛声里，盖奇开了口。

"你？"莉兹有些糊涂，额头有些发痒，"但你是……"

"在我们成为盖奇之前，盖奇们就出生了。"盖奇回答，"当甲壳再度合上时，巫师需要分开一些东西，以此赋予它们生命。"

"要用帝王的翅膀。"莉兹轻轻言道。

"我自告奋勇。"盖奇说道。

她盯着他，虽然这么做很无礼。月光在他的甲壳上投下蓝色的涟漪。

"好吧，"盖奇适时开口，"若是我这样的东西，还没想好自己是不是想变成现在这样，也不知道自己想不想侍奉，你愿意让我这样的东西陪在身旁？"

"你快死了么？"莉兹用双手捂住嘴。异邦人让她变得不那么有礼貌了。

"还没有。但我需要活上很久，从而施行正义。为了我的家人。"

莉兹没听见死士正来到她的身后，被他的声音吓得跳了起来。"我活着就是为了侍奉，这和你很像。然后，他们不让我侍奉了。"他把一堆树枝重重砸在沙子上，"这辈子，任何东西都不可靠。"

"你们是靠什么撑过来的？"

"对我来说，"死士开口，"也是复仇。"

盖奇刚刚管这个叫正义。莉兹开口："为了给你的哈里发复仇？"

天真之人可能会把他痛苦的吼声当作大笑。"为了我的女儿们，"他说，"为了我的妻子。"

莉兹想不到说何是好，于是一言不发。她沉默良久，死士平静下来，继续说道：

"这种渴望能支撑我活很久很久，足以等到其他人找到并坚持他们本身。"

盖奇歪着那颗抛了光的脑袋，他在热带的黑夜中闪着柔和的光彩。"复仇让我成为一名盖奇，"他承认，"从那时起，我再也没碰到任何可以拦住我的东西。因此，我到了这里。"

"难道复仇是唯一有用的目标么？难道它是在这个侍奉他人一时兴起的世界里，唯一一个让你为自己留有余地的东西？"莉兹发问，"复仇果真如此？"

"它是最糟糕的那个。"盖奇重复，"但这也是值得为之前进的东西。"

"我没有任何需要惩戒之人。"她意识到，甚至连抛弃她的父母都无须惩戒。你要怎么惩罚死不见尸之人呢？但是，她也意识到，她也无法让自己变得足够优秀、足够渺小、足够有用，从而把他们引回家。因为他们早就死了，早就不在了。

"这都是为了一个家？"莉兹问道，她感到自己正抿着嘴，"你们知道，普塔什内是对的。这是她自己所拥有的唯一的力量。"

"是的。"盖奇平静地说，"我知道。"

他静默了一会儿。

"接下来的问题更难。除了侍奉之人，你会成为什么？"死士问她，"除了侍奉，你在找寻什么？"

莉兹耸耸肩："我不会放弃自己的侍奉。我在我来的地方很有用。"

"但是，除了有用之外，你的灵魂在渴求什么？"如今的光线已经足以让莉兹看见，他正轻轻动着脚。黎明正在临降。

"我想，这就是我要找寻的第一件事。"

他穿过面纱碰了碰鼻子，她觉得他在微笑。"当你找到了答案，给我写一封信。"

"你不会留下来么？"

他耸耸肩。

盖奇转了转他巨大的肩膀，仿佛这会让他身上破破烂烂的土布长袍更加舒适。莉兹得看看，皇帝对她包里的蓝宝石的态度，够不够给这个黄铜人弄一件新的真丝长袍。

他那抛了光的金属脑袋没有转，但莉兹有种感觉，他正……深情地看着死士？

"不会留在这里，"盖奇为他的同伴补充道，"他在寻找……其他的东西。"他顿了一会儿，看着海天交接的地方渐渐露出一道苍白的弧线。"你应该和我们走。我们需要一名自然学者。"

他在寻找一个家，莉兹心想。终点是否重要？还是旅途中的价值和旅伴重要？"让我考虑考虑。"她回答，看着"幸运之旅号"的轮廓打破镜子般的潟湖湖面，一点点靠近。

## 拉维·蒂达尔

要不要把拉维·蒂达尔的这篇关于"枪支与魔法"的小说放进来，我曾左思右想。这篇小说描绘了格利尔斯的格尔那怪诞又充满暴力的冒险。格尔既是一名枪手，又是一名瘾君子，小说中的世界充满了邪恶的巫术与怪兽般的生物。一篇没有刀剑的小说，是否属于"刀剑与魔法"这个选集？但无论有刀剑与否，格尔的故事确有"刀剑与魔法"系列的精神内涵，而这篇小说的先驱者则是再明显不过——显然，它受到了史蒂芬·金"枪手"系列的强烈影响，但同样也深受 C. L. 穆尔、迈克·摩考克、杰克·万斯，以及罗伯特·E. 霍华德等作者的影响。格尔的故事尤其会让我想起霍华德早期的"野蛮人柯南"系列。它们都有"刀剑与魔法"系列的纯粹本质——粗暴、充满打斗场面、节奏如同一辆失控的货运火车，政治不正确，社会影响无可挽回，此类特质扑面而来。它们都非常有趣，此外，还有一个可以用来支撑论点的例子是："刀剑与魔法"这一题材，正随着这里所列出的诸多作者，在 21 世纪以一种有趣甚至令人惊喜的方向深入发展。

因此，请你同格尔一起，飞驰在他那最新的黑暗、扭曲的冒险中，但记得扣紧安全带——这将是一次坎坷之旅。（格尔的其他冒险，收录于《格尔与大肚子神灵》以及合集《黑神之吻》中。）

## 创之书

拉维·蒂达尔在以色列的一个基布兹①长大，曾广泛游历于非洲和亚洲，并在伦敦、南太平洋的瓦努阿图以及老挝生活过。在特拉维夫生活了一段时间后，他又回到了英格兰，定居在此。他曾获2003年由欧洲航天局颁发的克拉克 - 布拉德伯里奖，编有《迈克尔·马歇尔·史密斯：参考注解》、《给大人的"迪克与简"入门书》文集、三卷《世界顶尖科幻选》，以及与丽贝卡·莱文合编的两卷《犹太人大战外星人》《犹太人大战僵尸》。此外，他还著有《希伯来朋克》系列作品，和尼尔·扬诺合著小说《特拉维夫档案》，并单独著有中篇小说《天使之所》《云阵、耶稣、与八重路径》《火星沙尘》。并且他还是一名多产的短篇小说家，作品被翻译成七种语言，刊登在《域间》《阿西莫夫》《克拉克斯世界》《顶尖杂志》《奇异视野》《附笔》《幻想杂志》《匿名小说》《无限与永恒》《黑智之书》《超自然现象局》《老金星》等杂志。他的小说包括《书商》及其两部续篇，《相机暗箱》《伟大游戏》《奥萨马：一部小说》（这篇小说于2012年获得世界奇幻奖中的最佳小说奖项）、《暴力百年》和《躺着做梦的男人》。他最新出版的作品则是一部庞大、多面的科幻小说——《中央空间站》。

---

① 基布兹是希伯来语"团体"的意思。以色列政府规定：基布兹是一个供人定居的组织，它是在所有物全体所有制的基础上，将成员组织起来的集体社会，没有私人财产。它的宗旨是在生产、消费和教育等一切领域实行自己动手、平等与合作。

# 落瀑城

格利尔斯的格尔坐在古拉尔的鞍座上慢悠悠地骑行，晕晕乎乎，神志不清。他胯下的古拉尔步伐迟缓，步履蹒跚。那是一种多足兽，原产于南部梅丝苔尔的沙地。它坚硬的甲壳在阳光下会变成令人愉悦的绿色，因为它靠阳光获得营养、维持生命。可如今，它皮肤黝黑，斑斑驳驳的甲壳是不健康的灰色，仿佛乌云已在死亡之地毫无退意地积聚，这个生物就和它的主人一样，饱受饥饿，营养不良。它的尾巴如花茎般扬起，以便更好地捕获空气中的水分，尾巴尖的刺如马刺般暴露无遗。

坐骑和主人非常相似。倔强、坚毅、结实而又致命。格尔的脑袋无力地垂在胸前，他牙龈疼痛，眼皮如灌了铅一样睁不开，浑身上下哪里都疼。他的双手无法控制地颤抖着。

戒断反应。

他需要它。

他需要黑色之吻。

心痛、欲望和渴求，三者混合驱使格尔来到死亡之地。黑岩和它谜一样的主人伫立在他身后的远方，格尔只知道那位黑暗领主叫釜。这位魔鸟法师纤细娇小，他脆弱的骨头就和鸟儿一样。他们曾一起经历了伟大的珐琅城的陨落、瑟尔曼特河的洪水、瑟尔曼特河神的死亡……

釜曾利用格尔，格尔不能原谅他曾经的爱人犯下如此背叛的行径。

在那之后，他走了很远，去了许多地方：去过死者仍能行走的库雷伦大坟场，去过祖尔瓦尔山脉——群山的冰川下，还埋藏着一场古战役留下的、还未引爆的致命弹药。但驱使格尔的动力，则是他一直在追寻的失落的格利尔斯。那是一个伟大的帝国，是世界上有史以来最庞大、最有权势的国家，也是他的故乡。当他还是孩童，他就知道，他一定要回到那里，去夺回属于自己的王位……

但走遍世界、寻遍各地、斗转星移，他从没找到故乡的半点痕迹，仿佛——他在黑暗的时刻有时会想——这个帝国已经在所有生灵的记忆中被尽数抹去。

但天下之大——有人甚至认为这个世界无边无际。在没有重新找到格利尔斯前，格尔不会休息。

格利尔斯……

一阵心痛，接下来是渴求，然而，他的欲望又是什么呢？

那是很久之前的往事了。故事发生在丛林食尸鬼奥瑞诺·戴格不断侵袭迷途旅人的林地，在那里，腐烂的树叶和衰败的气息弥漫在空气中，那儿曾是一个小村庄，格尔曾在这里寻找失落的帝国，但他却遇见了两位双胞胎女神，莎尔和莎林，她们咬他，大笑着，给了他黑色之吻……即使他杀死了她们和她们的追随者，女神的诅咒却依旧与他如影随形，而他也永远被女神迷住了。

诸神之尘。

但死亡之地没有神明。在那里，几乎没有什么能引来诸神的人类居所，也没有随之而来的非法信仰交换。格尔不过是被盲目地驱使至此，在漆黑的天空下，越过一片龟裂的土地，向远方走，向前方走，越来越虚弱，神志越来越不清醒……

在他的震颤性谵妄中，他想起来了。

他想起了格利尔斯。

在格利尔斯，巨大的塔楼从肥沃的土地上密密麻麻拔地而起，令人望而生畏。大多数塔楼不是建的，而是在一万年前，由真菌法皇戈恩如种庄稼那般种在地里长出来的。他从何购得孢子，又花了多少代价，又或者他是在伟大的格利尔斯帝国的哪个遥远的角落找到这些，其答案已经迷失在时间的迷雾里。但塔楼确实从土地里长了出来，茎秆高大优雅，顶端伞帽浑圆如球根，菌鳃凸起，一小支由园丁法师组成的军队则负责不断维护高塔。

母城格利尔斯则坐落在一片大洋的岸边。它的黑船在世上无与伦比。黑船离开海岸，满载着货物和劫掠所得归来。炽热潮湿的空气被海风吹冷，一千个种族的大使自宽阔的大道飞来，自宽广的运河游至，为的是来此朝贡。

格尔还记得，他牵着父亲的手，在宫殿的顶端伫立远眺。屋内黑暗凉爽，透过菌鳃可以看见大海一直延伸到海天相接的地方。在那里，一轮血色的太阳正缓缓落下。渐渐消逝的光芒照亮了大舰队，黑色的风帆高高飘扬，风帆下飘着绘着格利尔斯的七芒星的旗帜。

"父亲，他们要去哪儿？"小格尔问道。

"去征服新大陆，"他的父亲回答，"去散布格利尔斯的威名和权力。格尔……总有一天，这一切都将属于你。世世代代，我们的血脉保持着纯正、强大、威严。统治帝国是你的命运，也是我的。你准备好了吗？"

小格尔牵着父亲的手，看向大海。那些有关他的未来、那些将要肩负的可怕责任，让他既兴奋又恐惧。但他不能让父亲失望，不能泄露内心的慌张。

"是的，"他说，"是的，父亲，我会准备好的。"

"好孩子！"他的父亲答道。接着，父亲把他捞进怀里，在那个短暂、奇妙的时刻，格尔感到了温暖、安全、还有爱。

但他们的毁灭却早已开始。在那之后不久，可怕的夜晚不期而至。虽然格尔已经记不清那些事情发生的次序，记不得是哪件事跟着哪件事……他不过是个孩子，可他们却在暗处，在阴影中。格利尔斯的巫师和仆从在仇恨中燃起大火。他还记得那个可怖的夜晚，那些尖叫，那些残忍的、大笑的面庞。还有巫术的恶臭。

然后他就被人带走了，远离他的故乡，远离他的世界，远离他所知和所爱的一切，不停辗转。眨眼间，他就从这里到了那里。那些尖叫依旧在他耳中回响，那些恶臭依旧在他身边萦绕，直到他醒来，发现自己身处异邦，身边是一座丘陵。他哭了，因为他不过是一个孩子……

如今，他懒洋洋地坐在鞍上，双手爱抚着身侧悬挂的六把枪。这枪由他亲手所饰，每一把上都錾着格利尔斯的七芒星。

当他还是孩子，当他在下基德隆醒来，发现并收养他的那对夫妇是造枪的匠人。在那荒芜野性的土地上，男孩格尔学会了枪的最原始用法，也正是在那里，他开启了自己的旅途，去夺回属于他的古老王座。虽然这段旅程比他预想的要长很多，虽然他一路披荆斩棘，但他从没离自己的目标更近一些……

天上，云层正在集聚。毫无疑问的是，那个叫釜的魔鸟法师正做着令人费解的计划，继续征服这片土地。黑巫师哪里都有，而他们总是向征服者屈膝，但釜和其他巫师不同，他有一个隐蔽的目标，仿佛只有他能看见某种别人无法察觉的景象，仿佛只有他能看见那宏伟又使人不安的图景……

但这就不是格尔要担心的事了。实话说，他有正经工作。尽管目前有些不顺，但他决心坚持到底。

这份工作像其他工作一样简单。找到一个人——然后杀掉。前者是格尔的长处，而后者，则是格尔极为擅长的活计了。

客户在死亡之地边缘的一个废弃所找到了格尔。不同寻常的是，这名客户是一只细腰蜂。

细腰蜂是一种仁慈的寄生虫，它们一开始长得很小，黏在人类宿主的下腹，渐渐与宿主一同长大，性成熟后，便开始以某种频率渐渐丢弃、改变宿主。除了这种令人遗憾的习惯外，细腰蜂被认为是一个高度文明的种族，它们对酒类和音乐有着良好的品味，甚至对诗歌的写作近乎狂热。那么，这只细腰蜂为什么要远离它的自然栖息地——一个位于亚利威安沙漠边缘的小君主制诸侯国，跑到这里，格尔对此一无所知，但他也毫不在乎。

"我说，"细腰蜂开口了，"你是个枪手，对不对？"

那时格尔正端着一杯德雷肯酒坐着。德雷肯酒可是稀罕的东西，它产自遥远的西部——科贝尔公国，是由那里的一种契约树精缓慢流出的血液发酵而成。他盯着细腰蜂，发出不置可否的呼声，划了根火柴点燃雪茄。

"那得看是谁在问了。"最终，他还是开了口。

细腰蜂在他对面不请自坐，敲了敲手指，粗暴地告诉侍者："不管这位先生喝的是什么，也给我来一杯。"侍者是一名来自库拉肯坟地的幽灵，面色不善地看了细腰蜂一眼，但却毫无怨言地把酒拿了过来。人类宿主的身体上到处长满了细腰蜂的淋巴结，而细腰蜂那又大又黑的袋状物肿块则融合在男人的背部，并围绕着臀部延伸到宿主的身体前方。

"有一个人。"细腰蜂开口。

"总是有那么一个人。"格尔让他继续。

"他偷了我的东西。"细腰蜂说道，"这东西现在很可能已经被毁掉了，但不重要。重要的是需要发送一个讯号。你明白么？"

"这和我有什么关系？"格尔问。

细腰蜂耸耸肩，从他量身定制的夹克里拿出一个小小的，用绳子系起来的黑钱包。他把钱包推向格尔，几近轻蔑地看着他。

格尔拿起钱包，解开绳子，看着里面的粉末。

诸神之尘。

黑色之吻。

他捏了一撮粉末，吸进鼻子。

这简直就像一记响亮的耳光，他震惊地瘫到座椅上。对面的细腰蜂依旧带着轻蔑的目光看着他。

"这活你接么？"

格尔回答："我接。"

---

他要找的那个人很难找到。格尔的报酬早就消失在他的鼻子里了。如今，他已远离任何神明，戒断反应让他十分难熬。

但他是一个实打实的专业人士。他沿着痕迹前行，因为即使在死亡之地，也有不少居住地、废弃所以及废墟，还有专供穷困潦倒的生灵和半死不活的旅人在不毛之地聚居的奇异小村落。他要找的那个人曾有许多姓名，但只有四根手指……

他跟丢了好几回，但他有种预感，自己终于开始接近目标。格尔的身上总有一份委托。现在，他神志不清，饥肠辘辘，心情糟糕，他和他的坐骑总算来到了一栋石制建筑的废墟前。这座废墟曾经可能是一座神庙，至于是谁在死亡之地建起这座神庙，又或是出于何种令人费解的理由而建，格尔一无所知。

但他也毫不在乎。

他在离神庙废墟不远的地方，轻轻从古拉尔的甲壳上滑下。坐骑感激地蹲下，将数条腿蜷在身下，把脑袋缩进深色的甲壳中。它将保持着这个姿势，直到太阳再度升起，它会先吸收足够的能量，然后再次醒来。

格尔掏出两把枪,轻轻踩在地上,蹑手蹑脚地朝建筑物走去。深色的藤蔓在古老石头的缝隙里生长,里面的低音传入耳中……

那扇门不过是一块腐烂的木板。格尔踢开它走了进去,里面既黑暗又潮湿。

躺在床垫上的那个人急忙爬起来,开口说道:"你做什——?"他突然闭上嘴。

"戴夫林·弗·芬加,"格尔咧着嘴笑了起来,一只手掐住男人的咽喉。男人的皮肤摸上去黏黏糊糊,呼吸的气息穿过格尔的手掌。"我早猜到是你。"

"谁——什么?"戴夫林那双小眼睛盯着格尔的脸,脸上浮现出慌乱的神色。接着他好像认出了什么,脸上的神情被震惊所取代。

"格尔?是你?"

"还没死。"格尔干巴巴地回答。

"不,不不不不不,"戴夫林飞快地说道,他的双手在空中挥舞,仿佛在否认什么,"那不是我的错,不不不,那会儿——我甚至都不住那……"

迷雾中有雕塑。古老的雕刻图腾有着邪恶的眼睛,他们管那些石头叫葬身之眼。看着那些眼睛。格尔所在的军团在迷雾中行走,但每当图腾的眼睛合上,就会有人消失……这些图腾有一习惯,他们会突然从虚空中出现,在迷雾里若隐若现,盯着你,呼唤你……

几乎没有人从莫西纳战役中活下来。

"你和他们做了交易,"格尔断然开口,"他们让你活了下来——但要付出代价……"他冷酷地笑了笑,把枪抵着戴夫林的脸,继续问道:"你向莫西纳的老东西献祭了多少人?"

戴夫林·弗·芬加在他身下颤抖,唾沫星子从他的嘴里飞出:"不不不不不,"他开口,很难分辨他是在恳求还是道歉,"我从没……我没有……"

剑之书

"因此，你想想，当一只细腰蜂在酒吧找到我，说他正在找一个有着四根手指的小偷时，我有多惊讶。有趣的是，这个描述一下子牢牢地钉在了我的脑海中。因此，我想我可以接下这份工作。有朋友是件好事，对不对，戴夫林？那些以前的老朋友。我想，我的老朋友戴夫林·弗·芬加，这些年其实都还活着？"

"格尔，不是——"

"我唯一不明白的是，"格尔继续说，"你到底偷了哪个紧屁股商人的东西。他对细节的描述却出奇地含糊不清。我只想问，如果那东西还有价值……我或许不会那么缓慢地杀死你。"

药瘾发作，他的手突然开始颤抖。即使他想努力掩饰，但戴夫林那双又小又尖利的眼睛还是注意到了——他突然咧开嘴，笑了起来。

"他从没说过，对不对？"戴夫林那口烂牙吸走了房间里的微弱光芒，"那么来吧，我给你看看。我会……权当看在老天爷的分上，格尔。"

格尔的手指扣紧扳机，但他无法开枪。欲望席卷了他的身体，最终，他不情不愿地放了戴夫林一马，后者像老鼠一样敏捷地起身。

"来吧，"他说，"来吧。"

第二扇门比第一扇门更加坚固，把已成废墟的神庙的前厅与主体分开了。戴夫林从皮带上挑了一把生锈的金属钥匙，打开了门。门那边的黑暗更胜一筹。

格尔在门口犹豫了——

但他能感到它的存在。

它在空气中坚实又厚重地存在着，丰富、诱人、浓郁的香气几乎令人窒息。

几乎令人窒息。

但还不足以让人窒息。

洗礼。信仰。你想怎么叫就怎么叫。

女神莎林和女神莎尔赐予他的诅咒。

戴夫林急忙走进黑暗,沿着墙壁的小蜡烛被一一点燃,光明得以重生。

昏暗的光线里,格尔发现自己并不孤单。

这是一间很大的屋子,男人和女人躺在地上,奄奄一息。只有那微微起伏的胸膛表明他们仍然活着,仍与生命保持着一丝微弱的联系。他能在空气中尝到属于神灵的魔法,敏锐地感到两个世界之间那层薄薄的边界正在延伸,就在这里……

他曾穿过这层边界,然后再也没有真正地回来。

"你都做了什么?"格尔问——但即使如此,他一开口就几乎知道了问题的答案。

"来吧,来吧,来吧,来吧!"戴夫林开口道,他的笑容近乎疯狂,双眼在脸上疯狂起舞,"它在等待,它已经准备好了,它就在不远处!"

他牵起格尔的手。枪手跟着他,无法反抗。他们走着,走着,深入房间,穿过那些沉睡的人们。戴夫林把一只手指放到嘴边,夸张地警告他要保持安静。沉睡者的呻吟此起彼伏,其中一个女人抬起头,盯着他们:"是时候了么,戴夫林?现在是时候了么?"

"还没到你,加米·钢!"戴夫林咯咯直笑,"加米,加米,丑陋的加米,你的时候还没到呢。"

"我有钱——"女人开口,又继续说,"我……我还能弄到钱,我还能弄到更多的钱。"

"那就去弄。"

戴夫林无视女人,继续带着格尔往前走,女人一直盯着他们,随着一声叹息,她又躺了回去。格尔能听见她压抑的啜泣声。

他们来到大厅的尽头,戴夫林放开格尔的手,跪了下去,面对墙壁点燃了一圈围成半圆的蜡烛,蜡烛一一被点燃,而被困在烛光里的，是一位神灵。

它被钢链锁在墙上，赤身裸体，有着男人的性别和女人的胸部。神灵的双眼是两颗黑色的球体，嘴唇丰满却有瘀伤，湿漉漉地闪着光。躯体上没有毛发，下体小而干瘪。汗水从神灵的身上流下，闪闪发光，和诸神之尘一样细腻。

诸神之尘。

格尔跪在神灵前。戴夫林把手放在格尔的头顶，然后轻抚着。格尔盯着被俘虏的神，神也盯着他，眼神如同无底的空洞……

"比诸神之尘更好，"戴夫林低语，"你想知道我偷了什么，格尔？我只拿了本就承诺要给我的东西！你喜欢么，格尔？我能看见你身上的印记，我能尝到你需要什么，老朋友，我能尝到你的渴望！你想要么？"

"要！"格尔回答，"我想要！"

"那么，黑色之吻是你的了，格利尔斯的格尔，任你索取。"

他再也无法完全感知戴夫林的存在。世界与半圆形的烛光形成鲜明的对比。格尔闻到了神灵的气味，闻到了诸神之尘那种腐臭、甜腻的压倒性气味。他知道他想要它，需要它，比对任何东西的渴望都强烈。他跪倒在地，用四肢慢慢爬向神灵。如果烛火伤到了他，如果烛火灼烧了他的血肉，他不知道，也不会在乎。被锁住的神灵在镣铐中剧烈挣扎，但格尔很快就抓住了它。朦胧中，格尔感到有其他人往这儿来，感到了他们加入的渴望，他爬到赤裸的神灵面前，向他献出双唇。

第一口总是最好的。

光芒闪烁，意识闪烁。格尔在世界的边缘消逝又闪现。很少有这么好的感觉，有这么……直接。即便是失去家园、即使是骄傲的格利尔斯被征服的痛苦——背叛、伤痛、恐惧——也都消失不见了，所剩的唯有幸福。

闪烁的图像彼此断开又连接。奇怪的感觉。神灵口中的酸甜味……是鲜血的味道，巫术的味道。

他仿佛感觉到了一双手——戴夫林的双手？——穿过他的衣服，解开了他身上的那些非必需品——钱币和手枪。一声轻笑凑近他的耳朵，炽热的腐烂气息随之而来。那是一声低语："只有第一口是免费的……"

这些都不重要。他的嘴唇紧紧贴在神灵的嘴唇之上。

什么都不重要了，除了黑色之吻，除了神灵那可怕的吻。

他不知道自己后来躺了多久。时间不重要，没有什么是重要的。黑暗的厅堂就是天堂，是这个世界的人们所能希冀的唯一一种天堂。他所躺着的肮脏床垫就是他的故乡，甚至比消失的格利尔斯更加宏伟。他不需要钱，不需要枪，不需要知识，也不需要渴望。所有的这一切都在他们应当待着的地方，都在这里，都在这个有着赤裸神灵的厅堂。

赤裸的神灵……被束缚的神灵……它到底是从什么样黑暗的地方升起，爬出了什么样原始的沼泽，并将弗·芬加收为门徒和先知？这个问题对格尔毫不重要——所有的问题都不重要。他什么都不需要，也什么都不是了。

因此，他只是在朦胧间，终于感觉到有人正在迷失的躯体间移动，他听见叫喊的声音，听见一声大笑，然后又是脚步声，继而有一只手伸进来，用力把他摇醒。

遥远的地方传来声音："你这个蠢货。"

格尔咧嘴一笑——或者只是试着这么笑。那只手开始扇他耳光，一下，两下。

格尔试图回击，但抬不起手。

那个声音说道："戴夫林，如果他死了，你就是下一个。"

"他还活着！还活着！"一个听上去很烦躁的声音重复着，"死人对我毫无用处，对任何人都毫无用处，但诸神却在帷幕之外……"

"诸神，"另一个声音说，"少给我扯什么诸神，还有那些瘾君子。"

"你不会——你不会伤害他的，对吗？"那个油嘴滑舌的声音——弗·芬格的声音说道。

"伤害格尔？"

"我是说我的神灵。"戴夫林回答，"让格尔和他的同伴见鬼去吧。"

"注意你的言辞，小个子。现在，把他拎起来，让他清醒清醒。我需要他。"

"除了嗑诸神之尘，他什么都不会。"

"那就把诸神之尘拿来。要快，我已经没有耐心了。"

有好几只手在用力拉格尔，把他扶起来。他试着与之相抗，但黑色之吻再次席卷了他，他的挣扎很快随之平息。

"他需要睡觉才能摆脱这种状态。至于诸神之尘——"

"接下来的钱我付。"

"为什么你不一开始就说这个？"

"你只管让他准备好，不然就等着再丢一根手指头。"

黑暗，光明，有人在扛着他。巫术的恶臭渐渐消退。冷水冲洗着他，让他开始哭泣。有人在擦洗他的身体，动作不算轻柔，然后又继续用冷水泼他。

接着是某种柔软的东西。一条毛巾。

一个声音说道："把自己擦干。你觉得你能做到么？"

他不是很确定。

这个声音听起来如此耳熟。他尽最大的努力擦干身体，有一双手把他拖起，身下仿佛触到了什么柔软的东西。一张床。这次上面没有蟑螂。

他沉沉睡去。

当他醒来，屋内灯火通明。格尔眨眨眼，泪水从眼中涌出。

"见到你在生者之地醒来，挺好。"一个声音说道。

这是来自他梦境的声音，是一个非常耳熟的声音……

他坐起身，盯着那个坐在他床头的小个子男人。男人回他一个面带讥讽的微笑。他失去了左眼，并用一块普通的皮革贴住。他头发灰白，发间有一道秃痕，那是一道上了年头的旧疤……

他正在抽一根细长的手工雪茄。

格尔开口："毛瑟？"

"难道你在等弗·芬加？"

"我谁都没等。"他向小个子解释。他攥起拳头："你把我从那里拖了出来？"

"我需要你。"他好奇地看着格尔，"你是什么时候……"

格尔摇摇头："是一个游荡的神灵干的。在很远的南边……说来话长。"

毛瑟摇摇头："再见到你真好，格尔。"

"见到你也真好。"格尔摸摸头。他的头很痛,而他的手,他发现自己手上全是咬痕。床虱。

他漫不经心地挠着:"我以为你死了。"

他的朋友只是笑了笑,说:"我听人说你在这附近。"

"怎么回事?"

"弗·芬加想把你的枪卖给我。"

"那个小——"

毛瑟歪了下脑袋比了个手势:"它们都在那里。你现在好点了没,还能用枪么?"

枪都放在床边的桌上,格利尔斯的七芒星在枪柄上闪闪发亮。格尔回答:"我只是……"

"还能用?"

"我需要再歇一会儿。"

他们陷入沉默。毛瑟的笑容消失了。他抽了一口雪茄,让烟雾在口腔里盘桓,蓝色的烟雾笼罩了他的面庞。

他说:"或许,你终究对我毫无益处。"

"去你的。"格尔回敬。他站起来,伸手拿枪。毛瑟没有动。格尔拿起枪,开始一一检查。毛瑟抽着烟看着他。当格尔对枪支的状态满意后,他穿好衣服,刮掉胡子,伸了个懒腰。他不觉得自己的胃能吃下任何东西……但他还是试了试。当他转身面对毛瑟,小个子已经抽完了雪茄,手里拿着一个包好的纸包。他把纸包丢给格尔。

格尔接过纸包,小心翼翼地打开,拿起一撮诸神之尘。他把诸神之尘放在鼻子下,深吸一口,微笑起来。

"是什么活?"他问道。

"那儿真没什么。"毛瑟开口。他和格尔站在破败的神庙前,戴夫林·弗·芬加四肢跪在泥地里，格尔的枪口正狠狠压在他的额头上。

"求你了，格尔……这不过是个严重的错误！"

格尔更加用力地把枪口压在他泛绿的皮肤上。"我听着呢。"他对毛瑟说。

"拿了就跑，你知道抢劫是什么样的。"

"啊哈。目标是什么？"

"格尔，求你了，放我走吧。莫西纳发生的事情不是我的错！"

"闭嘴。"格尔继续，"毛瑟？"

"一幅圣像，就这么简单。看起来，你打算结果他，还是怎么样？"

"还没想好。"

"他可能还有点用。"毛瑟沉吟。

"一个只有四根指头的小偷可没什么用。"

"他还能拿枪，格尔。你只需要一根手指就能扣动扳机了。"

"所以，是个苦差事。"

"不然你以为呢？"

格尔嚼了嚼雪茄。

"一幅宗教圣像？"他问道。

"你还知道别的圣像么？"

"那这幅圣像到底在哪里？"

"在神庙里，格尔。"毛瑟开口，"圣像不都是在神庙里么？"

"我知道了，知道了。"格尔说道。他嚼了嚼雪茄，然后随意反手用枪托敲了敲戴夫林的脑袋。后者抱着头倒在地上，愤恨地盯着枪口。

"噢，起来。"格尔告诉他，"我不打算杀你……至少在今天。"

男人慢慢地站起来，用手指擦去血迹，然后用嘴吸掉鲜血。格尔恶心地移开目光，戴夫林则咯咯直笑。

"你不打算杀我？"他问。

"嘿，今天是你的幸运日。"毛瑟开口。

"你需要我，是不是？"

格尔耸耸肩："那这座神庙在哪里呢？"

"听过落瀑城么？"

"不，不，"戴夫林开口，他把脑袋从右摇到左，从左摇到右，开始朝后退，"不不不不不。我才不要去，没有——"

这回毛瑟把枪指在了他脸上，格尔吐出雪茄，看着他，露出微笑。

"这份活你是干，"他问道，"还是不干？"

他的枪稳稳地指着戴夫林的脸，这就是他们需要的回答。

他们当天就骑着坐骑离开了那片荒地。他们把濒死的神灵留在那里，神灵的信徒拥簇着它，哺育着它。谁知道呢，格尔想。或许神灵会因为信徒的需要苦壮成长，或许它会长大，而不是消逝，再过几年，一种新的宗教将在这片孤独之地诞生。

更奇怪的事情发生了。

虽然戴夫林一直在痛苦地抱怨他损失了多少财产，又失去了多少潜在收入。

他们曾在遥远的罗曼戈的土地上，在命运多舛的莫西纳战役中并肩作战。彼时格尔还年轻，才刚刚从下基德隆离开。他询问诸多雇佣兵团，希望能成为其中一员，这些雇佣兵团一个比一个野蛮，一个比一个不守规矩。他们都是一群年轻的嗜血杀手：格尔、半梅格吉拉、杰里科·穆恩，还有戴夫林·弗·芬加。

但是，尽管他们就和自己想象的一样难对付，但没有东西能让他们去应付莫西纳的沼泽。

……在那里，迷雾的卷须在空气中无所不在。

……在那里，各种景观不断在他们周围移动。

……在那里，人们就这样……消失了。

你不能和不存在的东西战斗。他们脱离了大部队，越来越深入这些老东西的领地。

……他永远不知道，那些在噩梦沼泽里不断侵袭的东西到底是什么。他只能记得，迷雾里突然升起一圈刻着图腾的圆柱，那些刻出来的骇人脸庞俯视着他们，盯着他们，那些眼睛都活着，闪闪发光……他们的嘴巴则是锋利残忍的切口，深深地凿在木头之中。

一旦他们抓住你……

便再无脱身之地。受害者的尖叫撕裂浓雾，撕裂着笼罩此地的永恒暮色，持续数小时之久，贯穿他们缓慢又可怖的牺牲。

这就是他记得的大部分东西。那些永无止境的尖叫声回荡在沼泽。

只有一个人逃了出来。

戴夫林逃了出来。

而他甚至连一根手指都没掉。

只是，之后他们才意识到这个小偷和老东西们达成了什么可怕的交易，他是如何用同伴的性命，换取了自己的自由。

卑鄙之人、小偷、背叛者。格尔想杀了他。但毛瑟是对的：此人或许能派上用场。

他们骑马远离了那片荒芜之所，穿过死亡之地，朝着前方的肥沃土地行进。

格尔不是傻瓜。他知道自己是什么时候像傻子一样被出卖的。但他欠毛瑟人情，正如毛瑟也欠他的一样，而且此前毛瑟还是特地来找他……事实上，他也好奇。他听说过他们要去的那个地方。

落瀑城。

他们早就听闻过落瀑城的大名。

这座城市的名字来源于塔什高原的大瀑布。塔什高原坐落在死亡之地与祖尔瓦尔山脉之间，分别与两地接壤。祖尔瓦尔山脉曾是两个孪生古老种族的葬身之处：让祖尔和瓦尔全军覆没的战争就发生于此。山脉的冰雪融水滋育了尼瑞安河。绵延宽阔而又庄严的尼瑞安河不紧不慢蜿蜒千里，流淌至陡峭的岩石，接着毫无征兆地急转直下，跌落千里撞入圣池。自然，圣池可不是一个小池塘，它有小一点的湖泊那么宽。从圣池开始，水流变得更加轻缓，在圣池远处汇入精心设计的一系列运河、水道，再通过完美设计的水闸系统。河中分出众多岛屿，堤坝和小岛便组成了落瀑城。

山边是一条草草凿成的小径，弯弯曲曲，一个急转后便开始往塔什高原攀升，任何一位落瀑城的居民大限将至时，都能沿着小径穿过山脉来到瀑布顶端。那是一条漫长、曲折又险峻的小路，但它却一直留有人迹。这条小路被称为升天之路。

天朗气清，一只翠鸟飞向了天空。走近落瀑城，你会发现这里的水是惊心动魄的蓝，湖边错落有致的城市则是生机勃勃的绿。到处都盛开着五彩斑斓的花，它们的香味如同香水一样弥漫在空气中。那里的房屋整洁，是用木头搭建的，孩子们在桥上欢乐地奔跑。

几乎从所有角度看，这都是一个和平安宁的田园风景。可是，河里却漂浮着宁静、安详，保存近乎完美的尸体，格尔能觉察到它们只受到了一点点轻微的损伤。

但那也是之后的事情了。

天刚破晓，他们便接近了落瀑城。一天前，他们骑到毛瑟的秘密据点，格尔在那里找到些衣服，甚至能让格尔惊讶的一堆武器，还有一个小小的、华丽的，漆着"传奇哑剧"的四轮马车。

马车边还有一头驴子。

格尔盯着驴子，然后又盯着毛瑟。

"这些都是巧合？"

"出钱的人自然要准备好这些。"

"但是是谁出的钱？"

毛瑟耸耸肩。"这重要么？主顾就是主顾。"

"我不太喜欢这份工作的性质。"格尔回答。毛瑟咧嘴一笑，塞给他一包纸。格尔打开纸包，盯着那些粉末……

"再说了，"毛瑟开口，"这可是一座古老的城市，这些地基可以追溯到……谁知道这里埋藏了什么不可思议的学问？或许，他们知道你的故土……"

这是诱饵，格尔知道这就是诱饵，毛瑟也知道，当然，弗·芬加也是明白人。

但此言不虚。

格尔拈起一小撮粉末，只要一点点，就足以安抚那种渴望。"好吧，"他开口，"但马车怎么办？没人会相信我们是什么好人，更不会没注意到那些武器。"

"这个照样包在我身上。"毛瑟回答。格尔怀疑地盯着他，毛瑟则将手伸进一个树皮颜色的暗袋里，掏出三个护身符。他把一个护身符递给了戴夫林，一个递给了格尔，一个自己留着。

格尔盯着护身符。护身符由一块温暖的金属制成，摸上去很轻，上面杂乱地刻着圆圈和线条，似乎是某种咒语，如果他能读懂这些图案的含义……

他当然知道这是什么，它充满了巫术的臭味。

"这东西只能用一次，"毛瑟近乎抱歉地告诉他，"但要让我们过去已经足矣。只是，别在我们靠近落瀑城前戴上。"

"那这个东西能……?"

毛瑟耸耸肩,"如果你不想干,"他说道,"现在退出还不晚。"

"可没了我,你们怎么办?"

"没有人不可替代,格尔。"

他们盯着彼此,但再也没有问:否则后果如何。

翌日清晨,三个不起眼的哑剧演员坐着艳俗的漆画马车,穿过落瀑城前的平原。拉着马车的是一头又小又有耐心的驴子。他们没什么好看的,不过是三个饱经风霜的戏子,在被生活击垮前,去道上谋生。其中一个戏子还少了根指头。他们沉默地骑行着,在到达城市前便听见了城市的声响——那是永不停歇的瀑布发出的声响,巨大的水飞流直下,落入底下的深潭中。

落瀑城上总是有数道彩虹。不断飞溅在空气中的水滴让阳光折射出令人愉悦的色彩,到了晚上,人们则会看到月光照耀水雾,发出银色的光彩。

要想进城,人们必须穿过最大的那条运河。这条运河也是落瀑城的护城河,有效地防止了外敌的入侵。格尔就是在那儿第一次见到了水中的尸体。那些尸体浮在水面,睁着双眼,神态安详。他们的鼻子压着水面,仿佛随时会死而复生。但他们的皮肤已经变得苍白甚至近乎透明,可他们所处的水深却从未变化,尽管他们被水流推着……就像现在这样。

"圣池。"戴夫林低语着,战栗着。

"闭嘴,蠢货!"

格尔的手搭在枪托上。他希望魔法一切如常,能把这些枪藏住。

守卫伫立在唯一一扇城门前,拦住进城的唯一一座桥。这些守卫都是些伊博雇佣兵,形如巨大的甲虫,巨大的头盔仿若头颅。他们的头盔并不透明，亮得像被抛了光的黑石。守卫端着步枪。

"站住。"

哑剧演员乖乖定住。

"来这儿做什么？"

"我们不过是一群卑微的戏子，希望将我们卑微的把戏……"

"演一场。"

"什么？"

"我说，演一场！"

接下来的五分钟是格尔一生中最糟的时候。这意味着，他、毛瑟和戴夫林，要开始蹦蹦跳跳，然后假装自己被困在了看不见的玻璃罐之中，爬着看不见的梯子，又走下看不见的台阶，一句话都不能讲。他们演得糟透了。每一刻，格尔都希望他们的计谋被看穿，然后他好给这个伊博士兵致命的一枪。伊博可不是格尔愿意纠缠的种族，起码，若不是背水一战，他才不会惹他们。

可是，当他们结束表演后，却响起了一阵短暂的类似于释放毒气的嘘声，对伊博士兵而言，这意味着他们都热烈地鼓了掌。

"你们可以走了。但是，警告你们，这里没多少人喜欢看哑剧。"

"而且房租大起大落。"他的守卫同伴补充道。

"要是问我的话，你们最好去低地吸引观众，"第三个守卫说，"此外，你们得小心，别听见'召唤'。"

守卫的同伴转过戴着黑色头盔的脑袋，看着第三个守卫，后者悄悄地躲开，或者说，用伊博的方式偷偷溜掉。三个哑剧演员谦卑地向守卫致谢，然后骑行通过大开的城门，穿过长桥，进入城市……

如今格尔听见了。他意识到自己听见这声音已经有些时候了，当他们靠近城市时，他听到过这种声响，如今，这种声音更为清晰。

那是一种模糊的水晶钟声……

那一点点召唤的声音，就悬在耳畔。

剑之书

一旦他们进了城,护身符的力量便开始消逝。三位潜伏的窃贼发现了一座摇摇欲坠的旅店,旅店位于两条小运河交汇的小洲上,他们在那检查武器,毛瑟也将整个计划的大概行程告诉了他们。

格尔是何时以及如何遇见毛瑟的,这是一个漫长且不怎么有趣的故事,这可要追溯到不幸的克拉格恶魔牧师的事件。毋需多言,他们都差点丢了小命,而毛瑟还有了一块整洁的小伤疤供他炫耀。格尔永远无法确定毛瑟是哪里人。毛瑟有一张罕见的白色面孔,那是一种住在拜亚斯被白雪覆盖的高山中的野蛮人才有的特征。格尔信任他——尽管格尔自称他信任所有人。但他一点都不信任戴夫林,不过,戴夫林本身那种不为人信任的特质,反而成了这个男人品质的一种保证。

这座城市有些……古怪。

城市干净整洁,繁荣有序,在这个暴力的世界中宛如一方小小的、和平的避风港。

他们走得很慢,因此在去旅馆的路上,格尔有机会仔细观察运河中的尸体。

水中的尸体来自许多种族。有人类、有魔鸟、有梅格吉拉、有伊博,还有数不胜数的其他种族。谁知道,他们都从哪里来,在这里漂了多久,保存完美,浮在水面,又随着圣池流出的冷水一同漂荡?

甚至就在观察的同时,他见到一具新的尸体从上游漂来,进入错综复杂的运河系统,直到漂到某处才停下,就此浮在水面。而且,他的耳畔总是响着微弱的钟声,那是一种默然的笑声,一个邀请的信号……

就在格尔检查尸体时,他看见一个女人在购物时停了下来,扔掉了包,站在原地,呆若木鸡。她的孩子就站在她身旁,那是一个小姑娘。女人的脸上充满了安详而幸福的微笑,仿佛受到了祝福,然后她开始走动,也不买东西,也不管孩子了。那个小姑娘开始跟着母亲跑,但女人却毫不在意,一名店主和一个有着和善面孔的卖花人拉住女孩,不让她跟着,笨拙地尝试着安慰她。

可母亲却走了。

计划很简单。

在落瀑城,只有一位神灵。

落瀑城的神灵有着诸多小小神庙,这些神庙星罗棋布,分布在城中,还有一座主寺——大神殿。大神殿占据了上游的一整座小岛。通往落瀑崖的小路与大神殿相距不远,小路从神殿边经过,继而再度分开,蜿蜒甚远,最终到达高原。

大神殿并没有严密的守卫,毕竟,谁敢去落瀑城的神祇的领地渎神?

"圣像在大神殿里,"毛瑟告诉他们,"是一幅不大的、蓝色的、没有固定形体的圣像,有些模糊,依稀有人的形状。圣像由冰七制成。有人说,神灵的灵魂就蕴藏其中。还有人说这不过是一种艺术的表现方式。我们采取的是第一种假设。我们要做的,就是进入神殿,拿走圣像,而最终的目的是——"

"弑神。"戴夫林边说边使了一个不怀好意的眼色。

格尔盯着他们俩,看着戴夫林丑陋的笑容和毛瑟坚定的神色。

"弑神?"

"得了吧,格尔。这又不是你杀的第一个神祇。事实上,你是唯一一个有资格弑神的人。"

"这就是你们拉我下水的原因?"

"不然你还想怎样?难道我们耽搁了你什么十万火急的约会?"

格尔点起一支雪茄,盯着他们。他开始想知道,那个一开始雇佣他的神秘的细腰蜂商人到底是谁，还有，在此之后，毛瑟到底是怎么找到自己的……

但毛瑟说得对，工作就是工作，再说了，格尔到此也有他自己的理由。因此，他点点头，看起来足够和颜悦色，开口说道："我要四处看看。你俩别惹什么麻烦。"

"我想，麻烦的部分还在后面。"毛瑟开口，戴夫林则肆无忌惮大声吸着一口潮湿的绿牙，不怀好意地看着格尔。格尔把他俩丢在那里，开始检查、清理自己的武器。

他当然知道落瀑城神祇的事情。

格尔才不是傻瓜，而落瀑城声名远扬，无人不晓……

如今，他沿着升天之路行走。一开始，这条路还铺着石板，他沿着城中大道，穿过一座座小桥，沿着路往前走。人们盯着他，但什么都没有说。就在那时，他看见了大神殿，那是一座高大、雄伟、由美丽的白石堆砌而成的神庙。他绕过庙宇，很快就来到第一个斜坡，城市在斜坡前戛然而止，而真正的升天之路从这里才正式开始。

道路深深地嵌入岩石，路途陡峭，急剧攀升。小小的鹅卵石在脚下翻滚。沿着小径，只能慢慢地、艰难地向上爬升，但一路上都有岩石雕成的小壁龛，供人驻足休憩。格尔一点都不着急，他很享受攀爬的过程，上面的空气更加凉爽。只要一回头，他就能俯瞰落瀑城和远处的一切，看见广阔的平原深入死亡之地，更远处，则是黑岩的所在。

他想起釜。在过去的每一天，他都会想起釜。

他一路攀爬，几乎没有见到其他人。他路过一个行人，他惊讶地发现正是早些时候见到的那个女人。她正躺在一个壁龛里休息，脸上带着喜悦和空洞的神情。她似乎没有看到他，格尔有些心神不宁地继续赶路。

召唤……不。

是召唤。

如今他听得更清楚了。随着道路蜿蜒向上，向上，再向上，他能听见瀑布发出雷鸣般的轰响，感到那瀑布溅出的飞沫落在脸上，双目能够看见爆炸般的数道耀眼的彩虹，让他眩晕。"来吧，来吧！"召唤如此说道，但这声音依旧微弱。它不是在召唤格尔，而是在召唤其他人。格利尔斯的格尔穿过升天之路，终于来到塔什高原，来到尼瑞安河一跃而下的悬崖边。

如今，他一览无遗。他站在落瀑崖上。当尼瑞安河慢腾腾地流到边缘，一堆岩石减缓了水流，让尼瑞安河不情不愿跌落悬崖。当河水跃过崖壁，它们就成了一道有着雷鸣般轰响的大瀑布。再往下，他看见河水撞入圣池，升腾起阵阵水雾。

他在那里驻足了很久很久。

当那女人终于来到落瀑崖，她看起来和此前一样安详幸福。虽然这一路肯定让她的肉体疲惫不堪，但她的举止风度却没有丝毫变化。她只是在那里站了很久，朝着虚空微笑，那是一个神秘的微笑。她似乎完全没意识到格尔就在这里，或者只是对此无动于衷。然后，她又上前一步，继续上前，直到格尔不得不大吼着要她小心，因为她正朝着陡峭的悬崖走去。但女人却无视了他，仿佛格尔根本不存在，当他上前想阻止她，女人不过耸耸肩让他走——她没有生气，仿佛只不过是在摆脱一个小小的干扰。

来吧，来吧！

有那么一瞬，召唤如此清晰，淹没了格尔的感知。太迟了。他看见女人走上岩石的边缘，继而又向前一步——然后，就像这样，她不见了。

剑之书

    他爬到岩石边缘,凝视着瀑布下方的光景。他看见她跌了下去。她跌落在空中的样子毫无优雅可言,直到瀑布将她纳入怀中,水流把她吞没。接着,她在格尔的视线中消失不见。

    格尔在落瀑崖驻立了很久,他的思绪开始混乱,但他没有闲着。当他做完了必要之事,便沿路而下,回到旅馆。两个同伴都在旅馆等他。彼时,天色已黑。星辰冰冷如常地照耀大地,空气中弥漫着黑色之吻的恶臭。他意识到,自打进了城起,他就不需要吸诸神之尘了。这一切都和他们有关,就像水一样自然,像水一样无处不在。

    他也意识到,这里的所有人,都和他一样,是黑色之吻的奴隶。

    当落瀑城开始兴起,当第一个人从落瀑崖一跃而下,没有人知道。当落瀑城开始兴旺,落瀑城的神祇随之壮大。当落瀑城变得繁荣,落瀑城的神祇也随之富饶强大。他们互相依存,彼此为养。

    而如今,有人想弑神。

    格尔回来时,毛瑟和戴夫林已经准备就绪。没必要再做什么动员,三人皆全副武装。

    他们轻轻地走出门,只有一只稍纵即逝的白鹭,看见他们融入了夜色。

---

    后来,当格尔在奔跑时,戴夫林躺在运河岸边,被枪打得半个脑袋流了一地,而毛瑟四肢跪在地上、试着从靠近他们的水语者们的边上爬开,依然没有人看到格尔。落瀑城的好人家都知道什么时候该关上门,什么时候该放下百叶窗对窗外的东西视而不见,整个城市都在月光下静默着、沉睡着。

    这个事情从一开始就注定失败。连城市的空气都在低语,说整个事情愚蠢至极。

    尽管如此,他们还是进了城。

跨过小桥,来到错综复杂的神庙群。

在那里,一缕微风带来熏香的气息,他们能听见祭司的吟唱……

在那里,鸭群和鹅群聚在运河中,聚在尸体漂浮的地方。

深入神殿,寻找圣所……

一个正在给百合花浇水的无辜学徒吓到了他们,毛瑟冲她开了一枪,爆炸声响彻整个小岛……

戴夫林又朝两个新出现的学徒开了枪,这两个学徒还眨着眼,显然刚刚还在睡觉,想来看看到底发生了什么……

如毛瑟所言,蓝色的圣像就在那里。

那是一个又小、又没有固定形体的模糊人形,看起来似乎是一个瀑布。

三人为神像做了……

水语者们就在那时出现了。他们是落瀑城神祇的祭司,穿着飘逸的白色长袍,头上别着水生花。他们眼神空洞,举止如一,手中握着寒冰铸成的刀剑。

他们同时开口,仿佛只有一个人在说话,他们说:"你们不可盗窃。"

"去你的。"戴夫林说完,开枪了。冰刃和谐地移动着,将子弹避开。戴夫林愤怒地尖叫,从背后拿过霰弹枪,开始射击。一次,两次,直到他打中一个水语者的内脏。那个水语者瘫倒在地,但他的嘴唇仍在一张一合,和他的同伴一起说着:"你们不可盗窃。"

格尔和毛瑟分头行动,就在此时,格尔看见了许多尸体。他们从水中出现,爬出潮湿的运河。一开始只有一个,后来一个接着一个。人类、伊博、两个梅格吉拉,还有一只正在把水珠从她羽毛上抖下来的魔鸟。它们都是水中保存完美的尸体,如今,它们睁开眼,某种力量赐予他们生命,他们将手伸进运河,拿出由冰铸成的锋利刀剑,朝他们三人行进。

"你带剑了么?"戴夫林尖叫着,"剑对枪,能讨到什么好处?"

格尔开火了。他干净利落,有条不紊,毫无感情地开枪射击。这是一种科学的屠杀方式,重要的是伤亡数量,而不是溅出的鲜血多少。水中的生物一定也曾活过,但如今它们皆是死物,不过是群尸首。格尔开枪,不是为了杀死它们,而是为了将它们毁灭,在头骨、膝盖和手指骨的地方造成损伤,通过射击让它们无法行动,如有可能,则彻底将它们歼灭。他很擅长自己正在做的事情。他必须如此,方能存活至今。或许,他不是最好的枪手:这个世界充满了传奇枪手,比如来自上基德隆的六枪瑟密尔、杀死海蛇奥格的无敌盛奕,又或是喜欢收集敌人脑袋的法师德·弗里根米尔克,传言说,在他失踪的日子里,他收集的敌人脑袋堆起来比一座山还高,但他们不过是传说,是在篝火边用低沉的声音讲出来的故事。他们来自遥远的过去,但格尔却活在当下。在他看来,他就是最好的枪手,在被人设法射杀前——如果他们能成功的话,他将一直是最好的枪手。他才不会给他们下手的机会。

三人不停从身边的袋子里拿出更多的枪支。但涌上来的尸体却越来越多,它们的冰刃在月光下闪着寒光,当一具尸体冲来差点削了戴夫林的胳膊时,后者大声哭喊。格尔也被推了回来,回到他们当初来的地方,而毛瑟则面色平静地不停开枪,那神情,仿佛是一个纸牌玩家正在计算自己的胜率。

几乎没有多少鲜血。那些从水中爬上来的东西在水里泡得太久了,格尔想。如果它们的血管里还有东西,也是某种紫色的液体,当这些液体流出,它们就会凝固,然后试图滑回运河。

"我们没法一直撑住它们!"毛瑟吼道。与此同时,水语者们正在吟唱,他们的嘴唇一同开合,在他们和水语者之间,横亘着从运河里爬上来的尸体。

"掩护我!"格尔喊道,然后他开始奔跑,他两边的尸体随着戴夫林和毛瑟的枪响，纷纷炸开。格尔在紫色的腐液中滑行，他的惯性让他一直向前，直到他从一只伊博身上弹起，流畅地穿过尸体，来到水语者们面前，拉出两把枪。有那么一瞬，他看向水语者的眼睛。但他很难说清自己看到了什么。

他扣下了两只扳机。

随着水语者们倒下，猛烈的进攻突然停止。那些残存的尸首没有倒下，它们保持着站立的姿势，在月光下一动不动，显得怪诞可怕。三人你看看我，我看看你，枪声依旧在他们耳中回荡。

接着，他们行动如一：朝着被他们的敌人遗忘的战利品冲去。

格尔第一个到。他在毛瑟前抢过了蓝色的神像。

当他回过头，戴夫林举着枪指着他们，露出丑陋的笑容："是时候解决问题了。"他说道。

毛瑟开了枪，但戴夫林动作比他快，毛瑟受了伤，朝后仰去。另一枪没打中格尔。格尔在毛瑟之后动了手，这次，他避开了本来要打中他的那枪。戴夫林的笑容消失了，而格尔的笑容却愈发灿烂，格尔开了枪。

戴夫林的身体朝后倒去，倒在运河的岸边。他的头骨被炸得粉碎，脑浆慢慢淌入水中。

格尔愉悦了一小会儿，因为头一份杀人的工作总算了结了。

"格尔……"毛瑟开口，他还活着。那枪在他的肚子上打出一个丑陋的伤痕，他正试着把自己的肠子塞进去，"帮我……"

格尔拿起圣像，问道："你准备怎么毁了它？"

"我不……知道。他说……"

"谁买通了你，毛瑟？谁雇了你？"

"这……重要么?"

"对我来说很重要。"

"是他!就是那个黑岩的法师!那个摧毁珐琅城、杀死索仑的法师……他说,你……"

冰冷的怒火在格尔体内燃烧。"釜?"他问道,"是釜派你来的?"

"格尔,求你了……"

就在此时,被格尔击中的水语者们重新站了起来。他们用破碎的眼睛看着格尔,所有水里的尸体也重新回来了,行动一致,将注意力转向格尔和毛瑟——一个还活着,一个正在死去。

然后,水语者们发话了。

他们说:"格利尔斯的格尔。"

毛瑟在喊:"救我!"

那些残存的尸首往前一步,又一步。

"我们知道你,格利尔斯的格尔。来吧,就是现在,来吧!"

"救我!格尔,求你了!"

格尔转身就跑。

他漫无目的地奔跑,但终点总是在那里等着他。没人跟踪,几乎没人见他跑过。但他的双脚却无情地不断抬起,而他脑中的声音也越来越响,直到变成一场汹涌的风暴,那个声音说:来吧,来到我身边……来吧!

它知道他的名字。在他手中,那尊蓝色的圣像一动不动。格尔的双脚不听使唤。他感到有种宁静降临在他身上,他的脸庞变成某种安详幸福的神色。他来到升天之路,开始攀爬。

上次遇见格利尔斯来的人,已经是几百年前的事了……那个声音说道。

"你知道格利尔斯?"

他的嘴唇动了动,但是否发出声音,这并不重要。现在是夜晚,他正独自攀爬升天之路。在他身后,戴夫林已经死了,毛瑟奄奄一息。又是一个以烂摊子结尾的活计。但对格尔来说这些都不重要。

很多人听说过格利尔斯,但没有人亲眼所见,格利尔斯……他头脑中的声音说。你还在寻找它,对么?

"一直如此。"

但如今,你必须安息,格尔。放弃你的所需,放弃你的所求,我就是你要的一切。

"不!"他的嘴唇在抗拒,他的双腿却遵循着神灵的旨意,"告诉我。告诉我怎样才能找到我的家。"

或早或晚,一切终将结束,格利尔斯的格尔。所有的帝国都是过眼云烟。

"包括你的帝国?"

神灵没有被他的反驳取悦。

格尔爬呀爬,爬呀爬。肉体攀升的劳累对他并不重要,如今,他正完完全全在黑色之吻的笼罩下,他身上的每一根纤维都感到幸福,他也很幸福,如同最幸福的人那样幸福。

但他依旧在抗拒,依旧在与神灵那阴险的黑色之吻搏斗。可是,他的双脚却让他不断前行,无情地迈出一步又一步。

直到他发现自己再一次站在落瀑崖之上。

瀑布在不远处发出雷鸣般的轰响。月光的虹彩在不断上升的水汽中闪闪发亮。

来到我身边,格利尔斯的格尔。神灵如是说。来吧!

他无法抗拒召唤。

但他仍在拖延时间。这很好,他想着,他早就为这种可能做好了准备。他忙着摆弄自己早些时候留在落瀑崖的东西,他留下那些东

剑之书

西，就是为了对付这种可能。神灵的声音在他的脑中变得多疑，它说：你在做什么？

格尔没有回答。神灵的召唤变得愈发强大，愈发坚定，直到无法抵抗，无法抗拒。

在某个稍纵即逝的瞬间，格尔想到了无数在他之前来到这里的生命，想到那些用自己的双脚把升天之路上的岩石磨得光滑发亮的生命。如今，他也一样，接着，他迈出最后几步，来到悬崖边，跌进他的毁灭。

你做了什么？神灵在发问。

第一下撞击是最糟的。他在下坠的过程中撞到了咆哮的湍急水流，连身上防护服具都加起来，也让他感到了冲击。接着，绑在他身上甲胄的绳索拉紧，他朝上开了一枪，继而向后跳跃，再次撞击：但随后的回弹开始变慢，直到他终于可以控制自己的下降速度。

你做了什么！神灵在咆哮。

水不断落下，试图把他往下推，往下，往下，再往下，直到进入圣池。岩石击打着他，但格尔却对这种痛苦表示欢迎，并将此化为己用。黑色之吻再也无法控制他。一旦从落瀑崖跌落，神灵的召唤便失去了效果，因此，现在神灵没有力量来奴役格尔。慢慢地、慢慢地，他放下更多绳索，希望绳子撑得住，慢慢下降到崖壁上。

"告诉我。"格尔命令道，"告诉我你所知的格利尔斯的一切。"

那就加入我。成为我的一部分！然后你将知道我所知道的一切。

"不。"

求你了，神祇说，求你了。

他不知道这一路走了多久。瀑布的底端是一片遥远模糊的景象，头顶的悬崖仿佛永无止境地生长。最后，他找到了它。他敲打空气，又接连敲打数次，接着便穿过水幕，进入一个藏在水幕后的山洞。他脱下甲胄，落在干燥的石板上。

他在石板上躺了一会，重重地喘息。

你是来杀我的！那个声音充满了谴责的意味。如今，它听起来充满恐惧。

"把我想知道的告诉我。"

格尔看见，这是一个岩石中的天然洞穴。几千年前，有人探索过这里，人类和伊博的骸髅依旧留在岩壁的壁龛之中。

接着，洞穴变成了某种神庙。远处的墙边栖息着一座祭坛，祭坛上则是一尊简陋的石像。有什么在石像后的黑暗里活动，那是一个雪貂或是水鼠一般的生物，恶毒的眼睛在阴影中盯着格尔，但格尔不以为意。他手中拿着蓝色的圣像。

"告诉我。"他说。

我只能展示给你看。

他的思绪开始闪烁。无数生命从他的脑中匆匆闪过：他看见一个伊博雇佣兵来到悬崖，好奇地第一次向下俯瞰；他看见一只魔鸟从头顶飞过，愉快地高叫着俯冲入水；他看见一支由消失的祖尔人组成的远征队寻找武器路过此地，却听见召唤，成了召唤的牺牲品；住在水中的梅格吉拉沿着尼瑞安河漂流至此，他们本在围猎，直到为时已晚，他们也成了神灵的一部分……

他看见瀑布下的原始村落生长壮大，成为小镇，最终变成城市。死者永远睁着眼睛，栖息在水中。他看见人们从四面八方来到这里，来到这座街头巷尾皆是黑色之吻的城市。他想，这不过是为了幸福所付出的小小代价。时不时总会有人听见召唤，然后他就会沿着升天之路攀缘而上，直到成为神灵的一部分。这不过是一个小小的代价。

你看见了么？加入我！神灵说。

"给我看格利尔斯。"

他如愿以偿。他看见一个小小的人影从死亡之地跋涉而来,格尔认识他,那是一位来自格利尔斯的巫师:他是格尔父亲的仆从,不过是舰队里的一名微不足道的战争术士,宫殿走廊里的又一张面孔。他曾礼貌地朝小格尔——未来的国王——微笑。

他来到此地,在城市里住了一段时间,接着,他听见了召唤,又听从了召唤。

格尔深深地望进了巫师的内心,因为如今这个巫师已经成为了神灵的一部分。他看见了男人内心深处的仇恨和厌恶,看见了这个叛徒对自己的仇恨和厌恶。他看见格利尔斯的巫师们在黑暗的房间齐聚一堂,看见他们谋划皇室的倒台。他看见了儿时的自己,看见父亲被谋杀、母亲无声哭泣,而他自己却被带走了。他看见空空荡荡的王座,看见了层层蛛网,还有发白的骷髅。

"我怎样才能再次找到格利尔斯?"他问鬼魂。

回答他的只有模糊的回响——你永远都无法找到……

一股狂暴的愤怒席卷了格利尔斯的格尔,有一阵子他甚至不知自己身处何处。渐渐地,他的意识清醒过来,神灵虚弱、恐慌、命令的话语,在他耳边一遍又一遍地回响:"你都做了什么?你都做了什么?"

格尔盘腿坐在山洞中,向外望着瀑布。但奇怪的是水流似乎不那么汹涌了。瀑布流速变慢,水帘缓缓分开,神灵的声音近乎哭喊:"你都做了什么?你在杀我!"

但格尔什么都没有做。

在他身边,那尊蓝色的圣像正缓缓融化。

瀑布正在死亡。

随着流水越来越少,格尔可以看到洞外的景象,感受到干净的空气。最后,一切终结,他走到洞穴的边缘,看着圣池。尸体依旧浮在水中，但圣池却不再神圣。他仰头望去，发现再也没有水流落下。

在他身后，在祭坛之后，那些可能是水貂或是水鼠的生物咆哮着，但格尔毫不在乎。他盘腿坐到地上，点起一根雪茄，等待着。

瘦小、纤细的身影在空中摆动，他飘入洞内休憩，靠着一面墙，双手抱臂，抬起头，看着格利尔斯的格尔。

"釜。"格尔开口。

"格尔。"

"是你干的？你从开始就算好了这一切。那个商人是怎么找到我的，毛瑟又是怎么在正确的时间出现在了正确的地方，一切都显得太过顺利。"

"我可以先征求你的意见，但你一定会拒绝。"

"你对我说谎。从一开始，你就总是不说实话。"

魔鸟的脸上闪过痛苦的神情："格尔，我……"

"你要说你爱我？"

"你知道我的感情。"

"但你却利用我。"

"爱不就是这样么？"

黑岩之主看着格尔，格尔则望向别处，这样釜就不会看见他的眼泪。

"这都是为了什么？"

"我需要一个干扰，需要让落瀑城的神祇专注于某个东西。需要某种原始、显而易见又行之有效的东西来分散神祇的注意力。"

"你拿我当诱饵。"

"是。"

"而与此同时，你——"

"我的工程师们完成了他们的工作。我们筑起水坝，拦住尼瑞安河。我的军队为河流挖出了一条新的通道。"

"让瀑布无水可流。"

"是。"

"聪明。"

釜耸耸肩。

"为什么？"格尔问道。

"为什么？"

"对，为什么。"

釜看向格利尔斯的格尔，他的眼中充满痛苦。

"战争将至，"他回答，"敌人甚至会让我感到无助。我一直在努力巩固疆土，以做好准备……格尔，我需要你。我需要你在我身边。帮助我，回到我身边。"

"永远都不可能。"

"难道我道歉得还不够多么？我爱你。"

格尔没有回答。

过了一会儿，那个瘦小纤细的法师飞走了。又过了一段时间，格尔穿上甲胄，系上绳索，沿着崖壁开始漫长又缓慢的攀爬，重新回到了地面。

黑法师的军队在日出时分开进了落瀑城。他们动作安静，井然有序，且没有遭到抵抗。城里的居民麻木又惊讶地看着他们，仿佛刚从一个漫长、愉快又莫名其妙就结束的梦中醒来。格利尔斯的格尔只在出城时被拦了一次，但那些拦他的人一定收到了更高的指令，然后就放他离开。他骑马离去，继续寻找失落的格利尔斯。

城市的高处，在那个曾经名为落瀑崖的地方，黑岩之主俯瞰着被他征服的领地，但他的注意却在别处。

远处，有身影在移动，他们数不胜数，如同阴影般行进，却又不是阴影。他们一排一排地走着，向世界进军。

他看见他们征服了一座座城市，他看见他们烧毁了一座座神庙，他看见他们打败一位位神灵，因为神灵和巫术对这些没有灵魂的生物什么都不是。他不知道他们是什么，他们就像自动的机械一样移动，这是一种他从未知晓的巫术。某种古老、死透的东西，不久之前刚被重新唤醒。

他们来自荒漠。随之而来的是烧焦豆蔻的气味。

他们一边行走，一边说着话。

那是一种咆哮，一种胜利的呐喊，一种绝望的哭叫。

那是一个词。

格利尔斯。

# 塞西莉亚·霍兰德

塞西莉亚·霍兰德是世界上最受赞誉和尊敬的历史小说家之一，与该领域里诸如玛莉·雷诺特和拉里·麦克穆特瑞这样的巨匠比肩。在她跨越三十多年从业岁月里，霍兰德写作了超过三十部历史小说，包括《火龙》《拉科塞》《两只渡鸦》《草原亡灵》《阿提拉之死》《王之铁锤》《国王大道》《苍穹之柱》《沃马丁诸王》《太平洋大街》《海洋乞者》《伯爵》《凛冬之王》《金带》《毒蛇梦想家》以及其他十几部作品。霍兰德还创作了广为人知的科幻小说《浮动世界》，而该作品在 1975 年获得了轨迹奖提名。最近以来霍兰德一直在一系列奇幻小说上辛勤耕耘，包括《偷魂贼》《女巫厨房》《瓦兰吉尔》《国王的女巫》《高地之城》《北境诸王》以及《隐秘的爱丽诺》。她最新的小说是《龙心》。

一位经历海难劫后余生的航行家却陷入了某种更为凶险的境地，甚至还不如在碧海波涛中来得更安全。然而如果他想伺机完成复仇心愿的话，那么就必须咬紧牙关坚持下去。

# 提拉斯特之剑

自第一声锤响开始,这把铁器就好像在重锤下歌唱,特瓦林随声附和着,重重地锤打锻造这把又长又直又锋利的宝剑。特瓦林知道,这将会是一把属于达官显贵的宝剑,可一想到谁将会拥有它时,特瓦林就感到无比感伤。

他把铁器插回锻铁炉里,对外甥说:"加把火。"

图林扇起风箱,特瓦林用围裙擦了擦双手,感到肩膀两头非常酸痛。他走到山洞的背后,拿出一杯麦芽酒,加尔多至少还让他们酒足饭饱。特瓦林汗流浃背,这感觉挺不错的,他喜爱打铁的气味和风箱的声音。

他把此剑命名为"提拉斯特",即"战神的宠爱之人"。不过特瓦林从未堂堂正正地大声宣布过这个名字,而是常常默念于心。他又喝下一大口麦芽酒,接着走回炉子旁,从煤堆里抽出这把敲得发白的宝剑,一手举起专门敲打铁器的锤子。即便是使用了钳子,敲打这把宝剑的声响依然高亢响亮。

头顶高处,一扇门"嘎吱嘎吱"地响了。图林说:"他来了。"然后退回到阴影中。图林害怕加尔多。特瓦林将宝剑横放于自己和楼梯中间的铁砧上,此时从楼梯上走下来的正是"国王"。这家伙身披熊皮大衣,体格魁梧雄壮,双脚在石板上摩擦,双目犹如蛇眼。他的

剑之书

食指戴着一枚红色宝石，脖子上还挂有一个黄金吊坠。

这两位小矮人弯下腰，特瓦林默默咒骂自己怎么会落入加尔多的魔爪里。他说："加尔多国王，我们遵照约定，正在拼命干活，做矫正工作。"他笔直地指向那把正在打造的宝剑。

加尔多一看到宝剑便立刻满脸激动，两眼放光。他说："噢，好，很好。"他伸手想要触摸那把剑，但剑依然滚烫，未经触及加尔多便缩了回去。特瓦林长舒一口气。加尔多面对着他，眼睛再度眯缝起来。

"完成它。我就不再扣留你们。当初约定就是这样的，对吧？"他的目光从这个小矮人转移到另一个小矮人。特瓦林点了点头，随后加尔多，重重地踏着楼梯走了。

于是特瓦林接着铸剑，把搁在一旁的宝剑进行冷却，然后再度放置在煤堆上。特瓦林感到胸口很闷，他知道加尔多很狡诈，这位国王最后的承诺简直是谎话连篇。特瓦林让宝剑在煤堆里翻转，然后抽出来加工切口。

每敲打一下，他都在心里默念着：提拉斯特，邪恶的力量；提拉斯特，罪恶的勾当；提拉斯特，杀掉加尔多。

他们将宝剑淬火、抛光，再装上木质的握柄和海蓝饰物的柄头，反正不管怎么做，到头来加尔多都还是会把这些改成更为花里胡哨的东西。特瓦林举起手中的宝剑，它的平衡感十分完美，刀刃异常锋利。此刻，宝剑铸造者的心跳到了嗓子眼，自忖这究竟是在干什么。

随后，国王又下来了。

特瓦林把宝剑搁在铁砧上，回避。图林就在他身旁，随时想逃离此地。加尔多脱去宽大的斗篷大衣，一手握起宝剑，将其竖立到空中左右晃动着，嘴里默默地念道。

"剑中之王，"他说，"特瓦林，你真是人不可貌相啊。"

特瓦林骄傲起来，心里感到很欣慰，他瞧了图林一眼，想看看他是否听到国王对自己的这番夸奖。加尔多说："现在让我们来试试这把剑的刀锋。"

说时迟那时快，特瓦林见状却已经避之不及。只见加尔多宝剑一挥，手起刀落，只消一下便砍掉了特瓦林和他外甥的脑袋。

"瞧见没，"加尔多站在他们尸体的上方说，"现在我不必扣押你们了，我会把这间屋子钉上板条，这样就没有人会来打搅你们了。"说完国王手握宝剑走回楼梯上面去了。

瓦恩使尽了全身的力气在水上划桨，此时夜幕已悄然降临，大家原本早就应该登陆了，可如今却身陷于此，卡在两条海岸之间的未知海峡里，暴风雨浇在头上。兄弟们在瓦恩身边，跟他一样奋力地划着桨，大伙有节奏地吆喝着。一阵海流袭来，小船左右颠簸，上下摇晃。瓦恩能望见后方船尾远处正有大雨朝他们袭来，就好像水面上的一片阴影，而在众人的上方，峭壁嶙峋的海岬若隐若现，然后第一波雨水拍打到瓦恩的脸上，天空中流泻出夜色的幽光。

瓦恩最大的兄长在右舷上突然大声呼喊并用手指示，瓦恩迅速一瞥，身侧方向有一道闪动的亮光。一个信号灯出现在海岬下方一团黑暗之中，像是个浮标，而此刻他的兄弟早已带领大伙朝那个方向拐去。瓦恩竭尽全力推动船桨，大风帮了他们的忙，送他们驶向前方。雨水拍打在脸颊上，湿润的头发钻进了眼睛里。他俯身靠在船桨上，螺旋桨叶片好像触碰到了什么东西，座椅后面感受到船体在震动。原来夜色已诱使他们撞上了礁石。

他的兄弟大喊道："等等！等等！"瓦恩把桨往船外一扔，随之跳了下去。

他两脚先入水，双手抵住岩石，然后一头深扎进去，海水没过了脑袋。当他浮上来时一波潮水迎头拍来，他抱着船桨和一块船底木板，在一片朦胧昏暗中什么也分辨不了，只感觉一阵阵波浪翻滚击打着自己。随后前方似乎有个巨大的东西忽隐忽现，瓦恩的双脚触到了底部，他向上爬到某块大石头边。暴风雨连续击打着他，他瑟瑟发抖，紧紧抓牢身上的衣物。

透过暴风雨和海浪的呼啸，瓦恩的耳朵依然能捕捉到一声尖叫，而后是呼喊。海岸上的火炬射出一道光，洒在汹涌的潮水上。瓦恩斜靠在石壁上望着这来路不明的亮光，举手朝那些刀剑的方向挥动。他听见最大的兄长一遍又一遍地呼喊"不""不"，接着便没有了任何动静。那些人在浅滩四周挑挑拣拣，曾有一记尖声，像是在下达指令，原来那些人在寻找货物的残骸。石头后方平静的水里上下浮动着一个小桶。他们会过来把这东西拿走的，于是瓦恩潜入波涛翻滚的海浪里，静静等候着。几双脚从他身边"噼啪噼啪"地走过，距离近得触手可及，他们拾起小桶，然后离开了。

瓦恩把脑袋探出水面，听见海滩上有人在说话，但此刻他们正在撤离。瓦恩浮出水面爬到石头上，利用一段雨停的间隙，脱下身上的衣服，等待着死亡。

然而他并没有丧命，母亲织的毛衣维持着他的体温，仲夏的太阳马上就要再度升起。先前在黑夜里肆虐的海浪也将跟随暴风雨一同离去。瓦恩蹚过水浅浪低的海滩，待靠近时一群海鸥从他兄弟朋友当中忽一下飞起，那伙盗贼甚至把衣物都掳走了。

他从一个接一个的死者身旁走过，道出每个人的名字，留意他们的伤口，然后把尸体都拖至滩涂上某处摆放到一块儿，就好像大伙仍然同舟共济的模样。瓦恩在最大的兄长身边坐了一会儿，兄长原本早就应该把大伙带到岸上，不该轻信那道亮光信号。如今兄长的尸首被大卸八块，横加侮辱，而他战斗得比所有人都更加顽强。

瓦恩用石块堆积在尸首上，叠成一艘船的形状，再摆上那些漂流到岸边尚能找到的船只碎片。他们的货物已荡然无存，皮毛、腌鱼、蜂蜜桶和蜡桶统统无影无踪。瓦恩来回走动时踩到了几只螃蟹，于是把它们都吃了。他还用海草果腹，挖蛤蚌，饮用山崖上渗出的水。

很长一段时间他都没有抬头仰望山崖的顶部。

待他忙完之后，瓦恩坐在沙滩上，想念着他的兄弟和朋友，以及他们遭受的这次变故。只有瓦恩一人幸存了下来，因此，沉重的担子落到了他的肩上。此刻他站立起来抬头眺望，海岬顶部有座高塔在围墙后面隐隐地浮现。瓦恩将衣物上的盐冲洗干净，在太阳底下小憩一会儿等待衣物晒干。到了下午，他步行绕到海岬的背面，一路攀爬而上。

加尔多国王是威德堡的主人，他走到自己的宝座前，把宝剑放到身前的案桌上。他站在那里，望着大厅里的手下。那些人统统站立着，每张脸都转而朝向他。此刻加尔多感受到权力的滋味。他坐下后，众人才坐下。几个奴隶将面包和麦芽酒呈上来，大家开始享受美食。

加尔多想起他那些敌人，他希望自己像欧丁神一样不需要吃肉，不必浪费时间在饮食上。一盘丰盛的菜肴端到眼前的案桌上，是一盘鱼，很可能就是昨晚从那艘船上抢夺而来的。这简直是农民的食物，加尔多没有动它而是把双手放到宝剑上，利刃依然在剑鞘里，剑柄上有圆头装饰并嵌有黄金。

仲夏已然降临，丹麦人亚尔德里克发誓要向他挑战，欲强行霸占这条海峡，而加尔多则想对此加以利用。威德堡对加尔多而言已太过狭小，他想要的并不仅仅是只当一个海盗头子而已。他双手按住宝剑，如此有权势之人应该拥有一个强大的王国，而不是一片荒石和一小撮走卒。加尔多渴望举起手中的剑，释放其中所能感受到的威力，将其付诸某项对他而言宏大且称心的事业上去。

在厅堂里,他的目光捕捉到一阵骚动,有人进来了。他跟某人说了几句话,而某人又跟其他人传递,于是只言片语沿着桌子外围在大厅里传了个遍。在加尔多宝座下方的侍从吉费尔也听到了,他点点头站起来说:

"有位陌生人来此想要觐见您。"

"一位陌生人……一名使者?"

"不……只是个过路客。"

加尔多抬眼一看,一个笨手笨脚、乳臭未干的半大小孩正站在大厅中央,他长着一副宽肩,卷曲的黑发,令人惊奇的蓝眼睛,穿着一套脏兮兮的衣裳。

加尔多说:"来,到我跟前来。你是谁?"

男孩走上前去,站在宝座下面,开口说道:"我的名字叫瓦恩·阿卡森。您的权势如雷贯耳,所以我渡海而来。国王,我想入伙。"

加尔多的身体又靠回宝座的椅背上,第一反应就明白这句话亦真亦假。他在其中品味到某些诡异的意味:这孩子既是危险又是良机。此时,加尔多又把双手放到宝剑上。

"瓦恩……这算什么名字?"一个旁观者说道。加尔多再次想到了亚尔德里克。小喽啰总是取之不尽的,假如这个小子合适的话就可以起用他。

"证明一下你的胆色怎么样?"他环顾桌子四周,"索罗夫·格里森,起立。"

顷刻间,众人统统开始行动,索罗夫站起身子,他形如大熊一般,毛发浓密,肌肉发达。其他人把桌椅全都往后撤,在大厅中央腾出一块空地来。男孩瓦恩站在那儿环顾四周,索罗夫缓慢笨重地朝瓦恩走过来,他抽出宝剑,而男孩则朝加尔多移动。

"我没有剑。"

墙边聚集的人群发出一阵哄笑。加尔多说:"那你又能给我什么东西呢?"他笑了,心想这孩子大话连篇,此刻却想逃跑,"我们还有其他的比试方法……来人呐,把棍子拿出来,让他们用棍子打。"加尔多朝黑发男孩点了点头。"瞧见没,你还是有胜算的。"

加尔多倚靠在宝座的扶手上,觉得这场打斗会非常有意思。索罗夫既是个逃兵又是个讨厌鬼,而男孩的身材结实强壮,无论如何都像是要大战三百回合的样子。加尔多朝奴隶招手示意,那人迅速上前为其倒酒。

瓦恩站在屋子中央,现在空间宽敞多了。他双手紧握木杖,关节都闭牢。从前瓦恩常常跟兄弟们用木棍打架。

他心里明白,杀害他兄弟的那些人就在周围。

那个粗犷笨重的家伙一步步朝瓦恩走来,手持木杖呈交叉状。木杖相互对敲了好几次,他慢慢地移动,没有更换紧握的动作。旁观的人群开始呐喊起哄,朝他们加油鼓劲儿。索罗夫身上已经冒出了汗。瓦恩往旁边挪开一步,然后发动攻击。他手持木杖攻上路,下手位反起而抡。索罗夫推挡开来,一记反击结结实实地打在瓦恩身上。

瓦恩一下子喘不上气来,不过即便眼冒金星,他依然知道需要保持移动。于是他翻滚身体,对方接连几个招式"哗"地重击到瓦恩身旁布满藤草的地面上。瓦恩脚底下摇摇晃晃,木杖掉落在地。他犯了个错误,方才必须更敏捷才对。索罗夫体格强壮,而且善于搏斗。大块头猛地朝瓦恩冲来,欲用棍子戳瓦恩的腹部和脸部,瓦恩时而躲闪、时而下蹲、时而上跳,用双臂来抵挡对方,木杖从他的耳边和头顶掠过。周围的人群哈哈大笑,有人还吹起了口哨。索罗夫满脸通红,喘着大气,一双小眼睛瞪得突出。像他这样的大块头,此时早已疲惫。他左捅右刺,朝瓦恩的脑袋大力挥砍过来,瓦恩身子一蹲穿了过去,移动到大厅中央,再一个翻滚,顺势抓起先前掉在地上的木杖并站了起来。

此时人群纷纷高喊，索罗夫拖着沉重的步子缓慢地跟了过来，他上气不接下气，而瓦恩则在他周围如同轻歌曼舞，引诱他做出又一次冲锋。当大块头冲刺时瓦恩耍出一个侧步，用木杖戳在索罗夫双膝之间，如斗牛般将其击倒。

一阵雷鸣般的叫喊声从旁观的人群中传来，索罗夫姿势难看地半卧在布满藤草的地面上，瓦恩从他后方跳过来，连续暴击直至他蹲伏。索罗夫的双膝挨着胸口，用双臂遮挡住脑袋。

瓦恩挥起木杖，他知道索罗夫那天晚上也在沙滩上，所以真想把木杖直插入索罗夫的身体里。人们在周围厉声疾呼，猛跺着脚，正准备欣赏一出绝杀的好戏。可随后瓦恩听见加尔多在高高的宝座上说了一句："就看你有没有种杀掉他了。"

就在此刻，瓦恩放下了木杖，满腔的热血冷却了下来。眼下的情形是这些家伙全都围在他身旁，无论如何也无法将他们一网打尽。于是瓦恩向索罗夫伸出手，其余人开始大声起哄，表达着失望和嘲讽，而索罗夫则用力拍掉瓦恩的手，自己站立起来走了。

其他人早已将桌椅搬回原来的位置，奴隶们呈上来更多的食物。瓦恩目睹着这一切，而其他人也都不去理睬他。瓦恩观察着这群家伙，看看他们是如何把自己人从上至下分成三六九等的，加尔多则居于至高无上的位置。当众人都重新入座时，瓦恩走到桌子的最低等一端，坐在长凳的最末位置。面包送到他跟前就吃，麦芽酒递到他桌上就喝，没有人过多地注意到他。

瓦恩思索着自己在此地应该何去何从，所有这些人都对他的兄弟们犯下了血淋淋的罪行，但加尔多才是罪魁祸首。瓦恩抬头望着高高在上的宝座，国王正端坐在那儿，爱抚着他的宝剑。

瓦恩在大厅角落某处的稻草堆上睡了一觉，时间非常短促。到了早晨他原本以为会有人给他安排什么工作，就像在老家那样。可是所有人都似乎无所事事的样子，在大厅里走来走去，卷起自己的被子毯子，相互之间谈天说地，或坐在桌案旁下棋喝酒。加尔多没有出现，有个奴隶带进来一些面包。

瓦恩在这块地方四处游走，想看看究竟是怎样一派光景。那天他爬上来时就已留意到海岬顶端耸立的高塔，底部一排低矮而敦实的石墙围起了一片宽阔的半圆形空间，从悬崖的一端一直延伸至另一端。石墙上还嵌有一扇高大的、安置了铁框和铁链的门，紧闭得严严实实。

瓦恩环绕石墙内侧步行，沿途发现一处小马厩和几间储藏室。有些人在空地上扔斧子玩，没有注意到瓦恩。柴火堆放在高塔脚下，各种工具摆在空地的四周。远处角落里，那排石墙拐弯到悬崖边的地方，便是厨房。

据他的经验，他最需要的东西有三样——面包、干净衣物、温暖的眼神——均来自于女人，而女人通常在厨房里就能够找到。这是一个窝在稻草棚底下的狭小房间，石墙里嵌设两个炉子，一排砍掉的树桩就聊作案桌了，人们很有规律地你来我往。瓦恩找到走廊尽头的一处角落，栖身于所有物件的背后，直到后来有个苍白阴沉的女孩注意到了他。

瓦恩能说会道，嘴巴很甜，哄女孩给了他一些面包。他很高兴普天下的女孩子都差不多，都像小猫咪一样喜欢被人轻轻地爱抚。瓦恩再次温柔地触摸她，女孩笑了，样子很美。瓦恩夸赞她，女孩心里慌张，犹如小鹿乱撞，立刻走开去干活了。她揉起面团，双手沾满白色的粉，双颊亮红亮红的，只过了几分钟她就又过来送给瓦恩一小壶蜂蜜酒。

瓦恩端过酒壶，想要吻她，而此时从身后走廊里传来一阵"咔哒咔哒"的声音。女孩"噌"地一下跳起,双手在空中乱舞。瓦恩环顾四周,朝走廊黑暗的狭窄处望去,那里用来烧炉子的柴火堆得老高。

"那个地方通向哪儿?"

女孩那一双大眼睛转而又注意到瓦恩身上。"不通向哪儿,你不要过去。"她倚靠得更近了一些,"那地方闹鬼。"她小声说道。接着,瓦恩吻了她。

当瓦恩挤身穿过堆积的柴火进入到走廊里时,听见有什么正急匆匆地乱跑——他猜那些是耗子的声音。

走廊蜿蜒陡峭,深入到一片黑暗里,不过墙上有一处壁龛,瓦恩在蜘蛛网和灰尘的面纱之下发现了一盏油灯和炉子。有人曾时常造访此地,但最近没有下来过。瓦恩吹去油灯上的灰尘并将其点燃,带着它前往黑暗里。

在拐角处,瓦恩来到一扇门前,只见房门被一块木头堵住了。瓦恩将其移走,门随之倒了下来。瓦恩挡住一股夺门而出的气流,朝下走了一段漫长的阶梯。冷空气扑面而来,闻起来像是古老的火焰、砖墙和铸铁。这是一间废弃的锻铁作坊,就隐藏在这座高塔之下。瓦恩在最后一节台阶上转向并打量四周。

此时有什么东西哀号起来,几乎就在他的脚下。

瓦恩背脊一凉,简直无法挪动身体,每一根汗毛似乎都竖了起来。那声音再度传来,他将拿着油灯的手缓缓向下移动,脚下的地面躺着一颗蓬头散发的脑袋。

瓦恩在这颗人头旁边跪下,只见其双眼闭合,头发很脏,长而浓密,沾满了灰尘和干枯凝结的血迹,缠绕在一起的胡子延伸到油灯所能照亮的范围之外。根据这把胡子,这对竖起的眉毛以及鼻头,瓦恩明白这是一个小矮人。只见他嘴唇轻启,却只发出一声哀号。瓦恩顿时想起那壶蜂蜜酒,于是将其从皮带上解下,润了润小矮人的嘴唇。

那嘴唇又动了起来，贪婪地品尝着，喝得津津有味。他再次开口说话，但瓦恩无法辨析述说的内容，于是又喂了更多的蜂蜜酒。

"提拉斯特，"矮人低声说道，"提拉斯特，记住。"

"什么？"瓦恩将脑袋凑得更近些，"你在说什么？你是谁？"

"提拉斯特，记住。"矮人说得更响亮了。

灯芯草的亮光渐渐熄灭。瓦恩朝周围观察，想搞清楼梯在哪个方位，接着又弯下身子面对矮人的头颅。"快说你到底是什么意思！"

然而矮人只是说："提拉斯特，记住。"

亮光最后闪烁一下熄灭了。瓦恩转身上了楼梯，在黑暗中摸索前进。走到楼梯的顶部他合上那扇门，用木块再次将其顶住，接着朝有亮光的地方继续走去。

瓦恩经过厨房来到一段阶梯前，再沿着石墙向上，一排护栏矮墙高高悬于大海之上。瓦恩攀爬至最高点，站在海峡上方眺望那波光粼粼的海水一直延伸到远方。加尔多就是从此处望见小船前来的，他就是从此处看到一艘小货船正在奋力抗争，然后走下楼梯把船只诱骗过来的。

此时一阵摩擦地面的脚步声从瓦恩身后传来，吓了他一大跳。瓦恩转过身子，原来是索罗夫·格里森走上了楼梯。瓦恩顿时感到全身僵硬，在距离顶部还有两级台阶的地方索罗夫停下了脚步，他抬头望着瓦恩，眯起眼面对阳光。

"你需要一把剑。我会帮你弄一把。"

瓦恩说："好极了，您先请。"

大个子转身下了楼梯，走在瓦恩前面，到了底部他等待瓦恩跟上，并轻声地说："昨天那件事，是加尔多干的。"他伸出手，自报了姓名。

瓦恩握了握他的手。两人走在过道里，经过那间厨房。瓦恩说："提拉斯特是谁？"

"是一个名字？某位女孩的芳名？"厨房后头的高大石墙上有一扇木质的双开门。索罗夫拉开那两扇门板，阳光照射进狭小逼仄的房间。这里有一堆货车轮子和轮轴、圆形盾牌，以及一桶黄沙。桶外面密密麻麻地插着木柄和零件，如同一片森林。索罗夫紧紧抓住木桶，将其朝前滚动。瓦恩再次目睹了索罗夫有多么的强壮。

"试试这个。"大个子从桶里拔出一把宝剑，将其递给瓦恩。

木柄由皮革完整包裹，配有个圆头，不过刀刃对于瓦恩而言略为沉重。他想找什么东西来试试剑，索罗夫指向大门。外面庭院里有个树桩，凹凸不平，碎裂不堪，周围地上布满了锯末。瓦恩举剑挥砍，但树桩位置太低，角度不甚理想。

索罗夫说："来，用这把。瞧，这一面是刀刃，你试试看。"

第二把剑锈迹斑斑，在挡片处还有个大凹口，但握在手上的感觉却更理想一些。瓦恩蹲下身子以求得一个好的角度，再次砍向木桩。索罗夫说："很好，手腕再使把劲儿，就像这样，"他重重地敲打瓦恩的后背，"就像这样。"

瓦恩从树桩边后退了几步，呼吸急促，心里想念着他的兄弟。此时有两人朝他们走来。"索罗夫，你在干什么呢？"其中一人说，"教那小子再把你揍得更狠？"说完接着假笑起来。

索罗夫说："这位是基特尔，基特尔·图斯。那位是约翰，他连挪威人都不是。"

基特尔咧开嘴朝瓦恩笑了笑，露出一颗锯齿状的上尖牙，直直地从牙龈里冒出来。他说："小子，别太自以为是了，你打败的只不过是像他那样的老家伙。"浅色头发的约翰对瓦恩点点头，其年纪并不比瓦恩大多少。瓦恩观察着每个人，目光犀利，却一言不发。

"你还需要一副盾牌。"索罗夫走回储藏室。

基特尔说："小子，你在那桶里是找不到像样的刀剑的。"他假装无意地冲撞了瓦恩一下。

"噢，这把就很适合我。"瓦恩坚持己见，基特尔只好让步。大个子约翰盯着瓦恩手中的那把剑，对宝剑指了指，而瓦恩这时才发现，靠近剑柄的剑身上雕刻着一些古老的如尼文。

"你小子有种。"约翰说着朝瓦恩猛点头，"有种。"

"大家在这里都干什么活？"瓦恩问道。

约翰看看基特尔，想让他来回答，显然约翰不太会讲挪威语。基特尔说："再简单不过了。咱们把守这条海峡，凡是想要通过的人都必须拿出所带物品来孝敬咱们。"基特尔的下巴朝东面一撅，"远在那头，大河入海的地方，有个巨大的市场。从这里通过是最快的捷径。"

瓦恩明白这一点，他和兄弟们就是沿这条航线前往那个市场的。现在他手中握有了宝剑，立刻就可以杀掉几个人。索罗夫给他拿来一个皮革护套，此时围绕在瓦恩身旁的这三人就是曾经杀害兄弟们的凶手。

随后他们三个的身子似乎顿时全部僵直起来，视线都越过庭院朝大厅那头望去。瓦恩也跟着朝那个方向看。

原来是加尔多国王从大厅里走出来了。他站在门廊口，脑袋朝后仰着。他身穿一件黑色熊皮斗篷大衣，一片护胸皮甲上还镶有金属，宝剑在其胯部摇晃着。加尔多看了他们一会儿，然后一言不发地走过庭院，迈步时他的手轻轻摆到宝剑上。索罗夫低声地咕哝，伸出几根指头做起了手势。

基特尔说："闭嘴，傻瓜。"

"他是冲我来的，"索罗夫说，"他一直跟我过不去。"

"那是一把好剑，"瓦恩说，"加尔多手上的那把。"

"那把剑独一无二，谁也没有，"基特尔说，"一剑在手，百仗无忧。"

在瓦恩眼里他手上的武器相形见绌,仿佛缩成了一根树枝。另有些人从大厅里走出来,一边打着哈欠一边伸着懒腰。基特尔和约翰开始朝他们喊话,瓦恩把他新得的这把剑插入剑鞘,他无法将所有人都干掉,他应该恨的是加尔多,而不是这些人。厨房的那个女孩正闲逛路过,篮子撑在胯部上,那对眸子没有望见瓦恩。瓦恩跟随索罗夫加入到其他人当中。

午后小食的时候瓦恩坐在基特尔和索罗夫中间,位于餐桌的中段位置。这时加尔多大声说:"咱们应该哼上几段儿。索罗夫!给大伙来一段儿!"

大厅里哄堂大笑起来,周围所有人都转而注视索罗夫,只见索罗夫的脸色变得如羊皮般煞白。他站起身子,拿起水壶痛饮了一大口麦芽酒,此时嬉笑哄闹的声音越来越高涨,大伙都盼着来一点儿乐子。加尔多正在他的位子上懒洋洋地休息着,脸上喜笑颜开。

"索罗夫,给大伙儿来首诗,快呀!"

索罗夫挺起胸膛说:"天鹅大道上……"而后喘了一口大气,房间里响起嘲笑声。瓦恩坐着不动,明白这是一种老套的游戏。索罗夫的双眼鼓胀起来。"乌鸦大人来了……战斗……流汗……哼……哼……"

其他人的喊声一浪高过一浪,已然成了一种厉声咆哮,他们从四面八方朝索罗夫扔面包、骨头和奶酪,索罗夫挥起双臂挡开这波"万箭齐发",然后一屁股坐回凳子上。他用双手遮住脑袋,瓦恩眼前满是一片片面包。

加尔多在宝座上说:"呵,真是扫兴。"

房间安静下来,每个人都屏住呼吸等待国王的号令。只见他环顾所有人，最后开口说："瓦恩·阿卡森，也许你能来个更好的节目？"

瓦恩站起身子，拍掉袖子上的面包屑，说："欧丁神的对手是威德堡的国王……"

失望的起哄声响起，除瓦恩之外只有基特尔"咯咯"地笑了一声。"你听懂笑点了，对吧？"加尔多在宝座上昂起头笑开了花。

瓦恩接着说："保佑双眼健全，面包为矛，渡鸦乃乌鸦……"

默默的赞许声戛然而止，基特尔轻蔑地笑了笑，而加尔多的笑容逐渐凝固了起来。瓦恩正要堆砌另一组词，试图在瓦尔哈拉殿堂和威德堡的对比上做点文章，身旁两侧的基特尔和索罗夫却一把将他拉拽下来坐到板凳上。餐桌四周传来一阵刻意克制的笑声。加尔多在高高的宝座上前倾身体，朝下注视房间那头的瓦恩，双手摆到那把置于桌前的宝剑上。大家的笑声顿时全都停止了。

"国王威武！"远在屋子的那一头有个人跳起来高喊道，"决斗之王，雄鹰之王……"

房间内每个人都转头朝向那个人，于是他继续如此说了许多吹捧的话。瓦恩端坐着不动，心想自己也许过早地锋芒毕露。不过他还是很高兴，加尔多已表明了姿态，将一只镀金的蜂蜜酒杯送到咱们这位新诗人的面前。在瓦恩身旁，索罗夫轻拍他的肩膀，斜过身子朝他低声耳语道："提防着点儿，加尔多睚眦必报。"说罢便又坐直了身体。在那头，加尔多怒视着瓦恩。基特尔将盛麦芽酒的牛角杯递给他。

"傻瓜，你想喝吗？"

瓦恩大口畅饮起来。

瓦恩看着加尔多，那人依然坐在宝座上，斜靠着一只胳膊，正在与一位脑袋，几乎全秃的男人聊天，那家伙矮胖得犹如一只癞蛤蟆。待此人离开后，加尔多叫了个奴隶把瓦恩带了上去。当瓦恩站在加尔多跟前时，他眉头紧锁地看着瓦恩。

"你小子装什么吟游诗人，现在冒犯了我，我要你到围墙上去值班守夜。上头很冷，风又大，似乎要下雨了。检讨检讨你那愚蠢的舌头，会害你到何等境地。"加尔多往后一靠，案桌上的宝剑就置于他们两人之间。

"遵命，加尔多国王。"瓦恩说完就退下了。

夜幕降临，天上风云突变，瓦恩在空气中就能感知得到。他站在围墙边，望着那片黑暗，听着风儿吹在周围墙壁上隆隆作响。天空开始下雨，薄薄细雨如轻纱帷幔。瓦恩顿时想起兄弟们就殒命于那个地方，而他自己却在此处幸存了下来，无力讨回丝毫的公道。他知道没有人会在如此风雨交加的夜晚前往下方的海峡岸边，于是他走下台阶，进入厨房的背后，即通道开始朝下而去的地方。

厨房里的奴隶全都在炉子堆边睡着了。瓦恩脱下鞋子以免发出声响，时刻注意观察着庭院。在暖和的环境里他小憩了一会，梦见了那个小矮人，他似乎就在通道的另一头。瓦恩仿佛听见自己正向矮人祈求帮助。后来他苏醒了，听到外头正有人朝楼梯急速奔跑。

瓦恩来到厨房的前部，看见"癞蛤蟆男人"正走上楼梯，同时还拔出了匕首。瓦恩赤着脚不发出声响，悄悄溜到他身后，一步跨两级阶梯。等到了阶梯顶端，"癞蛤蟆男人"朝四周张望。

"在找我？"

"癞蛤蟆男人"转过身来，匕首一挥，但瓦恩早已向他扑过去，先抓住肩膀，再往后一抛，将其摔到狭窄通道的另一头，但却被他的匕首割到了脸颊，"癞蛤蟆男人"撞到齐腰高的围墙上并翻滚了下去。瓦恩站在那里等待须臾，只听"扑通"一声后，他便回身走下了阶梯。

女孩从厨房里喊他，瓦恩走进去跟她一起躺下，依偎在灶台边的暖暖情意之中。

加尔多从正厅大门里走出来,雨已经停了,阳光洒在大地上,世界分外洁净明亮。出乎他的意料,庭院那头在挥剑砍木桶的人正是那个黑发男孩瓦恩·阿卡森。

国王的视线扫过庭院四周,寻找他的手下吉费尔,却瞧不见他,于是国王叫瓦恩过来。

"看来你在那儿安全度过了一晚。"男孩站到他跟前时他如是说道。

"没发生什么情况。"瓦恩说,他的脸颊上有一道新的伤口。

加尔多说:"你什么也没发现?"

"没有什么情况。只有一次,一只绿头大苍蝇惹到了我,不过我把它拍死了。"

两人目光对视,加尔多把手摆到剑柄上。"先前你说你是从哪儿来的?"

"从这儿往西,一个很大的岛屿。"

"那你是怎么来到这里的?"

"走来的。"

"在水上走?"

男孩随口又编了一个谎,接着高塔上的号角吹响了。加尔多骂了一声。"上船,"他说,"亚尔德里克终于来了。"

瓦恩喜欢再次回到海上,这里的一切都是那么简单纯粹:划船、人力和大海。索罗夫坐在他前面的凳子上摇着桨。基特尔站着掌舵,驾驶船只带领着他们穿过浪花拍打的水域,其余的人们都在齐声数着数。

瓦恩这辈子都在划船,但划的总是那种既简陋又笨拙的小船,从来没有如此一艘船。它轻盈而柔和，犹如一条大水蛇在海面上掠过，它的节奏就好像巨大的翅膀载着他们前进。瓦恩跟大伙一起数数，他很乐意参与其中。

瓦恩透过视线的余光看见他们正从西面疾驰驶入海峡，加速追赶想要挡住另一艘长船。基特尔大声呼喊，数数的节奏加快了。瓦恩奋力配合，气喘得厉害，身边所有人都拼命地划桨，船儿费劲地穿过一股激流，而前来的船只同样也在海面上与波涛搏击并且折损了一半。瓦恩的船滑行到一片相对平稳易航的水域，而另一艘长船则停止划桨并调转了方向。

瓦恩周围凳子上响起一阵嘶哑的欢呼声，基特尔将其压了下去。水壶递到瓦恩跟前，他狼吞虎咽地把里面大部分的水都喝掉。他的剑摆放在凳子下面，也许现在他们要去搏斗，从这条船到那条船做短兵相接。瓦恩渴望拿着这把剑到真正的战斗中一显身手。就是在那儿，在开阔的海面上，另一条长船面对着他们，距离太远以致无法看清上面的人。瓦恩深深地吸了一口气，索罗夫靠近过来，拍了拍他的肩膀，其他人三三两两地呼喊着。瓦恩感觉周身的血液都被搅动了起来，他摆动着身体放松肌肉，匆匆地看了看周围其他人，他的船员，如今的兄弟们。瓦恩把这个念头抛诸脑后，朝水面上的那条船眺望，他的手迫不及待地想要抓起那把宝剑。

接着，号角在他们身后吹响。

他扭转身体回望，后方，加尔多另有两艘完好无损的船正穿过海峡，而前方又有三艘敌船在伺机等候。它们外形干练而低矮，线条优美，想到自己会在那样的一条船上搏斗就让瓦恩感到自豪。号角再度响起，瓦恩觉得连头皮都在发痛。战斗即将开始，可没有一个人昂起头颅，他们连看都不敢看。后方驾驶室里的基特尔突然把船舵交给别人，自己走上前来。

索罗夫在后方坐着，此时又有人递来水壶，瓦恩问："怎么回事？"

"他们正在谈判。"对面有个人转身对他说，"一时半会儿还不会发生什么状况。"

有人在他身后的凳子上说："他们人数超过我们。加尔多不喜欢以少打多。"这时索罗夫低声地嘀咕起什么来。

瓦恩环顾四周，他们正处在海峡的最窄处。他尚记得那些杂乱分布于沿岸水域的岩石。在瓦恩看来加尔多的三条船完全可以轻易抵挡住那四艘敌舰，也许是此地的某些战法他没有弄懂。现在加尔多正在他的船上朝另一艘船喊话，接着便有人作出了回应。双方计划在陆地上会面。那仍旧会是一场战斗，瓦恩伸手朝下摸向宝剑的握柄。

加尔多把大部分手下都送回了威德堡，却将瓦恩留在了下面，在海滩往内陆方向走的一片开阔的草地上，即亚尔德里克停船的地方。加尔多跟大伙一同前往，总共七人。索罗夫就在这七人当中，瓦恩同样也是。基特尔不在其列，他跟其他人一起回去。此时，加尔多在留下的人面前来回踱步。

他说："威德堡的生死存亡只此一役，奋力拼杀者必有重赏。"他两眼炯炯有神，目光热切明亮，随后抽出了宝剑。瓦恩想象这把剑犹如一条蛇从剑鞘里钻出，嘶嘶作响。"索罗夫，拿着那把久经沙场的剑，我来对付中间那个人。"

索罗夫后退几步，倚靠在自己的宝剑上。他身边的人都手手相握，用麦芽酒、象牙杯大口豪饮。草地另一边亚尔德里克的八个人集结到一起，瓦恩又看了看他的新宝剑，他早已花功夫用羊脂和抹布擦拭锈迹的位置，清洗掉了一些锈斑，而那个凹口刀痕则无法修复。不过这把刀剑在他手上很称手。瓦恩深吸一口气，阳光照在脸颊上十分暖和。他告诉自己或许再也看不到明天的日出了，不过这又有什么呢，似乎是相当无所谓的事情。

索罗夫站在那里，前后摆动着双臂。他说："你是头一回参加这样的战斗吧？"

瓦恩说："是的。"他的嗓音尖细而短促。

索罗夫说："我想这是我最后一回了。"

此时基特尔突然再次现身，他对瓦恩说："加尔多会赢得这场战斗，你要剑不离手，时刻警惕。"他重重捶打索罗夫的后背。"你最好到那边儿去，帮我喂几只渡鸦。"索罗夫脚步沉重地穿越草地，瓦恩跟着尾随其后。

瓦恩心脏"怦怦怦"地直跳，他把宝剑握得太紧。索罗夫在他身旁抓挠着胡须，一副无精打采的样子。索罗夫说："瓦恩·阿卡森，今晚，咱们瓦尔哈拉殿堂[①]见。"然后吐出的唾沫星子分散到手指之间。加尔多走在他们前头，呼喊他们的名字，在空中用宝剑做捅刺的动作。

他举起盾牌，此时号角吹响了。

众人排成一排，面向亚尔德里克的队伍，而对方也列好阵形相向而来，双方人盯着人，如针尖对麦芒。在瓦恩面前的是一位躲在巨大圆形盾牌后面的瘦长个子，一顶皮革头盔下满头的红发戳了出来。瓦恩感觉自己无法畅快地呼吸，身旁索罗夫尖叫一声朝前冲锋。

红头发的家伙朝瓦恩突刺过来，向高位攻击肩部，瓦恩立马将他的注意力从索罗夫身上移开。他上扬盾牌，接住这波攻击，而这冲击力实在太大，震得胳膊都麻木了。接着瓦恩挥剑砍杀，朝低位攻击，他没有注意到太多，只觉得重重地敲在红发人的盾牌上，而那个人跳

---

① 北欧神话主神兼死亡之神奥丁接待亡故英灵的殿堂。

开了。瓦恩跟上前，举起盾牌，等待对方先发动攻击。在皮革头盔里，在那簇红胡子的上方，这个男人的双目紧紧锁定着瓦恩的眼睛。他用宝剑猛刺过来，待瓦恩高举起盾牌时他又转而朝低位砍杀，力道又猛又重。

刀剑的尖头朝瓦恩的膝盖横切过来，瓦恩用自己的剑往下一挡，两把剑刃"叮当"响做一团。须臾间瓦恩发现对方的剑更长，于是他先举起盾牌朝前一撞，顶到那高大瘦长的身躯上，缩短他们两人之间的距离。只一刹那间，他们胸口贴胸口，红发人的呼吸猛吹到瓦恩的脸上。瓦恩感觉对方体内升腾起的能量将迫使他摔倒，而当对方推挡他时瓦恩朝侧面使出一个滑步，摆出持剑的姿势。红发人犹如马失前蹄，踉踉跄跄地伏倒在地，身下横卧的是他的宝剑。

瓦恩大吼一声，胜利的热血沸腾了，接着另一名亚尔德里克的手下朝他冲锋过来，此人的个头更矮些，但体格粗壮，挥舞着一把利斧。

他用盾牌抵挡袭击，边缘略微扭动一点角度，以免宽大的弯形斧刃完全砍在盾面上。他用宝剑朝那个挥斧汉子的脑袋上砍去，那人一个下蹲再退后几步，此一瞬间瓦恩瞄了一眼四周的情况。

红发人慢慢站立起来，身侧沾了血，但他再次举起利剑。而此时索罗夫正躺倒在那边被踩踏的草地上。

挥斧汉子大声喊出某个名号，同红发人一起呈两翼展开，同时朝瓦恩袭来。红发人气喘吁吁，胸甲和盾牌上的血迹颜色鲜亮。另一个持斧的矮胖家伙前后摇摆着身体，高喊一声也朝他冲锋过来。

瓦恩稳住脚跟，拿盾牌抵挡住第一波攻击，再用宝剑左突右刺，看对方如何应对。他知道红发人正从背后逼近，于是急速后退，从他们两人中间脱身。红发人再次单膝跪地，另一人则举起斧子从侧面而来，绕到瓦恩的另一侧。

红发人吃力地站起，却又朝前伏倒。瓦恩竖起自己的盾牌，他感觉身体太大而盾牌却太小。此时利斧从侧面朝他脑袋砍来，瓦恩一个深蹲，再一个突刺，宝剑划过持斧汉子的盾牌。瓦恩又闪躲掉了两人的攻击，而持斧汉子朝后退了几步。红发人丧失了平衡，双手双脚同时撑地。

瓦恩再朝四周扫了一眼，原来他们已经在草地上走了很长一段距离，不知怎的几乎快抵达树林。索罗夫已落在身后很远的地方，而更近处的则是加尔多和亚尔德里克，他们俩正打得难解难分。加尔多宝剑一挥，亚尔德里克身子一躲，接着发起攻击，朝加尔多持盾牌的手上打去。

随后，从树林里冲出来一拨人。

瓦恩呆立着，他们是加尔多的人。他们首先冲到红发人跟前将其砍倒，接着又把持斧汉子击败。亚尔德里克朝他们一转身，加尔多将利剑刺穿了他的后背。瓦恩已无法动弹，看着加尔多举起双臂在空中挥舞，他们大获全胜了。瓦恩望着下面的海滩，两艘亚尔德里克的船在撤离。

基特尔走到瓦恩跟前说："我告诉过你，加尔多不会打无把握之仗。"基特尔的目光闪烁回避，瓦恩扔掉盾牌，朝索罗夫走去了。

午间小食的时候瓦恩坐着观察自己的双手，四周的人七嘴八舌嘀嘀咕咕，他听不清是什么内容。食物送了过来，但他什么也不想吃，一杯麦芽酒下肚，也丝毫未见好转。

瓦恩思绪混乱，索罗夫死了，但他死得很光荣，身体正面有多处严重的创伤。瓦恩一遍又一遍地想起那个红发人，他战斗得如此顽强，甚至还挂了彩，只是被人用懦夫般的行径从背后刺倒。苦涩和愤怒在瓦恩的胸中燃烧起来，基特尔在他身旁，只对他说了一句话。

"我们赢了，对吧？"

瓦恩对他"哼"了一声,之后基特尔就再也没说什么,只是时不时地看看瓦恩,并把角杯递给他。

加尔多在高高的宝座上喊出一个名字,某位战士站起来,随后加尔多从手上摘下一枚金戒指,由奴隶将其传送下来,接着所有人都齐声欢呼。此时瓦恩正盯着桌子看。

然后加尔多喊出了他的名字。

瓦恩抬起头,看到四周所有人的脸都望着他。奴隶朝他小跑过来,拿出金戒指,此时一声长呼响起,六十人高喊瓦恩的名字。

瓦恩站立起来,将戒指扔到了房间的另一头。

"不!那片战场上没有什么是金色的,没有荣誉可言……"瓦恩瑟瑟发抖,血液仿佛充到了他的双耳里。"好汉都战死在了沙场,加尔多不配称王,作弊的骗子!在这里我当国王都比你强。"

大厅里"唰"地肃静了下来,所有人目瞪口呆。

加尔多说:"你的死期到了,瓦恩·阿卡森。"他从自己的位置上站起来,举起桌上的宝剑,将其从剑鞘里抽出。瓦恩周围其他人顿时行动起来,把桌子椅子都往后拉,瓦恩孤零零地站在那里,取出宝剑,而加尔多正朝他走来。

瓦恩移动着方位,只见加尔多从侧面朝他逼近,锐利的刀刃向他劈来。瓦恩往后一跳,双方的剑激烈碰撞,冲击力传遍了瓦恩的胳膊。加尔多朝前推动瓦恩,左突右刺,同时嘲笑着他。瓦恩向后跳开,试图获得一些活动空间,接着就来到了案桌前。

此时有只手从后面抓住了他,想要帮加尔多按住瓦恩,国王快步跑来。瓦恩放下宝剑,朝后伸手抓住那双按住他的手腕,身体下蹲用力一扭,用尽全力给了背后那人一个过肩摔,跟正冲刺过来的加尔多撞个满怀。

利刃从倒下那人的胸膛里抽出,拔出来时瓦恩再次抓起宝剑然后用力一撑跳到桌子上。其他人都朝着墙壁方向退后躲避,加尔多朝瓦恩的双膝猛烈挥砍,当瓦恩躲闪时,国王也跳上了案桌。他上下挥砍,迫使瓦恩后退,踏过面包和奶酪。瓦恩持剑自若,挡开国王的数度攻击,一直用灵活的脚步在身后作试探。

加尔多朝瓦恩刺来,瓦恩似乎看到了机会,便刺向对方的破绽之处,然而这是一个陷阱,国王向后甩出一个挥击,把他手中的剑打落在地。

国王一声怒吼,两眼放光。瓦恩从桌上跳下,疾步夺门而出跑进庭院,加尔多紧追不舍。就在门廊外头有一堆柴火,瓦恩朝加尔多扔去一大捆,接着发现木头堆里有一把斧子,他箭步一跳将其抓到。加尔多就在他身后,他一个转身,在齐腰高的位置挥舞斧头,只差一指的宽度就会砍到加尔多。

加尔多张口怒吼,满嘴黄牙尽露。他挥剑右砍,瓦恩一个躲闪,然后左劈,瓦恩再次避开。斧头头重脚轻,不易操作。加尔多放任瓦恩先挥砍过来,而后再去逼近,瓦恩感到刀剑穿透了他的衬衣并伤及肋骨上的表皮。于是他抡起斧子,朝加尔多笔直劈过去。

加尔多身子一探,斧头从他肩膀边一扫而过。瓦恩跑过庭院,朝那间储藏室而去,那房间里的木桶上插满了刀剑。可是几扇门都是关着的,而且都用木条封死。此时加尔多尾随而来,向他猛烈攻击,一边高喊一边嘲笑着。

"休想逃走,小子,咱们的事儿还没了结呐!"

瓦恩突然转向厨房,心想那里边应该会有刀具,却在庭院中央的地面上看到一把扫帚,于是转向奔扫帚而去。他听到远处传来呼喊声,可是目光所及之处便只有这把扫帚了。他将其一把抓起,在加尔多靠近时猛一转身。

利剑朝他的脑袋挥砍上来,瓦恩拿扫帚去捅,利剑砍到木头上将其劈断。瓦恩依然紧紧抓住这根被削短的扫帚,侧身一个滑步,躲开了利剑的攻击范围。加尔多站立片刻,再举起宝剑,剑刃的尖头在空中画了个圈，就好像在为他吸聚能量似的。

四周墙下挤满了人，他们都在叫喊，吹口哨。不过瓦恩只看得见那个刀尖，他步履轻盈，用扫帚的柄端在身前突刺，一寸一寸朝墙的方向推进。加尔多紧跟瓦恩的步伐，时而举剑抵挡，时而紧靠上前，时而躲避后退。瓦恩匆匆朝身后扫了一眼，后方即是上达高处围墙的阶梯了。此时刀剑迎面朝他刺来，他向后一跳，跃上了阶梯。

此刻加尔多位于瓦恩的下方，但瓦恩手头没有什么武器可以加以利用。他抄起那根短扫帚猛烈击打，但国王缩了回去，扫帚够不着了，加尔多还用剑砍向他的脚踝。瓦恩再跳上一级台阶，加尔多紧紧跟上，举剑朝他刺来。加尔多连跨几级阶梯，瓦恩疾跑翻过护栏，紧紧靠在围墙上。

"现在看你往哪儿跑。"加尔多气喘吁吁地说。他举起宝剑，瓦恩注视的目光也随之抬升。"哈！你很欣赏我的宝剑是吧？你是该好好瞧瞧。它是无价之宝，嗜血如命。"加尔多朝瓦恩的脸部挥舞宝剑，"它品尝到的第一滴血属于铸造它的小矮人，那个人从此再也无法铸造另一把这样的宝剑了。而眼下……"加尔多把剑摆到瓦恩头顶上方，高高地翘起。"它想要尝尝你的血。"

小矮人……小矮人……瓦恩牢牢撑在墙壁上大声呼喊道："提拉斯特，记住！"

在加尔多挥剑向下要劈瓦恩的脑袋时，宝剑却在他手上转了向，打到墙壁上，飞过围栏。

此时瓦恩大喝一声，加尔多箭步朝前要去夺剑，两人的双手同时伸出，但瓦恩距离更近一些，他的手紧紧抓牢剑柄，一刻不犹豫地用全身的力气挥动手臂，一剑砍杀在加尔多身上。

远方某处响起一声高呼，瓦恩站住了，加尔多跪倒在地，双手捂在自己被切开的肚子上，脑袋朝后仰着。瓦恩说道："为了给兄弟们报仇，为了索罗夫，为了地窖里的矮人！"他把宝剑直接插进加尔多的胸膛里。

欢呼声持续不断,下方庭院里众人都在挥手高喊着,瓦恩气喘吁吁地站在那里。

他手中的宝剑似乎感觉更轻了,用起来也更快了,其威力仿佛在剑的内部燃烧。瓦恩终于理解了为什么先前加尔多总是一直触摸它。瓦恩很想立刻用此剑再砍杀点什么,小矮人为其注入了魔力,瓦恩还记得这把剑是如何令加尔多如痴如醉的。

瓦恩走下台阶步入庭院,这里挤满了人,全都注视着瓦恩。当他朝众人走来时大家全都后退,好让出一条道来。瓦恩穿过厨房,找到那盏灯芯草油灯,沿着走廊深入黑暗之中。

瓦恩来到楼梯底部的锻铁作坊里,双脚陷在尘土中,高举起油灯来观察。小矮人的头颅埋在尘土里,但现在他的脸上露出了笑容。

瓦恩把宝剑放在小矮人旁边。

"我把此物带来还给您。"

小矮人低声说道:"是你的,现在是你的了。"

瓦恩连忙迫不及待地将其重新握到手里,小矮人的双唇一动,笑容愈发明显。"不过要小心,此剑依然邪气逼人。"

这就是瓦恩·阿卡森怎样成为威德堡国王的故事。然而那里的生活并不让他称心如意,不久后他便离去,加入到裘姆斯维京人的队伍里了。

# 乔治·R. R. 马丁

乔治·R. R. 马丁是雨果奖、星云奖和世界奇幻奖得主,曾居于《纽约时报》畅销书排行榜第一的作家,著有里程碑意义的奇幻小说"冰与火之歌"系列,被誉为"美国托尔金"。

乔治·R. R. 马丁生于美国新泽西州的贝约恩市,1971年卖出第一篇小说,并迅速成为20世纪70年代最受欢迎的科幻作家之一。凭借《晨临雾逝》《杀人之前请三思》《第二种孤独》《风港的暴风雨》(与丽莎·图托合著,后扩展为长篇《风港》)、《超载》等精品小说,他当上了本·波瓦主编的《类比》杂志上的明星,他也为《惊奇故事》《奇妙》《银河》及其他杂志献文。1974年他在《类比》杂志上发表的精彩中篇《莱安娜之歌》,为他赢得了第一座雨果奖。

到20世纪70年代末,马丁的科幻作家生涯达到了顶峰,他写出著名的《沙王》——这是马丁流传最广的科幻故事,1980年赢得雨果星云双奖(1985年,马丁的《子女的肖像》又获星云奖),他还写了《十字架与龙》,并于同年赢得雨果奖,这让马丁成为历史上头一位同一年因小说赢得两项雨果奖的作家。此外,马丁的科幻作品包括《孽海花》《石头城》《星际女郎》等等。这些小说被收集在小说集《沙王》里,那是同时代最强的选集之一。这时的马丁,基本已离开了《类比》这个杂志阵地,只是20世纪80年代在斯坦利·施密特主管的《类比》上发表了星际旅行家哈瓦德·图夫的系列故事(后被结集为《图夫航行记》)和几个中篇(如《夜行者》);与之相对,从20世纪70年代末到80年代初,马丁最优秀的作品都出现在《奥尼》杂志上。在20世纪七八十年代,马丁还出版了具有纪念意义的科幻小说《光逝》，这是他唯一一本独立完成的科幻长篇，他的中短篇被结集为《莱安娜之歌》《沙王》《星与影之歌》《死人唱的歌》《夜行者》和《子女的肖像》。20世纪80年代初，他还是开始离开科幻领域，投身恐怖小说，写出了长篇恐怖小说《热夜之梦》，并以《梨形男》赢得布拉姆·斯托克奖，以《狼皮交易》赢得世界奇幻奖。但在20世纪80年代末，随着恐怖小说市场的滑坡和野心勃勃的小说《末日狂歌》的失败，马丁暂时离开了小说行业，转行成为了成功的电视编剧。在十多年时间里，他在《新阴阳魔界》《侠胆雄狮》这样的电视剧中担任编剧或制片人。

多年以后，马丁在1996年胜利地回归小说出版行当，他写出了具有里程碑意义的奇幻小说《权力的游戏》，这开始了"冰与火之歌"的历程。从《权力的游戏》中抽取的单独的中篇《龙之血脉》，在1997年为马丁赢得了雨果奖。"冰与火之歌"系列的其他作品《列王的纷争》《冰雨的风暴》《群鸦的盛宴》和《魔龙的狂舞》，奠定了该系列在现代奇幻文学中不可动摇的地位。马丁最新的作品包括一本中篇合集《星际女郎与密合体》，和与加德纳·多佐伊斯及丹尼尔·亚伯拉罕合著的小说《猎人行》。作为编辑，他的"百变王牌"系列长盛不衰，近期有《直线》《自杀的王》等新作。

这次的作品，马丁将带领我们前往英雄辈出的维斯特洛，前往"冰与火之歌"系列的主舞台，为我们讲述风格浮华但从未得以称王的浪荡王子戴蒙·坦格利安的故事——他的野心将让全世界陷入战火之中。

# 龙王的儿子们

伊耿一世国王同时娶了姐姐和妹妹。雷妮丝和维桑尼亚同为驭龙者，同样拥有银金色头发、紫色眼眸和纯正坦格利安血统带来的美貌，但除此以外，两人可谓天差地别……或许，她们还有一点相似：她们都给了国王一个儿子。

伊尼斯是长子。征服七年，他由伊耿年纪较轻的妻子雷妮丝所生，生来瘦小多病。据说伊尼斯出世时四肢细瘦，小眼睛泪水汪汪，总是号哭不止，国王御前的学士们甚至担心他能否存活。他不肯喝奶妈的奶，只愿吸吮母亲的乳头，传闻断奶时整整尖叫了半个月。总而言之，他跟伊耿国王的差别之大，乃至少数人敢于断言他并非国王的种，而是雷妮丝王后与其诸多英俊宠臣的后代，出自某个歌手、戏子或默剧演员。王子发育得也很慢，直到人们把小龙闪银——王子出生当年于龙石岛上孵化的龙——给了他，他才开始茁壮成长。

伊尼斯王子三岁那年，生母雷妮丝王后及其坐骑米拉西斯在多恩遇难，这让小王子陷入无法安抚的狂悖之中。他停止进食，甚至开始像一岁婴儿那样爬行，似乎忘记了如何走路。父亲对他无可奈何，宫中谣传伊耿国王将再娶一位妻子，因雷妮丝已逝，而维桑尼亚无子，很可能身体不孕。在这类问题上，国王一向自有主张，因此没人说得清他当时的真实想法，但许多大诸侯和高贵骑士都趁机带着自己的童贞女儿进宫，她们一个比一个漂亮。

然而骚动在征服十一年戛然而止——维桑尼亚王后突然宣布自己怀了国王的孩子。她自信满满地断言这是个儿子，事实也果然如此。小王子于征服十二年呱呱坠地，学士和产婆们均认同梅葛·坦格利安是他们见过最有活力的新生儿，他出世时的体重几乎是哥哥的两倍。

这对同父异母兄弟的关系并不亲密。伊尼斯王子是王位继承人，伊耿国王总把他带在身边，随自己周游全境，从一座城堡走到另一座城堡；梅葛王子则留下来陪伴他母亲，当她开庭理事时坐在她身旁。伊耿国王在统治中后期与维桑尼亚王后分多聚少，不在外巡游时他会回到君临和伊耿堡，而维桑尼亚带着儿子待在龙石岛。因此缘故，诸侯与百姓开始称梅葛为"龙石岛亲王"，该头衔后来成了王朝惯例。

维桑尼亚王后在儿子三岁时就将长剑塞进他手中。传闻梅葛·坦格利安用那把剑做的第一件事是宰了城堡里的一只猫……尽管这种说法更像是多年以后对头们的恶意中伤，但王子自幼习武确属事实。母亲为三岁的他挑选的教头是加文·科布瑞爵士，其人在七国上下罕逢敌手。

伊尼斯王子长期待在父王身旁，他的骑士技艺多半由伊耿的御林铁卫们传授，有时伊耿也亲自下场教导。导师们一致认可王子勤勉用功，也不缺乏勇气，无奈体格和力量方面与父王的差距太大，哪怕国王时而将"黑火"交他手中，他最终也只能成为一介平凡战士。导师们相信伊尼斯不会在战斗中蒙羞，却也不会有哪首歌谣赞颂他的勇猛无双。

伊尼斯另有天赋。他是个出色的歌手，歌喉深沉甜美。他谦恭而富于个人魅力，聪明而不沦于书生气。他交友广泛，也非常受年轻女性欢迎，无论对方出身高贵与否。伊尼斯还热爱骑乘，父亲赐给他许多跑马、驯马和军马，但他最喜爱的坐骑无疑是巨龙闪银。

梅葛王子也爱骑乘，只是对马、狗之类动物没有兴趣。他八岁时在马厩被一匹驯马踢到,便将马儿当场刺死……还削去了应声赶来的马童的半边脸。这位龙石岛亲王多年来有过许多伙伴,但没一个是他真正的朋友。他少年时代就好争吵,易怒而不易恕,一旦发作就怒不可遏。不过他的武艺高超,常人难及,八岁时借此当上侍从,十二岁时已能在比武会上连续挑翻比自己大上四五岁的青年,在校场中毫不留情地教训经验丰富的老兵。征服二十五年,梅葛十三岁命名日那天,他母亲维桑尼亚王后将自己的瓦雷利亚钢佩剑"暗黑姐妹"赐予了他……这也是他成婚的半年以前。

坦格利安家族的传统是族内通婚,理想情况是兄妹通婚,否则便寻求叔侄通婚、姑侄通婚、舅甥通婚等等。这项传统可追溯到古老的瓦雷利亚,在那里的世家大族中非常普遍,尤其是那些育龙驭龙的家族。俗话说"真龙血脉必须保持血统纯正",许多巫术王子甚至乐意一夫多妻,虽然这比近亲结婚鲜见。智者们写道,"末日浩劫"前的瓦雷利亚固然尊荣上千个神,却没有一个受人畏惧,龙王们的习俗遂大行其道、无从干预。

但维斯特洛并非如此,教会在此拥有至高无上的权威。除了旧神依然主导的北境和淹神信仰为本的铁群岛,全国各地均尊奉七面一体的真神,而真神在地上的代言人是旧镇的总主教。教会发源于安达斯,根据其无数个世纪流传下来的法典,坦格利安家族奉行的瓦雷利亚婚俗早已被宣判有罪。通奸被认定是丑恶罪孽,无论父女之间、母子之间、兄妹之间,此等结合生下的后代都将被视为诸神和世人眼中的孽种。

事后观之,教会与坦格利安家族的冲突其实无法避免。实际上,早在征服战争时期,许多大主教就希望总主教能公开否定伊耿与其姐妹的婚姻,不料教会之父转而劝说海塔尔伯爵放弃对抗"龙王",甚至亲自主持伊耿的第二次加冕、为之祝福并涂抹圣油,许多人感到十分失望。

剑之书

常言道：习以为常。为伊耿加冕的总主教出任教会牧首直至征服十一年，在他去世时，王国已逐渐习惯了国王拥有两个王后、她们还是他姐妹的事实。伊耿国王一直小心翼翼地尊崇教会，承认其传统权利与特权，将其财富和产业划归免税范围，并承诺受指控的修士、修女及其他神职人员只能由教会自己的法庭审判。

教会与铁王座之间的默契在伊耿一世的整个统治期维系不变。从征服十一年到征服三十七年，有六位总主教相继戴上水晶冠，国王对他们均十分友善，每次造访旧镇都不忘拜访繁星圣堂。但乱伦婚配的合法性问题并未得到真正解决，它就像埋藏在一派祥和之下的毒药。伊耿时期的列位总主教从未反对国王兄妹通婚，但也没予以首肯。至于教会的下级成员——乡村修士、神圣姐妹、乞丐帮兄弟和穷人集会等——他们依旧认为兄妹交配或一夫多妻是不伦的罪恶。

所幸"征服者"伊耿没有女儿，埋藏的问题不至于立刻激化。"龙王"的两个儿子均无姐妹可娶，只好另寻对象。

伊尼斯王子首先成婚。征服二十二年，他娶了国王的海政大臣和海军上将、"潮汛之主"伊斯恩·瓦列利安伯爵的童贞女儿阿莱莎小姐。阿莱莎年方十五，与王子同岁，也同样银发紫眼，因瓦列利安家族亦是出自瓦雷利亚的古老世家。伊耿国王的生母便出自瓦列利安家，这场婚配被视为表亲间的联姻。

这段婚姻幸福美满、枝繁叶茂。结婚次年，阿莱莎即产下一女，伊尼斯王子命名为雷妮亚，以纪念自己的母亲。女儿和父亲一样，出世时颇为瘦小，但与父亲不同，她是个健康快乐的孩子，有一对活泼的淡紫色眼睛和闪耀银箔般的头发。史籍所载，伊耿国王在第一次抱起孙女的刹那流下了眼泪，从此便格外溺爱她……或许她让他想起了自己永远失去的雷妮丝王后，就连她的名字也表达着对王后的缅怀。

雷妮亚出世的好消息传遍四方，王国上下欢欣鼓舞……也许，只有维桑尼亚王后除外。所有人都认同，伊尼斯王子是无可争议的铁王座第一继承人,现在的问题是梅葛王子在继承顺位上是保持第二,还是排到新出世的公主之后成为第三。为解决这个问题,维桑尼亚王后提议把女婴雷妮亚许配给当时刚满十一岁的梅葛,但伊尼斯和阿莱莎均表反对……消息传到繁星圣堂,总主教更送来一只渡鸦警告国王,教会不会接受这种婚约。总主教为梅葛提出另一个新娘人选:他本人的侄女瑟蕾茜·海塔尔小姐,即旧镇伯爵曼佛德·海塔尔(注意将此人与其祖父区分)的童贞女儿。伊耿国王一直很注意笼络旧镇及其统治家族,他认识到总主教的提议是明智之举,便同意了这场婚配。

征服二十五年,龙石岛亲王梅葛·坦格利安在旧镇的繁星圣堂迎娶了瑟蕾茜·海塔尔小姐,仪式由总主教亲自主持。梅葛年仅十三,新娘比他大十岁……但所有参与闹洞房的贵族一致认可,王子是个欲求旺盛的丈夫。梅葛本人更夸口在新婚之夜履行了丈夫职责十余次。"昨晚我为坦格利安家族添了一个儿子。"次日早餐时他公布道。

第二年,坦格利安家族的确添了一个儿子……但这个以祖父之名命名为伊耿的孩子,却是伊尼斯王子与阿莱莎王妃所生。七大王国再次沉浸在欢庆中,小王子健壮又凶悍,他的祖父"龙王"伊耿亲口赞许他"有战士之姿"。梅葛王子与侄女雷妮亚在继承顺位上孰先孰后固然存在争议,但伊耿作为伊尼斯的首要继承人却毫无疑问,正如伊尼斯是伊耿一世的首要继承人。

随后数年,坦格利安家族陆续增口添丁……伊耿国王对此欣喜万分,维桑尼亚王后则不尽然。征服二十九年,伊尼斯王子有了次子韦赛里斯,伊耿王子多出一个弟弟。征服三十四年,阿莱莎王妃生下第四个孩子——也是第三个儿子——杰赫里斯。征服三十六年,王子王妃迎来了次女亚莉珊。

亚莉珊出世时,其大姐雷妮亚公主已有十三岁,据加文大学士观察,"姐姐很高兴能有这个小妹妹,她表现得如此兴奋,甚至让旁人以为她才是母亲"。伊尼斯和阿莱莎的长女原本性情羞怯,平素轻声细气，比起和其他孩子交流，反倒更钟意动物。她小时候只要遇见陌生人，就会习惯性地藏到母亲的裙子后面或是抓紧父亲的大腿……但她喜欢喂食城堡里的猫，床上也总有一两只小狗。母亲为她相继安排了许多合适的女伴，那些都是大小领主的女儿，但雷妮亚与她们的关系并不密切，宁愿与书籍为伴。

然而雷妮亚九岁那年，一条在龙石岛的坑洞里孵化的小龙被带到她面前，她与这条被她命名为"梦火"的小龙立刻结成纽带。公主有了龙之后，慢慢告别了羞怯的童年。她十二岁时首度飞上天空，之后虽依旧是个安静的女孩，但再没人说她胆小怕事。没过多久，她交到第一个密友：表亲拉瑞萨·瓦列利安。有段时间，两个女孩形影不离……直到拉瑞萨被突然召回潮头岛，嫁给塔斯岛"暮之星"的次子。但年轻人的优势就是有活力，公主很快又找到新伴侣：时任首相之女萨曼莎·史铎克渥斯。

故老相传，正是雷妮亚公主将龙蛋放进亚莉珊公主的摇篮，正如她两年前把龙蛋放进杰赫里斯王子的摇篮。如果我们相信这些故事，从这两颗蛋中孵化的龙便是银翼和沃米索尔，它们的名字会被将来的史籍大书特书。

然而雷妮亚公主对弟弟妹妹们的疼爱，以及王国上下为每一个坦格利安后嗣诞生所迸发的喜悦，并未触及梅葛王子及其母维桑尼亚王后，因每一个新生儿都把梅葛在继承顺位上推后，还有人不依不饶地认为伊尼斯的女儿也比梅葛优先。雪上加霜的是，梅葛始终没有后代，瑟蕾茜夫人婚后多年不孕。

但在比武会和战场上，梅葛王子取得了远比哥哥亮眼的成绩。征服二十八年于奔流城举行的大比武会上，梅葛在长枪比武中连续挑翻三名御林铁卫，直至败在最终的冠军手中，随后的团体混战他则势不可挡地赢得了胜利。赛后他被父亲当场册封为骑士，用的正是族剑"黑火"，年方十六的梅葛遂成为当时七大王国最年轻的骑士。

成为骑士后，他继续建立功业。征服二十九年和征服三十年，梅葛两度随奥斯蒙·斯壮和伊斯恩·瓦列利安出征石阶列岛，扫荡里斯海盗王萨拉索·桑恩，期间参与了多场血战，证明了自己的无畏与强大。征服三十一年，他又在河间地猎杀了臭名昭著的强盗骑士"三叉戟河的巨人"。

但迄至此时，梅葛还不是驭龙者。伊耿一世统治后期，龙石岛的火山中孵出了十几条小龙，它们都被提供给王子，他却一一拒绝。眼看身为侄女的雷妮亚年仅十二岁就骑着梦火飞上蓝天，君临人开始议论梅葛的无能。某日在宫中，阿莱莎王妃就曾大声取笑他，"小叔是不是怕龙呢？"梅葛王子听了怒气勃发，他冰冷地回应说世上只有一条龙配得上他。

"征服者"伊耿统治的最后七年风平浪静。在令人失望的多恩战争之后，国王接受了多恩领的独立，还在和平协议签署的十周年骑贝勒里恩飞往阳戟城，与当时的多恩统治者戴蕊拉·马泰尔公主一起庆祝，举行"友谊的盛宴"。伊尼斯王子骑闪银随行，梅葛则留在龙石岛。伊耿用血与火统一了七大王国，但在征服三十三年庆祝过自己第六十个命名日后，他把心思转向了砖与泥。此后每年仍有长达半年的王室巡游，但从一座城堡旅行到另一座城堡的换成了伊尼斯王子和阿莱莎王妃，国王本人则留在两座居城：君临和龙石岛。

伊耿登陆的小渔村业已演变为十万人口的都市，它肆意拓展，臭气熏天。仅从规模上讲，国内唯有旧镇和兰尼斯港比它更大，但就其他很多方面来说，君临仍不过是一座超大规模的军营，其城区可用肮脏、恶臭、毫无规划及混乱不堪来形容，而已占据半个伊耿高丘的伊耿堡在七国上下所有城堡中，其丑陋程度也可谓登峰造极。伊耿堡的外围本是老旧的原木栅栏墙，而今杂乱无章的木制、土砌和砖块建筑早已挤到围墙范围之外。

这无疑与一位伟大国王不相匹配。征服三十五年，伊耿将整个宫

## 剑之书

廷迁往龙石岛,命令将伊耿堡推倒重建,在原址修筑一座崭新的城堡。根据他的谕令,新城堡必须用石材建筑。国王任命御前首相埃林·史铎克渥斯(奥斯蒙·斯壮爵士已于一年前去世)和维桑尼亚王后为新城堡的总设计师和工程监督(宫中戏言,国王将红堡的监工责任交付维桑尼亚,是因无法忍受她出现在龙石岛)。

征服三十七年,"征服者"伊耿中风驾崩于龙石岛。去世之前,国王正在图桌厅为孙子伊耿和韦赛里斯详述自己的征服故事。梅葛王子也在龙石岛,父亲的遗体于城堡庭院火化时,乃是由他念出悼词。国王身披战铠,链甲包裹的双手紧握"黑火"的剑柄,自古瓦雷利亚时代以来,坦格利安家族一直保持火葬传统,并未实行土葬。瓦格哈尔喷火点燃火葬堆,"黑火"与国王一同浴火,事后被梅葛取回。"黑火"的剑身变得更加沉暗,却丝毫未损,因为寻常火焰伤不了瓦雷利亚钢。

"龙王"留下了姐姐维桑尼亚、儿子伊尼斯与梅葛,外加五个孙子孙女。父王驾崩时,伊尼斯王子三十岁,梅葛王子二十五岁。

伊尼斯正在高庭巡游,得知父王死讯立刻骑闪银返回。葬礼结束后,他戴上父亲的瓦雷利亚钢红宝石王冠,加文大学士宣布他为坦格利安家族的伊尼斯一世,安达尔人、洛伊拿人和先民的国王,七国之君暨全境守护者。来到龙石岛向先君告别的贵族纷纷在伊尼斯御前跪地行礼,轮到梅葛王子时,伊尼斯亲手把他扶起,吻了他的双颊,说道:"弟弟,你无需再对我屈膝。从今以后,我们兄弟俩将并肩统治。"说完国王又把父亲的佩剑"黑火"赐给了弟弟。"你比我更适合它。用它为我服务,我便心满意足。"

(历史证明,这项馈赠颇为不智。维桑尼亚王后先前已将"暗黑姐妹"赠给儿子,这下梅葛王子等于同时拥有坦格利安家族的两把瓦雷利亚钢族剑。不过从此他只用"黑火",而将"暗黑姐妹"挂在龙石岛自己房间的墙上。)

善后事毕，新王带着宫廷航往君临。然而铁王座依旧矗立在大堆泥土和瓦砾中，旧的伊耿堡已被推翻，山丘上挖出无数坑洞与隧道，它们会成为将来红堡的地窖和地基，至于上层建筑，这会儿还无从谈起。但无论如何，当伊尼斯国王登上父亲的王座时，依然有数千人为他欢呼喝彩。

新王随即前往旧镇接受总主教的祝福。若骑乘闪银，他可在短短几天内抵达，但他宁愿走陆路，由三百名马上骑士及骑士们的随从陪伴。阿莱莎王后带着年纪最大的三个王子公主同行：雷妮亚公主时年十四，貌美如花，每一个见过她的骑士都为她倾心；伊耿王子十一岁；韦赛里斯王子八岁（较小的杰赫里斯与亚莉珊被留在龙石岛，因母亲认为婴儿不适宜长途旅行）。国王的队伍离开君临先向南去风息堡，然后才向西穿过多恩边疆地抵达旧镇，并在沿途每座城堡做客。根据国王的谕令，返程时他还将经过高庭、兰尼斯港和奔流城。

整场旅行中总有成百上千的百姓出来围观，为新国王和新王后欢呼，为小王子和小公主欢呼。伊耿王子和韦赛里斯王子被群众的热情感染，同时也开心地享受着每座城堡为国王及王室准备的宴席和表演，雷妮亚公主却再度变得羞赧不语。在风息堡，奥里斯·拜拉席恩的学士甚至写道："公主殿下似乎根本不想待在这里，她对所见所闻都不满意。她几乎不吃东西，不参加打猎或鹰狩，而被邀请献唱时——人们说她有甜美的歌喉——她粗暴地拒绝后回房了。"出行前，公主就极不乐意与坐骑梦火以及驾前新宠、河间地的红发少女梅丽儿·派柏分别。母后阿莱莎不得不让梅丽儿小姐加入巡游，雷妮亚才勉强同意随行。

在繁星圣堂，总主教依前朝旧例为伊尼斯·坦格利安加冕。他呈上一顶黄金王冠，冠上镶嵌着在翡翠和珍珠中雕刻的七神面孔。但哪怕教会之父为伊尼斯送上祝福时，也有人质疑伊尼斯坐上铁王座的资格。他们窃窃私语，说维斯特洛需要一位战士，而梅葛显然是"龙王"的两个儿子中更强大的。这些心怀不满者的代表便是维桑尼亚太后。"答案一目了然,"据说她如此声言,"伊尼斯本人也十分清楚,否则他怎会把'黑火'给予我儿?他知道,梅葛才有统治天下的气力。"

对新王的"气力"的考验比任何人想象的都来得快。征服战争在全国各地都留下了伤疤:儿子们长大后渴望为先父报仇;骑士们念念不忘凭手中长剑、胯下战马和身上铠甲就能发财致富、赢得荣耀的日子;诸侯们耿耿于怀的则是如今需要国王恩允才能征税或杀敌。"'龙王'的枷锁可以被打破,"蠢蠢欲动的家伙彼此鼓励,"我们可以赢回自由。现在是最好的机会,因为新王是个弱者。"

最初的公开叛乱发端于河间地巨大的废城赫伦堡。伊耿将该城赐予自己的老教头昆廷·科何里斯爵士。征服九年,科何里斯伯爵坠马而死,爵位传给其孙戈根。戈根是个肥胖而愚蠢的人,对年轻女孩的胃口大得出奇。他被百姓称为"婚宴客"戈根,因他当上伯爵后很快便在领内每场婚礼上出现,尽可能地享受领主的初夜权——他就这样成了最臭名远扬、最让人厌恶的客人……不只如此,他还对仆人们的妻女上下其手。

伊尼斯还在返回君临的巡游途中,由奔流城的徒利公爵招待,噩耗便即传来:一名被戈根伯爵"荣耀"过的少女的父亲不堪受辱,遂打开赫伦堡的一道边门放盗匪入城。匪首名为"红心"赫伦,自称"黑心"赫伦之孙。强盗们将伯爵拖下床榻,一路拖到城中的神木林,赫伦在那里阉了他,还将割下的性器扔去喂狗。少数忠诚的士兵被杀,其他人同意加入赫伦的队伍,后者旋即自封为赫伦堡之主和河流王(他自称"黑心"赫伦之孙,实际并非铁种,未敢提出对铁群岛的权利要求)。

消息传到奔流城,徒利公爵力促国王即刻骑上闪银,从天而降攻击赫伦堡,一如其先父所为。国王许是顾虑母亲在多恩遭遇的不幸,反命徒利公爵召集封臣，自己留在奔流城等待。直到聚集了上千人马，伊尼斯才出兵讨伐……但等抵达赫伦堡，那里已是空空如也，唯有满地尸体——"红心"赫伦的匪帮杀光了戈根伯爵的仆人们之后，再度遁入森林。

伊尼斯回到君临时，局势继续恶化。在谷地，罗纳·艾林公爵之弟杰诺斯囚禁并废黜了对王室忠心耿耿的哥哥，自立为山谷之王；在铁群岛，另一位牧师国王从大海中走来，自称是淹神之子、"双淹人"罗德斯，当初入海拜访父亲，如今终于回归；在多恩领高耸的赤红山脉，一位被称作"秃鹰王"的僭主凭空出现，他号召所有正直的多恩人为坦格利安家族对多恩施加的暴行复仇。尽管戴蕊拉公主谴责了这位"秃鹰王"，誓言她和她忠诚的多恩子民只要和平，依然有数千人聚到此人旗下。他们从丘陵和沙漠间深入群山，又沿着山中的山羊小道侵入河湾地。

"这个'秃鹰王'疯疯癫癫，其追随者也都是无组织无纪律的乌合之众。他们从不洗澡，"哈慕·唐德利恩伯爵写信报告国王，"我们在五十里格外就能闻到。"但没多久，伯爵口中的"乌合之众"便攻下了伯爵的家堡黑港。"秃鹰王"亲手割掉唐德利恩伯爵的鼻子，又将黑港付之一炬，继续挺进。

伊尼斯国王明白必须尽快平息这些叛乱，却不知如何下手。根据加文大学士的记录，国王无法理解桩桩祸事发生的原因。老百姓不是很爱戴他吗？杰诺斯·艾林、新的罗德斯、"秃鹰王"……他可曾亏待过他们？他们若受了委屈，为何不来他御前申诉？"我会倾听事由、秉公处理。"国王打算派使者与各地叛党沟通，了解对方起兵的原委。由于"红心"赫伦在逃，国王担心君临也不安全，便让阿莱莎王后带着较小的几个孩子待在龙石岛。他又命御前首相埃林·史铎克渥斯组织舰队和陆军，准备航往谷地讨伐杰诺斯·埃林，为其兄罗纳复位。但舰队正待出发的最后时刻，国王又改了主意，担心史铎克渥斯的离去让君临空虚。于是他让首相仅带上几百人去追捕"红心"赫伦，认定自己需要召开一次大议会来研究平叛对策。

国王犹豫不决之际，诸侯们已展开行动。他们有的自行其是，有的与太后联手。在谷地，符石城的阿拉德·罗伊斯伯爵召集了四十多位忠诚的封臣进军鹰巢城，轻而易举地击败了自立为山谷之王的叛逆。但当胜利者要求对方释放他们的合法封君时，杰诺斯·艾林的回答是把亲哥哥扔出月门。罗纳·艾林，这位曾在龙背上三次绕飞巨人之枪的公爵，就这样迎来了悲惨的结局。

以寻常手段论，鹰巢城的确攻不破，所以杰诺斯"国王"及其死党敢于负隅顽抗，还大肆嘲讽山下的忠诚派……直至梅葛王子骑着贝勒里恩出现在空中——"征服者"的次子终于骑上了巨龙，而且是所有龙之中最庞大的"黑死神"。

鹰巢城守军不愿沐浴贝勒里恩的龙焰，当场拿下他们的"国王"，打开月门投给罗伊斯伯爵，弑亲者杰诺斯就这样以对等的方式为哥哥偿了命。不过他那些临阵倒戈的手下虽躲过了龙焰之劫，仍不免被处死——梅葛王子在鹰巢城作出裁决，一个叛徒也不放过，并且叛徒没资格享受斩首的荣誉，统统处以绞刑，地位再高也不例外。于是束手就擒的骑士们被扒光了衣服，腿脚无助地踢打着，慢慢吊死在鹰巢城城墙上。已故艾林兄弟的堂亲胡伯特·艾林被拥为新的鹰巢城公爵，他的妻子出自符石城的罗伊斯家，夫妇已有了六个儿子，艾林家族的延续就这样被确定下来。

在铁群岛，派克岛掠夺者之首葛恩·葛雷乔伊同样迅速地击败了罗德斯"国王"（或称罗德斯二世）。他召集一百条长船，攻向对方的支持者最多的老威克岛和大威克岛，屠杀了好几千人。事后他把牧师国王的人头用盐水腌过，送往君临。伊尼斯国王如此满意这份礼物，以至让葛雷乔伊随意选择一项恩惠——这是极不明智的冲动之举，葛恩大王渴望证明自己是淹神的真正子孙，遂要求国王授予他驱逐领内所有修士修女的权利。这些神职人员本是征服战争后来到铁群岛，力图让铁民归化七神信仰的。国王别无选择，只能同意。

对王国而言，声势最大也最有威胁的叛乱还数多恩边疆地的"秃鹰王"。尽管戴蕊拉公主从阳戟城发出一份又一份谴责，许多人仍旧怀疑她在耍两面派，因她不但没有出兵平叛，据谣传反而为叛军提供人员、金钱和补给。无论谣言是真是假，的确有数百名多恩骑士和数千名经验丰富的长矛手加入"秃鹰王"的部众，使得那支队伍的规模急剧膨胀，乃至超过了三万人。正因麾下部众太多，"秃鹰王"才作出错误的分兵决定：他自率一半人马向西攻打夜歌城和角陵城，另一半人马在"寡妇爱人"之子沃尔特·维尔伯爵的带领下，东进扑向史文家族的家堡石盔城。

两支部队都遭遇惨败。奥里斯·拜拉席恩——如今被称作"独手"奥里斯——最后一次从风息堡率军出击，在石盔城下粉碎了多恩人。负伤的沃尔特·维尔被带到他面前，奥里斯公爵说："你父亲取走我的手。父债子偿。"他说着便砍下沃尔特伯爵的持剑手，又砍下对方的另一只手，然后是双脚，充作"利息"。拜拉席恩公爵返回风息堡途中离奇地因战伤发作而死，其子戴佛斯总说父亲走得很安详，看着洋葱串般挂在帐篷上的腐烂手脚含笑而去。

"秃鹰王"本人的结局也同样糟糕。他拿不下夜歌城，只能撤围而去，继续西进。卡伦伯爵夫人随即出兵追击，与被"秃鹰王"弄成残废的黑港伯爵哈慕·唐德利恩合兵一处，唐德利恩伯爵麾下此时已有了一支边疆地人的强大联军。与此同时，角陵的山姆威尔·塔利伯爵率几千骑士和弓箭手，突然拦住多恩人的去路。这位伯爵人称"蛮人"山姆，他在随后爆发的血战中用瓦雷利亚钢巨剑"碎心"亲手砍倒好几十个多恩人，证明了自己的名头。"秃鹰王"的部众是三路对手相加的两倍，无奈大都未经训练、纪律松懈，在铁甲骑士的前后夹击下迅速崩溃。多恩人丢下长矛和盾牌，拔腿就跑，朝远方的山脉逃窜,边疆地众领主不依不饶地追击和屠杀他们,这场追逐被称为"秃鹰大猎杀"。

叛军首领,那个自称"秃鹰王"的男人,最后被生擒活捉。"蛮人"山姆·塔利剥光了他的衣服,把他绑在两根柱子之间。歌手们传唱,"秃鹰王"名副其实地被自己外号中那种猛禽光顾,撕成了碎片,但事实上他死于干渴和日晒,鸟儿直到他死后才来享用尸体(后来的岁月中,又有多人自称"秃鹰王",没人说得清他们是否为此人的后代)。"秃鹰王"毙命通常被视为第二次多恩战争的结束——这场战争的名称容易让人误会,事实上"秃鹰王"并非多恩领主,而戴蕊拉公主从始至终都在谴责他,并未参与军事行动。

最初的叛乱直到最后方才平定。四处流窜的"红心"赫伦终被堵截在神眼湖西的一个村庄,但这位土匪国王并未束手就擒,他在最后一战中击杀了国王之手埃林·史铎克渥斯伯爵,继而被首相的侍从伯纳·布伦所杀。心怀感激的伊尼斯国王册封布伦为骑士,赐予戴佛斯·拜拉席恩、山姆威尔·塔利、"没鼻子"唐德利恩、艾莲·卡伦、阿拉德·罗伊斯和葛恩·葛雷乔伊许多金子、职位和荣誉,最重大的赏赐他留给了弟弟——伊尼斯国王以英雄凯旋的规格迎接返回君临的梅葛王子,当着欢呼的群众的面拥抱了弟弟,并提拔对方为国王之手。当年岁末,龙石岛的火山中又孵出两条小龙,这被认为是吉兆。

但好景不长。

或许龙王的两个儿子本无法和平共处,因为两兄弟的个性截然不同。伊尼斯国王热爱妻子、孩子和人民,而他唯一的愿望就是对方也能回报以同样的爱。他登基后对宝剑和长枪失去了一切兴趣,转而研习炼金术、天文学和占星术,欣赏音乐和舞蹈,穿戴最好的丝绸、锦绣和天鹅绒,喜与学士、修士和智者们为伴;梅葛比哥哥更高大魁梧,体魄极为强健,他对哥哥的爱好毫无兴趣,他是为战争、比武和角斗而生的人。他被正确地视为维斯特洛最出色的骑士之一,尽管他在战场上的野蛮程度和对待手下败将的严苛无情也同样令人侧目。伊尼斯国王总想讨好他人,遇到阻碍也总是轻言软语,梅葛的回应则永远是铁和火。加文大学士说伊尼斯相信所有人,梅葛却谁也不信,据他观察,国王很容易受他人影响,行事如风中芦苇一样东摇西摆,往往采纳的是最后传入耳中的意见;与之相对,梅葛极为固执,犹如坚硬的铁棍,不肯屈从于人。

虽然性情迥异,龙王的两个儿子还是和谐共治了近两年。征服三十九年,阿莱莎王后为伊尼斯国王再添了一个继承人,一个被她命名为瓦莱拉的女婴。虽然这孩子不久后遗憾地死于襁褓,但王后的丰饶多产或许终于刺痛了梅葛王子,让他作出出格的大事……无论出于何种原因,王子突然宣布瑟蕾茜王妃体质不孕,因此他已迎娶新晋赫伦堡伯爵之女亚丽·哈罗威为二房,这让国王和王国上下都大为震惊。

婚礼是早先于龙石岛上、在维桑尼亚太后庇护下举行的。由于城堡的修士拒绝主持仪式,梅葛和他的二房新娘只能按照瓦雷利亚风俗,"以血与火联姻"。这场婚姻没得到伊尼斯国王的认可,国王甚至毫不知情,别提到场参与。消息传开后,两个同父异母的兄弟吵得不可开交。勃然大怒的不只是国王,瑟蕾茜王妃的父亲曼佛德·海塔尔伯爵也向国王提出强烈抗议,要求废黜这位亚丽"夫人"。旧镇繁星圣堂的总主教走得更远,他宣布梅葛的再婚是通奸和犯罪,将王子的新娘称为"哈罗威妓女"。他义正辞严地声明,七神看顾下任何正直的男女都不会容忍这桩罪行。

但梅葛王子不肯让步。他强硬地指出,自己的父亲就娶了两个妻子,而教会的条款或许能约束世人,却管不了"龙王"的血脉。这些顽固的言论造成了如此严重的伤害,以至伊尼斯国王此后再也没能弥合被撕开的伤口,七国上下许多虔诚的领主坚决否认这场婚姻,并开始公开谴责"梅葛的妓女"。

恼羞成怒的伊尼斯国王给了弟弟一个选择：要么放弃亚丽·哈罗威，回到瑟蕾茜王妃身边；要么流放海外五年。梅葛王子选择流亡，征服四十年，他带着亚丽夫人、坐骑贝勒里恩和族剑"黑火"去了潘托斯（据说伊尼斯要弟弟归还"黑火"，梅葛王子的回应是"陛下可以试试从我手中取回"），瑟蕾茜王妃被抛弃在君临。

首相之位再度出缺，伊尼斯国王起用了墨密森修士，据说这位虔诚修士的触摸可以治病（国王让新任首相每晚将手放在瑟蕾茜王妃的肚子上，唯愿弟弟的合法妻子能因此变得丰饶，促使弟弟幡然悔悟。但王妃很快厌倦了日复一日的夜间仪式，离开君临回到旧镇参天塔的父亲身边）。国王满以为自己的选择能取悦教会，事态发展却大出他意料。墨密森修士既无法改善瑟蕾茜·海塔尔的身体，也无法抚平王国全境沸腾的情绪。总主教继续大发雷霆，而各地领主对国王的软弱议论纷纷。"他连自己的弟弟都管不了，谈何治理七大王国？"诸侯们心怀疑问。

唯有国王对国内的骚动视而不见，他只看到和平再度降临，惹事的弟弟被驱逐到狭海对岸，而伊耿高丘上一座崭新而伟岸的城堡正在逐步落成：国王的新居城完全由淡红色石头建筑，有着雄伟的城墙、碉堡和塔楼，比龙石岛上那座城更大更华丽，足以抵挡任何外敌。君临人称这座城堡为"红堡"，相应的营建工程占据了伊尼斯的全部注意力。"我的子孙后代会在这里统治千年。"国王宣称。或许正因考虑到后继问题，伊尼斯·坦格利安于征服四十一年作出了一个灾难性的决定：他宣布有意让长女雷妮亚嫁给她的弟弟、即铁王座继承人伊耿。

公主当年十八岁，王子十五岁，他们打小就很亲，长大后更成为亲密玩伴。尽管伊耿还没有自己的龙，但曾多次与姐姐一起骑着梦火飞上天空。他苗条、英俊，每年都在长高，许多人说他与他祖父同龄时简直一模一样。三年的侍从生涯锻炼了他的剑、斧技巧，他在长枪上的造诣更被公认是少年一代中最优秀的。许多少女对他着迷，而伊耿并非不为所动。"王子殿下若不尽快结婚，"加文国师在给学城的报告中写道，"国王陛下或许就要应付私生孙子的问题了。"

雷妮亚公主身边也不乏追求者，但与弟弟不同，她从未假以辞色。她更喜欢弟弟妹妹、小猫小狗——以及她的新宠，符石城伯爵之女阿莲·罗伊斯……阿莲是个胖乎乎的女孩，相貌平凡，雷妮亚却离不开她，以至常带她骑梦火飞翔，跟从前带弟弟伊耿上天一样。当然，雷妮亚自己上天的次数更多，她度过十六岁命名日后便迫不及待地宣布自己已是成年女人，"想飞去哪里就飞去哪里"。

她的确飞去了很多地方，远至赫伦堡、塔斯岛、符石城和海鸥镇都目睹过梦火的身影。传说（但从未得到证实）雷妮亚在某次飞行旅途中将贞操给了一个出身低贱的情人。有的故事说那人是个雇佣骑士，有的故事说那人是个歌手，又有说是铁匠之子，乃至乡村修士。由于这些故事流传甚广，有人猜测伊尼斯一心要让女儿成婚或许是为了避免绯闻。无论真相如何，十八岁的雷妮亚的确到了适婚年龄，她比父母结婚时还要年长三岁。

按照坦格利安家族的传统与习俗，伊尼斯国王认为让他最年长的两个孩子成亲是理所当然。雷妮亚与伊耿的感情众所周知，两人对这场婚姻均无反对，事实上，他俩似乎从在龙石岛和伊耿堡度过的婴儿时代开始，就已在期待彼此的结合。

然而国王的宣告引发了一场空前强烈的政治风暴，让王室措手不及，尽管睿智之人或许早已看出失控的迹象。教会曾宽恕了——至少是故意忽略了——"征服者"与其两个姐妹的婚姻，但不愿为"征服者"的孙子孙女再次让步。繁星圣堂发出空前严厉的声明，认定姐弟通婚为乱伦。总主教特意指出，如此结合生出的任何后代都将被视为"诸神与世人眼中的孽种"，七国上下上万名修士复诵了这份声明。

伊尼斯·坦格利安以优柔寡断著称,但在此事上——尽管面对教会的怒火——却格外坚定和固执。维桑尼亚太后向他提出两个方案:要么放弃既定婚配,为儿女另寻对象;要么骑上闪银飞往旧镇,烧光繁星圣堂,干掉总主教。伊尼斯国王哪个也没选,他只是单纯地坚持既定安排。

婚礼当天,思怀圣堂——这座圣堂建在雷妮丝丘陵,以纪念"龙王"陨落的王后——外的街道上站满了身披闪亮银甲的战士之子,他们记下了每一位到场宾客的名字,无论对方是走路、骑马还是坐轿。那些明智的领主预见到了危险,纷纷选择缺席。

到场宾客不只见证了婚礼,还目睹了其他变故:仪式后的婚宴中,伊尼斯国王雪上加霜地将龙石岛亲王的头衔授予王位继承人伊耿王子。他说出这番话时大厅鸦雀无声,所有人都知道这头衔迄今为止一直属于梅葛王子。高桌边的维桑尼亚太后霍然起身,未经国王允许便扬长而去。她连夜骑上瓦格哈尔飞回龙石岛,据史书记载,当她的龙掠过月亮时,月球呈现鲜红的血色。

伊尼斯·坦格利安似乎不理解这一系列举措已让自己四面树敌,陷入难以收拾的境地。急于挽回民心的他谕令新婚的王子夫妇展开一场全境巡游,无疑是联想到登基时那场巡游到处所受的欢迎。或许就连雷妮亚公主也比父亲明智,她要求在旅途中带上自己的龙梦火,但伊尼斯拒绝了——由于伊耿王子还不是驭龙者,国王担心领主和百姓们看见自己的儿子骑马、女儿骑龙,便会轻贱王子。

国王完全错判了维斯特洛的世事人情、民心向背和总主教的深厚威信。伊耿和雷妮亚的队伍自出发第一天起就遭到虔诚民众的嘲弄。在女泉镇,慕顿伯爵为他们举办的接风宴上,竟找不到一个修士来念诵祝词;在赫伦堡,卢卡斯·哈罗威伯爵闭门不纳,除非他们承认他的女儿亚丽为梅葛真正与合法的妻子。尽管王子和公主拒绝让步,虔诚的百姓也没因此善待他们,巡游队伍只能在"黑心"赫伦的巨城的高墙下扎营，度过一个湿冷的夜晚；在河间地的某座村庄，许多穷人集会成员甚至向王子夫妇投掷污物，伊耿王子忍不住要拔剑出击，却被随行保护的骑士们阻止，因巡游队伍的人数与对方不成比例。雷妮亚公主大胆地骑到民众面前声言："我明白了，你们很会欺负骑马的女孩。不过下次我会骑着龙，有种再冲我扔东西试试。"

与此同时，国内其他地方的局势也在恶化。为主持乱伦婚礼的缘故，时任首相墨密森修士已被教会革出教门，伊尼斯国王亲笔致信总主教，恳求对方原谅"我那位善良的墨密森"，并长篇累牍地解释古瓦雷利亚兄妹通婚的传统。总主教的回复如此怨毒，以至国王读信时面无血色——教会的牧首不但没有让步，反将伊尼斯斥为"孽物国王"，说他是个僭主和暴君，无权统治七大王国。

虔诚民众倾听了总主教的呼声。不到两周后，墨密森修士坐轿穿过都城时，一帮穷人集会成员突然从巷子里涌出，用斧头将他剁成碎片。战士之子开始加强雷妮丝丘陵的守备，把思怀圣堂变成他们的堡垒。由于红堡还需多年才能完工，国王认为自己在维桑尼亚丘陵上的居所过于脆弱，计划带着阿莱莎王后及其他孩子返回龙石岛——这是明智之举，出发的三天前，两个穷人集会成员翻越王家宅院的外墙，闯入国王的卧室。幸得御林铁卫及时保护，伊尼斯才没有死于非命。

国王离开维桑尼亚丘陵，换来了活生生的维桑尼亚。太后在龙石岛上用这段著名的话来迎接国王："我的侄儿，你是个白痴和胆小鬼，试问谁敢这样冒犯你父亲？你胯下有龙，你正该骑它飞往旧镇，把繁星圣堂变成第二个赫伦堡。若你没胆，就让我去替你烧烤那个惺惺作态的小丑。"伊尼斯不肯听从，转而将太后锁进海龙塔上她自己的房间里，禁止出入。

到征服四十一年底，针对坦格利安家族的公开叛乱已在国内四处蔓延。"征服者"伊耿驾崩后迅速崛起的四个自立为王者与这些新威胁相比不值一提，如今的叛乱者坚信自己是七神的战士，正参与推翻不信神的暴君的圣战。

七国上下有数十位虔诚的诸侯响应教会的呼吁，扯下国王的旗帜，宣告为繁星圣堂而战。战士之子夺得君临的各道城门，控制了都城内外出入，还赶走营建红堡的工人。数以千计的穷人集会成员在全国各地的道路上游荡，强迫旅行者声明自己支持"诸神还是孽种"，他们还堵住许多领主的城堡大门抗议，直到那些领主宣布反对坦格利安国王。在西境，伊耿王子和雷妮亚公主被迫放弃巡游，躲进秧鸡厅避难。一位被布拉佛斯铁金库派往旧镇、与新任海塔尔伯爵及旧镇之音马丁·海塔尔（其父曼佛德伯爵短短数月前离世）会晤的使者，在给家乡的联络中形容总主教为"维斯特洛真正的国王，无冕之主"。

新年到来时，伊尼斯国王依旧逗留在龙石岛，笼罩在恐惧和犹疑中。国王才三十五岁，传说外貌却像六旬老人，根据加文大学士的报告，其入睡时常伴随腹泻和胃痉挛。大学士治不好国王，于是太后接过担子，伊尼斯的状况似乎暂时得到好转……但接获儿子和女儿被数千穷人集会成员团团包围、无奈只能困居秧鸡厅的消息时，他的身体突然垮了，并于三日后不治驾崩。

伊尼斯·坦格利安一世和他父亲一样于龙石岛城堡的庭院火化。伊尼斯十二岁的儿子韦赛里斯、七岁的儿子杰赫里斯和五岁的女儿亚莉珊参加了葬礼，新寡的阿莱莎太后为他唱了一首挽歌，然后他挚爱的坐骑闪银点燃火葬堆——另据记载，沃米索尔和银翼这两条龙也参与了点火。

维桑尼亚太后却不在场。国王驾崩后，她即刻骑上瓦格哈尔，东越狭海，迅速带回了骑贝勒里恩的梅葛王子。

梅葛在龙石岛稍事停留，用以举行加冕式。他放弃了伊尼斯钟意的带有七神雕像的华美金冠，选择了父亲那顶血红宝石瓦雷利亚钢王冠。他母亲亲手将王冠戴到他头上，聚集于此的领主和骑士们纷纷下跪，然后他自封为坦格利安家族的梅葛一世，安达尔人、洛伊拿人和先民的国王，七国统治者暨全境守护者。

唯有加文大学士敢于抗议。年迈的国师坚称，无论根据维斯特洛何地的继承法——这些律法在征服战争后得到"征服者"本人的确认——铁王座理应传给伊尼斯国王的长子伊耿。"铁王座理应传给有力量得到它的人。"梅葛回应。他立刻判处大学士死刑，并用"黑火"干净利落地砍下了加文灰发苍苍、皱纹遍布的脑袋。

阿莱莎太后和她的孩子们也没留下来见证梅葛国王的加冕式。丈夫的葬礼结束不过几小时，她就带着孩子们离开龙石岛，去左近潮头岛上她父亲的城堡避难。梅葛得知后耸了耸肩……他忙于在图桌厅对一名学士口述给国内大小诸侯的信件。

当日有上百只渡鸦飞出龙石岛。次日，梅葛本人也骑上贝勒里恩，与骑瓦格哈尔的维桑尼亚太后一起越过黑水湾飞往君临。巨龙的回归引起都城骚乱，成百上千人急于逃离，却发现城门紧闭。战士之子控制了城墙、红堡的建筑工地和雷妮丝丘陵，他们将雷妮丝丘陵上的思怀圣堂作为据点。坦格利安一方则在维桑尼亚丘陵上升起旗帜，召唤忠诚的支持者，数以千计的人起而响应。维桑尼亚·坦格利安当众宣布她的儿子梅葛为他们的国王。"他才是真正的王者，身上流淌着'征服者'——我的弟弟、丈夫与挚爱——的血液。谁要质疑他对铁王座的权利，就站出来证明自己的指控吧！"

战士之子很快接受了挑战：七百名银甲骑士由圣剑骑士团团长达蒙·莫里根爵士（外号"虔诚的"）带领，骑下雷妮丝丘陵来会梅葛。"不必做口舌之争，"梅葛说，"凭本事分个高下。"达蒙爵士赞同对手的提议，声称诸神会把胜利赐予践行正义之人。"每边各选七名代理骑士，一如古安达斯的旧制。你能找到六个与你并肩战斗的同伴吗？"他知道伊尼斯将御林铁卫扫数带去了龙石岛，此时梅葛身边并无护卫。

梅葛转向支持者们，"谁愿与国王并肩战斗？"许多人因为害怕扭开了头，还有人假装没听见，毕竟战士之子威名远扬。许久才有一个人站出来，但此人并非骑士，只是自称"豆子"狄克的一介小兵。"我生是国王的人，"他说，"死也该作国王的鬼。"

有狄克作榜样，这才有第一位骑士出场。"这颗豆子让我们无地自容！"那位骑士高喊，"这里难道就没有一位真正的骑士吗？没有一个懂得忠诚的人吗？"出声的正是伯纳·布伦爵士，他曾以侍从身份杀死"红心"赫伦、并因此被伊尼斯国王亲手册封。他的训斥激励了其他人纷纷站出来，梅葛从中挑选了四个，他们的名字在维斯特洛历史上被大书特书：雇佣骑士黑壳镇的布拉蒙爵士；雷佛德·罗斯比爵士；盖伊·罗斯坦爵士，外号"贪嘴"盖伊；路西法·马赛爵士，他是石舞城伯爵。

战士之子派出的七名骑士也同样名垂青史：达蒙·莫里根爵士，号称"虔诚的"达蒙，他是战士之子的团长；李勒·布雷肯爵士；哈瑞斯·霍普爵士，人称"骷髅头哈瑞"；伊耿·安布罗斯爵士；狄肯·佛花爵士，他是毕斯柏里家的私生子；"流浪者"威廉爵士；"七星"加尔巴德爵士，他既是修士又是骑士。据记载，"虔诚的"达蒙带领战友们祈祷，恳求战士赐他们的手臂以力量。祈祷完毕后，太后下令审判开始，双方立刻交手。

甫一交手，"豆子"狄克就被李勒·布雷肯砍倒，但随后的经过各种记载大相径庭。一位编年史家说极度肥胖的"贪嘴"盖伊爵士被对手劈开肚子时，四十张尚未消化的派涌了出来，又有人声称"七星"加尔巴德爵士边打边唱了一首圣歌。许多记录提及马赛伯爵砍下哈瑞斯·霍普的一条胳膊，某份文献还说"骷髅头哈瑞"把战斧从被砍的手甩到另一只手中，转而劈进马赛伯爵的双眼之间，不过在其他编年史家笔下哈瑞斯爵士就这么死了。有人认为战斗持续了几小时，另一些人表示混战不过片刻，绝大部分参战者就要么断气、要么奄奄一息。所有人都说这场战斗打得很英勇,留下了许多值得歌颂的事迹,最后剩下梅葛·坦格利安一人对抗"虔诚的"达蒙和"流浪者"威廉两个。不过两名战士之子均身负重伤,梅葛还持有"黑火"。饶是如此,双方也几乎同归于尽,威廉爵士倒下时给梅葛的头部狠狠一击,那一击砸扁了头盔,令梅葛倒地后人事不省。许多人以为梅葛也死了,直到他母亲取下他那顶破碎的头盔。"陛下还有呼吸,"她宣布,"陛下还活着。"梅葛就这样赢得了比武审判。

最强大的七位战士之子陨落了,其中包括他们的指挥官,但他们还有超过七百名全副武装的骑士,这些人群聚在维桑尼亚丘陵顶见证了审判。维桑尼亚太后下令把儿子送给学士们照料,轿子抬着梅葛下山时,教会的骑士们纷纷下跪,以示敬意。太后要他们返回雷妮丝丘陵顶上加固过的圣堂待命。

梅葛·坦格利安于生死之间弥留了二十七天,学士们为拯救他使用了各种药剂药膏,修士们则在他的床头祈祷。战士之子也在思怀圣堂里祈祷,同时为前途争论不休。许多人认为教团武装别无选择,既然诸神赐予梅葛胜利,便只能尊他为王;也有人坚持必须履行对总主教的誓词,战斗到底。

这期间,御林铁卫从龙石岛赶到了君临,旋即依太后之命负起指挥城内数千名坦格利安忠诚部众的职责,包围了雷妮丝丘陵。在潮头岛,新寡的阿莱莎太后宣布自己的儿子伊耿才是真正的国王,但很少有人响应。王子毕竟尚未成年,且被穷人集会和虔诚的农民困在千里之外的秧鸡厅,这些人几乎都把他当作十恶不赦的怪物,他的吉凶委实难卜。

旧镇的博士们召开枢机会,讨论大学士的后继人选,最终选出梅罗思为继任者。成千上万的穷人集会成员涌向君临,西境方面由哈利斯·希山爵士带领,南境方面则跟随一位宛若巨人、人称"伐木工"渥特的斧手。秧鸡厅外扎营的乌合之众也加入了这场大进军,伊耿王子和雷妮亚公主因此得以脱困。他们放弃了王家巡游，投奔凯岩城，林曼·兰尼斯特公爵答应提供庇护。据林曼公爵的学士记载，公爵之妻、出自塔贝克家族的约卡斯塔夫人首先发现雷妮亚公主已有身孕。

"七子审判"后第二十八日，一艘船乘晚潮从潘托斯赶到，载来两个女人和六百名佣兵——哈罗威家族的亚丽，梅葛·坦格利安的二房妻子，终于返回维斯特洛……而她并非船上唯一的女性，同行还有一位鸦黑头发、苍白皮肤的美人，称作"塔城"的泰安娜。许多人说这女人是梅葛的情妇，另一些人说她是亚丽夫人的情人。身为某位潘托斯总督的私生女，泰安娜原本是个旅馆舞者，后来成了交际花，谣传还是毒师和女术士。围绕她此前就有许多奇特的传说……但她刚一来到，维桑尼亚太后就遣散了儿子身边所有的学士和修士，把他交给她照料。

第二天太阳初升时，梅葛醒了。他登上红堡城墙，站在亚丽·哈罗威与潘托斯的泰安娜之间，群众为他疯狂喝彩，全城一片欢腾——但这场狂欢为时不长，梅葛很快便骑上贝勒里恩，降到雷妮丝丘陵顶上，七百名战士之子正在加固的圣堂里举行晨祷。龙焰点燃了圣堂，而弓箭手和长矛兵在圣堂外等着捕杀逃出来的人。据说被焚者的惨叫萦绕全城，浓烟笼罩长达数日。战士之子的精华就此烟消云散，尽管骑士团在旧镇、兰尼斯港、海鸥镇和石堂镇还有分部，但再也不复往日气象。

梅葛国王与教团武装的战争就此拉开帷幕，并将贯穿他整个统治期。梅葛登上铁王座后的第一道谕令就是要求朝都城汹涌而来的穷人集会放下武器，否则人人得而诛之。鉴于此谕无效，梅葛随即命令"所有忠诚的臣民"拿起武器，镇压衣衫褴褛但人多势众的教团武装。作为回应，旧镇的总主教召唤"诸神真正的虔诚子孙"为维护教会揭竿而起，推翻"恶龙、怪物与孽种"的王朝。

第一场恶战在河湾地的石桥镇展开。在那里，九千名穷人集会成员由"伐木工"渥特带领渡过曼德河时，遭遇六镇诸侯从不同方向的截击。渥特的部众一半在河南一半在河北，首尾难顾，遂被打得溃不成军。他那些未经训练也欠缺纪律的追随者，穿着煮沸皮甲、粗布袍及零散的生锈铁甲，多数人的武器仅是伐木斧、削尖木棍和农具，在战场上无法抵挡重甲铁骑的冲锋。惨烈的屠杀据说染红了二十里格的曼德河水，此后战斗发生的这座镇子及镇子旁边的城堡就改称"苦桥"。渥特本人被生擒前杀了六名骑士，包括国王军统帅草谷的梅斗伯爵，这位巨人随后以铁链锁拿押送君临。

但另一支规模更大的教团武装已在哈利斯·希山爵士带领下来到黑水河的大分岔口，这支军队包括近一万三千名穷人集会成员，外加石堂镇赶来的二百位战士之子的马上骑士，还得到河间地和西境十多位叛乱领主带来的亲随骑士和征召步兵的支援。著名的"武痴小丑"卢伯特·法威尔伯爵成为响应总主教号召的虔诚贵族们的首领，与他为伍的有莱昂诺·洛奇爵士、埃林·塔瑞克爵士、特里斯蒂芬·韦恩伯爵、琼恩·莱彻斯特伯爵及其他许多著名骑士。教会一方总计约达两万人。

梅葛国王的军队人数与之相仿，但铁甲骑兵几乎是对手的两倍，还有大批长弓手压阵，梅葛本人亦骑着贝勒里恩参战。尽管如此，这仍是一场恶斗。"武痴小丑"杀了两名御林铁卫才被女泉镇伯爵砍倒。梅葛一方的大琼恩·霍格开战后不久就被一剑划瞎了眼睛，但他继续鼓舞部下，最终带领冲锋突破教会军阵线，击溃穷人集会。一场大暴雨削弱了贝勒里恩的吐息，却无法将之浇灭，于是梅葛国王骑着巨龙在烟火和惨叫中一次又一次下降，泼洒死亡的烈焰。入夜时分，大势已去的穷人集会终于丢下武器，向四面八方逃窜。

大获全胜的梅葛回到君临，重新登上铁王座。披枷戴锁的"伐木工"渥特被带到他面前，依旧不肯屈服，于是梅葛提起这位巨人的战斧，亲手枭其四肢，又命学士们保其性命，"以便参加我的婚礼"。

梅葛随即宣布有意迎娶"塔城"的泰安娜为三房妻子。据说梅葛的生母、当朝太后维桑尼亚对那个潘托斯女术士并无好感，但只有梅罗思国师敢公开出声反对。"您唯一合法的妻子正在参天塔等您。"梅罗思说。梅葛静静地听完，然后走下王座，抽出"黑火"就地杀害了他。

没多久，梅葛·坦格利安与塔城的泰安娜便在雷妮丝丘陵顶上完了婚，仪式现场位于不久前被活活烧死的战士之子们的尸骨间。据说梅葛处死了十几个修士才终于找到一个愿意前来主持仪式的修士。无手无脚的"伐木工"渥特活着见证了婚礼。

伊尼斯国王的遗孀阿莱莎太后也来了，带着儿子韦赛里斯和杰赫里斯，以及女儿亚莉珊。维桑尼亚太后此前骑瓦格哈尔造访潮头岛，迫使阿莱莎太后离开那个避难所，返回宫廷，并带领瓦列利安家族的兄弟及亲属们向梅葛输诚效忠，承认其为真正的国王。这位新寡的太后甚至被迫参加婚宴后的庆祝活动——一众宫廷仕女在梅葛的二房妻子亚丽·哈罗威的指挥下剥掉梅葛的衣袍，将梅葛送入洞房完婚。闹完洞房后，阿莱莎和其他仕女离开了，亚丽却留下来加入梅葛国王及其新婚三房，度过肉欲的夜晚。

在千里之外的旧镇，总主教继续高调抨击"孽物和他的妓女"，而梅葛的正妻海塔尔家族的瑟蕾茜坚称自己才是唯一合法的王后；在西境，龙石岛亲王伊耿·坦格利安及其妻雷妮亚公主同样不肯服从梅葛。

由梅葛登基引发的大混乱中，伊尼斯国王的长子长女一直待在凯岩城，部分原因是雷妮亚有了身孕。陪伴他们进行那场倒霉的王家巡游的绝大多数骑士及年轻领主抛弃了他们，急急忙忙转投君临去对梅葛屈膝。就连雷妮亚的侍女和女伴们也纷纷找借口走了，她身边只剩密友阿莲·罗伊斯和旧爱梅丽儿·派柏——后者带着兄弟们赶来兰尼斯港，代表派柏家族誓言效命。

伊耿王子生来就是铁王座继承人,如今突然发现自己不但被虔诚民众唾骂,又遭许多原以为的忠实朋友抛弃。梅葛的支持者似乎每天都在增加,他们面无愧色地形容伊耿为"他父亲的儿子",暗示他带有让伊尼斯国王不得善终的那种软弱品格。这些人振振有词地指出,王子未曾驭龙,而梅葛骑上了贝勒里恩,哪怕王妃雷妮亚公主,十二岁时也拥有了梦火。至于阿莱莎太后出席梅葛的婚礼,更被视为伊耿遭到生母抛弃的最好证明。尽管凯岩城公爵林曼·兰尼斯特坚决抵制了梅葛要他把伊耿及其姐姐押赴君临的指示——"如有必要,用铁链锁来",梅葛声称——但也不敢起兵支持年轻的王子。人言可畏,世人开始称伊耿为"伪王"和"无冕者"伊耿。

正当此时,雷妮亚公主在凯岩城为伊耿诞下一对双胞胎女儿,命名为艾瑞亚和雷哈娜。繁星圣堂很快又传来一份义正辞严的声明,总主教宣布这两个孩子也都是孽物,是欲望和通奸的果实,被诸神所诅咒。据在凯岩城帮助接生的学士记载,雷妮亚公主此后恳求丈夫带一家人去狭海对岸的泰洛西、密尔或瓦兰提斯躲避,只求逃过叔叔的魔爪,她说"为了让你称王,我乐意付出自己的性命,但我不能失去我们的孩子"。然而伊耿王子无视她的恳求和眼泪,一心一意只想伸张自己与生俱来的权利。

征服四十三年初,梅葛国王在君临站稳了脚跟。他亲自主持红堡的营建,许多已完工的工程被推翻重来或作出修改,新的建筑师和工匠被引入,伊耿高丘的底下挖出无数秘密的通道和隧道。城堡的红石塔楼纷纷落成后,梅葛又命增建一座城中之城,那是一座干涸护城河环绕的加固塔堡,很快被世人称为"梅葛楼"。

同年,梅葛任命亚丽王后的父亲卢卡斯·哈罗威伯爵为御前首相……然而这位首相在御前无甚影响。人们悄声议论,梅葛统治着七大王国,可他自己又被三个女人统治着:生母维桑尼亚太后、情人亚丽王后和潘托斯女巫泰安娜王后。泰安娜辅佐梅葛,得到"情报总管"

的名号，又因乌黑的头发被称为"国王的乌鸦"。据说她能与老鼠和蜘蛛交流，君临城内所有鬼鬼祟祟的动物入夜后都会向她报告，任何非议梅葛的冒失鬼都逃不过她的耳朵。

数以千计的穷人集会成员依然在河湾地、三叉戟河流域和谷地的道路上和荒野中游荡，星辰武士团已无力再纠集大军与梅葛正面交手，转而开展游击战。他们袭击旅人，攻打市镇、村庄和防御薄弱的城堡，到处杀害梅葛的支持者。哈利斯·希山爵士自大分岔口一战中逃得性命，但失败和逃亡让他声名受损，因此追随者不多。穷人集会新近崛起的首领包括"破烂"赛拉斯、月亮修士和"跛子"丹尼斯等，他们实与土匪无异，其中最歹毒者是人称"麻脸"简妮·普厄的女子，她那支凶残匪帮让君临和风息堡之间的森林成为诚实旅行者不敢涉足的禁区。

战士之子选出新团长"山丘的红狗"乔佛里·多吉特爵士，乔佛里爵士决心让骑士团恢复过往的荣耀。他从兰尼斯港出发去旧镇寻求总主教的祝福时，有一百名同伴骑马同行，而等抵达旧镇，他身边的骑士、侍从和自由骑手已达两千人之多。

除开这些教团武装，全国各地还有其他心怀不满的领主和虔诚之人蠢蠢欲动，密谋推翻巨龙的王朝。

国内的骚动没有逃过君临的注意。渡鸦飞到王国各个角落，召唤所有值得怀疑的领主和有产骑士前往都城屈膝输诚，并献出一个儿子或女儿作为忠诚的担保。星辰武士团和圣剑骑士团则被宣布为非法组织，其成员全部判处死刑，总主教被勒令前往红堡自首，接受叛国罪的审判。

繁星圣堂的总主教不甘示弱，反而严令梅葛前来旧镇，为犯下的罪孽与暴行恳求诸神饶恕。许多教会人士应和了他的声明，而最终也只有少数虔诚领主前往君临输诚效忠、献上人质，其他人置若罔闻，借着人多势众和家堡坚固拒不服从。

## 龙王的儿子们

  梅葛国王一心扑在红堡的建设上，让骚动自行酝酿了近半年。最先出击的是他母亲：维桑尼亚太后骑上瓦格哈尔，把血与火带到河间地，一如她往日对付多恩领。仅仅一夜之间，班树家族、塔瑞克家族、戴丁斯家族、莱彻斯特家族和韦恩家族的家堡便尽数被焚。接着梅葛亲自出动，他骑贝勒里恩飞向西境，烧毁了布鲁姆家族、法威尔家族、洛奇家族及其他许多拒绝召唤的虔诚领主的城堡。他最后来到多吉特家族的家堡，把那里完全化为灰烬，大火不但烧死了多吉特爵士的父母与妹妹，还夺去堡内所有誓言骑士及仆人们的性命，焚尽了全部财产。西境和河间地到处浓烟滚滚，瓦格哈尔和贝勒里恩转向南方。征服战争期间，另一位海塔尔伯爵接受另一位总主教的规劝，打开旧镇城门，但如今维斯特洛规模最大、人口最多的城市似乎在劫难逃了。

  巨龙来临前夜，成千上万人鱼贯逃离旧镇，有的通过城门，有的坐船远走高飞，另有成千上万人在街上纵酒狂欢。"这是欢歌畅饮的堕落之夜，"他们彼此说着，"明天，圣人将和恶棍一起烈火焚身。"其他人则聚到圣堂、神殿和古老的树林里祈祷躲过灾厄。在繁星圣堂，总主教雷霆震怒，大声呼唤诸神对坦格利安家族降下怒火。学城的博士们召开了枢机会。城市守备队备下无数沙袋水桶，以应灭火之需。城墙沿线的垛口安排了无数十字弓、蝎子弩、喷火弩和投枪机，以期狙杀巨龙。旧镇伯爵之弟莫甘·海塔尔爵士率两百名全副武装的战士之子自他们的旧镇分部出发，围住繁星圣堂，保卫总主教。马丁·海塔尔伯爵在参天塔上燃起惨绿色的烽火，召集封臣。如是这般，整个旧镇屏息以待黎明和巨龙的到来。

  黎明时分，巨龙如期而至。先到的是瓦格哈尔，它在太阳初升时飞抵，贝勒里恩迟至午前方才现身。两条巨龙发现城门大开，城墙空无一人，坦格利安家族、提利尔家族和海塔尔家族的旗帜在城上并肩飘扬。维桑尼亚太后首先得知消息：在刚刚过去的那个漫长而恐怖的夜晚，在黎明前最黑暗的时刻，总主教死了。

总主教时年五十三岁，无所畏惧又不知疲倦，他以身强体壮著称，所有人都说他死前非常健康。他曾不止一次地整日整夜布道，中间不吃不睡。他的猝死震惊了旧镇，也让支持者们非常失望，其死因至今存疑。有人说总主教是自杀，要么是不敢面对梅葛王的怒火，要么是为拯救旧镇的善男信女免遭龙焰之劫而做出的高贵牺牲；也有人说七神因他的骄傲、自大、异端和叛逆而降下天罚，将他击倒。

可大多数人相信他是被谋害的……不过，凶手为谁？有人认为莫甘·海塔尔爵士奉兄长之命下了毒手（莫甘爵士被人目睹在当晚进出过总主教的私人房间）；有人指出马丁伯爵的童贞姑妈帕特丽丝·海塔尔小姐是个远近闻名的女巫（此人的确在总主教出事前的黄昏觐见过总主教，但离开时总主教并无大碍）；更有人怀疑学城的博士们，诸多说法包括他们使用黑魔法、雇请杀手或是送去涂毒的卷轴（信使们委实整晚在学城和繁星圣堂间往来不绝）；还有一撮人相信其他人均与总主教之死无涉，凶手只可能是那位传言已久的女术士，即维桑尼亚·坦格利安太后。

真相也许永远不得而知……但参天塔上的马丁伯爵得知消息后作出反应之快，委实令人惊叹。他立刻派出骑士去解除战士之子的武装，并将之当场逮捕，其中包括自己的亲弟弟。城门全部打开，城头火速升起坦格利安的旗帜，而早在瓦格哈尔飞抵前，海塔尔伯爵的部下已把主教们一个个从床上唤醒，用长矛驱赶到繁星圣堂去选举下任总主教。

主教们只用一轮投票就选出继任者，明智的神职男女心照不宣地推举了潘特尔修士。新任总主教已是九十高寿，双目盲瞎，弯腰驼背，身体极为虚弱，但为人以通融和蔼著称。他戴上水晶冠时，几因承受不住冠冕的重量而当场昏厥……但他高高兴兴地以国王之礼祝福了赶到繁星圣堂的梅葛·坦格利安，为其额上涂抹圣油——尽管他忘了应该念诵的祷词。

维桑尼亚太后很快骑着瓦格哈尔返回龙石岛，梅葛国王则于旧镇逗留近半年，在此开庭理事、主持审判。他给了被捕的战士之子们一个选择：愿意破除对骑士团的忠诚誓言的人被允许前往长城，余生成为守夜人军团的弟兄；拒不让步的顽固分子将为捍卫信仰而死。四分之三的俘虏选择披上黑衣，余众全部就戮——其中七人是著名的骑士抑或领主之子，享受了梅葛国王用"黑火"亲自斩首的荣誉，其他人被判处由从前的战友们下手。只有一人得到完全的王家赦免，那便是莫甘·海塔尔爵士。

新任总主教正式解散了战士之子和穷人集会，并以诸神之名命两大教团武装的残部放下武器。总主教声称，七神已不再需要战士，今后铁王座将捍卫教会。梅葛国王则谕令以年底为限，要教团武装反正自首，执迷不悟者将被立下赏格：战士之子的头颅值一枚金龙，穷人集会成员"满是虱子"的头皮值一枚银鹿。

新任总主教和大主教们均未反对。

梅葛驻跸旧镇期间还与正室达成和解。瑟蕾茜王后乃此地的主人海塔尔伯爵之妹，她现在答应接受梅葛其他的妻子，待之以礼，不再肆意抨击。梅葛则承认瑟蕾茜为自己明媒正娶的王后，发誓恢复其应得的一切权利、收入和优待。为兹庆祝，参天塔举办了盛宴，欢庆活动甚至包括闹洞房和"二度结合"，好让所有人知道这是充满爱意的真正和解。

梅葛国王原定于旧镇停留多长时间已不可知，因征服四十三年末，王位的又一大威胁浮出水面：梅葛长期离开君临让侄儿伊耿王子看到了机会。"无冕者"伊耿终于自凯岩城出动，他与妻子雷妮亚带着少数随从，快速穿过河间地，在一堆玉米袋的掩护中偷偷潜入君临。由于追随者太少，他不敢坐上铁王座，心知自己保不住它。他们的目标是雷妮亚的坐骑梦火……王子本人还打算骑上父亲的坐骑闪银。这次行动十分大胆,得到了宫中那些对梅葛的残酷愈发不满者的支持。王子和公主进城时藏在骡车里,出城时骑在龙背上——两条龙并肩飞翔。

伊耿和雷妮亚随即赶往西境聚集兵马。由于凯岩城的兰尼斯特家族依然不愿公开支持,王子只能将派柏家族的家堡红粉城当作根据地。红粉城伯爵琼恩·派柏已对王子宣誓效忠,但人们普遍相信,伯爵与其说出于自愿,不如说是拗不过性情火热的妹妹,即雷妮亚的亲密女伴梅丽儿。在红粉城,伊耿·坦格利安骑上闪银从天而降,宣布叔叔梅葛为暴君和篡夺者,号召天下的正直人士前来支持自己的事业。

响应号召的多为西境和河间地的领主,包括塔贝克伯爵、鲁特伯爵、凡斯伯爵、查尔顿伯爵、佛雷侯爵、培吉伯爵、帕伦伯爵、法曼伯爵和维斯特林伯爵等,此外谷地的科布瑞伯爵、北境荒冢屯的私生子和风暴地鹰巢堡伯爵的第四个儿子也来参战。从兰尼斯港来了五百兵丁,他们打着林曼·兰尼斯特的私生子泰勒·希山爵士的旗号——精明的凯岩城公爵通过这种方式支援年轻的王子,同时不让自身牵涉其中,以防梅葛胜出后被问罪。值得注意的是,派柏家族的部队并非由琼恩伯爵或其诸位弟弟们统领,指挥官是其妹梅丽儿,她穿上男人的锁甲,提起长矛。"无冕者"伊耿出发时麾下计有一万五千人,大军穿过河间地,由骑着伊尼斯国王爱骑闪银的王子亲自带领,决心夺得铁王座。

伊耿王子军中不乏经验丰富的将领和名噪一时的骑士,可惜没有一位公爵肯为他撑腰……然而留守君临的情报总管泰安娜王后写信警告梅葛,提到风息堡、鹰巢城、临冬城和凯岩城与他哥哥的寡妇阿莱莎太后均有秘密联络。这些大诸侯希望在为龙石岛亲王起兵以前得到前途的保证,因此伊耿急需一场胜利。

梅葛当然不想给侄儿胜利的机会。于是哈罗威伯爵从赫伦堡出发截击，徒利公爵从奔流城出动，御林铁卫戴佛斯·达克林爵士率五千官兵自君临西进。河湾地的培克伯爵、玛瑞魏斯伯爵和卡斯威伯爵也征召领内士卒，北上助阵。伊耿王子的大军移动缓慢，结果陷入几面受敌的境地，尽管每一路敌人都比他的军队人数少，合起来的声势却让年轻的王子（年仅十七岁）无所适从。科布瑞伯爵建议他赶在敌人汇合前各个击破，伊耿却不肯分兵，他最终选择直取君临。

就在神眼湖以南不远处，戴佛斯·达克林的君临部队拦住王子的去路。伊耿王子发现戴佛斯爵士的队伍已架好矛墙，还占据高地之利，与此同时斥候回报说玛瑞魏斯伯爵和卡斯威伯爵正从南方赶来，徒利公爵和哈罗威伯爵则自北方杀到。王子下令冲锋，指望在侧翼受到威胁前击破君临部队。他骑上闪银，身先士卒，但刚飞上天就听见人们的尖叫，地面上的部属纷纷手指南方的天空："黑死神"贝勒里恩来了。

梅葛国王及时驾到。

自瓦雷利亚"末日浩劫"以来，巨龙之间首次发生空战，地上的陆战也同时展开。

闪银的身形只有贝勒里恩的四分之一，不是那条远为凶悍的老龙的对手，它喷出的苍白火球在对手一波又一波的黑色烈焰面前不值一提。交手后不久，"黑死神"便从上方扑到它身上，利齿咬住它的脖子，爪子撕下它一边翅膀。年轻的母龙惨叫连连，冒着烟下坠，伊耿王子也一同坠落[①]。

地上的陆战同样短暂，流的血却多得多。一见伊耿陨落，叛军顿时士气崩溃，丢盔弃甲地逃窜，然而国王军已将他们几面包围，轻易难以脱身。那天结束时，伊耿方面总计死了二千人，梅葛一方才死了一百人。死者包括埃林·塔贝克伯爵、荒冢屯的私生子丹尼斯·雪

---

[①] 此役发生在神眼湖以南不远，因而被称为"神眼之下"之战。

诺、罗纳·凡斯伯爵、威廉·惠斯勒爵士、梅丽儿·派柏及其三个兄弟……当然还有龙石岛亲王，即坦格利安家族的"无冕者"伊耿。梅葛一方阵亡的唯一一个重要人物是御林铁卫戴佛斯·达克林爵士，他死于科布瑞伯爵的族剑"空寂女士"之下。战后是长达半年的审判与处决，维桑尼亚太后规劝儿子饶恕部分犯上作乱的诸侯，但最终即便被梅葛放过的领主，也失去了许多领地和头衔，并被迫交出人质。

有一位显赫之人既未阵亡也未被俘，那便是伊耿王子的姐姐和遗孀雷妮亚·坦格利安。众所周知，她并未随伊耿进军——至今仍有人争论此举究是奉伊耿之命，还是出于她自己的选择——而是和女儿们一起留在红粉城，还留下了坐骑梦火。假设有两条龙，王子能取胜吗？我们不得而知……但前代学者早已明确指出，雷妮亚公主并非战士，梦火又比闪银更小更年轻，对"黑死神"贝勒里恩构不成真正威胁。

败报传到西方，雷妮亚公主得知丈夫伊耿和密友梅丽儿小姐均已丧命。据说她面无表情、一言不发地听完消息。"您不为他们哭泣吗？"有人问。她的回答是："我没时间流眼泪。"出于对叔叔怒火的惧怕，她立刻带上女儿艾瑞亚和雷哈娜逃命。她向西先到兰尼斯港，随即渡海抵达仙女岛。在岛上，刚继位伯爵的马柯·法曼（其人的父兄均命丧伊耿王子的"神眼之下"一役）庇护了她，发誓在他的屋檐下绝对安全。于是仙女岛民战战兢兢地望着东方，时刻担心看见贝勒里恩黑色的龙翼，但梅葛终究没有追来。再度获胜的梅葛回到君临，他拼命想给自己造出一个继承人。

伊耿征服后第四十四年相对前几年堪称平静……但当时记录编年史的学士们说空气中血与火的味道依旧浓烈。梅葛·坦格利安一世坐上了铁王座，红堡在他周围不断兴建，但他的宫廷却如此阴郁凝重，尽管他有三位王后……或者说，正因他有三位王后。每晚他都召唤一位王后来侍寝,却始终无法让她们怀上孩子,根据继承顺位的安排,他的继承人只能是哥哥伊尼斯的儿女们。他被称作"残酷的"梅葛和"弑亲者"梅葛,虽然被他听见这么说的人都难逃一死。

在旧镇,老朽的总主教故去,一位新人取而代之。尽管新当选的总主教对梅葛及其三位王后未有诋毁之词,王室与教会间的敌意却持续弥漫着。数百名穷人集会成员遭到追捕和猎杀,头皮送到君临请赏,但他们还有十倍以上的同党继续徘徊在七大王国的森林、树篱和荒地间,无时无刻不在诅咒坦格利安王朝——其中一伙人甚至加冕了自己的总主教,那是一个满脸胡须的莽夫,被称作月亮修士。战士之子的残部也在"山丘的红狗"乔佛里·多吉特爵士带领下继续活动。圣剑骑士团相继被王室和教会宣布为非法、并勒令解散后,已然无力正面抗争,因此"红狗"让部下伪装成雇佣骑士,前去猎杀坦格利安王朝的忠臣和"教会的叛徒"。他们的头一个目标便是前战友莫甘·海塔尔爵士,此人在前往蜂巢城途中被砍倒格杀。第二个遇害的是老玛瑞魏斯伯爵,然后是培克伯爵的长子继承人,戴佛斯·达克林年迈的父亲,乃至瞎眼的大琼恩·霍格。尽管战士之子人头的赏格高达一枚金龙,平民百姓却乐意藏匿和保护他们,因为大家还记得骑士团的好处。

在龙石岛,维桑尼亚太后愈发消瘦憔悴,形销骨立。阿莱莎太后及其子杰赫里斯、其女亚莉珊也在岛上,名为贵宾,实为囚徒。伊尼斯和阿莱莎的次子韦赛里斯王子则被梅葛召进宫去,他年方十五,是个前途无量的青年,深受百姓爱戴。他被赐封为梅葛国王的侍从……梅葛让一位御林铁卫日夜跟着他,以防他参与阴谋与叛乱。

征服四十四年有一小段时间,梅葛国王似乎终要得到期待已久的子嗣。亚丽王后宣布自己身怀六甲,宫中一片欢腾。亚丽的肚子逐渐大起来之后,戴斯蒙国师便不让她下床,而是亲来床边照料,并得到两名修女、一名产婆及亚丽的妹妹简妮与汉娜的协助。梅葛执意要另两个妻子也来帮忙。

然而亚丽卧床的第三月,她的子宫大出血,导致流产。梅葛国王赶到后惊骇地发现那死产婴儿是个怪胎,四肢扭曲,头大得出奇,还没有眼睛。"这东西不可能是我的儿子!"梅葛痛苦地大喊。悲伤很快转为狂怒,他命令立刻处决照料亚丽的产婆与修女,然后又杀了戴斯蒙大学士,仅仅放过亚丽的两个妹妹。

据说梅葛捧着大学士的人头坐在铁王座上,泰安娜王后适时出现。她告诉梅葛他上当了,那孩子不是他的种。她说亚丽·哈罗威眼见被接回宫中的瑟蕾茜王后年老色衰、郁郁寡欢又无子嗣,担心自己遭遇同样的命运,因此决心为梅葛国王"产子"。亚丽找自己的父亲,即当朝首相帮忙,每当梅葛国王与瑟蕾茜王后或泰安娜王后同床的夜晚,卢卡斯·哈罗威就派人去与女儿共寝,好让她怀上孩子。梅葛起初拒绝相信,他指控泰安娜是个不孕不育、因而满怀嫉妒的女巫。说到怒从心起之时,梅葛还把大学士的人头朝她丢去。"蜘蛛不会撒谎。"情报总管镇静地回应,递给梅葛国王一份名单。

名单上有二十个男人,据说都曾把种子给予亚丽王后。其中有老有少,有英俊帅气之人也有相貌平庸之辈,有骑士、侍从、领主、仆人,甚至包括马夫、铁匠与歌手。御前首相的网似乎撒得很大,这些人尽管身份迥异,却有一个共同点:他们都无可争议地生出过健康的孩子。

经过严刑拷打,名单上只有二人不肯招供。招供的人里有一位是十二个孩子的父亲,他还留着哈罗威伯爵付给他的金子。由于审讯秘密展开且雷厉风行,因此哈罗威伯爵和亚丽王后对梅葛国王的怀疑一无所知,直到御林铁卫实施抓捕。亚丽王后被拖下床铺,眼睁睁看着两个试图保护她的妹妹被就地杀死。她父亲正视察首相塔,却教人从塔顶掷下,摔死在石地上。哈罗威伯爵的儿子、兄弟和外甥们也纷纷就擒,然后抛到环绕梅葛楼的干涸护城河中的铁刺上,有的人挣扎了好几个钟头才死,弱智的霍拉斯·哈罗威甚至弥留了几天。接下来死的是泰安娜王后名单上那二十个人,随后又有十几人遇害,他们是被之前那二十人供出的。

亚丽王后的下场最凄惨,梅葛把她交给同为王后的泰安娜折磨致死。个中细节恕我在此省略,有的事最好还是被埋藏和遗忘。后人只需知道她被折磨了近半个月,而梅葛始终在场监视,见证她受苦的全程。亚丽断气后,尸体被剁成七块,分插在都城七道城门顶端的长矛上,直到彻底腐烂。

梅葛国王仍不肯罢休,他点起大批骑士和士兵,浩浩荡荡杀向赫伦堡,誓要彻底毁灭哈罗威家族。神眼湖畔的巨城守卫不多,代理城主——他是卢卡斯伯爵的外甥和已故亚丽王后的表亲——开城接驾。然而他的恭顺毫无帮助,梅葛国王依然把守卫全部处死,连同所有沾有一丝哈罗威家族血统的男女老少。赫伦堡的屠杀结束后,梅葛又马不停蹄地赶往三叉戟河畔哈罗威伯爵的小镇,在那里进行新一轮杀戮。

由于几桩惨案接连发生,赫伦堡遭到诅咒的流言不胫而走,说是占有它的世家贵胄都难逃血腥的结局。饶是如此,梅葛国王御前的许多野心家依然垂涎着"黑心"赫伦这座巨大的居城和城堡周围富饶辽阔的领土……想得到它的人如此之多,以至于梅葛国王厌倦了他们的请托,谕令将把赫伦堡赏赐给麾下最强大的骑士。最后,梅葛御前共有二十三位骑士在哈罗威伯爵的小镇鲜血浸染的街道中用剑、长枪和钉头锤交手,胜出的是沃顿·塔尔斯爵士,梅葛遂赐封其为赫伦堡伯爵……但这场团体混战过于野蛮,沃顿爵士没能享受到冒险的成果,半月后伤重不治。赫伦堡传给他的长子,但所属领地已大为缩减,因梅葛将哈罗威伯爵的小镇赏给了阿尔顿·巴特威伯爵,哈罗威的其他产业则给了多诺德·戴瑞伯爵。

等梅葛返回君临、再次坐上铁王座,丧报几乎同时传来:他的生母维桑尼亚太后驾崩。更糟的是，在太后驾崩的混乱中，阿莱莎和她的孩子们趁机逃出了龙石岛，还骑走巨龙沃米索尔与银翼……去了哪里，没人说得清。他们甚至把"暗黑姐妹"也盗走了。

梅葛国王命令火化母亲的遗体，其骨灰与"征服者"的骨灰混合。葬礼结束后他要御林铁卫立刻逮捕自己的侍从韦赛里斯王子。"把他戴上镣铐，关进黑牢，严加审问，"梅葛命令，"务必问出他母亲的去向。"

"他也许不知情。"一位御林铁卫——欧文·布什爵士——申诉道。

"那就让他去死，"这是梅葛国王流传于世的回答，"或许那婊子会赶来参加他的葬礼。"

韦赛里斯王子对母亲的去向的确一无所知，哪怕潘托斯的泰安娜用上所有见不得光的手段也无济于事。他经历整整九天的审问之后断了气，按梅葛国王的命令，他的尸体又被曝置于红堡庭院长达十四天。"让他老妈来收尸。"梅葛声言。但阿莱莎太后始终没现身，梅葛最后只能把侄儿的尸体烧掉。韦赛里斯王子逝世时年仅十五岁，他受到贵族和平民的共同爱戴，全国上下为之深感不平。

征服四十五年，红堡终于落成，梅葛国王邀请所有曾出力的建筑师和工人前来欢宴庆祝，奉上海量的烈性葡萄酒和各式蜜饯果脯，还从都城最好的妓院雇来妓女。但整整三日狂欢后，梅葛国王突然翻脸，他派骑士将与会者全部杀害，以防其泄露红堡的秘密。死难者的尸骨就埋在他们生前营建的城堡底下。

城堡落成后不久，瑟蕾茜王后也突然染病去世。宫中谣传王后言语粗鲁，顶撞了梅葛国王，梅葛便命欧文爵士割她的舌头。故事里更说，由于王后使劲挣扎，致使欧文爵士的匕首打滑，结果割到喉咙。这个故事本无凭据，时人却坚信不疑，时至今日，绝大多数学者相信这是梅葛国王的敌人为抹黑他而作出的诽谤。无论真相为何，正室的过世让梅葛只剩下一个王后,即黑发黑心的潘托斯女人、情报总管泰安娜,她被所有人畏惧和仇恨。

红堡刚刚竣工,梅葛又下令把雷妮丝丘陵顶上思怀圣堂的废墟、包括惨死于此的战士之子们的尸骨清理干净。他颁布谕令,要在圣堂旧址营建巨大的石制"龙厩",一座专为贝勒里恩、瓦格哈尔及它们的后代准备的巢穴。后世所称的"龙穴"就此动工。也许不足为怪的是,寻找建筑师、石匠和劳工极为困难,逃亡此起彼伏。梅葛国王最终不得不从密尔和瓦兰提斯请来建筑师,让他们监督都城地牢里的犯人施工。

征服四十五年末,梅葛国王再次出马,对拒不降服的教团武装残部发动新一轮清剿。他把泰安娜王后留在君临,与新任首相埃德威尔·赛提加伯爵一起执政。在黑水河以南的大森林中,国王军抓住了上百名藏匿于此的穷人集会成员,其中若干人被发配长城服役,拒绝披上黑衣的则就地正法。但这支队伍的首领,人称"麻脸"简妮·普厄的女子,凭借对森林驾轻就熟的了解坚持抵抗,始终没有落网,直至被三个随从出卖——这三个卖主求荣的家伙因此获得赦免,并被册封为骑士。

梅葛国王亲征时带来三名修士,他们宣布"麻脸"简妮为女巫,梅葛随即下令把她活活烧死在文德河畔的空地。火刑当天,三百名她的追随者——穷人集会成员和普通平民——从森林中冲出来营救。但梅葛早有预料,他让官兵们做好准备,借机将营救者一网打尽。这批人中最后一个死的是他们的首领哈利斯·希山爵士,他三年前在大分岔口一战中逃得性命,这回却不走运。

然而在其他地方,梅葛国王的运势开始下降。诸侯和平民对他的残暴心怀不满,许多人悄悄帮助他的敌人。月亮修士——穷人集会推选的"总主教"(用来对抗旧镇中被他们称为"大马屁精"的正统总主教)——在河间地和河湾地肆意横行,每次钻出森林来抨击梅葛都能吸引大批听众。金牙城以北的山丘地实际被"红狗"乔佛里·多吉特爵士控制，他自命为战士之子的团长，无论凯岩城还是奔流城似乎都对他不闻不问。"跛子"丹尼斯和"破烂"赛拉斯也依旧逍遥法外，无论他们在何处现身，总能得到百姓的掩护，而派去捉拿的骑士与士兵往往不知所终。

征服四十六年初，梅葛国王带着两千枚头骨返回红堡，作为去岁出征的收获。他把头骨堆在铁王座前，声称全部得于战士之子和穷人集会……但外界广泛认为这堆可怕的战利品不少来自纯朴的佃户、农夫和猪倌，他们唯一的罪是信仰虔诚。

这一年，梅葛依然没有儿子，甚至连一个能划归正统的私生子都没有。泰安娜王后也丝毫没显露出能为他生下继承人的迹象，虽然她继续出任情报总管，但梅葛再没上过她的床。

梅葛的顾问们一致认同，他应续娶一位妻子……但对于选谁意见不一。本尼费尔大学士提出迎娶骄傲而可爱的星坠城伯爵夫人克蕾莉丝·戴恩，这样有望分裂多恩领，从中得到戴恩家族的领地；财政大臣阿尔顿·巴特威献上自己的寡妇姐姐，一位已有七个孩子的健壮女人，他承认其人并不漂亮，但丰饶多产是毋庸置疑；国王之手赛提加伯爵有两个童贞女儿，当年分别为十三岁和十二岁，他力促梅葛国王从中挑选一个，两个都娶也行；潮头岛的瓦列利安伯爵建议梅葛召回侄女雷妮亚，即"无冕者"伊耿的寡妇，与她结合可以归并她对王位的诉求，防止任何潜在的叛徒聚到她身边，同时她也将成为针对她母亲阿莱莎太后的人质。

梅葛国王依次听取了建议，虽然他对顾问们提出的女人大多嗤之以鼻，但其中的若干论据打动了他。他决定迎娶丰饶多产的对象，但不是巴特威体态肥胖、相貌平凡的姐姐；他也接受了赛提加伯爵要他多娶的概念，既然两个妻子能让生儿子的概率翻倍，三个妻子岂不更好？瓦列利安伯爵的建议当然也有明智之处，梅葛相信自己迎娶的妻子当中必须包括侄女雷妮亚。由于阿莱莎太后和她最小的两个孩子依然在逃（人们普遍认为她们逃到了狭海对岸，或是泰洛西，或是瓦兰提斯），对梅葛的王位及他将来可能的继承人形成威胁，迎娶伊尼斯的大女儿有助于削弱她的弟弟妹妹们对王位的权利。

雷妮亚·坦格利安丧夫后迅速逃往仙女岛，并采取了诸多措施来保护自己的双胞胎女儿。假若伊耿王子登上王位，其继承人依律便是大女儿艾瑞亚，因此从法理上讲，艾瑞亚有可能成为七大王国合法的女王……然而艾瑞亚与她妹妹雷哈娜还不过是一岁婴儿，雷妮亚知道声张她们的权利无异于宣判她们死刑。她转而染了她们的头发，为她们取了假名，把她们送离身边，托付给强大的盟友，那些盟友则安排她们住进清白的好人家，但收养者丝毫不知她们的底细。公主自己也坚持不去打听收养者的情况，以防未来经受严刑拷打暴露真相。

雷妮亚·坦格利安自己是难以销声匿迹的：她当然也可以改名、染发，套上酒馆女侍的粗布裙或修女的袍子，但她藏不住她的龙。带银色线条的淡蓝色母龙梦火身形苗条，迄今已生了两窝龙蛋，而雷妮亚从十二岁起就骑着它。

由于巨龙难以藏匿，公主便骑它飞到仙女岛，尽量远离梅葛。马柯·法曼伯爵打开仙女城接纳她。在这座白色的高塔群俯瞰落日之海的城堡里，公主休养生息、阅读祈祷，一边揣测叔叔何时会发出召唤——公主事后声称，她对自己的命运不抱幻想，问题不是梅葛"会不会"召唤她，而是"何时"。

梅葛的召唤令她深感厌恶，但好歹没有如她恐惧的那样即刻找上门。反抗毫无意义，只会让梅葛骑着贝勒里恩降临仙女岛。雷妮亚已逐渐对法曼伯爵产生了好感，对伯爵的次子安德鲁的喜爱程度犹有过之，她不愿引来血与火回报他们的善意，于是骑上梦火飞去红堡。她在那里得知自己必须嫁给杀夫凶手，也就是叔叔梅葛。她还遇见了与她同为新娘的两个女人——梅葛将一次迎娶三个妻子。

## 剑之书

出自维斯特林家族的简妮夫人曾嫁给埃林·塔贝克伯爵，后者与伊耿王子一同命丧"神眼之下"一役。战役结束短短几月后，她为先夫产下一个遗腹子。简妮夫人高挑苗条，有一头奢华的棕发。梅葛起意时，凯岩城公爵一名排行靠后的儿子正在追求她，梅葛当然予以无视。

出自科托因家族的埃萝夫人就没这么方便了。她是席奥·波林爵士的妻子，那位有产骑士参加了去岁对穷人集会的征讨。埃萝夫人年仅十九岁，但在梅葛看上她之前已给席奥爵士生过三个儿子。最小的儿子还在母亲乳头上喝奶，御林铁卫便抓捕了作父亲的席奥爵士，指控其与阿莱莎太后串通谋害梅葛国王，好让小杰赫里斯坐上铁王座。席奥爵士拼命自证清白，最终仍被判有罪，于被捕的同日斩首。为七神的缘故，梅葛国王允许寡妇服丧七天，随后便召来成婚。

月亮修士在石堂镇严厉谴责梅葛国王的婚姻大计，数以百计的镇民为他疯狂叫好，但除他以外，国内很少有人敢于公开抨击梅葛。总主教从旧镇坐船出发，到君临主持婚礼。伊耿征服后第四十七年一个温暖的春日，梅葛在红堡庭院内同时迎娶了三位新娘。尽管每位新娘都用父系家族的服色包裹，君临人仍称她们为"黑新娘"，因她们都是寡妇。

简妮夫人的儿子和埃萝夫人的三个儿子全部在场，这确保了她们演好自己的角色。许多人本来期望雷妮亚公主能作出抗争，但当泰安娜王后带着两个银发紫眼、身穿坦格利安家族红黑服饰的小女孩出现时，这样的希望被迎头浇灭了。"你以为能瞒过我，真是愚不可及。"泰安娜对公主说。雷妮亚只能低下头颅，用冷若冰霜的语气念诵婚姻誓词。

关于婚礼当晚的情形，素来有许多奇特又矛盾的说法，由于相隔久远，今天的我们已无法区分事实与讹传。三位"黑新娘"真如某些故事声称的那样共享一张床铺？似乎不太现实。梅葛国王依次造访三个妻子,与她们在当晚分别结合?真相或许如此。雷妮亚公主试图用藏在枕头下的匕首刺杀梅葛,正如她多年后宣称的那样?埃萝·科托因与梅葛交合时在梅葛背上抓出了道道血痕?简妮·维斯特林喝下了泰安娜王后带给她的助产药剂,还是将药水泼到了年长的女人脸上?泰安娜真的调配过这样的药剂吗?要知道,药剂这件事最早见诸记载是在杰赫里斯朝中期,那时简妮和泰安娜已死了二十年。

有一件事确凿无疑:婚后,梅葛旋即立雷妮亚的女儿艾瑞亚为自己的合法继承人,"直到诸神赐我一个儿子",同时他将艾瑞亚的妹妹雷哈娜送往旧镇,培养为修女。在同一份谕令中,他还刻意废黜了侄儿杰赫里斯的继承权,不顾在诸多七国人士眼中,杰赫里斯本是王位的第一继承人。简妮王后的儿子被确认为塔贝克厅伯爵,并送到凯岩城做林曼·兰尼斯特的养子。埃萝王后年长的两个孩子也按同等规格分别送给鹰巢城和高庭收养,最小的孩子则交给奶妈照看,因为梅葛不喜欢埃萝喂奶。

半年后,御前首相埃德威尔·赛提加宣布简妮王后怀了身孕。简妮王后的肚子刚大起来,梅葛又亲自宣布埃萝王后有喜。他赐给两个孕妇许多礼物和荣誉,还赠予她们的父亲、兄弟和叔伯们若干领地和职位……但他的喜悦为时不长。简妮王后突发产痛,足足早产三月,生下一个和当年亚丽·哈罗威所生者几无二致的死产怪胎,胎儿不但无手无腿,还雌雄同体。做母亲的也因生产亡故。

流言沸沸扬扬,所有人都说梅葛背负了诅咒。他杀侄侮教,藐视牧首,违拗诸神,犯下谋杀、乱伦、通奸和强暴的罪恶,因此他的私处带有毒素,他的种子化为蠕虫,诸神永不会赐他一个健康的儿子……这是外人的说法,梅葛对此另有解释,他派欧文·布什爵士和马拉顿·穆尔爵士把泰安娜王后抓来打入地牢。审问官们准备刑具时,来自潘托斯的王后做了彻底坦白;她承认自己毒害过简妮·威斯特林和亚丽·哈罗威未出世的孩子,并承诺埃萝·科托因腹中的胎儿也将落得同样的下场。

据说梅葛亲手处决泰安娜，用"黑火"剜出她的心去喂狗。但"塔城"的泰安娜死后亦得以复仇，她受审时的承诺不久化为现实——两个月后，埃萝王后在深夜临盆，同样产下畸形的死产怪胎：一个没有眼睛却有一对退化翅膀的男婴。

此时已是伊耿征服之后第四十八年，梅葛国王统治的第六年，亦将成为他生命的终点。七国上下现在人人坚信梅葛背负了诅咒，其追随者迅速减少，犹如朝阳下蒸发的露水。君临接获报告，有人看见乔佛里·多吉特爵士进了奔流城，但不是作为俘虏，而是徒利公爵的座上宾。月亮修士再次出现，他率领数千教徒横跨河湾地，朝旧镇进军，公然宣称要让繁星圣堂里的"大马屁精"将"铁王座上的孽物"革除教门，并撤销对教团武装的禁令。奥克赫特伯爵和罗宛伯爵征召了领内兵丁，但并非前去迎击月亮修士，而是加入对方。赛提加伯爵主动辞去首相之职，返回蟹岛上的家堡。多恩边疆地传来的报告更暗示多恩人正在多个山口集结，准备入侵王国。

最沉重的打击来自风息堡。在这座破船湾边的坚固要塞，罗加·拜拉席恩公爵宣布年轻的杰赫里斯·坦格利安为安达尔人、洛伊拿人和先民真正与合法的国王，杰赫里斯王子随即指名罗加公爵为全境守护者和国王之手。王子的母亲阿莱莎太后和妹妹亚莉珊公主站在王子身旁，见证王子抽出"暗黑姐妹"，誓言终结篡夺者叔叔的统治，上百位风暴地的领主和骑士为他欢呼喝彩。杰赫里斯王子提出王位要求时年方十四，相貌英俊，熟习长枪长弓，亦是出色的骑手。他还骑着一头青铜色和棕褐色相间的巨龙，名为沃米索尔，他十二岁的妹妹亚莉珊也有自己的龙银翼。"梅葛只有一条龙，"罗加公爵告诉麾下封臣，"我们的王子有两条。"

两条很快变成三条。杰赫里斯在风息堡举兵的消息传到红堡，雷妮亚·坦格利安便骑上梦火赶去加入，毫不犹豫地抛弃了自己被迫嫁给的叔叔。她还带走了女儿艾瑞亚……以及"黑火"——这是她趁梅葛睡着后从剑鞘里抽走的。

梅葛国王的反应迟缓而迷惑。他命本尼费尔大学士派出渡鸦,召唤所有忠诚的领主与封臣赶来君临勤王,结果大学士早已悄悄坐船溜去了潘托斯;他发现艾瑞亚公主失踪,便派一名使者前往旧镇索要公主的孪生妹妹雷哈娜的首级,以惩罚其母的背叛,结果海塔尔伯爵反将使者扣押。甚至有两名御林铁卫趁夜溜去投奔杰赫里斯,而欧文·布什爵士莫名横死于妓院门口,嘴里塞着自己的阳物。

最早倒戈承认杰赫里斯的领主包括潮头岛的戴蒙·瓦列利安伯爵。瓦列利安家循例出任王国的海军上将,于是梅葛一夜之间失去了整支王家舰队。高庭的提利尔家族旋即带着河湾地的大小诸侯跟进,随后是旧镇的海塔尔家族、青亭岛的雷德温家族、凯岩城的兰尼斯特家族、鹰巢城的艾林家族、符石城的罗伊斯家族……势如雪崩,诸侯们一个接一个地亮出反对梅葛的旗号。

只有近二十位较小的领主响应梅葛的召唤来到君临,包括暮谷镇的达克林伯爵、石舞城的马赛伯爵、赫伦堡的塔尔斯伯爵、旅息城的斯汤顿伯爵、尖角城的巴尔艾蒙伯爵、鹿角堡的布克威尔伯爵,以及罗斯比伯爵、史铎克渥斯伯爵、哈佛伯爵、哈特伯爵、拜奇伯爵、罗林佛德伯爵、拜瓦特伯爵和马勒里男爵。但他们的军队加起来还不满四千人,其中的骑士不过十分之一。

梅葛将勤王诸侯尽数召入红堡,彻夜商讨作战计划。当发现应召而来的人如此稀少,且其中没有任何一位大诸侯时,许多人丧失了信心。哈佛伯爵甚至规劝梅葛退位,并披上黑衣。梅葛下令将哈佛当场斩首,首级插在铁王座后的一根长枪上,继续开会。作战会议持续竟日,直到第二天深夜狼时,梅葛方才允许领主们离开。众人辞别后,梅葛国王独坐在铁王座上思索,最后见到他的是塔尔斯伯爵和罗斯比伯爵。

数小时后天刚破晓,梅葛的最后一位王后前来寻他。埃萝王后发现梅葛依旧坐在铁王座上,但脸色惨白,已然一命呜呼,袍子被鲜血浸透。梅葛的双手被铁王座参差不齐的倒刺从手腕一直划开到肘部,另有一道利刃自下巴下方的咽喉处穿出。

至今仍有许多人相信铁王座杀死了梅葛,他们的证据是罗斯比和塔尔斯离开王座厅时梅葛还活着,而厅门外的守卫发誓当晚无人进出,直到第二天黎明埃萝王后到来;又有人说正是埃萝王后将梅葛国王强按在那些倒刺和利刃上,为前夫报了仇;御林铁卫也无法洗清嫌疑,不过若是如此,非得两人合谋才行,因为每扇门外均有两人值班;还可能是迄今不为人知的个体或团队所为,他(或他们)经由秘道出入王座厅,红堡毕竟有许多死人才知道的秘密;最后,我们并不能排除这样一种可能性,即梅葛国王在夜深人静时深感绝望,遂选择自行了断,他用力扭动利刃,割开血管,以此逃避必然的失败和耻辱。

梅葛·坦格利安一世在正史和传奇中都被称为"残酷的"梅葛,他一共统治了六年零六十六天。他过世后,尸体在红堡庭院火化,后来骨灰被运到龙石岛,陈放在生母维桑尼亚的骨灰旁。他没留下子嗣,血脉就此断绝。